Lisette Allen

Nicoles Vergeltung

Das Amulett

Erotische Romane

Ins Deutsche übertragen von
Sandra Green

BASTEI
LÜBBE

BASTEI LÜBBE TASCHENBUCH
Band 26 205

1. Auflage: April 2004

Vollständige Taschenbuchausgabe

Bastei Lübbe Taschenbücher ist ein Imprint
der Verlagsgruppe Lübbe

Titel der englischen Originalausgabe:
NICOLE'S REVENGE / The Amulet

Published by arrangement with Virgin Publishing Ltd.
Dieses Werk wurde vermittelt durch die Literarische Agentur
Thomas Schlück, 30827 Garbsen

Titelillustration: Stock Image / Mauritius
Umschlaggestaltung: Tanja Østlyngen
Satz: Fanslau, Communication / EDV, Düsseldorf
Druck und Verarbeitung: Maury Imprimeur
Printed in France
ISBN 3-404-26205-0

Lisette Allen

Nicoles Vergeltung

Erotischer Roman

Ins Deutsche übertragen von
Sandra Green

Es ist der September des Jahres 1792. Frankreich befindet sich in den Wirren einer blutigen Revolution. Der König ist ein Gefangener in seiner eigenen Hauptstadt. Das Land wird von der Nationalversammlung regiert, die den Schreien des blutrünstigen Pöbels nachgibt. Die Guillotine ist ständig im Einsatz, und die starken Armeen Preußens und Österreichs bedrohen die französischen Grenzen. Ausländische Botschafter sind von ihren Regierungen zurückgerufen worden, und diejenigen Aristokraten, die noch nicht geflohen sind, darben in den Kerkern oder sind untergetaucht, denn die Flucht ist unmöglich geworden, seit die Stadttore von Paris für die Feinde des Volkes geschlossen sind …

Erstes Kapitel

Als die Dämmerung über die Stadt fiel, hörte es endlich auf zu regnen, aber in den Straßen war es noch feucht und kalt. Der Laternenanzünder hatte seine Arbeit getan. In unregelmäßigen Abständen schwankten die Laternen an ihren Stricken über die Straßenmitte und warfen einen gespenstischen Schimmer auf die schäbigen Fassaden der hohen Mietshäuser, deren obere Stockwerke sich weit in die schmalen Gassen lehnten.

Die mit groben Pflastersteinen ausgelegten Wege von St. Marcel waren dreckiger denn je, weil niemand mehr für die Straßenreinigung bezahlt wurde. Nach jedem Regen lief ein schmutziger Bach durch die Gosse in der Straßenmitte und riss einen Teil des Unrats mit. Schaler Geruch nach Wein und Tabak lag in der Luft, während die Menschen seltsam gedämpft auf den Haustreppen saßen, sich flüsternd unterhielten und ängstliche Blicke nach rechts und links warfen.

Die Stille der Menschen hatte wohl auch etwas zu tun mit dem unheilvollen Geräusch in der Ferne. Es war lauter als ein Murmeln, eher wie das widerhallende Grollen eines fernen Donners. Es hörte sich garstig an und ließ das Blut gefrieren, denn die Menschen wussten: Der Pariser Pöbel war an diesem Abend wieder auf den Straßen.

Eine plötzliche Unruhe vor der Weinhandlung weiter unten ließ jeden den Kopf drehen. Bürger Gaspards

Weinhandlung war immer schon ein beliebter Treffpunkt gewesen, aber an diesem Abend war er von derb gekleideten Männern umlagert. Sie trugen hölzerne *sabots* und rote Wollmützen, an denen dreifarbige Kokarden steckten. Das waren die *fédérés*, zwangsverpflichtete Soldaten aus den Provinzen. Einige saßen auf umgekippten Weinfässern, andere, meist einheimische Bürger, linsten über die Schultern der Soldaten und riefen und hetzten, die Weinpokale hoch in der Luft. Bald wurde sichtbar, worüber sie sich amüsierten.

Zwei von ihnen hielten eine Frau gefangen. Dem Aussehen nach war sie eine *aristo*, und alle lachten über ihr Elend. Sie hatten sie erwischt, wie sie im Schutz der Dunkelheit mit einem Laib trockenen Brotes nach Hause hatte schleichen wollen. Das Brot lag in der Gosse, und die Frau verfluchte lauthals ihre Peiniger. Sie war schlank und hatte lohfarbene Haare, und ihre braunen Augen funkelten, als sie sich nach Kräften zur Wehr setzte, obwohl sie längst bemerkt haben musste, dass es hoffnungslos war, sich zu befreien. Ihr Kleid mit den zerknautschten Seidenröcken und der feinen Spitze am Hals war zerrissen und verdreckt, ihre Haare waren geöffnet und fielen jetzt über die schmalen Schultern. Mit all der Verachtung, die sie aufbringen konnte, starrte sie ihre Gegner an.

Immer mehr Männer schlossen zu den Schaulustigen auf, weil sie eine geile Belustigung erwarteten. Einer von ihnen, gegen die Mauer gedrückt, nahm die verräucherte Pfeife aus dem Mund und grinste seinen Kumpan an.

»Unsere Nachbarschaftswehr war heute Abend auf der Hut, Bürger. Sieht so aus, als hätten wir eine richtige *aristo* gefangen, die sich in der Dunkelheit verdrücken wollte.«

Der Angesprochene gluckste und schob seine dreckige rote Kappe aus der Stirn. Gierig starrte er auf die junge Frau. »Keine echte *aristo*, Jean, aber die Hinterlassenschaft von einem. Die Kleine war Tänzerin an der Oper. Schau sie dir genau an, mein Freund. Das Gesicht, die Figur, die herrlich langen Beine. Kein Wunder, dass Comte de Polignac sie für sich behalten wollte.«

Er zwängte sich durch den Kreis der Gaffer und schob die Seidenröcke der jungen Frau hoch. Ein Bein war bis zur Hüfte zu sehen. Die Gaffer stöhnten geil, während die junge Frau um sich trat, bis ihr jemand den Arm auf den Rücken drehte. Vor Schmerz drückte sie die Augen fest zu.

»Der Comte ist im Gefängnis?«, fragte Jean, ohne den starren Blick von der entblößten Schönheit zu wenden.

»*Merde*, nein!« Der andere Mann spuckte aus. »Der miese Verräter hat sich nach Österreich absetzen können, jedenfalls erzählt man sich das. Aber wenigstens hat er uns sein kleines Hühnchen dagelassen. Ich habe sie einmal in seiner Kutsche gesehen. Sie heißt Nicole Chabrier. Pass mal auf, wie sie jetzt tanzen wird!«

Er trat wieder vor und packte mit seinen nikotingelben Fingern in die lohfarbenen Haare der gefangenen Frau. Trotz des Griffs, in dem sie gehalten wurde, ruckte Nicole herum. Die braunen Augen versprühten Zorn.

»Nimm deine Hand von mir, du mieser besoffener Tölpel! Warum ersäufst du dich nicht in deinem billigen Fusel – du bist doch sowieso zu nichts nütze!«

Jemand stieß einen schrillen Schrei aus. »*Aristo!* Tod allen Aristokraten!«

Nicole stockte der Atem. Niemand ahnte, wie verzweifelt sie gegen ihre Angst kämpfte.

»Du wagst es, mich eine *aristo* zu nennen?«, rief sie laut und heftig. »Obwohl meine Familie seit Jahrhunderten auf den Feldern der Normandie für die hohen Herren geschuftet hat? Ich schwöre, du *cochon,* dass jeder aus meiner Familie an einem Tag mehr gearbeitet hat als du in deinem ganzen Leben!«

»Aber in Paris hast du das feine Leben genossen, was?«, gackerte ein anderer Mann mit derben Gesichtszügen. Er zog seine Breeches höher und rieb ungeniert über den derben Hosenstoff. »Ich wette, es war leichter, Polignacs Bett zu wärmen, als sich auf den Feldern der Normandie abzurackern! Vermisst du den Comte schon, Hure?«

Die junge Frau hörte auf sich zu wehren, sie warf die wunderschönen Haare in den Nacken und sagte frostig: »Wenn Gerard de Polignac morgen zurückkäme, wäre es mir ein großes Vergnügen, ihn eigenhändig ins Gefängnis zu werfen.«

Plötzlich wurde es still. Fast ungläubig starrten die Umstehenden sie an, als wollten sie ihren Ohren nicht trauen. Einige Männer wichen unwillkürlich ein paar Schritte zurück, um ihr Platz zu machen. Und dann sah sie ihn.

In einem Schwall Dunkelheit, abseits des trüben Scheins der Straßenlaterne, stand ein Mann lässig gegen eine Hausmauer gelehnt, die Arme vor der Brust verschränkt. Er war groß, größer als diese erbärmlichen *sans-culottes*, die in diesem Elendsviertel wohnten, und er war beinahe auch ordentlich gekleidet, dunkler Mantel und hohe, schlammbespritzte Lederstiefel. Er trug keinen Hut, obwohl es geregnet hatte. Seine langen schwarzen Haare waren im Nacken zusammengebunden. Von seinem Gesicht konnte sie nur wenig sehen, weil es im Schatten lag, aber das, was sie sah, ließ sie erschauern.

Einer der Soldaten, der auf einem umgekippten Weinfass saß, brach das Schweigen. »Was sollen wir mit ihr anstellen, *mes amis*? Sollen wir sie zu den anderen *aristos* und den lamentierenden Pfaffen ins Gefängnis werfen?« Er nahm einen kräftigen Schluck Wein aus seinem Becher. Der Wirt machte an diesem Abend ein Riesengeschäft – viele Männer waren betrunken.

Ein anderer rief: »Später! Zuerst, liebe Mitbürger, wollen wir unseren Spaß haben! Sie behauptet, ein Ballетthäschen an der Oper zu sein – also soll sie für uns tanzen!«

Ein *fédéré* in einem kurzen roten Rock kicherte. »Wir hängen sie an den Laternenpfahl, da kann sie tanzen wie noch nie in ihrem Leben.«

Nicole schwang sich herum, damit sie den Mann ansehen konnte, der das gesagt hatte. Sie spuckte ihm ins Gesicht.

»*Morbleu!*« Der Kerl sprang vor und packte ihre Schultern. Irgendwie gelang es Nicole, sich aus dem Griff zu befreien. Sie zerkratzte sein Gesicht und kämpfte wie eine Wildkatze. Die Gaffer murmelten bewundernde Zustimmung. Nicole hatte etwas an sich, was Respekt erheischte. Sie war wild, schön und voller Temperament.

Vier Soldaten traten fast widerwillig vor, die muskulösen Arme ausgestreckt, um dem Kameraden zu Hilfe zu kommen.

Dann verharrten sie mitten in der Bewegung. Ein Geräusch hallte durch die nächtliche Luft, es war immer näher gekommen, aber bisher hatten sie es überhört, weil sie sich auf ihre Gefangene konzentriert hatten – nur der Mann im Schatten reckte den Kopf. Der Trommelwirbel kam näher, rhythmisch und bedrohlich, und zu den Trommeln waren hunderte Fußpaare zu hören und hunderte Stimmen, die zotige Lieder sangen.

Plötzlich war die ganze Straße mit Menschen gefüllt, mehr Frauen als Männer, eine Flut von roten Mützen und zerrissenen Kleidern. Singend, tanzend und klatschend, zogen sie grölend durch das Viertel.

Der Pariser Mob. Sie schlossen die Männer rund um die Weinhandlung mit ein, und bald waren sie in der Masse aufgegangen.

Nicole versuchte verzweifelt, dem Pöbel zu entkommen, aber sie wusste nicht wie. Dann spürte sie kräftige Arme, die sie ins Dunkel zerrten, weg von den schunkelnden, tanzenden Weibern und den betrunkenen Männern in ihren hölzernen *sabots*. Sie blickte den Mann an, der sie ins Dunkel zerrte, und herrschte ihn an: »Lass mich los, verdammt ...«

Aber der Mann war stark und breitschultrig, viel kräftiger als die halb verhungerten Bauern, in deren Gewalt sie bisher gewesen war. Sie schüttelte sich, als sie seine kühle, kultivierte Stimme hörte: »Willst du lieber bei ihnen sein, Nicole?«

Sie sackte gegen seine Brust. Ihr wurde übel. Er hielt sie an den Schultern fest, während sie zitternd auf die unheimliche Szene starrte, die sich vor ihren Augen abspielte.

Der Mob teilte sich, um Platz zu machen für junge,

lustig angezogene Frauen, die mit Stroh ausgestopfte Puppen trugen, die König und Königin darstellten. Die Frauen lachten schrill und stießen die Strohpuppen so gegeneinander, dass es eine Kopulation simulierte.

Eine auffallend schöne Frau rief: »Nein, nein, das ist nicht richtig! Wisst ihr denn nicht, dass unsere Marie-Antoinette die zarte Umarmung des eigenen Geschlechts vorzieht?« Grinsend zog sie eine junge Freundin zu sich heran. Sie küssten und umarmten sich, angetrieben von der Meute, bis ein Mann sich zwischen sie drängte.

»Ihr vergesst ihren schwedischen Geliebten! Von dem konnte sie nicht genug bekommen!« Er griff nach der ersten Frau und riss ihr das Kleid hinunter, dann nahm er abwechselnd die entblößten Brüste in den Mund und schmatzte laut. Die Frau wiegte sich in seinen Armen und seufzte lustvoll. Dann ließ der Mann seine Hose fallen und begann mit ihr mitten auf der Straße zu kopulieren.

Nicole sah entsetzt zu und schmiegte sich in die Arme ihres Beschützers. Trotz des Schocks fühlte sie eine unerklärliche Lust. Sie konnte ihren Blick nicht von der Szene lösen.

Jetzt plünderten sie die Weinhandlung. Gaspard, der bemitleidenswerte Besitzer, schrie halbherzige Proteste, ehe er Fersengeld zahlte und vor dem geifernden Mob floh. Männer rollten Wein- und Cognacfässer auf die Straße und schlugen sie auf, bis die Flüssigkeit wie Blut über die Pflastersteine lief. Die Trommelschläge dröhnten immer noch durch die Nacht, die Frauen tanzten ausgelassen, die Männer soffen weiter.

Ein Mädchen stieg auf ein Weinfass und führte dort

einen erotischen Tanz auf. Ein Mann zog sie auf den Boden und küsste sie gierig. Wer keinen Becher hatte, bückte sich und leckte den Wein aus der Gosse auf. Eine Frau lag auf allen Vieren und schlürfte den Wein, der aus einem Loch im Fass schoss. Sie wurde von einem Soldaten gepackt, der sich ihr von hinten näherte und in sie hineinstieß. Sie stöhnte lustvoll.

Nicole zitterte in den Armen des Fremden und konnte den Blick nicht von den dunklen, primitiven Ritualen wenden. Erregung und Furcht kämpften in ihr. Himmel, was hatte die Leute dazu gebracht, sich derart gehen zu lassen?

Sie gab sich die Antwort selbst: Es waren Menschen wie Gerard de Polignac, dachte sie verbittert, und alle anderen Aristokraten, die sie seit Generationen niedergetrampelt hatten, als wären sie der Abschaum der Erde.

Für diese Leute, dachte Nicole, war es die Feier einer neu gefundenen Freiheit. Freiheit. Einmal alles anstellen, was bisher verboten war. Seinen Gefühlen freien Lauf lassen. Das auskosten, wofür das Volk auf die Straße gegangen war.

Der Schlag der Trommeln erhöhte sich, ebenso wie Nicoles Puls. Ihre Lenden schmolzen, während sie die Ekstase des Paares auf der Straße verfolgte, nur einige Schritte von ihr entfernt. Ihre Nippel versteiften sich. Sie biss sich auf die Lippen, um gegen die hitzigen Gefühle anzukämpfen, die sie zu überwältigen drohten.

Der Mann stand jetzt hinter ihr. Seine Hände streichelten über ihre nackten Schultern. Sie lehnte sich gegen ihn und spürte die Kraft seines Körpers. Tief atmete sie seinen kühlen männlichen Geruch ein. Seine

Hände glitten zu ihren schmalen Hüften, und von dort glitten sie so langsam höher, dass sie zunächst glaubte, sie bildete es sich nur ein, aber dann spürte sie den sanften Druck seiner Handflächen auf ihren hart gewordenen Nippeln. Sie schloss die Augen und gab sich der wilden Leidenschaft hin. Oh, wenn sie diesen Mann doch besitzen könnte. Jetzt und hier. Warum zerrte er sie nicht zur Hausmauer, um sie dort voller Leidenschaft zu nehmen?

Sie erschauerte, als sie seine langen, feingliedrigen Finger auf ihren Brüsten spürte. Ihr Atmen war kurz und schwer. Sie spürte die aufkommende Ekstase. Sie schloss wieder die Augen, um nicht länger auf die Straßenszene schauen zu müssen. Die scharfen Sensationen der Lust schossen von den geschwollenen Brüsten zu ihrem Schoß. Sie spürte seine Lippen auf ihrem Haar und fühlte seinen Atem auf der Wange.

Dann rief eine betrunkene Stimme: »He, wir haben Polignacs Hure vergessen! Wo ist sie, das Luder?«

Ein anderer rief: »Ja, schnappen wir uns Polignacs Häschen! Die noblen Bürger von Paris wollen sie nackt sehen! Wenn sie gut genug für ihn war, dann ist sie auch gut genug für uns, stimmt's, *mes amis*?«

Nicole spürte die Angst, die mit eisigen Klauen nach ihr griff. Verzweifelt blickte sie in das Gesicht des Unbekannten. Das erste Mal sah sie ihn bei Licht. Er sah ernst und grimmig aus, die verengten Augen fast schwarz. Er packte sie brutal an den Gelenken und knirschte: »Komm schnell. Hierher. Eine Kutsche wartet auf uns.«

Bevor sie nachdenken konnte, zog er sie vom vorwärts schreitenden Mob weg und in kleine, stinkende Gasse, bis sie die *Rue Mouffetarde* erreicht hatten, wo er sie in eine bereitstehende enge Kutsche schob. Es war unglaublich, aber hier, nur wenige Straßen weiter, schien alles ruhig zu sein.

Nicole, verärgert über sich selbst, weil sie ihr Zittern nicht kontrollieren konnte, wandte sich trotzig an ihren Retter. »Ein hübsches Abenteuer, Monsieur. Aber jetzt wäre ich dankbar, wenn Sie mich nach Hause bringen könnten.«

Gelassen nickte er dem schweigenden Kutscher zu, und der setzte das Gespann in Bewegung. Dann wandte der Retter sich wieder an Nicole. »Nach Hause? Du hast kein Zuhause mehr, Nicole Chabrier. Der Pöbel wird dich steinigen. Er mag es nicht, wenn eine potenzielle Beute flieht.«

Sie nahm seine Hände und drückte sie. »Dann verlasse ich Paris! Halten Sie die Kutsche an, ich steige aus.«

»Ich schätze mal, dass du keine Papiere hast. Also wirst du an den Wachen nicht vorbeikommen. Sie haben überall Barrikaden aufgestellt.«

Entsetzt fiel sie im Sitz zurück. Ihre Schultern sackten, sie wurde ganz klein. Sie wusste, dass ihr Retter Recht hatte.

Unbeeindruckt fragte er: »Welcher Teufel hat dich geritten, an einem solchen Abend unterwegs zu sein? Und dann auch noch in diesem Kleid?«

Wütend gab sie zurück: »Ich habe keine andere Kleidung, Monsieur. Ich bin aus dem Haus gegangen, weil ich seit Tagen nichts mehr gegessen habe. Was soll ich denn tun? Einfach hungern?«

Er hob die Schultern. »Das wäre so ungewöhnlich nicht im Paris dieser Tage.«

Es entstand ein frostiges Schweigen. Gequält sah sie

in sein kaltes, leidenschaftsloses Gesicht. Es war ein hageres, aristokratisch geschnittenes Gesicht mit einem kräftigen Kinn und einer Art Hakennase. Die schwarzen Haare hatte er streng nach hinten gekämmt, wodurch seine hohe Stirn auffiel. Sein Mund war breit, mit schmalen Lippen. Grausam sinnlich, dachte sie und erinnerte sich, wie sehr sie ihn da draußen begehrt hatte, als er sie so zärtlich gekost hatte.

Er war nur ein paar Jahre älter als sie, noch keine dreißig Jahre alt, schätzte sie, und doch strahlte er schon eine Selbstsicherheit aus, die man nur durch Erfahrungen erlangen kann. Erfahrungen in Dingen, die sie sich nicht einmal vorstellen konnte.

»Offenbar mögen Sie mich nicht«, sagte Nicole. »Warum haben Sie sich die Mühe gemacht, mich vor dieser Horde zu retten?«

Er überlegte einen Moment und wischte einen imaginären Staubfussel von den dunklen, eng sitzenden Breeches. »Hast du das wirklich gemeint, was du dahinten gesagt hast? Dass du de Polignac dem Pöbel ausliefern würdest, wenn er sich traute, noch einmal zurückzukehren?«

»Oh, ja«, sagte Nicole verbittert. »Das kam mir aus dem Herzen. Ich würde ihn und jeden seiner aristokratischen Freunde mit dem größten Vergnügen ans Messer liefern.«

»Dann, Nicole Chabrier, kann ich dir vielleicht die Gelegenheit zur Vergeltung geben.« Er hob die Hand, um ihr das Wort abzuschneiden, deshalb kam nur ein lauter Seufzer aus ihrem Mund, während er fortfuhr: »Es kann eine Zeit dauern, und ich will auch nichts versprechen, aber es mag sein, dass du genau die Frau bist, die ich suche.«

Sie starrte ihn von der Seite an, wie gelähmt über die Arroganz des Fremden. Für wen hielt er sich? Seiner dunklen, aber eleganten Kleidung nach konnte er ein *bourgeois* aus der Provinz sein, vielleicht ein Advokat, der in die Nationalversammlung gewählt worden war. Er musste aus dem Süden kommen, denn seine Haut war von der Sonne gebräunt.

In ihrem Kopf überschlugen sich die widersprüchlichsten Gedanken. Seine selbstsichere, gelassene, überlegene Art schüchterte sie ein. Ja, er schüchterte sie ein, aber er erregte sie auch. Ihre Haut, die er berührt hatte, kribbelte jetzt noch, besonders ihre Brüste. Ihr Blick wurde trotzig, obwohl sie wusste, dass es vergeblicher Trotz sein würde. Er hatte Recht, sie konnte nicht nach Hause gehen, in ihre erbärmliche Unterkunft in *St. Viktor.* Sie war jetzt als Gerard de Polignacs *poule* gebrandmarkt. Der Pariser Pöbel würde sie aufspüren und sie in Stücke reißen.

Aber sie wollte ihn nicht ihre Furcht spüren lassen. Sie warf ihr langes lohfarbenes Haar zurück und sagte voller Verachtung: »Ich nehme an, Sie haben mich für Ihr eigenes Vergnügen aufgelesen, was? Nun, dann haben Sie sich in den Finger geschnitten, Monsieur. Glauben Sie mir, ich wiederhole nicht noch einmal den Fehler, den ich bei Gerard de Polignac gemacht habe, besonders nicht mit einem kleinen provinzlerischen Advokaten.«

Er lächelte. »Ich habe dich mitgenommen, weil ich deine Courage bewundert habe. Das war alles, Nicole. Du kannst mir glauben – ich habe es nicht nötig, eine Frau in mein Bett zu locken.«

Sie schluckte schwer. Sie glaubte ihm. Er würde sich der Frauen sogar erwehren müssen. Aber sie wollte seiner Eitelkeit nicht schmeicheln. »Sie haben eine hohe Meinung von sich selbst, Monsieur.«

»Vergib mir, Bürgerin Nicole.« Seine dunklen Augen leuchteten hinterlistig. »Aber ich war der Ansicht, dass eher du es warst, die ... nun, sagen wir, vor ein paar Minuten noch etwas mehr haben wollte ...«

Seine Stimme brach ab und ließ seine Andeutung offen. Es schien ihn Mühe zu kosten, nicht zu lachen; sie konnte das Schimmern seiner weißen Zähne sehen. Er hatte gewusst, wie es vorhin um sie bestellt gewesen war, dass sie sich aus freien Stücken an ihn gepresst und er sie an den Rand eines Orgasmus gebracht hatte.

Nicole lächelte ihm süß zu. »Seien Sie mal nicht so von sich eingenommen, mein lieber *bourgeois*.« Die Kutsche fuhr langsamer, als sie sich dem Fluss näherte, und Nicole sprang auf und wollte zur Tür, um sie aufzustoßen, bereit zum Sprung.

Sie hielt in der Bewegung inne. Das Blut wich ihr aus dem Gesicht, als sie einen schrecklichen, markerschütternden Schrei hörte, der ihr Blut gefrieren ließ. Langsam erstarb der Schrei. Vor ihnen stürmte eine Männerhorde mit flammenden Fackeln brüllend die Straße hinunter, ihnen entgegen. Ihre Hemden waren rot von Blut.

Der Mann riss sie blitzschnell ins Innere der Kutsche zurück und warf die Tür zu, während der Kutscher in die *Rue St. Jacques* einbog. »Sie ermorden die Gefangenen«, sagte ihr Retter. »Wende mir dein Gesicht zu und blicke nicht wieder hinaus. Wir können nichts unternehmen, aber wir werden bald in Sicherheit sein. Schau mir in die Augen und versuche, nicht auf das zu hören, was sie schreien.«

Ihr wurde schlecht, als der tobende Mob sie einkesselte. Sie versuchte verzweifelt, das zu tun, was er ihr geraten hatte, ihm in die Augen zu schauen und nicht auf das zu hören, was sie schrien, aber die Kutsche fuhr jetzt langsamer, und dann starrte ein derbes, brutales Gesicht durch die Scheibe, und sie stieß einen unterdrückten Schrei aus.

Jemand riss die Tür auf und schrie ein paar widerliche Bemerkungen. Ihr Retter nahm ihre Hand, drückte sie und wandte sich dann dem Eindringling zu.

Der Kerl, der die Tür aufgerissen hatte, schaute verdutzt und bekam den Mund nicht mehr zu. Zu Nicoles großem Erstaunen sagte er. »Oh, Bürger Jacques! Sie sind's! Entschuldigen Sie vielmals!« Er drückte die Tür fest zu, und Nicole hörte, wie er dem Mob befahl, die Kutsche durchzulassen.

Nicole konnte es immer noch nicht glauben. Wer war ihr Retter? Wieso kannte dieser schreckliche Kerl ihn? Woher kam die Macht, in einer solchen Nacht seelenruhig mit der Kutsche durch Paris zu fahren? Jetzt wusste sie wenigstens, dass er Jacques hieß, aber mehr wusste sie nicht über den Mann, der ihr Leben in seiner Hand hatte.

Trotz aller Fragen, die ihr im Kopf spukten, ließ sie sich tief in den Sitz fallen, während der Kutscher durch die dunklen, verlassenen Straßen von Paris nach *St. Germain des Prés* fuhr. Leere, mit Brettern vernagelte Kirchen standen wie grimmige Relikte einer vergangenen Zeit an fast jeder Straßenecke. Dies war das Viertel, das vom Hochadel der Stadt bewohnt worden war. Zu beiden Seiten der breiten Straße standen die Villen leer, düster und geplündert. Die vormaligen Besitzer waren schon lange geflohen, und wenn sie sich noch innerhalb der Stadtmauern aufhielten, waren sie klug genug, nicht in die gewaltigen Paläste zurückzukehren, jene verhassten Symbole ihrer dekadenten Macht.

Nicole war eingenickt, aber dann zuckte sie vom Sitz hoch, denn Jacques beugte sich über sie und hielt ein schwarzes Samtband in der Hand. Noch benommen starrte sie ihn an, während er ihr die Augen verbinden wollte. »Das ist eine meiner Regeln«, sagte er ruhig.

Nicole wehrte sich und wollte das Band von ihren Augen schieben. »Nein!«

»Doch!« Einen Moment lang hielt er ihre Hände gepackt, und Nicole war von seiner stählernen Kraft erschrocken. »Es muss sein, Nicole. Für deine Sicherheit – und für meine.«

»Nein«, murmelte sie dumpf. »Nein ...«

»Muss ich dich auch noch fesseln?«

Die Drohung verstärkte ihre Angst noch, es war, als hielte er ihr ein Messer an die Kehle. Zitternd ließ sie geschehen, dass er die Augenbinde festzurrte. Völlige Dunkelheit umgab sie. Kurz darauf hielt die Kutsche an.

Mit beinahe zärtlichen Händen löste er das Samtband von ihren Augen. Nicole blinzelte und sah, dass die Kutsche vor einem kleinen Tor angehalten hatte, das in eine hohe Steinmauer eingelassen war. Jacques kletterte schon hinaus und schickte Kutscher und Kutsche mit einer Handbewegung fort.

Jacques beschrieb einen weiten Bogen mit dem rechten Arm, verbeugte sich tief, als wäre sie eine *grande dame*, aber sein Mund war leicht verzogen, als amüsierte er sich heimlich. Der Mond schien durch die tief hängenden Wolken, und Nicole hielt staunend die Luft an über das, was der schwache Mondschein enthüllte.

Die hohe Mauer umgab eine palastartige Residenz, sie musste das Stadthaus eines Marquis oder gar eines Herzogs gewesen sein. Die Gärten, die das Anwesen umgaben, strotzten vor Blumen, und die Luft war gefüllt mit den aromatischen Düften des späten Sommers. Voll erblühte Rosen und dichte Lavendelbüsche ergossen sich über die Randsteine der Kieselsteinwege.

Die Residenz selbst wirkte auf Nicole, als gehörte sie zu einer anderen Zeit, in eine lange verschwundene Epoche der Ruhe und des Friedens. Hohe Fenster mit weißen Läden blickten auf die wuchernden Gärten. Vor dem Haus befand sich ein breiter Hof, auf dem nun das Unkraut spross. Eine breite Steintreppe führte zum schweren Portal. Unter einer Kolonnade seitlich vom Haupthaus standen verschiedene Kutschen des früheren Besitzers; die einstmals prächtigen Farben blätterten ab. Es gab keine Pferde mehr, die sie ziehen konnten; alle Pferde im Privatbesitz waren schon vor Monaten von der Armee beschlagnahmt worden.

Nicole zuckte zusammen. Sie glaubte, ein Gesicht gesehen zu haben, das hübsche Gesicht eines jungen Mädchens mit krausen dunklen Haaren. Hatte sie nicht eben um die Ecke des Hauses geschaut? Nicole wollte auf das Mädchen zugehen, aber im nächsten Moment war das Gesicht verschwunden.

Jacques legte eine Hand auf Nicoles Arm. »Was ist? Was hast du gesehen?«

»Nichts.« Sie lachte verlegen. »Gar nichts. Oder es war ein Geist.«

Er führte sie die Treppe hinauf. Ja, vielleicht war es

ein Geist gewesen. Die Tochter eines Adligen, der hier mal gelebt hatte. Traurigkeit überfiel Nicole, nicht nur wegen der jungen Frau, sondern auch wegen des wunderschönen Anwesens, das vernachlässigt wirkte und vielleicht verfallen würde.

Jacques nahm sie am Arm und führte sie die breite, mondbeschienene Treppe hinauf. Nicole, überwältigt von ihrer Umgebung, schüttelte seine Hand ab. »Ist das ein übler Scherz, Bürger Jacques?«, fragte sie flüsternd. »Sie bringen mich in die Residenz eines Hochadligen?«

Er schüttelte den Kopf. »Du brauchst dich nicht zu sorgen«, sagte er. »Heute Abend ist dieser Ort wahrscheinlich der sicherste in der ganzen Stadt. Oder willst du lieber draußen beim Mob sein, Nicole?«

Sie schwieg, was hätte sie auch sagen können? Jacques steckte einen schweren Schlüssel in das Portal. Die Flügel knirschten, als er sie aufschob. Totale Finsternis lag vor ihnen, und Nicole atmete den Geruch von Staub und Sägemehl ein.

Jacques holte ein Feuerzeug aus der Tasche und zündete einige halb abgebrannte Wachskerzen in einem silbernen Kandelaber an. Sie flammten auf und verbreiteten verblüffend helles Licht. Nicole stockte der Atem.

Sie befanden sich in einer wunderschönen hohen Halle, gesäumt mit blassen seidenen Wandbehängen und verzierten Spiegeln in goldenen Rahmen, Beweise einer Zeit des wahrhaftigen Überflusses. Rechts und links gingen Türen ab, und am Ende der Halle führte eine elegant geschwungene Treppe zu den oberen Stockwerken. Trotz des Staubs und der Spinngewebe leuchteten Nicoles Augen. »Es ist wie im Traum.«

Jacques hatte sie amüsiert beobachtet. »Ich dachte, es würde dir gefallen«, sagte er leise. »Dieses Haus hat interessante Geheimnisse. Du musst wissen, dass die früheren Bewohner sehr auf ihr Vergnügen aus waren.«

Nicole sah ihn fragend an. »Sie meinen tanzen und so? Und essen?«

Er lächelte geheimnisvoll. »Nicht ganz. Aber vielleicht ergibt sich später eine Gelegenheit, näher darauf einzugehen. Wirst du mir verzeihen, Nicole, wenn ich dich in diesem Haus allein lasse? Nur für eine Stunde. Ich habe kurz etwas zu erledigen.«

»Was haben Sie zu erledigen?« Sie schüttelte sich bei dem Gedanken, in diesem riesigen Haus allein zu sein. Sie sah wieder den Pöbel in den Straßen vor sich und hörte die entsetzlichen Schreie der Gejagten.

»Ich muss mich mit einigen Leuten treffen, und dann muss ich mich um Vorräte kümmern, damit wir beide etwas zu essen haben.«

»Um diese Uhrzeit können Sie nichts mehr einkaufen.«

Er grinste. »Mein Magen hofft inständig, dass du Unrecht hast.« Er ging zur Tür.

»Sie lassen mich ganz allein hier zurück?« Hysterie schwang in ihrer Stimme mit. Sie konnte es selbst hören und ärgerte sich darüber. Sie wollte ihre Furcht unterdrücken und fragte leise: »Woher weiß ich, dass Sie zurückkommen?«

Seine dunklen Augen leuchteten. Eine Hand lag schon auf dem Türknopf, als er fragte: »Du willst also, dass ich zurückkomme?«

»Ich wäre nicht weniger glücklich, wenn ich Sie nie wieder zu Gesicht bekäme!«, gab sie patzig zur Antwort. »Sie sind ein arroganter Emporkömmling aus der Provinz.«

Er sah sie abschätzend an. »Keine Bange, ich komme zurück. Aber wenn du dich fürchtest, dann nimm das.« Er griff in seine Tasche und zog eine glänzende, einschüchternd aussehende Pistole heraus. »Weißt du, wie man damit umgeht?«

Sie atmete tief durch und streckte unsicher eine Hand aus. Die Waffe fühlte sich kalt und schwer an. »Natürlich«, sagte sie.

»Gut. Ich bleibe nicht lange weg.«

Im nächsten Augenblick war er in der Dunkelheit verschwunden. Hinter ihm fiel die Tür schwer ins Schloss, und Nicole war, als wäre ihre Hoffnung auf ein glückliches Ende dieses schrecklichen Tages mit ihm gegangen. Sie lachte trocken auf. Hier stand sie nun in dieser verlassenen, großartigen Residenz, ganz allein, nur eine Pistole als Begleiter. In ihrer erbärmlichen Bude in *St. Viktor* würde sich die Vermieterin fragen, was aus ihr geworden war. Aber die alte Madame Rimaud würde der vermissten Mieterin wegen keine schlaflose Nacht verbringen. In diesen Tagen gingen in Paris zu viele Menschen verloren.

Bürger Jacques – wer war das eigentlich? Sie erschauerte, als sie sich daran erinnerte, wie er sie angeschaut hatte, halb abschätzend, halb amüsiert. Er hatte Einfluss und war gefährlich. Ein richtiger Mann. Keiner der gepuderten und angemalten Affen, die früher Versailles bevölkert hatten. Ihre Haut begann zu kribbeln, wenn sie an ihn dachte, an seinen stählernen Körper, an die von der Sonne gebräunte Haut, an den breiten, sinnlichen Mund. Sie wusste, ein Kuss von ihm musste fantastisch sein, und was das andere anging ... es prickelte in ihrem Schoß.

Närrin, schalt sie sich. Dumme Gans. Männer waren nie, wie sie schienen, und sie hielten nie ihre Versprechen. Denk doch bloß an Gerard.

Ihr mysteriöser Bürger Jacques hatte sie vor dem Pöbel gerettet. Jetzt musste sie sich seinen Plänen unterordnen und seine Macht ausnutzen, um Paris verlassen zu können. Was hatte er gesagt? Ich glaube, Nicole Chabrier, dass ich dir eine Gelegenheit zur Vergeltung bieten kann.

Um sich an Gerard und seinesgleichen rächen zu können, würde sie alles riskieren. Alles, was Bürger Jacques verlangte.

Sie schob die schwere Pistole in die tiefe Tasche ihres Rocks, nahm eine Kerze aus dem Kandelaber und begab sich auf Entdeckungsreise.

Von der Halle führte eine Tür in den großen Salon. Sie trat hinein und hielt die Luft an. Es war ein herrliches Zimmer; schwere Kronleuchter hingen von der hohen Decke, und die vielen Spiegel reflektierten den Luxus. Die gewölbten Fenster reichten von der Decke bis zum Boden; die Läden waren geschlossen.

Eine dicke Staubschicht lag auf den kostbaren Möbeln. Vor ein paar Jahren, dachte Nicole traurig, war dieser Salon von fröhlichem Lachen erfüllt gewesen, von zwanglosem Geplauder und von schönen, eleganten Menschen. Jetzt waren sie in England oder Österreich – oder sie starben gerade auf den Straßen oder in den Gefängnissen.

Sie erinnerte sich an die Männer, die in ihren blutbesudelten Hemden durch die Straßen von Paris rannten, und wieder spürte sie das Entsetzen, das nach ihr griff.

Oh, mein Frankreich, dachte sie, was ist aus dir geworden?

Vor vier Jahren war Nicole, damals neunzehn Jahre alt, aus ihrem kleinen Dorf in der Normandie nach Paris gegangen, erfüllt von Ehrgeiz und Träumen. Ein Leben mit einem Bauerntölpel und ein lebenslanger Kampf ums Überleben waren nicht das, was sie ertragen wollte. Ihr Traum war es, Schauspielerin und Tänzerin zu werden und einen Aristokraten zu heiraten. Und jetzt war sie hier, ohne Heimat, ohne Freunde, und total abhängig von dem geheimnisvollen Mann namens Jacques.

Ziellos schlenderte sie durch das Haus und fand eine flache Treppe, die hinunter zu einer großen gefliesten Küche führte, und plötzlich wurde ihr bewusst, wie hungrig sie war. Jacques hatte gesagt, er würde was Essbares mitbringen, hoffentlich fand er etwas. Seit gestern hatte sie nichts gegessen, und ihre letzte Mahlzeit war ein schaler Bohneneintopf gewesen.

In einer dunklen Nische lagen mehrere Flaschen Rotwein. Nicole zog eine Flasche heraus und sah den Staub wirbeln. Durstig war sie auch. Mit einem Messer hob sie den Korken, dann konnte sie sich an der Flüssigkeit laben. Während der Wein ihr Inneres wärmte, spürte sie, wie das Leben in sie zurückkam. Sie war Nicole Chabrier, Balletttänzerin an der Oper, talentierte Schauspielerin an der *Comédie Française*. Summend tänzelte sie aus der Küche und schwebte die Treppe hinauf, die Flasche in der einen, die Kerze in der anderen Hand.

Sie stellte sich vor, eine *grande dame* zu sein. Sie hörte das Rascheln der Seide und atmete das schwere Parfum ein, während sie das Lachen der Gäste hörte, die ihr gespannt entgegenblickten.

Sie lächelte vor sich hin ob ihrer albernen Gedanken und wanderte weiter. Sie betrat jedes einzelne Zimmer, bis sie das Schlafzimmer gefunden hatte, das der Dame des Hauses gehört hatte. Mitten im Zimmer stand ein breites Bett mit einem reich verzierten Himmel. Die Seiten waren mit Seidentüchern verhangen. Die Schränke waren kunstvoll geschnitzt und gedrechselt. In einer Ecke stand ein Frisiertisch, auf dem noch die in Silber gefassten Pinsel standen, daneben verschiedene Flakons. Beinahe atemlos vor Erregung, wie ein Kind, das sich plötzlich in einem Märchen wiederfindet, stellte Nicole die Kerze auf die Kommode und nahm einen Schluck Wein aus der Flasche.

Es war fantastisch. Dieser Luxus, diese Annehmlichkeiten. Für den Augenblick gehörte das alles ihr – wenn auch nur für eine Nacht. Sie zog Schränke und Schubladen auf, nahm Kleider, Röcke, Blusen, Unterwäsche und Strümpfe heraus. Lauter schöne, kostbare Sachen, die zu einer richtigen Marquise gehörten.

Sie hob die delikaten Dinge nacheinander auf und rieb sie an ihrer Wange, begeistert von der Sanftheit der verschiedenen Gewebe. Sie tauchte tiefer in die Schublade und fand Lavendeltäschchen und gebündelte Briefe, dann stieß sie ganz hinten auf eine herrlich geschnitzte Schatulle aus Walnussholz, offenbar gut versteckt.

Nachdenklich nippte sie noch mal am Wein, ohne zu bemerken, wie er ihr zu Kopf stieg. Ihr Herz klopfte aufgeregt, als sie den Deckel der Schatulle hob. Sie war gefüttert und mit pinkfarbener Seide ausgelegt, und darauf lagen, sorgfältig nach Größe und Umfang sortiert, sechs glatte Stäbe aus glänzendem Elfenbein.

Nicoles Augen öffneten sich weit, dann lachte sie laut auf. Natürlich hatte sie solche Gegenstände schon mal gesehen; einige ihrer Freundinnen, auch Tänzerinnen an der Oper, hatten sie ihr gezeigt, als sie noch nicht lange in Paris gelebt hatte. Sie hatten sich über Nicoles ländliche Unschuld lustig gemacht und ihr die Nachbildungen eines Phallus in die Hand gedrückt, damit sie sich von der harten Sanftheit des Materials überzeugen konnte, und gleichzeitig hatten sie ihr ins Ohr geflüstert, wie sie damit den Sex mit einem Mann imitierten.

Aber die Vorstellung, dass die Dame einer vornehmen Residenz, vielleicht eine Herzogin, auch solche Dinge besaß und sich einen elfenbeinernen Penis zwischen die feinen Schenkel stieß ... also, darauf wäre sie nie gekommen.

Stirnrunzelnd musste sie an den Satz denken, den Jacques kurz vor seinem Weggehen gesagt hatte: Sie waren sehr auf ihr Vergnügen aus, Nicole.

Sie gewahrte, dass ihre geheimen Stellen plötzlich feucht wurden, während sie mit den Fingerspitzen über den dicksten der Elfenbeinstäbe strich. Dann sah sie sich in einem der goldgerahmten hohen Spiegel und bemerkte ihre vom Wein geröteten Wangen, die vollen, bebenden Lippen und die hellbraunen Augen, die dunkel vor Lust glühten.

Sie warf die langen lohfarbenen Haare in den Nacken und dachte, dass sie einen wilden, hemmungslosen Eindruck machte – wie eine richtige *poule*.

Sie sah auch, dass ihr Kleid – das letzte Geschenk von Gerard – abgetragen und verdreckt aussah, abgegriffen von den verschwitzten Händen der widerlichen Kerle, die sie vor der Weinhandlung geschnappt hatten.

Ihre Augen schmolzen vor nicht ausgelebter Leidenschaft; sie öffnete ihr Mieder und ließ es, zusammen mit dem Unterhemd, auf den Boden rutschen. Dann betrachtete sie sich wieder im Spiegel.

Im sanften Kerzenschein sah ihre Haut makellos und golden aus. In den letzten Monaten hatte sie an Gewicht eingebüßt, denn in Paris waren die Nahrungsmittel knapp geworden, besonders für eine junge Frau, die ihren Gönner verloren hatte. Aber ihre Brüste mit den rosigen Spitzen reckten sich immer noch keck hoch, und dass ihr Gesicht hagerer geworden war, stand ihr gut und betonte die hoch angesetzten Wangenknochen.

Sie griff nach der Weinflasche und nahm wieder einen kräftigen Schluck – er war kräftiger, als für sie gut war. Aber der Wein wärmte sie und trieb ihre dunklen Gedanken an.

Langsam und genüsslich befingerte sie ihre nackten Brüste. Mit Daumen und Zeigefinger drückte sie die vorwitzigen rosigen Warzen, die sich steil aufrichteten. Wogen der Lust überschwemmten sie und erhitzten ihr Blut. Die Röte der Wangen intensivierte sich noch, ihre Lippen waren feucht und leicht geöffnet. Verdammter Gerard. Verdammt sei er, weil er sie zurückgelassen hatte.

Als sie den Comte de Polignac zuerst kennen gelernt hatte, war sie geblendet gewesen. Er war groß und sah gut aus, hatte ausgezeichnete Manieren, zog sich elegant an und unterschied sich in allen Dingen von den Bauernjungen, die sie mit stürmischem Ungeschick bedrängt hatten.

Nicole hatte ihren tölpelhaften Bemühungen widerstanden, denn sie wollte nicht das Schicksal der anderen Mädchen teilen, die schwanger wurden und heiraten mussten und dann Jahr um Jahr Kind auf Kind zur Welt brachten, ohne zu wissen, wie sie die wachsende Familie ernähren konnten. Nicole hatte kein Verständnis für die einheimischen Mädchen und auch nicht für die Burschen, die sich ihnen aufdrängten. Oft genug hatte sie gesehen, wie sie sich auf den Feldern oder in den Scheunen gepaart hatten.

Nein, für sie kam das nicht in Frage. Einmal hatte ihr ein Dorfjunge aufgelauert und ihr seinen langen, hässlichen Penis gezeigt, aber sie hatte ihn nur ausgelacht und ihm geraten, ein anderes Mädchen zu finden. Das Erlebnis hatte ihren Beschluss nur noch gefestigt, das Dorf zu verlassen.

Ein halbes Jahr war sie in Paris gewesen, als Gerard auf sie aufmerksam geworden war. Am ersten Abend hatte er sie nach der Aufführung zum Essen eingeladen. Vor Aufregung hatte sie kaum sprechen können, denn es war ihr bewusst gewesen, dass dies die Eintrittskarte ins richtige Leben sein konnte. In das Leben, das sie sich verdient hatte.

Während sie sich im Spiegel betrachtete, koste sie ihre nackten Brüste und genoss die warmen, sinnlichen Gefühle, die sie durchfluteten. Sie zog sich feine Seidenstrümpfe an und befestigte sie an hauchdünnen Bändern auf ihren schlanken Schenkeln. Ein weißes Mieder stach ihr ins Auge, es war raffiniert geschnitten und drückte die Brüste zusammen. Die steifen Nippel stießen durch den Stoff. Sie war erregt, und das lag nicht nur am Wein, o nein, es lag an der ganzen Umgebung, an der bedrohlichen, geheimnisvollen Situation und an dem unglaublichen Luxus.

Und es lag an ihren Gedanken an den geheimnisumwitterten Retter, der bald wieder hier sein würde.

Sie streifte die Hände über die schlanken Hüften und sah im mannshohen Spiegel den entblößten Schoß zwischen Mieder und Strumpfansatz. Ihr Geschlecht pochte, und Nicole spürte ihre Säfte rinnen. Die krausen Härchen ihrer Scham wurden dunkel vor Feuchtigkeit.

Gerard hatte eine Schwäche gehabt für ihre krausen Schamhaare; er hatte vor ihr gekniet und ihren Duft eingeatmet, während er seine weißen, beringten Finger über ihren geschmeidigen Körper gleiten ließ. Sie erinnerte sich noch gut daran, wie begeistert er am ersten Abend von ihrem Körper gewesen war. Minutenlang hatte er sie voller Entzücken nur angestarrt. Nicole, die sich voller Verzweiflung nach ihm gesehnt hatte, hatte die Arme ausgestreckt; sie wollte ihn tief in sich spüren, aber er war schon zum Höhepunkt gekommen, während er neben ihr lag.

Nicole war enttäuscht gewesen, und ihr sehnsüchtiges Verlangen hatte sich in tiefen Schmerz verwandelt, aber sie sagte sich, dass sie glücklich war und ihn liebte. Jedenfalls hatte sie das damals geglaubt.

Gerard, Comte de Polignac, war ein egoistischer Liebhaber gewesen. Das war Nicole klar geworden, nachdem sie von ihren Freundinnen an der Oper genug über andere Männer gehört hatte. Ob auch sie die Lust erlebte, kümmerte Gerard herzlich wenig. Damals hatte ihr das nichts ausgemacht, weil sie immer noch vernarrt in sein gutes aristokratisches Aussehen war. Mehr zu verlangen, sagte sie sich, war unbillig; dann würde sie sich auf eine Stufe mit den geilen Landmädchen stellen, die es wie die Tiere trieben.

Wieder fühlte sich ihr Blick von den verblüffenden Elfenbeinpenissen angezogen. Ihre beste Freundin Anne-Marie, mit der sie sich eine Bude geteilt hatte, ehe Gerard ihr ein eigenes luxuriöses Apartment zugewiesen hatte, hatte Nicole lachend erzählt, wie einsame, liebeshungrige Frauen solche Gegenstände vor dem Einschlafen küssen und herzen und sich einbilden, einen Mann im Bett zu haben. Auf einer ausgelassenen, lärmenden Fete nach der Aufführung hatte eine Frau einmal demonstriert, wie diese Stäbe benutzt wurden; sie hatte die Röcke hochgezogen und den großen Schaft langsam eingeführt, während ihr Gesicht sich mit jedem Zentimeter ein bisschen mehr vor Lust verzerrte. Die anderen Gäste hatten gelacht und geklatscht, während Nicole errötend im Schatten geblieben war.

Benommen vor Verlangen griffen Nicoles zitternde Finger einen der weißen Stäbe. Er war sehr lang und dick; der bloße Anblick jagte ihr schon einen Schauer der Furcht über den Rücken, aber gleichzeitig wurde ihr Mund trocken, und vor Erregung bekam sie eine Gänsehaut. Die Spitze war rund und wunderbar glatt und verführerisch. Zögernd strich sie die Spitze über die geschwollenen Falten ihrer geheimen Stelle und fuhr langsam über die sämig feuchte Spalte. Sie zuckte und seufzte laut, denn es war ein gutes, oh, so ein gutes Gefühl. Sie biss sich auf die Unterlippe und ließ das Elfenbein tiefer hineingleiten. Sie spürte, wie ihre Muskeln es hart umschlossen, als wollten sie mehr haben.

Nicole richtete sich auf, atmete tief ein und betrachtete sich im Spiegel.

Sie konnte sehen, wie ihr Fleisch sich um den Elfenbeinschaft schmiegte. Die Lippen waren dunkel, glitschig und stark geschwollen. Mit der Fingerspitze berührte sie leicht die kleine Knospe am Eingang. Exquisite Gefühle ließen sie erschauern, und sie wusste, wenn sie noch einmal über den Kitzler streichelte, würde sie explodieren.

Aber noch nicht. Sie wollte dieses Gefühl auskosten, sie wollte ihr empfindsames Gewebe necken und reizen, wollte die derben sinnlichen Ereignisse des Tages noch einmal an sich vorbeiziehen lassen; das Kopulieren auf offener Straße, ihre eigene Lust in den Armen ihres Retters, der mit seinen kundigen Fingern ihre Nippel gereizt hatte, bis sie beinahe die herbeigesehnte Erlösung erlebt hatte.

Sie biss die Zähne fest aufeinander. Ihr Atem wurde vor Erregung immer kürzer und hechelnder, als sie den Elfenbeinpenis jetzt einführte, höher, noch ein Stückchen höher. Es war eine Wohltat! Ihre Lust wurde auch dadurch auf ein wundersames Plateau gehoben, dass sie sich dabei im Spiegel beobachten konnte.

Ihre Augen waren dunkel vor berstendem Verlangen. Mit der freien Hand zwickte sie ihre harten, steifen Nippel über dem engen weißen Mieder. Bei jedem Ausatmen entwich auch ein lüsternes Stöhnen.

Sie wusste, dass sie sich zu jeder Zeit zu einer Explosion der süßesten Gefühle bringen konnte, aber sie war entschlossen, diesen Moment so lange hinauszuzögern, wie sie diese köstliche Agonie ertragen würde.

Ihre inneren Muskeln verkrampften sich um den dicken Elfenbeinschaft, der immer schneller in sie hineinstieß, und dann schloss Nicole die Augen, und während sie von einem unglaublichen Orgasmus geschüttelt wurde, sah sie auf ihrer Netzhaut das Bild des schwarzhaarigen Bürgers Jacques, der sie so geschickt berührt hatte. Sie biss sich auf die Lippen und stellte sich vor, dass er es war, der ihr diese Lust verschaffte, dass es sein harter Penis war, der ihr Innerstes bis auf den Grund erforschte und mit berechnenden Stößen in sie hineinpumpte.

Nein! Dieses Entzücken sollte noch nicht aufhören. Der künstliche Phallus steckte fest in ihrer Vagina, und ihre Muskeln hatten sich noch nicht beruhigt. Sie warf ihre langen Haare zurück und betrachtete sich triumphierend im Spiegel. Sie schritt durchs Zimmer und hob die Weinflasche auf, um ihren Durst zu stillen. Sie ging ein wenig schaukelnd, und die nackten Hüften schwangen hin und her.

Sie stellte sich vor, wie ihre nackten Backen unter dem engen weißen Mieder aussehen mussten, prall und reif, offener wegen des dicken Schafts zwischen den Schenkeln.

Einem Impuls folgend, bückte sie sich nach der Pistole, die Jacques ihr dagelassen hatte. Sie wiegte sie in beiden Händen, und in diesem Moment fühlte sie sich stark und mächtig.

Zu spät hörte sie draußen die leisen Schritte. Sie wirbelte herum, aber da lehnte er schon an der Tür, die er hinter sich geschlossen hatte. Er hatte die Arme vor der Brust gekreuzt und lachte.

Verdammt, er lachte sie aus! Er lachte so sehr, dass Nicole sein weißes Gebiss sehen konnte, ein glänzender Kontrast zu seinem dunklen, gefährlichen Gesicht.

»*Morbleu*«, stieß Jacques hervor, »meine kleine Nicole, wahrhaft ein Augenschmaus.«

Zweites Kapitel

Jacques trug nicht mehr den dunklen Mantel, sondern stand in einem weißen Seidenhemd mit geraffter Krawatte sowie in hautengen schwarzen Breeches und langen Lederstiefeln da, die seine muskulösen Beine umschlossen. Die dunklen Haare waren streng nach hinten gekämmt. Er sah absolut umwerfend aus, dachte Nicole. Und er lachte sie aus. Dafür würde sie ihn umbringen. Ohne zu zögern legte sie die Pistole auf ihn an. Der Wein, den sie konsumiert hatte, floss träge durch ihre Adern und machte sie tollkühn. Nein, es war besser, ihn zu erniedrigen, statt ihn zu töten. Er sollte um sein Leben betteln, dieser unmögliche Bürger Jacques.

In dem eng anliegenden Mieder und den Seidenstrümpfen stand sie trotzig da, den Phallus noch zwischen den Schenkeln, die Pistole auf seinen Brustkorb gerichtet. Zischend sagte sie: »So, Monsieur, Sie finden mich also zum Lachen?«

»Zum Lachen? Oh, nein«, sagte er und schüttelte den Kopf. »Um ehrlich zu sein, *chérie*, du bist das Schönste, was ich je in meinem Leben gesehen habe.«

Nicole grinste grimmig. Mit einem Mal wusste sie, wie sie sich für die ganzen Erniedrigungen, die sie von Männern über sich hatte ergehen lassen müssen, rächen konnte.

Langsam ging sie auf ihn zu. Ihre vollen Brüste bebten leicht über der Spitze des engen Mieders. Mit einem befriedigenden Seufzer bemerkte sie die Schwellung in seiner Hose. Diesem Mann würde sie eine Lektion erteilen, die er nie vergessen würde!

»Ziehen Sie Ihre Kleider aus, Bürger Jacques«, sagte sie leise. Er zögerte, und Nicole hob die Pistole eine Idee höher. Seine Augen verengten sich zu schmalen Schlitzen, die jede ihrer Bewegungen genau verfolgten.

»Fangen Sie endlich an, verdammt!«

Mit einem flüchtigen Schulterzucken entknotete er seine weiße Krawatte, dann knöpfte er sein bauschiges Hemd auf und zog es langsam aus dem Hosenbund. Seine Lippen zuckten leicht, und er hob die Augen und sah Nicole fast entschuldigend an.

Nicole, die kaum mehr atmen konnte, wartete gespannt auf den nächsten Schritt, denn sie konnte sehen, wie seine Männlichkeit gegen den engen Hosenstoff drückte. Ihre inneren Muskeln umklammerten hilflos den harten Elfenbeinschaft. Oh, wie sie sich nach seinem Schaft sehnte! Aber zuerst würde sie ihn demütigen. Das war es, was sie wollte. Mehr als alles andere. Sie wollte diesen arroganten Mann erniedrigen. Er würde ihr aus der Hand fressen.

Eine Hand hielt die Pistole, die andere lag auf der Hüfte. Ihre Beine standen weit auseinander. Sie wusste, dass ihre nassen geheimen Falten sichtbar waren.

»Knien Sie sich, Bürger Jacques«, sagte sie schnurrend. »Aber knien Sie sich langsam.«

Er gehorchte, das Gesicht ausdruckslos. Das aufgeknöpfte Hemd fiel auseinander und gab den Blick auf seinen kräftigen muskulösen Oberkörper frei, der in einen flachen Bauch überging. Seine Haut war glatt und gebräunt, aber weiter unten begann eine dünne Haarlinie, die zu seinem noch bedeckten Schoß führen würde. Nicole spürte, wie ihr Mund trocken wurde.

Er war ein schöner Mann. Kräftig, geschmeidig und stark. Nicht so schwer mit Muskeln bepackt wie die Bauern auf den Feldern der Normandie. An seinem Körper konnte man kein Gramm Fett entdecken. Aber was half ihm seine Kraft, wenn sie eine Waffe auf ihn gerichtet hatte?

Nicole leckte sich über die vollen Lippen und genoss die Macht, über die sie plötzlich verfügte. »Und jetzt«, sagte sie mit raunender Stimme, »lassen Sie es raus. Ich will sehen, was Sie zum Mann macht, Bürger.«

Er sah sie stirnrunzelnd an.

»Oder fürchten Sie sich davor?«, flüsterte sie. »Fürchten Sie sich vor mir? Haben Sie Angst, ich könnte über Ihre unzulängliche Männlichkeit lachen?«

Er presste die dünnen Lippen aufeinander und knöpfte langsam die Breeches auf.

Nicole stieß ein lautes Geräusch aus, und die Farbe schoss in ihre Wangen, als sein stattliches Glied ungeduldig aus dem Gefängnis ruckte und nach oben federte.

Unzulänglich, dachte Nicole, war nun wirklich kein treffendes Wort dafür.

Er hatte einen wunderschönen Penis. Dunkel und geschwollen, lang und dick und seidig weich. Sie konnte sich vorstellen, wie er sich anfühlte, wenn sie ihn in die Finger nahm. Oder zwischen die Lippen. Das vom Wein aufgeheizte Blut prickelte in ihren Adern, und ihre inneren Muskeln schlossen sich fester um den

Elfenbeinschaft. Wenn sie nicht aufpasste, dachte sie, würde sie nur von seinem Anblick einen Orgasmus bekommen. Aber das wäre viel zu schnell gewesen, denn er sollte ja leiden.

Sie beobachtete ihn begierig und sah zu, wie er die Breeches abstreifte. Dabei berührte er eher zufällig den dicken Stamm seines Penis, der hungrig zuckte.

Nicole musste lachen. »Sie wollen sich wohl mit Ihren eifrigen Fingern selbst befriedigen? Oh, nein, Monsieur! Hände auf den Rücken!«

Sie stützte sich mit den Pobacken auf dem hohen Bettrand ab, die Schenkel immer noch gespreizt. Die Augen des Mannes schienen beinahe hilflos auf die saftigen Falten des Dreiecks gerichtet zu sein und auf den Elfenbeinschaft, der so verführerisch zwischen den nassen Lippen verschwand. Nicole hörte ihn seufzen und lächelte in sich hinein. Sie hielt die Pistole auf seine Brust gerichtet, während sie mit der anderen Hand den künstlichen Penis griff und langsam hin und her bewegte.

Der Mann starrte sie an, die Hände auf dem Rücken, das dunkle Gesicht völlig leidenschaftslos.

Aber Nicole sah, während sie vor Lust zitterte, dass sein gewaltiger Phallus gierig pochte. Die schweren Hoden zogen sich in den dunkel behaarten Beutel zurück und verrieten sein Verlangen. Nicole rang nach Luft, sie spürte die verkrampfenden Muskeln um den Schaft und drückte ihn härter, schneller und tiefer in sich hinein. Sie war fast da ... fast ...

»*Chérie*«, sagte Jacques leise, »ich wünschte, du würdest damit aufhören. Wirklich.«

Hechelnd vor Lust fuhr sie fort, den Schaft zu bewegen. »Warum sollte ich?«, fragte sie mit bebender Stimme.

»Weil«, sagte Jacques zögernd, »weil ich mich davor fürchte, was mit der Pistole geschieht, wenn du deinen Höhepunkt erreichst, meine liebe Nicole. Und weil du fast eine ganze Flasche Wein intus hast. Und schließlich auch, weil ich glaube, dass du mit mir eine Menge mehr Spaß haben würdest.«

Nicole lachte gehässig, ihre Hand immer noch am Elfenbeinschaft. »Arroganter Narr! Alle Männer glauben, sie seien unersetzlich.« Was sie dann noch sagen wollte, erstarb auf ihren Lippen.

Geschmeidig wie eine Raubkatze hatte sich Jacques erhoben und durchquerte das Zimmer. Sein Hemd bauschte auf, das erigierte Glied wies ihm den Weg.

Nicole öffnete den Mund, packte die Pistole mit beiden Händen und hielt sie wieder auf seine Brust. »Bleiben Sie stehen! Ich schieße! Das ist mein Ernst!«

»Du wirst nicht schießen«, sagte er gelassen und ging weiter auf sie zu, der zitternden nackten Gestalt entgegen. »Soll ich dir sagen, warum? Diese Pistole, meine kleine Wildkatze, ist nicht geladen.«

Er schlug ihre Arme nach unten, und die Pistole fiel polternd auf den Boden. Gleichzeitig nahm Jacques die verdutzte Nicole in die Arme, hob sie auf und warf sie schwungvoll aufs Bett. Er bückte sich über sie und zog den Elfenbeinschaft langsam aus ihr heraus.

Ob unbeabsichtigt oder nicht – seine Hand strich über den fiebrigen Venusberg und über die pochende Klitoris. Fast wäre es ihr gekommen, als er den Schaft aus ihrer zuckenden, schmerzenden Spalte zog. Verzweifelt versuchte sie, die Kontrolle zu behalten. Sie wollte sich aufrichten, aber da kniete er schon über ihr und zwang sie aufs Bett zurück.

Sie widersetzte sich ihm weiter, aber sie hatte nur

noch seine massive Erektion im Kopf. »Verdammt«, rief sie, »warum haben Sie mir eine Pistole zur Verteidigung gegeben, wenn sie nicht geladen war?«

Seine Antwort bestand darin, sich weit über sie zu beugen und einen Nippel in den Mund zu nehmen. Nicole warf den Kopf in den Nacken und stöhnte lustvoll auf.

»Hast du dich mit der Pistole nicht sicherer gefühlt, als du allein im Haus warst?«, fragte er.

Sie stöhnte erneut, als seine Finger über ihre steifen Nippel strichen. »Ja, ja«, ächzte sie, »aber hören Sie jetzt damit auf, Monsieur.«

»Also«, sagte er gelassen und bewegte die Finger zwischen ihren zuckenden Lippen auf und ab, »dann hat die Pistole doch ihren Zweck erfüllt. Und dies, *chérie*, wird dir besser gefallen als dieses Spielzeug aus Elfenbein. Siehst du, hier hast du das Original.«

Er nahm den Penis in die Hand und führte den seidigen Kopf zwischen die zuckenden Lippen.

Nicole schmiegte sich an ihn und rieb ihre steifen Nippel gegen seine Brust. Jacques küsste sie auf den Mund, und im gleichen Moment glitt er in sie hinein.

Er war großartig. Hart wie ein Knochen und doch wunderbar sanft. Nicole warf die Arme um seine Schultern und klammerte sich keuchend an ihn, während Wellen der Lust durch ihren Körper liefen.

Er hob den dunklen Kopf und starrte auf ihre vollen Brüste. »Und wie schneide ich im Vergleich mit deinem Comte de Polignac ab?«

Nicoles Gesicht verzerrte sich gehässig. »Wie können Sie es wagen, sich mit ihm zu vergleichen?«, fuhr sie ihn an. »Er war Angehöriger der Hocharistokratie und kein spießiger Advokat aus der Provinz.«

»Ach? Die Adligen treiben es anders? Hat er das denn nicht getan?«

Er kreiste mit dem Daumen über ihre Klitoris. Nicole erschauerte und griff fest um seinen harten Schaft.

»Oder dies? Und dies?« Seine andere Hand glitt zwischen ihre Backen und koste die winzige, pulsierende Öffnung, bis sie laut zu stöhnen anfing.

»Oh, ja, ja!«, ächzte sie.

Er lachte in ihr Ohr, dann biss er sanft in ihre Nippel und stieß tief in sie hinein, und dann dauerte es nicht lange, bis Nicole den bewegendsten Orgasmus ihres Lebens erfuhr.

Die wilde Lust schüttelte ihren Körper durch. Jacques küsste ihre Tränen weg, und erst danach trieb er weiter in sie hinein, dem eigenen Höhepunkt entgegen.

Nicole lag in seinen Armen, verängstigt und erstaunt über das, was sie für diesen geheimnisvollen Mann empfand. Die Kerze auf der Frisierkommode flackerte, als wollte sie ausgehen, aber dann erholte sie sich und warf wieder ihren unsicheren Schein auf die beiden Körper. Nicole mochte es nicht glauben. Ausgerechnet hier, in dieser Umgebung, ausgerechnet mit diesem dämonischen Geliebten, dessen vollen Namen sie nicht einmal wusste.

Er lächelte und sagte: »Jetzt möchte ich gern deine Gedanken lesen können.«

Sie wurde aus ihrer melancholischen Stimmung gerissen und wandte sich instinktiv von ihm ab. »Das kann ich Ihnen sagen. Ich denke darüber nach, warum Sie mich mit einer Pistole allein zurückgelassen haben, von der Sie wussten, dass sie nicht geladen war.«

»Ja, stimmt.«

»Und doch«, fuhr Nicole fort, »zu Anfang, als ich Ihnen befohlen habe, sich auf den Boden zu knien und ... und ...

»... und mich auszuziehen?«, fragte er.

»Ja, ja. Da hätten Sie mir doch schon sagen können, dass die Pistole nicht geladen war.«

»Ja, richtig.« Seine dunklen Augen tanzten. »Aber mir hat die Vorführung gefallen. Und dir hat sie auch gefallen. Außerdem wollte ich dich testen, Nicole.«

Sie rutschte noch ein bisschen weiter von ihm weg. »Mich testen?«, fragte sie verwundert.

»Ah, meine Nicole. Du bist eine Schönheit.« Er streckte einen Arm aus und streichelte mit einer schlanken, braunen Hand über ihre Brüste oberhalb des engen Mieders.

Sie erschauerte, als das Nachglühen der Erlösung von neuen Lustgefühlen belebt wurde. Ihr Körper war noch heiß, und sie spürte jede seiner Berührungen besonders intensiv. Sie stöhnte laut.

»Hast du auch bei Gerard so laut gestöhnt?«, fragte Jacques. »Hat er dich auch jedes Mal zu einem so schönen Höhepunkt gebracht?«

»Natürlich!«, log sie. »Gerard war ein wunderbarer Liebhaber.«

»Das hast du mir schon mal gesagt. Und doch hasst du ihn jetzt. Du würdest ihn sogar dem Tribunal ausliefern, wenn du könntest, nicht wahr?«

»Ja! Weil er mich allein in Paris zurückgelassen hat!« Ihre Stimme zitterte. Verdammt, die Sanftheit dieses Mannes irritierte sie und brachte sie aus dem Konzept. Sie sah ihn aus den Augenwinkeln an. Er lag so gelassen da, so selbstsicher. »Was haben Sie damit gemeint, dass Sie mich testen wollten?«, fragte sie misstrauisch.

Er stützte sich auf einen Ellenbogen und sah ihr ins Gesicht. Seine dunklen Augen blickten ernst und entschlossen.

»Ich habe mit dir über Vergeltung gesprochen«, sagte er. »Was sagst du zu einer Gelegenheit, Nicole, genau jene Menschen zu demütigen, die unser Land an den Rand des Ruins gebracht haben, nämlich die Aristokraten?«

Sie starrte ihn an und brach dann in Lachen aus. »Sind Sie verrückt?«

»Weit davon entfernt«, antwortete er gelassen. »Ich möchte nur wissen, ob du dabei mitmachen willst, Nicole, denn nach allem, was ich von dir gesehen habe, bist du sehr geeignet, meine Komplizin zu sein.«

Seine Hand streichelte leicht über ihre Brust, ein Finger spielte träge mit dem Nippel. Nicole hatte Mühe zu atmen. Sie löste sich von ihm und zischte: »Ihre Komplizin? Oh, nein, Jacques! Streichen Sie mich aus Ihren Überlegungen. Ich werde dieses Mausoleum so schnell es geht verlassen.«

Er legte sich auf den Rücken, die Hände hinter seinem Kopf verschränkt. Sein Hemd öffnete sich zu beiden Seiten, und es kostete sie Überwindung, nicht auf seinen schönen nackten Oberkörper zu schauen und auf die Schwellung, die seine Genitalien unter den Breeches verursachten. Mit den langen schwarzen Haaren, die sein fein geschnittenes Gesicht einrahmten, sah er wie ein dunkler Engel aus.

»Du gehst also?«, fragte er unschuldig.

»Ja. Aber nicht sofort«, fügte sie rasch hinzu und sah durchs Fenster in die stockfinstere Nacht. Sie musste an die schrecklichen Szenen in den Pariser Straßen denken.

»Wie schade, *ma chérie*, denn wie ich schon sagte, es wäre deine Gelegenheit für Vergeltung gewesen. Und auch eine Gelegenheit für viele neue Lusterfahrungen, denn die ehemaligen Bewohner dieses Anwesens haben eine Menge von solchen Dingen verstanden.«

Die Art und Weise, wie er das sagte, hinterließ Trockenheit in Nicoles Mund. Ihre Blicke blieben jetzt doch auf seiner hageren Gestalt hängen.

Er gähnte und richtete sich auf. »Aber es ist deine Entscheidung«, fuhr er ruhig fort. »Bevor du gehst, musst du etwas essen. Ich muss auch Feuer machen, denn es ist kühl hier, nicht wahr? In der Zwischenzeit kannst du dir ein paar Kleider aussuchen, meine Liebe, denn sonst ...« – sein Mund zuckte, als er ihren verführerischen Körper betrachtete – »... wirst du nicht weit kommen.«

Eine Stunde später legte Nicole sich mit einem wohligen Seufzer in die Kissen zurück, herrlich gesättigt. Sie hatte sich in ein wunderschönes seidenes Nachtgewand gehüllt, das sie in einer Garderobe aus Mahagoni gefunden hatte, und als Jacques ihr ein Tablett mit knackig frischem Brot, cremigem Käse und sogar einigen kleinen Äpfeln gebracht hatte, war sie darüber hergefallen, und er hatte sich zurückgesetzt und sie amüsiert beobachtet.

Während sie kräftig in den Apfel biss und kaute, fragte sie: »Essen Sie gar nichts?« Er schüttelte den Kopf und legte ein paar Holzscheite aufs Feuer. »Ich habe gegessen, als ich draußen war. Du kannst das alles für dich haben.«

Nicole nagte den Apfel bis aufs Kerngehäuse ab,

setzte sich im Schneidersitz aufs Bett und beäugte ihn argwöhnisch. »Wie, um alles in der Welt, ist es Ihnen gelungen, dieses Essen aufzutreiben, wenn gewöhnliche Sterbliche stundenlang anstehen müssen, um ein trockenes Roggenbrot kaufen zu können? Wer sind Sie, Monsieur?«

Er drehte sich wieder zu ihr um. »Das habe ich doch schon gesagt. Ich bin Jacques.«

»Aber wie gelangt der Schlüssel zu dieser Residenz in Ihre Hände? Der Mann, der die Kutsche angehalten hat, kannte Sie! Er schien sogar Angst vor Ihnen zu haben. Sie sind kein Bauer. Wer sind Sie? Irgendein Gesandter aus dem Süden?«

Bildete sie es sich nur ein oder zögerte er, bevor er antwortete. »Stimmt, ich komme aus der Provence.«

»Aha«, sagte Nicole höhnisch, »also sind Sie nach Paris gekommen, um mal an der Macht zu riechen, um Ihre spießigen Fantasien auszuleben, was?«

Er setzte sich vor den Kamin in einen zierlich aussehenden Stuhl mit vergoldetem Rahmen und streckte seinen langen Beine aus. »Lebst du nicht auch deine Fantasien aus, Nicole? Ebenso wie die Leute, die wir heute Abend auf den Straßen gesehen haben?«

Nicole sah sofort wieder das Bild der ausgelassen tanzenden Frauen vor der Weinhandlung vor sich, auch das auf der Straße kopulierende Paar. Sie streckte die Hand nach dem Glas Rotwein aus, das er ihr eingeschenkt hatte. »Ich nehme mir mein Vergnügen, wo ich es finde«, sagte sie trotzig. »Mehr hat man doch nicht im Leben.«

»Gut.« Er lächelte listig, stand auf und schenkte Wein nach. »Ich hatte gedacht, dass du es so siehst.«

Nicole erwiderte verächtlich: »Mich wundert, dass

zu Ihrer Adelsfantasie nicht ein paar Diener gehören, die zum Beispiel den Wein einschenken könnten.«

Er sah sie lächelnd an. »Nun, du wirst später noch feststellen, dass tatsächlich ein paar Diener da sind.«

Sie langte nach dem frisch gefüllten Glas, und dabei sah sie es.

Um Feuer zu machen, hatte er die Ärmel seines cremefarbenen Hemdes hochgerollt. Die sehnigen Unterarme waren mit feinen, kurzen dunklen Härchen bedeckt. Auf der Innenseite des Handgelenks war eine Nummer in die Haut gebrannt.

Nicole spürte, wie das Blut aus ihrem Gesicht wich. Erschrocken platzte es aus ihr heraus: »Sie sind ein Gefangener! Ein Sträfling!«

Er stellte die Flasche Wein bedächtig ab und sah sie aus verengten Augen an. Nach einiger Zeit nickte er. »Ja, man hat mich als solchen behandelt.«

Aber Nicole war schon vom Bett gerutscht und wich vor ihm zurück, ihre Augen vor Schreck geweitet. »Sie ... Sie haben es mir nicht gesagt.«

»Du hast mich nicht gefragt, Nicole.«

»Sie können es also nicht abstreiten?«

Sein Gesicht verhärtete sich, es wurde kantig und kalt, als er ihren Abscheu sah. »Wie soll ich es abstreiten können, wenn dieses Brandmal mich mein Leben lang begleiten wird? Ja, ich gebe es zu. Ich habe zwei Jahre in Toulon im Kerker gesessen.«

Nicole wollte nichts mehr hören. Mit einem Aufschrei des Entsetzens rannte sie zur Tür und stürzte die dunkle Galerie entlang. Sie hörte ihn rufen.

»Nicole! Komm zurück, verdammt!«

Blindlings rannte sie weiter. Ihr Herz klopfte wie

wild. Eine schmale Treppe führte weiter nach oben. Sie stolperte in der Dunkelheit und fiel hin. Sie raffte sich auf. Im oberen Stockwerk roch es muffig und verstaubt, und riesige Spinngewebe blieben an ihren Wangen haften.

Sie hetzte über einen Flur und fand die Türen verschlossen vor. Sie glaubte, seine ruhigen Schritte hören zu können. Keuchend vor Angst warf sie sich eine weitere schmale Treppe hoch. Ihre Knie gaben nach, sie konnte sich kaum noch auf den Beinen halten. Diese letzte Treppe führte zu einem einzigen Zimmer und zu sonst gar nichts. Voller Entsetzen erkannte sie, dass sie in der Falle saß. Sie drehte sich um und meinte, den schwachen Schein seiner Kerze ausmachen zu können. Sie stürzte in das Zimmer und knallte die Tür hinter sich zu. Sie richtete sich auf und rang nach Luft.

Draußen war nichts zu hören. Vielleicht hatte sie ihn abgeschüttelt.

Sie war krank vor Angst und konnte keinen klaren Gedanken fassen. Es war dunkel im Raum, und weil die Fensterläden dicht geschlossen waren, stahl sich nicht einmal ein Fetzen des Mondlichts durch eine Ritze. Sie schien sich in einem Raum zu befinden, der selten oder gar nicht benutzt worden war. Nicole nahm einen eigenartigen Geruch von Moder und Leder wahr. Es war kalt, und sie schüttelte sich in ihrem dünnen Nachtgewand. Sie trat einen unsicheren Schritt vor. Wo konnte sie sich verstecken?

Die Wände waren rau, und offenbar gab es kein Mobiliar. Dann stieß sie mit der Hand gegen ein Regal, das an der Wand befestigt war. Neugierig tastete sie einige Gegenstände auf dem Regal mit den Fingern ab. Es mussten Peitschen sein. Ein Regal voller Peitschen!

Lange aufgerollte Schnüre und kräftige Griffe aus hartem Leder. Aber wieso? Wenn dieser Raum im Erdgeschoss gewesen wäre, hätte man ihn für Vorräte nutzen können. Aber hier oben? Ihre Finger glitten zitternd über die einzelnen Peitschen.

Was war der Zweck dieses Furcht einflößenden Raums?

Sie stolperte weiter und stieß in einer Ecke gegen ein kleines Holzbett. Über der Matratze lag eine mit Rosshaar gefüllte Decke. Nadine atmete den muffigen Geruch ein, der sie benommen machte. Dann hörte sie bedächtige Schritte auf der Treppe.

Jacques.

Er wusste, wo sie war.

Er war ein Sträfling. Vielleicht sogar ein Mörder.

Sie wirbelte herum und unterdrückte einen Angstschrei. In ihrer Verzweiflung griff sie nach einer Peitsche, dann schlich sie zum Bett und versteckte sich hinter den dünnen Vorhängen. Sie hörte, wie die Tür sehr vorsichtig geöffnet wurde und erstickte ihren Schrei mit der eigenen kleinen Faust. Vielleicht wusste er ja gar nicht, dass sie hier Zuflucht gesucht hatte. Vielleicht würde er sich umdrehen und gehen.

Es entstand eine längere Stille, während der flackernde Schein der Kerze die dunklen Schatten der Bettvorhänge durchdrang. Sie hörte seine Schritte, dann blieb er stehen. Sie traute sich nicht zu atmen, als er näher kam, immer näher, bis er vorm Bett stand. Nicole barg ihr Gesicht in beide Hände.

Als sie seine Hand auf ihrer Schulter spürte, fuhr sie herum. Ihre Hand klammerte sich fester um den Peitschenknauf, und dann schlug Nicole mit aller Macht zu – ins Gesicht, hoffte sie.

Sie hörte ein Zischen, als er die Luft scharf einsog. Die Peitschenriemen hatten seine Wange erwischt. Er gluckste leise. »Das hättest du nicht tun sollen, meine kleine Nicole. Aber zum Glück habe ich so etwas erwartet und mich entsprechend geschützt.«

Sie fiel zurück gegen das Bett und starrte auf seine beeindruckende Gestalt. Sie war bleich vor Angst. Im schwachen Schein der Kerze sah sie, dass er eine Maske trug, eine schwarze Maske aus weichem Leder mit Schlitzen für die Augen und einem Loch für den Mund. Sie schauderte und sah, dass es noch weitere Regale in diesem Raum gab; Regale, gefüllt mit weiteren Peitschen, Masken, Ledergurten und mit Geräten, deren Namen und Verwendungszweck sie nicht kannte. Wahrhaft eine Schreckenskammer!

Mit einem wilden Aufschrei sprang sie auf die Füße und zur Tür. Aber mit einem boshaften Lachen schnappte er Nicole und schob sie zurück auf das kleine, harte Bett, und als sie sich wehrte und um sich trat, warf er sich über sie. Sein Gewicht quetschte die Luft aus ihrem Leib. Die Augen blitzten Furcht erregend hinter den Schlitzen seiner Maske. Nicole sträubte sich nach Kräften, aber dann spürte sie, wie er sich ihre Handgelenke vornahm. Einen Moment später sprang er auf und griff nach ihren Fußgelenken. Zu spät erkannte sie, dass er sie mit Lederriemen an die Bettpfosten gefesselt hatte.

Sie zerrte an den Gurten und wollte mit den Füßen nach ihm treten, aber dadurch erreichte sie nur, dass ihr seidenes Gewand auseinander klaffte und den Blick auf ihre nackte Haut und das weiße Mieder freigab.

Jacques trat einen Schritt zurück und betrachtete

sein Werk. »Ganz ruhig, meine kleine Wildkatze«, murmelte er. »Willkommen im Lustzimmer der früheren Bewohner. Ich hätte es dir später sowieso zeigen wollen, aber dein Instinkt hat dich schon hierhin geführt.«

»Lust?«, kreischte Nicole und starrte in das maskierte Gesicht. »Sie sind ein perverser Teufel!«

»Ich kann dir nur raten zu warten, bevor du dir eine Meinung bildest.«

»Mir bleibt wohl nichts anderes übrig!«

»Genau«, sagte er freundlich. »Und das Warten, *ma chérie*, gehört zum Spaß dazu, wie du bald erfahren wirst.«

Wie er so vor ihr stand, geschmeidig und muskulös, in seinem offenen Hemd und den engen Breeches, das Gesicht hinter der Ledermaske nicht zu erkennen, spürte sie ein unerklärliches Verlangen nach ihm. Auch während sie sich hilflos gegen ihre Fesseln wehrte, brannte es in ihrem Bauch, und sie wusste, dass ihr Geschlecht sich mit süßen Säften füllte.

Die Art, wie sie zur Hilflosigkeit verdammt war, trug sogar noch zu ihrer schamlosen Erregung bei. Ihre Brüste waren oberhalb des Mieders entblößt, und die Beine waren durch die Fußfesseln weit gespreizt, wodurch er ihre geschwollenen, glitschigen Lippen sehen konnte.

Ein Sträfling …

Jacques hatte die Peitsche aufgehoben, mit der sie ihn geschlagen hatte. Er trat näher auf Nicole zu, und unwillkürlich zuckte sie zusammen. Er ließ die Spitze der Peitschenschnüre über ihre Brüste gleiten. Nicole schloss die Augen, während die wilde Erregung durch ihren Körper pulsierte. Ihre Nippel versteiften sich und schienen mehr zu verlangen. Jacques nahm die Warzen zwischen Daumen und Zeigefinger und drückte sie spielerisch, mal sanft, mal hart. Nicole wand sich unter dem süßen Schmerz auf dem Bett hin und her.

Er drehte die Peitsche in seiner Hand und ließ den harten, aber geschmeidigen Knauf über ihren Bauch gleiten, dann hinunter in die geschwollene Spalte und über die gereizte Klitoris. Nicole schloss wieder die Augen und schrie auf. Ja, sie sehnte sich nach ihm. Sie wollte die dunkle, verbotene Lust, die ihr schweigsamer Folterer mit seinen geschickten Berührungen versprach.

Während er sie weiter mit dem Peitschenknauf reizte, ruckte ihr Kopf von einer Seite zur anderen. Seine Stimme wurde durch die Maske gedämpft, als er fragte: »Was willst du, Nicole, *chérie*? Was willst du wirklich?«

Der Lederknauf spreizte ihre plumpen, nassen Labien. Nicole biss sich auf die Lippen, bis es schmerzte. »Du bist eine Bestie«, zischte sie.

»Soll ich denn gehen?«

Sie riss die Augen weit auf. »Sie würden mich nicht so hier zurücklassen?«

»Vielleicht doch.«

Er stieß mit dem Lederschaft sanft gegen ihre Klitoris, dann ließ er ihn handbreit darüber schweben. Nicole seufzte vor Enttäuschung.

»Damit du Dankbarkeit lernst.«

»Dankbarkeit?«, kreischte sie. »Ich soll einem Sträfling gegenüber dankbar sein? Weil Sie mich in diesem schrecklichen Haus als Gefangene halten?«

»Vor Kurzem hatte ich den Eindruck, dass es dir gefällt. Vielleicht ist es besser, wenn ich dich eine Zeit lang verlasse, damit du in Ruhe über alles nachdenken kannst.« Er hob die Schultern und ging zur Tür.

Nicole geriet in Panik. »Nein!«

Er drehte sich zu ihr um. »Dann bitte mich auch nett darum, *chérie*.«

»Ja, bitte – verdammt, Jacques!«

Er ging langsam zu ihr zurück und setzte sich neben sie aufs Bett. Er fuhr mit einer Hand über ihre harten Nippel. Nicole hätte vor lauter Frust am liebsten laut geweint.

»Was genau soll ich denn tun?«, fragte er.

Die Ledermaske, die ihr nun so nahe war, wirkte fast hypnotisch auf sie; sie fühlte sich von ihr zugleich angezogen und abgestoßen. Sie schüttelte sich vor unerfüllter Gier. Voller Scham fuhr sie sich über die Lippen und flüsterte: »Ich will, dass du mich berührst. Da unten.«

»Wie? Mit meinen Fingern, Nicole?«

»Ja«, murmelte sie. »Und ... und ...«

»Und?«

»Mit deiner Zunge ...«

»Etwa so?« Langsam stieß die Zunge durch die Mundöffnung der Maske, feucht, glänzend und verführerisch.

Nicole schloss voller Scham die Augen. »Ja.«

Mit einem tiefen Glucksen kniete Jacques sich zwischen ihre Schenkel und beugte den Kopf.

Seine Zunge war lang und unglaublich kräftig. Nicole spürte den kalten Kuss der Ledermaske auf ihrer warmen, pulsierenden Vulva, während die Zunge die geschwollenen Labien berührte. Nicole war außer sich vor Wollust. Nie zuvor war sie so erregt gewesen.

Er bewegte sich zu ihren Brüsten und umspielte die steifen Spitzen.

Nicole schrie auf. Von den Brüsten schossen heiße Pfeile zu ihrem schmelzenden Schoß. Sie starrte in sein Gesicht, gebannt von den dunklen Augen. Er muss der Teufel höchstselbst sein, dachte sie und erinnerte sich, wie sein zuckender Penis sie vor Kurzem noch befriedigt hatte, und voller Sehnsucht bäumte sich ihr Schoß auf, ihr Becken rotierte, und benommen murmelte sie seinen Namen.

»Geduld, meine Nicolette.«

Sein Kopf bewegte sich wieder nach unten, und er leckte langsam über ihr empfindliches Gewebe. Sie warf sich im Bett herum, zerrte an den Fesseln, die Arme und Beine hielten, und schrie nach der Erfüllung ihrer Lust. Jacques packte ihre Hüften, dann stieß er mit der langen Zunge tief in sie hinein, während seine lederbekleidete Nase ständig über ihren Venusberg rieb und ab und zu ihren Kitzler streifte. Seine Zunge drückte und drehte sich, wie eine kleine Schlange wand sie sich in ihrem bebenden Geschlecht.

Mit einem ungezügelten Aufschrei bäumte Nicole sich unter ihm auf, stieß ihm das Becken entgegen und rieb die Klitoris gegen das weiche Leder. Der Schrei ging in ein hechelndes Wimmern über, als sie einen durchrüttelnden Orgasmus erlebte, der sie am ganzen Körper zittern ließ.

Schlaff fiel sie aufs Bett zurück. Sie war erschöpft und ausgelaugt, aber nie zuvor hatte sie ein solch köstliches, sinnliches Entzücken empfunden.

Er stand über ihr, die Hände auf den Hüften, die

Augen dunkle Schlitze hinter seiner Maske. »Jetzt weißt du, *ma chérie*«, sagte er mit schnurrender Stimme, »warum die früheren Bewohner dieses Zimmer als ihren Lustraum benutzt haben. Wie listig von dir, ihn so gezielt anzusteuern.«

Nicole konnte noch nicht sprechen, ihr Atem musste sich erst normalisieren. In sich fühlte sie eine tiefe Scham über das, was sie ihm gestattet hatte, und doch zitterte ihr Körper noch von der heißen Erregung und der Erinnerung an die Wonnen, die er ihr verschafft hatte. Jacques' Maske war feucht von ihren Säften. Er nahm sie langsam ab und lächelte Nicole an.

»Wirst du mich jetzt von meinen Fesseln befreien, du brutaler Mensch?«

Er legte den Kopf auf eine Seite und sah sie spöttisch an. »Vielleicht, vielleicht auch nicht. Ich bin mir nicht sicher, ob du schon gelernt hast, mir zu vertrauen.«

»Ich soll dir vertrauen?« Ihre Stimme klang wie Eis. Ihr Blick fiel auf das kleine Brandmal am inneren Handgelenk. »Warum, um alles auf der Welt, soll ich einem geflohenen Sträfling vertrauen?«

»Weil«, sagte er ruhig, »ich nicht das getan habe, was sie mir vorgeworfen haben.« Er befreite sie von den Fesseln, und sie setzte sich aufs Bett und zog das Nachtgewand eng um ihren Leib.

»Wie kann ich dir glauben?«

Er hob die Schultern, stand auf und legte die Peitsche zurück aufs Regal. Er drehte sich zu ihr um. »Damals hat mir auch niemand geglaubt, obwohl ich hartnäckig meine Unschuld beteuert habe. Ich habe auch immer wieder versucht zu fliehen – das hier habe ich davon behalten.«

Er streifte sein weißes Hemd von den Schultern.

Nicoles Herz pochte wie verrückt, denn im Kerzenschein sah er so geschmeidig und sehnig aus wie eine Wildkatze. Er wandte ihr den Rücken zu, und ihr stockte der Atem.

Die symmetrische Schönheit seiner Schultern wurde durch Striemen unterbrochen, tiefe Rillen, die sich ins Fleisch gegraben hatten, zweifellos von Peitschenhieben verursacht. Die Narben waren längst verheilt, sie würden ihn auf ewig an seinen Fluchtversuch erinnern.

Nicole spürte einen Kloß im Hals, sie schluckte schwer. »Warst du auf den Galeeren?«

»Nein.« Er zog das Hemd wieder an. »Mich haben sie in den Steinbruch geschickt.«

Das erklärte auch seinen muskulösen Körper, dachte Nicole. »Und weswegen bist du verurteilt worden, Jacques?«

»Sie haben mich der Vergewaltigung beschuldigt«, sagte er. »Ich wurde durch einen *lettre de cachet* verurteilt und ohne Gerichtsverhandlung eingekerkert. Damals waren solche Verfügungen des Königs noch gang und gäbe in unserem schönen Land.«

Nicole lehnte sich vor, ihr Gesicht bleich und besorgt. »Und hatte die Anklage Recht, Jacques? Hast du eine Frau vergewaltigt?«

Er sah sie lange an. »Als ich sie kennen lernte«, begann er, »war sie die Mätresse eines Hochadligen in der Nähe von Marseilles. Sie war ihres wohlhabenden Beschützers überdrüssig geworden und hatte mich als Ersatz ausgesucht. Aber sie befand sich in einem Dilemma, denn sie genoss ihren Status, den Reichtum und den Einfluss als Mätresse des wohlhabenden Aristokraten.«

Er legte eine Pause ein, und Nicole schmerzte das Herz über die leidenschaftslose Art, wie er die Geschichte seines Schicksals erzählte.

»Aber sie war gewohnt, das zu bekommen, was sie sich in den Kopf gesetzt hatte. Sie war sehr schön, musst du wissen. Aber dann liefen die Dinge schief. Ihr reicher Beschützer hatte seine Spione überall, und einer hat ihm von uns erzählt. Sie verteidigte sich damit, ich hätte sie vergewaltigt und sie dann erpresst, sodass sie gezwungen gewesen wäre, die Affäre fortzusetzen.«

»Und alle haben ihr geglaubt?«

Seine Stirn zeigte tiefe Furchen. »Natürlich. Hättest du ihr nicht auch geglaubt, Nicole? Ihr Wort gegen meins? Sie war sehr klug. Klug und schön, und ihre Tränen brachten jeden Stein zum Erweichen, als sie mich beschuldigte. Hättest du mir geglaubt?«

Sie musterte ihn von oben bis unten und war erstaunt über das, was sie fühlte. Ja. Sie hätte ihm geglaubt. Dieser Mann hatte es nicht nötig, eine Frau mit Gewalt zu nehmen. Allein der Klang seiner Stimme brachte sie zum Schmelzen.

»Ich glaube, du warst unschuldig«, sagte sie leise.

Seine Augen leuchteten, und er stieß einige kurze Laute der Überraschung aus. »Nun, meine liebe Nicole, vielleicht haben wir mehr gemeinsam, als wir gedacht haben. Wir beide sind vereint in unserem Verlangen nach Vergeltung. Vergeltung an den Aristokraten, die uns so übel mitgespielt haben.«

Er schritt durchs Zimmer und betastete mehrere Peitschen, ehe er eine besonders große mit mehreren Schnüren vom Regal nahm. Er streichelte mit seinen langen Fingern über den harten Lederschaft, als wäre es sein erigierter Penis. Nicole spürte einen Schauer über ihren Rücken laufen.

»Du redest immer von Vergeltung«, sagte sie leise. »Welche Pläne hast du denn?«

Er sah sie lächelnd an. »Kein Blutvergießen, kein Töten. Davon haben wir längst genug in diesem Land. Aber denk doch mal nach, Nicole. Wie kann man jemanden am leichtesten demütigen? Natürlich durch die Sexualität. Unsere Opfer sollen ihre innersten Wünsche äußern, ihre ganz persönlichen Vorlieben, und dann nutzen wir unser Wissen aus ... Du siehst entsetzt, aus, *chérie*. Morgen wirst du mehr erfahren.«

»Wenn ich morgen noch hier bin«, gab sie patzig zurück. »Ich habe doch gesagt, dass ich gehen will. Sobald es hell ist! Warum soll ich in deinen verrückten Plänen mitspielen?«

»Weil sie dich faszinieren«, gab er ruhig zurück. »Du willst mehr darüber erfahren. Und weil du ahnst, dass du deinen Gefallen daran finden wirst.«

Nicole ballte ihre zierlichen Hände zu Fäusten. »Hat dir schon jemand gesagt, dass du deine eigene Wichtigkeit verdammt überschätzt, Bürger Jacques? Du bist nichts anderes als ein Sträfling aus der Provinz.«

Er reckte belustigt seinen Daumen hoch und strich wieder über den Peitschenknauf, Lachen in den Augen. »Willst du mich bestrafen, Nicolette?«

»Ja!«, zischte sie, »aber ich nehme an, du würdest deinen Spaß daran haben.«

»Du hast Recht, *ma chérie*.« Er grinste sie an. »Nun, es ist schon spät. Ich nehme an, du willst die ganze Nacht in diesem – wie hast du es genannt? – Mausoleum verbringen.«

»Nur weil es zu spät ist, jetzt aus dem Haus zu gehen.«

Er nickte und ging zur Tür, auf dem Weg dahin nahm er die Kerze mit. Nicole fragte unsicher: »Wohin gehst du?«

»In mein Zimmer. Ich muss mich noch um einige Dinge kümmern, aber ich werde nicht weit weg sein. Enttäuscht?«

»Natürlich nicht.«

Aber sie war sogar böse enttäuscht. Die Lust, die er ihr verschafft hatte, musste ihn heftig erregt haben. Und trotzdem ging er und ließ sie allein zurück. Rasch glitt sie vom Bett und stolperte ihm hinterher. Vor ihrem Zimmer hielt er an, ehe er sich wieder zum Gehen wandte.

Nicole konnte sich nicht länger bezähmen. Sie traute sich nicht, ihm in die Augen zu sehen, als sie mit leiser Stimme sagte: »Jacques, bist du sicher, dass du an diesem Abend nichts anderes von mir willst?«

Er warf seinen Kopf in den Nacken und lachte. »Das ist ein lieber Gedanke, meine Süße, aber danke, nein. Weißt du, die zwei Jahre im Kerker haben mir Selbstdisziplin beigebracht. Einen guten Wein hebt man sich besser auf, verstehst du? Und du musst versuchen, deine Leidenschaft für mich nicht so offen zu zeigen, *chérie*.«

Sie holte aus, um ihm eine Ohrfeige zu geben, aber er fing ihre Hand ab und hielt beide Gelenke mit einer Hand fest. »Schlaf gut, meine Wildkatze. Und lass die Finger von der kleinen Truhe mit den Schätzen aus Elfenbein, ja? Süße Träume.«

Sie warf ihm eine Reihe undamenhafter Flüche hinterher. Dieser Mann war absolut verrückt. Allein sein Gerede, die Aristokraten zu demütigen ...

Nicole ging hinüber ans Fenster ihres Zimmers und öffnete die Gitterläden. Sie sah die roten Feuer, die immer noch am dunklen Pariser Himmel glommen. Die Zwillingstürme von *Notre Dame* ragten hoch. Nicole schüttelte sich, als sie an den Pöbel dachte und an die Schreie seiner Opfer.

Dann fuhr sie herum. Ihr wurde plötzlich bewusst, dass jemand die Essensreste weggeräumt hatte, und die Bettdecke war glatt gezogen. Jacques? Nein, er konnte das nicht gewesen sein. Er war ihr sofort gefolgt, als sie aus dem Zimmer und ins obere Stockwerk gestürmt war. Wer also hatte ihr Zimmer aufgeräumt? Sie hatte geglaubt, das Haus wäre unbewohnt, aber auch darin schien sie sich geirrt zu haben.

Sie zog sich aus und warf ein weißes, frisches Nachthemd über, das sie auf ihrem Kopfkissen fand. Sie legte sich auf das breite, hohe Bett und schlüpfte zwischen die linnenen Laken. Sie schlang die Arme um ihren Leib und konnte nicht schlafen. Sie musste an Jacques denken.

Als der Schlaf schließlich kam, brachte er dunkle und schemenhafte Träume mit. Sie sah die Soldaten in ihren roten Jacken wieder, sie spürte ihre dreckigen Hände auf den Brüsten und roch ihren schlechten Atem.

Nicole hörte sich schreien, während sie sich im Schlaf von einer Seite auf die andere wälzte. Sie rief Jacques um Hilfe, aber er war nicht da. In der Menge erkannte sie nur ein vertrautes Gesicht, das von Gerard de Polignac. Aus dem Schutz der Schatten sah er zu, was ihre Peiniger mit ihr anstellten, genau wie Jacques es getan hatte. Der einzige Unterschied war, dass Gerard lachte und offenbar die obszöne Situation mitten im Pariser Pöbel genoss. So hatte er auch am letzten Abend gelacht, bevor er Paris verlassen und sie ihn angefleht hatte, sie mit nach Österreich zu nehmen. Sie hatte vor ihm auf den Knien gelegen und gebettelt, nicht allein gelassen zu werden.

Noch während Nicole im Traum ihn um Hilfe anschrie, während die brutalen Kerle ihr die Kleider vom Leib rissen und ihre nackten Brüste betatschten, zog Gerard ein willfähriges Mädchen in die dunkle Gasse, drückte sie auf die Knie und schob ihr den blassen, steifen Penis in den Mund.

Mit einem verzweifelten Aufschrei wachte Nicole auf. Sie spürte, dass sie schweißgebadet war. Es war noch dunkel. Sie zitterte am ganzen Körper. Im Haus war es still, aber sie fürchtete das drückende Schweigen im großen Haus.

Dann fiel ihr ein, dass Jacques irgendwo in der Nähe sein musste, und dieser Gedanke beruhigte sie. Du bist verrückt und siehst Gespenster, schalt sie sich. Du bist nicht weniger verrückt als er, wenn du einem gebrandmarkten Exsträfling trauen willst.

Trotzdem – der Gedanke an Jacques beschwichtigte ihre Ängste, und endlich fiel sie in einen tiefen Schlaf.

Drittes Kapitel

Als Nicole am Morgen aufwachte, strömte das Sonnenlicht durch das Gitterwerk der Läden. Schläfrig kletterte sie aus dem hohen Bett, gähnte und streckte sich. Das baumwollene Nachthemd kratzte ihre sanfte Haut; sie zog es aus und tauschte es gegen das Seidengewand, das sie gestern Abend getragen hatte.

Sie trat ans Fenster, öffnete die Läden und zog die Fenster weit auf. Die frischen Düfte aus dem wuchernden Garten waren nach dem gestrigen Regen besonders intensiv, und bald war das ganze Zimmer davon erfüllt. Nicole atmete tief ein. Bei Tageslicht war die Residenz noch viel beeindruckender. Es stimmte also alles, es war kein alberner Traum gewesen. Letzte Nacht, dieses Haus und Bürger Jacques. Vor allem dieser Mann Jacques.

Sie schüttelte sich, als sie an ihre unkontrollierte Lüsternheit in seinen Armen dachte, an die unglaubliche Leidenschaft, die er in ihr geweckt hatte.

Dann hörte sie plötzlich einen gellenden Frauenschrei. Ihr Blut schien in den Adern zu gefrieren, und sofort kehrten Erinnerungen an die Todesschreie in den Straßen von Paris zurück. Ihr Herz raste. Sie lehnte sich weit aus dem Fenster und sah ein dunkelhaariges Mädchen über einen Kiesweg laufen, auf das Haus zu, gefolgt von einem schweren, derb gekleideten Mann. Nicole hielt die Luft an, aber im nächsten Moment entspannte sie sich, denn sie bemerkte, dass das Mädchen geschnappt werden wollte. Fast an der Hauswand blieb die junge Frau stehen und lehnte sich über einen großen Steinkübel mit üppig blühenden scharlachroten Geranien. Sie keuchte und lachte und drehte sich nach ihrem Verfolger um, die Hände auf die breiten Hüften gestemmt.

Nicole erkannte, dass sie das Gespenstermädchen war, das sie gestern Abend bei ihrer Ankunft zwischen den Kutschen gesehen hatte. Nein, ein Gespenst war sie nicht, sie hatte auch nicht die vornehme Blässe der Adligen. Sie war eine schöne junge Frau mit rosigen Wangen und zerzausten schwarzen Haaren. Sie trug ein Baumwollkleid und eine Dienstmädchenschürze.

Wieder stockte Nicole der Atem. Der derbe Mann hatte das Mädchen in seine Arme genommen und küsste sie heftig und ungestüm. Zuerst wollte das Mädchen ihn wegschieben und kicherte dabei, und dann sah Nicole zu, wie sie ihr Mieder aufschnürte und die Brüste mit ihren Händen herausholte und dem Mann präsentierte.

Mit einem erwartungsfrohen Lachen beugte der Mann sich über sie und begann an den dunklen Nippeln zu lutschen, während Nicole wie gebannt zuschaute und bemerkte, wie ihr die Röte in die Wangen stieg. Er war ein ungeschlachter Mann mit einem ungepflegten Bart. Er trug eine Hose und hölzerne *sabots* und sah wie jemand aus der Dienerschaft aus.

Das Blut pochte in Nicoles Adern, als der Mann an den steifen Warzen der festen Frauenbrust saugte, während er sie zusammendrückte, um sie mit einer Hand fassen zu können. Das Mädchen hatte den Kopf in den Nacken geworfen; die Augen glänzten vor Ekstase. Nicole spürte ihre eigene Erregung, die Hitze zwischen den Schenkeln, und musste sich am Fensterrahmen festhalten. Sie stellte sich vor, dass der Mann so lüstern an ihren Brüsten saugte.

Sie musste auf ihre Unterlippe beißen, um nicht aufzuschreien, denn der Mann war neben dem Steinkübel auf die Knie gegangen und machte sich an seiner Hose zu schaffen. Kurz darauf zog er einen enormen, mit dicken Adern versehenen Penis heraus, der ungeduldig auf und ab schwang.

Die schwarzhaarige junge Frau quietschte entzückt und kniete sich ebenfalls. Sie beugte sich hinunter, presste ihre Brüste zusammen und rieb die harten Nippel gegen den Kopf des dicken Männerglieds.

Der Mann stöhnte unter dieser Behandlung. Er griff in das zerzauste Haar und zog das Gesicht an seinen Schoß heran. Sie nahm den gewaltigen Phalluskopf in den Mund, während der Mann ihre Nippel rieb.

Nicole fuhr mit einer Hand über die geschwollenen Brüste unter dem dünnen Seidengewand. Die Finger der anderen Hand strichen über den gespannten Bauch und in die weichen, glühenden Falten ihres Schoßes. Sanft berührte sie die pochende Klitoris. Mit einem nur mühsam unterdrückten Stöhnen stieß sie tiefer in die Spalte hinein und sehnte sich mit jeder Faser ihres Körpers nach diesem gewaltigen Organ, das die junge Frau da unten so begierig küsste.

Zu spät hörte sie, wie die Zimmertür hinter ihr geöffnet wurde. Sie wirbelte herum und sah Jacques, wie er sich an den Türrahmen gelehnt hatte, die Mundwinkel zu einem Grinsen verzogen.

Nicole schlang ihr Gewand enger über ihre Brüste und zischte wütend: »Hat man dir nicht beigebracht anzuklopfen, bevor man das Zimmer einer Dame betritt?«

»Ich sehe keine Dame.« Er lächelte und ging auf sie

zu. Nicole sah, dass er schon rasiert und angezogen war, makellos gekleidet wie immer. Er trug einen beigefarbenen langen Rock, dazu dunkelbraune Breeches und hellbraune Halbstiefel. Ungerührt sagte er: »Ich sehe eine ganz entzückende kleine Pariser Hure, die darauf wartet, dass sich jemand ihrer annimmt. Was hat dich so erregt, meine kleine Nicole? Du findest immer wieder eine hübsche Abwechslung in diesem Haus, nicht wahr?«

Sie schlüpfte vom offenen Fenster weg, denn sie schämte sich ihres Voyeurismus. Aber Jacques packte sie am Handgelenk und zog sie zum Fenster zurück. Er lehnte sich hinaus. Ein wissendes Grinsen legte sich über sein Gesicht, während er einen Arm um Nicoles schlanke Taille legte und sie näher an sich zog.

»Ah, ich verstehe«, sagte er. »Du hast dem robusten Bauernpärchen zugeschaut. Das ist ein Augenschmaus, was? Wenn sie sich paaren, dann ohne Umstände. Erfrischend ehrlich.«

Nicole, heiß, klebrig und beschämt, sah wieder hinaus und konnte den Blick nicht von der sinnlichen Szene wenden, die sich da unten immer noch abspielte. Der Mann lag noch auf den Knien, die Hose um die kräftigen, behaarten Schenkel. Die junge Frau brachte von dem massiven Schaft so viel ihr möglich war im Mund unter und fuhr mit dem Kopf auf und ab, während sie den Stamm mit einer Hand rieb. Die andere Hand streichelte sanft über die prallen Hoden.

Das Gesicht des bärtigen Mannes verdunkelte sich, seine Bewegungen kamen ruckartig und kündigten seinen Höhepunkt an. Nicole sah atemlos zu, wie er den Kopf zurückwarf und einen grollenden Laut ausstieß, der gar nicht mehr enden wollte. Die junge Frau hob rasch den Kopf, während die Hand kräftiger als bisher rieb. Die geschwollene Eichel begann zu zucken und sprühte die milchige Flüssigkeit in kleinen Fontänen über die Brüste der jungen Frau.

Nicole schüttelte sich und schloss die Augen, bis sich ihr Atem wieder normalisiert hatte. Jacques schob eine Hand unter ihr Seidengewand. Bei der geringsten Berührung seiner kühlen Hand auf ihrer Hüfte glaubte sie, ohnmächtig zu werden. Ohne weitere Vorwarnung schlüpften seine Finger in die heiße, glitschige Spalte. Sein Zeigefinger drang zwischen die Labien und rieb über den pochenden Kitzler.

»Zeit für deine erste Lektion, Nicole. Es geht um Selbstbeherrschung.«

Bevor sie etwas sagen konnte, zog er die Hand aus ihrer zuckenden Vulva zurück, lehnte sich aus dem Fenster und rief: »He, Marianne! Und du, Armand! Kommt sofort hoch! Ins Zimmer meiner Dame. Sofort, hört ihr?«

Er wandte sich an die entsetzte Nicole. »Das sind Freunde von mir«, erklärte er. »Armand ist fantastisch bestückt, nicht wahr?«

Nicole errötete, aber sie sagte nichts. Jacques grinste.

»Das habe ich mir gedacht. Er ist genau richtig für die erste Lektion. Denn, wie ich gestern Abend schon sagte, musst du noch viel über Selbstbeherrschung lernen.«

Nicole rannte gehetzt zur Kommode und stöberte durch die Kleidungsstücke. »Du bist ein unerträglicher Bastard! Diese fremden Leute kommen jetzt hoch, und ich bin noch nicht angezogen!«

»Du siehst fantastisch aus, meine Liebe.«

»Du bist ein Unmensch!«, zischte sie. Worüber

redete dieser Narr eigentlich? Was meinte er mit ›erster Lektion‹? ›Selbstbeherrschung‹? Er war verrückt. Aber die dunkle Süße der Erregung hatte sie bereits erfasst. Ihre Nippel reckten sich kühn gegen die Seide des Gewands. Sie war gespannt auf das, was in den nächsten Minuten geschehen würde.

Gemeinsam betraten sie ihr Zimmer. Sie verbeugten sich zuerst vor Jacques und dann vor ihr. Armands Augen leuchteten, als er ihre verführerische Figur sah, aber dann senkte er rasch den Blick.

Jacques sagte: »Nicole ist die neue Herrin der Residenz, versteht ihr, Marianne und Armand? Ihr habt ihr aufs Wort zu gehorchen.«

Marianne, drall und hübsch in ihrem wieder zugeschnürten Mieder, befeuchtete ihre Lippen. Ihre blauen Augen tanzten eifrig. Nicole fiel auf, dass Marianne den Blick nicht von Jacques wenden konnte, seit sie das Zimmer betreten hatte. Die robuste junge Frau war offenbar fasziniert von ihm.

»Ja, Monsieur Jacques«, sagte Marianne leise. »Was immer Sie sagen, Monsieur Jacques.«

»Es geht nicht um das, was ich sage«, berichtigte Jacques, »sondern um das, was Nicole sagt, Marianne.«

Die junge Frau nickte eifrig. Sie würde allem zustimmen, was Jacques sagte, selbst wenn er von ihr verlangte, sich aus dem Fenster zu stürzen, dachte Nicole säuerlich.

Jacques hatte sich einen Stuhl herangezogen, setzte sich rittlings darauf und lehnte die Arme über den Stuhlrücken. »Dann kannst du anfangen, Nicole.«

Sie starrte ihn hilflos an.

»Fang an«, sagte er. »Gib ihnen deine Befehle. Sie werden alles tun, was du von ihnen verlangst. Jetzt kannst du zeigen, ob du wirklich meine Komplizin sein kannst, *chérie*.«

»Ich habe es dir schon einmal gesagt, ich will nicht deine Komplizin sein.«

»Ah.« Er runzelte die Stirn. »Das habe ich vergessen. Du willst gehen, nicht wahr? Egal, diesmal hast du noch eine Gelegenheit, dich über mich lustig zu machen. Bestrafe sie, meine Nicolette. Sie haben dich beleidigt, nicht wahr? Ich meine, als sie sich unter deinem Fenster verlustierten. Nun, belege sie mit einer Strafe. Sie sollen bereuen, was sie getan haben. Erteile ihnen deine Strafe.« Seine dunklen Augen glänzten. »Je verruchter deine Befehle, desto besser wird es ihnen gefallen.«

Nicole schluckte einige Male. Das war so absurd, so unwirklich. Aber war das nicht etwas, wonach sie sich gesehnt hatte? Macht ausüben wie ein Mann. Befriedigung, wann und wie sie sie haben wollte. In ihrem Bauch begann es zu rumoren. Die beiden Menschen warteten auf ihren Befehl.

Nicole atmete tief durch. Also gut, sie würde sich über ihn lustig machen.

Sie richtete sich auf, und man sah, wie ein Ruck durch ihren Körper ging, als sie durchs Zimmer schritt. Das dünne Gewand raschelte um ihre langen Schenkel, und die lohfarbenen Haare fielen locker auf ihre Schultern. Sie bemerkte mit heimlichem Vergnügen, dass Armand seine Blicke nicht von ihr wenden konnte. Sie wusste, dass es ihm erst vor ein paar Minuten gekommen war, deshalb würde sie seine neue Erregung erst aufbauen müssen.

Sie drehte sich um und bemerkte, wie Jacques sie von seinem Stuhl aus beobachtete, ein unschuldiges Lächeln um den Mund.

»Ich nehme an, dass du dich auch meinen Befehlen unterordnen wirst?«

Seine Augen blitzten. Er beugte den Kopf. »Aber natürlich, Bürgerin.«

»Nun gut. Ich werde diesen brutalen Mann Armand dafür bestrafen, dass er sich so schamlos verhalten hat. Ich brauche die geeigneten Instrumente dazu. Würdest du sie aus dem Turmzimmer holen, mein lieber Jacques? Ich bin sicher, die Wahl der Instrumente kann ich dir überlassen.«

Er verbeugte sich wieder. »Aber natürlich.« Er erhob sich und verließ das Zimmer.

Nicole wandte sich wieder Armand zu, der sie mit hungrigen Blicken verfolgte. Allmählich fand sie großen Gefallen an dieser Vorstellung. Das war ja besser als auf der Bühne der *Comédie Française*!

»Auf die Knie, Armand!«, sagte sie kühl und imitierte Jacques' leidenschaftslose Stimme. »Knie dich vor mich und Marianne.« Sie stellte sich neben das hübsche Dienstmädchen, die das Geschehen mit feurigen Augen verfolgte.

»Bereite dich auf deine Strafe vor, Armand. Du hast sie verdient, weil du Marianne im Garten verfolgt hast, weil du ihr dein obszönes Glied gezeigt und sie gezwungen hast, ihre schönen Lippen damit zu quälen, obwohl du weißt, dass es viel zu groß für ihren Mund ist, nicht wahr?«

»Ja«, stöhnte er. »Ich habe die Strafe wirklich verdient, Madame.«

»Und dann«, fuhr Nicole ungerührt fort, »musst du auch noch bestraft werden, weil du ihre vollen Brüste mit deiner schrecklichen Flüssigkeit besudelt hast.«

»Es tut mir Leid.« Seine Stimme klang weinerlich. »Ja, es tut mir wirklich Leid.«

»Zeige uns, wie sehr du bereust, Armand.«

Der Mann ließ sich stöhnend vor Marianne und Nicole auf die Knie nieder, und in diesem Augenblick trat Jacques zurück ins Zimmer. Er hatte eine Peitsche und einige Lederriemen mitgebracht. Wortlos reichte er Nicole die Peitsche, und Nicole, den Kopf hoch erhoben, gab sie weiter an Marianne, deren Augen fiebrig glänzten.

»Du kannst mit ihm tun, was du willst, Marianne. Du kannst ihn bestrafen.«

Marianne befeuchtete sich die Lippen. »Zu Diensten, Madame. Ich kann alles mit ihm anstellen?«

Nicole atmete tief ein. »Alles.«

Marianne wandte sich Armand zu und nahm die große Peitsche in ihre kleinen, feisten Hände. Sie plusterte sich auf. »Auf deine Knie, du Hund! Zeige uns deine schamlose Nacktheit!«

Armand knöpfte rasch seine Hose auf und zog sie über die muskulösen Hüften. Obwohl es ihm erst vor zehn Minuten gekommen war, hatte sich sein mächtiges Organ schon wieder versteift – es versteifte sich immer noch. Marianne hob drohend die Peitsche. »Knie dich vor mich!«

Armand gehorchte kriecherisch. Sein Hintern mit den schwarzen Haaren in der Ritze streckte sich unter den Hemdschößen vor. Nicole bemerkte, dass Jacques mit dem Rücken an der geschlossenen Tür lehnte und interessiert zusah, ein heimliches Lächeln im Gesicht.

Marianne ließ die Peitschenschnur leicht über Armands zusammengekniffene Backen gleiten. Er stöhnte laut. Dann hob Marianne die Peitsche und schlug zu. Armand schüttelte sich vor Erregung. Nicole sah, dass sein Glied noch ein Stück gewachsen war; es klopfte zuckend gegen seinen Bauch.

»Noch mal!«, sagte Nicole scharf. »Noch mal.«

Marianne ließ sich das nicht zweimal sagen. Nach dem nächsten Schlag streichelte sie mit der Peitschenschnur seinen Hintern, ehe sie wieder zuschlug, bis Armands Gesäß rosa leuchtete.

Nicole, deren Hals trocken vor Aufregung war, sah bei jedem Schlag das heftige Pulsieren des gewaltigen Glieds und das Hüpfen seiner Hoden.

Schließlich trat Marianne einen Schritt zurück. Ihre Wangen glühten. »Mehr?«, fragte sie Nicole.

Sie überlegte. »Ich weiß nicht, Marianne«, sagte sie stirnrunzelnd. »Gewiss hat er noch nicht seine verdiente Strafe erhalten. Was sollen wir tun?«

Jacques richtete sich auf und schaltete sich ein. »Nicole, muss ich dich daran erinnern, dass du das Sagen hast? Du bist die Herrin in diesem Zimmer. Du musst über Armands Strafe entscheiden, und nicht Marianne. Ich dachte, ich hätte das klar gesagt.«

Nicole warf ihm einen wütenden Blick zu. Wie konnte er es wagen, sie im Beisein anderer wie ein dummes Kind zu behandeln?

Sie stemmte die Hände in die Hüften und sah ihn trotzig an. »Gehe ich recht in der Annahme, Bürger Jacques, dass du noch unter meinem Befehl stehst?«

»Absolut.«

»Nun, dann befehle ich dir, dich aus unserer Sache herauszuhalten. In der Zwischenzeit holst du die Truhe mit den Schätzen aus Elfenbein.«

Sie wandte sich an die junge Frau. »Marianne, ich befehle dir, die Hände des verruchten Armand auf dem Rücken zusammenzubinden, damit er sich nicht selbst erleichtern kann, ganz egal, wie lang sein Ding ist.« Sie drehte sich wieder zu Jacques um. »Du nimmst den größten Elfenbeinstab und verwöhnst Marianne damit. Armand muss euch zuschauen.«

Armand schüttelte sich voller Verzweiflung, während Mariannes Gesicht vor Entzücken strahlte. »Aufs Bett?«, fragte sie. »Soll ich mich für Monsieur Jacques aufs Bett legen?«

»Aufs Bett«, bestätigte Nicole und hob die Peitsche auf, wobei ihr bewusst war, dass sich ihr Gewand teilte und ihre reifen Brüste und der feuchte Schoß entblößt wurden. Es erstaunte sie, wie sehr sie die Szene genoss. »Aufs Bett, du Schlampe. Lege dich auf den Rücken und ziehe die Knie an. Zieh den Rock bis zu den Hüften hoch, damit Jacques sehen kann, wie sehr du nach ihm lüstest.«

Armand stöhnte laut, und auch Nicole war fast unerträglich erregt, als sie die drallen weißen Schenkel der jungen Frau sah und die geschwollenen feuchten Lippen, die durch den schwarzen Busch lugten. Es kostete sie Mühe, den Blick von diesem Bild zu wenden und Jacques anzusehen.

»Ich nehme an«, sagte sie lächelnd, »dass du keine Instruktionen brauchst.«

Er griff nach dem glatten Elfenbeinstab und trat langsam ans Bett. Marianne stieß ein sehnsüchtiges Schluchzen aus, die Augen mit einem Schimmer verhangen, der ihre Gier verriet, als der große dunkle Mann mit seinem Lustwerkzeug in der kräftigen Hand auf sie zuging.

Nicole runzelte die Stirn. Plötzlich erkannte sie, dass sie einen Fehler begangen hatte. Sie hatte völlig vergessen, dass die junge Frau trunken vor Verlangen nach Jacques war.

Er drehte sich zu Nicole um. »Bist du sicher, dass du es so haben willst?«

Nicole wollte ihren Fehler nicht eingestehen. »Natürlich! Fang an«, blaffte sie.

Es wurde ein Fest für die Sinne. Die junge Marianne erlebte einen Höhepunkt nach dem anderen, wobei Jacques sie lange zappeln ließ, ehe er ihr den ersten Höhepunkt gewährte – und wie sie zappelte!

Für Armand wurde es eine echte Strafe, die er zum Schluss nur noch ertragen konnte, weil er die Augen geschlossen hatte. Aber Nicole wollte das nicht zulassen. Schließlich erbarmte sie sich seiner – so redete sie sich jedenfalls ein – und bot ihm ihren unerträglich zuckenden Schoß an. Während sie sich von Armand gepfählt fühlte, sah sie zornig zum Bett, wo Jacques und Marianne tuschelten, bis Marianne sich über den Schoß des Mannes beugte und mit zitternden Fingern die Breeches öffnete. Sie vereinnahmte den prächtigen Schaft des Bürgers Jacques und ließ nicht eher von ihm ab, bis er, erleichtert und befriedigt, schlaff geworden war.

Marianne kuschelte sich in die Armbeuge ihres Herrn, während Jacques wie abwesend über die pralle Brust der jungen Frau streichelte.

Nicole war, als würde sie von einem weißglühenden Pfeil durchbohrt. Eifersucht? Nein, das war unmöglich!

Sie stand vom Boden auf, klopfte dem erschöpften Armand anerkennend auf die Schulter und band ihr Gewand in der Taille. Sie blitzte Jacques an und sagte eisig: »Wenn du wieder einigermaßen bei Kraft und

Verstand bist, kannst du mir vielleicht eine objektive Wertung geben, wie ich die erste Lektion absolviert habe. Obwohl es vielleicht ein wenig schwierig für dich sein könnte, denn ich bin wohl nicht die Einzige, die Selbstbeherrschung üben muss.«

Er flüsterte etwas in Mariannes Ohr, was Nicole erneut zur Weißglut trieb, dann schwang Jacques sich vom Bett. Während er sein Hemd zuknöpfte, sagte er: »*Ma chérie*, dank Anhand hast du ein hohes Plateau der Lust erreicht.«

Nicole rang nach Worten, aber sie wollten nicht kommen.

Jacques bemerkte das und lachte.

»Du hast deine Sache sehr gut gemacht, Nicolette«, sagte er. »Ich muss mich jetzt um einige geschäftliche Dinge kümmern und werde ein paar Stunden außer Haus sein. Aber heute Abend werde ich wieder zurück sein, keine Angst. In der Zwischenzeit werden Marianne und Armand dich umsorgen. Sie werden auch deine Fragen beantworten, wenn du welche hast. Du kannst ihnen mit allem vertrauen.«

Er zog seinen beigefarbenen langen Rock an und verließ das Zimmer. Marianne schaute ihm verlangend hinterher, und Armand, der mit dem Anziehen noch nicht fertig war, nickte seinem Herrn zu. Nicole lief ihm nach und holte ihn auf dem Korridor ein.

Die Fäuste geballt und das Gesicht weiß vor Wut fuhr sie ihn an: »Ich hoffe, dass du mich deinen perversen Spielen nicht mehr unterwirfst.«

Er hob eine Augenbraue. »Unterwerfen? Aber liebe Nicole, du hattest das Kommando.«

Sie atmete zischend aus. »Den Eindruck hatte ich nicht. Jedenfalls hat es nicht lange gedauert, bis die kleine süße Marianne dich in ihrer Hand hatte.«

»Aber Nicole, ich glaube, du bist eifersüchtig. Du hättest uns befehlen können, zu jeder Zeit aufzuhören. Aber ich schätze, du warst mit deinem Armand zu sehr beschäftigt. Ich wollte dir die Chance geben, ihn besser kennen zu lernen. Und das hast du ganz offensichtlich auch getan.«

Sprachlos starrte sie ihn an. Natürlich hatte sie Armand genossen. Aber es war Jacques, den sie haben wollte. Dieser geheimnisvolle Mann überwältigte sie, er trieb sie in den Wahnsinn. Wenn er ihre wahren Gefühle wüsste, würde er sich über sie lustig machen.

Sie warf ihre langen Haare zurück und sah ihn lächelnd an. »Du hast Recht, was Armand angeht. Es war ein unvergessliches Ereignis. Um ehrlich zu sein, so etwas habe ich noch nicht erlebt.«

Er warf den Kopf in den Nacken und lachte lautlos. Seine weißen Zähne glänzten. »Du bist großartig, meine kleine Nicole. Eine wunderbare Schauspielerin. Ich liebe dich.«

Zu ihrer Bestürzung beugte er sich über sie und küsste sie auf den Mund.

»Vergiss nicht, *chérie*, wenn du hier bleibst, dann verspreche ich dir deine Gelegenheit zur Vergeltung.«

»Vergeltung an dir?«, murmelte sie keck.

Er lachte wieder. »An wem du willst. Vergeltung und Vergnügen. Du hast eben deine Sache sehr gut gemacht, und die kleine Probe wird dir später noch zugute kommen. Heute Abend probieren wir es mit richtigen Aristokraten.« Damit drehte er sich auf dem Absatz herum und ging auf die breite Treppe zu.

»Ich habe dir doch gesagt, dass ich heute Abend

nicht mehr hier sein werde! Ich gehe!«, rief sie ihm nach, aber er gab nicht zu erkennen, ob er sie überhaupt gehört hatte.

Marianne und Armand wollten kurze Zeit später in die Stadt gehen, um auf den Straßenmärkten einzukaufen. Nicole fragte, ob sie mit ihnen gehen könnte und dachte insgeheim daran, dass die Gelegenheit günstig wäre, sich abzusetzen. Aber Marianne sagte ihr, Monsieur Jacques hätte ihnen aufgetragen, es wäre für Bürgerin Nicole besser, im Haus zu bleiben. Zu ihrer eigenen Sicherheit natürlich.

Nicole nickte, scheinbar einverstanden. Doch als die beiden weg waren, rannte sie auf ihr Zimmer und zog ihre alten Kleider und den schäbigen Mantel an. Während der ganzen Zeit kehrten ihre Gedanken immer wieder zu Jacques zurück. Er konnte ihre Sinnlichkeit auf eine Art erregen, die ihr Blut zum Kochen brachte. Ihre Gefühle für ihn schwankten zwischen Scham und Begierde.

Mit zitternden Fingern drückte sie die Schließe des Mantels zu. Selbst jetzt, als sie zum Gehen bereit war, spürte sie Jacques' Einfluss auf sie. Wer war dieser Mann? Sie wusste nur, dass er ein Exsträfling war, der eine Art sexuelle Vergeltung an denen verüben wollte, die ihm Unrecht angetan hatten.

Sie wollte damit nichts zu tun haben. Je schneller sie dieses Haus verließ, desto besser – selbst auf die Gefahr hin, dem Pöbel erneut in die Hände zu fallen. Trotzig warf sie die Schlafzimmertür hinter sich zu und lief die Treppe hinunter, dem breiten Portal entgegen.

Es war verschlossen.

Viertes Kapitel

Als Armand und Marianne drei Stunden später zurückkehrten, hatte Nicole jedes Zimmer im Erdgeschoss auf eine Fluchtmöglichkeit untersucht. Es gab keine. Jede Tür, jedes Fenster war verriegelt und verschlossen. Zu ihrer eigenen Sicherheit, redete sie sich ein, denn an ein anderes Motiv wollte sie nicht glauben. Natürlich war sie keine Gefangene – das wäre ja lächerlich. Sie musste nur ihre Pläne ein wenig ändern. Sie würde das Haus in der Nacht verlassen, im Schutz der Dunkelheit.

Es gelang ihr, ruhig und gefasst zu scheinen, als Marianne und Armand wieder da waren. Marianne plauderte munter mit Nicole, während sie die Einkäufe auspackte. Stolz erzählte sie, dass sie frisches Brot für acht *Sou* pro Laib erworben hatte. Sie hatte auch eine Kalbshaxe sowie frisches Gemüse erstehen können, das am Morgen aus der ländlichen Umgebung angeliefert worden war. Nicole half ihr, eine köstliche *casserole* zuzubereiten, und später saßen sie zu dritt zum Abendessen am großen blank gescheuerten Eichentisch in der Küche, die mit dunklen Steinplatten ausgelegt war.

Draußen war es schon dunkel, und der Regen prasselte, aber in der Küche war es warm und gemütlich. Verschiedene Talgkerzen brannten und wurden vom Kupfer der Pfannen und Töpfe, die an den Wänden hingen, reflektiert.

Niemand erwähnte das seltsame sexuelle Geschehen des Vormittags. Vielleicht, dachte Nicole, sind sie an solche Exzesse gewöhnt, deshalb war es für die beiden nichts Besonderes, kaum der Rede wert.

Sie verdrängte den störenden Gedanken, setzte sich zurück und genoss entspannt die Gesellschaft der beiden unkomplizierten Menschen. Sie tranken milden Rotwein, und Nicole empfand fast so etwas wie Glück. Im Herd knisterten die Holzscheite. Niemand sprach von Jacques, worüber sie froh war, denn sie wollte nicht an ihn erinnert werden.

Sie ging früh zu Bett und gab vor, erschöpft zu sein. Sie legte sich mit den Kleidern aufs Bett, denn sie hatte vor, aus dem Haus zu fliehen, sobald Marianne und Armand glauben mussten, sie wäre eingeschlafen. Draußen regnete es immer noch, aber sie ließ sich von ihrem Entschluss nicht abbringen.

Sie musste eingeschlafen sein, denn plötzlich ruckte sie hoch. Der schwache Schein des sterbenden Feuers ließ einen Blick auf die Uhr auf dem Kaminsims zu. Mitternacht. Sie unterdrückte einen Schrei des Entsetzens. Himmel, sie hätte längst unterwegs sein müssen! Sie betete inständig, dass sie irgendwo eine offene Tür finden würde, warf sich den Mantel über, schlüpfte in die Schuhe und hastete zur Tür.

Dann hörte sie es. In der mitternächtlichen Stille, weit entfernt, fast wie in einem Traum, hörte sie Stimmen. Das helle Lachen einer Frau, das tiefe Gemurmel von Männern. Bestürzt und verwirrt schlich sie über den Flur und hatte sich im dunklen Gewirr der Gänge und Treppen schon bald verloren.

Wieder hörte sie helles Lachen, frivoles, verführerisches Lachen. Sie befand sich in einem Korridor im ersten Stock, der ihr fremd war, dann öffnete sie eine getäfelte Tür und hielt den Atem an.

Sie stand an der Balustrade einer Galerie und schaute hinunter in einen üppig geschmückten Raum, der vom Kerzenlicht hell beleuchtet wurde. Während Nicole das Bild staunend in sich aufnahm, war sie überzeugt, dass sie sich in einem Traum befand, denn was sie sah, waren Bilder aus einer erloschenen Zeit. Wie ein Blick durchs Schlüsselloch auf den unbeschreiblichen Pomp von Versailles.

Unwillkürlich wich sie in die Schatten zurück. Unter ihr rauschten festlich gekleidete Frauen und Männer auf dem schachbrettartig gefliesten Boden aneinander vorbei. Solche weiten, farbenfrohen Gewänder aus Samt und Satin trauten sich die Frauen heute nicht mehr zu tragen. Ihre Frisuren waren hochgesteckt, wie es bei Madame Pompadour Mode gewesen war, und auch die gepuderten Gesichter gehörten dieser Zeit an. Die Frauen fächerten sich kühle Luft zu, während sie die Männer abschätzend betrachteten, die in ihren Satinfräcken und den gepuderten Haaren nicht minder feierlich ausgestattet waren.

Nicole lehnte sich benommen gegen die Wand. Der Duft schwerer Parfums waberte zu ihr hoch. Das mussten Geister sein, dachte sie, und ihr Herz klopfte ihr im Hals. Geister der früheren Bewohner dieser stattlichen Residenz, die sich um Mitternacht trafen ...

Aber sie waren nicht alle Geister. Ihr Herz klopfte noch heftiger, als sie einen Mann erkannte, der sehr real war. Rock und Breeches waren diesmal grau, und die vollen schwarzen Haare, am Hinterkopf von einem schwarzen Samtband zusammengehalten, waren nicht gepudert.

Jacques war zurück. Er hatte davon gesprochen, dass sie an diesem Abend richtige Aristokraten treffen würde. Trotz ihrer Verwirrung trat Nicole wieder aus den Schatten und lehnte sich über die Balustrade.

Im nächsten Moment sah sie nichts mehr, denn zwei Männer, ganz in Schwarz gekleidet, sprangen plötzlich auf sie zu, packten sie an den Armen und drehten sie auf den Rücken, dass es schmerzte.

»Oh, hier haben wir eine kleine Spionin«, sagte der eine grinsend. »Mal sehen, was Bürger Jacques dazu sagt.«

Nicole wollte aufschreien, aber einer von ihnen stieß einen schwarzen Samtknebel in ihren Mund. Sie setzte sich noch entschiedener zur Wehr, und dabei rutschte ihr schäbiger Mantel auf den Boden. Sie hörte weitere Schritte und dann eine vertraute Stimme. Nicole gab auf und sackte verzweifelt in sich zusammen.

Jacques ging auf sie zu, stellte sich vor sie und zog den Knebel aus ihrem Mund. Nicole rang nach Luft und nach Worten, während seine Schergen sie weiter in ihrem Griff hielten.

»Nun, meine liebe Nicole«, sagte Jacques mit sanfter Stimme, »was hast du nun schon wieder angestellt?«

»Ich will raus aus dieser Hölle!«, fuhr sie ihn an und nahm den Kampf gegen die beiden Männer wieder auf.

»Wirklich?« Er sah sie amüsiert an. »Und ich dachte schon, du wolltest spionieren. Ich hätte dich natürlich gern eingeladen, aber Marianne sagte mir, dass du deinen Schönheitsschlaf brauchst.«

Sie versuchte, sich aus den harten Griffen der Männer zu befreien, wobei sie Jacques nicht aus den Augen ließ. Er schien sie turmhoch zu überragen, und sie konnte sich dieser sinnlichen Aura, die er ausstrahlte, nicht entziehen. Sie spürte ein Verlangen, das sich durch ein Ziehen in den Brüsten und zwischen den Schenkeln bemerkbar machte.

»Lass mich gehen«, flüsterte sie.

»Ich soll dich gehen lassen? Ich fürchte, *ma chérie*, das wird nicht möglich sein. Du hast leider schon zu viel gesehen.«

»Aber du kannst mich doch hier nicht festhalten! Das kannst du nicht!«

Er nickte den beiden schweigenden Männern zu. »Bindet sie fest.«

Nicole zitterte vor Angst, als die Männer ihre Arme ausbreiteten und an einen der geschnitzten Holzpfeiler auf der Galerie banden. Sie benutzten dazu breite Seidenbänder. Die schwarz gekleideten Lakaien verschmolzen mit den Schatten. Nicole wandte den Kopf und sah Jacques.

»Bitte, lass mich gehen. Ich sage auch niemandem ein Wort über das alles. Ich verspreche es. Ich habe ja auch gar nichts gesehen.«

»Ah.« Jacques lächelte, und seine Stimme klang wie Samt, als er sagte: »Dann solltest du jetzt aber mal genau hinsehen, Nicole. Hast du die Marquise erkannt? Ist sie nicht wunderschön?«

Nicole flüsterte: »Ich kann das alles gar nicht glauben.« Fast gegen ihren Willen blickte sie wieder hinunter in den opulenten Raum.

Die meisten Kerzen waren gelöscht, sodass es nur noch einen milden Schimmer gab. Die einzelnen Gestalten bewegten sich wie Tänzer in einem Traum. Im Mittelpunkt der Aufmerksamkeit stand eine junge

Frau in einem Kleid aus *eau-de-nil*-grüner Seide vor einer niedrigen Chaiselongue. Vier Männer in schwarzer Tracht umlagerten sie, und als Nicole genauer hinsah, bemerkte sie zu ihrem Schrecken, dass die Männer ihren Penis entblößt hatten und langsam zur vollen Größe rieben. Die Marquise drückte eine weiße, beringte Hand gegen den Mund, die Augen weit geöffnet, während sie sich nach einer Fluchtmöglichkeit umsah.

Die Männer schoben sich dichter an die Frau heran, und als sie nicht mehr ausweichen konnte, kippte sie rückwärts auf die Chaiselongue, wobei die Röcke ihres wunderschönen Kleids bis zu den Hüften hinauf rutschten. Zwei Männer hielten ihre Schenkel fest, zwei andere ihre Arme. Einer von ihnen zerrte an ihrem Mieder und drückte seinen steifen Penis gegen ihre entblößten weißen Brüste.

Nicole stöhnte laut auf und zerrte an ihren festgebundenen Armen. Das Spektakel da unten stieß sie ab; sie spürte, wie Übelkeit in ihr aufstieg.

»Nein!«, rief sie. »Jacques, du musst sie gehen lassen! Du musst deine Leute zurückrufen!«

Er lächelte, trat auf sie zu und nahm ihre pochenden Brüste in seine Hände. »Warum sollte ich das tun? Sie amüsieren sich doch alle, Nicole.«

Sie zerrte wieder an ihren Fesseln. »Die bist verrückt! Warum tust du das?«

»Das ist die Bestrafung der Marquise. Sie hat ihr Personal geschlagen, und auf ihren Festen mussten die Dienstboten für die Lüste der gnädigen Frau herhalten, Männer und Frauen – jetzt drehen wir den Spieß um. Die Marquise ist zu unserer Belustigung da.« Seine Finger drückten Nicoles hart gewordene Brustwarzen. Als sie den Schmerz der Lust spürte, der wie ein Pfeil in ihren Schoß flog, musste sie sich auf die Unterlippe beißen, um nicht aufzuschreien. Sie zwängte die Schenkel zusammen, und als sie die Augen aufriss, sah sie den Körper der Marquise auf dem Schaft eines von Jacques' Männern hüpfen, dem Orgasmus entgegen.

Nicole glühte, als sie Jacques' kräftigen, geschmeidigen Körper spürte, der sich gegen ihren drückte. Sie sehnte sich nach seinem heißen, harten Glied und wusste, dass der Sehnsuchtsschmerz dann schwinden und einem unglaublichen Glücksgefühl weichen würde.

Sie wand sich hilflos innerhalb der knappen Beweglichkeit, die die Bänder zuließen. Mit einer Hand fuhr Jacques unter ihren Rock und streichelte die Haut oberhalb der Strümpfe, und dann tupfte ein Finger zwischen die feuchten Labien.

»So«, murmelte er, »du wolltest diese Nacht also fliehen, meine Nicole, meine kleine Komplizin?«

»Ja.«

»Warum?«

»Weil du verrückt und gefährlich bist und – oh ...«

Seine Finger fanden ihren schäumenden Lustknopf, und Nicole mahlte den Schoß fest gegen seine Hand, während sie immer wieder mal nach unten schaute, um festzustellen, wie sehr die Marquise für ihr Fehlverhalten bestraft wurde. Sie war gerade mit einem Mann beschäftigt, der zügig in ihren Mund stieß. Nicole hatte eher den Eindruck, dass die Marquise ein willfähriges Opfer war.

Jacques zog Nicoles Röcke hoch, und sie konnte die

kühle Luft auf ihren Schenkeln und Hüften fühlen. Sie zitterte vor Verlangen, und im nächsten Moment spürte sie sein heißes Glied, das zwischen ihre Labien stieß.

»Ah ...«, wisperte sie. »Bitte, bitte ...«

Sie fühlte den massiven erigierten Schaft, der sich einen Weg durch die Labien bohrte. Die Spitze stieß gegen die pochende Klitoris. In ihrem Bauch prickelte es vor Lust, und von dort strahlte die Geilheit in alle Körperpartien aus. Sobald sein dicker Stab in die feuchte Öffnung stieß, hielt sie dagegen. Es war, als wollte sie sich selbst pfählen.

»Langsam, meine kleine Wildkatze«, murmelte er. Sie hörte einen Anflug von Spott in seiner Stimme, aber sie hörte auch die Gier heraus, die nicht geringer schien als ihre eigene. Sie warf sich ihm mit dem ganzen Unterleib entgegen, bis die Seidenbänder in ihre Gelenke schnitten.

Aber als sie gerade glaubte, sie müsste jeden Moment in einen köstlichen Orgasmus geschleudert werden, schlüpfte er aus ihr heraus und ließ sie hängen; er drückte mit der Spitze nur noch sanft gegen Labien und Kitzler, aber er kehrte nicht mehr tief in sie zurück. Ihre Vulva bebte vor Frustration, während seine Hände nicht nachließen, ihre vollen Brüste zu streicheln. Der Hunger in ihr war wie eine Flamme, die an ihrem Fleisch leckte und sie total vereinnahmte.

»Bitte, hör nicht auf ...«

»Gefällt es dir, *ma chérie*? Bist du jetzt froh, dass du nicht geflohen bist?«

Seine Hände zupften an den Spitzen ihrer geschwollenen Brüste, zogen sie lang und zwirbelten sie zwischen den langen Fingern. Die brennende Begierde zwischen den Schenkeln wurde unerträglich. Sie zerrte wieder an den Bändern und schluchzte laut.

»Jacques, ich brauche dich.«

Und dann war er da. Die Eichel glitt in die glitschige Spalte, und im nächsten Moment stieß er den langen, dicken Schaft bis auf den Grund. Er begann mit langsamen Schüben, und jeder Einzelne löste kleine Orgasmen in ihr aus, bis er das Tempo seiner Stöße erhöhte und sie in einem wahnsinnigen Höhepunkt explodierte.

Verzweifelt klammerten sich ihre inneren Muskeln an den harten Schaft, der sie so wunderbar ausfüllte. Er berauschte sie, er trieb sie tief in eine neue, nie erreichte Dimension der totalen Leidenschaft.

Ihr Fleisch pulsierte noch lange nach den süßen Minuten des Orgasmus, noch lange nach seinem eigenen mächtigen Erguss. Dann zog er sich aus ihr zurück, und ihr war plötzlich kalt ohne ihn. Sie blickte hinunter in den Raum und sah, dass sie alle gegangen waren, geistergleich schienen sie sich in Luft aufgelöst zu haben.

Sie ließ den Kopf sinken und schloss die Augen. Eine so süße, absolute Lust hatte sie noch nie erlebt, und sie konnte den Gedanken nicht ertragen, dass sie das nur dieses eine Mal genießen durfte.

Stumm band er sie los, und weil sie sich auf zitternden Beinen kaum halten konnte, nahm er sie auf seine Arme und trug sie auf ihr Zimmer. Er legte sie behutsam aufs Bett und zündete an den noch schwach glühenden Holzscheiten zwei Kerzen an.

Nicole lag reglos und schweigend auf dem Bett.

»Was ist denn los, Nicole?«, fragte er beinahe zärtlich und zog sich einen Stuhl ans Bett. »Hat dir unsere kleine Schau nicht gefallen?«

Sie schüttelte sich. »Nein. Es war erniedrigend.«

»Ich verstehe. Deshalb warst du auch so versessen auf meine Zuneigung.«

Sie wandte ihr Gesicht zur Wand, bleich vor Scham.

»Nicole, du leugnest dein eigenes Begehren. Hör mir zu, ich will es dir erklären.«

»Ich glaube nicht, dass ich es hören will.«

»Ich werde es dir trotzdem sagen. Seit dieses Haus in meinen Besitz fiel, habe ich schon eine Reihe von Gästen hier gehabt. Das sind Menschen, die um ihr Leben fürchten müssen. Aristokraten, Priester, die wohlhabende *Bourgeoisie*, alle, die eine Verbindung mit dem Königshaus hatten. Sie alle werden aus dem Kerker zu mir geführt. Diese Leute, die du da unten gesehen hast, wissen genau, wenn meine Männer sie nicht zu mir gebracht hätten, würden sie aller Wahrscheinlichkeit nach auf der Guillotine landen oder in den Straßen vom Pöbel massakriert.«

Er war ihr zu nahe, deshalb konnte sie nicht klar denken. Er beugte sich über sie und sah ihr tief in die Augen. Sie spürte jetzt noch seine Hände auf ihren Brüsten und sein zuckendes Glied tief in ihrem Innern. Ihre Stimme zitterte, als sie einen Versuch wagte, spöttisch zu reagieren. »Wie großzügig von dir, Bürger Jacques – der Retter der verlorenen *aristos*.«

Sie sah seine Augen amüsiert funkeln. »Stimmt, Nicole, denn ich lasse meine Gäste frei. Aber zuerst erteile ich ihnen eine Lektion. Eine Lektion, die sie nie vergessen werden.«

»Und das, was da unten mit der Marquise geschehen ist, bezeichnest du als Lektion? Du erstaunst mich.«

Seine Augen glänzten weiter. »Ja, es war eine Lektion. Diese Leute sollen erkennen, was es heißt, einen anderen Menschen zu erniedrigen.«

»Wie du damals? Im Kerker von Toulon?«

In der Halbdunkelheit erkannte sie, dass sein Gesicht sich verspannte. Die Finger seiner linken Hand glitten über die eingebrannte Nummer am rechten Handgelenk, als ob es ihn immer noch schmerzte. In seinen Augen sah sie eine Leere, die sie gefrieren ließ. »Vielleicht.« Es entstand ein längeres Schweigen, bis er sagte: »Ich möchte, dass du mir morgen hilfst, Nicole.«

Sie zuckte zusammen. »Nein. Ich gehe. Habe ich das nicht klar gesagt?«

Er schüttelte den Kopf. »Ich fürchte, du kannst nicht gehen, Nicole. Wie ich dir gesagt habe, ich will, dass du meine Komplizin bist.«

»Du bist verrückt«, flüsterte sie. »Ich will nichts damit zu tun haben.« Aber ihr Blut raste vor Scham und Erregung.

Seine Hand berührte ihren Unterarm. Die Finger strichen sanft über ihre Haut. »Nein«, sagte er leise. »Du bist ideal dafür. Meine Gäste werden dich lieben, Männer und Frauen. Du bist schön, und du bist sinnlich. Sie werden alles tun, was du von ihnen willst.«

Verdutzt ließ sie sich in die Kissen sinken. Er hatte gesagt, sie sei schön. Und sinnlich. War das seine ehrliche Meinung? Oder machte er sich wieder lustig über sie? »Alles?«, fragte sie.

»Ja, alles. Vergiss nicht, dass diese Leute dem Tod geweiht sind. Durch meine Helfer haben sie dem Kerker entfliehen können.«

Die Männer in Schwarz. Die finsteren Männer, die sie an den Pfeiler gefesselt hatten. Jacques' stumme Henker.

»Meine Männer bringen mir geeignete Kandidaten«, fuhr er fort. »Wenn ich sehe, dass sie wirklich bereuen, statte ich sie mit den erforderlichen Papieren aus, damit sie aus Paris fliehen können.«

Er sprach so sicher über seine Macht, die Menschen aus dem Kerker zu holen, dass Nicole nur den Kopf schütteln konnte. »Wer bist du, Jacques? Wie gelingt dir das alles?«

Er sah sie mit diesen undurchdringlichen Augen an. »Ich habe dir schon gesagt, dass ich gewisse Freunde habe. Und einige Informationsquellen.«

»Bisher sehe ich nur dein übersteigertes Selbstbewusstsein. Ich will nichts mit deinen verrückten Ideen zu tun haben. Ich will gehen.«

Er erhob sich, und wie er da vor ihr stand, kehrte die Angst zurück.

»Du verstehst immer noch nicht«, sagte er leise. »Zurzeit kannst du nicht gehen. Du weißt zu viel.«

Sie sprang auf ihre Füße. »Du hältst mich hier als Gefangene fest?«

»Ich möchte es gern anders nennen. Aber bevor du deine und meine Zeit vergeudest, sollte ich dir noch etwas sagen. Alle Tore, Türen und Fenster sind immer verschlossen.« Er sah sie lächelnd an. »Also solltest du dich amüsieren, Nicole. Wie heute Abend. Und dabei kannst du auch noch Vergeltung üben.«

Seine Augen glitzerten, als er sich zum Gehen wandte. Die Tür fiel hinter ihm zu, und Nicole wusste, dass sie sich der Aura dieses Mannes nie würde entziehen können.

Vier Kilometer nördlich der Residenz in *St. Germain* richteten sich die weiblichen Gefangenen in *St. Lazare* auf eine weitere lange Nacht ihrer Kerkerhaft ein. Das einzige Licht – abgesehen vom Kanonenofen – kam von einer einzigen Talgkerze in der Hand eines der drei Wärter, die den Frauen das karge Nachtmahl gebracht hatten. Schlimmer als die Fast-Dunkelheit war der Gestank in der riesigen Gemeinschaftszelle, in die sie gepfercht worden waren. Es gab nur ein hohes vergittertes Oberlicht, und das Stroh auf dem Boden war seit Wochen nicht gewechselt worden. An den rauen Mauern schimmerte es grün von der Feuchtigkeit. Es war kalt und klamm.

Als die Frauen vor zwei Tagen eingetroffen waren, hatten die Wärter ihnen unter dem Vorwand der Suche nach Waffen die Kleider vom Leib gerissen und über die unverhoffte Beute gegrinst und ihre derben Bemerkungen gemacht: Ihnen waren junge Frauen aus dem königlichen Palast in die Hände gefallen. Bald schon hatten sie diejenigen erkannt, die bereit waren, für einen Schluck Rotwein oder ein Extrastück Brot – oder auch nur zum Spaß – alles zu tun.

Einige der Frauen ließen sich auch deshalb mit den Wärtern ein, weil sie hofften, schwanger zu werden und deshalb vorerst der Guillotine zu entkommen. Natürlich bestärkten die Wärter sie in dieser Hoffnung.

Es muss gesagt werden, dass die Wärter sich erkenntlich zeigten. An diesem kalten Septemberabend, als in der ganzen Stadt die schlimmsten Gerüchte über Massaker in anderen Gefängnissen kursierten, brachten sie aus Mitleid den Kanonenofen in die feuchte Zelle. Jetzt stand er in einer Ecke und linderte die Kälte.

Louise de Lamartine hatte sich ganz in die Nähe des Ofens gesetzt, und auch die anderen Frauen waren ihr gefolgt, obwohl Louise keinen Wert darauf legte, ihnen zu nahe zu sein. Nach nur zwei Tagen an diesem schrecklichen Ort kannte sie die Mitinsassinnen zur Genüge, angefangen von Madame Dupont und ihren feinen Freundinnen, die damit prahlten, von ihren aristokratischen Freunden jedes Mal fünfundzwanzig Livres verlangt zu haben, bis zur weniger exotischen Francine, die nur sechs Livres von ihrer eher bäuerlichen Kundschaft gefordert hatte, ehe sie von den Soldaten zusammen mit den anderen Freudenmädchen ins *St. Lazare* geworfen wurden.

Sie, Louise, hatte für ihre Dienste nie Geld verlangt. Aber als sie von den Soldaten an den Westbarrikaden bei dem Versuch aufgegriffen worden war, Paris ohne die erforderlichen Papiere zu verlassen, hatte sie behauptet, auch zu den Damen der Lüste zu gehören, weil sie glaubte, dass ihre Überlebenschancen dann höher standen, als wenn man die Wahrheit über sie wüsste.

Selbst jetzt, in ihren schäbigen, verdreckten Gefängniskleidern, war Louise eine Schönheit, die von den anderen Frauen misstrauisch beäugt wurde. Die langen silberblonden Haare, die intensiv blickenden violettblauen Augen, die atemberaubende Figur. Heimlich verurteilte sie die *poules*, besonders diejenigen, die sich freiwillig den ungeschlachten Wärtern hingaben. Sie schlang die Arme um ihren Leib und wärmte sich an dem Gedanken, dass sie einmal der begehrte Besitz eines wohlhabenden, einflussreichen Marquis gewesen war. Aber auch wenn sie auf die anderen Frauen hinabschaute, wusste sie, dass sie alles daransetzen musste, hier zu bleiben, denn bisher hatte es in *St. Lazare* noch keines dieser Massaker gegeben, die in anderen Gefängnissen an der Tagesordnung waren.

Louise rutschte ein wenig näher an Francine heran, denn sie sprach wieder über ein Thema, das Louise brennend interessierte. »Natürlich«, sagte Francine, »wir wissen alle, es gibt nur einen Mann in ganz Paris, der uns hier herausholen kann.«

Nicken und zustimmendes Gemurmel von den anderen Insassen. Louise sagte: »Ja, ich weiß, du hast das schon mal gesagt, meine Freundin. Warum sagst du nicht, wer dieser geheimnisvolle Mann ist?«

Francine wandte sich ihr zu und berichtete aufgeregt und mit leuchtenden Augen: »Sie nennen ihn Jacques, aber niemand scheint etwas über ihn zu wissen. Er muss darauf achten, dass seine Identität geheim bleibt, verstehst du? Wenn du zu ihm gebracht wirst, legen sie dir zuerst eine Augenbinde an, und wenn du bei ihm im Haus bist, wirst du erst einmal ausgefragt. Wenn du die richtigen Antworten gibst, händigt man dir die Papiere aus, mit denen du Paris verlassen kannst.«

Sie brach rasch ab, denn die Tür knarrte, als die Wärter kamen, um die Reste des Nachtmahls abzuholen. Als sie gegangen waren, benetzte Francine sich die Lippen. Sie rückten alle noch ein wenig näher zusammen, damit Francine nicht so laut reden musste.

»Aber nach den Erzählungen, die ich gehört habe, wollen viele gar nicht mehr aus Paris verschwinden, denn dieser Bürger Jacques scheint ein faszinierender Mann zu sein und ein wunderbarer Liebhaber.«

Die Frauen kicherten lüstern und flüsterten sich Geschichten von anderen Liebhabern zu. Sie sprachen so leise, dass Louise, die am Ende der Gruppe saß, nichts mehr hören konnte. Sie wandte sich ab.

Dabei fiel ihr Blick auf die andere Ecke der Zelle, wo einer der Wärter – sie hatte gar nicht bemerkt, dass einer in der Zelle geblieben war – eine junge Frau gepackt hatte und heftig küsste. Er zog sie hinunter aufs Stroh. Louise sah verächtlich hin, aber innerlich wurde ihr Blut erhitzt, als sie das stämmige Glied sah, das die Frau aus der Hose des Wärters holte. Sie nahm es direkt in den Mund.

Jacques, dachte Louise. Seltsam.

Sie hatte auch einmal einen wunderbaren Liebhaber gehabt. Oh, seither hatte sie viele andere gehabt, aber niemand konnte sich mit ihm messen. Es war ihr nie gelungen, ihn zu vergessen, und sie war nach Paris gekommen, um ihn zu finden – bisher erfolglos. Auch er hatte Jacques geheißen, aber es war ein sehr verbreiteter Name, und Bürger Jacques, von dem Francine gesprochen hatte, war bestimmt nicht so faszinierend, wie ›ihr‹ Jacques gewesen war. Trotzdem würde sie die erste Chance wahrnehmen, diesen Jacques kennen zu lernen. Besonders wenn dadurch die Möglichkeit bestand, dieses Loch verlassen zu können.

In der Ecke hatte der Wärter die kichernde junge Frau auf den Boden geschoben; ihre Röcke waren nach oben gerutscht, und der Mann lag zwischen ihren Schenkeln, die sie um seinen Rücken geschlungen hatte, während er kräftig zustieß. Als es ihnen kam, waren sie so laut, dass alle anderen Geräusche in der Zelle überdeckt wurden. Die anderen Frauen hatten längst aufgehört, sich Geschichten zu erzählen.

Louise spürte, wie ihr eigenes, so lange unterdrücktes Verlangen in ihr stieg, und der so vertraute Hunger nagte an ihrem Innern. Seit sie erwachsen geworden war, machte dieser Hunger ihr zu schaffen, aber zum Glück hatte es immer wieder Männer gegeben, die ihn gestillt hatten. Nachdem sie gefangen genommen worden war, hatte die Furcht den Hunger verdrängt, aber jetzt nagte er wieder an ihren Nervenenden.

Sie rutschte zurück zur Gruppe und wandte sich an Francine. »Wie kann man ihn denn kennen lernen, diesen Bürger Jacques?«, fragte sie.

»Kann man nicht«, gab Francine zurück. »Er kommt auf dich zu, wenn er will. Er hat überall seine Freunde sitzen, aber sie arbeiten im Geheimen, und auf ihre Verlässlichkeit kann er bauen.«

In diesem Augenblick wurde die große, schwere Tür zur Zelle geöffnet. Ein Wärter, eine flackernde Talgkerze in der Hand, leuchtete hinein und sah sich um, bis er den Mann auf dem Boden bemerkt hatte.

»He, Freund Pierre! Willst du die ganze Nacht eingeschlossen bleiben? Das würde ich mir an deiner Stelle gut überlegen. Diese Dämchen melken dich trocken.«

»Ja, aber was für ein Tod, eh?« Widerstrebend richtete der Wärter sich auf. Er knöpfte seine Hose zu und stolperte auf unsicheren Füßen zur Tür.

Louise sah ihm hinterher. Ihre violetten Augen blickten nachdenklich. Sie verabscheute sie alle, die grobschlächtigen Wärter und die anspruchslosen *poules*. Aber Francines letzter Satz hallte noch in ihr nach. Er kommt auf dich zu, wenn er will.

Er wird es wollen, schwor sich Louise de Lamartine. Dafür werde ich schon sorgen.

Fünftes Kapitel

»Was meinen Sie, Madame Nicole? So oder vielleicht so?«

Es war Abend. Draußen prasselte der Regen und schlug gegen die Fenster, aber in Nicoles geräumigem Schlafzimmer herrschte eine wohlige, heimelige Atmosphäre. Die Kerzen flackerten in ihren vergoldeten Ständern, und im Kamin brannten die Holzscheite. Nicole saß auf einem niedrigen Hocker vor dem Frisiertisch aus Mahagoni, während Marianne sich um ihre Frisur bemühte.

Nicole betrachtete sich im Spiegel. Ihr Herz klopfte vor unterdrückter Erregung. Die Wandlung war erstaunlich. In den letzten beiden Tagen war aus der verzweifelten, ärmlichen Ausgestoßenen, die im schlimmsten Viertel von Paris gedarbt hatte, eine große Dame geworden, die selbst auf Versailles eine gute Figur gemacht hätte. Sie dachte nicht mehr an Flucht. Im Gegenteil – überall prickelte es auf ihrer Haut, voller Erwartung auf das, was kommen würde.

Früher an diesem Abend hatte sie ein luxuriöses Bad im Holzbottich genossen, der fast bis zum Rand mit heißem Wasser gefüllt war, das Armand Eimer für Eimer aus der Küche die Treppen hochgeschleppt hatte. Nicole hatte ihre Haare gewaschen und gebürstet, bis sie wie poliertes Kupfer aussahen, dann hatte sie sich mit aromatischen Cremes eingerieben, mit exklusivem Parfum bestäubt und den Körper mit Ölen verwöhnt, die nach Jasmin und Mandeln dufteten. Dann hatte sie sich sorgsam angezogen; sie trug ein Kleid aus schwerer cremefarbener Seide mit langen Ärmeln und einem eng sitzenden, tief ausgeschnittenen Mieder.

Jetzt gab Marianne ihrer Frisur den letzten Schliff. Mariannes fröhliches Grübchengesicht war ausnahmsweise mal ernst und konzentriert, als sie die lohfarbenen Locken hochsteckte. Nur einige wenige Ringellocken rahmten Nicoles Gesicht ein.

»Marianne!«, rief sie begeistert, als sie sich im Spiegel betrachtete. »Du bist eine wahre Künstlerin. Wo hast du das gelernt?«

Marianne errötete. Stolz strahlte aus ihren großen blassen Augen. »Ich war mal die Kammerzofe bei einer Adligen, Madame.«

»Bitte, kannst du mich Nicole nennen? Und schenk uns noch etwas Wein ein.« Es war, als wollten sie ihre Freundschaft mit dem Wein besiegeln, den Armand ihnen aus dem Keller unter der Küche gebracht hatte. »Monsieur Jacques hat mir den Schlüssel gegeben«, hatte er gesagt. »Er will, dass Madame alles erhält, wonach ihr Herz begehrt.«

Während Nicole an dem köstlichen Wein nippte, kehrten ihre Gedanken zu Jacques zurück.

Wer war er? Wieso war er ›in den Besitz‹ dieser Residenz geraten? Wer waren seine Freunde, die ihm die Gefangenen brachten?

Sie spürte, wie sie sich nach ihm sehnte. Sie wäre jetzt gern bei ihm gewesen, damit er das Feuer löschen konnte, das in ihrem Schoß glomm.

Sie trank einen Schluck Wein, um sich abzukühlen. Sie wollte Jacques aus ihren Gedanken streichen. Sie musste verrückt sein, mahnte sie ihr gesunder Menschenverstand, in diesem Haus bleiben zu wollen, wo Leute kamen und gingen, alle beherrscht von der geheimnisvollen Gestalt des von Peitschenhieben gezeichneten Exsträflings, der sich Bürger Jacques nannte. Ja, sie war verrückt, denn sie konnte den Gedanken nicht ertragen, ihn verlassen zu müssen.

Sie saß vor dem Spiegel und suchte Blickkontakt mit Marianne. »Du hast eben gesagt, dass du früher als Kammerzofe gearbeitet hast. War deine Herrin eine angenehme Frau?«

Marianne zögerte nur einen Wimpernschlag lang. »Nun ja ... Ihr Gatte gehörte der Hocharistokratie an, aber seine Familie war durch Verschwendung verarmt, deshalb musste er Geld heiraten. Madames Vater war ein wohlhabender Bankier, also war Madame keine Adlige.«

Nicole nickte. In den letzten Jahren hatten Mitglieder der stolzesten und ältesten Familien Frankreichs sich am Rande des Ruins befunden und waren gezwungen gewesen, in Familien einzuheiraten, die nicht ihrem Stand entsprachen. Die konservativen Adligen – zu denen Gerard gehörte – verabscheuten die Allianz mit den niederen Klassen und lehnten die ›Geldfrauen‹ ab, wie er sie verächtlich genannt hatte.

»Wie war sie denn?«, fragte Nicole.

Marianne sah plötzlich traurig aus. »Sie verhielt sich oft so, wie sie glaubte, dass es sich für Adlige gehörte. Sie war eingebildet, eitel und grausam.« Die Röte ihrer Wangen vertiefte sich noch. »Manchmal musste ich Dinge tun, die ich eigentlich nicht tun wollte, Madame.«

»Was meinst du damit, Marianne?«

Das Dienstmädchen zögerte eine Weile, ehe sie berichtete: »Ihr Gatte, der Seigneur, war nicht an ihr interessiert. Er hatte sich auf junge Männer festgelegt, verstehen Sie, Madame Nicole? Sie hatte ihm keinen Erben geschenkt, deshalb hatte er das Interesse an ihr verloren. Sie fühlte sich einsam und hungerte nach Liebe. Sie wollte es ihrem Gatten heimzahlen.«

Nicole sagte leise: »Setz dich hin, Marianne. Komm her ans Feuer. Und erzähle mir alles.«

Die Kerzen flackerten im großen, kostbar eingerichteten Zimmer. Ihr Schein wurde in den hohen Spiegeln, die an jeder Wand hingen, hundertfach reflektiert. Marianne befeuchtete sich die Lippen und begann ihre Geschichte.

»Madame d'Argency war eine schöne Frau, älter als Sie und ich natürlich, aber immer noch eine sehr anziehende Frau. Sie war groß und hatte eine ideale Figur, und sie war so stolz, wie es nur jene Menschen sein können, die erzogen worden sind, etwas Großes zu werden. Sie hatten in ihrem Schloss nahe Beauvais nur wenige männliche Diener, weil Madame aufgefallen war, wie sehr der Seigneur ihnen nachsetzte. Es gab einen alten, verschrumpelten Butler und einen dürren Kutscher, der aber nur die Kutsche von Madame fuhr. Von den jungen frischen Landmädchen gab es dafür um so mehr, alle naiv und unschuldig, und alle wahnsinnig stolz darauf, auf dem Schloss arbeiten zu dürfen.

Natürlich gab es in der Bevölkerung Gerüchte über die seltsamen Vorlieben der Madame. Aber ...« – Marianne hob die Schultern – »... die Zeiten waren hart. Ich stamme aus einer angesehenen Familie und bin von Nonnen erzogen worden. Ich habe zwar noch einige Brüder, aber in harten Zeiten müssen auch die Mädchen arbeiten. So konnte ich wenigstens ein paar *Sous* an meine arme Familie schicken. Was blieb mir also anderes übrig, als die Gerüchte über Madame zu ignorieren?

Als ich meinen Dienst im Schloss antrat, teilte ich mir mit Jeannette, einem anderen Landmädchen, ein Zimmer.« Sie errötete und sah Nicole scheu an. »Wir mochten uns sehr, Jeannette und ich. Wir spielten miteinander, wie Mädchen das tun, wenn keine Männer da sind, wir küssten und umarmten uns, wenn wir an kalten Winterabenden zusammen kuschelten, und dann drückten wir uns gegenseitig die Nippel, um diese köstlichen Gefühle zu erleben, die einem das Herz wärmen. Wir haben unsere heimlichen Stellen gestreichelt, bis wir vor Wonne zitterten und bebten. Wir flüsterten uns Geschichten über Männer zu, denn wir hatten schreckliche Dinge über deren Anhängsel gehört, und so sehr wir uns auch fürchteten, so sehr sehnten wir uns danach.

Eines Abends trat Madame völlig überraschend in die Dunkelheit unseres Zimmers. Sie sah ganz eigenartig aus, und ihre Augen glänzten. Ich glaube, sie hatte getrunken. In ihrer Hand hielt sie eine Reitpeitsche.«

Marianne schlug die Augen nieder. »Oh, Nicole, sie zwang uns, die dicken Nachthemden auszuziehen, und dann mussten wir uns vor ihren Augen streicheln. Oh, wie gut ich mich noch daran erinnern kann! Ich spüre jetzt noch Jeannettes rosige Zunge auf meinen steifen Nippeln, ihre sanften Finger an meiner geheimen Stelle, wie sie rieben und streichelten, bis ich nass und bereit war. Madame sah uns die ganze Zeit zu und befahl uns, nicht aufzuhören, sonst würden wir gezüchtigt.

Sie hätte uns nicht drohen müssen, denn wir hätten gar nicht aufhören können. Wir küssten uns süß und innig, und unsere Zungen verschlangen sich. Jeannette streichelte mit ihren kundigen Fingern über meine Brüste, während sie einen Schenkel zwischen meine Beine schob und mein Geschlecht rieb, zuerst ganz zärtlich und lieb, dann immer härter. Ich keuchte und stöhnte wie im Fieberwahn und erlebte die süßesten, unbeschreiblichsten Gefühle.

Jeannette, die jetzt genauso außer sich war wie ich, sie griff meine Hand und drückte sie gegen ihr Delta. Fast hätte ich meine Hand zurückgezogen, so sehr war ich überrascht von der Hitze ihrer nassen femininen Falten. Sie bewegte ihren Schoß ruckartig gegen meine Hand, heftig und liederlich und ebenso erregt wie ich. Während ich sie streichelte, öffneten sich ihre geschwollenen Lippen und badeten meine Finger mit ihren süßen Säften. Ich rieb über den kleinen, harten Knopf am Eingang ihres Geschlechts, jenem Zentrum der Lust, und Jeannette explodierte in meinen Armen. Sie küsste mein Gesicht, leckte es ab und drückte mich ganz fest.

Dann steckte sie ihren Zeigefinger in den Mund und rieb mich mit dem nassen Finger so gekonnt, oh, Nicole, ich hätte dahinschmelzen können. Ihr ungeduldiger Finger teilte meine Lippen und schlängelte sich in mich hinein, in die enge, jungfräuliche Öffnung, und dabei stieß ihr Daumen gegen meine heiße Knospe. Ich schrie, als die köstlichste aller Ekstasen mich überfiel.«

Es war eine Weile still im Zimmer, man hörte nur die Atemzüge der beiden Frauen. Dann knisterte das Holz im Kamin.

»Was hat Madame dann getan?«, fragte Nicole leise.

»Sie hat uns weiter mit weit aufgerissenen, glänzenden Augen zugesehen. Ihr Gesicht war von einem dunklen Rot, und sie saß so starr da, als befände sie sich in Trance. Dann sagte sie uns, wenn wir mit jemandem darüber redeten, würde sie uns so lange mit der Peitsche traktieren, bis unsere Hinterbacken knallrot mit Striemen wären. Sobald sie gegangen war, fielen wir uns in die Arme. Es war der erste von vielen lustvollen Abenden.«

Marianne lächelte, und ihre Grübchen vertieften sich. »Dann traf ich Armand. Es war Frühling, die Zeit des Pflügens, und Madames Gatte musste einige zusätzliche Männer aus dem Dorf einstellen, um bei der schweren Arbeit zu helfen. Mir fiel die Aufgabe zu, ihnen mittags eine Erfrischung zu bringen. Armand fiel mir sofort auf, und ich sah auch in seinen Augen einen besonderen Glanz, wenn er mich ansah. Oh, Nicole, ich war ja so aufgeregt!

Als Jeannette mich an diesem Abend in die Arme nahm, dachte ich nur an ihn, ich stellte mir vor, es wären seine Hände, die mich streichelten, sein Mund, der mich küsste. Er war nur ein Bauer, aber er hatte einen schönen, kräftigen Körper, und das Spiel seiner Muskeln faszinierte mich.

Als er mich das erste Mal küsste – heimlich hinter der Scheune – vergaß ich Jeannette. Seine kräftige heiße Zunge, die er tief in meinen zitternden Mund stieß, schien alle möglichen Lüste zu versprechen. Jeannettes mädchenhafte Umarmungen bedeuteten mir nichts mehr. Ja, ich verliebte mich in Armand. Und dann haben wir das erste Mal zusammengelegen.«

Sie errötete schamhaft. »Madame Nicole, Sie haben meinen Armand ja schon genießen können. Er ist wahrhaft großartig, nicht wahr? Als Mann und als Geliebter.«

»Ja, das ist er«, antwortete Nicole leise. Mariannes sinnliche Geschichte verfehlte ihre erregende Wirkung nicht. Ihr Blut geriet in Wallung.

»An einem warmen Aprilabend trafen wir uns in den Ställen«, fuhr Marianne fort, »nachdem es mir gelungen war, Madames unerbittlichen Augen zu entkommen. Wir küssten uns voller Leidenschaft. Armand schmeckte meine sprießenden Brüste, er saugte an ihnen und zog meine steifen Brustwarzen lang, bis ich vor Lust am liebsten aufgeschrieen hätte. Er stöhnte dumpf und bat mich, meine Hand unter seine Hose zu schieben, um mich zu vergewissern, wie es in ihm tobte; da empfand ich Mitleid mit ihm, und ich tat alles, was er mir sagte.

Oh, Madame, ich dachte, ich würde vor Schreck ohnmächtig, als meine unschuldigen Finger diesen gewaltigen Fleischesstab berührten. Er zuckte und sprang mir in die Hand, als führte er ein eigenes Leben. Als Armand die Hose öffnete, um sein fettes Monstrum mit der Purpurspitze freizulassen, versank ich fast vor Leidenschaft. Ich hatte so etwas noch nie gesehen, ich habe es mir nicht einmal erträumt. Natürlich hatte ich die Tiere im Wald schon beim Paaren gesehen, aber das gigantische Glied dieses Mannes zu berühren, ließ mein Herz im Halse klopfen, und vor Eifer wurde ich ganz rot im Gesicht.«

Sie lachte fröhlich, und Nicole lächelte und schenkte Marianne Wein nach. »Erzähle weiter«, sagte sie mit heiserer Stimme. Ihre eigene Erregung wuchs.

»Nun, Sie können sich vorstellen, wie Armand laut zu stöhnen begann, als ich ihn mit zitternden Fingern berührte. Der Schaft stand unter Spannung. Ist es nicht herrlich, so etwas Weiches und zugleich Hartes in der Hand zu halten und langsam auf und ab zu gleiten? Mir selbst wurde so heiß, dass ich mich wie im Fieber fühlte.

Behutsam legte mich Armand auf das frisch duftende Heu, dann schob er meine Röcke zu den Hüften hoch. Er spreizte meine Beine, beugte sich über mich und begann die vor Feuchtigkeit glitzernden Falten meines Geschlechts zu lecken. Ich drückte mich ihm entgegen und sah, wie er den stämmigen Schaft in seiner Faust rieb.

Ich traute mich kaum hinzusehen, weil ich wusste, dass er mir Angst einjagen würde. Ich konnte mir gar nicht vorstellen, dass dieses massive, lange Ding in meine enge Spalte passte. Aber er war sanft, mein Armand. Als er den wunderbar samtenen Kopf zwischen meine nassen Lippen zwängte und vorsichtig weiter hineindrückte, bebte ich am ganzen Körper und konnte nicht erwarten, alles von ihm in mir zu spüren. Mit unendlicher Behutsamkeit stieß er weiter vor. Er dehnte mich, füllte mich aus. Ah, dieser dicke Schaft rieb gegen meine zartesten Stellen, und es war so ein himmlisches Gefühl, dass ich nur daliegen und glücklich wimmern konnte.

Aber mein Armand hatte ja gerade erst begonnen. Als er ganz tief in mir war, legte er seine kräftigen Hände unter meine Pobacken und begann mich zu reiten wie ein mächtiger Hengst. Er spießte mich immer wieder auf mit seinem zuckenden Penis, und dabei leckte er meine Brüste und glitt mit einer Hand zwischen unsere Körper, bis er mit dem rauen Daumen über meinen pochenden Kitzler reiben konnte. Ich weiß noch, wie ich plötzlich geschüttelt wurde, wie ich mich unter seinem schweren Körper wand und mein ganzes Sein von dieser wirbelnden Hitze glühte, die er in mir erzeugte. Oh, was für eine Glückseligkeit, als er in mir explodierte!«

Ihre Augen leuchteten, und die vollen Lippen glänzten und zitterten ein wenig, ein Zeichen, dass auch sie von der eigenen Geschichte erregt war. Nicole spürte ein starkes Ziehen in ihrem Schoß, als sie sich Mariannes staunendes Entzücken über den ersten prallen Phallus in Erinnerung rief. Sie konnte das wollüstige Treiben im Stall beinahe vor sich sehen.

»Konntet ihr euch oft sehen?«, fragte sie.

»Oh, ja, oft. Wir haben uns fast jeden Abend getroffen, in der Scheune oder in einem der Ställe. Oder auch auf dem freien Feld unter dem Sternenzelt. Wir wollten heiraten. Aber dann lief es schrecklich schief.«

Sie senkte den Kopf, als sie fortfuhr: »Jeannette war eifersüchtig, verstehst du? Weil ich nicht mehr an unseren zärtlichen Umarmungen interessiert war. Sie folgte mir eines Abends und hat meine Affäre mit Armand herausgefunden. Sie hatte nichts Eiligeres zu tun, als Madame alles zu sagen. Und so lagen wir eines schönen Frühlingsabends auf einem Ballen Heu und vergnügten uns köstlich, als Madame plötzlich hereinplatzte.«

Marianne schluckte einige Male. Die Erinnerung an die schreckliche Nacht schmerzte sie wohl heute noch. »Madame kreischte und schrie Zeter und Mordio, als ob wir etwas unvorstellbar Schlechtes täten. Dabei gaben wir uns doch nur die süßesten, natürlichsten Gefühle, die es gibt. Sie hatte zwei Kerle bei sich, die den halb nackten Armand von meinem Körper zerrten und auf dem Hof an einen Baum banden. Die Lakaien des Seigneurs demütigten meinen Armand auf gemeine, niederträchtige und perverse Art, und ich musste dabeistehen und zuschauen.«

Sie zitterte, und einige Tränen kullerten über ihre roten Wangen. Sie erzählte stockend, wie sie sich an ihm vergriffen hatten, die feinen Herren, die zu den Freunden des Seigneurs zählten. Sie genossen den muskulösen Körper des Bauern und machten sich gleichzeitig lustig über ihn.

»Als sich alle an ihm vergnügt hatten, schleppten sie ihn weg, immer noch gefesselt«, erzählte Marianne weiter. »Madame, die abwechselnd zu dem Schauspiel unter dem Baum und dann zu mir geschaut hatte, wandte sich an mich und sagte, ich müsste auch bestraft werden. Ich sah den fiebrigen Glanz der Geilheit in ihren Augen und hatte schon eine Ahnung, wie sie mich bestrafen würde.«

»Wie?«, fragte Nicole stirnrunzelnd.

Marianne senkte wieder den Kopf. »Es war widerlich«, flüsterte sie. »Sie nahm mich mit in ihr Privatgemach, das reich überladen und irgendwie düster war. Der Duft von Sandelholzparfum, das sie am liebsten benutzte, stieg einem überall in die Nase. Sie sagte mir, ich hätte ihren Anweisungen genau zu folgen, sonst würde Armand ausgepeitscht. Sie legte mich über ihre Knie und züchtigte meinen Po mit der flachen Hand, dann zwang sie mich zwischen ihren Schenkeln auf die Knie. Ich konnte die weiße Haut über den Strümpfen sehen. Ich musste sie lecken, Nicole, und sie packte mich in den Haaren und zog mich fast in sich hinein. Ich habe es gehasst, aber auf eine Weise habe ich es erregend gefunden, weil ich spürte, dass ich, das kleine Dienstmädchen, Macht über sie hatte. Trotzdem, gehasst habe ich sie dafür, dass sie den Befehl gegeben hatte, Armand dermaßen zu misshandeln.

Danach hat sie ihre Röcke wieder über ihre noch zitternden Beine gezogen und so getan, als wäre nichts geschehen, obwohl sie noch heftig atmete und ein leichter Schweißfilm auf ihrem Gesicht lag. Dann drohte sie mir: Armand würde sterben, wenn ich jemandem etwas davon erzählte.«

Marianne atmete tief durch.

»In dieser Nacht bin ich aus dem Schloss geflohen. Armand hat auf dem Hof gewartet. Wir sind nach Paris gegangen und haben jede Arbeit angenommen, die sich uns anbot. Eines Tages haben wir Monsieur Jacques getroffen. Wir haben ihm unsere Geschichte erzählt. Monsieur Jacques sagte, er suchte zwei vertrauenswürdige Bedienstete, die die *aristos* ebenso verabscheuen wie er. Seither sind wir bei ihm.«

Nicole schwieg eine Weile, sie wollte ihr Interesse nicht allzu deutlich zeigen. »So habt ihr also Jacques getroffen. Was für ein Zufall! Aber sage mir, Marianne, wie ist er an diese Residenz gelangt, an ein so prächtiges Haus?«

»Nun, die Eigentumsrechte wurden für verfallen erklärt, Madame Nicole. Das Haus stand monatelang leer, denn der Besitzer, ein Marquis, war nach Österreich geflohen. Sie wissen bestimmt, dass die Regierung im Februar ein Gesetz verkündet hat, dass alles Eigentum der *émigrés* zum Besitz der Nation erklärte. Also gehörte es eigentlich niemandem. Monsieur Jacques steht auf dem Standpunkt, dass er das Haus für das Volk der Franzosen hütet.«

»Wie großzügig von ihm«, murmelte Nicole stirnrunzelnd. »Aber wie ist er nur an die Schlüssel gekommen? Und wieso war es nicht längst geplündert worden wie so viele andere Häuser des Adels?«

Marianne waren diese Fragen offenbar fremd, sie hatte nicht gedacht, sie zu stellen, aber man sah ihr an, dass sie ins Grübeln geriet. »Nun ja, es liegt ziemlich verborgen hinter den hohen Mauern. Und es liegt ein wenig abseits. Nicht viele Leute kennen dieses Haus. Ich nehme an, dass die Freunde von Monsieur Jacques ihm zu diesem Haus verholfen haben, aber er spricht so gut wie nie über seine Freunde. Einige von ihnen sitzen in nützlichen Positionen, glaube ich.«

»Das habe ich mir auch schon gedacht«, sagte Nicole und schüttelte sich, als sie an diese schwarz gekleideten Schergen dachte. »Marianne, wer ist er eigentlich?«

Marianne hob die Schultern. »Ich weiß es nicht. Aber spielt das eine Rolle? Monsieur Jacques hat seine Geheimnisse, das ist wahr, aber für mich zählt nur, dass er meinem Armand und mir ein Zuhause gegeben hat, als wir dringend eins gesucht haben. Madame d'Argency hat uns vernichten wollen, und Monsieur Jacques hat uns versichert, dass wir stets zusammenbleiben können. Er will seine Vergeltung an den *aristos* üben, weil sie ihm Unrecht zugefügt haben. Sie haben ihn in dieses schreckliche Gefängnis geworfen – für eine Tat, die er nicht begangen hat! Oh, Nicole, genug von diesem düsteren Thema. Stehen Sie bitte mal auf, damit ich Sie betrachten kann.«

Nicole stand auf und drehte im Zimmer eine Pirouette. Marianne strahlte übers ganze Gesicht und klatschte in die Hände. »Madame Nicole, Sie sehen wirklich großartig aus. Sie sind eine wahre Schönheit, genau wie die Damen bei Hofe. Aber Sie brauchen eine Schärpe um die Taille. Ich hole rasch eine aus meinem Zimmer.«

Nicole betrachtete sich nachdenklich im Spiegel. In dem cremefarbenen Kleid, mit winzigen Perlen bestickt, sah sie fast abgehoben aus, irgendwie überirdisch. Das eng geschnittene Mieder umschmiegte ihre Brüste und betonte die schmale Taille. Ihr Gesicht bildete ein vollkommenes Oval, eingerahmt von kastanienbraunen Löckchen. Die Lippen waren rot geschminkt, und die hellbraunen Augen versprachen unendliche Lust. Sie wurde ganz schwach bei der Vorstellung, was sich ihr Peiniger für diesen Abend ausgedacht hatte.

Jacques, dachte sie und nahm die Brüste über dem engen Mieder in beide Hände, oh, Jacques. Du spielst mit uns allen. Du hast uns in dein dunkles, hypnotisches Netz gezogen.

Die Tür öffnete sich und brachte einen frischen Luftzug in das überheizte Zimmer. Nicole drehte sich lächelnd herum. Sie erwartete Marianne mit der Schärpe. Aber es war nicht Marianne. Es war Jacques.

Er trug einen langen Reitmantel, der seine imposante Gestalt noch betonte. Seine langen Haare, wie fast immer zu einem Pferdeschwanz zusammengefasst, glänzten schwarz vom Regen. Die glitzernden Wasserperlen in seinem Gesicht unterstrichen noch seine markanten harten Züge.

Nicole, die sich von der Überraschung, ihn plötzlich in ihrem Zimmer zu sehen, noch nicht erholt hatte, stieg die Röte in die Wangen. Sie bemerkte, wie er sich rasch in ihrem Zimmer umschaute, als wollte er sich über irgendetwas vergewissern, ehe seine Blicke sich auf ihr Kleid, die hochgesteckten Haare und ihre nach oben gedrückten Brüste konzentrierten.

»Nun?«, fragte sie schließlich, weil sie die Stille nicht länger ertragen wollte. »Ich warte.«

Er betrachtete sie freundlich und lehnte sich mit einer Hand gegen den Türrahmen. »Worauf, *chérie*?«

Nicole hob den Kopf. »Auf eine sarkastische Bemerkung über meine Verwandlung.«

Er lachte, und endlich ging er auf sie zu. Er warf seinen Hut aufs Bett. »Du siehst großartig aus«, sagte er. »Du bist gekleidet, als wolltest du zur Guillotine.«

Verwirrt fragte sie: »Was meinst du?«

»Das, was ich sage. Du siehst wie eine wirkliche Adlige aus. Ob dein Kostüm aber für die Unterhaltung des heutigen Abends geeignet ist, scheint mir umstritten.«

Die Unterhaltung des heutigen Abends. Bei dieser lockeren Bemerkung begann Nicoles Herz schmerzhaft zu schlagen. Seit er bei ihr im Zimmer war, tauchte die Erinnerung an das Geschehen des gestrigen Abends auf, als sie in seinen Armen die süßeste Erlösung ihres Lebens genossen hatte. Benommen vor Sehnsucht sah sie ihm zu, wie er den Mantel abstreifte und über einen Stuhlrücken legte. Aus einer tiefen Tasche zog er eine kleine Lederschatulle.

»Hier, meine kleine Nicole. Für dich.«

Sie musterte ihn argwöhnisch, aber in seinem schattigen Gesicht konnte sie nichts lesen. Sie öffnete den Deckel und hielt die Luft an. Ihr Bemühen um Fassung war mit einem Schlag zunichte gemacht.

Diamanten. Ein wahrhaft exquisites Diamantenhalsband, das wie kaltes, eingefangenes Mondlicht im schwarzen Samt der ledernen Schatulle lag. Es hatte eine wunderschöne goldene Schließe, auf der eine winzige Rose eingraviert war. Wie in Trance betastete sie die einzelnen Edelsteine und starrte Jacques mit weit geöffneten, verletzlichen Augen an. Sie verstand die Bedeutung des Geschenks nichts. »Es ist wunderschön, Jacques. Wo hast du es her?«

Er hob die Schultern, das Gesicht immer noch undurchschaubar. »Man könnte sagen, sie gehören zum Haus.«

Er hatte also eigentlich kein Recht, das Halsband zu verschenken. Sie klappte den Deckel zu und empfand Verwirrung und Verunsicherung. Sie flüchtete sich in ihren eigenen Zorn. »Du bist ein Dieb, nicht wahr, Jacques? Ein gewöhnlicher, verachtenswerter Dieb. Nicht besser als die Plünderer, die unsere Pariser Straßen verunsichern – eher noch schlechter, weil du vorgibst, anders als sie zu sein.«

Einen Moment lang spannte sich sein Gesicht in blankem Ärger, und Nicole fürchtete, zu weit gegangen zu sein. Sie erinnerte sich an seine immense Kraft. Dann aber lachte er nur und sagte: »Wenn ich wirklich ein Dieb wäre, hätte ich sie längst verkauft, statt sie dir zu schenken.«

Sie stammelte: »Dass du sie mir gibst, macht mich zu deiner Komplizin, nicht wahr?«

»Stimmt«, sagte er gelassen. »Und was für eine Komplizin! Komm mit, kleine Wildkatze. Ein Gast wartet, den du vernehmen sollst.« Er nahm die Schatulle aus ihren Händen und hob das Halsband heraus. Mit geschickten Fingern legte er es um ihren schlanken

Hals und befestigte die Schließe in ihrem Nacken. Als seine kühlen Fingerspitzen über ihre Haut glitten, spürte sie ein heftiges Brennen.

Sie unterdrückte ihr Verlangen und fragte: »Ein Gast wartet auf mich?«

»Natürlich«, gab er zurück. »Du erinnerst dich doch an unsere Abmachung? Da unten wartet ein junger Edelmann, der nur allzu bereit ist, seine abscheulichen Verbrechen zu gestehen. Vor allem deshalb, weil er dann die wertvollen Papiere erhält, die er braucht, um Paris zu verlassen. Es ist deine Aufgabe, meine Nicole, ihm sein schändliches Geständnis zu entlocken und ihm eine entsprechende Strafe aufzuerlegen.« Er trat einen Schritt zurück und musterte sie mit verengten Augen. »Es sei denn, du bist der Aufgabe nicht gewachsen.«

Zornig entgegnete sie: »Natürlich bin ich das! Deshalb bin ich doch hier, oder? Um Vergeltung zu üben.«

Er bohrte seine dunklen Blicke in sie, und die Lust tanzte in seinen Augen. »Auch fürs Vergnügen, *chérie*. Vergiss das nicht.« Sein Blick fiel auf ihren Ausschnitt, und sie errötete. Warum berührte er sie nicht? Sie wollte seine Hände spüren, nicht seine Blicke. Aber das sollte er nicht erfahren. Es wäre ihr peinlich.

»Wer ist dieser Gast?«, fragte sie.

Es entstand eine kurze Pause, dann sagte er: »Ich glaube, es ist besser, wenn du so wenig wie möglich weißt. Marianne wird bei dir sein. Sie wird wissen, was zu tun ist.«

»Und was wirst du in der Zeit tun?«

Er grinste. »Ich werde schon etwas finden, um mir die Zeit zu vertreiben. Vielleicht spiele ich Backgammon mit Armand.«

Nicole stieß einen wütenden Zischlaut aus und sprang ihn an. Er fing ihre ausgestreckten Hände mit Leichtigkeit ab und sagte mit beschwichtigender Stimme: »Ich werde nicht direkt zu sehen sein, Nicole, aber ich werde die ganze Zeit in deiner Nähe sein, das verspreche ich. Und ich erwarte, dass du stets die Kommandos gibst, *ma chère*, verstehst du? Oh, und noch etwas. Ich meinte es ernst, als ich eben sagte, dass du zu auffällig gekleidet bist. Zieh dein Kleid aus.«

»Was?«

»Zieh es aus.« Er stöberte schon in Schränken und Schubladen und in den Haufen, die bereits auf dem Boden lagen. Wütend über seine Gleichgültigkeit öffnete Nicole ihr Kleid und ließ es in einer Lache aus Seide und Spitze auf den Boden gleiten. Sie stand in ihrem Unterhemd und den Strümpfen vor ihm und spürte, wie ihre Wangen vor Scham heiß wurden.

Er sah sie kaum an, als er sich zu ihr wandte und ihr ein knappes schwarzes Kleidungsstück reichte. »Hier, das ist genau richtig.«

Zögernd nahm sie es in die Hände. Es war ein altmodisches Lederkorsett, wie es früher von Frauen vom Lande getragen wurde. Es zielte darauf ab, die Brüste anzuheben. Als Kleidungsstück sah es eher langweilig und uninteressant aus, aber dann stellte Nicole es sich an ihrem Körper vor ... Sie spürte die Erregung zwischen den Schenkeln.

Aber das war seine Wahl, nicht ihre. Das Leder wirkte hässlich auf sie, hässlich und irgendwie bedrohlich. Mit leiser Stimme fragte sie: »Gehst du aus dem Zimmer, während ich mich umziehe?«

Er grinste und überkreuzte die Arme vor der Brust.

»Hast du Angst, ich springe dich an? Ich stehe hier als neutraler Beobachter, *chérie*. Ich will dir helfen, deinen Wunsch nach Vergeltung zu realisieren. Dazu brauchen wir die kleine Maskerade.«

Ihre hellbraunen Augen blitzten vor Zorn, als sie nebenan ins Ankleidezimmer ging, wo sie ihr Unterhemd auszog und das starre Lederkorsett anlegte. Es war raffiniert geschnitten und hob ihre stolzen Brüste an, sie ergossen sich über das Mieder, das auch die harten Nippel freiließ. In V-Form reichte das Kleidungsstück bis zum Nabel; Hüften, Gesäß und Unterbauch blieben entblößt. Verunsichert zog sie die Strümpfe hoch, aber sie konnten ihre Scham nicht bedecken.

Sie stürmte ins Schlafzimmer zurück und blieb dicht vor Jacques stehen. Während jeder ihrer Bewegungen spürte sie das Anschwellen ihrer Labien, die sich aneinander rieben. Nicole versuchte, den quälenden Impuls zu unterdrücken, sich ihm an den Hals zu werfen.

Trotzig stand sie vor ihm, die Hände in die Hüften gestemmt. Jacques' Diamanten glitzerten kalt an ihrem Hals. »So. Ist das besser?«

Er grinste breit, lehnte sich gegen die Wand und betrachtete Nicole ausgiebig. Sie glaubte, eine leichte Schwellung in seinen engen schwarzen Breeches erkennen zu können, und empfand einen heimlichen Triumph.

»Ja, natürlich«, sagte er. Er ging auf sie zu, und seine Stiefel klackten auf dem Boden. Ihr Mund wurde trocken. Seine kühle Männlichkeit erregte sie. Er streckte die Hand aus und spielte mit ihren Brustwarzen. Sie versteiften sich sofort.

Nicole stöhnte laut, sie schloss die Augen und

sträubte sich nicht gegen die Gefühle, die sie durchfluteten. Dann glitt Jacques mit der Hand nach unten und drückte sie gegen ihre heiße pulsierende Scham. Er sah sie leidenschaftslos an, während er einen Finger in sie hinein stieß. Schmollend ließ sie es geschehen. Warum konnte er nicht leidenschaftlicher sein? Aber die Hitze strahlte von ihrem Schoß durch den ganzen Körper, und Nicole spürte, wie sie zu zittern begann.

»Ich bin ein wenig besorgt, Nicole«, sagte er. »Du scheinst selbst am Rand eines Höhepunkts zu stehen. Wie kannst du glauben, ganz kühl über die sexuellen Verfehlungen anderer urteilen zu können, wenn du selbst den Punkt ohne Wiederkehr erreicht hast?«

Mit einem Schaudern wandte sie sich von ihm ab. Oh, wie sie diesen Mann begehrte! Er sollte sie in die Arme nehmen, er sollte sie mit seiner großartigen Männlichkeit beglücken.

»*Salaud*«, zischte sie. »Du quälst mich und erwartest, dass ich ganz ruhig bleibe?«

Er hob gleichgültig die Schultern, was ihren Zorn erneut heraufbeschwor.

»Was willst du denn?«, fragte er unschuldig. »Ich stehe ganz ruhig und ausgeglichen hier, selbst jetzt, wo eine großartige *poule* vor mir steht und sich so verlockend präsentiert.«

Nicole schüttelte wütend den Kopf. »Du bist unmenschlich, Jacques. Ich kann mir nur einen einzigen Grund für deine Gleichgültigkeit denken. Oder kann es sein, dass du eigenartige Vorlieben hast?«

»Vorsicht, Nicole«, warnte er.

Aber sie war nicht mehr zu bremsen. Wütend rief sie: »Wie hast du eigentlich deine Lust im Kerker befriedigen können? Hast du Interesse daran gefunden, wenn einer der Inhaftierten dich genommen hat, Bürger Jacques? Ich wette, du warst der Liebling der Insassen. Du mit deinen feinen Manieren und dem eleganten Körper.«

Einen Moment lang verengten sich seine Augen zu schmalen Schlitzen und verströmten blanke Wut, und sie fürchtete schon, er würde sie schlagen. Sie sah, wie er mit einem Finger über die eingebrannte Zahl im Innern des Handgelenks fuhr, als spürte er immer noch das heiße Eisen, das seine Haut verbrannt hatte. Dann ging er langsam zur Kommode neben dem Bett und holte aus einer Schublade eine lange seidene Kordel heraus.

Er kam auf sie zu, und sie erschauerte. Ihre Nippel spannten sich, und ihre feuchten fleischigen Labien zuckten zwischen den kurzen Löckchen ihrer Scham.

»Eine Lektion für dich, meine kleine Wildkatze«, sagte er leise. »Eine Lektion, um dein heißes Blut abzukühlen, bevor du hinuntergehst, um an unserer kleinen Maskerade teilzunehmen.« Bevor sie reagieren konnte, bevor sie auch nur ahnte, was er plante, hatte er ihre Handgelenke gepackt, schnürte sie auf dem Rücken zusammen und schlang die Kordel um einen Pfosten ihres breiten Betts.

Sie wehrte sich und zurrte an der Fessel, gleichzeitig bebte ihr ganzer Körper vor Verlangen. Das glatte Mahagoniholz drückte gegen ihr Schulterblatt und gegen ihre Hinterbacken. Sie spürte, wie ihre Säfte rannen. Oh, er war wirklich unmenschlich. Aber sie sehnte sich nach seinen Berührungen.

Er hielt sie fest, beugte sich über sie und raunte: »Willst du mich haben, *ma chère*? Willst du meinen Schaft in dir haben und spüren, wie er dein zuckendes

Fleisch ausfüllt? Willst du, dass ich dich nehme, bis du vor Lust zu seufzen beginnst?«

Seine männliche Arroganz und die kühle Selbstverständlichkeit, mit der er ihr Verlangen hinnahm, ließen sie rot sehen. Sie rang nach Selbstbeherrschung, atmete tief durch und fuhr ihn an: »Wenn du willst. Aber du kannst mir glauben, ein Mann ist so gut wie der nächste.«

»Ist das so?«

»Oh, ja, Bürger Jacques«, sagte sie leichthin. »Du hast mir nichts Besonderes zu bieten.«

Er lächelte sie vergnügt an. Dann schlenderte er gemütlich zur Tür, öffnete sie weit und rief: »Armand!«

Nicole wurde starr vor Schreck. Was für ein teuflisches Spiel ließ er sich jetzt einfallen?

Es dauerte nicht lange, bis sie es herausfand. Als der stämmige Diener den kerzenlichtbeleuchteten Raum betrat, weiteten sich seine Augen beim Anblick der hilflosen Nicole, die an den Bettpfosten festgebunden war.

Jacques, der immer noch an der Tür lehnte, sagte lässig: »Nimm sie, sie gehört dir.«

Armand konnte seine Begeisterung kaum unterdrücken – und Nicole auch nicht. Sie hatte Jacques haben wollen, wollte ihn auch immer noch, trotz seiner unausstehlich arroganten, selbstherrlichen Art. Aber sie war verrückt vor Verlangen, und als Armand seinen schon versteiften Penis aus der Hose zog und mit einem breitbeinigen Gang auf sie zukam, wand sie sich voller Erwartung hin und her, und in ihrem Bauch spürte sie einen Tumult der Lust.

Armand schien genau zu wissen, was sie brauchte. Er griff mit seinen prankenähnlichen Händen an ihre

Brüste und drückte sie hart zwischen den schwieligen Fingern. »Du sollst also bestraft werden? Damit du lernst, wie man sich einem Mann gegenüber verhält?«

Sie sog zischend die Luft ein, als er seinen pochenden Penis in die Faust nahm, in den Knien ein wenig einknickte, um sich in Position zu bringen, und stieß in ihre feuchte, saftige Öffnung, wobei er sie fast von den Füßen hob.

Nicole schüttelte sich vor Entzücken. Sie hatte die Augen geschlossen und die Lippen leicht geöffnet. Nach einer so langen Qual war es exquisit, endlich den dicken Schaft in sich zu spüren, wie er sie ausfüllte und genüsslich zu pumpen begann, ohne Finesse und Rücksichtnahme. Er war nur ein hungriger, vitaler Mann und spießte sie mit seiner eisenharten Lanze auf, wobei er obszöne Dinge in ihr Ohr raunte und dann den Kopf beugte und ihre geschwollenen Brustwarzen in den Mund nahm. Seine Barthaare kitzelten Nicoles empfindliche Brüste.

Sie kamen zusammen, und man sah und hörte ihnen die Erlösung nach einem befriedigenden Orgasmus an. Armand hielt sie noch eine Weile umschlungen und küsste sie auf die feuchten Haare. Dann löste er sich von ihr, richtete seine Hose wieder her und wandte sich an Jacques, als erwartete er weitere Anweisungen.

Jacques, der das Geschehen mit unmenschlicher Gleichgültigkeit von der Tür aus verfolgt hatte, ging langsam auf die beiden zu. »Danke, Armand«, sagte er nach einer Weile. »Das war alles.«

In diesem Augenblick erkannte Nicole das volle Ausmaß seiner Furcht erregenden Selbstbeherrschung, seiner unnatürlichen Gefühlskälte. Gab es irgendeinen, irgendetwas, der oder was seinen Panzer durchbrechen konnte? Oder war sein Herz so vernarbt wie sein Körper?

Behutsam band er die zitternde Nicole vom Bettpfosten los. Ihr Gesicht glühte noch von den Nachwehen des Erlebnisses. »Jetzt bist du in der Lage, an unserem kleinen Spektakel mit wenigstens einem Minimum an objektiver Haltung teilzunehmen, meine Nicolette.« Er hob einen Seidenumhang vom Boden auf und reichte in ihr. »Zieh das an. Und vergiss nicht – du hast das Kommando.«

Am liebsten hätte sie ihm ein paar Flüche an den Kopf geworfen, ihre Kleider und die Diamanten gleich mit, ehe sie in die kalte, feuchte Pariser Nacht gerannt wäre. Wenn sie ihm nur mit gleicher Münze heimzahlen könnte. Er sollte das mal erleben, wie es war, vor sexuellem Verlangen zu zittern. Ja, sie würde was drum geben, ihn auf den Knien zu sehen und ihn um sexuelle Befriedigung betteln zu hören.

Aber ihr fiel nichts ein, was sie ihm sagen könnte. Sie sah, wie er angewidert mit der Stiefelspitze gegen die auf dem Boden herumliegenden Kleider stieß.

»Es ist wohl besser, wenn ich Marianne kommen lasse, um hier aufzuräumen«, sagte er tadelnd. »Häuslichkeit ist nicht gerade deine Stärke, was, meine Nicole?«

Damit ging er aus dem Zimmer und ließ eine vor Wut kochende Nicole zurück.

Sechstes Kapitel

Der einundzwanzigjährige Jules d'Amar, bis vor kurzem Erbe einer der reichsten Familien Frankreichs und jetzt nur noch ein ganz normaler Bürger der Republik wie jeder andere auch, ging in dem kleinen Vorzimmer auf und ab. Er zitterte vor Angst. Er wünschte, er wäre stark und tapfer genug, einen Sprung in die Freiheit zu wagen, weg aus diesem seltsamen Haus, in das man ihn mit verbundenen Augen gebracht hatte. Doch er fühlte sich weder stark noch tapfer, und außerdem hinderten ihn die Ketten an Hand- und Fußgelenken am kleinsten Sprung.

Die dunkle, kostbare Einrichtung des kleinen Vorzimmers, in dem sie ihn zurückgelassen hatten, drückte seine ohnehin schon deprimierte Stimmung noch mehr. Er hasste die schweren roten Vorhänge, die großen chinesischen Vasen auf dem Tisch mit den kunstvollen Intarsienarbeiten, das lackierte Holz der gediegenen Vitrinen. Nur ein paar Kerzen brannten, deren schwacher Schein seinen Trübsinn auch nicht vertreiben konnte. Trotzdem war er froh über die spärliche Beleuchtung, dann würden sie vielleicht nicht sehen, wie verängstigt er war.

Die stummen anonymen Männer, die ihn hergebracht hatten, waren so nett gewesen, ihm was zu essen und trinken dazulassen, aber er konnte nichts essen, weil seine Zähne zu heftig klapperten.

Er wusste, die vergangene Nacht würde er sein

Leben lang nicht vergessen. Jene schreckliche Nacht, als der Pöbel die Herrschaft im Kerker übernahm.

Betäubt vor Angst war er aus seiner feuchten, dunklen Zelle gerissen und vor das so genannte Tribunal gezerrt worden, eine Bande schmieriger, derber Kerle, einige von ihnen betrunken, andere fast schlafend, alle mit roten Mützen und dem Abzeichen der Trikolore.

Sie hatten um einen mit Weinflecken übersäten blanken Holztisch gesessen und kaum einen Blick auf die Gefangenen geworfen, die ihnen nacheinander vorgeführt wurden. Einige waren zurück in die Zellen geschickt worden, andere hatte man aus Gründen, die Jules nicht durchschaute, freigelassen, und wieder andere hatten ihre Verbrechen an den Bürgern Frankreichs gestehen müssen, ehe sie dem Pöbel ausgeliefert wurden.

Jules hatte versucht, tapfer zu sein, als sie ihn vernommen hatten, aber als der Mann, der wohl ihr Anführer war, seine schmutzige schwarze Pfeife auf den Tisch geklopft und Jules für schuldig befunden hatte, waren die Beine unter ihm weggekippt. Ihm war schlecht geworden, als sie ihn nach draußen zerrten. Der Pöbel johlte und wollte Blut sehen.

Dann war er plötzlich von einigen schwarzen Gestalten in eine dunkle Gasse gestoßen worden. Zuerst hatte er sich gewehrt und dann um Hilfe geschrien – er hasste sich dafür, dass seine Stimme so schrill geworden war. Sie hatten ihm einen Knebel in den Mund gedrückt und seine Hände auf den Rücken gefesselt. Ein großer schlanker Mann, den die anderen Bürger Jacques nannten, hatte ihn ausgiebig gemustert und dann knapp genickt. »Ja. Bringt ihn mit.«

Sie hatten ihn auf ein dreckiges Fuhrwerk geladen,

verschnürt wie ein Paket, und die Augen verbunden. Er hatte jede Minute mit seinem Tod gerechnet. Aber statt ihn zu töten, hatten sie ihn in dieses große leere Haus gebracht, ihn gebadet und in saubere Kleider gesteckt.

Er rechnete immer noch damit, dass sein Tod unmittelbar bevorstand, und er hoffte inständig, wenigstens in seinen letzten Minuten tapfer zu sein. Viele Leute, die er letzte Nacht hatte sterben sehen, waren es nicht gewesen. Er wollte so stark und tapfer sein wie dieser Mann, den sie Bürger Jacques nannten.

Er zuckte zusammen, als sich die breite Tür zum Salon fast geräuschlos öffnete. Eine sanfte feminine Stimme sagte: »Komm herein, Jules. Wir sind jetzt für dich bereit.«

Benommen vom Glanz der Kandelaber stolperte er blinzelnd vorwärts. Die Ketten rasselten um seine Gelenke. Nach ein paar Schritten blieb er stehen, den Mund weit aufgerissen, denn vor ihm lagen auf einem breiten Sofa die zwei schönsten Frauen, die er je gesehen hatte.

Jules starrte wie in Trance. Eine der Frauen war klein und ein wenig drall, und dunkle Locken rahmten ihr hübsches Gesicht ein. Es war die andere Frau, die seinen Atem stocken ließ. Sie war absolut umwerfend. Anmutig und schlank, lange lohfarbene Haare, die locker auf ihre Schultern fielen, lag sie lauernd wie eine Raubkatze auf dem Sofa. Sie trug ein cremefarbenes Gewand aus fast durchsichtiger Seide, das ihren vollkommenen Körper umschmiegte. Ihr Gesicht war ein Gedicht. Arrogant und heiter zugleich, hohe Wangenknochen und ein voller, schmollender Mund, dazu sinnliche Augen, die ihn mit sanfter Verachtung und Neugier bedachten.

»Knie dich hin«, befahl die Schwarzhaarige. »Verneige dich vor deinen Herrinnen, Bürger Jules.«

Er wollte sich ihnen nicht widersetzen. Er ließ sich umständlich auf die Knie nieder, was mit den Ketten gar nicht so einfach war. Es überlief ihn heiß und kalt, als die Frau mit den lohfarbenen Haaren ihn anstarrte und etwas ins Ohr der Freundin flüsterte.

Er hörte sie sagen: »Ja, er hat Potenzial, Marianne. Sein Gesicht ist ganz hübsch, und mir gefallen seine weizenblonden Haare. Aber er ist ziemlich blass und dürr. Und so jung. Er wird völlig unerfahren sein.« Sie seufzte und stützte das Kinn auf beide Arme. »Was meinst du, *chérie*? Sollen wir ihn ausprobieren? Vielleicht können wir ein oder zwei Stunden unser Vergnügen mit ihm haben.«

»Fünf Minuten, mehr nicht«, kicherte die Schwarzhaarige. »Das ist die Sache nicht wert, oder, Nicole?«

Die Frau mit dem Namen Nicole erhob sich, und dabei öffnete sich der Umhang, und ihr diamantenes Halsband glitzerte. Ein Blick auf ihren Halsausschnitt ließ Jules schwach vor Lust werden. Jetzt kam Nicole auf ihn zu. Ihr Umhang raschelte.

Sie beugte sich verführerisch über ihn, und er sog den Duft ihres schweren Parfums ein. Die Frau öffnete mit kundigen Fingern seine Hose.

Lachend drehte sie sich zu der anderen Frau um und sagte: »Du hast Recht. Er ist den Aufwand nicht wert. Er würde es nicht einmal fünf Minuten durchhalten.«

Jules' Gesicht verzerrte sich, als hätte sie ihn geschlagen. Er rappelte sich mühsam auf, wobei seine Hose rutschte, und stammelte: »Ich muss Ihnen sagen, dass ich der zukünftige Baron d'Amar bin. Wie können Sie es wagen, mich so zu beleidigen?« Dann erstarben die Worte in seinem Hals, und hilflos sank er zurück auf den Boden, denn Nicole hatte ihn mit einer knappen Bewegung ihrer Hand wieder auf die Knie gedrückt. Dabei fiel ihr Umhang auseinander, und Jules sah in aller Deutlichkeit, dass sie darunter ein eng geschnürtes schwarzes Korsett trug, das die herrlichen Brüste nach oben drückte und die rosigen strotzenden Nippel frei ließ. Sonst trug sie nichts, von den dünnen weißen Seidenstrümpfen und den Schuhen mit roten Absätzen mal abgesehen. Er sah das lohfarbene Dreieck ihrer entzückenden Scham und erhaschte auch einen Blick auf die pinkfarbenen Lippen. Sein Mund wurde trocken.

»Ich beleidige dich«, zischte Nicole, »weil du und Männer wie du uns Frauen immer beleidigt habt! Ihr redet über uns, als wären wir Luft, ihr redet derb und obszön, ihr prahlt bei euren Kumpanen mit euren Leistungen und Eroberungen.« Sie wandte sich an ihre Freundin. »Was sollen wir mit ihm anfangen, Marianne?«

»Er soll bekommen, was er verdient hat. Bringe ihn dazu, seine Verbrechen zu gestehen, dann entscheidest du über sein Schicksal.«

»Gestehen? Aber ... ich habe gegenüber dem Tribunal in diesem dreckigen Kerker schon alles gestanden! Abgesehen von meiner adligen Herkunft bin ich keines Verbrechens schuldig, das schwöre ich!« Seine Stimme brach ab, als er spürte, wie sein Glied anschwoll und hart wurde. Er errötete und senkte den Kopf, hilflos, da seine Hände in Ketten lagen.

Marianne hatte es auch bemerkt, denn sie kroch plötzlich auf ihn zu, und zu seinem Entsetzen fuhr sie mit einem Finger über den zuckenden Penis.

»Er ist ganz hübsch, Nicole. Siehst du, wie er unter meinen Fingern wächst? Er schwillt zu einer recht ordentlichen Größe an. Vielleicht ist es doch nicht aussichtslos mit ihm.«

Nicole sagte: »Wir müssen ihm eine Lektion erteilen. Ich schätze, wir könnten ihm zeigen, wie ein richtiger Mann eine Frau behandelt.«

»Du meinst Armand?« Marianne stand langsam auf. Ihre blauen Augen funkelten. »Eine ausgezeichnete Idee, meine Liebe.« Sie lief zur Tür und rief: »Armand! Du kannst jetzt zu uns kommen.«

Stunden später, als Nicole erschöpft und befriedigt auf dem Sofa lag und die Hand nach Jules ausstreckte, der sich als gelehriger Schüler erwiesen hatte, öffnete sich plötzlich die Tür zum Vorzimmer. Verdutzt starrte sie auf Jacques, der stumm und grübelnd in der Tür stand. Hatte er sie die ganze Zeit beobachtet? Wusste er, was geschehen war?

»Nicole«, sagte er, »wenn es deine Zeit erlaubt, möchte ich gern, dass du mir beim Abendessen im *petit salon* Gesellschaft leistest. In einer Stunde.«

Nicole sah ihn hochmütig an, Trotz in den hellbraunen Augen. »Aber gewiss, Jacques. Es wird mir ein Vergnügen sein.«

Für einen Moment hoben sich seine Augenbrauen. »Oh, nein, das Vergnügen liegt ganz auf meiner Seite.«

Nicole tat so, als wäre sie ganz ruhig und gelassen, als sie sich für das Abendessen mit Jacques vorbereitete, aber in ihrem Bauch flatterten viele nervöse Schmetterlinge, als sie daran dachte, wieder mit ihm allein zu sein. Sie badete und lächelte, als sie sich daran erinnerte, dass Armand diesmal nicht allein die Eimer mit dem heißen Wasser aus der Küche geschleppt hatte – er hatte sich Jules' Hilfe versichert.

Trotzig zog sie das wunderschöne cremefarbene Seidenkleid an, das Jacques vorher an ihr kritisiert hatte. Es war auch dieser Trotz, der sie das Halsband absichtlich nicht anlegen ließ. Sie legte es zurück in die Schatulle auf ihrer Frisierkommode.

Zum Schluss bürstete sie ihre langen, vollen Haare, und als sie wie Kupfer glänzten, flocht sie zwei dünne Zöpfe, die sie wie eine Krone auf dem Kopf arrangierte. Dann ging sie mit klopfendem Herzen die Treppe hinunter in den kleinen Salon. Sie genoss das Rascheln der Seide. Es war ein gelungener Abend gewesen, sie fühlte sich gut, sie war bereit für alles, sogar für Jacques.

Als sie den Salon betrat, hatte Jacques ihr den Rücken zugewandt. Er zündete die dicken Wachskerzen auf dem Kaminsims aus Onyx an, deshalb blieben ihr ein paar Sekunden, um die Schönheit des Zimmers in sich aufzunehmen. Es war eine Miniaturnachbildung des großen Salons, und wieder einmal konnte Nicole die unaufdringliche Eleganz der Einrichtung dieses Hauses bestaunen. Das Mobiliar bestand aus wunderschönem Rosenholz, und üppiger Stuck verzierte Decken und Wände.

Im Kamin brannte ein anheimelndes Feuer, und in einer Ecke des Raums gab es einen kleinen Alkoven, der von einigen Kerzen beschienen wurde. Nur ein einziges Möbelstück stand darin, ein niedriges Sofa, mit dunkelrotem Samt bezogen.

Der Mahagonitisch in der Mitte des kleinen Salons war schon gedeckt. Unter der Fülle von Silber und Kristall war die feine Damastdecke kaum zu sehen. Silberne Platten mit köstlichen kalten Häppchen lockten Auge und Nase. Hungrig sah Nicole auf die feinen Pasteten und auf die Vielfalt der verschiedenen Käsesorten, auf die frischen Baguettestangen und auf die Dosen mit goldgelber normannischer Butter. Purpurfarbene Trauben ließen Nicole das Wasser im Mund zusammenlaufen.

Wie schaffte dieser Mann das alles? Wo holte er diese wunderbaren Köstlichkeiten her – in einem Paris, in dem wegen des Bürgerkriegs eine Hungersnot ausgebrochen war?

Jacques drehte sich zu ihr um, und in diesem Augenblick lösten sich alle anderen Gedanken in ihrem wirbelnden Kopf auf.

Er trug einen dunkelgrauen langen Rock, schlicht, aber raffiniert geschnitten, und die Rüschen seiner Krawatte waren mit kostbarer Mechlin-Spitze gesäumt. Seine schwarzen Haare, die im sanften Kerzenlicht schimmerten, waren streng nach hinten gebürstet und im Nacken mit einem schwarzen Samtband zusammengefasst. Er trug eng sitzende Breeches und schwarze Reitstiefel. Die Schmetterlinge in ihrem Bauch erwachten zu neuem, flatterndem Leben, denn Jacques sah absolut exquisit aus. Nicole spürte, dass ihr Herz viel schneller als sonst schlug, und sie spürte auch, wie die Röte in ihr Gesicht stieg, als er sie lange betrachtete. Seine dünnen Lippen zuckten ein wenig, als sein Blick an ihrem prallen Dekollete des eleganten Abendkleids haften blieb.

»Nicole.« Er neigte den Kopf, als wollte er sie aus

einem anderen Blickwinkel betrachten. »Du spielst die Rolle der Lady des Hauses ganz ausgezeichnet, *ma chère*.«

Nicole lächelte. »Und Sie, Monsieur, haben die Manieren eines Edelmanns mit einigem Erfolg angenommen«, sagte sie und fügte schneidend hinzu: »Wenn man bedenkt, dass du ein Exsträfling bist ...«

Er lächelte amüsiert. »Sehr liebenswürdig, meine Liebe. Möchtest du sich setzen?«

Er zog einen Stuhl für sie heran und schenkte ihr Wein ein, der auf ihrer Zunge prickelte. Nicole spürte, wie sich ihre Selbstsicherheit entfaltete. Sie wusste, dass sie an diesem Abend bezaubernd aussah, sie konnte es auch in seinen Augen lesen. Sie hatte ihr erstes Verhör bestanden und aus dem jungen Aristokraten Jules d'Amar alles herausgeholt, was er zu bieten hatte. Ja, Nicole war mit sich zufrieden. Mit großem Appetit sprach sie dem Essen und Trinken zu.

Jacques aß bedeutend weniger. Eigentlich hätte ihr das auffallen sollen, dann wäre sie auf das vorbereitet gewesen, was folgte.

»So«, sagte er schließlich, »du glaubst also, dass dieser Jules viel versprechend ist?«

Nicole biss in eine saftige Weintraube, strich Frischkäse über eine Scheibe Brot und sagte wie nebenbei: »Nun, er hat Reue gezeigt. Marianne und ich haben ihn dazu überredet, seine Sünden und Verfehlungen in der Vergangenheit zu gestehen, und dann haben wir ihn gedemütigt. Er musste zusehen, wie Marianne und Armand sich liebten. Das hat ihn fast um den Verstand gebracht. Am Ende dieser Vorführung war er bekehrt, glaube ich. Jedenfalls hat er sich wahnsinnig bemüht, meine Anweisungen genau zu befolgen, als er mich mit der Zunge verwöhnte. Ich wette, das hatte er noch nie getan.«

Jacques nickte und spielte mit dem noch vollen Weinglas. »So sah es auch aus.«

»Oh, es war wunderbar«, sagte Nicole. »Er hat die herrlichsten Gefühle in mir geweckt.« Sie sah, dass er mit den Gedanken weit weg zu sein schien, deshalb nahm sie sich Zeit, ihn wieder zu betrachten. Eigentlich passte er zu diesem Haus. Vielleicht war er erzogen worden, mal in einer solchen Residenz zu wohnen. Niemand wäre auf die Idee gekommen, ihn für einen *Bourgeois* zu halten, für einen Mann aus der Provinz, für einen Mann mit einer zweifelhaften Vergangenheit.

Das sanfte Kerzenlicht lag wie ein Schimmer über der glatten, gespannten Haut, als er in das Kristall seines Glases starrte. Jules hatte sie mit Zunge, Lippen und Fingern wunderbar befriedigt, aber es war Jacques, nach dem sie sich sehnte. Jules war bestenfalls Appetitanreger gewesen. Jacques sollte ihr die Erlösung bringen und sie auf geheime Höhen der Lust führen.

Für Nicole war Jacques der Inbegriff des Männlichen geworden, der Ausdruck ihrer Träume. Sie schmachtete nach seinem harten Penis. Sie spürte, wie sie bei diesen Gedanken feucht wurde, wie sich ihre Nippel versteiften und die Labien anschwollen. In ihren Venen begann es zu summen.

»Du glaubst also, dass heute Abend alles glatt gelaufen ist?«, fragte Jacques.

»Ja, natürlich. Habe ich das nicht schon gesagt?«

Er beugte sich weit über den Tisch, und seine Augen

blickten kalt. »Du hast eine wichtige Sache vergessen, Nicole. »Habe ich dir nicht befohlen, stets das Kommando zu behalten?«

Verblüfft entgegnete sie: »Aber ich hatte immer die Oberhand. Sie haben alle getan, was ich von ihnen verlangte. Marianne, Jules und Armand.« Sie presste ihre Hände zu Fäusten, als sie bemerkte, dass die Finger zu zittern begannen. Ihr ganzer Körper bebte über die tiefe Enttäuschung seines Tadels. »Was ist los, Jacques? Bist du vielleicht eifersüchtig, weil du keine Gelegenheit hattest, bei unserer kleinen Schau mitzumachen?«

Er ignorierte ihren Spott und antwortete in stillem Zorn: »Eines sollten wir klarstellen, Nicole. Ja, die drei haben alles getan, was du befohlen hast, aber einen entscheidenden Punkt hast du übersehen. Es war nicht vereinbart, dass du selbst am Spektakel teilnimmst. Aber du konntest nicht widerstehen, nicht wahr? Du wolltest die günstige Gelegenheit nutzen, deine Lust auszutoben.«

Nicole wurde bleich, als er sie so heftig abkanzelte. Er wusste also alles. Hatte er zugehört? Hatte er vielleicht zugesehen, wie sie sich unter Jules' eifriger Zunge auf dem Sofa gewunden hatte? Sie unterdrückte die aufsteigenden Tränen über ihre Demütigung und sagte leise: »Was hat du denn getan? Uns heimlich zugesehen? Hat es dir gefallen? Hast du mit dir selbst gespielt, während du uns beobachtet hast? Ist das deine Vorstellung von Spaß? In der Einsamkeit allein genießen? Himmel, was für ein schäbiger kleiner Provinzler du doch bist.«

Er gab zurück: »Ich habe es dir schon einmal gesagt, meine Liebe. Ich bin stolz auf etwas, was du erst noch lernen musst. Es heißt Selbstbeherrschung.«

Mit einem wütenden Zischen sprang Nicole auf die Füße. Sie stieß mit den Kniekehlen so heftig gegen den Stuhl aus delikatem Rosenholz, dass er krachend zu Boden fiel. Aber Nicole kümmerte sich nicht darum. Sie griff nach ihrem vollen Weinglas und schleuderte den Inhalt in Jacques' Gesicht.

Es entstand ein schrecklich langes Schweigen, während die goldgelbe Flüssigkeit über die starren Gesichtszüge rann und von dort in die Rüschen seiner Krawatte. Ohne ein Wort hob Jacques seine Stoffserviette vom Tisch auf und wischte sein Gesicht trocken. Immer noch schweigend stand er auf, zog den bespritzten langen Rock aus, griff die Weinflasche, trat langsam um den Tisch herum und ließ den Wein in das verführerische Dekolleté ihres wunderschönen Kleids laufen.

»Meine liebe Nicole«, sagte er, während er den Wein ausschüttete, »zweifellos eine Rose – einschließlich der Dornen.«

Nicole prustete drauflos, geschockt von der kalten Flüssigkeit auf ihren Brüsten. Ihre Nippel zogen sich zusammen und verhärteten sich, als hätte der Mann selbst die Warzen mit dem sinnlichen Mund befeuchtet. Nicole war nicht in der Lage, etwas zu sagen, sie starrte nur verängstigt in sein hageres, dunkles Gesicht.

Dann sah sie, wie seine Augen wieder funkelten, und es zuckte in seinen Mundwinkeln. Verdammt, dachte sie, er macht sich wieder lustig über mich. Und was sollte der Unsinn mit der Rose und den Dornen?

»*Imbécile*«, fuhr sie ihn an. »Du bist ein Ungeheuer. Du hast das Benehmen eines Schweins.«

Sein dünner, sinnlicher Mund weitete sich noch

mehr. »Ich habe zumindest eine neue Art gefunden, köstlichen Wein zu genießen, Nicole.« Während er sie anschaute, griffen seine Hände an ihr durchtränktes Mieder und zogen es langsam von ihrem Körper weg, dann beugte er den Kopf und leckte den Wein von ihren nackten Brüsten.

Nicole schloss verzweifelt die Augen, benommen vom Taumel der Lust, als er ihre Brüste in die Hände nahm und den Mund auf ihre Nippel drückte. Oh, was für ein Gefühl! Seine kräftige Zunge wusch über die schmerzenden steifen Spitzen, die weißen Zähne zogen an den Warzen und nagten behutsam daran. Die rosigen Nippel wurden immer härter und länger, und Pfeile der Lust schossen hinunter zu ihrem Schoß.

Es war, als hätte er ihr Blut in Brand gesteckt. Sein heißer, feuchter Mund saugte ihr die Seele aus dem Leib. Hilflos drückte sie ihm ihre Brüste entgegen, und noch hilfloser wartete sie auf die Erlösung.

Ohne ein Wort hob er sie in seine kräftigen Arme und trug sie hinüber zum samtenen Sofa im Alkoven. Er legte sie liebevoll nieder und bedeckte Hals, Schultern und Brüste mit leichten, verführerischen Küssen, bis Nicole stöhnende Laute der Lust hörte – es dauerte eine Weile, ehe sie bemerkte, dass es ihre eigenen waren.

Sie wollte ihn haben, es war sinnlos, das zu leugnen. Mehr als alles andere in der Welt wollte sie seinen harten, wunderbaren Körper auf ihrem spüren, wollte sie seine Männlichkeit tief in sich aufnehmen, damit das Brennen in ihrem Schoß gelöscht wurde. Sie bebte vor Lust und wartete darauf, dass ihr Traum sich erfüllte.

Und dann?

Er verhöhnte sie, während sie noch von Wellen der Lust erfasst wurde. Er neckte sie wegen ihres Mangels an Selbstbeherrschung und wegen ihrer hemmungslosen Lüsternheit. Nicole spürte, wie es in ihr zu rebellieren begann.

Sie richtete sich auf und griff mit einer Hand an ihre Kehle. »Ich bin fast ausgetrocknet, ich brauche einen Schluck Wein. Bitte, Jacques, kannst du mir Wein einschenken?«

Er sah sie misstrauisch an und hob fragend die Augenbrauen. Dann stand er vom Sofa auf und ging zum Tisch. Leicht verunsichert reichte er ihr ein frisches Glas. »Nicht, dass er wieder in meinem Gesicht landet«, mahnte er.

»Natürlich nicht.« Sie lächelte ihn an. »Nicht in deinem Gesicht, Jacques.« Im nächsten Augenblick kippte sie das Glas über seine Breeches.

»*Morbleu!*« Verdutzt sprang er auf und fing sofort an, die Knöpfe der Hose zu öffnen und diese über die Hüften zu streifen. »Zum Glück haben wir keinen Wein mehr«, murmelte er. »Nicole, ich weiß, dass du mich für einen Verschwender hältst, aber selbst mir tut es weh, wenn ich sehe, wie wenig du einen guten Tropfen achtest. Schließlich kostet mich eine Flasche zehn Livres.«

»Das war eine gute Investition, wenn du bedenkst, wie viel Spaß wir damit hatten, findest du nicht auch?«, fragte sie mit süßlicher Stimme. Sie legte das Kinn auf die Arme und betrachtete ihn. Er gab eine geknurrte Replik, die sie nicht verstand, während er damit beschäftigt war, die nasse Hose abzustreifen. Nicole sah seinen flachen Bauch und die Linie der dunklen Haare, die zu seiner Mitte führten.

Dies war der Augenblick. Lässig erhob sie sich, atmete tief ein und drückte mit einer Hand gegen seinen Oberkörper. Er verlor die Balance und fiel zurück auf das Sofa.

»Nun, mein feiner Bürger Jacques«, murmelte sie, »werden wir sehen, wie es um deine Selbstbeherrschung bestellt ist.«

Er erkannte ihre Absichten eine Idee zu spät, und als er sich aufrichten wollte, war sie schon auf ihm, sie kniete sich über ihn, um sein Entkommen zu verhindern.

Nicole beugte sich tief hinunter. Ihre Brüste glitten über seinen Schoß, und sie registrierte erfreut, dass er sich nicht mehr sträubte.

Sie zerrte seine nasse Hose über die harten Schenkel und sah seinen Penis, der geschwollen und dick auf seinem Bauch lag.

Nicole bebte vor Lust, langte hinunter und drückte seine Hoden mit einer Hand. Der Beutel lag haarig und angespannt um ihre zitternden Finger.

Sie beugte den Kopf noch tiefer, um ihn zu küssen. Sie fuhr mit der Zungenspitze über seinen flachen Bauch und weiter zu seinem wunderschönen Penis. Er zuckte unter ihrer Berührung und wuchs noch einmal beträchtlich, und als er zu stöhnen begann, raunte sie leise: »He, Jacques, es geht um Selbstbeherrschung, erinnerst du dich?«

Sie streckte die kleine rosige Zunge heraus und leckte in kleinen Kreisen um den Schaft, der hungrig zuckte. Mit einem tiefen befriedigenden Glucksen bildete Nicole mit den Lippen ein festes ›O‹ und glitt über die samtene Spitze, und dabei ließ sie die Zunge spielen und attackierte das Bändchen an der Unterseite. Er schmeckte heiß und potent, eine Mischung aus männlichem Moschus und Wein.

Die Hoden hüpften in seinem gespannten Beutel. Sie senkte den Kopf noch tiefer und nahm die Hoden abwechselnd in den Mund, ehe sie zum Schaft zurückkehrte. Sie spürte, wie er sich in ihrem Mund streckte, und sie hörte, wie sein Atem schwer wurde, wie er um Selbstbeherrschung rang.

In diesem Moment empfand sie ein reines Glücksgefühl. Sie hatte diesen Mann endlich in ihrer Gewalt.

Langsam, unendlich langsam zog sie ihren Mund zurück, gab immer mehr vom harten Fleischstab frei, auch wenn es ihr schwer fiel, den herrlich zuckenden Schaft aus dem Mund zu nehmen.

»Vielleicht«, sagte sie traurig, »sollte ich dich jetzt verlassen, Jacques. Dann kannst du mir deine sagenhafte Selbstkontrolle vorführen, von der ich schon so viel gehört habe.«

Sein Gesicht lag hart und kantig in den Schatten, sein Atem kam immer noch stoßartig. Sie lag über ihm, hielt ihn auf dem Rücken und sah, dass er trotz aller Not noch dieses überlegene Grinsen zustande brachte. Es war zum Verrücktwerden.

»Wenn du gehen willst, dann geh, Nicole«, sagte er. »Ich werde es schon überleben.«

Verdammt, dachte Nicole wütend. Er legte die Hände hinter seinen Kopf und schloss die Augen, als wollte er ihr demonstrieren, wie gleichgültig ihm das alles war. Oh, sie würde ihn brechen. Sie würde ihn dazu bringen, sie anzuflehen, ihm Erleichterung zu verschaffen. Und wenn es das Letzte war, was sie tun würde!

Ihre hellbraunen Augen verengten sich, bevor sie

sich wieder über seinen Schoß beugte. Ihre Lippen schlossen sich erneut um den Schaft, ihre Zunge begann zu lecken und zu kosen. Sie schluckte so viel von seinem Schaft, wie sie aufnehmen konnte, bis sie ihn im tiefen Gaumen spüren konnte.

Jetzt nahm sie wahr, wie sein Körper sich spannte, und der Rücken wölbte sich ein wenig. Sie strich wie mit einem warmen, feuchten Lappen mit der Zunge über die samtene Eichel, ehe Nicole sich aufrichtete. »Soll ich jetzt aufhören?«

Seine Augen flackerten, und seine Stimme klang nicht mehr so fest, aber trotzdem reizte er sie mit seiner Antwort zur Weißglut: »Wenn du möchtest ...«

Mit einem wütenden Zischen tauchte Nicole wieder ab und nahm den steifen Penis erneut tief in den Mund, während sie mit einer Hand seine prallen Hoden wiegte und drückte. Sie hob und senkte den Kopf, und Jacques quittierte ihre verstärkten Bemühungen mit einem gepressten Schnaufen. Die Hoden hoben sich, ein untrügliches Zeichen, dass sein Orgasmus kurz bevor stand.

Sie hob den Kopf und sah ihn mit leuchtenden Augen an, die Wangen rot vor Erregung. »Soll ich aufhören?«

Er knirschte mit den Zähnen. Nicole sah die Schweißperlen auf seiner Stirn. Die Linien zwischen Nasenflügeln und Mundwinkeln hatten sich vertieft, sie sahen wie eingekerbt aus. Aber mit knarrender Stimme brachte er heraus: »Wenn du mir nicht gewachsen bist, meine Liebe, dann höre doch einfach auf. Ich warne dich – ich werde das noch eine lange Zeit durchhalten.«

»Glaubst du?« Sie leckte sich die Finger einzeln ab,

ehe sie sich wieder auf seinen Schaft stürzte. Sie verstärkte den Druck beim Saugen, und er musste die Augen schließen. Mit grimmiger Entschlossenheit führte Nicole wieder eine Hand unter den schweren Hodensack, in dem die Testikel unruhig schwappten. Ein Finger glitt weiter, streichelte die Kerbe zum Anus, der aufgeregt zuckte. Mit der speichelfeuchten Fingerspitze drang sie in die gerunzelte Öffnung, glitt hinein und heraus, bis sie ihn laut stöhnen hörte.

Bebend vor Erregung, ihr eigenes Geschlecht nass und geschwollen, sah sie den gewaltigen Penis bei dieser neuen Taktik heftig zucken. Sie intensivierte den Druck der Finger und beugte sich ein wenig vor, um die dunkel angeschwollene Eichel gegen ihre Brüste zu reiben. Sie drückte die Brüste zusammen, spielte mit den eigenen Warzen und rieb den Schaft dagegen, was sie fast zu ihrem Höhepunkt gebracht hätte, während Jacques unter ihr unkontrolliert zu keuchen begann.

»Immer noch der Chef im Ring, Jacques?«, murmelte sie mit einer vor Wollust triefenden Stimme, während sie den Finger noch einmal tief in den Anus stieß. »Hältst du immer noch eine lange Zeit durch?«

In diesem Augenblick ging ein Schaudern durch seinen Körper. Mit aufeinander gepressten Zähnen stieß er ihren Namen heraus, er griff mit beiden Händen zu ihrem Kopf und zog ihn hinunter auf seinen pochenden, gepeinigten Penis. Eifrig nahm Nicole ihn wieder tief in den Mund, und nach den ersten saugenden Zügen wurde sein Körper so heftig geschüttelt, dass Nicole beinahe abgeworfen worden wäre.

Sie hörte seinen Schrei, während sein Körper sich aufbäumte und der Penis hart in den feuchten, heißen Samt ihres Mundes stieß, immer und immer wieder, und sein Samen wurde mit einer solchen Gewalt in ihren Rachen geschleudert, dass Nicole sich an seinem bockenden Körper festhalten musste.

Endlich kam er zur Ruhe, er fiel zurück auf die Kissen und hatte die Augen geschlossen. Ohne ein Wort zog er die erschöpfte Nicole neben sich. Ihre Wange lag an seiner Schulter. Sie betrachtete sein Gesicht und nahm jede Einzelheit seiner edlen, von der Lust gemilderten Gesichtszüge in sich auf.

Ihr wurde bewusst, dass Jacques immer noch zu viel Macht über sie hatte, auch wenn dieser Kampf zu ihren Gunsten ausgegangen war. Seine Macht würde sie nicht brechen können, denn sie erkannte in diesem Augenblick, dass sie sich hilflos in ihn verliebt hatte.

Der Gedanke erstaunte sie. Sie blieb still neben ihm liegen, bis er sich schließlich bewegte. Er drückte einen Kuss auf ihre Haare und murmelte: »Großartig, Nicole.«

Die Worte der kühlen Anerkennung schmerzten sie auf eine entsetzliche Art. Es ist nur ein Spiel, rief sie sich in Erinnerung. Jacques hatte ihr gleich zu Anfang gesagt, dass es ein Spiel der Vergeltung war. Für ihn zählte nichts außer Vergeltung. Und wenn das Spiel aus war, würden die jetzigen Bewohner dieses gespenstischen Hauses wieder ihre getrennten Wege gehen.

Nicole spürte, wie heiße Tränen in ihre Augen schossen. Sie rutschte vom Sofa, schlang das zerrissene Kleid um sich und rannte zur Tür.

Jacques rief ihr überrascht nach: »Nicole! Du brauchst noch nicht zu gehen!«

An der Tür drehte sie sich zu ihm um. »Was bringt dich auf die Idee, dass ich bleiben will?«

Mit hoch erhobenem Kopf stürmte sie aus dem Zimmer. Die Augen brannten von den nicht geweinten Tränen.

Sie brannte innerlich. Sie wollte nichts anderes tun, als zurück in den Salon zu laufen, sich in seine Arme zu werfen und ihn anzuflehen, sie leidenschaftlich zu nehmen, die ganze Nacht mit ihr Liebe zu machen.

Aber sie brachte es nicht über sich, zu ihm zu gehen. Sie konnte ihm nicht sagen, was sie für ihn empfand; wenn er wusste, welche Macht er über sie hatte, würde er sie vernichten.

Sie rieb sich die brennenden Augen und hasste sich für ihre Schwäche. Sie ging durch den langen Flur und spürte einen Schwall frischer Luft, die ihre heißen Wangen kühlte.

Als sie die Halle betrat, sah sie, dass beide Flügel des Portals aufstanden. Sie schlüpfte hinaus und stand auf der großen Terrasse.

In der mondbeschienenen Septembernacht schien die Zeit stillzustehen; die Luft war frisch und würzig. Für einen Moment fühlte Nicole sich überwältigt vom Duft, der aus dem überwucherten Garten zu ihr drang. Sie blieb still stehen und hielt sich an der Balustrade fest, während ihre Blicke versuchten, die Schatten zu durchdringen.

Jede Blume, jedes Blatt, jeder Grashalm wurde vom silbernen Mondlicht erfasst und konturiert. Auf dem Zweig eines alten Maulbeerbaums sang eine Nachtigall. Die schreckliche Wirklichkeit in den blutigen Pariser Straßen schien tausend Meilen entfernt zu sein. Während sich in ihren Gedanken noch einmal alles abspielte, was ihr in den letzten Tagen widerfahren war, empfand Nicole plötzlich eine große Einsamkeit.

Wer war dieser Jacques? Und warum hatte sie es zugelassen, dass er sie in seinen dunklen Bann gezogen hatte? Was war aus ihrem Schwur geworden, sich nie wieder einem Mann auszuliefern?

Sie atmete tief ein, dann drehte sie sich um und betrachtete die blinde Fassade mit den verschlossenen Fenstern. Die Residenz, die Jacques zu seiner gemacht hatte. Sie hätte jedem französischen Hocharistokraten gut zu Gesicht gestanden. Ihr Blick fiel auf den breiten Sturz über der Doppeltür aus alter Eiche. In der Mitte des durchgehenden Steins befand sich eine vom Alter verwitterte Inschrift. Nicole blinzelte und schaute genauer hin. Plötzlich schien es ihr wichtig zu wissen, was dort eingeritzt worden war. Ganz allmählich erkannte sie eine stilisierte Rose. Die fünf symmetrischen Blütenblätter waren mit einiger Fantasie zu sehen.

Nicole runzelte die Stirn. Hatte sie das Rosenemblem nicht kürzlich an einer anderen Stelle gesehen?

Sie zermarterte sich den Kopf, aber es fiel ihr nicht ein. Sie wollte die Inschrift unter der in den Stein geritzten Rose lesen.

Saint Maury. Sans épines.

Heiliger Maury. Ohne Dornen. Eine Rose ohne Dornen. Was hatte Jacques erst vor einer halben Stunde zu ihr gesagt? Er hatte sie eine Rose genannt, aber eine mit Dornen. Also kannte Jacques auch das Wappen der früheren Besitzerfamilie. Ob die Aristokratenfamilie St. Maury hieß?

Auch der Name kam Nicole irgendwie vertraut vor,

aber so sehr sie sich auch bemühte, sie wusste nicht mehr, in welchem Zusammenhang sie ihn gehört hatte. Die Familienangehörigen mit ihrer Vorliebe für die dunklen Lüste mussten Paris längst verlassen haben oder der Pöbel hatte sie in den Straßen erschlagen, vielleicht schon am Anfang der inzwischen dreijährigen Schreckensherrschaft, als die Bastille erstürmt und den arroganten Herrschern Frankreichs deutlich wurde, dass die Nation sich am Rande des Abgrunds bewegte und auf ein Chaos der Gewalt zusteuerte.

Nicole zögerte noch, zurück ins Haus zu gehen. Hier draußen konnten ihre Gedanken fliegen. Langsam wanderte sie um das Haus herum. Unter ihren Schritten knirschte der Kies. Auf der Rückseite kam sie zu einem überwucherten Rosengarten. Die Luft war voller Süße. Ein Ort für Verliebte.

Mit einem Mal empfand sie ihre Einsamkeit noch viel stärker. Abrupt wandte sie sich um, lief den Weg zurück und betrat wieder das Haus. Es war überall ruhig, als sie die Treppe hinaufging zu ihrem Zimmer.

Die Kerze brannte noch. Auf dem Bett lag eine langstielige rote Rose, und daneben sah sie einen Zettel.

Rosen mit Dornen duften erheblich besser und süßer. J.

Wie in Trance las sie den einen Satz immer wieder. Sie knüllte den Zettel zusammen und presste ihn an ihr Herz. Eine Entschuldigung! Oder jedenfalls das Höchstmaß an Entschuldigung, das sie je von Jacques erwarten konnte. Er war hier oben auf ihr Zimmer gekommen, und wenn sie hier gewesen wäre ... wer weiß, was dann geschehen wäre. Ihr Puls raste unregelmäßig, und ein überwältigendes Verlangen nach ihm erfasste sie. Sie wollte ihn suchen, wollte mit ihm sprechen.

Sie rannte die Treppe hinunter in den Salon, wo sie zu Abend gegessen und ihren Triumph über ihn gefeiert hatte. Hinter der leicht geöffneten Tür sah sie den schwachen Schimmer des Kerzenscheins.

Er war noch da und wartete auf sie!

Sie stürzte ins Zimmer, die Augen sanft vor Sehnsucht, aber da war nur Marianne, die den Tisch abräumte, an dem sie gegessen hatten.

»Jacques«, stammte Nicole. »Wo ist Jacques?«

Marianne sagte: »Oh, Madame Nicole, er ist weggegangen. Einer seiner Männer kam mit einer Nachricht, daraufhin musste er sofort weg.«

Nicole, die sich übel vor Enttäuschung fühlte, lehnte sich gegen die Tür. »Wird er später zurückkommen?«

»Nein, Madame Nicole. Er sagte, es könnte einige Tage dauern. Ich soll Ihnen ausrichten …«

Aber das hörte Nicole schon nicht mehr, denn sie rannte die Treppe hoch auf ihr Zimmer. Die Rose lag noch auf ihrem Bett. Sie drückte sie fest an sich, bis die Dornen ihre Haut ritzten und dicke Blutstropfen aufs Bett fielen. Dann warf sie die Rose auf den Boden.

Siebtes Kapitel

Louise de Lamartine ging in der kleinen, nasskalten Zelle auf und ab. Sie wusste, dass ihr nicht mehr viel Zeit blieb. Am vergangenen Abend, nachdem sie in eine Einzelzelle geworfen worden war, weil sie einem Wärter absichtlich feindselig begegnet war, hatte Panik sie erfasst, denn im Gefängnis verbreitete sich die Nachricht, dass der Pöbel sechsundvierzig Prostituierte aus dem Gefängnis *La Salpetrière* geholt und in den Straßen niedergemetzelt hatte. Seither stanken die dunklen Steinmauern von *St. Lazare* nach Angst.

Louise warf ihr blondes Haar in den Nacken und hob provozierend das Kinn. Nein, sie wollte nicht aufgeben. Noch lange nicht. Ihre Kleider waren schmutzig und zerrissen, aber sie verfügte noch über die Kraft, Männer zu betören. Diese Kraft wollte sie nutzen, um das zu erreichen, was sie wollte: Raus aus dieser Zelle, um den einzigen Mann zu finden, der sie retten konnte.

Louise schüttelte sich. Selbst an diesem entsetzlichen und Furcht erregenden Ort spürte sie das körperliche Verlangen. Jede Nacht träumte sie von dem Mann, der sich Bürger Jacques nannte. War er wirklich der Mann, den sie suchte? Es wäre ein kleines Wunder. Sie schloss die Augen und stellte sich vor, wie er durch die vergitterten Tore von *St. Lazare* trat und sie in seine starken Arme nahm. Es war schon lange her – zu lange – dass sie bei einem Mann gelegen hatte. Ihre Brüste prickelten.

Die Tür öffnete sich, und zwei Wärter traten in ihre Zelle. Der eine hatte eine Talgkerze bei sich. »Die Zeit ist vorbei, Bürgerin.« Er wies mit dem Daumen zur Tür. »Sie wollen dich draußen haben.«

Sie. Das Gefangenentribunal, jener betrunkene Abschaum, der über Leben und Tod der Gefangenen entschied. Wie eine tückische graue Wasserwelle leckte die Angst in ihr, aber sie kämpfte dagegen an und gewahrte, wie sich ein Plan in ihr entwickelte.

Sie richtete sich auf und zeigte ihre volle Größe, die so beeindruckend nicht war, und starrte die beiden Wärter zornig an. Sie waren beide jung, beide kräftig gebaut und sahen gut aus, trotz der Stoppelbärte und der lächerlichen roten Kappen, die sie heutzutage alle trugen. Sie sahen ein wenig intelligenter und nicht so verhungert aus wie die meisten anderen Wärter. Und erkannte sie in ihren Augen nicht ein leuchtendes Interesse?

Louise schüttelte trotzig den Kopf. Durch die Bewegung glänzten die silberblonden Haare im trüben Schein der Talgkerze. Ihre violetten Augen blitzten spöttisch. »Wenn ihr mich auch nur mit einem Finger berührt, ihr Widerlinge«, sagte sie langsam, jedes Wort betonend, »dann lasse ich euch auspeitschen.«

Sie lachten darüber, womit sie gerechnet hatte. Einer von ihnen drückte die Tür hinter sich ins Schloss und legte den rostigen Riegel vor. Genau, was sie wollte. Sie versuchte, ihre Freude zu verdecken, als der erste Wärter breitbeinig auf sie zukam und sich dabei die Hände rieb.

»Hört, hört«, sagte er. »Da haben wir eine kleine arrogante *aristo* aufgetrieben, was, Jean Paul? Du weißt doch, was mit deiner Sorte auf der Straße passiert, was, Bürgerin?«

Louise starrte sie trotzig an, obwohl ihr Herz vor Angst rasend schnell schlug. Das raue Hemd des Wärters stand bis zum Nabel offen. Sie konnte seine behaarte, muskulöse Brust und den feinen Schweiß auf seiner Stirn sehen. Ihre Gedanken überschlugen sich. Er war wie ein Tier, dachte sie mit einem Blick auf die verräterische Beule seines Schoßes.

Sie wusste, dass sie ein Risiko einging, als sie kühl sagte: »Leute eures Schlags sind der Abschaum der Straße. Ihr müsstet zertreten werden wie lästiges Ungeziefer, denn was anderes seid ihr nicht.«

Ihr Plan ging auf. Jean Paul schnaufte wütend und schritt rasch auf sie zu. »*Morbleu!* Hast du das gehört, Pierre? Du wagst es, so mit uns zu sprechen? Meine liebe Bürgerin, ich glaube, wir müssen dir eine Lektion erteilen.«

Louise ließ sich Zeit, bis er dicht vor ihr stand, dann sammelte sie Spucke und schleuderte sie ihm ins Gesicht. Jetzt wurde sie von den beiden gepackt und auf den strohbedeckten Boden geworfen. Sie blieb liegen, verdutzt, verängstigt und erregt. Sie atmete heftig. »Nun gut, macht mit mir, was ihr wollt«, rief sie, heiser, »ihr geilen Säcke! Aber ich glaube nicht, dass ihr zwei Mann genug seid für mich.«

Pierre stieß einen wütenden Pfiff aus und begann seinen Gürtel aufzuschnallen. »Halt sie fest, Jean Paul. Halt sie auf dem Boden, unsere arrogante Schlampe. Ich werde ihr zeigen, woraus ein richtiger Kerl geschnitzt ist.« Er öffnete die Hose und zog einen stolzen, erregt zuckenden Phallus hervor, den er mit einer Hand rieb, während er sie anstarrte.

Louise schüttelte sich vor Erwartung. Der Mann, der neben ihr hockte und sie festhielt, glaubte, dass ihre Reaktion von der Angst diktiert war, deshalb flüsterte er in ihr Ohr: »Da, meine stolze Schönheit. So ein Ding hast du wohl noch nie gesehen, was? Und auch noch nie in deiner saftigen Pussy gefühlt, was? Siehst du, worauf du dich eingelassen hast?«

Das sah Louise tatsächlich. Mit hungrigen Blicken verfolgte sie Pierres Bewegungen. Das Gesicht voller Entschlossenheit, kniete er sich auf den Boden und zerrte ihre schäbigen Röcke nach oben. Gierig starrte er auf ihre blassen, schlanken Schenkel und auf das goldene Dreieck ihrer Scham.

Louise fühlte, wie ihre eigene Erregung unter seinen geilen Blicken zu glühen begann, sie spürte, wie die kleine harte Knospe der Lust zuckte, und ihre inneren Muskeln spannten sich an, als hätten sie den dicken Schaft gesehen und könnten es nicht erwarten, ihn zu umspannen.

»Abschaum«, raunte sie und befeuchtete sich die Lippen. »Abscheulicher Abschaum.«

Knurrend schob Pierre sich zwischen ihre Schenkel. Er packte Louise an den Hüften, hob sie an und stieß den gewaltigen Schaft tief in sie hinein. Gleichzeitig beugte Jean Paul sich über sie und küsste sie auf den Mund.

Louise reagierte voller Wollust. Sie stieß mit der Zunge zurück und bäumte ihren Schoß gegen die Stöße des anderen auf. Sie genoss die rauen Bartstoppeln auf ihrer sanften Haut. Pierre, der seinen Schaft ohne Hast in sie hineintrieb, befreite die Brüste aus der Enge des Mieders und drückte die nackten Hügel überraschend zärtlich. Er quetschte die Warzen zwischen Daumen und Zeigefinger.

Ein sehnsüchtiger Schrei drang aus Louises' Kehle, als sie die schwieligen Finger spürte, die ihre Nippel malträtierten. Instinktiv drückte sie die Schenkel fester um Pierres breite Hüften.

»Eine feine kleine *aristo*«, grunzte Pierre. »Siehst du, mein Freund, wie es ihr gefällt?«

»Ja, ja«, stieß Louise keuchend heraus. »Aber mach schneller. Und härter.«

Pierre enttäuschte sie nicht. Er ließ sich zwischen den Stößen nicht mehr so viel Zeit und trieb den Schaft immer heftiger in sie hinein. Die Muskeln spannten sich um den Eindringling, als wollten sie ihn willkommen heißen, und Louise stöhnte jedes Mal laut auf, wenn er bei seinen Stößen auf Grund trieb.

Der andere Mann leckte jetzt über ihre Brüste. Die raue Zunge strich über die harten Nippel, und unwillkürlich begannen sich Louises' Hüften zu heben und zu senken. Ihr Stöhnen wurde noch lauter.

Jean Paul hob den Kopf von ihren Brüsten. »Du bringst sie auf die richtige Temperatur, *mon ami*. Ich glaube tatsächlich, dass die feine Dame dich genießt. Muss lange her sein, dass sie einen richtigen Mann zwischen ihren Schenkeln gehabt hat.«

Pierre nickte zustimmend. Er keuchte vor schierer Lust und bemühte sich, die Beherrschung nicht zu verlieren, aber das fiel ihm von einer Sekunde zur nächsten immer schwerer. Es war eine Wonne, das leidenschaftliche Stöhnen der saftigen *aristo* zu hören.

Schließlich konnten sie sich beide nicht mehr beherrschen. Die Muskeln molken den Schaft, der Louise so wunderbar ausfüllte, und als sie das Nahen ihres Orgasmus fühlte, wanden sich ihre Schenkel um Pierres Hüften, sie pressten sich an ihn und rutschten an ihm hoch, je höher sie beim Aufbäumen den Schoß anhob.

»Ja, ja«, rief sie wieder, aber diesmal kamen die kleinen Worte hechelnd über ihre Lippen, »noch einmal ... jaaa.« Sie wurde von wilden, ungezügelten Erschütterungen gepackt, und aus ihrer Kehle drangen laute, spitze Schreie.

Der Penis zog noch einmal voll durch, und sie spürte sein Zucken und das letzte entscheidende Beben, bevor er seinen Samen auswarf, was Pierre mit einem harschen Triumphschrei begleitete, während Jean Paul nicht aufhörte, ihre Brüste zu saugen.

Später hätte sie nicht sagen können, wie lange sie dort auf dem Boden gelegen hatte, ehe sich der Atem normalisierte. Ihr Körper glühte noch lange danach. Sie schlug die Augen auf, als sie spürte, dass etwas gegen ihr Gesicht drückte. »Nun, meine lieben Bürger«, sagte sie schnurrend, »müsst ihr mich jetzt zum Tribunal bringen?«

»Vergiss es«, sagte Jean Paul mit knirschender Stimme. Er beugte sich über sie und küsste sie wieder auf den Mund. »Jetzt bin ich dran. Hier, schau mal, ich habe einen schönen Lutscher für dich.«

Louise wich mit einem Ruck zurück, und plötzlich schossen Tränen in ihre schönen Augen. »Oh, Monsieur«, brach es aus ihr heraus, »wie gern würde ich Ihnen diesen kleinen Gefallen erweisen. Aber ich fürchte, ich habe die Kraft dazu nicht mehr. Der Gedanke, was mich draußen erwartet, erfüllt mich mit Angst und Bestürzung. Ich kann kaum noch atmen, denn wenn das Tribunal mit mir fertig ist, wird es mich dem Pöbel ausliefern. Das wäre mein sicherer Tod.«

Jean Paul und Pierre sahen sich stirnrunzelnd an. »Verdammt«, murmelte Pierre schließlich, »wir lassen nicht zu, dass ein so liebliches Weib in die dreckigen Hände des Mobs fällt, was sagst du, Jean Paul? Ich verspreche dir, schöne Frau, dass wir dich sicher hinausbringen.«

»Aus dem Gefängnis?«, fragte Louise voller Hoffnung.

»Wenn es möglich wäre, die speziellen Papiere zu besorgen, würden wir dir sogar helfen, aus Paris zu fliehen. Aber hier bringen wir dich raus, darauf kannst du dich verlassen. Aber vorher – Jean Paul fummelte an seiner Hose – »habe ich was für dich.« Sein Penis war schon hart und ausgefahren. »Kümmere dich um dieses Ungeheuer«, sagte er, »dann werden Pierre und ich unser Versprechen einhalten.«

Louise sah auf den prallen Schaft. »Mit Vergnügen, Monsieur«, sagte sie und befeuchtete ihre Lippen.

Als sie Jean Paul bedient hatte – mit echter Begeisterung, gestand sie sich ein –, sah sie die grinsenden, befriedigten Blicke der beiden Wärter. Pierre schüttelte den Kopf. »Wenn wir doch nur eine Möglichkeit hätten, dich hier im Gefängnis zu halten. Wir müssten eine kleine, sichere Ecke finden, wo wir dich nur für uns haben.«

Für einen Moment setzte Louises' Herz aus. Eine wahnsinnige Angst stieg in ihr auf. Sollte ihr Plan doch noch scheitern? Es wäre eine Katastrophe. Sie zwang sich, ganz kühl zu bleiben, als sie sagte: »Oh, Monsieur, wenn ich doch nur bei Ihnen bleiben könnte. Die Aussicht auf ein so endloses Vergnügen mit zwei so ausdauernden Männern lässt mich ganz schwach werden. Aber ich fürchte, hier wäre ich nie in Sicherheit. Irgend jemand würde von meiner Existenz erfahren, und er würde neidisch sein und Sie und mich in Schwierigkeiten bringen. Nein, ich weiß, meine Chance liegt da draußen. Und wenn ich außer Gefahr bin, werde ich zu Ihnen zurückkommen.«

Sie sahen sich wieder an, Unschlüssigkeit auf den Gesichtern. Es fiel ihnen schwer, auf so eine schöne, willfährige Frau zu verzichten.

Es war die Verzweiflung, die Louise eine Inspiration eingab. Sie griff nach dem Dolch unter Pierres Gürtel, und noch bevor ihm bewusst war, was sie tat, schnitt sie zwei Locken ihrer Haare ab. »Hier«, sagte sie und reichte Pierre die silbern glänzenden Haare. »Behalten Sie meine Lockung als Erinnerung an mich. Ich fürchte, ich habe nichts von Wert, was ich Ihnen sonst bieten könnte. Nehmen Sie die Locken als Versprechen, dass wir uns wiedersehen werden.«

Pierre errötete vor Freude über das Geschenk. Er betastete die Locken, als wären es kostbare Juwelen. »Dann komm«, herrschte er Jean Paul an. »Worauf warten wir? Lass uns diese feine Dame hinausbegleiten.«

Sie hielten sich an ihr Wort. An Pierres Gürtel hing ein großes Schlüsselbund, und mit Hilfe bestimmter Schlüssel gelangten sie durch ein Wirrwarr von Gängen und Fluren, bis sie endlich die Rückseite des Kerkers erreicht hatten.

Jean Paul hatte irgendwo einen dunklen Umhang aufgetrieben, den er ihr über die Schultern legte. Dann drückte er ihr auch noch ein paar Münzen in die Hand. »Es ist nicht viel«, sagte er scheu, »aber mehr habe ich nicht, und es wird dich ein, zwei Tage über Wasser halten.«

Louise nahm das Geld, Tränen in den Augen. »Danke, wie lieb von Ihnen, Monsieur. Ich werde Ihre Freundlichkeit nie vergessen.«

»Du gehst jetzt besser«, sagte Pierre knurrig. Offenbar war ihm ihr Emotionsausbruch mehr als peinlich. »Auf den Straßen scheint es im Moment ruhig zu sein. Komm, Jean Paul, wir müssen zurück, ehe wir vermisst werden.«

Louise blickte ihnen nach und wartete, bis sie allein war. Plötzlich wurden ihre schönen violetten Augen hart. »Abschaum«, murmelte sie verächtlich. »Widerlicher, hoffnungsloser Abschaum.« Sie trat aus den Schatten des Kerkers und stand an der Ecke einer dunklen, verdreckten Straße. Sie atmete tief durch. Ah, das Gefühl von Freiheit.

Jetzt bestand ihre dringlichste Aufgabe darin, den Mann zu finden, den sie Bürger Jacques nannten.

Eine Woche nach Jacques abrupter Abreise aus der *Residenz St. Maury* wachte Nicole an einem sonnigen Morgen auf. Sie öffnete die Fensterläden und inhalierte die frische Luft. In ihrem dünnen Baumwollnachthemd spürte sie trotz der Sonne die empfindliche Kühle. In wenigen Tagen würde der Oktober beginnen. Im Garten hatten sich die Blätter schon gefärbt; herrliches Rot, Gold und Bronze strahlten um die Wette und erinnerten daran, dass die Farbenpracht den ersten Frost nicht überstehen würde.

Nicole fuhr mit den Händen durch ihre zerzausten Haare. Draußen arbeitete Armand im Obstgarten, der sich bis zur Südmauer erstreckte. Im Augenblick schnitt er Brombeersträucher zurück. Neben ihm stand Jules d'Amar, der die abgeschnittenen Triebe einsammelte und auf einen Haufen legte, den sie später abbrennen würden. Nicole sah amüsiert, dass seine weichen, weizenblonden Haare ebenso kurz geschnitten waren wie die eines Bauern. Seine bisher so bleiche Haut war von der Septembersonne gebräunt worden. Das weite Baumwollhemd und die Hose waren beschmutzt und von Dornen zerrissen. Trotzdem sah er glücklich aus.

Nicole lächelte vor sich hin und erinnerte sich daran, wie er darum gebettelt hatte, im Haus bleiben zu dürfen. Selbst als er die Möglichkeit erhalten hatte, Paris zu verlassen, wollte er bleiben. Voller Begeisterung schloss er sich dem kleinen, seltsamen Haushalt an. Selbst die niedrigsten und schwersten Dienste nahm er klaglos auf sich. Die Blicke, mit denen er Nicole bedachte, verrieten ihr, dass er auf eine Wiederholung der Spiele vom ersten Abend hoffte.

Normalerweise hätte Nicole sich geschmeichelt gefühlt, denn Jules war ein sehr attraktiver junger Mann; aber seit Jacques sie so unerwartet verlassen hatte, war ihr Appetit auf sexuelle Spiele vergangen.

Jacques. Sie seufzte beim Gedanken an ihn, trat vom Fenster zurück und schloss einen Moment lang die Augen. Was für eine Närrin sie doch war, dass sie so sehnsüchtig auf seine Rückkehr wartete, dass sie danach lechzte, seine Stimme zu hören und sein Lächeln zu sehen. Was für eine Närrin sie doch war, dass sie sich in seine dunklen Pläne einbeziehen ließ. Er missbrauchte sie, wie er alle in seinem Umfeld missbrauchte.

Und doch hatte Jacques etwas an sich, das bis in die Tiefe ihrer Seele reichte. Er hatte von ihrem Inneren Besitz genommen, was bisher keinem anderen Mann gelungen war. Ausgerechnet er, der sich ihr gegenüber so gleichgültig verhielt. Für ihn war sie ein Nichts.

Sie wusch sich mit dem Wasser im Krug, den Marianne vor ihrer Tür abgestellt hatte, dann zog sie ein schlichtes, hoch geschlossenes Kleid mit dünnen blauen Streifen an und ging langsam die Treppe hinunter.

Marianne begrüßte sie freundlich in der geräumigen Küche. Sie saßen am Herd und frühstückten zusammen, wie fast jeden Morgen. Nicole erwähnte, dass sie Jules mit Armand im Garten gesehen hatte, und beide Frauen kicherten über die Verwandlung des jungen Adligen.

»Der arme Jules. Er hat vorhin nach dir gefragt, Nicole«, sagte Marianne lachend. Sie leckte sich Butter von den Fingern. »Er ist total vernarrt in dich, und mein Armand ist es auch. Du kannst sie alle um den kleinen Finger wickeln, *chérie*.«

Nur den einen nicht, dachte Nicole wehmütig. Wie nebenbei fragte sie: »Glaubst du, dass Jacques heute zurückkommt?«

Mariannes fröhliches Gesicht verdunkelte sich. »Woher soll ich das wissen?«, gab sie zurück. »Ich habe dir gesagt, dass er in Paris etwas zu erledigen hat, was dauern kann.«

»Aber was hat er zu erledigen? Er ist schon seit über einer Woche weg, Marianne.«

»Es ist besser, wenn du es nicht weißt«, sagte Marianne nach einer Weile. »Glaube mir. Ich bin nicht einmal sicher, ob ich es verstanden habe.«

»Aber …«

Marianne sprang auf die Füße. »Frage nicht weiter, meine liebe Nicole. Ich kann dir ohnehin keine Antworten geben. Was soll ich schon von Monsieur Jacques' heimlichen Gedanken wissen? Komm. Armand muss zum Einkaufen in die Stadt, und Jules arbeitet im Garten. Wir haben das ganze Haus für uns. Wir können auf Entdeckungsreise gehen. Hast du schon den *grand salon* gesehen? Ist er nicht wunderschön? Ich möchte wahnsinnig gern mal sehen, wie dort früher gefeiert wurde.«

»Gehen wir«, sagte Nicole.

»Wohin?«

»Zum *grand salon*. Wir lassen die Sonne herein und die frische Luft. Warum sollten wir ihn nicht benutzen? Wir können alles genießen, was die feinen Damen des Adels auch genossen haben. Dieses herrliche Haus, die Kleider, das Essen und den Wein.«

Marianne sah sie grinsend an. »Und die Männer.«

»Natürlich«, sagte Nicole fröhlich. »Wir dürfen die Männer nicht vergessen. Die Männer all unserer Träume.«

Sie verbrachten den Rest des Morgens im großen Salon, öffneten die Fenster und die Läden, zogen die Holzjalousien hoch und ließen die strahlende Sonne herein. Sie staubten die wunderschönen vergoldeten Möbelstücke ab, wischten den honigfarbenen Parkettboden und hauchten dem großzügigen Raum neues Leben ein.

Die winzigen Staubkörner tanzten in den Sonnenstrahlen, und zum ersten Mal sahen sie an der hohen Decke die Gemälde aus der griechischen Mythologie. Den beiden jungen Frauen stockte der Atem angesichts der Schönheit der erotischen Bilder. Nackte und fast nackte Gestalten waren sinnlich miteinander verschlungen.

»Was für eine Verschwendung, solche herrlichen Gemälde an die Decke zu verbannen«, sagte Marianne kopfschüttelnd. Sie nahm einen Schluck Wein, den sie mitgebracht hatten, um den Staub hinunterzuspülen.

»Aber wenn man liegt, hat man die schönen Szenen vor sich«, wandte Nicole ein und lächelte anzüglich.

»Oh, ja«, stimmte Marianne zu. »Die wunderschönen breiten Chaiselongues laden dazu ein, nicht wahr? Dort mit dem Mann deines Herzens zu liegen, muss ein Genuss sein. Nicole, glaubst du, dass sie hier frivole Partys gefeiert haben? Ich kann es mir lebhaft vorstellen. Der Marquis de St. Maury muss sehr einfallsreich gewesen sein. Ob er jung und attraktiv war? Reich war er mit Sicherheit. Wäre es nicht wunderbar, auch so leben zu können? Sich zu kleiden wie die großen feinen Damen, ausgelassen zu feiern und sich gegenseitig in diesem großartigen Raum zu verwöhnen?«

Nicole sagte nachdenklich: »Ich glaube, Jacques hat so etwas schon geplant.«

Marianne sah sie mit leuchtend blauen Augen an. »Oh, das hoffe ich! Monsieur Jacques ist ein wunderbarer Liebhaber, nicht wahr? So bestimmend, so gewaltig.«

»Und so von sich eingenommen«, ergänzte Nicole heftig.

»Wer kann ihm das verübeln, *chérie*?« Marianne sprang auf die Füße, drehte mitten im Salon eine Pirouette nach der anderen, summte vor sich hin und sah hinauf zur Decke, wo ein Mars mit kräftigen Schenkeln die üppige Venus beglückte, während Vulkan, der Gott des Feuers, hilflos und ohnmächtig vor Zorn zuschauen musste.

Die Gemälde waren sinnlich und explizit, aber sie waren auch von einem wahren Meister seiner Kunst geschaffen. Nicole grübelte wieder über die früheren Besitzer, die Familie St. Maury. Was für eine Familie war es gewesen? Reich, dekadent und einfallsreich, das stand fest. War es nicht seltsam, dass Jacques so gut zu diesem Haus passte?

Sie erinnerte sich voller Scham an die versteckte Schatulle mit den Stäben aus Elfenbein, die sie in ihrem Zimmer aufbewahrte, und dann fiel ihr wieder das Dachzimmer ein, wo Jacques sie an ihrem ersten Abend so köstlich zu seiner Gefangenen gemacht hatte.

Sie trank einen Schluck Wein, um ihre Gedanken abzukühlen, und fragte Marianne: »Weißt du, was mit der Familie geschehen ist, die hier gewohnt hat? Ich habe neulich die Inschrift auf dem Sturz über dem Portal gelesen. Da steht der Name St. Maury. Wer waren diese Leute?«

Marianne wurde plötzlich still. »Ich glaube, man hat sie in Paris kaum gekannt. Es war eine Familie aus dem Süden, dies hier war ihr Haus, wenn sie in die Stadt kamen. Es heißt, dass der Marquis in dieser Residenz gelegentlich seine Freunde bewirtet hat, aber irgendwann ist er verschwunden.«

»Ist niemand von der Familie übrig geblieben?«, fragte Nicole. »Niemand, der Anspruch auf dieses Haus hat?«

Marianne hob die Schultern. »Wer soll das schon wissen? Was ist denn mit den meisten großen Familien

Frankreichs geschehen, Nicole? Wenn die St. Maurys klug waren, sind sie schon vor langer Zeit geflohen, noch bevor unser König und die Königin in den Kerker geworfen wurden. Sie können jetzt mit diesem Haus nichts mehr anfangen – wenn der Besitzer zurückkäme, wäre es sein Todesurteil.«

Sie verfielen beide in ein längeres Schweigen, und für ein paar Momente schien es, als wären die Geister der vergessenen Familie St. Maury bei ihnen in diesem Raum.

Marianne schenkte sich Wein nach und machte es sich auf einem niedrigen, geschwungenen Sofa gemütlich. Sie sah hübsch aus mit ihren weichen dunklen Haaren und den blauen Augen, die fröhlich an den einzelnen prachtvollen Möbelstücken des großen Salons haften blieben.

»Ich bin froh, dass das Haus leer stand«, sagte sie dann. »Sonst könnten wir nicht hier sein und das alles genießen. Alles, was wir jetzt noch brauchen, ist ein Mann – ein schöner, kräftiger Mann, der unsere Sehnsüchte erfüllen kann, bis wir vor Lust ohnmächtig werden.«

Nicole lächelte. Marianne hatte wahrscheinlich mehr Wein getrunken als sie. »Armand wird bald hier sein.«

»Oh, Armand!« Marianne hob gleichgültig die Schultern und breitete die Röcke ihres Musselinkleids aus. »Er ist wahnsinnig lieb, aber ich kenne ihn zu gut. Bei ihm gibt es keine Überraschungen mehr. Natürlich liebe ich ihn noch, und ich würde ihm nie weh tun wollen.«

Nicole ließ sich auf einen niedrigen Hocker neben der Freundin nieder. Behutsam sagte sie: »Jacques kommt vielleicht bald zurück. Genügt er deinen Ansprüchen?«

Marianne seufzte. »Natürlich. Aber Monsieur Jacques ist so unberechenbar. Er macht immer das, was ihm gerade in den Sinn kommt, und er fragt nicht, wenn er etwas haben will. Er nimmt es sich einfach.«

»Dann begehrst du ihn also nicht?«

»Ich soll Monsieur nicht begehren? *Chérie*, gibt es denn eine Frau, die ihn nicht begehrt?« Marianne seufzte niedergeschlagen. »Als ich ihn das erste Mal gesehen habe, war ich hin. Ich habe mich sofort in ihn verliebt. Und das wird sich niemals ändern, glaube ich.«

Irgendein dunkler Drang trieb Nicole dazu, mehr herauszufinden, obwohl sie es eigentlich nicht wissen wollte. »Stört es deinen Armand nicht, dass du so für Jacques schwärmst?«

»Nein, natürlich nicht. Du musst wissen, auch Armand fühlt so, was Monsieur Jacques angeht. Er ist ihm treu ergeben. Ich glaube, er wusste es, als es das erste Mal zwischen Monsieur Jacques und mir passierte, aber er hat mich nie danach gefragt, und ich habe es ihm nie gesagt.«

»Das erste Mal?«

»Wenn du willst, kann ich es dir erzählen, Nicole. Möchtest du?«

Nicole schluckte und nickte. Ihr Herz schmerzte bei jedem Schlag, als Marianne ihr in die Augen schaute und mit der Erzählung begann.

»Es war an einem kühlen Frühlingsabend, kurz nachdem wir in dieses Haus gezogen sind. Monsieur Jacques badete in seinem Zimmer; die Vorhänge waren zugezogen, und im Kamin brannte das Feuer.

Armand hatte ihm geholfen, das heiße Wasser nach oben zu tragen. Mein Armand war irgendwo anders beschäftigt, und ich schlich die Treppe hoch und blinzelte durch einen Spalt in der Tür.

Jacques stieg gerade aus dem Zuber, und ich konnte sehen, welchen vollkommenen Körper er hatte. Breite, muskulöse Schultern, schlanke Hüften und kräftige Beine mit dunklen, seidigen Härchen. Im flackernden Kerzenschein schimmerte seine Haut wie Goldbronze, als wäre er vom Feuer geküsst worden. In meinen Fingern kribbelte es; ich lechzte danach, seine glatte Haut zu berühren. Und seine geheimen Teile – oh, Nicole, selbst bei meinem eingeschränkten Blickwinkel, den ich durch den Türspalt hatte, konnte ich sehen, dass er wahrhaft großartig bestückt war! Seine schweren Hoden trugen das Versprechen endloser Wonnen, und das Glied hing dick und lang über einem Schenkel. Ich brannte vor Gier, ich wollte ihn zwischen meine Lippen nehmen, ihn küssen, ich wollte ihn unter meinen Liebkosungen wachsen sehen, wollte sein dunkles Gesicht beobachten, wie es sich anspannte, wenn ich ihm Vergnügen bereitete.«

Nicole spürte, wie ihr eigenes Verlangen anstieg. Sie schenkte sich Wein ein und fragte mit angestrengt ruhiger Stimme: »Und was geschah dann?«

Marianne sagte atemlos: »Ich hätte natürlich hinunterrennen sollen, aber ich konnte mich von dem Anblick nicht losreißen. Statt dessen trat ich ins Zimmer, knickste vor ihm, vor seiner nackten Gestalt, und fragte: ›Kann ich etwas für Monsieur tun?‹ Dabei leckte ich über meine Lippen, während ich seinen schönen Schaft anstarrte. Nicole, er rührte sich leicht, und während ich hinschaute, fing er an zu wachsen.

Ich glühte vor Sehnsucht, ich gierte danach, ihn anzufassen und in mir zu spüren.«

Sie atmete durch, als müsste sie sich auch jetzt noch von der Aufregung erholen.

»Aber Monsieur Jacques sah mich nur ernst an, stemmte die Hände in die Hüften und fragte: ›Marianne, hast du mir nachspioniert?‹«

»›Ja, Monsieur‹, gestand ich flüsternd und wurde knallrot. ›Es tut mir Leid, Monsieur.‹

›Dann bist du ein schlechtes Mädchen, und ich muss dich bestrafen‹, sagte er kalt.

Er setzte sich auf einen Stuhl in der Ecke seines Zimmers. Immer noch tropfte das Wasser von seinem makellosen Körper auf den Boden.

Er befahl mir, mein Kleid auszuziehen. Ich tat es mit zitternden Fingern und stand vor ihm, nur noch mit meinen schwarzen Wollstrümpfen bekleidet. Er muss gesehen haben, wie meine rosigen Lippen aus den dunklen Schamhaaren lugten, und ihm müssen auch meine Brustwarzen aufgefallen sein, die sich ihm hungrig entgegenreckten, denn sein stolzer Stab hob sich langsam und schwoll zu einer wunderbaren Härte an.

Aber er ignorierte meine lüsterne Einladung und befahl mir, mich über seinen Schoß zu legen. Mein Bauch presste gegen seine harten Schenkel, und meine Brüste schwebten in der Luft und sehnten sich nach seinen Berührungen. Ich konnte seinen harten Schaft spüren, er rieb gegen meine Hüfte. Ich wollte ihn mit den Händen anfassen, aber im nächsten Augenblick gab er mir einen kräftigen, klatschenden Schlag auf meinen Hintern.

›Marianne‹, sagte er streng, ›du bist ein böses

Mädchen, das seinem Herrn nachspioniert hat, stimmt's?‹

›Oh, ja‹, stöhnte ich. Meine Pobacken brannten. ›Sie müssen mich bestrafen, Herr.‹

Und wie er mich bestraft hat. Immer wieder klatschte seine kräftige Hand auf meine Backen, bis meine Haut prickelte und glühte. Meine geheime Stelle glitzerte vor schamloser Feuchtigkeit. Ich wand mich hilflos auf seinem Schoß und versuchte, meine Lustknospe an seinem stählernen Schenkel zu reiben. Unauffällig spreizte ich meine Beine. Ich wusste, er würde die pulsierende Öffnung sehen können und hoffte, dass er Erbarmen zeigen und mich wenigstens mit seinen langen Fingern berühren würde. Er muss mich vor Gier stöhnen gehört haben, denn zum Schluss hat er den Zeigefinger langsam in die saftige Spalte geführt. Ich bin vor Lust fast ohnmächtig geworden, als er den Finger ganz hineinsteckte, und dann noch einen. Ich drückte mich den Fingern entgegen und schlängelte mich auf seinem Schoß hin und her, denn ich wollte nichts anderes als Befriedigung.«

Marianne holte tief Luft. Ihr Atem kam in kurzen Schüben, als sie fortfuhr: »Plötzlich zog er seine Hand heraus, und ich stöhnte vor Enttäuschung. ›Auf deine Knie, du Schlampe‹, sagte Jacques, gab mir einen letzten Schlag mit der flachen Hand auf meinen Hintern, ehe er mich von sich schob. Dabei streifte ich seinen schönen, harten Phallus, der sich stolz aus dem Nest dunkler Haare streckte, mit meiner Brust.

Ich schluchzte vor Verlangen, aber ich wusste, dass ich das tun musste, was er befohlen hatte. Ich kniete mich hin und wandte ihm meine Kehrseite zu. Ich dachte, er wollte weiter auf meinen Hintern klatschen.

Aber zu meinem Entzücken bemerkte ich, dass er sich auch gekniet hatte, direkt hinter mich. Mein Herz schlug schneller. Ich spürte, wie er meine Hüften packte und wie sein Stab zwischen meinen Backen zuckte. Wie von selbst rutschte er in meine Nässe, denn das seidige Gewebe öffnete sich bereitwillig dem harten, festen Schaft seiner Männlichkeit. Der geschwollene Kopf stieß einige Male gegen meine Lustknospe. Ich stöhnte laut und hoffte nur, alles bei klarem Bewusstsein erleben zu können, denn ich fürchtete die ganze Zeit, ohnmächtig zu werden.

Endlich, als ich schon glaubte, es nicht mehr ertragen zu können, rammte er hart in mich hinein. Bis zum Anschlag steckte er in mir, und dann verzauberte er mich mit langen, süßen Stößen, dass ich vor lauter Ekstase am ganzen Körper zu zittern begann. Es war schwer, meine Gefühle im Zaum zu halten. Ich kostete ihn aus, so lange es ging, Nicole, ich wollte dieses wunderbare Erlebnis nie enden lassen. Sein Penis sollte ewig so wunderbar tief in mich hineinstoßen, in die Tiefen meines heißen, lechzenden Fleisches. Ich fühlte seine Hoden, die bei jedem Eindringen gegen meine Backen schwangen.

Es war vorbei, als er seine Hände um meine pendelnden Brüste legte und die pochenden Nippel drückte, da war ich verloren und stieß rückwärts gegen sein exquisites Instrument der Lust, schrie seinen Namen und ging unter in den wirbelnden Gefühlen, mit denen der Orgasmus meinen Körper überschwemmte.«

Mariannes Gesicht war stark gerötet. Ihre Augen

glommen, als sie sich an dieses großartige Glücksgefühl erinnerte. Dann schaute sie zu Nicole hoch und sagte, fast ein wenig traurig: »Siehst du, seither bin ich seine Sklavin.«

Nicole hatte sie während ihrer leidenschaftlichen Erzählung beobachtet und war jetzt fast unerträglich erregt. Sie konnte sich die Szene nur allzu gut vorstellen. Das vom Feuerschein erhellte Zimmer, die Schatten in den Ecken. Marianne in ihren schwarzen Strümpfen, sonst nackt, wie sie auf allen Vieren auf dem Boden kauerte und ihre stöhnende Lust ausstieß, während Jacques hinter ihr kniete und sie mit seinen kräftigen, tiefen Stößen traktierte. Nicole wusste nur zu gut, dass eine Frau von einem solchen Erlebnis ein Leben lang zehren konnte.

Sie presste ein stummes Stöhnen aus, das Herz voller Sehnsucht, und fragte flüsternd: »Ist er es wirklich wert, Marianne?«

Die junge Frau zuckte leicht, als hätte Nicoles Stimme sie aus ihrem Traum geweckt. Sie seufzte leise. »Nein, ich glaube nicht. Weißt du, Nicole, Frauen wie du und ich bedeuten ihm nichts, überhaupt nichts. Wir sind nur verfügbar, wenn er uns braucht, um sich von seiner Aufgabe abzulenken – das ist alles, was er in uns sieht.«

Nicole schüttelte sich. Irgendwie war ihr dieser Gedanke unbehaglich. »Seine Aufgabe? Meinst du die Vergeltung an den Menschen, die ihm übel mitgespielt haben?«

Marianne schüttelte entschieden den Kopf. »Da steckt mehr dahinter, Nicole, viel mehr. Aber ich werde dir nicht mehr sagen, denn das bringt nichts. Wichtig ist, dass du ihn dir aus dem Kopf schlägst. Monsieur

Jacques ist nichts für dich, er ist nichts für irgendeine von uns. Oh!« Sie sprang auf die Füße. »Ich glaube, ich habe das Portal gehört. Vielleicht ist Armand schon zurück. »Armand! Wir sind hier!«

Man hörte schwere Schritte in der Eingangshalle, und im nächsten Moment tauchte Armand in der Tür auf. Er blieb zögerlich stehen.

Marianne lief zu ihm, schlang die Arme um seinen Nacken und küsste ihn. »Warum hast du so lange gebraucht, du *imbécile*? Man sollte glauben, du wärst bei den Freudenmädchen im *Palais Royal* gewesen.«

Nicole bemerkte, wie Armand errötete, statt mit einer ironischen Replik auf Mariannes Vorwurf einzugehen.

Achtes Kapitel

Louise, ängstlich darauf bedacht, sich nicht wieder einfangen zu lassen, hatte die letzten Nächte zusammengekauert in der dunklen Krypta einer verlassenen Kirche verbracht, wo die stummen Marmorstatuen ihre einzigen Begleiter gewesen waren. Die Luft in der Krypta war kalt und modrig gewesen, aber doch so viel besser als die stinkende furchterfüllte Atmosphäre von *St. Lazare*. Sie hatte den Umhang um sich geschlungen, den Jean Paul ihr geschenkt hatte. Sein Geld war aufgebraucht, ihr war kalt, und sie war hungrig – und doch fühlte sie sich immer noch euphorisch: Schließlich war sie frei und konnte ihre Suche fortsetzen.

An diesem Morgen wartete sie, bis sie wusste, dass die Straßen draußen voll sein würden. Dann begab sie sich in Richtung Markt und zog die Kapuze über die silberblonden Haare. Trotz dieser Vorsichtsmaßnahme lief sie Gefahr, erkannt zu werden. Aber sie musste hinaus – wie sollte sie ihn sonst finden? Sie musste versuchen, irgendwie mit dem geheimnisvollen Bürger Jacques in Kontakt zu treten.

Sie besaß noch einen einzigen *louis d'or,* den sie schon vor ihrer Verhaftung in den Saum ihres Hemds eingenäht hatte. Das war alles, was ihr auf dieser Welt noch geblieben war. Die Goldmünze mochte bei den einfachen Pariser Bürgern ein wenig auffällig sein, aber sie musste es wagen – oder verhungern.

Sie ging über die *Rue Ste. Marguérite* und hielt den Kopf gesenkt, immer bemüht, die angeborene Arroganz aus ihren Blicken und der ganzen Haltung zu verbannen. Sie wollte bescheiden und unterwürfig scheinen, den schlichten Menschen in den Straßen angepasst.

Bei allen guten Vorsätzen musste sie doch die feine Nase rümpfen, als ihr der Gestank des Pariser Pöbels entgegenschlug. Die Fischweiber, die Marktfrauen, die lärmenden *fédérés*, die vorgaben, Soldaten zu sein, die schreienden Straßenhändler und die gewöhnlichen Huren. Oh, sie hasste diesen Pöbel.

Vor dem Brotladen hatte sich eine große Schlange gebildet. Louise zögerte noch, ob sie sich anstellen sollte, aber es gab keine Alternative. Ein großer bärtiger Mann mit dunklen Augen reihte sich hinter ihr ein. Er sah sie interessiert an, und Louise hielt seinem Blick herausfordernd stand.

In seinem verschlissenen Rock und der weiten groben Hose sowie der widerlichen roten Kappe tat sie ihn als Bauernabschaum ab. Dann senkte sie die Augen, denn sie hatte erkannt, dass sein Blick sich von dem der anderen Männer im Gewühl der Straße unterschied; er war intensiver, entschlossener. Wenn man vom zerzausten Bart und von seiner schäbigen Kleidung absah, schien er ganz manierlich zu sein. Er wirkte sogar sympathisch.

Sie empfand einen Hauch von Interesse, und als sie ihn unter den langen Wimpern anlächelte, sah sie das Funkeln in seinen dunklen Augen.

Sie war an der Reihe. Das Roggenbrot war trocken und hart, mindestens zwei Tage alt und kaum noch zu essen. Louise wollte protestieren, aber im letzten

Moment biss sie sich auf die Zunge. In diesen Tagen protestierte man nicht in Paris, gegen gar nichts.

Sie legte ihren *louis d'or* auf den Tresen, und in diesem Augenblick brach die Hölle aus.

»Gold! Sie hat Gold!«, kreischte die alte Frau hinter dem Tresen und riss den Laib Brot wieder an sich. »Sie ist entweder eine Diebin oder eine verdammte *aristo*! Ruft die Polizei! Haltet sie fest!«

Es war der große bärtige Mann, der jetzt als Erster bei ihr war. Er packte ihre Arme und drehte sie auf ihren Rücken. Mit der freien Hand hielt er ihr den Mund zu, während er sie rückwärts aus dem Laden zerrte. »Ich bringe sie zur Behörde!«, rief er an der Tür.

Er zog die Frau auf die Straße und musste sich zwischen einem Aufmarsch von *fédérés* hindurchschmuggeln, und als sie die andere Straßenseite erreicht hatten, konnten die Verfolger aus dem Laden sie nicht mehr sehen. Aber der Pöbel ließ so schnell nicht von einer Beute ab, und schon bald hörte Louise einen triumphierenden Schrei: »Da ist sie! Folgt ihr!«

Sie und der Mann rannten in die schmale Gasse, die von der großen Straße abbog.

Plötzlich kannte sie sich aus. Am Ende der Gasse lag die verlassene Kirche, deren dunkle Krypta in den letzten beiden Nächten ihr Versteck gewesen war. Sie zupfte an der schwieligen Hand des Mannes und keuchte: »Schnell, hierher! Ich weiß, wo wir uns verstecken können!«

Der Mann nickte und folgte ihr ein paar Steintreppenstufen hinunter zu einer Tür, die offenbar in den Keller der Kirche führte. Die Tür knarrte, als Louise sie ungeduldig aufriss. Der Mann zog sie hinter sich zu und lehnte sich dagegen. In der absoluten Dunkelheit der Krypta sank Louise auf die Knie und rang nach Luft.

Der Mann betrachtete sie geduldig und wartete, bis sie sich erholt hatte. »Es ist nicht empfehlenswert«, sagte er, »in den Straßen von *Ste. Marguérite* mit Gold zu zahlen. Die gewöhnlichen Menschen haben nicht viel Geld.«

Louise sah zu ihm auf. Er hörte sich ernst und freundlich an. Sie musste ihm gegenüber behutsam vorgehen, sie durfte nicht ungeduldig und arrogant sein. Sie blinzelte einige Male, bis er die Tränen in ihren violetten Augen glitzern sah. »Ich weiß«, sagte sie scheu, »aber das ist alles Geld, was ich besitze. Oh, lieber Herr, wie ist Ihr Name?«

»Armand.«

»Armand. Ein wohlklingender Name.« Ihre Augen gewöhnten sich an die Dunkelheit; durch ein hohes Gitterrost fiel ein wenig Licht von der Straße herein. Sie erkannte die breite Kommode, deren Schubladen mit Messgewändern gefüllt waren, die verstaubten hohen Kerzenständer, die Marmorstatuen, die ein wenig unheimlich in den Schatten standen und an die sie sich in ihren einsamen Nächten gewöhnt hatte. Sie wollte nicht noch eine Nacht hier verbringen müssen.

Es war wieder der Zeitpunkt, ein Risiko einzugehen, ihrer weiblichen Intuition zu folgen. »Oh, Armand«, schnurrte sie, »mein Leben ist in schrecklicher Gefahr. Es gibt nur einen Mann, der mir helfen kann. Dieser Mann heißt Bürger Jacques. Aber ich weiß nicht, wie ich ihn erreichen kann. Deshalb bin ich so verzweifelt.«

Über das Gesicht des Mannes huschte ein Ausdruck

schierer Verblüffung. Louises' Herz tat einen Sprung. Sie versuchte, ihren Jubel zu unterdrücken, während Armand sich verlegen über den Bart rieb und langsam sagte: »Ich glaube es nicht. Sie suchen Bürger Jacques?«

»Ja, ja! Er ist ein alter Freund von mir. Ein sehr guter Freund. Kennen Sie ihn?«

Er schüttelte immer noch den Kopf und sagte bedächtig: »Ja, aber ich kann Sie nicht zu ihm bringen. Seine Gäste kommen nur zu ihm, wenn sie geladen sind. Er will nicht, dass jemand erfährt, wo er wohnt.«

Louise brannte vor Ungeduld, sie ließ den Umhang von Kopf und Schultern fallen und zeigte ihre wunderbaren silberblonden Haare und ihre traumhafte Figur. Sie unterdrückte ein Schluchzen und schwankte ein wenig, als ob sie umzukippen drohte. »Oh, mir ist ganz schwarz vor Augen. Halten Sie mich fest, Armand. Sie sehen so stark und kräftig aus.«

Er ging über den Steinboden auf sie zu, kniete sich schüchtern neben sie und nahm sie in seine Arme. Louise sah, dass er sie aus den Augenwinkeln betrachtete, und sie sah auch, dass in seinen Augen ein Leuchten funkelte, das sie nur zu gut kannte.

»Bitte, Monsieur«, flüsterte sie und schmiegte sich in seine Arme. Sie blickte sehnsüchtig zu ihm auf. Sie ruckte die Schultern kaum merklich hin und her, bis ihr verschlissenes Kleid ein wenig rutschte und das Tal zwischen ihren Brüsten enthüllte. »Für Sie würde ich alles tun, denn Sie haben mich vor dem Pöbel gerettet. Ihre Berührung entflammt mich. Ich weiß, mein lieber Armand, dass es sehr unanständig von mir ist, aber ich brenne für Sie. Ich möchte Ihnen meinen Körper anbieten. Sie können mit mir tun, was Sie wollen. Sie sind mein Held. Spüren Sie meine geschwollenen Brüste? Als ich Sie das erste Mal gesehen habe, war mir klar, dass Sie mich mit Ihrem starken, prallen Schaft ganz schwach machen würden. Ich möchte ihn auch gern in den Mund nehmen, damit ich seine Kraft besser spüren kann.«

Armand stöhnte, als sie sich gegen ihn rieb. Sie war die verführerischste, appetitlichste Frau, der er je begegnet war, und ihre geilen Worte ließen sein Blut auf eine Weise lodern, die er bisher nicht kennen gelernt hatte. Sein Schaft stieß wütend und unbeherrscht gegen ihren Bauch.

Sie war nicht so schön wie Madame Nicole, denn so schön konnte niemand sein. Aber sie war lüstern und verlockend, und ihre Augen glühten wie Hexenaugen. Sie zupfte an ihrem Kleid und zog es nach unten, bis ihre Brüste frei lagen. Stöhnend drückte sie die nackten Hügel in seine Hände. Armand wandte den Kopf zur Seite, die Augen fest geschlossen. Nein. Er durfte der Verführung nicht nachgeben ...

Sie stand auf, und er sah sie hilflos an. Langsam zog sie sich aus. Ihre Augen blickten wie durch einen lustvollen Schimmer, und als Louise mit der Zungenspitze die Lippen befeuchtete, sah Armand, wie der Mund leise zitterte. Ihr Kleid war auf den Boden gefallen. Louise streifte ihr Hemd ab. Sie trug jetzt nur noch weiße Strümpfe und einen Strumpfhalter mit seidenen Bändern.

Die Brüste waren fest und voll, und die rosigen Nippel luden seine Zunge ein. Die Taille war so schmal, dass Armand sie mit den Händen umspannen konnte. Er sah den nackten Unterbauch und die blonden Härchen, die ihr Geschlecht umrahmten, von dem er den Blick kaum mehr wenden mochte. Er wollte seinen harten Schaft in ihr versenken, er wollte sie reiten, bis sie ihren Orgasmus herausschreien würde.

Verzweifelt schloss Armand die Augen. Was hatte Monsieur Jacques gesagt, bevor er das letzte Mal das Haus verlassen hatte? Armand strengte sein Gehirn an, aber das war schwierig. Er konnte an nichts anderes denken als an seine ungeduldige massive Erektion.

»Du darfst nie jemandem was von meiner Existenz erzählen, auch nicht von diesem Haus. Ich muss der Einzige bleiben, der unsere speziellen Gäste auswählt, Armand. Sei immer auf der Hut vor Spionen. Vergiss nicht, dass Frauen ebenso gefährlich sein können wie Männer.«

Louise strich mit den Fingern über ihre Brüste, zupfte an den rosigen Warzen und starrte sie sehnsüchtig an. »Bitte, Monsieur Armand«, flüsterte sie, während sie sich befingerte, »können Sie nicht sehen, wie ich nach Ihnen lechze? Ich brauche einen starken, guten Mann, der dafür sorgt, dass ich mich wieder besser fühle, sonst werde ich vor Verlangen sterben.«

»Nein«, presste Armand heraus. »Süße Madame, ich darf das nicht. Ich gebe Ihnen ein wenig Geld, dann muss ich Sie verlassen.«

Louise schmollte ungläubig, dann lehnte sie sich an die Holzkommode und rutschte mit einer Backe darauf. Sie spreizte die Beine und ermöglichte Armand den Blick auf ihr feuchtes Geschlecht. Zwischen den feinen hellen Härchen konnte er die geschwollenen Labien sehen.

Sie begann mit sich zu spielen, steckte einen Finger

in den Mund und teilte damit die fleischigen Lippen. Behutsam führte sie den Finger in die warme Enge und seufzte leise. Sie zog den Finger heraus, steckte ihn wieder in den Mund und leckte ihn ab.

»Ah, Armand, sehen Sie, wie ich mich nach Ihnen sehne? Ich brenne nach Ihnen. Verdammen Sie mich in die Einsamkeit meiner Finger, wo ich mich doch so sehr darauf freue, Sie in mir zu spüren? Wenn ich Ihren harten Schaft nicht schon in mir fühlen darf, dann lassen Sie ihn mich wenigstens sehen. Ich will seine Größe und Kraft bewundern, während ich mich mit mir selbst zufrieden gebe.«

Armand war wie hypnotisiert. Er konnte den Blick nicht vom Spiel ihrer Finger wenden. Er spürte ein heftiges Klopfen in seinen Hoden, und er spürte die Ungeduld seines zuckenden Schafts. Da drüben, da sollte er sein, in diesem warmen, saftigen Hafen ...

»Bitte, bitte«, wimmerte sie, »lassen Sie mich Ihre Männlichkeit sehen, mein lieber Armand! Wenn ich den dicken Schaft sehe, kann ich mir vorstellen, wie er in mich eindringen würde, wie er ein und aus fährt. Ich bitte Sie, haben Sie Erbarmen mit mir, Armand.«

Mit einem unterdrückten Stöhnen öffnete Armand seine Hose und ließ den prallen Phallus herausspringen. Die dicke purpurn glitzernde Eichel kündete von seiner Lust. Die schöne Frau starrte sie wie in Trance an und murmelte Worte der Erregung, während sie ihren Finger ganz langsam bewegte.

»Oh, Armand«, stöhnte sie, »ich wusste, Sie würden eine solche formidable Wurzel haben. Was für eine Furcht erregende Waffe! Nie habe ich so ein Ding gesehen. Bitte, ich muss es schmecken.«

Hüftschwenkend ging sie auf ihn zu. Ihre vollen

Brüste pendelten aufgeregt. Armand blieb still stehen, er war nicht in der Lage, sich von der Stelle zu rühren, als sie den Kopf senkte und die samtene Spitze des pochenden Penis tief in den heißen Mund aufnahm.

Sie ließ die Zunge um die Eichel kreisen und saugte kräftig, wobei sie den schweren Hodensack in beiden Händen wiegte.

Armand hielt es nicht mehr länger aus. Er hob sie in der Taille an und hielt sie problemlos in seinen starken Armen. Er bedeckte ihr Gesicht mit leidenschaftlichen Küssen und ließ sie langsam hinab, bis sein Penis sich in sie versenkte.

Vor Entzücken wurde Louise fast ohnmächtig. Ihre Hände packten seine Nackenmuskeln, während sie die Beine um seine Taille schlang. Sie spürte, wie der harte Stab sie pfählte, zwischen ihre nassen, hungrigen Lippen drang, und sie fühlte auch, wie ihre eigenen Muskeln ihn voller Wonne umspannten. Schon nach wenigen Bewegungen glaubte sie, mehr nicht ertragen zu können, und zugleich wollte sie mehr haben. Sie gluckste vor Lust, als der heiße Schaft in ihre wunderbar weiche Kaverne stieß. Ihre Fersen schlugen wild erregt gegen seine Hinterbacken. »Oh, Armand, du bist mein strahlender Hengst«, flüsterte sie.

Armand hielt sie an den Hüften gepackt und ließ sie auf seinen Schaft sinken, auf und nieder, auf und nieder. Er trieb sie ins Land des Vergessens, in dem nichts zählte außer dieser ungeheuren Ekstase; er füllte sie, er streckte sie, und er beugte den Kopf und saugte an ihren strotzenden Brüsten, während sie die langen Fingernägel in seinen Rücken trieb.

»Oh, ja, Armand, fülle mich mit deinem feinen fetten Schwanz ... ja, jaaa ...«

Sie bebte in den Orgasmus hinein und erlebte eine fantastische Erlösung. Die Lust steigerte sich noch einmal, was sie nicht für möglich gehalten hätte, während er sich zu seinem eigenen durchrüttelnden Höhepunkt trieb.

Anschließend hielt er sie in seinen Armen fest und streichelte über ihr silberblondes Haar. Er fuhr mit den Fingern über ihre samtene Haut, ganz zart, als hätte er Angst, ihr weh zu tun. Es war Armand, als hätte er den kostbarsten Schatz gefunden, den es auf der Welt gab.

Louise hatte die Arme noch um seinen Nacken geschlungen. Sie hob ihr Gesicht und sah ihn an. Die vollen Lippen zitterten, und ihre violetten Augen leuchteten voller Emotionen. »Oh, Armand«, hauchte sie, »das war wunderbar.«

Armand wischte mit seinen schwieligen Fingern ihre Tränen weg. »Habe ich dir weh getan?«

»Oh, nein, niemals! Ganz im Gegenteil«, sagte Louise lächelnd und blickte zu ihm auf. Ihre Wimpern flatterten wieder. »Bringst du mich jetzt zu Bürger Jacques?«

Armand zögerte nur eine Sekunde, dann sagte er: »Zurzeit ist er nicht da. Aber sobald er zurückkehrt, bringe ich dich zu ihm, das verspreche ich.«

Louise senkte rasch den Blick, damit er nicht den Triumph in ihren Augen sehen konnte.

Zwei Nächte später befand Nicole sich allein im *petit salon* und versuchte, sich auf die Stickereiarbeit zu konzentrieren, die sie vor ein paar Tagen als Zeitvertreib begonnen hatte. An diesem Abend wurde es früh dunkel. Der Wind hatte während des Tages zugenommen, ratterte an den Fensterläden und pfiff durch jede kleine Ritze. Die Kerzen flackerten.

Wegen der Geräusche hatte sie das heftige Pochen gegen das Portal zunächst nicht gehört. Aber als sie das wiederholte Klopfen gewahrte, sprang sie auf, ließ die Stickerei auf den Boden fallen und lief aus dem Zimmer. Jacques. Vielleicht war Jacques zurück.

Aber er hätte sich natürlich mit seinem Schlüssel eingelassen. Als ihr das bewusst wurde, drängte sie die Enttäuschung zurück und glättete ihre Haare, während sie in die Eingangshalle lief. Wer mochte das sein, der um diese Zeit Einlass begehrte? Marianne hatte sich früh ins Bett gelegt, sie hatte über Kopfschmerzen geklagt. Armand war ausgegangen – wie so oft in den letzten Tagen.

Nicole hatte Mühe, den großen Schlüssel im Schloss zu drehen, und als sie die Tür schließlich aufzog, wurde sie von einem Windstoß weit aufgerissen, und ein Schwall wirbelnder Blätter fegte in die Halle.

Ein Mann stand da, ein Mann in einem langen schwarzen Rock, dessen Kragen gegen den Wind hochgeschlagen war. Einer von Jacques' Helfern, dachte Nicole sofort, und neue Hoffnung keimte in ihr auf. Der Mann war außer Atem, als ob er gerannt wäre, und er sah zerzaust und erschöpft aus.

Bevor sie jedoch etwas sagen konnte, platzte er heraus: »St. Maury – wo ist er?«

Nicole war verdutzt. Sie schüttelte den Kopf. »Die Familie wohnt schon lange nicht mehr hier.«

Das Gesicht des Mannes wirkte verkrampft. Er fuhr mit einer Hand über die Stirn. »Natürlich, Madame. Wie dumm von mir. Sagen Sie, ist Bürger

Jacques zu Hause? Ich muss ihn dringend sprechen.«

»Er ist schon seit einigen Tagen unterwegs. Wir wissen nicht, wann er zurückkommt.«

Der Mann furchte die Stirn. »Würden Sie ihm eine Nachricht geben, wenn er wieder da ist? Sagen Sie ihm, dass jemand nach ihm fragt. Eine Frau. Wir hatten sie im Gefängnis *St. Lazare* ausfindig gemacht, aber da ist sie nicht mehr. Geben Sie ihm das, ja? Er wird die Botschaft verstehen.«

Er drückte ihr etwas in die Hand, ein kleines viereckiges Päckchen, in Seide eingewickelt. Ein Windstoß hätte es ihr beinahe aus der Hand gerissen, aber Nicole hielt es fest umschlossen, während der Mann sich verbeugte und in der ungemütlichen Nacht verschwand. Nicole verriegelte wieder die Tür und schlug die Seide auseinander.

In dem kleinen Päckchen lag eine wunderschöne silberblonde Locke, die mit einem schmalen roten Samtband zusammengehalten wurde. »Geben Sie ihm das, er wird die Botschaft verstehen.«

Was soll er verstehen? Wer suchte nach Jacques? Und warum sollte diese Locke eine Botschaft sein, die er verstehen würde?

Völlig verdutzt ging sie hinauf in ihr Zimmer und legte sich ins Bett. Die Haarlocke hatte sie vorher in die Schublade ihres Nachttischs gelegt. Sie konnte sich nicht vorstellen, dass sie irgendeine Bedeutung für Jacques haben würde. Der unheimliche Kurier war nur eine der vielen namenlosen Gestalten, die ihr vertraut geworden waren, seit sie dieses seltsame Haus betreten hatte.

Der Wind zauste an den Läden, die Kerze flackerte

und erstarb. Nicole schüttelte sich und spürte wieder Verlangen nach Jacques. Unruhige Träume begleiteten sie in den Schlaf.

Sie wusste nicht genau, was sie aufgeweckt hatte. Vielleicht waren es die Schritte auf dem Kieselsteinweg oder es war das Gemurmel der leisen Stimmen in der Eingangshalle. Was auch immer es war – sie wusste, dass Jacques zurückgekehrt war.

Ihr Herz klopfte wie verrückt. Sie wollte ihn unbedingt sehen, wollte ihm von dem überraschenden Gast erzählen und seiner mysteriösen Botschaft. Sie schlang das Nachthemd enger um sich und rannte die Treppe hinunter. Alles schien still zu sein. Vielleicht war doch niemand da, vielleicht hatte sie sich geirrt.

Dann hörte sie Stimmen aus dem kleinen Vorzimmer, in dem Jules vor über zwei Wochen voller Nervosität auf seinen Auftritt gewartet hatte. Nicole hielt die Luft an, öffnete leise die Tür und erkannte, dass die Stimmen von dem großen Raum hinter dem Vorhang kamen, der einen Teil des Salons abtrennte. Nicole trat näher und hörte die Stimmen von Marianne und Armand und dann eine weitere Frauenstimme.

Nicole war verunsichert. Vielleicht war es die Stimme der Frau mit den silberblonden Locken. Irgendwie fühlte Nicole, dass sie eine Bedrohung für Jacques war. Sie musste ihn warnen, ehe es zu spät war.

Sie teilte den Vorhang nur einen winzigen Spaltbreit und blinzelte hinein. Ihr stockte der Atem.

Mitten im Raum befand sich eine Frau auf allen Vieren auf dem glatten Parkettboden. Sie hatte keine silberblonden Haare, sondern rotbraune, sie fielen ihr auf die Schultern und bildeten einen starken Kontrast zu der schneeweißen Haut. Sie war fast nackt, abgesehen von einem eigenartigen Gurtwerk, das ihren Oberkörper einschnürte.

Marianne und Armand flankierten die Frau, und hinter ihr stand Jules. Irgendwie hatte Nicole damit gerechnet, dass auch er an dem Geschehen teilnahm. Und eine andere Ahnung bewahrheitete sich – Jacques war zurückgekehrt. Er hielt sich in den Schatten, die Arme vor der Brust verschränkt, das Gesicht unbewegt. Er beobachtete Marianne.

Marianne, die eigentlich mit Kopfschmerzen im Bett liegen sollte, erhob sich über der kauernden Frau, eine Peitsche in der Hand.

»So haben Sie Ihr Personal behandelt, nicht wahr, Madame de Sarblay?«, fragte Marianne drohend. Mit lauter Stimme fuhr sie fort: »Sie haben Ihr Dienstpersonal vor Zeugen brutal geschlagen. Die armen Opfer mussten sich nackt vor Ihnen zeigen.«

Die vollschlanke Frau quietschte laut auf. »Ja, oh, ja«, stieß sie hervor.

Jacques war also zurück. Und er setzte sein albernes Vergeltungsprogramm fort und spielte mit den Gefühlen seiner Opfer. Nicole hasste ihn dafür. Sie rannte die Treppe hoch und warf sich aufs Bett. Sie wollte nicht Zeugin dieser widerlichen Szene sein.

Monique, Comtesse de Sarblay, konnte ihr Glück kaum fassen. Als sie aus der muffigen Gemeinschaftszelle des Kerkers *La Force* herausgeholt und vors Tribunal gebracht worden war, hatte sie sich mit dem Tod schon abgefunden. Das Tribunal hatte sie der

Grausamkeit gegen Kinder und Personal beschuldigt.

»Aber das hatte nichts mit Grausamkeit zu tun«, hatte sie sich verteidigt. »Glauben Sie mir, hohe Herren, sie haben jede Minute genossen.«

Natürlich hatten sie ihr nicht geglaubt, diese Tölpel mit ihren dreckigen roten Kappen, die dem Wein zusprachen und schwarze, stinkende Pfeifen rauchten.

Aber diese Leute in der eindrucksvollen Residenz glaubten ihr. Sie verstanden sie. Besonders dieser hagere schlanke Mann, den sie Bürger Jacques nannten, schien ihre Bedürfnisse zu verstehen. Er war es gewesen, der ihr mit kräftigen Griffen diesen Lederhalskragen und den Harnisch angelegt hatte, der ihre Brüste zusammendrückte. Dabei hatte die ganze Zeit ein kaltes Lächeln um seine Mundwinkel gespielt, als wüsste er, wie der sanfte Kuss des schwarzen Leders ihre Haut erhitzte.

Im Dunkeln lag Nicole auf ihrem Bett. Von unten hörte sie gedämpfte Schreie, die lockenden Geräusche, die eine Frau bei einem langen, totalen Orgasmus von sich gibt. Nicole drückte die Hände gegen die Ohren, aber ihre Wangen brannten, und in ihrem Kopf spielten sich Szenen mit einer gefesselten Frau ab, die Jacques betören wollte.

Er musste die Aristokratie von Grund auf hassen, dass er sich diese Mühe gab, sie derart zu demütigen. Sie begriff nicht, was ihn trieb, sie verabscheute seine Mission, und doch begehrte sie ihn mit allen Fasern ihres Herzens.

Auch jetzt, da sie schon stundenlang auf dem Bett

lag, war sie wild erregt und zitterte vor Verlangen. Ihr Seidenumhang klebte eng an ihrem Körper, dass er sie einschnürte, deshalb öffnete sie ihn mit fiebrigen Fingern und schob ihn von Brüsten und Schenkeln.

Mit beiden Händen umfasste sie ihre Brüste. Sie versuchte, den Schmerz in den harten Nippeln zu lindern, aber sie erreichte nur, dass sie weitere Blitze des Verlangens zu ihrem Schoß schickte, der bereits glühte. In ihren Lenden brodelte es. Sie brauchte einen Mann, einen erigierten, harten Schaft, der ihre entflammte Spalte erforschte.

Sie biss sich verzweifelt auf die Lippen, richtete sich auf und wischte die losen Strähnen aus dem Gesicht. Sie ging auf die Kommode zu und zog die Schatulle aus Mahagoni heraus, die ihr Spielzeug aus Elfenbein enthielt. Nicole griff mit zittrigen Fingern den größten Stab heraus, ging langsam zu ihrem zerwühlten Bett zurück und legte sich hin, zog den Umhang bis zu den Hüften hoch und spreizte die Schenkel.

Sie zog die Knie an und fuhr mit der Elfenbeinspitze zwischen die feuchten, geschwollenen Labien, ehe sie zum harten kleinen Knopf strich. Ein Zucken durchlief ihren Körper, sie rieb leicht über die Klitoris und spürte, wie die Hitze in ihrem liebeshungrigen Körper noch anstieg. Sie sehnte sich schon danach, den harten, glatten Schaft tief in sich hinein zu stoßen, aber sie wollte diesen Zeitpunkt noch hinausschieben, um die Vorfreude zu verlängern, um sich selbst noch ein wenig mehr zu quälen ...

Da war ein leises Klopfen an der Zimmertür, und im nächsten Moment stand Marianne im Raum. »Nicole! Monsieur Jacques ist zurück und möchte dich sofort ... oh!«

Sie brach mitten im Satz ab, weil sie Nicole fast nackt auf dem Bett liegen sah, das lohfarbene Haar auf dem Kissen ausgebreitet, die Wangen rot, die Augen verhangen vor sexuellem Verlangen. Mariannes Blick blieb auf dem aufregenden dicken Phallus aus Elfenbein haften, der noch zwischen Nicoles gespreizten Schenkeln steckte.

»Oh, Nicole«, stieß Marianne aus. »Wie schön du doch bist, *chérie*! Bitte, lass mich zu dir kommen. Ich habe dich vom ersten Tag an begehrt.«

Nicole überließ sich den Verlockungen von Mariannes süßem Mund, der sich über ihre sehnsüchtigen Nippel beugte. Sie nahm sie mit einfühlsamer Sanftheit in den Mund, speichelte sie ein und leckte mit der Zungenspitze darüber, während sie mit einer Hand zu dem großen Elfenbeinschaft griff und ihn langsam in die hungrige Vagina stieß.

Es war wunderbar. Die inneren Muskeln umklammerten den glatten Schaft. Nicole bäumte sich auf, hob das Becken an und stieß dem Schaft entgegen. Marianne hörte nicht auf, Nicoles Brüste zu kosen und die Tiefe ihrer Höhle zu erforschen, wobei sie eine Fingerkuppe über den geschwollenen Kitzler rieb.

Dann wurde sie vom Orgasmus überschwemmt, viel zu früh, dachte Nicole, als sie sich zurück in die Kissen fallen ließ. Sie wusste, woraus ihre Enttäuschung resultierte. Sie wollte einen Mann in den Armen halten, sie wollte von Jacques gefüllt werden und nicht von einem Elfenbeinstab.

Ja, sie wollte Jacques. Den gefährlichen, mächtigen, geheimnisumwitterten Jacques. Mit einem Seufzer wandte sie sich von Marianne ab, und ihr fiel ein, dass alle Jacques haben wollten, und jeder bekam ihn auch.

Selbst diese lüsterne Frau da unten würde ihn in dieser Nacht genießen dürfen. Die Einzige, die er verlachte, war sie, Nicole.

Gut, Marianne war geschickt worden, um sie zu ihm zu führen, aber zweifellos plante er nichts anderes, als sie erneut wegen irgendeiner Lappalie zu tadeln.

Marianne spürte Nicoles stummes Elend; sie hatte den Phallus zur Seite gelegt und streichelte der Freundin zärtlich über die langen, weichen Haare. »Arme Nicole. Du siehst so blass und traurig aus. Was ist los mit dir? Soll ich Monsieur Jacques sagen, dass du zu müde bist?«

Nicole schluckte. Mit leiser Stimme sagte sie: »Ja, sage ihm das, Marianne. Ich will ihn nicht sehen.« Sie schlang den Umhang wieder enger um sich, betrachtete Marianne mit dunklen, gehetzt blickenden Augen und flüsterte: »Oh, Marianne, wo mag er diese letzten Tage nur gewesen sein? Warum sagt mir niemand, wer er wirklich ist? Warum sind alle nur so verschwiegen, wenn es um ihn geht?«

Marianne seufzte. »*Chérie*, wie ich dir schon vorher gesagt habe, weiß ich auch nur sehr wenig über ihn. Nichts über seine Vergangenheit und nur wenig über sein Netzwerk an Freunden in der Stadt. Aber eines weiß ich, und das musst du lernen zu akzeptieren: Wir sind alle nichts gegen ihn. Wir sind nur Teil seines Plans, das ist alles.«

»Du willst sagen, wir sind Teil seiner Vergeltung?« Nicole schüttelte sich. »Rache an allen Aristokraten, weil er ohne Gerichtsurteil in den Kerker geworfen wurde?«

Marianne zögerte. »Das ist nur ein Teil des Plans. Ich glaube, er wird am meisten von dem Ehrgeiz getrieben, die Frau zu finden, die dafür verantwortlich war, dass er in den Kerker geworfen wurde.«

»Die Frau, die ihn beschuldigte, sie vergewaltigt zu haben? Die Mätresse des Adligen in Marseilles?«

»Ja«, flüsterte Marianne. Sie hob die Augenbrauen, als sei sie sich nicht schlüssig, ob sie mehr erzählen sollte. »Es heißt, dass er immer noch besessen von ihr ist, selbst nach dieser langen Zeit. Er hat Gerüchte gehört, dass sie in Paris sein soll. Deshalb ist er im Frühjahr nach Paris gekommen. Er will sie finden.«

»Und was wird er mit ihr anstellen, wenn er sie gefunden hat?«, flüsterte Nicole. Unbewusst verdrehte sie die Finger beider Hände im Schoß. Sie musste an die Striemen auf Jacques' Rücken denken. »Welche Vergeltung wäre die angemessene Strafe für die Frau, die ihn beinahe vernichtet hätte?«

Marianne schüttelte energisch den Kopf. Sie legte eine Hand auf Nicoles Arm. »Nein, Nicole, du verstehst nicht. Er will keine Vergeltung. Er liebt sie immer noch.«

Nicole war, als setzte ihr Herz aus. Das Blut wich aus ihrem Gesicht. »Nein, das kann nicht sein«, sagte sie leise. »Nicht, nachdem sie ihm das angetan hat.«

Marianne nickte traurig. »Aber es stimmt. Sie muss wunderschön gewesen sein und hat ihn offenbar mit ihrer Schönheit verzaubert. Kurz nachdem wir hier eingezogen waren, haben sich Jacques und Armand fürchterlich betrunken, und dabei hat Jacques gesagt, diese Frau könnte einem toten Mann das Herz stehlen. Es scheint, dass sie ihn immer noch verfolgt. Nachdem er erfahren hat, dass sie in Paris sein soll, lässt er seine Freunde in den Gefängnissen nach ihr suchen, sie durchstöbern aber auch die Straßen und Gassen nach ihr. Kann sein, dass sie längst tot ist, aber er gibt nicht auf. Er ist besessen von ihr.«

Nicole flüsterte: »Und was ist, wenn er sie gefunden hat?«

»Ich nehme an, dann wird er Paris mit ihr verlassen und einen sicheren Ort aufsuchen. Ich glaube, es wird ihnen egal sein, wo sie sind – wichtig ist ihnen, zusammen zu sein.«

Nicole war plötzlich hellwach, sie fror am ganzen Leib und fühlte sich elend wie nie zuvor. Jetzt begriff sie alles, auch seine leidenschaftslose Lust, seine kühle Zurückhaltung. Er hatte die ganze Zeit an sie gedacht.

Ihr wurde erneut bewusst, mit welcher Innigkeit sie sich an ihn geklammert hatte, wie stark sie sich an ihn gebunden fühlte. Leise sagte sie: »Würdest du Jacques sagen, dass ich zu müde bin, ihn zu begrüßen?«

»Natürlich, meine Liebe. Ich werde Monsieur Jacques sagen, du hättest schon geschlafen. Ich lasse dich jetzt allein. Gute Nacht.« Marianne drückte einen leichten Kuss auf Nicoles Stirn, dann ging sie aus dem Zimmer.

Sobald die Tür sich hinter ihr geschlossen hatte, sprang Nicole vom Bett und suchte im Kleiderschrank nach den Sachen, in denen sie gekommen war. Sie lagen ganz unten, die verschlissenen Kleider, die sie in den Tagen vor Jacques getragen hatte. Sonst wollte sie nichts mitnehmen.

Sie war mit nichts gekommen und würde auch mit nichts gehen. Wichtig war, dass sie sich schnell verdrückte, bevor Jacques sie erwischte und wieder zum Bleiben überredete oder gar zwang. Wenn sie gegangen war, hatte sie nichts, was sie an ihn erinnerte –

abgesehen von jenem unglaublichen ersten Abend, als er sie in seinen Bann gezogen hatte.

Plötzlich fiel ihr Blick auf das diamantene Halsband, das in der offenen Schatulle auf dem Tisch lag. Sie sah auf die kalte Schönheit der glitzernden Diamanten und dachte, dass sie sich mit dem Geld, das jemand ihr für das Halsband gab, eine lange Zeit über Wasser halten würde. Sie griff danach, aber dann zögerte sie. Es war Diebstahl, und sie hatte sich geschworen, nichts von ihm mitzunehmen.

Sie hob die Schultern. Es geschah Jacques recht, wenn sie die Diamanten an sich nahm. Schließlich hatte er sie von der Familie St. Maury gestohlen. Also gehörten sie ihm ebenso wenig wie ihr.

Sie hob das Halsband auf und steckte es in einen weichen Lederbeutel, den sie in die tiefe Tasche ihres Kleids fallen ließ. Sie würde die Diamanten als eine Art Versicherung bei sich tragen – für den Fall, dass alles schief lief und sie keine Arbeit fand.

Jetzt war es Zeit für die Flucht. Sie wollte die *Residenz St. Maury* und den Bürger Jacques hinter sich lassen, bevor beide sie vernichten würden.

Neuntes Kapitel

Am anderen Morgen war Armand noch früher auf als sonst. Ihm ging es darum, seine Arbeiten so schnell wie möglich zu erledigen, weil er mit Monsieur Jacques über Louise sprechen wollte. In jeder freien Minute musste er an Louise denken, selbst als er die Roste säuberte, die Scheite in die einzelnen Zimmer brachte und aufschichtete, die Treppen kehrte und Eimer mit Wasser füllte, das für Monsieur Jacques' Bad erhitzt werden musste.

Natürlich hatte er dafür gesorgt, dass Louise in Sicherheit war und mit dem Nötigsten versorgt wurde. Sie befand sich in einer kleinen versteckten Bude in der *Rue de Sèves*, aber nach drei Nächten begann sie zu klagen. Sie drohte, sich an einen anderen zu wenden, der sie zu Monsieur Jacques führen würde, wenn er es nicht schaffte. Aber Armand konnte es nicht ertragen, sie zu verlieren. Noch nicht. Er schüttelte sich vor Entsetzen, wenn er sich vorstellte, nie wieder diese Wonnen genießen zu dürfen, die sie ihm mit Mund, Lippen und geschickten Fingern bereitete.

Stirnrunzelnd hievte er eine Ladung Holzscheite vom Stapel auf, um sie hineinzutragen. Das Wetter war spürbar kühler geworden. Als er wieder ins Haus trat, wünschte er, es nicht getan zu haben, denn im Haus war die Hölle los.

Offenbar war Madame Nicole verschwunden, war einfach ohne ein Wort zu irgendeinem davongelaufen. Marianne schluchzte in ihre Schürze. Was würde nur

Monsieur Jacques sagen, jammerte sie, wenn er zum Frühstück kam und sie ihm die Nachricht übermitteln musste?

Armand strich über ihre feuchte Wange und fuhr mit den schwieligen Fingern über die dunklen welligen Haare. Sie war eine gute Frau, seine Marianne, und ihn quälte ein schlechtes Gewissen, wenn er daran dachte, was er jeden Tag mit Louise trieb, wenn er eigentlich zum Einkaufen außer Haus war.

»Vielleicht ist sie nur zu einem Spaziergang aufgebrochen«, meinte er. »Wahrscheinlich ist sie wieder zurück, ehe Monsieur aufgestanden ist.«

Marianne stampfte zornig mit dem Fuß auf und schob unwirsch seine Hand weg. »Sie ist für immer gegangen, du Dummkopf! Sie hat alle Kleider zurückgelassen und ist in ihren alten Klamotten aus dem Haus gegangen, auch wenn sie ziemlich zerrissen und verdreckt waren. Aber das Schlimmste ist, dass die Diamanten verschwunden sind. Das kostbare Halsband, das Monsieur Jacques ihr gegeben hat – die Schatulle liegt leer auf dem Tisch ...«

Armand war nicht mehr so sicher wie bisher, aber er sagte trotzdem: »Sie kommt zurück, du wirst es erleben ...«

Marianne warf sich plötzlich an seine breite Brust, ihr Gesicht bleich und nass von den Tränen. »Oh, Armand, ich wünschte, du hättest Recht.«

Dann hörten sie Jacques die Treppe herunterkommen. Summend ging er in die Küche.

Armand blieb dicht bei Marianne, obwohl er viel lieber ins Freie geflohen wäre. Marianne schenkte Monsieur Jacques Kaffee ein, stark und heiß und schwarz, wie er ihn am liebsten mochte.

»Wo ist Nicole, Marianne? Hast du ihr nicht gesagt, dass ich so schnell es geht mit ihr reden will?«

Mariannes Gesicht begann zu zittern. Stammelnd brachte sie heraus: »Sie ... sie ist nicht da, Monsieur Jacques.«

Jacques führte die Tasse an seine Lippen und runzelte die Stirn. »Du meinst, sie liegt noch im Bett? Ist sie krank? Das wäre aber ärgerlich.«

Marianne blickte Hilfe heischend zu Armand, aber der sagte nichts. »Nein, Monsieur, Sie verstehen nicht. Ich meine, sie ist gar nicht mehr im Haus. Sie ist gegangen.«

Für ein paar Sekunden herrschte eisiges Schweigen. »Sie hat das Haus verlassen?«, fragte Jacques mit leiser Stimme, die nichts Gutes ahnen ließ.

»Ja, Monsieur«, antwortete Marianne ängstlich. »Vor etwa einer Stunde bin ich hoch auf ihr Zimmer gegangen, um ihr heißes Wasser zu bringen, aber von ihr war nichts zu sehen. Auf dem Boden lagen ihre Kleider verstreut, ihr Zimmer war ein fürchterliches Durcheinander, und dann fiel mir auf, dass die Kleider verschwunden waren, in denen sie hier eingetroffen ist. Sie ist weg, Monsieur Jacques! Und ... und sie hat die Diamanten mitgenommen.«

»Die Diamanten?« Jacques starrte sie so intensiv an, dass Marianne sich unwillkürlich duckte. »Bist du sicher?«

»Oh, ja, Monsieur. Die Schatulle liegt da, aber sie ist leer ...« Marianne brach in Tränen aus und rieb sich die Augen mit dem Handrücken. Noch nie hatte sie Monsieur Jacques so zornig gesehen. Sie hatte gar nicht vermutet, dass die Diamanten, kostbar, wie das Halsband auch war, ihm so sehr am Herzen lagen.

Abrupt stellte er die Kaffeetasse ab. Er blickte zu Armand und rief: »Verdammt, jemand muss doch wissen, wohin sie gegangen ist! Sie kann sich doch nicht in Luft aufgelöst haben!«

Armand hob die Schultern. »Ich weiß nichts, Monsieur.«

Jacques griff schon zu seinem Mantel. »Ich suche sie, Armand. Du passt auf das Haus auf, während ich weg bin. Niemandem darf ohne meine Erlaubnis Zutritt zum Haus gewährt werden, hast du mich verstanden? Absolut niemandem!«

Armand schluckte. »Monsieur, wann werden Sie wieder zurück sein?« Er hatte keine Zeit, an Nicole und das Diamanthalsband zu denken, seine Gedanken schwirrten immer noch nur um Louise. Er war besessen von ihr.

Jacques war schon an der Tür und drehte sich ungeduldig zu ihm um. »Wenn ich Nicole Chabrier gefunden habe, ganz egal, wie lange es dauert.«

»Monsieur, ich wollte Sie etwas fragen …«

Aber Armand kam zu spät mit dem, was er fragen wollte, denn Jacques war schon aus dem Haus. Knallend fiel das Portal ins Schloss.

Mariannes Schluchzer ebbten allmählich ab, aber sie wrang immer noch die Hände auf der feuchten Schürze. »So habe ich ihn noch nie gesehen«, flüsterte sie. »Ich hätte auch nie für möglich gehalten, dass die liebe Nicole eine Diebin ist. Wieso hat sie es nur getan?« Plötzlich fuhr sie zu Armand herum. »Und wegen was hast du ihn so sehr belagert? Welche Frage wolltest du ihm stellen, die keinen Aufschub duldet?«

Armand errötete heftig, was man sogar trotz des

Barts sehen konnte. Er musste an Louise denken, die in ihrer kleinen Bude ungeduldig auf ihn wartete. »Ach, nichts.« Er schenkte sich eine Tasse Kaffee ein. »Das hat Zeit.«

Morbleu, heute musste er Louise gestehen, dass sie nicht ins Haus kommen konnte, jedenfalls noch nicht. Aber Monsieur Jacques würde Nicole und die Diamanten mit Hilfe seines Netzwerks an Freunden bald gefunden haben, und danach würde wieder Ruhe einkehren. Wenn Monsieur erst einen Blick auf Louise geworfen hatte, würde er Armand dankbar sein, sie aus den Klauen des Pöbels gerettet zu haben.

Denn wer, dachte er verträumt, würde sich nicht an einem so entzückenden Wesen wie Louise de Lamartine berauschen?

Nicole wurde wach und streckte sich schläfrig. Zuerst glaubte sie, in ihrem luxuriösen Bett in der *Residenz St. Maury* zu liegen. Dann hörte sie die heiseren Schreie der Straßenhändler, das Geräusch der Karren, die über das Kopfsteinpflaster rumpelten, und die Erinnerung kehrte zurück. Sie lag, eingehüllt in eine Decke, auf dem niedrigen Sofa in Anne-Maries kleiner voll gestopfter Wohnung.

Nicole schaute hinüber und sah, dass Anne-Marie noch zusammengekauert im Bett lag. Leise sprach sie ein Dankgebet, dass die Freundin sie aufgenommen hatte.

Als Nicole in der Nacht so hastig geflohen war, hatte sie nicht bedacht, wie spät es war und was sie auf den Pariser Straßen erwartete. Es war kalt und finster gewesen, der Wind fegte durch ihre Kleider, und sie hatte mehr Angst gehabt, als sie sich zugestehen wollte, Angst, weil sie allein unterwegs war, Angst vor den Blicken anderer Menschen. Es waren nur wenige normale Menschen zu sehen gewesen, einige Theater- oder Restaurantbesucher, aber sie waren in der Minderheit gegenüber der Anzahl finsterer Gestalten, die auf Krawall aus waren.

Irgendwie war es ihr gelungen, ohne Zwischenfall zu dem Haus zu gelangen, in dem sie früher ein Zimmer bewohnt hatte. Aber die Vermieterin hatte sie ziemlich feindselig angestarrt.

»Dein Zimmer?«, hatte die alte Madame Rimaud sie angeblafft. Eine weiße Schlafmütze bedeckte ihre Haare und fast die Hälfte ihres Gesichts. »Längst vermietet. Da wohnen jetzt eingezogene Soldaten aus Marseilles. Sie zahlen gut.«

»Aber meine ganzen Sachen!«

»Welche Sachen?« Madame Rimaud schnaufte verächtlich und schlug Nicole die Tür vor der Nase zu.

Als sie voller Verzweiflung auf der kalten, dunklen Straße gestanden hatte, war Nicole der Gedanke an Anne-Marie gekommen. Sie war eine alte Freundin, nur wenig älter als Nicole, aber eine erfahrene Schauspielerin, die Nicole ein wenig unter ihre Fittiche genommen hatte, als sie nach Paris gekommen war. Vielleicht, dachte Nicole, würde Anne-Marie ihr sogar helfen können, wieder beim Theater Arbeit zu finden.

Es war zwar schon spät gewesen, aber für das Theaterkind Anne-Marie würde die Nacht noch früh sein. Nicole betete inständig, dass die Freundin zu Hause war.

Endlich einmal schien sie Glück zu haben. Die

freundliche Vermieterin, die zweifellos an Anne-Maries Strom von männlichen und weiblichen Besuchern gewöhnt war, ging mit Nicole die Treppe zu Anne-Maries Tür hinauf.

Auf Nicoles Klopfen hörte sie ein gedämpftes »Herein«, und als sie eintrat, sah sie Anne-Marie vorm Frisiertisch sitzen. Sie schminkte sich ab. Sie trug einen wunderschönen Morgenmantel aus grüner Seide, die zu ihrer Augenfarbe passte. Als sie Nicole im Spiegel sah, sprang sie auf und umarmte die Freundin voller Herzlichkeit.

»Aber natürlich kannst du bleiben«, hatte Anne-Marie gesagt. »Liebling, du kannst bleiben, so lange du willst.«

Als Anne-Marie sie schließlich losgelassen und ihr einen wärmenden roten Wein eingeschenkt hatte, setzte Nicole sich auf das abgeschabte Sofa in der einen Ecke des gemütlichen Zimmers.

»Ich habe nicht viel Geld«, hatte Nicole gesagt und dabei voller Scham an die kostbaren Diamanten in der Kleidertasche gedacht. »Aber sobald ich kann, werde ich mich an den Kosten beteiligen.«

»Unsinn, Liebling. Was bedeutet schon Geld? Was ist denn aus deinem schillernden Comte de Polignac geworden? Als du plötzlich aus der Theaterszene verschwunden bist, habe ich gedacht, du wärst mit ihm nach Österreich geflohen.«

»Er ist allein nach Österreich gegangen, dieser Schuft«, hatte Nicole geantwortet. »Ich musste mich verstecken, denn man hat mich denunziert – wegen mangelndem Bürgersinn. Alle wussten, dass ich seine Geliebte war. Und er hat mich ohne einen *Sou* verlassen.«

»Dieser Widerling. Ich wette, er war im Bett nicht mal zu gebrauchen.«

Nicole hatte sie mit großen Augen angesehen. »Ja, stimmt. Woher weißt du das?« Sie hatten laut lachen müssen, und bald war es wieder so wie früher gewesen, wenn sie beim guten Wein zusammengesessen und fröhlich geplaudert und gekichert hatten.

»Stehst du wieder auf der Bühne, Anne-Marie?«

»Ja, so ungefähr.«

»Oh, wie wunderbar. Ich wünschte, ich könnte auch zurück zum Theater.«

Es war eine kurze Pause entstanden, dann hatte Anne-Marie gesagt: »Das kannst du vielleicht auch, Nicole. Willst du wirklich wieder arbeiten?«

»Beim Theater, meinst du? Oh, ja.«

Anne-Marie hatte an ihrem Wein genippt und nachdenklich geantwortet: »Nun, das, was ich mache, ist beinahe so wie beim Theater. Da gibt es diesen Manager, der groß in Mode ist. Paul Vichy. Ich bin sicher, er würde dich gern kennen lernen, Nicole.«

»Oh, das wäre wunderbar. Wann? Morgen?«

»Bald.« Anne-Marie hatte über Nicoles Eifer gelacht. »Sehr bald, das verspreche ich dir.«

Sie hatten bis spät in die Nacht erzählt, ehe Anne-Marie eine warme Decke gefunden, die Kerzen ausgeblasen und Nicole eine gute Nacht gewünscht hatte.

Nicole war so erschöpft gewesen, dass sie fast sofort eingeschlafen war. Aber vorher hatte sie noch das Bild von Jacques vor sich gesehen.

Ob er schon herausgefunden hatte, dass sie gegangen war? Aber das war ihm wahrscheinlich egal.

Je länger sie darüber nachdachte, desto mehr redete sie sich ein, wie froh sie war, das diamantene Halsband mitgenommen zu haben. Das war auch eine Art Vergeltung an diesem verdammten Mann, dachte sie.

Die Bürgersteige waren überfüllt mit Menschen, die aus dem hell erleuchteten Theater strömten und ausschwärmten oder ausgelassen lachten und zu ihren Kutschen gingen. An diesem Abend hatte sich in Paris der große französische Sieg gegen die Preußen bei Valmy herumgesprochen. Nach Monaten unrühmlicher Niederlagen schien die Bedrohung einer Invasion der Feinde der Republik gebannt, was die Stimmung der Pariser Theaterbesucher merklich gehoben hatte. In der Pause hatten alle mit patriotischer Inbrunst den neuen Marsch gesungen, die *Marseillaise*.

Ein großer, dunkelhaariger Mann schritt in einem eleganten braunen Mantel und hellbraunen englischen Reitstiefeln durch die Menge. Viele Frauen blickten auf den gut aussehenden Mann und fragten sich, wer wohl die Glückliche war, mit der er sich verabredet hatte. Zweifellos würde es sich um eine der schönen Schauspielerinnen handeln.

Dann brach die Hauptdarstellerin, Gabrielle de Chaulnay, aus der Gruppe der schwatzenden, kichernden Kolleginnen aus und wäre fast mit ihm zusammengestoßen. Als er sich bei ihr murmelnd entschuldigen wollte, flüsterte eine ihrer Freundinnen ihr ins Ohr: »Das ist er, Gabrielle! Das ist der, der nach Nicole Chabrier gefragt hat!«

Gabrielle, zuerst wütend, weil sie glaubte, die Freundin wollte sich ihr bei dem gut aussehenden Mann in den Weg stellen, klopfte mit dem diamantenbesetzten Spazierstock aufs Straßenpflaster und sah in das scharf geschnittene Gesicht des Mannes. »Sie suchen jemanden, Bürger?«, fragte sie mit ihrer tiefen, heiseren Stimme, die sie zum Liebling der Pariser Gesellschaft gemacht hatte.

»Vielleicht«, sagte er und musterte die Frau ebenso intensiv, wie sie ihn musterte. Es überraschte sie nicht, dass seine Stimme so elegant klang, wie sie nach der Kleidung vermutet hatte.

Sophie, die ihr immer noch am Ärmel zupfte, flüsterte: »Er ist es ganz sicher! Er hat sich im ganzen Theater nach Nicole erkundigt, Gabrielle.«

Der Mann hatte das gehört und lächelte sie an. »Es trifft zu. Ich suche Nicole Chabrier. Haben Sie sie in letzter Zeit gesehen, Bürgerin? Sie hat bei Ihnen an der *Comédie* gearbeitet, nicht wahr?«

»Sie kennen mich also, Monsieur?«

Er verbeugte sich höflich. »Wer in Paris kennt Sie nicht, Bürgerin de Chaulnay?«

Sie lächelte geschmeichelt. »Warum wollen Sie Nicole finden?«

»Weil sie etwas von mir besitzt, und das möchte ich gern zurückhaben.«

Irgendwie faszinierte der Mann sie. »Wenn Sie Nicole suchen«, sagte sie, »könnte ich Ihnen vielleicht helfen.« Sie hatte plötzlich eine Karte mit Goldrand in der Hand. Ihr Name und die Adresse standen auf dem dicken Papier. »Sagen wir, Sie besuchen mich in einer Stunde?«

Er zögerte nur einen kurzen Moment, dann verbeugte er sich wieder. »Bürgerin, ich fühle mich geehrt.«

Genau eine Stunde später stieg der Mann die Treppe zu Gabrielle de Chaulnays Wohnung im noblen Wohngebiet der *Rue de Chanterreine* hoch, wo viele Schauspieler und Theaterdirektoren wohnten. Er klopfte, und im nächsten Moment wurde die Tür geöffnet, und er sah einen sanft vom Kerzenschein beleuchteten Raum vor sich, gefüllt mit gediegenen Möbelstücken, dicken Teppichen und edler Seide an den Wänden.

Es dauerte eine Zeit, bevor er sich an das flackernde Kerzenlicht, an die Parfümdüfte nach Zitrus und Moschus gewöhnt hatte, und die schwüle Wärme des Zimmers schnürte ihm zunächst die Luft ab.

Dann wurde die Tür hinter ihm geschlossen, und er sah, dass vier Frauen um ihn herum waren, darunter auch Gabrielle. Mit ihren langen Haaren und den durchsichtigen Umhängen sahen sie reizend aus, auch wenn sie ihn mit kalten Augen betrachteten. Es bestand für ihn kein Zweifel, dass sie ihm nicht wohlgesinnt waren.

»Ihr Name, Bürger?«

Es war Gabrielle selbst, die diese Frage stellte. Sie war die Schönste dieser Frauen, die geringelten Locken ihrer vollen braunen Haare rahmten ihr Gesicht ein, dessen Teint sie mit Reispuder aufgehellt hatte. Rote Lippensalbe glänzte auf dem Mund. Sie fuhr sich mit der Zungenspitze über die Lippen, während sie auf seine Antwort wartete.

»Mein Name ist Jacques.«

»Sind Sie derjenige, der Bürger Jacques genannt wird? Der Bürger Jacques?«

»Bürgerin, viele Männer in Paris haben diesen Namen.«

»Spielen Sie nicht mit mir, mein Freund.« Ihre Stimme klang seiden und kalt. Sie fuhr mit einer beringten Hand über den wertvollen Spazierstock.

»Sie sind der gefeierte Bürger Jacques, nicht wahr? Wir haben interessante Geschichten über Sie gehört. Von ausschweifenden Festen in Ihrer geheimen Villa. Wir wollen wissen, ob diese Geschichten wahr sind.«

»Oh, nein.« Jacques lächelte und bewegte sich langsam rückwärts zur Tür. »Ich fürchte, man hat Sie in die Irre geleitet, Mesdames.«

Seine Hand griff zur Tür, aber da rief Gabrielle: »Oh, nein, das tun Sie nicht!«

Plötzlich zog sie eine dünne, rasiermesserscharfe Klinge aus ihrem Spazierstock und hielt sie ihm an den Hals. »Ich muss Ihnen sagen, Bürger Jacques, dass die Tür verriegelt ist. Von nun an werden Sie genau das tun, was ich Ihnen sage. Wenn nicht – nun, wir glauben, dass es gewisse Mitglieder des neuen Nationalkonvents gibt, die an Ihnen und Ihren Aktivitäten sehr interessiert sind.«

Sie drückte die Klingenspitze noch ein wenig härter gegen seine empfindsame Haut und sah sich in der Runde um. »Also, Mädchen, was sollen wir mit ihm anstellen? Warum würfeln wir nicht um seine Kleidung?«

Jacques lachte leise. Er hielt kapitulierend beide Hände hoch. »Ich fürchte, Madame, Sie werden enttäuscht sein.«

»Oh, das glaube ich nicht«, erwiderte Gabrielle und lächelte zurück. Die blauen Augen glänzten gierig. »Werden Sie gehorchen, oder wollen Sie es sich schwer machen?«

»Werden Sie mir sagen, wo Nicole Chabrier ist?«, fragte Jacques zurück.

»Welche Anhänglichkeit. Was Sie Ihnen genommen hat, muss sehr kostbar sein. Wenn Sie sich an meine Befehle halten, werde ich darüber nachdenken.«

Jacques nickte und bewegte sich blitzschnell. Er stieß die Klinge mit einer Faust weg und stürzte zur Tür. Aber zwei Frauen warfen sich gegen seine Beine, die beiden anderen klammerten sich an seinen Körper. Selbst unter diesen Umständen wäre ihm die Flucht gelungen, aber er wollte nicht so hart zuschlagen, wie er es getan hätte, wären seine Gegner Männer gewesen. Deshalb überwältigten sie ihn, denn die Frauen hatten keine Skrupel, ihn zu verletzen, als sie ihn auf den Boden warfen.

Jemand kam mit einem Stück Seidenkordel. Zwei Frauen rissen seinen Mantel von den Schultern und zogen ihn aus, dann ruckten sie seine Arme auf den Rücken und banden die Handgelenke zusammen.

Er wehrte sich immer noch, aber Gabrielle schob ihren Spazierstock auf dem Rücken unter seine gefesselten Arme, wodurch Jacques fast bewegungsunfähig wurde. Ihm stand der Schweiß auf der Stirn.

In der Zwischenzeit waren andere Frauen damit beschäftigt, sein weißes Seidenhemd und die hautengen Breeches auszuziehen. Wieder trat er um sich, als sie versuchten, seinen Phallus zu entblößen, aber Gabrielle ruckte den Stock höher, bis er unter seinen Achseln klemmte. Jacques schloss vor Schmerzen die Augen.

»Ihr könnt mit ihm tun, was ihr wollt, Mädchen«, sagte Gabrielle grinsend. »Ich glaube, er hat endlich gelernt, vernünftig zu sein.«

»Oh, er ist eine Pracht«, juchzte Sophie, die jüngste Frau in der Runde. Sie umfasste seine schweren Hoden und sah fasziniert zu, wie der Penis hilflos zuckend zu neuem Leben erwachte. »Wie sollen wir es tun, Gabrielle? Abwechselnd?«

Gabrielle dachte nach. Sie hasste Männer. Ihr ganzes Leben lang war sie von ihnen ausgenutzt, missbraucht und gedemütigt worden. Jetzt war sie selbst wohlhabend und erfolgreich, und sie nahm jede Gelegenheit wahr, sich an den Männern zu rächen. Aber dieser Mann war anders. Er schien alles mit einer stoischen Ruhe zu akzeptieren, auch den Schmerz, und sie fragte sich, welche Leiden er schon durchlitten haben musste.

Er sah gut aus, unglaublich gut, er hätte mit seinen feinen Gesichtszügen und dem grausamen, sinnlichen Mund durchaus von Adel sein können. Sein muskulöser Körper zeigte aber eine Kondition, die bei Adligen eher ungewöhnlich war. Auch sonst strahlte er eine Sicherheit aus, an der offenbar alles abprallte.

Sie wollte am eigenen Leib erfahren, wie er wirklich war und ob die Geschichten, die man sich über ihn erzählte, der Wahrheit entsprachen.

Sie befeuchtete die Lippen. »Natürlich nehmen wir ihn uns abwechselnd vor. Und ich werde beginnen.«

Bedächtig hob sie die zarten Musselinröcke hoch und grätschte über ihn. Sie wollte seine verkrampften Gesichtszüge sehen, wenn er seine Beherrschung verlor. Sein unterer Körper wollte zur Seite wegrutschen, dann versuchte er, die Beine anzuziehen, um sie dann gegen Gabrielle zu stoßen. Sie befahl zwei Frauen, ihn auf Schulterhöhe zu flankieren, um den Spazierstock, der seine Arme zur Bewegungslosigkeit verdammte, kräftiger anzuziehen, falls er sich nicht beruhigte.

Nach einigen fruchtlosen, schmerzhaften Versuchen gab Jacques endlich auf.

Gabrielles Geschlecht war schon nass und geschwollen und bereit für die Herausforderung. Mit köstlicher Langsamkeit ließ sie sich auf seinen zuckenden Penis nieder. Sie nahm ihn in die Tiefen ihres Schoßes auf, während die anderen Frauen näher traten und mit feurigen Augen zusahen.

Er fühlte sich gut an, so gut. Heiß und hart und kräftig. Gabrielle zischte ihre Befriedigung aus und hob und senkte sich auf ihm. Sie sah, dass er die Augen geschlossen hielt, als wollte er seine eigene wachsende Erregung nicht wahr haben wollen. Das Gefühl, ihn so tief in sich zu spüren, war unglaublich intensiv. Glatt und warm, voller Leben und Kraft. Sie spürte ihre eigenen Säfte fließen, die seinen mächtigen Schaft ölten.

Mit zitternden Fingern rieb sie über ihre pochende Klitoris, während sie immer schneller auf ihm ritt und kleine spitze Schreie ausstieß, als sie von einem Höhepunkt geschüttelt wurde, den sie so schnell gar nicht erwartet hatte.

Sein hartes, gespanntes Gesicht zeigte keine Regung, seine Augen blieben geschlossen. Ihre Zuckungen ebbten ab und gingen in eine wohlige Wärme über. Gabrielle beugte sich über ihn, dankbar für die Lustgefühle, die er ihr beschert hatte. Sie strich mit den Händen über seinen nackten, muskulösen Brustkorb. »Wenn Sie uns alle befriedigen, mein feiner Bürger Jacques«, raunte sie, »dann werde ich Ihnen sagen, wo Sie Ihre Nicole finden.«

Er schlug die Augen auf, und für einen Moment trafen sich ihre Blicke. »Eine Herausforderung?«

»Ja, eine Herausforderung«, gab sie zurück und lachte glucksend, als sie den amüsierten Ausdruck in seinen Augen sah. Ja, dieser Mann war anders. Gabrielle de Chaulnay bewunderte Mut, und Mut hatte dieser Mann. Mut würde er auch brauchen, wenn sie mit ihm fertig war.

Langsam hob sie sich von seinem warmen Körper. Lächelnd sah sie, wie sein Penis in der Luft zuckte. Er glänzte von ihren Säften und schien nach weiteren weiblichen Höhlen zu gieren, die er erforschen wollte. Gabrielle wandte sich um. »Er gehört euch, Mädchen. Nehmt ihn, wie es euch gefällt.«

Von da an sah sie nur noch wenig von ihm, denn meist wurde er von mehreren Frauen zugedeckt. Gabrielle sah mit verengten Augen zu, wie eine nach der anderen auf seinem gefesselten Körper befriedigt wurde, und immer noch zeigte er keine Anzeichen, seine Selbstdisziplin zu verlieren.

Er war gut. Die Geschichten über ihn stimmten. Beinahe bereute sie es, ihn derart gedemütigt zu haben, aber jetzt konnte sie nicht mehr zurück.

Erst als sie sich zu viert um ihn bemühten, als sie ihn streichelten, quälten und verwöhnten, seinen Penis rieben, massierten und saugten, brach es aus ihm heraus; sein Körper bäumte sich auf, und dann explodierte er in Sophies gierigem Mund.

Jacques stieß einen lang gezogenen, heiseren Schrei aus, und die Frauen stöhnten und ächzten, verdutzt und triumphierend zugleich.

Gabrielle sah, wie der Mann zurück auf den Boden sank und sich endlich besiegt fühlte. Sie empfand fast Mitleid mit ihm und löste seine Handfessel. Dabei rutschte das Hemd den Rücken hoch, und sie sah die narbigen Striemen. Die Frauen wichen erschrocken zurück.

»Oh, der Arme!«, rief Sophie, eine Hand vor den Mund gedrückt.

»Er ist im Kerker gewesen«, flüsterte eine andere Frau und fuhr mit den Fingerspitzen leicht über die Narben. »Er ist ausgepeitscht worden. Seht mal, man hat ihm auch eine Nummer eingebrannt.«

Plötzlich bemühten sie sich um ihn, als wollten sie etwas wieder gut machen, was andere an ihm begangen hatten. Jede Frau wollte die andere an Wohltaten und Freundlichkeiten übertreffen. Sie verwöhnten ihn mit köstlichen Häppchen und gutem Wein.

Normalerweise, sagten sie ihm, verlangten sie einhundert *Livres* für einen solchen Abend, aber für ihn wäre es kostenlos. Und falls er wiederkommen wollte, wäre er herzlich willkommen. Jacques lächelte und sagte, er fühle sich geschmeichelt.

Als er sagte, er müsste jetzt gehen, teilte Gabrielle ihm mit, dass Nicole Chabrier in zwei Tagen an Paul Vichys Party teilnehmen würde. Er nahm diese Nachricht ohne sichtbare Regung hin.

Sie standen alle an der Tür und herzten und küssten ihn zum Abschied.

»Wunderbar war es«, raunte ihm eine der Frauen ins Ohr, und Sophie seufzte, als Jacques gegangen war: »Diese Nicole Chabrier muss eine glückliche Frau sein.«

»Da bin ich mir nicht so sicher«, meinte Gabrielle de Chaulnay nachdenklich. »Ich bin Männern wie Bürger Jacques schon begegnet. Wenn man nicht höllisch aufpasst, vernichten sie dich.«

Zehntes Kapitel

Leuchtende Fackeln brannten vor Paul Vichys moderner Villa in der *Rue Chantereine*. Die Kutschen drängten im Gewühl aneinander und kämpften um Platz. Nicole hatte Mühe, mit Anne-Marie Schritt zu halten, als sie sich durch die Menge zur Eingangstür drängten. Es fiel Nicole schwer zu verstehen, dass sich das Leben in Paris so kurz nach den Massakern in den Kerkern schon wieder normalisiert hatte.

Sie hatte mit Anne-Marie darüber gesprochen, doch die Freundin hatte nur die Schultern gehoben. »Die royalistischen Verräter haben es nicht anders verdient. Sie hätten der österreichischen Armee die Stadttore geöffnet, wenn man sie dafür freigelassen hätte, deshalb musste schnell gehandelt werden. Vergiss nicht, dass wir im Krieg leben. Du hättest Dantons Rede letzte Woche im Nationalkonvent hören sollen. Er sprach über den Überlebenskampf in Paris und beschwor das Volk, für den Sieg zu kämpfen. Er war großartig, und alle, selbst seine Gegner, haben applaudiert. Oh, wo habe ich meine Handschuhe? Ich denke, ich werde dieses gestreifte Kleid zur Party anziehen, was meinst du, *chérie*?«

Jetzt waren sie endlich da. Sie gingen die Treppe zum Portal hoch, vor dem zwei mit Perücken und albernen Uniformen ausgestattete Lakaien standen, die sie mit einer Verbeugung begrüßten und ihre Mäntel nahmen.

Anne-Marie hatte Nicole eines ihrer Kleider geliehen, im modischen Stil, aus cremefarbenem Musselin mit breiter Schärpe und bauschigen Röcken. Nicole strich sie glatt und ertastete den Lederbeutel mit den Diamanten, die sie heimlich eingesteckt hatte.

Einer der Lakaien war von schwarzer Hautfarbe. Vielleicht ist er einer der befreiten Sklaven aus der französischen Kolonie St. Domingue, dachte Nicole. Es war in der Hauptstadt Mode geworden, seine Liberalität dadurch zu demonstrieren, einen Schwarzen in den Haushalt aufzunehmen. Nicole wich seinen starrenden Blicken aus und folgte Anne-Marie in die überfüllte Halle.

Anne-Marie hatte an dem Abend keine Vorstellung gehabt, deshalb hatten sie sich gemeinsam die Premiere einer langweiligen römischen Tragödie angesehen. Solche Stücke waren in diesen Tagen gern gesehen, weil sie den republikanischen Gedanken transportierten.

Nicole fragte sich, warum ihre fröhliche, lebenslustige Freundin sich so etwas Langweiliges ansah, aber offenbar musste man sich bei solchen Aufführungen sehen lassen.

»Es ist eine von Paul Vichys Produktionen«, hatte Anne-Marie ihr in der Pause zugeflüstert, weil sie Nicoles Verwunderung wohl bemerkt hatte. »Es wäre unhöflich, nicht hinzugehen, da wir doch anschließend zu seiner Party eingeladen sind.«

Die Party. In ihrem früheren Leben war Nicole jeden Abend zu der einen oder anderen Nach-Theater-Party gegangen, aber seitdem schien sich alles verändert zu haben, und sie fühlte sich nervös, wieder Teil der normalen Gesellschaft zu sein. »Wer wird alles da sein?«, fragte sie die Freundin.

Anne-Marie lachte. »Du wirst bestimmt überrascht sein, meine Liebe. Einige der bedeutendsten Männer von Paris werden unter den Gästen sein, aber die meisten ziehen es vor, anonym zu bleiben. Du wirst sie ja bald sehen.«

»Und wieso sind wir eingeladen?«

»Auch das wirst du bald sehen. Die Unterhaltung, die Paul für den heutigen Abend geplant hat, wird etwas ganz Neues für dich sein.«

Nicole verstand kein Wort. »Wird Monsieur Vichy mir Arbeit anbieten?«

»Das, Nicole, liegt an deinem Probeauftritt heute Abend«, sagte Anne-Marie, führte das aber nicht weiter aus.

Probeauftritt. Nicole runzelte die Stirn, wenn sie an Anne-Maries viel sagenden Satz dachte. War das eine Art Vorsprechen, um in einem der neuen Stücke mitzuarbeiten, die Monsieur Vichy produzierte?

Nicole und Anne-Marie wurden in einen kleinen Raum geführt, weit weg von den anderen Gästen, und in dem Raum befanden sich bereits vier wunderschöne Frauen, die sich umgezogen hatten und aufgeregt kicherten.

Nicole erkannte die Kostüme der Frauen sofort, denn sie hatte sie in der römischen Tragödie gesehen. Es waren nicht die Kostüme der Hauptdarsteller, sondern die kurzen, knielangen Tuniken der Sklaven. Die vier Frauen begrüßten die Neuankömmlinge freundlich.

Anne-Marie kannte sie offenbar alle. Nicole wurde zwar auch herzlich begrüßt, aber sie fühlte sich scheu und allein.

»Was sollen wir darstellen?«, fragte sie. »Und was ist mit meinem Text?«

Die anderen kicherten, und Anne-Marie sagte schnell: »Du wirst es bald erfahren. Keine Sorge, du brauchst keinen Text zu lernen.«

»Du musst nur die beste Vorstellung deines Lebens abliefern«, sagte eine andere Frau, und die anderen lachten ausgelassen.

Nicole fühlte sich sehr unbehaglich. Sie spürte die seltsame, schwüle Atmosphäre, die sie an die ausschweifenden Feste bei Gerard erinnerte. Sie war sicher, dass sie eigentlich nicht dabei sein wollte.

Zögerlich griff sie nach einem Kostüm. Ihr wurde ganz heiß, als sie an die Diamanten in ihrer Kleidertasche dachte. In der hauchdünnen kurzen Tunika gab es keine Möglichkeit, den Schatz zu verstecken. Anne-Marie, die von Nicoles kostbarem Halsband nichts wusste, versicherte ihr, dass sie alles bedenkenlos zurücklassen konnte.

Weil ihre Gedanken bei den Diamanten waren, musste sie an Jacques denken. Ein schmerzhafter Stich durchzuckte sie, ein Schmerz, der nicht weichen wollte. Sie hasste ihn, denn selbst hier war sie nicht frei von ihm. Sie schlüpfte in Tunika und offene Riemchensandalen und schaute an sich hinab. Die Tunika bedeckte so gerade ihre Knie. Voller Scham gewahrte sie, dass sie nichts darunter trug, aber dann rief sie sich in Erinnerung, dass sie eine Schauspielerin war – alles ein Spiel, nichts war real.

Die Tür öffnete sich, und zwei breite, stämmige Männer in kurzen Tuniken, die ihre muskulösen Körper kaum bedeckten, traten ein. Der eine war blond und leicht gebräunt, der andere war schwarz wie die

Nacht, und Nicole sah, dass es die beiden Lakaien waren, die zur Begrüßung an der Tür gestanden hatten. Ohne Perücken und Uniformen hatte sie sie zunächst nicht erkannt. Sie hielten kurze Stricke in der Hand.

»Kommt schon, ihr Schlampen, setzt euch in Bewegung.«

Anne-Marie schüttelte sich. Die anderen Frauen kicherten. Nicole, völlig verunsichert, wandte sich an die Freundin. »Bist du sicher, hier geht es um ein Vorsprechen?«

Statt einer Antwort zerrte Anne-Marie sie zu den beiden stämmigen Männern, die allerdings zunächst damit beschäftigt waren, die Hand- und Fußgelenke der anderen Frauen zu fesseln.

»Sei nicht so langweilig, liebe Nicole! Du willst doch wieder als Schauspielerin arbeiten, oder? Nun, in den letzten Wochen hat sich die Theaterwelt verändert. Heute Abend wirst du Gelegenheit haben, sie alle zu beeindrucken. Oh, schau hin! Ist er nicht wunderbar?«

Eine der anderen Frauen hatte sich an den Schwarzen herangemacht und küsste ihn gierig. Er fuhr mit seiner kräftigen Hand über ihre Brüste, aber dann stieß er sie weg. »Beherrsche dich, Schlampe.«

Die junge Frau leckte sich die Lippen, während er ihre Handgelenke auf den Rücken fesselte, wobei sie versuchte, ihre Brüste an ihm zu reiben.

Nicole, die aufgeregt zusah, fühlte, wie ihr Blut sich erhitzte. In der spärlichen Tunika – ohne Wäsche – kam sie sich sehr verletzlich vor. Ihre Nippel verhärteten sich deutlich, und sie sah, wie der weiße Türsteher sie offenen Mundes anstarrte.

»Wir haben heute Abend also eine Neue«, stellte er fest. »Das kann ja interessant werden.«

Nicole versuchte, seine Hände abzuschütteln. Dies war kein Spiel, dies war Wirklichkeit. »Nimm deine Hände von mir«, zischte sie.

Die anderen Frauen sahen sie bewundernd an. »Sie wird sie in den Wahnsinn treiben«, flüsterte eine von ihnen. »Was für eine Schauspielerin.«

Erst allmählich dämmerte ihr, in welcher Falle sie steckte. Wenn sie sich gegen etwas sträubte, was die Männer von ihr verlangten, dann glaubten sie, das wäre Schauspielerei, und der Beifall würde noch größer sein.

Jetzt hatten die beiden Männer sie gepackt, und rasch war sie so gefesselt wie die anderen Frauen. Hintereinander wurden sie hinaus in einen Korridor geführt, dann einige Treppen hoch und in einen nur schwach beleuchteten Raum, der an einer Seite mit einem dicken Vorhang begrenzt wurde.

Im nächsten Moment schwang der Vorhang zurück, und Nicole sah, dass sie sich auf einer kleinen Bühne befanden. Das Publikum saß in völliger Dunkelheit, aber Nicole wusste, dass die Zuschauer dort saßen, denn sie konnte sie atmen und hüsteln und zischen und murmeln hören, als ihnen die halb nackten Frauen präsentiert wurden.

Nicole starrte blind in die Menge. Allmählich schälten sich die Gesichter in den einzelnen Reihe aus der Dunkelheit. Nur Männer saßen im Publikum. Hilflos wandte sie sich an Anne-Marie. »Was passiert jetzt?«

Die Freundin betrachtete sie mit einem Anflug von Ungeduld. »Nicole, meine Liebe, willst du mir sagen, dass du es immer noch nicht begriffen hast? Dieses trockene, langweilige römische Stück war nur der Auftakt. Das hier ist die Unterhaltung, für die unsere Gäste bezahlen.« Sie blickte mit eifernden Augen ins Publikum. »Da unten sitzen einige der einflussreichsten Männer von Paris, Nicole. Du befindest dich in deinem aufregendsten Stück, das kannst du mir glauben.«

»Ruhe, da drüben! Stellt euch auf, ihr Schlampen, und bleibt still stehen!« Die beiden Wärter zerrten grob an ihnen herum, und die Frauen senkten demütig den Kopf, doch Nicole entging nicht, wie sie auch immer wieder unter den gesenkten Lidern herausfordernde Blicke ins Publikum warfen.

Der blonde Wärter trat nach vorn, die Beine gespreizt, die Hände in die Hüften gestemmt, und sagte in das gespannte Schweigen hinein: »Jetzt, meine verehrten Bürger, können Sie sehen, was wir heute für Sie im Angebot haben. Welches Gebot höre ich für die erste Dirne?« Rasch packte er die rothaarige Frau und zog sie nach vorn.

»Was ist denn ihre Spezialität?«, rief jemand aus dem Publikum. »Wie sollen wir für etwas zahlen, was wir nicht sehen können?«

Der Wärter grinste. »Was wollen Sie sehen, Bürger? Bedenken Sie, Sie müssen für alles zahlen, was Sie sehen.«

»Fünfzig *Livres* für einen Kuss!«, rief jemand. Nicole blickte mit klopfendem Herzen verständnislos in die Zuschauermenge, in der es zunehmend unruhiger wurde.

Der Wärter wandte sich um und ging wieder zu der Rothaarigen. »Also gut, zeige uns, was du drauf hast, Schlampe«, sagte er leise. Die Hände der Frau waren noch auf dem Rücken festgebunden. Er packte sie an den langen Haaren und zwang sie vor ihm auf die Knie. Dann zog er seine kurze Tunika hoch, und durch das Publikum ging ein Raunen, denn darunter wurde ein praller schwarzer Lederbeutel sichtbar, der seine Genitalien verdeckte. Er rieb dicht vor dem Gesicht der Frau einige Male über die Schwellung, dann beugte die Rothaarige sich vor.

Ihre Augen leuchteten vor Erregung, während sie mit der Zunge über die kräftigen, behaarten Muskeln seiner Oberschenkel glitt. Als sie mit den Lippen am schwarzen Lederbeutel nibbelte, konnten die Zuschauer das Zucken und Pochen darunter sehen. Grunzend öffnete der Wärter die Schnüre und zog den Beutel ab. Der Penis lag schwer über dem Hodensack und richtete sich langsam auf. Die junge Frau lächelte und nahm das Glied in den Mund.

Es wurde wieder still im Raum, als die Rothaarige begann, den Kopf nach vorn und zurück zu bewegen. Mit der Zunge glitt sie neckend über die gespannte Eichel. Der blonde Wärter spreizte sich, stellte sich breitbeinig hin und knirschte mit den Zähnen, während er die köstlichen Attacken der Frau hinnahm. Die Rothaarige blickte lächelnd zu ihm auf und zog die Lippen zurück, damit die Zuschauer den harten, pulsierenden Schaft sehen konnten, dessen pflaumenartige Spitze blindlings zuckte. Aus dem Publikum drang erregtes Raunen und Stöhnen bis zur Bühne, und die Unruhe verstärkte sich noch, als die Frau erneut den Mund öffnete und das glühende Instrument tief in sich aufnahm. Der Wärter schloss die Augen und schüttelte sich vor kaum zu ertragender Lust.

Nicole schluckte hart und spürte, wie ihre eigene

Erregung angesichts des Spektakels wuchs. Würde sie so etwas auch tun müssen? Vor all diesen Menschen? Der Gedanke war ihr widerwärtig, und doch spürte sie, wie ihre geheime Stelle anschwoll und nass wurde. Sie konnte den Blick nicht von der prallen Eichel wenden, nicht vom dicken Stamm des blonden Mannes, der sich so lustvoll präsentierte, während die Frau genüsslich saugte.

Nicole schüttelte sich und fuhr mit der Zunge über ihre Lippen, wobei sie sich vorstellte, dass sie den Schaft im Mund hatte. Sie trat von einem Fuß auf den anderen. Zwischen den Schenkeln brannte es. In ihren Gedanken drängte ihr der blonde Wärter seine Männlichkeit auf.

Auf einen harschen Befehl des Wärters hin bewegte die Rothaarige den Kopf schneller auf dem harten Penis hin und her. Der Wärter warf den Kopf in den Nacken und schloss die Augen, während er den Schaft tiefer in sie hinein ruckte, mitten in das Gesicht der Frau. Sie leckte eifrig seinen Saft auf, der in ihre bereitwillige Kehle schoss.

Es entstand eine kurze, fast unheimliche Stille im Saal, die erst durch das halbherzige Klatschen einiger Zuschauer durchbrochen wurde.

Was geschah wohl als Nächstes?, dachte Nicole.

Es dauerte nicht lange, bis sie das herausfand. »Fünfzig *Livres*, wenn der Schwarze eine dieser Schlampen besteigt! Am liebsten diesen Unschuldsengel mit den lohfarbenen Haaren!«, rief eine lüsterne Stimme.

Der Schwarze starrte in unverhohlener Geilheit auf Nicoles Formen. Nicole schüttelte sich unwillkürlich, als sie die Lust in seinen Augen sah und die Schwellung in seiner Hose. Aber noch bevor sie Gelegenheit hatte, gegen die Forderung des Zuschauers zu protestieren, trat Anne-Marie vor.

Ihre grünen Augen glänzten vor Vorfreude. »Ich, oh, bitte – ich«, flüsterte sie.

Der Schwarze nickte kühl und schlenderte hinüber zu ihr. Er öffnete den Strick, ließ aber ihre Hände gefesselt, und führte Anne-Marie zur Bühnenmitte. Sie musste sich auf den Boden kauern und sich auf Knie und Ellenbogen niederlassen. Die seidigen schwarzen Haare lagen wie ein Vorhang vor ihrem Gesicht.

Der Mann zog grob an der Tunika, bis Anne-Maries weißes Gesäß entblößt war. Dann starrte er sie schweigend an.

Nicole keuchte ob der Erniedrigung ihrer Freundin, aber zugleich spürte sie auch ihr eigenes sexuelles Verlangen, das sich durch ein zuckendes Zusammenziehen ihrer inneren Muskeln bemerkbar machte. Die Innenseiten ihrer Schenkel waren klamm und klebrig von ihrer eigenen schamlosen Gier. Aber nicht so, bitte! Nicht vor all diesen geilen Kerlen!

Dann stockte ihr der Atem, denn der schwarze Mann hatte langsam seine Tunika nach oben geschoben und den Lederbeutel entfernt, der seine geschwollenen Genitalien so notdürftig bedeckt hatte. Der dunkle pulsierende Schaft ragte starr und stolz aus den schlanken Lenden.

Er fuhr mit den Fingern an seinem seidigen Penis entlang, und einige der Frauen stöhnten verhalten auf, neidisch auf die am Boden kauernde Anne-Marie, die sehr bald in den Genuss dieses feinen Instruments gelangen würde. Anne-Marie spürte instinktiv die Erregung der anderen Frauen und drehte neugierig den Kopf. Sie stieß einen kleinen spitzen Schrei der Erregung aus.

Der Wärter rieb seine Hand noch einige Male über den massiven Schaft und präsentierte ihn stolz dem staunenden Publikum. Dann ging er hinter Anne-Marie auf die Knie. Er erkundete mit der Spitze die Kerbe zwischen den Backen, ehe er mit der Hand in ihre nassen Falten fuhr. Er stellte fest, dass sie keines Vorspiels mehr bedurfte, setzte den Schaft an und stieß mit einem zügigen Streich in sie hinein. Sein dunkles Gesicht verzog sich ekstatisch.

Anne-Marie ließ ein hohes Schluchzen hören, als sie den heißen Stab in ihrem Inneren spürte. Sie befand sich schon am Rand des Höhepunkts, seit sie seine erste Berührung gespürt hatte, jetzt klammerten sich ihre Muskeln um den Fleischesschaft, der sie ausfüllte und weitete. Der schwarze Mann beugte sich weit über sie. Seine Lenden pumpten in schöner Gleichmäßigkeit, während er die Tunika von ihren Schultern zog, damit er die sanften Brüste streicheln konnte. Als er ihre Nippel zwickte, brach Anne-Maries Orgasmus aus; sie schrie auf und schüttelte sich unter ihm, und während er weiter in sie hineinstieß, gingen ihre Schreie in ein leises, gesättigtes Wimmern über.

Das Publikum klatschte begeistert, und Nicole schloss die Augen, geschwächt von ihrem starken Verlangen. Einerseits lechzte sie danach, die nächste Frau zu sein, die ausgewählt wurde, andererseits bebte sie vor Scham. Wenn sie wirklich jetzt an die Reihe kam, würde sie nicht lange Widerstand leisten können, das wusste sie, denn dafür war die Gier in ihr zu groß, diesen prallen dunklen Schaft zu spüren, wie er tief in ihr pulsierendes Geschlecht stieß.

In diesem Moment rief ein kleiner Mann in der ersten Reihe – er hatte schmierig schwarze Haare und einen Schmiss auf der Wange – mit durchdringender Stimme: »Was ist mit dieser lohfarbenen Hexe? Sie hält sich den ganzen Abend schon zurück. Ich zahle fünf *Livres*, wenn ich sehen kann, was sie versteckt hält!«

»Nein!«

Nicoles Aufschrei war nutzlos. Sie konnte sich mit ihren gefesselten Händen gar nicht sträuben, als der kräftige Schwarze sie aus der Reihe der anderen Frauen wegzog und zu dem blonden Wärter führte, der ihr mit einem verächtlichen Grinsen die Tunika vom Körper riss.

Die Schande, vor den lüsternen Augen der Zuschauer nackt zu stehen, wusch wie eine Schockwelle über sie. Verzweifelt presste Nicole die Augen zu, aber damit hatte sie das Raunen und Zischen der Männer noch nicht ausgeschaltet. Sie konnte die gierigen Blicke auf ihrer nackten Haut spüren, auf den hoch angesetzten vollen Brüsten und auf ihrer gut sichtbaren Scham.

Ungeduldig zerrte der Schwarze sie nach vorn, bis sie dicht am Bühnenrand stand. Sie stolperte und wäre beinahe hinunter gestürzt. Ihre Haare fielen lose über die Schultern, aber sie waren nicht lang genug, um die Brüste zu bedecken, deren rosige Spitzen sich verräterisch aufgerichtet hatten und ihre heimliche Erregung verkündeten.

»Bleib still stehen, Schlampe!« Der Blonde legte eine Hand unter ihr Kinn und hob den Kopf an, während der Schwarze ihre Beine gewaltsam spreizte, damit man ihr Geschlecht besser sehen konnte. Die Labien, feucht und geschwollen vor Lust, lugten aus dem Dreieck der blonden Härchen hervor.

Aus der Menge waren ächzende und stöhnende Laute zu hören, und den Wärtern wurde klar, dass diese Novizin der Erfolg des Abends werden konnte. Der Blonde übertönte den Lärm im Publikum mit seiner sonoren Stimme.

»Fünfhundert *Livres* für Bürgerin Nicole! Fünfhundert *Livres*, und sie gehört Ihnen für den Rest der Nacht, Bürger!«

Nicole erschauerte. Sie konnte es nicht glauben. Sie waren dabei, sie zu verkaufen! Sie zerrte an ihrem Strick. Der Blonde zog sie näher an sich heran und zischte in ihr Ohr: »Verdammt, du Hexe! Was, zum Teufel, hast du hier zu suchen, wenn du nicht mitmachen willst?«

»Ich habe nichts davon gewusst«, schluchzte Nicole. »Ich hatte keine Ahnung, dass es um so etwas geht.«

»Willst du damit sagen, dass du noch nichts von Bürger Vichys speziellen Nach-Theater-Abenden gehört hast?«, fragte er knurrig. »Du bist entweder eine einfältige Unschuld oder eine wunderbare Schauspielerin. Was auch immer – jetzt ist es zu spät.« Er wandte sich wieder dem Publikum zu. Nicole sah die Gier in den leuchtenden Augen der Männer. Ihr wurde fast übel. »Höre ich ein höheres Gebot?«, rief der Wärter. »Wer bietet mehr als fünfhundert *Livres*?«

»Sechshundert«, rief jemand.

»Siebenhundert!«

Der Wärter grinste. »Das könnte ein interessanter Abend werden.« Er zupfte an Nicoles Nippeln und zog sie lang. Sie schloss die Augen. »Siebenhundert *Livres*? Ist das alles, was Sie bieten möchten, Bürger, wo Sie doch diese seltene Schönheit in ihrer ganzen Nacktheit vor sich sehen? Sehen Sie die köstlichen Brüste, den flachen Bauch und die schlanken Schenkel.«

Ohne Vorwarnung griff er mit seiner breiten Hand an ihren erhitzten Schoß. Nicole stöhnte laut auf. Ein dicker Finger drang forschend in sie ein. Nicole wusste, dass ihre Vulva nass und geschwollen war, denn die liederlichen Szenen, die sie beobachtet hatte, waren ihr unter die Haut gegangen. Der Zeigefinger des blonden Wärters spornte sie weiter an und erkundete die Tiefe ihrer Höhle.

»Eintausend *Livres*!«

Der kleine untersetzte Mann mit den schmierigen schwarzen Haaren und dem Schmiss auf der Wange gab dieses Gebot ab. Er lehnte sich in seinem Stuhl weit vor, und sein Gesicht troff vor Gier und Grausamkeit. Er hatte die dunkle Haut eines Südfranzosen, vielleicht aus der Provinz, aus der auch Jacques stammte, dachte Nicole, aber sonst gab es nichts Gemeinsames bei diesen Männern.

»Eintausend *Livres*? *Morbleu!*«, rief jemand. »Sie müssen eine fette Brieftasche haben, Bürger Saltier. Das kann ich mir nicht leisten, selbst dann nicht, wenn es um eine so reife kleine Schönheit geht.«

Der Wärter begann, die Fessel von ihren Händen zu lösen. Der Mann mit der Narbe erhob sich und ging mit schwankenden Schritten in Richtung Bühne, um seinen Preis in Empfang zu nehmen. Nicole wandte sich zur Seite, unverhohlenes Entsetzen im Gesicht.

Nein, das konnte ihr doch nicht zustoßen! Aber der Mann kam immer näher, die Augen klein und brutal. Dies war kein Spiel mehr, jetzt war es bitterer Ernst.

Tausend *Livres* hatte er für sie geboten, das war

mehr, als ein normaler Handwerker in einem ganzen Jahr verdiente. Sie schüttelte sich angewidert, als der Mann sich näherte und die Hand schon nach ihr ausstreckte.

Plötzlich meldete sich aus dem hinteren Teil des Saals eine klare, tiefe Stimme, die wie ein Messer durch das Schweigen schnitt. »Zwölfhundert *Livres*!«

Der Mann mit der Narbe im Gesicht zog die Augen zusammen und starrte ins Dunkel. »Verdammt, die Versteigerung ist beendet! Sie gehört mir!«

Aber der blonde Wärter schob Saltier von Nicole zurück. »Es sieht so aus, Bürger Saltier, dass höhere Gebote noch entgegengenommen werden.«

Saltier, das Gesicht vor Wut verzerrt, brachte knirschend heraus: »Dreizehnhundert.«

»Fünfzehnhundert.« Wieder die anonyme Stimme.

Saltier fuhr herum und starrte wieder in die Dunkelheit. »Verdammt seien Sie, wer immer Sie sind!«, fluchte er vor verbitterter Enttäuschung. »Kein Weib ist so viel Geld wert! Ich wünsche, Sie verbrennen sich die Finger an ihr, Bürger!« Damit verdrückte er sich wütend in die Schatten.

Nicoles Herz hämmerte vor Scham und Schmerz, als ihr bewusst wurde, dass sie wie eine Sklavin verkauft worden war. Ihre Beine schwankten so sehr, dass sie hilflos zitternd zu Boden gefallen wäre, wenn der Wärter sie nicht festgehalten hätte. Er reichte ihr eine neue Tunika, um ihren nackten Körper wieder zu bedecken.

Anne-Marie trat zu ihr und flüsterte: »Gut gemacht, Nicole. Du hast einen reichen Gönner gefunden!«

Nicole wich voller Enttäuschung vor der vermeintlichen Freundin zurück. Anne-Marie, der sie vertraut hatte, war mit ihrem Gerede von Partys und Vorsprechen Schuld daran, dass sie in diese Falle getappt war. Aber vielleicht war es auch ihre eigene Schuld, weil sie so dumm und naiv gewesen war.

Der blonde Wärter half ihr beim Anziehen der frischen Tunika und sagte bewundernd: »Fünfzehnhundert *Livres* – großartig. Bürger Vichy wird dich bestimmt wieder zu seinen Partys einladen, glaube ich.«

Wütende Rebellion kam in ihr hoch. Für wen hielten sich diese widerlichen Kerle, die sie als seelenloses sexuelles Spielzeug behandelten? Sie warf den Kopf herum, um die Haare aus dem Gesicht zu wischen, und zischte laut: »Nein, das wird er nicht!«

Mit einem kräftigen Stoß warf sie den überrumpelten Wärter aus dem Weg. Er fluchte hinter ihr her, während Nicole den direkten Weg zur Tür suchte, ehe der unbekannte Narr, der fünfzehnhundert *Livres* für sie geboten hatte, sie schnappen konnte. Niemand, dachte sie, kann Nicole Chabrier kaufen!

Sie hatte fast die Tür erreicht, aber plötzlich wurde sie von hinten gepackt. Sie schlug mit beiden Armen wild um sich. »Lassen Sie mich los!«

Der Angreifer wirbelte sie herum und hielt sie schmerzvoll an den Oberarmen fest. Dabei schaute Nicole in das vertraute Gesicht von Bürger Jacques.

Nicole mochte es kaum glauben. Sie schüttelte den Kopf. »Verdammt, Jacques, lass mich los! Ich will raus aus dieser Hölle!«

Seine Finger sanken noch tiefer in die Haut ihrer Arme, und sie spürte, wie ihre Beine nachgaben. Ihr Herz schlug bis zum Hals durch seine unerwartete Nähe. Sein Gesicht war dicht vor ihrem. »Ich soll dich loslassen? Obwohl ich gerade fünfzehnhundert *Livres* für dich bezahlt habe? Nun komm schon, kleine Nicolette, ist das fair?«

Sie befeuchtete ihre trockenen Lippen. Die braunen Augen wurden kugelrund. »Du hast dieses Geld geboten?«

Er nickte. »Ja, das war ich. Natürlich bin ich ein Narr. Komm, wir müssen nach Hause.« Er schob sie durch die Tür in einen trübe beleuchteten Korridor.

Nach Hause. In die große Residenz in St. Germain. Sie wusste, es war dumm und unlogisch, aber die Erleichterung strömte wie eine wärmende Welle durch sie. Aber das würde sie ihn nie wissen lassen.

Als sie den Saal verlassen hatten, blieb Nicole stehen und starrte Jacques zornig an. »Hast du es jetzt schon nötig, für deine Frauen zu bezahlen, Bürger Jacques? Ich gehe nicht mit dir. Niemals!«

Er lachte kalt und hielt sie am Arm gepackt. »Würdest du lieber hier bleiben und diese Schmach jeden Abend erleben, Nicole?«

»Anne-Marie sagt, dass die Partys von Bürger Vichy vom halben Nationalkonvent besucht werden. Sie sagt, sie hat viele einflussreiche Freunde und Gönner hier getroffen.«

Um Jacques' dünnen Mund zuckte es. Er blickte zurück zum Saal, in dem laut gejohlt wurde; wahrscheinlich fand gerade ein neues Spektakel statt. »Kann sein, dass sie Recht hat. Diese einflussreichen Leute sind wohl tatsächlich da drinnen. Trunkenbolde und Sittenstrolche, die geeigneten Führer des Pariser Pöbels.«

»Wie kannst du dir herausnehmen, sie zu kritisieren?«, fuhr Nicole ihn an. »Du redest wie ein hochgeborener Aristokrat, nicht wie ein Emporkömmling, der seine Karriere als Sträfling begonnen hat.«

Jacques' Gesicht verzerrte sich vor blanker Wut, und Nicole zuckte unter seinem Blick zusammen. Wie konnte sie nur so gedankenlos sein? Wenn Jacques jetzt ging, war sie verloren. »Ich glaube, es gibt schlimmere Dinge, als in dieser Stadt ein Aristokrat zu sein. Komm, wir müssen hier raus.«

Er griff sie wieder am Arm und führte sie durch den langen Korridor. Diesmal sträubte sie sich nicht.

»Wie hast du mich gefunden?«, fragte sie leise.

Er sah sie ausdruckslos an. »Mir fiel ein, dass du als Schauspielerin gearbeitet hast. Deshalb habe ich mich im Umkreis der Pariser Theater umgehört.«

Sie hatte Mühe, mit ihm Schritt zu halten. »Ich möchte gern wissen, warum du mich überhaupt gesucht hast.«

»Ich wollte meine geschickte Komplizin zurückhaben. Erinnerst du dich an unsere Abmachung? Außerdem habe ich dich gesucht, weil mir aufgefallen ist, dass es nicht zu deinen Stärken gehört, auf dich selbst aufzupassen. Hier, nimm meinen Mantel. Es regnet.«

»Ich kann sehr wohl auf mich selbst aufpassen!«

Er sah sie nur an, als er vor ihr stand und ihr den Mantel über die nackten Schultern legte. Vor stummer Dankbarkeit bekam sie feuchte Augen.

Sie standen endlich draußen. Die Straße, die bei Nicoles Ankunft mit Kutschen und Menschen überfüllt gewesen war, lag jetzt ausgestorben und dunkel da. Es fiel ein feiner Nieselregen. Jacques zog den Kopf zwischen die Schultern und ging die Straße mit weit ausholenden Schritten hinunter. Nicole schaffte es kaum, auf einer Höhe mit ihm zu bleiben. Sie rannte in seinem warmen, schweren Mantel hinter ihm her und dachte über seine Behauptung nach, dass sie nicht selbst auf sich aufpassen könne, als sie hinter sich einen heiseren Schrei hörte.

»He, nicht so schnell, meine Freunde! Ich glaube, diese Hure gehört mir!«

Nicole sah sich gehetzt um und erkannte Narbengesicht Saltier, der dicht hinter ihr aus den Schatten getreten war. In seiner Hand glänzte der Stahl einer Klinge.

Jacques packte Nicole und schob sie grob hinter sich. Sie stolperte mit der Schulter gegen eine Hausmauer und schürfte sich die Haut auf. Sie ließ sich an der Mauer hinabrutschen und schluchzte vor Angst.

Saltier lachte gehässig, umkreiste Jacques und ließ sein Messer von einer Hand in die andere fliegen. Er hatte die Knie gebeugt wie eine sprungbereite Katze. Jacques bewegte sich kaum, aber Nicole konnte sehen, dass seine Muskeln unter dem weißen Hemd angespannt waren wie eine Feder. Er sagte leise: »Sie scheinen die Regeln nicht zu begreifen, mein Freund. Ich habe für sie bezahlt, nicht Sie.«

Saltier knurrte wütend und zeigte seine schiefen gelben Zähne. »Dreckiger *aristo*! Kann sein Geld aus dem Fenster werfen! Für euch hat sich nichts geändert, was?« Im selben Moment setzte er zum Angriff an und stieß die Hand mit dem Messer schnell wie ein Pfeil in Richtung von Jacques' Herz. Nicole stieß einen entsetzten Schrei aus.

Aber Jacques war schneller, irgendwie gelang es ihm, dem Stoß auszuweichen, und weniger als eine

Sekunde später flog das Messer durch die Luft. Mit der rechten Faust setzte Jacques nach und erwischte Saltier am stoppeligen Kinn. Er stürzte in die gefüllte Regenrinne.

Nicole lief zu Jacques, ihr Gesicht bleich vor Angst. »Schnell, wir müssen hier weg!«

Saltier rappelte sich fluchend und prustend aus der Gosse auf und wischte sich das Blut aus dem Mundwinkel. Seine Augen glänzten schwarz, als er Jacques giftig anstarrte. »He«, stieß er plötzlich hervor, und dabei verengten sich seine kleinen Augen, »he, *aristo*, ich kenne dich von irgendwoher.«

Nicole hörte dann nichts mehr, denn Jacques hatte sie auf die Arme genommen und trug sie die Straße hinunter, weg von Bürger Vichys Villa und seinen berüchtigten Partys.

Saltier torkelte unsicher auf den Eingang zu und fluchte lauthals. Einer seiner Freunde wartete dort auf ihn, ein Bündel Frauenkleider über dem Arm. »Hier«, sagte er, »die Kleine hat ihre feinen Kleider dagelassen. Du kannst sie mitnehmen, denn sie kommt bestimmt nicht zurück, um sie abzuholen. Für Kleid und Mantel kriegst du bestimmt ein paar *Livres*.«

Saltier grunzte und griff nach dem Bündel, ohne genau hinzusehen. »Er kommt mir bekannt vor«, murmelte er. »Ich kenne ihn, und wenn ich ihn aufgespürt habe, wird der Bastard bereuen, sich mit mir angelegt zu haben.«

Seine kurzen, dicken Finger tasteten den Musselinstoff ab, und dabei fühlte er etwas Hartes in der tiefen Tasche. Er wartete, bis der Freund zurück ins Haus gegangen war, dann schob er eine Hand in die Tasche und zog einen kleinen Lederbeutel heraus. Er sah hinein und starrte auf den sensationellen Fund: Ein Halsband mit Diamanten.

Nicole zitterte unkontrolliert in Jacques' starken Armen. Sie hatte die Arme um seinen Hals geschlungen. Ihre Wange rieb sich an seinem Seidenhemd. So warm, so kräftig. Sie schloss die Augen. Der hilflose Schmerz ihres Verlangens nach ihm jagte durch ihre zitternden Glieder.

In einer dunklen Straße wartete eine Kutsche auf ihn. Jacques hob Nicole auf den Sitz, dann stieg er ein und setzte sich neben sie. Er nannte dem Kutscher das Fahrtziel, dann legte Jacques einen Arm um Nicoles Schultern, während die Kutsche über die Straße rumpelte.

»Nicole, was hast du denn?«

»Dieser Mann«, flüsterte sie. »Er war so schrecklich. Und er schien dich zu kennen.«

Jacques' regennasses Gesicht spannte sich. »Unsinn«, sagte er. »Woher soll er mich kennen?«

Nicole wandte sich ihm zu und blickte in sein Gesicht, aber dann kuschelte sie sich wieder an ihn; es war einfach zu verführerisch. »Und das Geld, Jacques! Fünfzehnhundert *Livres*! Du hast es nicht wirklich bezahlen müssen?«

»Doch, natürlich! Sonst wärst du jetzt nicht hier, *chérie*.«

Fünfzehnhundert *Livres*! Das war ein Vermögen. Nicole schaute aus dem Fenster auf die dunkel glänzende Straße. Die eisernen Wagenräder ratterten über das Pflaster. Hilflos sagte sie: »Du könntest morgen hingehen und das Geld zurückfordern.«

Er fasste sie an den Schultern an und drehte sie herum, dass sie ihn ansehen musste. Sie blickte in seine dunklen Augen.

»Ich werde das Geld nicht zurückfordern, *chérie*«, sagte er weich. »Ich habe vor, mir das zu nehmen, wofür ich gezahlt habe. Ich will den Gegenwert für jeden einzelnen *Sou*.«

Er legte die Hände in ihren Nacken und kraulte ihre zerzausten Haare, ehe er ihr Gesicht heranzog und sie küsste.

Nicole taumelte von der Intensität seines Kusses. Es hätte sie nicht überrascht, wenn sie ohnmächtig geworden wäre. Es war ein süßer, betörender Kuss, bei dem seine Zunge ihren Mund erforschte. Der Mantel rutschte von ihren Schultern, darunter trug sie nur die knappe Tunika. Sie schlang die nackten Arme um seinen Nacken und spürte, wie sich das Blut in ihren Adern erhitzte.

Mitten im Kuss hob er sie an und setzte sie rittlings auf seine Schenkel. Immer noch ließ sein Mund nicht von ihrem ab, während eine Hand an ihrer Tunika fummelte. Nicole bemerkte kaum, wie ihr einziges Kleidungsstück von den Schultern glitt, sie gewahrte das erst, als Jacques sich hinunter beugte und abwechselnd ihre Nippel in den Mund nahm.

Es war, als hätte er ein Feuer in ihr entflammt. Nicole warf den Kopf in den Nacken, als sein Mund die empfindlichen Brustwarzen saugte. Unter der Tunika war sie nackt. Als er sie auf seinen Schoß gehoben hatte, waren ihre Beine gespreizt. Durch das Rumpeln der Kutsche rieb sich ihr glühendes Geschlecht an ihm.

Jacques packte ihre Backen mit beiden kühlen Händen, um sie noch mehr an sich zu schmiegen. Ihre

Labien wetzten gegen den festen Stoff seiner Breeches. Sie keuchte laut auf, als sie den aufrecht stehenden Schaft seines Penis fühlte, der in seiner Hose zuckte.

Instinktiv ruckte sie die Hüften vor und zurück, während Jacques immer noch ihre Brüste saugte. Oh, auf diese Weise würde sie in wenigen Atemzügen zum Orgasmus kommen. Sie brauchte nur einen Finger auf die strotzende Klitoris zu legen und sich weiter an seinem steifen Schaft zu reiben.

Er hob den Kopf und löste den Mund von ihren Nippeln. Nicole stöhnte vor Enttäuschung. Die steifen Brustwarzen waren plötzlich der Kälte im Innern der Kutsche ausgesetzt. Unwillkürlich drückte sie ihm ihre Brüste entgegen.

»Langsam, meine Nicolette«, flüsterte er in ihr Ohr und nagte am weichen Ohrläppchen. »Geduld, meine kleine Wildkatze.«

Aber auch er war für sie entflammt, bemerkte sie. Sie rutschte weiter auf seinen harten Schenkeln hin und her, dann beugte sie sich hinab und machte sich an seiner Hose zu schaffen. Sie juchzte begeistert auf, als es ihr endlich gelang, den Verschluss zu öffnen und den erigierten, federnden Phallus aus dem Gefängnis zu befreien.

Stark und stolz erhob er sich aus dem Nest dunkler Haare. Die purpurne Eichel glänzte hungrig. Nicole spürte, wie ihre inneren Muskeln vibrierten. Sie wollte diesen harten Stab in sich haben, wollte den ziehenden Schmerz in ihrem Schoß lindern.

Sie beugte sich vor und küsste seinen schönen Mund. Mit der kleinen Zunge stieß sie in die warme Höhle und genoss seinen maskulinen Geschmack. Ihre Hände streichelten begierig über das Seidenhemd; sie öffnete die Knöpfe und stöhnte, als ihre Finger über seine harten Brustwarzen glitten. Sie zwickte sie, zog an ihnen und hörte voller Genugtuung, wie auch Jacques zu stöhnen begann.

Sein harter Penis drängte sich ungeduldig gegen ihren Bauch. Sie wand sich hin und her und fühlte den fleischigen Schaft, wie er zwischen ihren saftigen Labien rieb. Ihre Klitoris pochte, denn bei jeder Bewegung rieb die ganze harte Länge gegen ihre Lustknospe. Oh, Himmel, sie war ganz nah, ganz nah.

Sie spreizte die Schenkel noch weiter und drückte die Knie auf den Sitz. Langsam, mit köstlicher Anspannung, ließ sie sich auf seinen heißen, pulsierenden Phallus hinab. Als die samtene Spitze zwischen ihre glitschigen Labien glitt, schrie sie vor Entzücken auf, sie schlang die Arme um seinen Nacken und rieb ihre vollen Brüste gegen seinen harten Brustkorb.

Das Gefühl seines kräftigen Schafts, der bis in ihr Innerstes vordrang, der ihr lüsternes Fleisch ausfüllte, war so exquisit, dass sie seinen Namen laut rief. Die Emotionen wirbelten in ihrem Körper.

Sein Mund badete ihre Brüste mit seinem Speichel, Zunge und Zähne neckten und nagten. Der geschwollene Penis trieb tief in sie hinein. Seine Hände hielten ihre Backen und hoben sie bei jedem Stoß leicht an, dann beschleunigte er seine Stöße und hörte ihre leidenschaftlichen Schreie.

Dann glitt Jacques mit einer Hand zwischen ihre Körper, hinunter in das weiche, feuchte Schamhaar, und noch etwas tiefer in die heißen, saftigen Falten. Er fand ihre zuckende Klitoris und strich sanft darüber.

Mit einem Laut, der halb Schluchzer, halb Schrei

war, versenkte Nicole ihre Finger in seine Schultern, während sie sich auf ihm immer heftiger, immer schneller bewegte. Sie pfählte sich mit glühender Intensität auf dem heißen Fleischspieß und klammerte sich voller verzweifelter Lust an ihn, als Welle auf Welle der wunderbarsten Gefühle sie überfluteten.

Das Pulsieren wollte gar nicht mehr aufhören, denn Jacques stieß weiter zu, oh, es war köstlich. Dann pumpte er in sie hinein, heiß, spritzig und labend wie ein Schauer nach einer langen Dürre. Sie drückte Küsse auf sein Gesicht, außer sich vor Glückseligkeit.

Er streichelte ihre Haare und hielt sie eng umschlungen. Er hatte die Augen geschlossen, und sein Penis pochte noch in ihr, ein gesättigtes, sanftes Zucken, während das letzte Beben abebbte. Nicole barg ihr erhitztes Gesicht an seiner Schulter, erfüllt von ihrer unendlichen Liebe. Jacques hatte die Straßen von Paris durchkämmt, um sie wiederzufinden.

Wie durch einen trüben Schleier huschten draußen die dunklen, unfreundlichen Straßen vorbei. Nicole nahm Jacques' Hand und küsste die langen Finger einzeln. An der linken Hand trug er einen feinen goldenen Siegelring, den sie vorher schon bei ihm gesehen hatte; im schwachen Schein der Straßenlaternen sah sie, dass eine kleine Rose mit fünf Blütenblättern eingraviert war, genau wie bei dem Emblem über der Tür der Residenz. Das Wappen der geheimnisvolle Familie St. Maury.

Kein Zweifel, er hatte den Ring an sich genommen, dachte sie lächelnd. Wie er sich auch andere Dinge angeeignet hatte ... zum Beispiel das diamantene Halsband ...

Sie drückte eine Hand gegen ihren Mund und

keuchte entsetzt. »Oh, nein!«, rief sie. »Das Halsband! Jacques, dein Halsband! Ich habe es verloren.«

Er lächelte resigniert. »Ich nehme an, *chérie*, du hast es verkaufen müssen, um am Leben zu bleiben.«

»Nein! Ich habe es nicht verkauft. Das hätte ich nie getan! Ich habe es im Haus zurückgelassen.«

Es entstand ein kurzes Schweigen, dann fragte er: »In Paul Vichys Haus?«

»Ja! Ich hatte es in meinem Kleid mitgenommen, weil es mir zu kostbar war, es in Anne-Maries Wohnung zu lassen.« Sie sah ihm ins Gesicht. »Aber vielleicht ist es ja doch keine Katastrophe, denn es gehörte dir ja nicht.«

Er seufzte und strich wieder über ihre Haare. »Meine Nicolette, du ruinierst mich noch, weißt du das?«

Sie fühlte sich enorm erleichtert, dass er nicht wirklich böse auf sie war, denn sein Ton hörte sich eher amüsiert an. Aber sie sah auch, dass sich seine Augen für einen kurzen Moment zusammenzogen und verdunkelten, was im Gegensatz zu seinen lässigen Worten stand. Ängstlich beobachtete sie ihn weiter, aber dann küsste er sie wieder, und sie verdrängte ihre alberne Angst und ließ sich glücklich und zufrieden in seine Arme fallen.

Elftes Kapitel

Nicole lag dösend in der goldenen Oktobersonne. Die Luft um sie herum war vom Duft der Rosen des Laubengangs geschwängert. Wie eine zufrieden schnurrende Katze lag sie auf einem Bett aus weichen Kissen. Es war früher Nachmittag, und das einzige Geräusch in dem wunderschönen Garten war das schwache Plätschern des alten Steinbrunnens. Nicole seufzte glücklich, wohlig satt nach dem köstlichen Essen und vom kühlen Weißwein. Sie konnte sich nicht erinnern, jemals in ihrem Leben so glücklich gewesen zu sein.

Seit über einer Woche war sie wieder in der *Residenz St. Maury,* und die ganze Zeit war Jacques lieb und zuvorkommend gewesen. Er schlief immer noch nicht in ihrem Zimmer, und Nicole spürte auch noch seine eigenartige Zurückhaltung, sein ausweichendes Verhalten. Aber ihre unterschwelligen Ängste wurden weggefegt, wenn sie sich liebten, was in dieser Woche oft geschehen war, und immer mit einer leidenschaftlichen Heftigkeit, die ihr Innerstes zum Schmelzen brachte. Nicole hatte auch bemerkt, dass Jacques jetzt kaum noch aus dem Haus ging. Es schien, als ob die Unruhe, von der er getrieben worden war, von ihm gewichen war.

Heute allerdings hatte er das Haus verlassen. Er wollte eine Möglichkeit erkunden, Paris zu verlassen und irgendwo aufs Land zu ziehen, hatte er ihr gesagt. Wo es ruhig war, wo es keine Auswirkungen von Krieg oder Revolution gab. Die neue Welle der Gewalt in der Stadt, ausgelöst von der hitzigen Debatte im Nationalkonvent über das Schicksal des Königs – hinrichten oder nicht – hatte Jacques tief bewegt.

Gestern beim Abendessen, als sie bei Kerzenschein noch zusammengesessen hatten, schien er mit seinen Gedanken weit weg gewesen zu sein. »Es gibt Leute, die sagen, der König hätte den Tod verdient«, hatte Nicole begonnen. »Wegen all dem Leid, das er seinem Volk angetan hat.«

Stirnrunzelnd hatte Jacques geantwortet: »Oh, er ist töricht und lässt sich schnell in die Irre führen, aber wenn sie ihn töten, werden sie einen Märtyrer aus ihm machen. Und wer wird dann Frankreich führen? Die Armee? Irgendein machthungriger Diktator aus dem Militär, der ganz Europa gegen uns aufbringt?«

Nicole hatte ihn lange angesehen und dann leise gesagt: »Es ist kein Spiel mehr, nicht wahr, Jacques?«

»*Non, ma chère.* Die Zeit der Spiele ist vorbei, fürchte ich.«

Er hatte ihr besorgtes Gesicht gesehen und ihre Ängste weggeküsst, dann hatte er sie hinüber zum samtbezogenen Sofa getragen und jeden Zentimeter ihres Körpers gestreichelt, bis sie in Lust vergangen war. Er hatte sie mit kurzen, schnellen Zügen geliebt, und für Nicole war es der Himmel auf Erden gewesen. Sie hatte sich an ihn geklammert, als wollte sie ihn nie wieder freigeben.

Sie lächelte weich, als sie sich an den gestrigen Abend erinnerte. Sie musste dann in der Sonne eingeschlafen sein, denn sie wurde von leisen Stimmen ganz in der Nähe wach. Verdutzt richtete sie sich auf. Ob Jacques schon zurück war? Nein, dafür war es noch zu früh.

Plötzlich lief ein kalter Schauer über ihren Rücken. Nicole hastete zur breiten Terrasse auf der Vorderseite des Hauses. Sie sah Armand den Weg hinaufgehen, und an seinem Arm hielt sich eine Frau, eine Fremde in einem schäbigen grauen Umhang. Nicole strich instinktiv ihren zerknitterten Rock glatt. Ihr Herz schlug rasend schnell, als witterte sie Gefahr.

Armand flüsterte der Frau etwas zu, dann streifte sie die Kapuze ab. Nicole stockte der Atem. Vor ihr stand die schönste Frau, die sie je gesehen hatte.

Sie hatte langes, silberblondes Haar, das in kleinen Ringellöckchen bis auf ihre Schultern fiel. Ihr Gesicht war herzförmig; es wurde von den weit auseinander liegenden violetten Augen beherrscht, in denen ungeweinte Tränen glänzten. Sie sah noch jung aus, sehr blass und schien überwältigt zu sein. Nicole empfand impulsiv sehr stark für die schöne Frau. Sie ging die Treppe hinunter und blieb vor ihr stehen.

»Wer ist das, Armand?«

Trotz des Bartes konnte sie sehen, dass Armand errötete. »Ich habe sie gefunden, Madame Nicole. Die arme Louise wurde vom Pöbel gejagt, und ich habe sie gerettet. Ich habe sie hergebracht, weil sie nicht wusste, wohin sie sonst gehen sollte.«

»Aber Armand, du kennst die Regeln«, sagte Nicole und fühlte sich viel unsicherer, als sie sich anhörte. »Niemand darf sich ohne Monsieur Jacques' Genehmigung hier aufhalten.«

Sie sah, wie das schöne Gesicht der Frau sich sorgenvoll verdunkelte und wie sie ihre kleine zierliche Hand in die breite Pranke Armands legte. Ein stummer, verzweifelter Hilferuf. Armand sah liebevoll auf die zitternde Gestalt.

»Das weiß ich doch, Madame Nicole«, sagte er mit seiner tiefen Stimme. »Aber sehen Sie doch selbst, wie nötig Louise unsere Hilfe hat.«

Louise blickte Nicole flehentlich an. »Ich bin ganz allein auf der Welt, Madame, ohne Familie und ohne Freunde. Ich habe keine Papiere, kein Geld. Mein armer Mann ist vor einigen Monaten hingerichtet worden. Ich hatte gehört, dass Bürger Jacques mir vielleicht die Flucht aus Paris ermöglichen könnte. Er ist meine letzte Hoffnung.«

Nicole sah in das bleiche, verweinte Gesicht. »Natürlich müssen Sie bleiben.« Sie trat noch einen Schritt vor und nahm die feinen zitternden Hände der Frau in ihre eigenen. »Ich bin sicher, dass Jacques Ihnen helfen möchte. Armand, richte Marianne aus, dass sie der armen Louise ein Zimmer bereiten soll. Sie soll alles haben, was sie braucht. Es ist auch besser, wenn du mich mit Jacques reden lässt. Ich werde ihm die Situation erläutern, aber ich warte den richtigen Moment ab, um ihm zu sagen, dass wir einen Überraschungsgast haben.«

Armands Gesicht hellte sich freudig auf. »Gott segne Sie, Madame Nicole.«

»Danke, oh, ich danke Ihnen sehr«, hauchte Louise inbrünstig.

Der arme Armand ist ihr schon fast verfallen, dachte Nicole plötzlich. Aber wer kann ihm das schon verübeln? Louise sieht mit diesen silberblonden Haaren wie ein Engel aus.

Sie sah den beiden nach. Wie ein Beschützer führte Armand die Frau zum Portal. Nicole wollte sich abwenden, aber dann fiel es ihr wie Schuppen von den Augen ...

Sie hatte eine Locke von diesem silberblonden Haar in einer Schublade ihres Schlafzimmers. Sie hatte es längst vergessen, auch die Nachricht, die dazugehörte: Richten Sie Jacques aus, dass eine Frau ihn sucht, und geben Sie ihm das. Er wird den Sinn der Botschaft verstehen …

Sie bemühte sich, das Gefühl einer Bedrohung weit von sich zu schieben. Jetzt war es zu spät, Jacques die Botschaft zukommen zu lassen. Das mit der Locke konnte purer Zufall sein. Warum sollte einer von Jacques' schwarz gekleideten Helfern ihn vor einer armen, zierlichen Witwe, die vom Pöbel gejagt wurde, warnen?

Weder Armand noch Nicole sahen den boshaften, glitzernden Triumph in Louise de Lamartines Augen, als sie die Stufen zum Portal erstieg und das Wappen der Familie St. Maury über der Tür entdeckte.

Ich hatte Recht, dachte sie, als sie die Rose mit den fünf Blütenblättern sah. Es ist das richtige Haus. Also muss es auch der richtige Bürger Jacques sein.

Stunden später lag Louise in der Wanne mit dem heißen, duftenden Wasser, das Armand bereitwillig die Treppen hochgeschleppt hatte. Sie streichelte mit schaumbedeckten Händen über ihre cremigen Brüste und die schlanken Schenkel. Sie mochte es noch gar nicht glauben. Sie hatten alles geschluckt, was sie ihnen aufgetischt hatte, selbst die rührselige Geschichte, dass sie ihren armen aristokratischen Gatten unter der Guillotine auf dem *Place du Caroussel* hatte enden sehen.

Vorher, als sie Louise im Schlaf wähnten, war sie auf

Zehenspitzen durchs ganze Haus geschlichen und auf Entdeckungsreise gegangen. Es war das Haus ihrer Träume. Ob sein derzeitiger Besitzer dazu passte?

Beim Gedanken an Jacques presste sie ihre Schenkel zusammen und spürte, wie es in ihrem Schoß zu kribbeln begann. Bald würde er hier sein, dann würde sie genau wissen, ob er der Mann war, den sie schon so lange gesucht hatte.

Sie hatte schon ernsthaft befürchtet, nie zu ihm zu finden. Zu lange hatte sie in der schäbigen Behausung ausharren müssen, die Armand ihr besorgt hatte. Sie war entsetzlich ungeduldig mit Armand geworden, der sich immer nur langsam bewegte und ebenso langsam dachte. In den letzten Tagen war ihr sogar der Verdacht gekommen, ob er sie aus egoistischen Gründen hinhielt – aber eine solche Bösartigkeit hatte sie ihm nicht wirklich zugetraut.

Aber jetzt war sie hier, und alles würde gut ausgehen. Obwohl die Anwesenheit von Nicole ein Schock für sie gewesen war. Armand hatte ihr erzählt, Monsieur Jacques hätte zwei Wochen lang nach ihr gesucht, und Louise musste zugeben, dass sie mit ihren lohfarbenen Haaren und der makellosen glatten Haut wirklich eine Schönheit war.

Louise war sicher, dass sie sich dieser Nicole schnell würde entledigen können. Schließlich hatte sie, Louise, den Vorteil, dass man sie für eine arme, unschuldige Witwe hielt. Armand wusste natürlich, dass sie so unschuldig nicht war, aber er würde nie gestehen, dass er Wachs in ihren Händen war.

Ihr Herz klopfte, wenn sie daran dachte, dass sie bald endlich auf Jacques treffen würde. Das Blut stieg langsam in ihren Kopf, und ein Finger stahl sich zwischen die geheimen Falten ihres Geschlechts, das vom warmen Wasser umspült war. Louise spürte, dass sie schon heiß erregt war; ihre Nippel schmerzten und streckten sich verlangend, als sie einen Finger genüsslich durch die Spalte gleiten ließ. Sie wusste, dass sie sich auf der Stelle einen leichten Höhepunkt verschaffen konnte. Aber nein. Sie würde auf etwas Besseres warten.

Als sie vor gut einer Stunde das Haus auf eigene Faust erforscht hatte, als die Narren da unten sie im Schlaf geglaubt hatten, war sie auch in Nicoles Zimmer gewesen, und voller Neid hatte sie die großzügige Einrichtung gesehen. In diesem Augenblick hatte sie sich geschworen, Nicole innerhalb von vierundzwanzig Stunden aus dem Haus vertrieben zu haben.

Im Zimmer des Bürgers Jacques hatte sie voller Vorfreude auf das hohe Bett mit den Damastvorhängen geschaut. Sie hatte den männlichen Geruch des Zimmers eingesogen; eine Mischung des Leders seiner Reitstiefel und des Rasierwassers, das er benutzte. Sie hatte ein wenig geschnüffelt. Zitrusöl und Bergamottöl, schätzte sie. Als sie die Tür wieder leise geschlossen hatte, stellte sie sich die dunklen Gelüste vor, die sie sehr bald schon in diesem Zimmer erleben würde.

Sie hatte sich nicht getraut, die Räume im Erdgeschoss zu erforschen, denn dort saßen sie alle: Armand und Nicole, die sie bereits hasste, sowie das dralle schwarzhaarige Dienstmädchen Marianne, die sich ihr gegenüber sehr zurückhaltend gegeben und sie immer wieder beobachtet hatte, wenn sie glaubte, Louise würde es nicht bemerken. Louise fand, dass Marianne durchaus viel versprechend war.

Eine Treppe höher hatte sie eine Reihe leerer Zimmer gesehen, dazu einige Mansardenzimmer, die mit allem möglichen Gerümpel voll gestellt waren. Es war später Nachmittag gewesen, aber in diesem Teil des Hauses war es dunkel und kalt. Louise hätte sich eine Kerze gewünscht, die ihr den Weg hätte weisen können, als sie die letzte schmale Treppe zum Turmzimmer erklommen hatte.

Sie war unendlich begeistert gewesen von dem, was sie dort vorgefunden hatte.

Zitternd vor Erregung war sie die Wände des geheimnisvollen Raums abgegangen, mit den Fingerspitzen hatte sie die düsteren Gegenstände berührt, die dort lagerten oder ausgestellt waren. Vor allem dieses Zimmer bestätigte ihre Vermutung, dass sie sich im richtigen Haus befand.

Sie spürte auch jetzt noch ihren schnelleren Herzschlag, als sie in der Wanne lag und an die verschiedenen Peitschen dachte, an die seltsamen Harnische, die weichen Ledermasken. In trägem Genuss schloss sie die Augen. Bald würden sie erkennen, dass Louise de Lamartine nicht die unschuldige arme Witwe war, aber dann würde es schon zu spät sein.

Marianne stand zögernd vor Louises' Zimmertür, ein Tablett mit frischen Badetüchern in den Händen, damit der neue Gast sich abtrocknen konnte. Sie wusste nicht warum, aber Madame Louise behagte ihr nicht. Vielleicht lag es daran, dass Armand der zierlichen Witwe wie ein lechzendes Hündchen folgte.

Sie klopfte an die Tür und hörte die leise, süße Stimme von innen: »Herein.«

Marianne legte die Badetücher aus Leinen aufs Bett

und wollte sich rasch verdrücken, aber Louise bettelte: »Bitte, Marianne, würdest du mir helfen, mich zu waschen? Ich finde es so viel leichter, wenn jemand da ist, der hilft, nicht wahr?«

Marianne zögerte. Unten gab es genug zu tun, aber der Anblick, wie Louise in der Wanne lag, wie die Brüste aus dem Wasser ragten und die silberblonden Locken auf ihre Schultern fielen, zog sie in ihren Bann. Kein Wunder, dass der Narr Armand von ihr hypnotisiert war.

»Oh, bitte«, murmelte Louise. »Es dauert höchstens ein paar Minuten, liebste Marianne.«

Die Wangen des Dienstmädchens glühten. Marianne trat vor und versuchte, nicht auf die steifen Nippel zu starren, die durch den Schaum zu sehen waren. »Wenn Sie sich ein wenig nach vorn beugen, Madame, kann ich Ihnen den Rücken waschen.«

Louise seufzte. Sie hatte die Augen halb geschlossen und umschloss ihre Brüste mit beiden Händen. Ihre Finger glitten über die harten Warzen. »Wasche meine Brüste zuerst, Marianne«, befahl sie. »Halt sie fest, streichle sie und schäume sie gut ein.«

Marianne hielt die Luft an und wollte zurückweichen, aber Louise packte ihre Hand, lächelte das verunsicherte Dienstmädchen an und drückte deren Finger auf die festen Brüste.

Das Blut rann heiß durch Mariannes Körper. Sie schämte sich ihrer Lust, aber sie zögerte nicht mehr länger und fuhr mit der duftenden Seife über Louises' pralle Brüste. Die Warzen schienen sich durch ihre Finger zu drängen. Ihre eigene Erregung wuchs mit jedem Herzschlag, als sie die Nippel mit der flachen Hand streichelte.

Louise gab leise stöhnende Laute von sich und hob die Knie ein wenig an. Sie strich unter dem Wasser über ihren Venusberg, und Marianne sah, was eigentlich unmöglich war – Louise war da unten völlig glatt und unbehaart.

Louise hatte den Blick aus den großen Augen bemerkt und fragte raunend: »Gefällt dir mein Körper, Marianne? Du kannst ihn mit deinen sanften Händen erkunden, wenn du möchtest. Oh, ich möchte gern von dir gestreichelt werden.«

Marianne schluckte schwer und spürte, wie es in ihren eigenen Brüsten kribbelte, wie sie gegen das feste Mieder drückten. Louise hob eine Hand und streichelte Mariannes Brüste durch den groben Baumwollstoff. Marianne stöhnte laut und genoss die verbotene Berührung. Louise lachte gurrend und zog Mariannes Hand unter Wasser.

»Streichle mich, Marianne. Ich glühe für dich. Deine sanften Finger werden mich noch heißer machen.«

Ganz benommen vom Gefühl der weichen Falten des nackten Fleisches schob Marianne die Labien behutsam auseinander. Die Haut war so weich, so delikat. Sachte fuhr sie mit den Fingerspitzen über die geschwollenen Lippen, dann glitt sie probeweise über den harten Kopf der Klitoris. Louise stöhnte wohlig, und Marianne fühlte sich an die lustvollen Nächte mit ihrer Freundin Jeannette erinnert.

Mit einem Schrei griff Louise nach der Hand, drückte sie unter Wasser und mahlte den Unterleib gierig gegen Mariannes Finger. Das Dienstmädchen errötete heftig, selbst nass vor Erregung, und fühlte die pulsierende Vulva der Frau unter den forschenden Fingern. Gehorsam stieß sie tiefer in das zuckende Fleisch hinein, bis Louise mit süßen, kleinen schmelzenden Schreien zusammensackte, das schöne Gesicht in einem leuchtenden Rosé.

»Oh, dank dir, Marianne«, flüsterte sie erschöpft. »Ah, das habe ich dringend gebraucht.«

Marianne empfand plötzlich Scham über das, was sie getan hatte. Ihre Hand zuckte zurück, als hätte sie sich verbrannt. Wieder fühlte sie dieses Unbehagen in Gegenwart der Frau. »Aber Sie lassen meinen Armand in Ruhe, ja?«, fragte sie, als sie wieder auf die Füße kam. »Er ist ein guter, einfacher Mann, und er ist an Frauen wie Sie nicht gewöhnt.«

Louise hatte sich erhoben und trocknete sich mit den frischen Tüchern ab. Sie lächelte Marianne süß an. »Dein Armand hat mich schon viele Male ergötzt, liebe Marianne. Er ist sensationell bestückt, nicht wahr?«

Marianne riss den Mund weit auf. »Aber das ist unmöglich! Sie sind doch eben erst bei uns eingetroffen!«

»Ah«, sagte Louise leise, »aber es war eine lange Reise. Arme Marianne, dein Kleid ist ganz nass geworden. Ich muss dich bespritzt haben. Komm, ich ziehe deine nassen Sachen aus.«

Marianne stand wie gelähmt in der Mitte des Zimmers, während Louise die Knöpfe ihres Mieders öffnete und das Kleid zu Boden fallen ließ. Sie beugte den Kopf und leckte über die prallen Brüste. Bald schon stöhnte Marianne unruhig, sie stöhnte ihre Lust hinaus und ließ sich von Louise zum Bett führen, wo sie von der erfahrenen Frau mit der Zunge verwöhnt wurde.

Louise hob den Kopf, das Gesicht glänzte von Mariannes Säften.

»Dein Armand«, sagte sie, »ist ein hungriger, ausgefuchster Mann. Du bist ein Glückskind, Marianne. Nimmt er dich jeden Abend in seine kräftigen Arme, und steckt er jeden Abend sein stolzes Organ in dich rein, bis du vor Lust dahinschmilzt?«

»Ja«, flüsterte Marianne völlig aufgelöst. »Ja, das tut er. Bitte, nicht aufhören.«

Louise senkte wieder den Kopf, und wieder spürte Marianne die heiße, harte Zungenspitze, die tief in ihre Kaverne stieß. Mit beiden Händen zwirbelte Louise an Mariannes strotzenden Brustwarzen. Marianne bäumte sich auf, außer sich vor Verlangen.

»Stört es dich, wenn wir ihn uns teilen, Marianne?«, flüsterte Louise. »Möchtest du zusehen, wie sich Armands feiner Schaft in mich versenkt? Wie ich mich unter ihm vor Geilheit drehe und wende, wenn er mich mit diesem herrlichen Gerät pfählt?«

»Ja, ja«, stöhnte Marianne, ihr Gesicht vor Lust verzerrt. »Ja, ja …«

»Und du versprichst, genau das zu tun, was ich dir sage? Und du wirst auch Armand dazu bringen, genau das zu tun, was ich sage?«

»Ja, alles! Aber, bitte, lassen Sie mich nicht so hängen, Madame …«

Mit einem befriedigten Grinsen tauchte Louise wieder hinab, und sie ließ nicht eher von ihr ab, bis Marianne sich in Ekstase wand und die Zuckungen des Orgasmus ihren Körper schüttelten.

Louise hob den Kopf. »Liebste Marianne, das war hervorragend. Und du versprichst mir, dass auch Armand alle meine Befehle ausführt?«

Marianne lag noch wie ausgepumpt auf dem Bett, ihr schwarzes Haar feucht und glänzend ums rote Gesicht. »Ja«, keuchte sie, »ja, natürlich.«

Louises' Augen funkelten. »Dieses Zimmer oben im Turm«, sagte sie. »Erzähle mir alles darüber. Und dann erzählst du mir alles, was du über Bürger Jacques weißt.«

Schwere schwarze Wolken hatten sich am Nachmittag zusammengebraut und die Sonne verbannt. Am frühen Abend, als Jacques zurückkehrte, prasselte der Regen und zupfte am Laub der Bäume.

Nicole hörte, wie das Portal geöffnet wurde, hörte die vertrauten Schritte in der Halle und lief hinaus, ihn zu begrüßen. Im großen Haus war es seltsam still, und Nicoles Stimmung war in den letzten Stunden gesunken. Seit ein paar Stunden hatte sie weder Armand noch Marianne gesehen. Die erschöpfte Witwe lag wahrscheinlich noch im Schlummer.

Jacques schüttelte den langen nassen Mantel von den Schultern und strich mit beiden Händen durch das glänzende schwarze Haar. Er sah müde aus. Ernst sagte er: »Wir werden Paris bald verlassen, Nicole. Ich habe deine Papiere dabei.«

Nicole lehnte sich mit dem Gesicht an seine warme Brust und hielt ihn umarmt. »Wohin werden wir gehen, Jacques?«

»Wohin möchtest du, meine Nicolette?«, fragte er lächelnd und strich ihr über die Haare.

»Mir ist es egal«, gab sie zurück und hob ihr Gesicht, um ihm in die dunklen Augen sehen zu können. »Es ist mir egal, so lange ich bei dir sein kann.«

Einen kurzen Moment lang schien sich ein Schatten auf sein Gesicht zu legen. Es schien, als wollte er etwas sagen, aber dann schüttelte er kaum merklich den

Kopf und folgte ihr in die warme Küche, wo ein Hammelragout auf dem Herd langsam garte.

Zum Glück ist Marianne eine begnadete Köchin, dachte Nicole, als sie das würzige Mahl servierte. Fleisch war in den letzten Tagen noch knapper geworden, weil der Krieg gegen die Österreicher an Stoßkraft gewann. Aber bisher hatte Armand immer noch etwas auftreiben können.

Jacques schien abwesend zu sein, als ob seine Gedanken mit etwas Unerfreulichem beschäftigt wären. Er stocherte auf seinem Teller herum. Nicole beobachtete ihn und spürte, dass Unheil in der Luft lag. Etwas bedrückte ihn, aber er wollte es ihr nicht sagen. Vielleicht hatte es etwas mit dem Krieg zu tun oder mit einem unerfreulichen Erlebnis in den Pariser Straßen.

Sie hatte gerade zu essen begonnen, als Jacques die Gabel neben den Teller legte. »Wo sind Armand und Marianne? Ich dachte, sie würden mit uns essen.«

Plötzlich fiel ihr Louise wieder ein, und sie fragte sich, wieso sie die Fremde hatte vergessen können. Sie platzte heraus: »Oh, Jacques! Ich hätte fast vergessen, es dir zu sagen! Armand hat heute einen neuen Gast mitgebracht.«

Jacques' Gesicht wurde hart. »Ich habe ausdrücklich gesagt, das niemals zu tun«, sagte er barsch. »Niemand darf jemanden ohne bestimmte Sicherheitsvorkehrungen mitbringen.«

Sein Befehlston forderte ihren Widerspruch heraus. »Sie ist eine hilflose Witwe, Jacques! Sie hat gesehen, wie ihr Ehemann durch die Guillotine gestorben ist. Armand hat sie heute Morgen vor dem Pöbel gerettet. Was hätte er denn tun sollen? Zusehen, wie sie in Stücke gerissen wird? Jacques, du hast vielen zweifelhaften Gestalten Zuflucht gewährt und ihnen zur Flucht aus Paris verholfen. Warum nicht auch ihr?«

Er schob seinen Stuhl zurück und erhob sich. »Nichts und niemand in Paris ist, was er zu sein vorgibt, Nicole. Niemand. Selbst ich nicht.«

Ein Schauer lief über Nicoles Rücken. Verängstigt sah sie ihn an, und wieder wurde ihr bewusst, wie wenig sie von ihm wusste. Ihr Mund war so trocken, dass sie nur leise sprechen konnte. »Willst du mir damit sagen, Jacques, dass ich auch dir nicht trauen kann?«

Er fuhr mit einer Hand über seine Stirn. »Ja, kann sein, dass ich dir das sagen will. Wo ist dieser neue Gast?«

»Wir haben ihr eines der Zimmer im zweiten Stockwerk gegeben«, sagte Nicole, aber ihre Gedanken waren noch bei seiner geheimnisvollen Aussage. »Ich nehme an, sie ruht noch, denn ich habe sie seither noch nicht gesehen.«

Sein Mund verzog sich zu einem dünnen Strich. »Du lässt ihr also freie Hand in diesem Haus? Ich finde das unglaublich.«

Nicole sprang auf, die Augen glitzerten trotzig ob seines Tadels. »Welchen Schaden kann schon eine hilflose Witwe anrichten?«

»Das werden wir ja noch sehen«, erwiderte er grimmig. Er schritt aus der Küche und knallte die Tür hinter sich zu. Die Kerzen flackerten und wären beinahe ausgegangen.

Nicole setzte sich wieder, krank vor Enttäuschung über seinen unerklärlichen Ausbruch. Ihr war der Appetit vergangen, aber sie blieb sitzen, weil sie nicht wusste, wohin sie sonst gehen sollte.

Jacques schritt mit einer brennenden Ungeduld die Treppe hoch. Im zweiten Stockwerk, hatte Nicole gesagt. Nicole. In ihren Augen hatten plötzlich Tränen geglitzert, als er sie getadelt hatte. Er hatte zu spät begriffen, wie verletzlich sie unter dem scheinbaren Panzer aus Trotz war.

Sie hatte die Lektion noch nicht gelernt, dass es gefährlich war, einem anderen Menschen zu vertrauen, auch wenn man ihn liebte. Gerade, wenn man ihn liebte. Das wusste niemand besser als Jacques. Er hatte Narben auf dem Rücken, die das bewiesen.

Eine Kerze brannte in einem der oberen Zimmer. Er riss die bereits geöffnete Tür weit auf und trat ein. Dies musste das Zimmer sein, in dem der Gast geruht hatte, denn Jacques sah die Unordnung mit verschiedenen weiblichen Utensilien. Das Bett war ein einziges Durcheinander; die Frau musste unruhig geschlafen haben. Der Wasser in der breiten Holzwanne war kalt, und im Kamin waren die Scheite fast abgebrannt.

Dann erkannte er den Duft.

Das ganze Zimmer war von einem sanften, durchdringenden Aroma erfüllt, das wie ein halb vergessener Schmerz in seine Sinne drang und die Erinnerung an die alte, dunkle Verzweiflung der Jahre in Toulon aufwühlte. Benommen fuhr er sich mit einer Hand über die Augen. Nein, er musste sich irren. Vielleicht spielten seine Sinne verrückt oder es war ein schrecklicher Zufall. Und doch, der verlockende, zu Kopf gehende Duft von Sandelholz und Moschus füllte seine Nase und rief die endlosen Alpträume ins Leben zurück.

Eines stand jedenfalls fest; die Frau befand sich nicht

mehr im Zimmer. Er begann das Haus zu durchsuchen.

Ein schwaches Licht schimmerte von der schmalen Treppe, die zum Turmzimmer führte, dem höchstgelegenen Raum im ganzen Haus. Jacques stellte sich auf den Treppenabsatz und lauschte. Er hörte ein leises Frauenlachen, das sein Blut gefrieren ließ. Marianne und Armand, dachte er. Sie haben sich heimlich ins Turmzimmer geschlichen und vergnügen sich mit den düsteren Spielsachen, die dort lagern. Aber wo war die zierliche Schönheit, von der Nicole so mitfühlend berichtet hatte? Die Frau, deren Duft ihn betörte? Sie konnte unmöglich bei den beiden sein. Unmöglich.

Jacques ging leise die Treppe hinauf und drückte die Tür ein Stück weit auf.

In einer Ecke brannte eine Kerze, die einen langen flackernden Schatten der Personen an die Wände warf, als wären sie Geister. Jacques sah Armand zuerst. Er hockte auf Händen und Knien auf dem harten Bett und trug nichts außer einem schwarzen Lederharnisch, der seinen erigierten Penis und den Hodensack umfasste. Er hatte den Kopf in den Nacken geworfen, um seinen Gefühlen Ausdruck zu geben. Marianne kniete hinter ihm; ihre Brüste hingen lüstern aus dem zerknautschten Kleid heraus, und auch auf ihrem Gesicht spiegelte sich die Lust. In einer Hand hielt sie eine große Lederpeitsche, mit der sie zärtlich über Armands Gesäß wischte.

Dann kam eine leise, qualvoll vertraute Stimme aus der im Schatten liegenden Ecke des Zimmers, und Jacques sah die Frau das erste Mal nach all den Jahren.

»Schneller«, sagte sie. »Härter, Marianne! Zeige mir,

wie schnell du ihn zum Höhepunkt bringen kannst!«

Sie lehnte lässig an der Wand, eine schöne Frau, deren mondsilbernes Haar auf ihre nackten Schultern fiel. Sie trug nichts außer weißen Strümpfen und einem schwarzen Korsett, das ihre festen Brüste nach oben drückte. Ihr Gesicht war von einer schwarzen Ledermaske verdeckt, mit Schlitzen für Augen und Mund. Schließlich bemerkte Jacques noch, dass ihre Scham völlig unbehaart war.

Sie sah Jacques in der Tür stehen und lächelte katzengleich. Wie eine Verschwörerin legte sie einen Finger über die Lippen, dann wies sie auf die beiden Gestalten auf dem Bett.

Armand war dem Ende nahe. Marianne schlug noch einige Male kräftig zu, ehe sie mit dem sanften Leder wieder über das zuckende Gesäß streichelte. Plötzlich griff sie zwischen seinen Beinen hindurch und drückte seine dicken Hoden. Mit einem lauten Stöhnen entlud er sich mit langen, zitternden Schüben aus dem zuckenden Glied.

Die silberblonde Frau trat aus dem Schatten, ging am Bett vorbei, ohne Marianne und Armand zu beachten und blieb einen Moment lang reglos vor Jacques stehen. Erst nach einer Weile sagte sie mit dieser raunenden Stimme, die sein Blut zu Eis verwandelte: »Oh, Jacques. Ich habe gewusst, dass du es sein würdest. Weißt du, ich habe dich schon lange gesucht.«

Statt einer Antwort wandte sich Jacques an Armand und Marianne, die erschöpft auf dem Bett lagen und verängstigt zu ihm aufblickten. Er sagte leise und ausdruckslos: »Verschwindet.« Sie griffen ihre Kleider und flohen aus dem Zimmer.

Die Frau hatte ihn gefunden. Sie rieb ihre hohen festen Brüste kurz gegen seinen Brustkorb und begann die Perlknöpfe seines Seidenhemds zu öffnen. Er hörte, wie sie zischend die Luft einsog, während sie mit den Fingerspitzen über seinen sehnigen, gebräunten Oberkörper strich, dann streifte sie ihm langsam das Hemd von den Schultern. Mit den Handflächen strich sie über die harten Muskeln seiner Brust und über die kleinen dunklen Warzen, die sich aufgerichtet hatten. Als sie mit den Händen über seinen Rücken fuhr, fühlte sie die Narben. Sie trat einen halben Schritt zurück und sah sich die tiefen vernarbten Striemen seines Rückens an.

»Mein armer Jacques«, sagte sie mitfühlend, und sogleich schossen die Tränen in ihre violetten Augen, »was haben sie mit dir gemacht?«

»Das solltest ausgerechnet du doch wissen, Louise«, sagte er, die Zähne zusammengebissen. Er hielt sich immer noch aufrecht und steif, obwohl sie damit begonnen hatte, den Schlitz seiner Hose zu öffnen und den harten Penis mit den Fingern zu kosen. Er bewegte sich erst, als sie sich nach unten beugte und das maskierte Gesicht auf einer Höhe mit seinem zuckenden Schaft lag. Sie küsste die samtene Spitze, und ihre Haare fielen wie ein schimmernder Vorhang auf seinen Schoß.

Sie blickte hoch zu ihm. Durch die Lederschlitze konnte er ihre sanften, tränengefüllten Augen sehen und die Rosenknospe ihres Mundes.

»Du bist stark«, hauchte sie. »Noch stärker, noch schöner als früher. Oh, Jacques. Ich habe so wunderschöne Erinnerungen an uns, mein Liebster.«

Er packte ihre Schultern und schüttelte sie durch. Sie liebte seine manchmal grobe Art und rieb ihre Brüste wieder gegen seinen Torso. Sie atmete schneller, und die Nippel versteiften sich vor Erregung.

»Ich habe auch Erinnerungen«, sagte er zwischen zusammengebissenen Zähnen. »Erinnerungen an zwei Jahre, die ich im Kerker in Toulon verbracht habe. Wohin du mich geschickt hast, Louise.«

Er riss ihr die Maske vom Gesicht und warf Louise aufs Bett. Bereitwillig spreizte sie die schlanken Schenkel, sodass er seinen aufgerichteten Penis tief in sie versenken konnte. Es war, als wollte er instinktiv den harten Schmerz seiner Erinnerungen lindern.

Ah, war sie schön. So schön wie früher. Eine Hexe. Eine silberblonde Hexe. Ihre Hände wuselten in seinen dunklen Haaren und zogen seinen Kopf herunter. Sie küsste ihm die Seele aus dem Leib, und als sie ihren Mund von seinem löste, wölbten sich ihm ihre vollkommenen Brüste entgegen, und sie fütterte seinen gierigen Mund damit.

Ihre inneren Muskeln schmiegten sich um seinen Penis, ihr warmes, schmelzendes Fleisch koste ihn und drückte seinen heißen Schaft mit einer sinnesbetäubenden Sinnlichkeit, bis er spürte, wie sich in seinen Lenden die Muskeln anspannten.

Mit einem verzweifelten Aufschrei krümmte sich sein straffer Körper hoch über ihr, während er Zug um Zug zwischen die saftigen geschwollenen Labien stieß.

Sie bebte und wand sich unter ihm, krallte sich in seinem Rücken fest und stöhnte seinen Namen, als er den Höhepunkt nicht mehr aufhalten konnte. »Oh, Jacques, mein schöner, Jacques, meine Liebe. Du kannst mit mir tun, was du willst.«

»Was ich will? Alles?«

Ihre Augen glitzerten. »Alles.«

Zwölftes Kapitel

Als Jacques scheinbar keine Anstalten traf, zurück an den Tisch zu kommen, wo sein Essen kalt geworden war, räumte Nicole ab. Sie hörte, wie der Regen gegen die hohen Fenster trommelte. Es war, als hätten sich alle in Luft aufgelöst, als wären sie von der Weitläufigkeit des Hauses geschluckt worden. Die Unruhe in ihr stieg, und dann hielt sie es nicht länger aus und begann Jacques zu suchen.

Was sie nach oben lockte, in diesen dunklen, unheimlichen Raum im Turm, hätte sie auch später nicht sagen können. Aber aus irgendeinem Grund stieg sie die enge, gewundene Treppe hinauf. Ihr Herz pochte schwer. Die Tür war nur angelehnt, und trotz der schwachen Beleuchtung konnte sie genug sehen.

Auf dem Bett lag Louise, nackt bis auf ein obszön enges Mieder. Sie hockte auf Händen und Knien; die silberblonden Haare verdeckten ihr Gesicht. Sie stieß kleine stöhnende Laut des Protests aus, denn Jacques sprang so derb und sogar brutal mit ihr um, wie sie es bei ihm noch nie gesehen hatte.

Er hatte nur seine engen Breeches und die Reitstiefel an; das Hemd lag auf dem Boden. Nicole konnte deutlich die weißen Narben auf dem braunen Rücken sehen. Er war dabei, Louise mit dicken Lederschlaufen an die vier Bettpfosten zu fesseln. Der weiße straffe Po ragte hoch in die Luft. Mit tiefer, leiser Stimme, in der eine starke Erregung mitschwang, sagte er: »So magst du es doch, nicht wahr, Louise? Jetzt bist du meine Gefangene. Wie gefällt dir das?«

Noch nie hatte sie Jacques so wild und unbeherrscht gesehen, so verbittert, dachte Louise. Sie klammerte sich am Türrahmen fest. Am liebsten wäre sie ins Zimmer gestürzt und hätte ihn an den Haaren gezogen, bis er von der Frau abließ. Er hatte kein Recht, eine unschuldige Witwe so zu foltern.

Wenige Augenblicke später wich das Blut aus Nicoles Gesicht, als sie die Wahrheit erkannte.

Louise, die unschuldige, unterwürfige Louise, befand sich im Tumult sexueller Ekstase. Ihre geschwollenen Nippel waren dunkel und steif vor Lust. Sie senkte den Oberkörper, um die Brustwarzen an der groben Matratze zu reiben. Als Jacques über ihre Gesäßbacken strich, schwenkte sie den Po hin und her, eine Einladung zu weiteren Liebkosungen.

Nein, unschuldig war die Witwe Louise nicht, eher ein lüsternes, perverses Wesen, das Jacques jetzt aufforderte, es ihr zu besorgen, ›hart und heftig wie früher‹, und als er seine Hose öffnete, juchzte sie vor Vorfreude.

Nicole stieß die Knöchel einer Hand gegen ihren Mund. Sie wusste, dass sie gehen sollte, aber sie konnte sich nicht von der Stelle bewegen. Jacques hielt seinen harten langen Schaft in der Hand, kniete sich hinter die stöhnende Frau und setzte die Spitze – zu Nicoles Entsetzen – an die obere Öffnung der zierlichen Frau. Sie wimmerte wie im Delirium, als Jacques mit einem Ruck in die geheime Passage eindrang.

Nicole hörte mehr, als sie sah. Sie rutschte vor Schwäche am Türrahmen entlang, bis sie auf dem Boden hockte. Sie schloss die Augen und fürchtete, sich übergeben zu müssen.

Wie wenig sie Jacques doch kannte. Wie Recht er hatte, dass sie ihm nicht vertrauen sollte. Sie hatte gedacht, die Zeit der Spiele wäre vorbei. Aber es hatte sich nichts geändert.

Als sie sich langsam wieder aufrappelte, war Jacques dabei, Louise von den Fesseln zu befreien.

»Oh, Jacques! So großartig wie immer, vielleicht sogar noch großartiger. Du hast viel mehr Kraft nach den Jahren im Gefängnis. Ich glaube, ich habe nie aufgehört, dich zu lieben, denn ich habe nie wieder einen Mann wie dich gehabt. Jacques, du musst mir glauben. Sie haben mich gezwungen, gegen dich auszusagen. Phillippe und seine aristokratischen Freunde. Sie haben mich zu der Aussage gezwungen, du hättest mich vergewaltigt. Ich geriet in Panik und wusste nicht mehr ein noch aus. Ich hatte doch keine Ahnung, was das für dich bedeutete, und als es mir endlich klar wurde, war es zu spät. Oh, meine Liebe, ich habe doch nie geglaubt, dass sie dich so brutal behandeln würden! Dein armer Rücken. Wie sehr musst du gelitten haben.«

Mit sanften Fingern fuhr sie über seine Narben und über die eingebrannte Nummer an seinem Handgelenk.

Sie schmiegte sich an ihn und rieb ihre vollen Brüste gegen seinen harten Brustkorb. Immer noch sagte Jacques nichts, aber sein Phallus begann sich wieder zu regen, und Louise griff freudig zum samtenen Glied.

»Oh, Jacques«, stieß sie erregt hervor. »Ich wusste, ich würde dich eines Tages finden. Hast du mich auch gesucht, so, wie ich dich gesucht habe?«

Dann hörte Nicole ihn nach langer Zeit wieder sprechen. Mit einer Stimme, die vor Intensität brannte, sagte er: »Glaube mir, Louise, ich habe nicht aufgehört, dich zu suchen.«

Das war genug. Irgendwie gelang es Nicole, den Schrei in ihrer Kehle zu ersticken. Sie lief die Treppe hinunter, weg von diesem schrecklichen Zimmer, weg von Louise, weg von Jacques.

Das war also die Frau, die Jacques so verzweifelt geliebt hatte, die Mätresse des Aristokraten Phillippe. Durch ihre Falschaussage hatte Jacques zwei Jahre lang die Hölle erlebt. Er und seine Männer hatten sie auf den Straßen und in den Gefängnissen gesucht. Die silberblonde Locke, die der Kurier ihr ausgehändigt hatte, war keine Warnung gewesen, sondern ein Vorbote, ein Versprechen, dass Jacques' lange Suche bald ein Ende haben würde.

Er begehrte sie immer noch. Marianne hatte es ihr von Anfang an gesagt. Nicole begriff, dass jede andere Frau, mit der er geschlafen hatte, nichts als ein schemenhafter Ersatz für Louises' einmalige Schönheit gewesen war, eine vorübergehende Linderung seiner Sucht. Diese Erkenntnis versetzte ihr einen schmerzhaften Stich mitten ins Herz.

Sie kam sich wie eine nutzlose Lauscherin vor, als sie mit schwankenden Schritten die letzten Stufen nahm und zu ihrem Zimmer lief. Wie ein weidwundes Tier, das Schutz in seiner Höhle sucht. Sie hasste ihn für das, was er ihr angetan hatte.

Plötzlich erinnerte sie sich.

Er hatte ihr bei seiner Rückkehr gesagt, dass er die Papiere hätte, um aus Paris fortgehen zu können. Wo hatte er dieses *certificat de civisme*? Sie wollte nicht mehr bei ihm bleiben, wollte sich nicht länger demütigen lassen. Sie wollte das Papier finden, das er wahrscheinlich in seinem Zimmer aufbewahrte, ein bisschen Geld nehmen und davonrennen. Als er sie das letzte Mal gefunden hatte, war sie nicht weit genug gerannt.

Diesen Fehler würde sie dieses Mal nicht begehen.

Louise lag auf dem Bett und schnurrte befriedigt, während ihre Finger über die harten Muskeln von Jacques' Oberarmen glitten. Sie hatten beide nicht die Schritte auf der Treppe gehört.

»Oh, Jacques«, murmelte Louise, »wenn ich doch nur schon früher erfahren hätte, wo du wohnst. Es hat so lange gedauert, bis ich dich gefunden habe.«

Jacques' gut geschnittenes Gesicht war angespannt und unergründlich. »Wie schade für dich, dass deine Suche eigentlich eine Zeitverschwendung war«, sagte er. »Denn du wirst nicht bleiben.«

»Du meinst, wir verlassen Paris, Liebster?«

»Nein, das meine ich nicht.«

Louises' violette Augen zuckten alarmiert, aber dann entspannte sie ich wieder und fuhr fort, seinen Körper zu streicheln. Sie glitt über seinen Bauch und hinunter in die weichen schwarzen Schamhaare. Sein Penis rührte sich wieder. »Mein Jacques«, gurrte sie. »Du warst vorher schon großartig, aber das Gefängnis hat dich zu einem Tiger gemacht.« Sie lächelte zu ihm auf. »Ich glaube, du hast mich nicht verstanden«, sagte sie. »Mir ist es egal, wohin ich gehe. Ich will nur bei dir sein.«

Jacques hob ihre Hand von seinem hart gewordenen Fleisch. Er zog die Breeches hoch, wobei Louise verdutzt zusah. »Nein«, sagte er, »du bist es, die nichts versteht. Wie ich schon sagte, wirst du nicht hier bleiben. Du gehst wieder. Jetzt.«

Aus Louises' Gesicht wich alle Farbe. Der verträumte Blick verschwand, und ihre Augen blickten kalt und hart wie purpurne Amethyste. »Wie meinst du das?«

Er knöpfte sein Hemd zu, und sein hartes Gesicht ängstigte sie mehr als Worte. Er stand turmhoch über ihr, und Louise war sich bewusst, dass er nie besser, eindrucksvoller und mächtiger ausgesehen hatte, nie begehrenswerter war, dieser eigenartige Mann, auf den sie alle Hoffnung gesetzt hatte.

Sein dünner Mund zuckte zynisch. »Ich meine, meine kleine *poule*«, sagte er trocken, »dass du, wie andere auch, die dieses Haus durchlaufen, Papiere erhalten wirst, die es dir ermöglichen, Paris zu verlassen. Meine Männer werden dir dabei helfen. Ich gebe dir auch etwas Geld, wenn du es brauchst.«

Er zog einen dicken Lederbeutel aus einer Schublade und warf ihn zu ihr aufs Bett. »Ist das genug für deinen Service? Oder verlangst du heutzutage mehr?«

Sie fegte den Beutel vom Bett und sprang Jacques an. Gift sprühte aus ihren Augen. »Verdammt, Jacques! Ich glaube es nicht! Wie kannst du es wagen, mich so zu beleidigen?«

Er sah sie mit großen Augen an, sein Gesicht ein Bild der vorgetäuschten Unschuld. »Ach, ist es nicht genug für dich? Dann entschuldige ich mich, Louise. Natürlich, alle Preise sind gestiegen.« Er langte wieder in die Schublade und zog noch einen Beutel heraus und warf ihn zu dem anderen auf den Boden.

Jetzt wuchs die Angst in Louise. Eine kalte Leere

leuchtete in diesen dunklen Augen. Sie stand vor ihm, hob die Arme und schlang sie langsam um seinen Hals. Sie zog seinen Kopf herab und küsste ihn, während sie ihren Körper an ihn schmiegte.

Er reagierte nicht. Louise war plötzlich sehr kalt. »Oh, mein Jacques«, flüsterte sie. »Du hast nichts mehr für mich übrig?«

»Du hast mich schon einmal beinahe vernichtet, Louise. Glaubst du nicht auch, dass das genügt?«

Er schob sie von sich, nicht hart, eher lässig, als ob ein Möbelstück in seinem Weg stünde. Er ging zur Tür und drehte sich noch einmal um. »Du ziehst dich besser an. In ein paar Minuten kommt Armand und bringt dir deine Papiere. Er und einige Freunde werden dich bis zu den Barrikaden bringen. Wenn du meinen Rat annimmst, wirst du dich weit weg von Paris begeben.«

»Verdammt seist du, Jacques!« Jetzt zeigte sie ihr wahres Gesicht. »Verdammt auch deine unerträgliche Arroganz. Eines Tages wirst du das bereuen.«

»Louise«, sagte er, »ich habe zwei Jahre im Kerker von Toulon verbracht, und jede Minute habe ich den Tag verflucht, an dem ich dich kennen gelernt habe. Reicht das nicht?« Dann ging er hinaus und hörte noch, wie sie ihn in ihrer ohnmächtigen Wut beschimpfte.

Eines stand für Louise fest: Wenn sie ihn nicht haben konnte, würde ihn auch diese lohfarbene Schlampe Nicole Chabrier nicht bekommen.

Nicole war noch nie in Jacques' Zimmer gewesen. Es war nicht abgeschlossen, aber das wäre auch nicht nötig gewesen, denn für sie war das asketische, maskulin anmutende Zimmer wie ein verbotenes Heiligtum. Noch ein Teil von ihm, zu dem ihr nie Zugang gewährt worden war.

Sie begriff, dass sie ihn wirklich nicht kannte. Welche Geheimnisse hatte er sonst noch vor ihr zurückgehalten? Nichts und niemand ist, was er zu sein scheint. Nicht einmal ich.

Vielleicht würde Louise in dieser Nacht hier schlafen. In seinen Armen. Der Gedanke fuhr wie ein Messer durch sie hindurch. Sie rieb sich die dummen Tränen aus den Augen, zündete eine Kerze an und begann mit der Suche. Sobald sie den Passierschein hatte, konnte sie aus diesem Haus flüchten, aus Paris, aus dem zerstörerischen Magnetfeld um Jacques.

Sie atmete kräftig durch, um sich zu beruhigen, sah sich um und entdeckte einen *secrétaire* aus Walnuss mit Intarsienarbeiten in einer Ecke. Sie nahm an, dass er dort die Papiere aufbewahrte, öffnete ihn und wühlte in den Unterlagen. Ein Papier flatterte zu Boden, sie hob es auf und wollte es wieder zurück legen, als ihr die schöne Handschrift auffiel.

Es war ein Brief, der an den Marquis de St. Maury gerichtet war, geschrieben im Mai dieses Jahres. Stirnrunzelnd sah Nicole auf das Datum. Das war doch unmöglich. Die Familie St. Maury war schon vor langer Zeit geflohen und hatte Haus und Wertsachen zurücklassen müssen. Marianne hatte es ihr gesagt. Und Jacques, der heimliche Hausbesetzer, wohnte schon seit April in der Residenz.

Sie zögerte und wollte den Brief wieder einsortieren, aber sie wusste nicht, auf welchem Stapel er gelegen hatte. Im *secrétaire* schien alles seine Ordnung zu haben, jeder Stapel lag adrett neben dem anderen. Es war unmöglich zu sagen, welcher Stapel die Papiere enthielt, die sie so verzweifelt suchte, um Paris verlassen zu können.

Nicole sah sich ratlos im Zimmer um, wo auch alles fein geordnet war. Das Bett war so glatt, als hätte noch nie jemand drin geschlafen.

Plötzlich wallte Zorn in ihr auf; geboren aus blinder Wut, tiefer Verzweiflung und der schmerzlichen Enttäuschung, seit sie Jacques bei Louise gesehen hatte. Verdammt, o verdammt. Er war über alles erhaben. So unverletzlich. Dieses Zimmer legte beredtes Zeugnis ab von seiner Gefühlskälte. Seine kühle spöttische Art hallte in ihr nach. Meine Nicole, Häuslichkeit ist wohl nicht deine Stärke, was?

Ihr Zorn entlud sich von einer Sekunde zur nächsten. Sie riss einige Schubladen mit ordentlich gestapelten Hemden auf. Zischend nahm sie ein Bündel heraus, zog sie auseinander und warf sie auf den Boden. Feine Seide lag wie mehrere helle Pfützen zu ihren Füßen. Mit knirschenden Zähnen stand Nicole da, griff sich wahllos ein Hemd, nahm es in beide Hände und zerriss es. Dann nahm sie sich die seidenen Krawatten vor und ruinierte sie mit sturer Entschlossenheit. Sie keuchte von der Anstrengung und murmelte: »Werden mal sehen, wie häuslich deine schöne Louise ist. Mal sehen, ob sie diesem Durcheinander gewachsen ist, ob sie deine Hemden wäscht und näht.«

So schnell der Anfall gekommen war, so schnell war er auch vorüber. Von irgendwo nahm sie seinen Duft wahr, den männlichen Duft nach Zitrus und Moschus. Ihre Wut verrauchte und ließ sie erschöpft und schwach zurück.

Sie sank auf sein Bett, presste ihr Gesicht in eines seiner Hemden und weinte sich das Herz aus dem Leib.

Endlich hatte Jacques getan, was er hatte tun müssen. Der bittere Nachgeschmack in seinem Mund blieb, nachdem er Armand und zwei stumme Helfer beauftragt hatte, Louise de Lamartine aus Paris hinauszubringen. Marianne ging auch mit; sie sollte sich als Louises' Dienstmädchen ausgeben. Jacques hatte beschlossen, dass auch Armand und Marianne Paris verlassen sollten; in der Hauptstadt waren sie nicht mehr in Sicherheit. Niemand war mehr sicher.

Bevor die kleine Eskorte sich auf den Weg durch den Regen zur Westbarrikade begeben hatte, ausgerüstet mit Papieren und Schmiergeldern für die Wächter, die um diese Uhrzeit wahrscheinlich längst betrunken waren, hatte Jacques mit seinen Männern gesprochen und sie vor Louise und ihren Tricks gewarnt. Ihm war nicht entgangen, wie die Schamröte in Armands Gesicht geschossen war; da hatte Jacques gewusst, dass er wenigstens Armand nichts mehr über Louises' Fähigkeiten erzählen musste.

Jacques schaute ihnen nach. Louise hatte ihre Hasstiraden gegen ihn immer noch nicht beendet.

Er seufzte. Louise würde von nun an eine bedeutende Gefahr für ihn sein. Sie war zu einer viel größeren Vergeltung in der Lage, als ihn nur für zwei Jahre in den Kerker zu schicken. Sobald sie hinter dem Tor verschwunden waren, ging er zurück in den Hof und dann hinüber zur Wasserpumpe.

Er zog sich völlig nackt aus und pumpte das Wasser hoch, das eiskalt auf ihn prasselte. Er wusch Louises'

Geruch von sich ab. Das Wasser tat seinem vernarbten Rücken gut. Nach dem ersten Schock spürte er die Kälte nicht mehr.

Er zog sich wieder an und ging zurück ins Haus. Wo war Nicole?

Sie war nie weit aus seinen Gedanken entfernt. Seit einigen Wochen schon wollte er ihr sagen, dass sie Paris verlassen sollte, aber ohne ihn. Heute Abend musste er es tun. Er suchte sie mit zunehmender Unruhe, und als er sie endlich gefunden hatte, wie sie schluchzend im entsetzlichen Durcheinander seines Zimmers lag, spürte er sein Herz, das sich ihr öffnete. Sie sah so verletzlich aus, wie sie zusammengekauert auf seinem Bett lag, das Gesicht umgeben von den weichen lohfarbenen Haaren.

Er trat ein wenig näher und sah die Spuren der Tränen auf ihren Wangen. Stirnrunzelnd trat er noch einen Schritt näher. Hatte sie die Szene mit Louise mitbekommen? Er schüttelte den Kopf, dann betrachtete er das Durcheinander in seinem Zimmer. Ja, sie wusste vom Geschehen im Turmzimmer. Er ging hinaus, um eine Kerze zu holen.

Es dauerte einige Momente bis der flackernde Schein der Kerze in Nicoles verstörte Träume drang, und noch länger dauerte es, bis sie gewahrte, dass jemand im Zimmer war.

»Nicole«, hörte sie ihn sagen. Sie ruckte hoch und hielt sein Seidenhemd noch immer an ihre Brust gedrückt. Er stand am Fußende des Betts, die Haare streng nach hinten gekämmt, das Gesicht undurchdringlich.

»Geh«, stöhnte sie.

»Du kannst mich nicht wegschicken«, sagte er gelassen, »denn dies ist mein Zimmer. Jedenfalls glaube ich, dass es mein Zimmer ist, auch wenn es anders aussieht als sonst.« Er wies auf die verstreut herumliegenden Hemden und Krawatten. Er trat um das Bett herum und achtete nicht darauf, dass er auf seine Kleidungsstücke trat. Er beugte sich über ihre gekrümmte Gestalt und fragte: »Hast du mir was zu sagen, *chérie*?«

Nicole verstärkte den Griff um das Seidenhemd in ihren Händen. »Du wirfst mir immer vor, wie unordentlich ich bin. Nun, diesmal solltest du wirklich einen Grund haben, mich zu beschimpfen, damit du siehst, dass du Recht hast – wie immer.«

Jacques blickte auf die ruinierten Hemden und stieß mit den Stiefelspitzen dagegen. »Ich hätte dir auch so geglaubt, meine Nicolette, du hättest es mir gar nicht erst beweisen müssen. Aber du hast dich nie mit halben Sachen begnügt, nicht wahr? Dieses Mal hast du dich selbst übertroffen.«

»Deine wunderbare Louise kann ja für Ordnung sorgen«, zischte sie wütend.

Seine dunklen Augen blickten nachsichtig. »Ah, ich verstehe. Du hast gelauscht, nicht wahr?«

»Das war nicht schwierig. Sie ist es, nicht wahr? Die Frau, die du gesucht hast ...« Sie sog zitternd die Luft ein. »Du bist bei eurer Wiedervereinigungsfeier nicht gerade leise gewesen, und sie auch nicht. Ich möchte so schnell wie möglich gehen, Jacques. Deshalb bin ich in dein Zimmer gegangen. Ich wollte meine Papiere finden. Ich bin sicher, dass auch Louise sich freut, wenn ich weg bin.«

Er sah sie stirnrunzelnd an. »Du meinst, du könntest mich in diesem Durcheinander allein lassen?«

Sie schwang sich vom Bett und stellte sich auf die Füße. Sie stemmte die Hände in die Hüften und kämpfte gegen ihr Zittern an. Sie zwang sich zu einem trockenen Lachen. »Das wird dir gut tun! Du bist wirklich ein Spießer, mein armer Jacques. Du wirst dich nie daran gewöhnen, wie ein richtiger Aristokrat zu leben, die kümmern sich nicht um Ordnung, weil nämlich dienstbare Geister hinter ihnen aufräumen.«

Er nickte traurig. »War denn der Comte de Polignac ein richtiger Aristokrat? Er hat nie hinter sich aufgeräumt, was? Deshalb hat er auch nicht gesehen, dass er dich vergessen hat, als er Paris so überstürzt verlassen musste.«

Nicole stieß einen zischenden Laut aus und sprang ihn an. Er fing sie mühelos ab und lachte. »Oh, meine köstliche kleine Wildkatze. Du bist eine Augenweide, wenn du so wütend bist. Soll ich dir sagen, was ich jetzt tun möchte?«

»Was?« Sie wehrte sich noch in seinem Griff.

»Das.« Er packte die Spitze ihres Mieders mit seinen kräftigen Fingern und riss es ihr vom Körper. Die Schönheit ihrer hohen runden Brüste lag vor ihm. »Jetzt ist Zeit für meine Vergeltung, *ma chère*.«

Sie keuchte laut. Farbe stieg in ihre blassen Wangen. Er begann ihre festen Brüste zu streicheln und zog mit feinfühligen Fingern an den rosigen Spitzen, bis die Gier durch ihren Körper strömte, die Gier nach ihm.

»Warum musst du mir so weh tun?«, fragte sie mit zittriger Stimme. »Hast du noch nicht genug angerichtet? Ich denke, du hast deine Spiele mit mir beendet, da jetzt Louise da ist.«

»Louise ist nicht da.« Er sagte es sehr ruhig und sah ihr dabei ins Gesicht, während die Finger immer noch mit ihren steifen, pochenden Nippeln spielten bis sie glaubte, vor Wonne ohnmächtig zu werden.

»Wo ist sie denn? Sage mir nicht, dass sie schon genug von dir hat! Aus dem, was ich gesehen habe, schließe ich, es wird einige Tage dauern, bis ihr wieder voneinander lassen könnt.«

Sein Gesicht verspannte sich. »Nicole, hör mir zu. Louise ist nicht da, sie ist nicht mehr im Haus, ich habe sie weggeschickt, weg aus Paris.«

Nicole stockte der Atem. »Du hast sie weggeschickt?«

»Ja. Ist das so schwer zu begreifen?« Er hob die Schultern. »Sie hat mein Leben einmal ruiniert. Ich will ihr nicht die Gelegenheit bieten, das noch einmal zu versuchen.«

Nicole stammelte: »Aber du hast sie gesucht. Ich habe dich sagen hören, dass du nicht aufgehört hast, sie zu suchen. Warum?«

»Für meine Vergeltung, Nicole.« Die kalte Schärfe in seiner Stimme ließ sie erschauern. »Ich wollte sie finden, denn sie sollte ebenso leiden wie ich. Aber jetzt will ich sie nur aus meinem Leben verbannen.«

Nicole schüttelte langsam den Kopf. Jacques' Hände lagen locker auf ihren nackten Schultern. »Aber sie ist eine solche Schönheit«, flüsterte sie. »Ich habe dich oben mit ihr gesehen, Jacques. Sie hatte dich in ihrem Bann.«

Sein Gesicht spannte sich noch mehr an. »Ja, stimmt. Aber heute Abend hat die Teufelsaustreibung stattgefunden. Ich habe sie aus meinen Gedanken und von meinem Körper gewaschen. Für immer.«

Mit sanften Händen schob er ihr zerrissenes Kleid vom Körper, und sie stand dicht vor ihm, die Augen groß und verhangen, und bebte vor Verlangen.

Jacques entledigte sich hastig der eigenen Kleidung, nahm Nicole auf die Arme und trug sie zurück zum Bett. Er strich zärtlich über ihren heißen, pochenden Leib, sog die Brüste in seinen Mund und labte sich an den strotzenden Nippeln mit Zunge und Zähnen.

Nicole spürte, wie er mit einer Hand ihre willigen Schenkel spreizte, und als die samtene Spitze seiner Männlichkeit in ihr nasses Fleisch eindrang, stöhnte sie glücklich auf. Nach dem ersten tiefen Stoß verhielt er sich ganz still und ließ sie kurz vor der Erlösung bebend zurück, aber die Wellen der Lust wogten durch ihren sensibilisierten Körper.

Hilflos keuchte sie unter ihm. Ihre inneren Muskeln spannten sich um ihn, pumpten die seidige Länge des ruhenden Penis und badeten ihn in ihren Säften.

Als Jacques sich wieder zu bewegen anfing, tat er es ganz langsam. Er wollte sie necken und bis zum Äußersten reizen. Stöhnend schlang sie die Arme um seinen Rücken, um ihn enger an sich zu ziehen. Wortlos rollte er auf seinen Rücken und zog sie mit sich.

Sie saß jetzt auf ihm und ritt ihn voller Begeisterung, während er ihre hüpfenden Brüste koste. Sie wollte es in die Länge ziehen, aber ihr Verlangen war zu groß. Sie warf den Kopf in den Nacken und ritt immer wilder, immer zügelloser auf diesem wunderbaren Schaft, der sie so einzigartig ausfüllte.

Jacques schob eine Hand hinunter und rieb über die Klitoris, und in diesem Moment explodierte sie mit einem spitzen Schrei in einem Wirbel durchschüttelnder Lust. Sie ließ sich über ihn fallen, und er nahm sie in seine starken Arme, den Schaft noch tief in ihr versenkt.

Er lächelte sie im sanften Kerzenlicht an und strich ihr über das feuchte Haar. »Hast du das auch mit Gerard getan?«

Sie bewegte sich leicht und blickte in sein hageres Gesicht. Lächelnd antwortete sie: »Nein, der arme Gerard hätte so etwas nicht einmal eine Minute durchgehalten.«

»Dann hatte dein aristokratischer Geliebter also doch den einen oder anderen Schwachpunkt.«

Nicole rieb ihre Wange an seiner harten Brust. Sie hörte den Schlag seines Herzens. »Im Bett«, murmelte sie schläfrig, »war er nutzlos.« Ihre Hand glitt zwischen ihre Körper, und mit den Fingerspitzen stieß sie gegen den Schaft, der sich wieder zu regen begann.

Sie sah Jacques schelmisch an, rutschte an ihm hinunter und nahm ihn in ihren Mund auf. Sie fuhr mit der Zunge wie mit einem nassen Lappen um die Eichel und saugte, während sie den Stamm mit kundiger Hand rieb, bis er zu neuem Leben erwachte. Die Testikel nahm sie einzeln in den Mund und lutschte liebevoll daran, ehe sie zur Spitze zurückkehrte und dann fast den ganzen Schaft aufnahm.

Er stöhnte laut auf, und der Penis zuckte gegen ihren Gaumen. Nicole lächelte.

Er gehörte ihr. Endlich gehörte er ihr.

Nicole fiel in seinen Armen in einen tiefen, glückseligen Schlaf. Nur einmal wachte sie auf, weil Jacques im Schlaf murmelte, das Gesicht dunkel und sorgenverzerrt. Sie wiegte ihn sanft und strich über seine Haare.

Seine Haut war feucht vom Schwitzen. Er kam ihr plötzlich so verletzlich vor. Er wachte nicht auf, und sie hielt ihn fest, bis sein Traum vorbei war und er sich wieder beruhigt hatte.

Sie fragte sich, ob er oft so träumte und was es war, was ihn im Schlaf so quälte.

Als sie das nächste Mal aufwachte, war es draußen noch dunkel, aber sie wusste, dass die Morgendämmerung nicht mehr lange auf sich warten ließ, denn Jacques war bereits aufgestanden und zog sich gerade an. Sie richtete sich auf, die Arme um die angezogenen Knie geschlungen, und beobachtete ihn voller Verliebtheit im Schein einer Kerze.

Er sah sie an. »*Chérie*, heute musst du Paris verlassen. Ich habe alle Vorbereitungen getroffen.«

Furcht klammerte sich um ihr Herz. »Und du? Du kommst nicht mit mir, nicht wahr, Jacques?«

Sie sah, wie er zögerte, und am liebsten hätte sie aufgeschrien. Aber dann lächelte er. »Ich werde nicht weit weg sein. Nicole, könntest du vielleicht noch ein klein wenig Ordnung in dieses Zimmer bringen, während ich uns Kaffee aufschütte?«

Er trat ans Bett, nahm ihre Hand und küsste sie, dann ging er aus dem Zimmer.

Nicole blieb noch einen Moment reglos sitzen. Sie verdrängte ihre bösen Vorahnungen. Er hatte gesagt, er würde nicht weit weg von ihr sein. Er würde sie nicht im Stich lassen, jetzt nicht mehr.

Sie trippelte in ihr Zimmer, um sich zu waschen und anzuziehen, dann kehrte sie zu Jacques' Zimmer zurück und sammelte die verstreut herumliegenden Kleidungsstücke ein. Sie hoffte, dass sie nicht zu viele Hemden und Krawatten ruiniert hatte.

Als sie den Brief sah, den sie gestern Abend vom Boden aufgehoben hatte, wollte sie ihn eigentlich nicht lesen, sie wollte ihn nur glätten und in den Sekretär legen, bevor Jacques mit dem Kaffee kam.

Aber dann glättete sie den Brief, und ihre Augen wurden vom Text magisch angezogen.

An Jacques Lamont, ci-devant
Marquis de St. Maury
15. Mai 1792

Mein lieber Jacques,
angesichts des tragischen Todes Ihres älteren Bruders Phillippe im Kampf gegen die Armee der Royalisten bei Verdun obliegt mir die Pflicht, Sie davon in Kenntnis zu setzen, dass Besitzungen und Titel von St. Maury nun in Ihren Besitz übergehen.
Jedoch fürchte ich, dass die gegenwärtigen Umstände den Wert Ihres Besitzes erheblich gemindert haben. Wie Sie wissen, ist das Schloss St. Maury in der Provinz LeVar während der dortigen Rebellion dem Erdboden gleich gemacht worden.
Das Stadthaus in St. Germain des Prés befindet sich noch in einem guten Zustand, für den Ihr Bruder gesorgt hat, ehe er sich in Österreich der Royalistischen Armee angeschlossen hat. Aber als Eigentum eines Emigranten ist es an die Republik gefallen, und ich gehe davon aus, dass es nur eine Frage der Zeit ist, bis es geplündert wird.
Die Schlüssel zum Haus liegen in einem Bankfach, zusammen mit dem Schmuck der St. Maurys und einer beträchtlichen Geldsumme.

Melden Sie sich bei mir, wenn Sie Ihr Erbe oder auch Teile davon in Empfang nehmen wollen.
Ihr
Giles Campan
Gauthier's Bank, Faubourg St. Honoré.

Nicole saß reglos auf dem Bettrand. Sie hielt den Brief noch in den Händen und schaute wie benommen darauf. Die Buchstaben tanzten vor ihren Augen.

Nein. Das konnte nicht sein. Es konnte nicht sein, dass Jacques der Marquis de St. Maury war, Besitzer dieses fantastischen Hauses, dieser wunderbaren Diamanten. Sie hatte ihn beschuldigt, sie gestohlen zu haben. O weh.

Sie starrte blind gegen die geschlossenen Fensterläden und sah, wie sich das Grau des Morgens langsam einschlich. Ein französischer Marquis, der zwei Jahre im Kerker verbracht hatte?

Aber sie wusste, dass solche Dinge geschahen. Der Comte de Mirabeau, eines der prominentesten Mitglieder des Nationalkonvents, war von seinem eigenen Vater wegen krimineller Ausschweifungen angezeigt worden. Auch er war ohne Gerichtsverhandlung im Kerker gelandet, genau wie Jacques.

Sie schloss die Augen. Dieses Haus hatte also Jacques' älterem Bruder Phillippe gehört, der die erotische Atmosphäre in diesem Haus geschaffen hatte. Und noch etwas begriff sie nun – Jacques war auf Betreiben seines eigenen Bruders verhaftet und in den Kerker geworfen worden.

Sie hielt den Brief so fest umklammert, dass die Knöchel ihrer Hand weiß wurden.

Nach und nach verstand sie alle Einzelheiten. Louise de Lamartine war die Mätresse Phillippes gewesen, der mit ihr auf dem Schloss in LeVar gelebt hatte. Louise hatte törichterweise eine Affäre mit Jacques begonnen, und als die Affäre ruchbar geworden war, hatte sie Jacques aus lauter Angst der Vergewaltigung beschuldigt.

Phillippe hatte den bitteren Tränen seiner Geliebten geglaubt, das war ihm bestimmt leichter gefallen, als sich einzugestehen, dass er von der Mätresse mit dem eigenen Bruder betrogen worden war.

Nun war also Jacques, endlich aus dem Kerker befreit, der Marquis de St. Maury. Sein Bruder war im Kampf für die Royalisten gefallen, das machte aus Jacques, seinem Erben, einen natürlichen Feind des Volkes. Wenn er verhaftet wurde, drohte ihm die Todesstrafe.

In diesem Augenblick hörte Nicole ein gedämpftes Geräusch im Garten. Langsam ging sie zum Fenster und drückte einen Laden auf.

Sie rieb sich die Augen, noch benommen von der erstaunlichen neuen Wirklichkeit, die sie eben erst erfahren hatte. Sie schaute hinaus in das kalte Grau des Gartens und sah die Soldaten.

Dreizehntes Kapitel

Im grauen Dunst sahen sie wie Gespenster aus, nicht greifbar und unwirklich wie die Schatten. Nur die Abzeichen der Trikolore auf ihren roten Kappen und die glänzenden Läufe ihrer Musketen schienen real zu sein. Sie stiegen nun die Stufen der breiten Steintreppe hoch. Nicole klammerte sich an der Fensterbank fest, schwach vor Angst. Sie wusste, dass sie gekommen waren, um den Marquis de St. Maury zu verhaften.

Sie rannte die breite Treppe hinunter. Er stand unten in der Halle, fasste sie an den Schultern an und drehte sie vom Portal weg, an das jetzt die Musketen klopften.

»Nicole«, sagte Jacques gepresst. »Wenn du auch nur einen Funken Vertrauen in mich hast, dann musst du mir jetzt genau zuhören und das tun, was ich dir sage.«

»Ich lasse dich nicht allein. Ich bleibe bei dir.«

Er schüttelte sie fest. »Nur dieses eine Mal, *ma chérie*, wirst du mir gehorchen, ob es dir gefällt oder nicht. Du kennst die Keller unter der Küche? Hinter den Weinfässern befindet sich eine verriegelte Tür.«

Sie nickte dumpf, die Augen vor Angst geweitet, während das Klopfen gegen die Tür anhielt. Jacques fuhr fort: »Die Tür führt zu einem unterirdischen Gang, der dich in Sicherheit bringt. Dahinter wirst du einige wichtige Dinge finden, deine Papiere, eine Pistole und ein wenig Geld. Dazu noch die Wegbeschreibung zu einem sicheren Versteck außerhalb von Paris. Jetzt laufe, aber schnell!«

Die schweren Portalflügel bebten schon unter den Schlägen der Soldaten, und Nicole klammerte sich immer noch an Jacques. »Nein, nein! Ich werde nicht gehen, Jacques! Du musst mit mir kommen.«

»Für uns beide reicht die Zeit nicht, verdammt! Wenn ich sie ein wenig aufhalten kann, hast du eine Chance zu entkommen. Lauf, Nicole, lauf!« Er rang mit ihr, versuchte mit aller Kraft, sie von sich zu schieben, aber in diesem Moment zersplitterte das Portal, und plötzlich war die Halle mit der bedrohlichen, boshaften Gegenwart eines Dutzends Soldaten gefüllt. Kampfeslustig hatten sie ihre Musketen erhoben. Nicole drückte sich zitternd an Jacques' Seite.

Der Sergeant, ein gedrungener Mann mit einer Augenklappe, trat vor.

»Vielleicht können Sie uns helfen, Bürger. Wir suchen einen Jacques Lamont, *ci-devant* Marquis de St. Maury. Er wird wegen Verbrechen gegen das Bürgertum gesucht.«

In äußerster Verzweiflung warf sich Nicole vor Jacques und rief: »Er ist nicht hier. Die Familie St. Maury hat Frankreich schon lange verlassen.«

»Einer von ihnen ist gegangen, Bürgerin«, schniefte der Sergeant. »Phillippe de St. Maury, der Volksfeind, hat sich der verräterischen Royalistenarmee angeschlossen und hat dort den verdienten Tod gefunden. Wir suchen seinen Erben, und wir glauben, wir haben ihn gefunden.«

Jacques packte Nicole wieder an den Schultern und schob sie zur Seite. »Und wenn ich es abstreite?«

Der Sergeant stemmte die Hände auf die Hüften

und starrte Jacques an. »Sie haben keine Chance mit dem Leugnen, denn Sie sind dem Vigilantenkomitee angezeigt worden, Bürger Lamont.«

»Von wem, wenn ich bitten darf?«

»Von einer Dame namens Louise de Lamartine. Sie hat gestern Abend prächtig mit meinen Männern an der Westbarrikade kooperiert.« Er lachte. »Sie haben versucht, sie wegzuschicken, nicht wahr? Ein Weib zu viel, schätze ich, Bürger, obwohl ich sagen muss, dass ich Ihren Geschmack bewundere.«

Während er gierig auf Nicole blickte, sagte Jacques ruhig: »Die Beschuldigung einer Person reicht als Beweis nicht aus, dass ich der Marquis de St. Maury bin. Sie müssen mehr Beweise vorlegen.«

»Die habe ich.« Frohlockend zerrte der Sergeant aus der hinteren Reihe der Soldaten einen Mann nach vorn. Nicole erkannte ihn sofort, und ihr wurde beinahe übel, als sie das hässliche Narbengesicht von Saltier sah, der sie auf der Party bei Paul Vichy ersteigert und dann geschworen hatte, es Jacques heimzuzahlen.

»Das ist sie!«, rief Saltier aufgeregt. »Und er ist der Marquis! Das arrogante Schwein hat mir die kleine Nutte vor der Nase weggeschnappt. Erst danach habe ich ihn wiedererkannt, und seither war ich auf der Suche nach ihm. Wisst ihr, ich habe für seinen Vater gearbeitet, den alten Marquis, und die Gesichter der beiden Söhne sind in meinem Gehirn eingebrannt.«

Jacques fuhr den Sergeant an: »Sie glauben, dieses Hörensagen sei ein Beweis?«

»Es geht nicht nur um Hörensagen!«, rief Saltier höhnisch. »Erinnern Sie sich an das diamantene Halsband, mein feiner Marquis? Nun, ich habe es im Kleid

Ihrer Mätresse gefunden. Das Wappen der St. Maurys ist in den Verschluss eingraviert. Deshalb wusste ich sofort, dass es Ihnen gehört. Haben die Diamanten der Familie Ihrer Nutte ge …«

Er brach mitten im Wort ab, denn plötzlich lagen zwei Pistolen in Jacques' Händen. Er richtete sie auf die zurückweichenden Soldaten. »Also«, sagte Jacques, »ich bin der Marquis de St. Maury. Und wer auch nur einen Finger gegen mich oder meine Begleiterin erhebt, wird dieses Haus nicht lebend verlassen.«

Der Sergeant blaffte: »Sie können nicht wirklich glauben, dass Sie uns alle mit zwei Pistolen in Schach halten, Bürger.«

»Vielleicht nicht. Aber einige von euch nehme ich mit.« Die Soldaten wichen bis zur Tür zurück. Jacques zischte: »Nicole, um Himmels willen, lauf! Siehst du nicht, dass du alles nur noch schlimmer machst?«

Einer der Soldaten wollte besonders mutig sein und stürzte nach vorn. Jacques feuerte, und Nicole sah das helle Blut auf dem Rock des Soldaten und floh entsetzt in die Küche. Blindlings stolperte sie die Treppe hinunter in den dunklen, kalten Keller. Es dauerte eine Weile, bis sich ihre Augen an die Dunkelheit gewöhnt hatten, erst dann konnte sie zur Tür hinter den Weinfässern vordringen. Sie musste ihre ganze verzweifelte Kraft einsetzen, um die Tür zu entriegeln. Im nächsten Moment stand sie in dem Geheimgang. Sie verriegelte die Tür von der anderen Seite, lehnte sich mit dem Rücken dagegen und blieb erschöpft stehen.

Tränen rollten über ihre Wangen. Jacques hatte Recht. Sie hatte alles nur noch schlimmer gemacht. Sein Ausflug in das Haus von Paul Vichy am Abend der garstigen Party war der Anfang vom Ende gewesen. Sie hatte sogar die kostbaren Diamanten zurückgelassen, und jetzt wurden sie von seinen Feinden gegen ihn verwandt. Schließlich hatte sie Louise ins Haus gelassen, und sie war jetzt für den Untergang verantwortlich.

In dem Gewölbe glaubte sie, Schreie und Schüsse zu hören. Sie konnte es nicht ertragen.

Es war dunkel in *La Force*, abgesehen von einem schmalen Lichtstreifen, der sich durch ein winziges Rost oben in der Mauer stahl. Der Gestank des verdreckten Strohs war nicht zu beschreiben. Jacques war überzeugt, dass es dieser Gestank war, der ihn aus seiner Bewusstlosigkeit geholt hatte.

Er richtete sich auf und sah sich um.

Sie hatten ihn in eine ganz gewöhnliche Gemeinschaftszelle mit anderen neuen Gefangenen geworfen. Neben Räubern und Mördern lagen oder standen auch jene Männer und Frauen, die das Unglück hatten, einen noblen Namen zu tragen. Jacques verzog das Gesicht, als er an das Motto der Revolution dachte: *Liberté, Egalité, Fraternité*.

Er saß in einer dunklen Ecke, den Rücken an die feuchtkalte Mauer gelehnt. Er bemühte sich, die vielen verstohlenen Blicke zu ignorieren. In einer Ecke kauerten Frauen. Sie sahen wie Pariser Fischweiber aus. Sie betrachteten ihn neugierig, stießen sich gegenseitig an und kicherten.

Jacques fragte sich, was sie getan haben mochten, um mit dem Gesetz in Konflikt geraten zu sein. Sie sahen eher wie Frauen aus, die an der Spitze des Pöbels durch die Straßen zogen, oder die mit leuchtenden

Augen auf dem *Place du Caroussel* standen, um dem Wirken der Guillotine zuzusehen, wenn die nächsten Opfer enthauptet wurden.

Eine Gruppe grimmig aussehender Männer beschäftigte sich in einer anderen Ecke mit dem Würfelspiel, und hinter ihnen befummelte sich ein hitziges Pärchen. Jacques dachte darüber nach, wie die Aussicht auf den drohenden Tod offenbar die letzten Hemmungen beseitigte.

Er musste an Nicole denken und an den gepeinigten Ausdruck in ihren schönen Augen, als ihr bewusst geworden war, dass sie es war, die ihn der Rache von Saltier und Louise ausgesetzt hatte. Er hätte ihr noch sagen wollen, dass ihre Selbstvorwürfe nicht gerechtfertigt und überflüssig waren – irgendwann hätte man ihn ohnehin aufgespürt.

Eine der Frauen, besser aussehend als ihre Freundinnen, mit krausen schwarzen Haaren und dunklen Augen, schlenderte ihm entgegen, die Hände lässig auf den Hüften. Ihre vergoldeten Ohrringe blinkten. »Ich bin Thérèse«, sagte sie. »Wie wär's mit einem Fick, Bürger Lamont?«

»Ich hätte nichts dagegen, wenn ich hier eine halbwegs passable Frau sehen könnte«, sagte er rücksichtslos, lächelte sie dabei aber an.

Sie stieß empört einige Obszönitäten aus. »Das wirst du noch bereuen«, drohte sie.

Nach etwa einer Stunde brachten sie eine neue Gefangene, eine junge Frau mit dunklen Haaren und großen Augen. Das hübsche Gesicht war bleich vor Angst. Als die Wärter unter dem Vorwand, sie nach Waffen zu durchsuchen, ihre Kleider zerrissen und ihre Brüste begrapschten, schrie die junge Frau auf.

Jacques blickte auf und erkannte sie. Marianne. Er fluchte leise. Sie hatten sie mit Louise geschnappt. Er stand auf und sagte mit seiner ruhigen Stimme: »Lasst sie los, Bürger.«

Eine entsetzende Stille legte sich über die Gemeinschaftszelle. Marianne rief: »Nein, Monsieur Jacques, tun Sie es nicht!« Sie wurde von einem der Wärter in eine Ecke gedrückt, der sie an sich zog und in einer Parodie des Geschlechtsverkehrs die Hüften vor- und zurückstieß. »Sie ist nur ein gewöhnliches Dienstmädchen«, höhnte er. »Wir probieren mal aus, wie gut sie ihre neue Herrschaft bedient.«

Jacques war mit zwei Schritten bei ihm, packte ihn mit einer Hand an der Schulter und fällte ihn mit einem Schlag gegen sein Stoppelkinn. Die anderen Wärter fielen brüllend und mit brutalen Fäusten über Jacques her, schleppten ihn über das stinkende Stroh durch die Zelle und ketteten seine Hand- und Fußgelenke an breite Ringe, die in die Mauer eingelassen waren.

Er sah, dass Thérèse sich an einen der Wärter schmiegte. Sie flüsterte ihm zu: »Überlässt du ihn uns für eine Weile, ja, Bürger?«

Der Wärter grinste. »Eine gute Idee. Was hast du mit ihm vor?«

Thérèse drehte sich nach Jacques um, der breitbeinig und hilflos gefesselt an der Mauer stand. Ihre Freundinnen umringten ihn schon. »Nun«, sagte sie, »unser Freund, der Marquis de St. Maury, ist ein wenig zu gut gekleidet für dieses Haus, oder? Wie sieht er wohl ohne seine feinen Kleider aus, meine Freundinnen?«

Marianne sah voller Entsetzen, wie Thérèse und die anderen Weiber langsam ihre Beute umringten.

Nicole hatte alles gefunden, was Jacques versprochen hatte: Geld, Papiere, Pistole, sogar einen alten Umhang, in den sie sich hüllen konnte. Sie fand auch eine alte Landkarte, auf der ein einsamer Bauernhof mit einem Kreuz gekennzeichnet war, etwa acht Meilen vom Zentrum entfernt. Erschüttert hielt sie die Karte in den Händen. Jacques musste erst an diesem Morgen alles für sie vorbereitet haben, während sie noch in seinem Zimmer gewesen war. Er hatte gewusst, dass sie an diesem Tag fliehen musste. Und er hatte auch gewusst, dass er nicht bei ihr sein würde.

Am liebsten wäre sie zu ihm zurückgelaufen. Aber ihr war bewusst, dass sie ihm bisher kein Glück gebracht hatte. Deshalb folgte sie dem unterirdischen Gang. Er endete abrupt in einer schmalen, dunklen Gasse nahe der Seine. Nicole blinzelte, als sie ins Tageslicht schaute und brauchte eine Weile, ehe sie ungefähr wusste, wo sie sich befand.

Sie begab sich zur nächsten Barrikade. Ihre Angst schnürte ihr fast die Kehle zu, als sie die Wachen in ihren roten Kappen sah. Was würde geschehen, wenn man sie erkannte? Ihr Mund fühlte sich wie ausgetrocknet an, als sie sich in die lange Schlange vor dem Übergang eingliederte.

Die meisten Menschen, die mit ihr in der Schlange standen und darauf warteten, durchgelassen zu werden, waren Bauern vom Pariser Stadtrand. Sie waren beim ersten Tageslicht nach Paris gekommen, um ihre Produkte auf den Märkten zu verkaufen. Jetzt wollten sie mit ihren leeren Karren zurück. Eine der Bäuerinnen, eine freundliche nette Frau mit einem baufälligen Karren, empfand Mitleid, als sie die junge verängstigte Frau bemerkte.

»Komm mit uns, meine Liebe«, sagte sie. »Ich schätze, gemeinsam kommen wir gegen die grimmigen Grenzer an, glaubst du nicht auch? Hast du Papiere?«

»Oh, ja«, sagte Nicole rasch und schloss sich der freundlichen Bäuerin an. »Danke, Bürgerin.«

Die Wachen kannten die Bäuerin, weil sie täglich zur gleichen Stunde einreiste und ein paar Stunden später zurück auf den Bauernhof wollte. Deshalb warfen sie nur einen flüchtigen Blick auf Nicoles Papiere, als Madame sagte, sie wäre eine Nichte von ihr.

Auf in die Freiheit, dachte Nicole auf der anderen Seite der Barrikade. Von nun an würde sie an nichts anderes denken als an das Wiedersehen mit Jacques, Marquis de St. Maury. Aber allzu groß war ihre Hoffnung nicht.

Die alte Bäuerin sah sie von der Seite an. »Nur Mut, mein Kind. So lange man lebt, darf man hoffen.«

Nicole nickte und dachte: Eigentlich kann ich nicht einmal hoffen, dass Jacques überhaupt noch lebt.

Marianne konnte nicht mehr hinsehen. Die Weiber hatten ihren Spaß mit Monsieur Jacques, und nach jedem Kleidungsstück, das sie ihm auszogen, kamen die Wärter mit ihren Peitschen.

Plötzlich öffnete sich die Tür, und der Chef der Wärter betrat die Zelle. »*Diable!*«, rief er aus. »Was ist denn hier los?«

Er war ein großer, beeindruckender Mann, dem alle Wärter ihren Respekt zollten. Mit hoch gehaltener Laterne sah er sich in der Zelle um und leuchtete in die Schatten. Die Gefangenen kauerten ängstlich zusammen, auch die Frauen, die sich an Jacques' Demütigung beteiligt hatten. Nur der halb nackte Gefangene, die Augen verbunden, mit Händen und Füßen an die Ringe in der Mauer gefesselt, verhielt sich still. Er kniete auf dem Boden und hatte den Kopf gesenkt.

Der Aufseher der Wärter drehte sich zu seinen Kollegen um. »Wer ist das denn?«

Einer der Wärter trat vor. »Jacques Lamont, zukünftiger Marquis de St. Maury, Bürger. Verhaftet wegen Verbrechen gegen das Bürgertum. Ein zurückgekehrter Emigrant, deshalb erwartet ihn die Todesstrafe.«

Der Aufseher winkte ab. Er starrte auf Jacques' entblößten Rücken und auf die tiefen Narben von den Striemen der Peitsche. Das Gesicht des Aufsehers wurde hart.

»Verdammt!«, stieß er hervor. »Ihr sagt, dieser Mann ist ein Marquis? Eher ein verurteilter und vielleicht geflohener Sträfling! Dreh dich um, Bürger Marquis!«

Jacques hob langsam das Gesicht. Er erwartete weitere Peitschenhiebe.

Der Aufseher riss ihm die Augenbinde ab und starrte ihn an. »Verdammt!«, keuchte er. »Nehmt diesen Verbrecher in Einzelhaft. Morgen wird er der Erste unter der Guillotine sein.«

Verzweifelt rannte Marianne zu Jacques und schlang die Arme um seinen Nacken. »Monsieur«, flüsterte sie, »Monsieur Jacques! Es war meine Schuld. Ich hätte diesen Narren Armand daran hindern sollen, Louise ins Haus zu bringen. Es tut mir Leid – können Sie mir verzeihen?«

Sie wollte ihn küssen, aber der Aufseher riss sie von

Jacques los. »Du!«, fauchte er Marianne an. »Du gehörst auch in Einzelhaft. Du bist der Unruhestifter hier!«

Nicole starrte verzweifelt aus dem Fenster des verlassenen Bauernhofs. Es war später Nachmittag, die Dunkelheit setzte ein, und Nicoles Hoffnungen fielen auf den Nullpunkt.

Eine einsame Nacht hatte sie schon in diesem Haus verbracht, und wahrscheinlich würden noch viele einsame Nächte folgen.

Aber nicht in diesem Bauernhof. Morgen früh würde sie weiterziehen, denn Jacques hatte auf die Landkarte geschrieben: »Falls ich nicht innerhalb von vierundzwanzig Stunden bei dir bin, reise weiter. Diesmal musst du mir gehorchen.«

Die alte, freundliche Bäuerin hatte sie in ihrem Karren mitgenommen, an einigen Dörfern und verlassenen Höfen vorbei. Überall war die Armut der Bevölkerung zu sehen. An der Kreuzung in Beauvais musste Nicole sich von der Bäuerin verabschieden, wie ein Blick auf die Landkarte zeigte.

Sie fand den Bauernhof, den Jacques auf der Karte markiert hatte. Er lag mitten in abgeernteten Feldern, auf denen jetzt das Unkraut wucherte.

In der Kälte schlang sie den Umhang enger um sich und ging zu Fuß zu dem Haus, das wenigstens eine Nacht ihr Refugium sein sollte. Es sah aus, als wäre es schon seit Längerem verlassen.

Jetzt drohte ihr eine zweite Nacht in diesem Haus. Morgen würde sie wieder unterwegs sein. In ihrem Lederbeutel, den Jacques ihr zu den anderen Sachen gelegt hatte, befand sich genug Geld, um sie eine Zeit lang über Wasser zu halten.

In der beginnenden Abenddämmerung hörte sie plötzlich rhythmischen Hufschlag. Ihr Herz klopfte wild gegen ihre Rippen, und wieder lief sie zum Fenster. Die Geräusche kamen von der Hauptstraße. Sie konnte deutlich mehrere Pferde unterscheiden. Wegen der Bäume konnte sie sie noch nicht sehen, aber es hörte sich so an, als wären die Reiter in die Zufahrt zum Bauernhof eingebogen.

Nicole griff die Pistole, die sie auf den Tisch gelegt hatte, dann stellte sie sich geduckt ans Fenster. Die Farbe wich ihr aus dem Gesicht, als sie die Leute sah.

Im schwindenden Licht sah sie die Soldaten, vier von ihnen auf erschöpften Pferden. Die roten Röcke leuchteten, als sie auf den Feldweg zum Hof bogen.

Vielleicht kamen sie, weil sie wussten, dass sie sich hier versteckt hatte. Vielleicht hatte die Bäuerin geplaudert. Nicole stieß einen frustrierten Schrei aus, als die Reiter auf dem Hof abstiegen. In der Dunkelheit konnte sie ihre Gesichter nicht sehen, aber sie wirkten bedrohlich. Nicole zitterte vor Angst. Sie näherten sich der Tür. Die Pistole in ihren Händen zuckte auf und ab.

Das ist das Ende, dachte sie. Sie wünschte, sie hätte daran gedacht, eine Kerze anzuzünden, damit sie den Feinden ins Gesicht blicken konnte. Sie hasste die Dunkelheit. Sie stieß einen tiefen Seufzer aus. Vielleicht war es besser, schnell zu sterben, als nach Paris zurückgeschleppt zu werden.

Die Hände mit der Pistole zitterten immer stärker, und sie konnte kaum schlucken, weil ihr Mund so trocken war. Im nächsten Moment wurde die Tür krachend aufgestoßen, und die Soldaten drängten herein.

Die Mündung der Pistole richtete sich auf den ersten Mann, der eintrat. Ihre Lippen waren fast taub vor Angst, als sie sagte: »Stehen bleiben, sonst schieße ich. Ich schwöre, der Erste, der sich mir nähert, bekommt eine Kugel.«

Der erste Soldat blieb stehen, und sie sah seine Zähne im Dunkeln leuchten. »Dann kann ich nur hoffen, meine liebe Nicole, dass deine Pistole auch diesmal nicht geladen ist.«

Ihr schwanden fast die Sinne. Ihr ganzer Körper bebte wie bei Schüttelfrost. Sie sah alles wie durch einen dicken grauen Schleier, auch die dunklen Augen, die sie in vertraut spöttischer Weise anschauten. Sie sah die dunklen Haare unter der dreckigen roten Kappe und das vertraute Gesicht.

»Jacques!« schrie sie. »Oh, Jacques!«

Dann lag sie in seinen Armen, weinend und lachend zugleich. Sie trommelte mit den kleinen Fäusten gegen seine Brust und keuchte: »Wie ... Wie hast du es geschafft?«

Er hielt sie fest umarmt und strich ihre Haare aus dem Gesicht. »Du wirst es nicht glauben«, murmelte er, »aber der Oberaufseher war ein alter Freund von mir.«

»Nein! Das ist unmöglich!«

»Es stimmt, *ma chère*. Auch er war im Kerker von Toulon. Er heißt Julien. Weil er nicht lesen noch schreiben kann, habe ich die Briefe an seine Familie geschrieben. Er hat mich erkannt und mich und einen anderen Freund aus Paris geschmuggelt.«

»Noch einen Freund?«

»Ja, ich möchte ihn dir vorstellen.«

Einer der Soldaten, schmächtiger als die anderen,

trat aus den Schatten, zog den Hut und ließ einen Schwall dunkler krauser Haare erkennen.

Nicole rief erfreut: »Marianne!«

Mariannes Wangen glühten vor Freude. Sie lief in Nicoles Arme, hielt sie fest und küsste sie. »Liebste Nicole! Sind das nicht wunderbare Kleider? Wir haben auch welche für dich, und auch noch ein Pferd, sodass wir gemeinsam fliehen können.«

Nicole warf Jacques einen verunsicherten Blick zu. »Wohin gehen wir? Nach Österreich? Nach England?«

»Nein.« Er hielt ihrem Blick Stand. »Wir gehen nach Lyons.«

»Lyons? Warum?«

»Meine Informanten haben mir gesagt, dass Louise dorthin unterwegs ist.« Nicole bemerkte, dass er über die eingebrannte Zahl an seinem Handgelenk rieb, als ob er immer noch das glühende Eisen spüren könnte. »Ich bereue es jetzt, dass ich sie habe davonkommen lassen. Ich habe einen weiteren Grund, sie noch einmal zu finden.«

Voller Unbehagen stellte Nicole fest, dass er sich verändert hatte. Seine Augen blickten kalt und dumpf und leer.

Nur einmal hatte sie diesen Ausdruck bei ihm gesehen, damals, als sie ihn gedrängt hatte, ihr von seiner Zeit im Kerker von Toulon zu erzählen. Was hatten sie diesmal im Gefängnis mit ihm angestellt?, fragte sie sich ängstlich.

Marianne brach das Schweigen, zupfte an Jacques' Arm und sagte: »Wir wollen auch Armand finden, haben Sie gesagt, Monsieur Jacques.«

»Natürlich.« Er lächelte Marianne zu. »Auch Armand. Kommst du mit uns, Nicole?«

Nicole zögerte, während ihr tausend Bilder durch den Kopf schossen. Sie schaute ihn an in seiner verschlissenen Soldatenuniform, sah seine Augen glitzern, die eben noch so dumpf geblickt hatten, und wurde von einer Woge der Sehnsucht erfasst. Es gab niemanden wie Jacques, es würde nie einen geben, der ihn ersetzen konnte. Sie atmete tief ein.

»Ja«, sagte Nicole mit fester Stimme, »ich komme mit dir.«

Jacques undurchdringliche Augen leuchteten. »Meine Nicolette. Wir werden eine Menge Spaß haben, wenn wir unsere Beute schnappen.«

ENDE

Lisette Allen

Das Amulett

Erotischer Roman

Ins Deutsche übertragen von
Sandra Green

Erstes Kapitel

»Großer Gott des Lichts, erhöre unser Gebet ...«

Aus der Tiefe des Waldes stiegen die gedämpften Stimmen mit vereinter Inbrunst zum sternenübersäten Himmel. Wie zur Antwort auf das Beten fuhr eine leichte Sommerbrise über das Laub der dunklen Eichen, leckte an den niedrigen Flammen der im Kreis angelegten Feuer und wirbelte den stechenden Rauch zu schwebenden Spiralen. Jenseits der Lichtung wurde eine Eule aufgescheucht und schwang sich mit trägen Flügelschlägen in die warme Sommernacht.

Die Magd des Priesters stand allein im Ring des Feuerscheins, in der Mitte des heiligen Hains. In den Schatten um sie herum knieten die Stammesangehörigen und betrachteten sie, die Augen auf die schlanke Gestalt im weißen Gewand gerichtet, während die Lippen sich im leisen hypnotischen Gebet bewegten.

»Oh, mächtiger Lugh, Gott des Lichts, erhöre uns und bringe uns den Sieg in dieser Nacht.«

Die einsame Gestalt des Mädchens stand völlig still und reglos. Der Feuerschein flackerte über die seidigen Zöpfe ihrer blonden Haare und über das sanfte Heben und Senken ihrer hohen kleinen Brüste unter dem dünnen wollenen Gewand. Sie hatte die Hände gefaltet, und die Augen im blassen, verträumten Oval ihres Gesichts waren wie in Trance geschlossen.

Aber sie konnte sie hören. Jedes Wort. Sie fühlte ihre hungrigen Blicke, die ihre Haut versengten. Verzweifelt drückte sie die Hände gegen ihre schmerzenden Augen. Es half nicht. Ihre Gabe hatte sie verlassen. Sie sah nichts als Schwärze und wirbelnde goldene Ringe vor ihren Augen.

Sie hörte weiche Schritte hinter sich im tiefen Gras und erschauerte, als sie das drängende Flüstern des Priesters an ihrem Ohr hörte. »Das Amulett, Catrina, denk an das Amulett.«

Voller Schmerz senkte sie den Kopf. Sie spürte den heißen Atem des Priesters im Nacken und hielt den kleinen silbernen Talisman umklammert, der an einer Kette um ihren Hals hing. Sie fühlte die glatte Kälte an ihren Fingern, und plötzlich schien sich ihr Kopf zu leeren.

»Kannst du etwas sehen?«, zischte der Priester. »Warte«, bat sie. »Noch einen Augenblick, mein Herr Luad.«

Sie zuckte zusammen und hielt die Luft an. Da war es wieder – sie hatte eine Vision.

Nebel wallte in der Finsternis des fernen Tals. Catrina presste die Augen noch fester zusammen, bis der Nebel sich langsam lichtete, und da war er, klar und deutlich. Er ritt aus den Toren der feindlichen Stadt, der Stadt der Adler. Fackeln loderten auf den hohen Steinmauern und warfen gespenstisches orangefarbenes Licht auf das harsche Porträt des Mannes, als er den Kopf hob und zu den Hügeln blickte.

Catrina nahm einen tiefen Atemzug, die Augen immer noch geschlossen. Sie konnte sogar die trommelnden Pferdehufe auf der gepflasterten Straße hören, die römische Legionäre vor langer Zeit gebaut hatten. Er kam, der Mann ihrer Träume, er ritt in die Hügel, durch die undurchdringlichen Wälder und das karge Moor, in dem seine Feinde lauerten.

Mitten hinein in die Falle ...

Die Schatten ihrer Vision waberten um sie herum. Die Stimmen der Stammesangehörigen drangen wieder an ihre Ohren, und allmählich verlor sich das Bild.

»Sieg!«, riefen sie ungeduldig. »Gib uns den Sieg in dieser Nacht!«

Die Männer und Frauen des Stammes kreisten sie ein. Der stechende Geruch der getrockneten Kräuter, die der Priester in die Flammen geworfen hatte, drohte sie zu ersticken und machte sie ganz benommen. Auch Catrina fühlte sich wie in einer Falle. Sie wollte aufschreien, die Menschen von sich schieben und dem Mann ihrer Vision entgegenlaufen und ihn vor der Falle warnen, die sie ihm gestellt hatten.

»Catrina.« Die kräftige Hand des Priesters legte sich auf ihre Schulter. »Catrina, du musst uns etwas sagen. Alle warten auf deine Worte.«

Sie schlug benommen die Augen auf und zitterte vor Furcht. Der Priester starrte sie immer noch mit seinen blassen Augen an. »Sage den Kriegern, dass du vom Krieg geträumt hast«, drängte er sie so leise, dass nur sie es hören konnte. »Schnell, sage ihnen, was sie hören wollen, Catrina, bevor sie ungeduldig werden und an uns zu zweifeln beginnen.«

Catrina starrte ihn entgeistert an. Ihre runden grünen Augen blickten hilflos. Sie spürte die greifbare Erwartung des Stammes, sah die Frauen der Krieger in den Schatten, eifrig bedacht, ihre Rolle im bevorstehenden Ritual zu vollziehen. Die Krieger knieten im Kreis der Feuer. Ihre nackten Oberkörper glänzten vom Öl und der blauen Kriegsfarbe. Sie warteten auf das Ritual, bevor sie gegen die Römer in den Kampf zogen. Die Römer, Feinde ihres Stammes.

Der Mann, den sie gesehen hatte, war ein Römer, und er ritt in die Falle, die ihr Stamm ihm gestellt hatte …

Mit ihrer ganzen Kraft sah sie in das glatt rasierte Gesicht des Priesters und verdrängte ihre Vision, denn sie wollte nicht, dass Luad die Einzelheiten dessen mitbekam, was sie gesehen hatte. Lass mich in Ruhe, Priester, dachte sie rebellisch. Sie griff nach ihrem Amulett und glitt mit den Fingern über den winzigen Kopf der Göttin. Mit fester Stimme sagte Catrina: »Ich sehe den Sieg, Luad.«

Der große stämmige Druide betrachtete sie genau, dann nickte er, scheinbar zufrieden, und wandte sich an die Männer im Kreis. »Die Göttin hat durch ihre Dienerin gesprochen. Catrina hat den Sieg gesehen.«

Ein Seufzer der Erleichterung fuhr durch die Lichtung, ähnlich der Brise, die durch die Baumwipfel huschte. Wieder setzte inbrünstiges Gemurmel ein. Nach einem Wink von Luad wurden frische Kräuter in die Feuer geworfen, und während der Krug mit dem Met kreiste, stieg der scharfe Geruch himmelwärts. Eine kleine Trommel begann irgendwo am Rand der Lichtung zu schlagen und füllte die warme Sommernacht. Das rhythmische Schlagen des Knochens auf gespannter Tierhaut war das Zeichen, worauf alle gewartet hatten.

Die Frauen bewegten sich zum Lichterkreis und wanden sich zum hypnotischen Klang. Es war, als wären sie auf einmal in einen Rausch geraten. Sie umarmten sich gegenseitig, fast nackt, wie sie waren. Die knienden Krieger starrten sie gierig an, die Sinne entzündet vom Met und dem Wissen, was sie erwartete.

Catrina trat langsam aus dem Ring des Feuers heraus und bewegte sich mit gesenktem Kopf in die Schatten. Sie fühlte sich leer und ausgelaugt. Ihre Rolle war vorbei. Sie wusste, was jetzt geschehen würde, und das würde ohne sie ablaufen. Sie wusste, dass die Frauen des Stammes, ihre Körper gebadet und parfümiert, langsam zu den Kriegern ihrer Wahl schleichen und sich ihnen anbieten würden. Sie würden die Männer reizen und locken und sie zu einer wunderbaren Erlösung bringen. Danach würden die Krieger in die Nacht reiten und ihre Feinde, die Römer, töten.

Catrina stand abseits von ihnen, abseits wie immer. Sie war anders. Und einsam. Bisher war ihr diese Einsamkeit nie bewusst gewesen. Luad, ihr Priester und Beschützer, hatte ihr schon vor langer Zeit erklärt, wie privilegiert sie war, von der Göttin auserwählt zu sein, das Amulett zu tragen.

Aber jetzt fühlte sie eine schreckliche Leere in sich, als die anderen Frauen auf der Lichtung tanzten, die Haare mit *ruan* gefärbt und die Augenbrauen mit Beerensäften geschwärzt. Eine nach der anderen sank vor einem Krieger auf die Knie. Sie kosten den Brustkorb des Liebsten, rieben ihn mit magischen Ölen ein und massierten die stämmigen Schenkel.

Catrina wandte sich ab und presste die brennenden Wangen gegen den glatten Stamm eines jungen Baums. Nie hatte sie sich so einsam gefühlt. Warum war sie so anders als die anderen Frauen? Sie schloss die Augen, aber damit konnte sie die Geräusche nicht ausblenden, das Stöhnen der Männer, das Juchzen der Frauen, das Murmeln des Priesters, den pochenden Schlag der kleinen Trommeln.

Die Frauen tanzten um die Männer herum, sie

drückten ihnen die schwelgenden Brüste in den Mund und griffen verspielt nach den stolz gereckten Stäben der Männlichkeit.

Catrina würde nie zu ihnen gehören. Luad hatte es ihr gesagt. »Meine Magd des frisch gefallenen Schnees«, wie er sie erst an diesem Nachmittag wieder genannt hatte, während seine Hände ihre mondsilbernen Haare gestreichelt hatten. Ja, ich bin tatsächlich eine Schneemagd, dachte sie, unschuldig und rein wie ein gerade entsprungener Gebirgsbach. Sie war Teil des Rituals und gehörte doch nicht dazu, und Luad hatte dafür gesorgt, dass alle das wussten.

Manchmal, wenn die Krieger gierig auf ihren schlanken, doch fraulichen Körper starrten, empfand sie eine innere Unruhe, die sie nicht zu deuten wusste. Doch sie stand unter dem Schutz des Druiden, deshalb wagte niemand der Krieger, sie auch nur zu berühren.

Sie wurde von diesen Menschen akzeptiert, aber sie war nicht eine von ihnen. Sie sah auch nicht aus wie die Frauen des Stammes, die groß und kräftig waren und meist dunkelblonde oder hellbraune Haare hatten. Sie dagegen war klein und zierlich, und sie hatte ein schmales Gesicht mit delikaten Zügen, und dazu noch die grünen Augen und die leuchtend hellen Haare.

Und sie besaß die Gabe des zweiten Gesichts.

Sie atmete tief ein, um die aufwühlenden Gedanken zu beruhigen, und blickte zurück zur Lichtung. Sie sah die Stammesangehörigen mitten im Ritual, das sie schon oft verfolgt hatte. Der Druide mit seiner hohen Kapuze stand unbewegt wie in Trance am Rand der Lichtung, und auf dem moosigen Boden des Hains wanden sich die vom Feuer beschienenen Gestalten. Nur wenige Schritte von ihr entfernt bebte ein robuster

Krieger, als eine der Frauen seinen dicken Phallus in die Hände nahm und in die samtene Tiefe ihres Schoßes führte. Sie paarten sich in stummer Leidenschaft. Die Frau bot den hungrigen Lippen des Mannes ihre vollen Brüste an, während sie ihre kräftigen Beine um seine Hüften schlang und lustvoll stöhnte.

Catrina spürte ein seltsames Zittern, das durch ihren Körper lief, während sie im Schatten stand und gebannt zuschaute. Sie hatte das alles schon oft gesehen, aber heute wurde sie davon gepackt. Heiß pulsierte das Blut in ihren Adern, und dann sah sie wieder des Gesicht des Römers vor sich, und ihr wurde fast übel vor Sorge um ihn. Seine Augen verfolgten sie mit einer Heftigkeit, die sie nicht verstand.

Sie schluckte hart, und ihr Atem kam unregelmäßig. Der Anblick des Kriegers, der seine Männlichkeit tief in die keuchende Frau versenkte und sich dann laut ächzend in ihr verströmte, ließ sie zittern. Sie spürte ein unerklärliches Sehnen in sich. Ihre kleinen festen Brüste kribbelten und rieben sich gegen die weiße Wolltunika, als lechzten sie nach dem heißen feuchten Mund des Kriegers. Die geheime Stelle zwischen ihren Schenkeln zuckte rebellisch, und verschämt spürte sie die Nässe, die ihre Schenkel ölte.

Was geschah ihr? Sie verschränkte die Arme vor den Brüsten, um den süßen Schmerz zu lindern, der sich in ihren seltsam steifen Nippeln sammelte, und schloss die Augen.

Dann stieß Catrina einen leisen Schrei aus, als Luad eine Hand auf ihre Schulter legte. Sie sah in sein dunkles Gesicht, das im Schatten der weißen Kapuze lag.

»Du hältst dich zu sehr zurück, meine Liebe«, sagte

der Druide leise. »Die Krieger werden das in einer solchen Nacht als schlechtes Omen werten.«

Seine Hände lagen schwer auf ihren Schultern, dann griff er mit einer Hand in ihre Haare, mit der anderen an ihr silbernes Amulett. Sie zitterte, als sie die Kraft spürte, die vom kostbaren Metall übertragen wurde.

Warum ließ er sie nicht in Ruhe? »Ich bin müde, Luad«, sagte sie. »Kann ich jetzt gehen?«

Seine Finger massierten das Amulett. »Du musst gegen deine Müdigkeit ankämpfen. Du bist ein besonderer Mensch, Catrina. Du hast von den Göttern ein heiliges Geschenk erhalten, die Gabe des zweiten Gesichts.« Seine Hände glitten wieder zu ihren Schultern und kneteten ihren Nacken. »Siehst du noch den Feind, Catrina? Sind die Römer zu uns unterwegs?«

Sie schloss die Augen und erschauerte, als die Kraft sie durchwogte. Leise sagte sie: »Ja, Luad, ich sehe den Feind.« Dann fiel ihr ein, dass sie in ihrer Vision einen Mann ihres eigenen Stammes gesehen hatte, der neben dem römischen Anführer geritten war. Plötzlich platzte sie heraus: »Wo ist Brant heute Abend? Ich sehe ihn nicht bei den Kriegern.«

Luad lächelte dünn. »Brant erfüllt seine Pflicht. Er ist zur Steinstadt geritten, um den Rotschopfsoldaten zu sagen, dass ein Zug von Frauen und Kindern von einem benachbarten Stamm angegriffen wird. Deshalb sind die Römer so hastig aufgebrochen.«

»Dann stimmt die Geschichte des Zuges mit den Frauen und Kindern gar nicht? Handelt es sich um eine Falle?« Catrinas Stimme war kaum lauter als ein Flüstern.

»Natürlich ist es eine Falle«, antwortete Luad. »Aber

wieso hast du von Brant gewusst? Hast du ihn in deiner Vision gesehen?«

Catrina schloss wieder die Augen. Ja, da war der Krieger Brant auf seinem zotteligen Bergpony. Er ritt immer noch an der Seite des Römers. Brant lächelte ihm zu und flüsterte seine Lügen, während der Römer mit den blauen Augen aufmerksam zuhörte und Brants Doppelspiel nicht durchschaute. Unbewusst ballte Catrina die Fäuste und versuchte, ihn zu erreichen, durch den Dunst zu gelangen, der sie von ihm trennte.

Dann sah sie plötzlich wieder klarer. Ja, da war er, der Mann ihrer Träume. Er starrte sie an, und sie wartete atemlos darauf, dass er sie erkannte. Aber seine wunderschönen Augen schienen nichts zu sehen. Voller Entsetzen stellte Catrina fest, dass er blind war.

Mit einem Schrei des verzweifelten Mitgefühls langte sie durch die Dunkelheit, um ihm zu helfen. Tief in ihrem zitternden Körper spürte sie einen schmerzhaften Stich. Nein, er durfte nicht sterben! Instinktiv griff sie an ihr Amulett.

Sie zwang sich, die Augen zu öffnen, gefangen in den Gefühlen, die sie aufwühlten. Benommen sah sie die stummen Gestalten, die sich in den tanzenden Schatten ruckartig bewegten. Sie starrte auf die angemalten Muskeln des starken keltischen Kriegers Cernwi, der eine willige Frau auf seine Hüften zog. Juchzend ließ sie sich auf seinen Schaft nieder. Sie pfählte sich, warf den Kopf in den Nacken und rieb die rosigen Spitzen ihrer Brüste an seinem harten, eingeölten Brustkorb. Sie schlang die Schenkel um seine stoßenden Lenden und grub ihre Finger in seine zerzausten Haare.

Catrina wurde wieder bewusst, wie die Feuchtigkeit sich zwischen den Schenkeln ausbreitete und das glitschige Gewebe pulsierte. Wie würde es sein? Was würde sie empfinden, wenn ein Mann wie Cernwi, kräftig, aber simpel, sie umarmte und ihren Körper verehrte, indem er den massiven harten Schaft in die geheime Stelle versenkte, die jetzt so hungrig nach Leben pochte?

Luad stand hinter ihr. Auch er beobachtete Cernwi und die Frau. Catrina hörte, wie Luad zischend die Luft einsog, als der wuchtige Krieger seinen Samen ausstieß. Im nächsten Augenblick spürte Catrina die Hände des Druiden auf ihren Brüsten. Ihr stockte der Atem, starr vor Schreck. Seine Hände glitten unter die weiche weiße Wolle ihres Gewands. Noch nie hatte er sie so angefasst. Seine Handflächen waren kühl.

Seine Finger griffen sanft an ihre zarten Nippel, sie zogen und zupften an den rosigen Knospen. Tiefe Röte schoss in Catrinas Gesicht, als sie spürte, wie sich die Warzen unter Luads kundigen Berührungen versteiften. Sie sah den heißen, gierigen Ausdruck seiner Augen und rannte davon, erfüllt von einem Gefühl, verraten worden zu sein.

Seit vielen Jahren war sie mit Luad unter ihren Stammesleuten in den nördlichen Wäldern und Hügeln unterwegs gewesen. Für einen Priester war Luad noch jung, auf dem Höhepunkt seiner Manneskraft. Catrina hatte immer akzeptiert, dass er an den Ritualen teilnahm, die er initiiert hatte, und dass er auf dem Höhepunkt die eine oder andere Frau nahm.

Catrina war auch stets davon ausgegangen, dass er sein Vergnügen zelebrierte und den bereitwilligen Stammesfrauen seine Manneskraft mit kühler Zurückhaltung angedeihen ließ. Er war sehr beliebt bei ihnen, denn er war von großer, kräftiger Statur, hatte lange, fließende Haare und ein glatt rasiertes Gesicht.

Aber jetzt begriff sie plötzlich, dass der Druide nicht anders war als die anderen Männer, dass er ebenso hungrig nach einer gewissen Erfüllung gierte – und diesmal sollte sie die Frau sein, die ihm Befriedigung verschaffte.

Er hatte sie rasch wieder eingeholt. Er packte sie an der Hüfte und zog sie an sich. Sie spürte seine harte Männlichkeit durch den dünnen weißen Umhang. Er nahm ihre Hand und raunte: »Berühre mich, Catrina. Fühle die Kraft in mir.«

Voller Entsetzen begriff sie, dass er ihre tauben Finger zwischen die Falten seines Umhangs führte, zu seinem strotzenden Mannesfleisch, das stolz von seinem Körper abstand. Er drückte ihre zitternde Hand gegen den heißen samtenen Stab, und sie sah, wie Luads gierige Augen leuchteten und hörte seinen keuchenden Atem.

Er drückte ihre zögernden Finger um den zuckenden Schaft, und Catrina stöhnte auf, als sie den nackten Stab fühlte. Luad schüttelte sich vor Lust, er schloss die Augen und rieb ihre Finger über seine steinharte Erektion.

Wieder sprang Catrina von ihm weg, und überrascht stellte sie fest, dass sie die zierlichen Hände zu Fäusten geballt hatte.

Luad, der Druide, hatte sie die ganze Zeit schon für sich reserviert ...

Wieder empfand sie Verrat. Sie rieb die Hand, die ihn berührt hatte, an ihrem Gewand ab, als hätte sein wütend erregtes Fleisch sie beschmutzt. Ihr Herz klopfte schmerzhaft, als sie sich gegen den Stamm einer knorrigen Eiche lehnte. Mit ein paar Schritten war der Druide wieder bei ihr.

Langsam sagte er: »Du verweigerst dich Luad, dem Priester, Catrina?«

Catrina befeuchtete ihre trockenen Lippen. In einer trotzigen Geste ruckte sie den Kopf hin und her, dass ihre langen seidigen Haare von einer Seite zur anderen flogen. »Ich habe das zweite Gesicht, mein Herr Luad«, sagte sie rasch. »Ich muss mich für mich halten, sonst werde ich die Gabe der Götter für immer verlieren. Das hast du selbst immer gesagt.«

Die Brauen des Druiden zogen sich zusammen, während er darüber nachdachte. Catrina hielt den Atem an, sie stand zum fliehenden Sprung bereit. Widerwillig sagte Luad: »Das stimmt. Aber du darfst dich um meine Not bemühen, ohne dich selbst zu beschmutzen, denn ich bin ein Druide. Komm, ich zeige es dir, Catrina.«

Sie drückte sich hart gegen den Baumstamm und spürte die raue Rinde im Rücken. Ihr Gesicht war bleich vom stummen Widerstand. Dann stieg ein herber Duft in ihre Nase; sie hob den Blick und sah Eda, eine der attraktivsten Frauen des Stammes, die langsam aus dem Feuerschein der Lichtung trat. Ihr Gewand war von den Schultern gerutscht, sodass die vollen Brüste nackt waren, die dunklen Nippel lang und steif.

Hüftschwenkend näherte sie sich dem Druiden. Sie warf einen verächtlichen Blick auf Catrina und legte ihre Hände auf Luads Schultern.

»Mein Herr.« Ihre Stimme klang tief und verführerisch, aber auch ein wenig lallend. Sie musste dem süßen Met kräftig zugesprochen haben, dachte Catrina. »Das Ritual dauert noch an, ich möchte die Gelegenheit nutzen.«

Sie rieb ihre Brüste am derben Stoff von Luads Umhang. Catrina bemerkte, wie er auf Edas schwere Brüste starrte, dann fragte er heiser: »Welche Gelegenheit willst du nutzen, Eda?«

Eda ließ sich vor ihm auf den Boden sinken und blickte ehrfürchtig hoch. »Ich möchte Euch ehren, Herr.« Ohne auf seine Antwort zu warten, teilte sie seinen Umhang und stieß ein Juchzen des Entzückens aus, als sie seinen erigierten und vor Wollust zuckenden Phallus sah.

Sie warf noch rasch einen spöttischen Blick auf Catrina, ehe sie den Kopf neigte und die purpurne Eichel küsste, während sie mit einer erfahrenen Hand über den behaarten Hodensack streichelte. Luad zischte erregt.

Eda hob den Kopf und lächelte ihn an. »Ist es Euer Wille, Herr, dass ich Euch Vergnügen bereite? Ich versichere Euch, ich kann Euch mehr Befriedigung bieten als Eure kleine Magd. Sie weiß noch nicht, was man mit einem Vollblutmann anfangen kann.« Grinsend wandte sie sich an Catrina. »Das stimmt doch, oder?«

Röte flammte auf in Catrinas Gesicht. »Es stimmt, dass es mir an Erfahrung mangelt, Eda. Kannst du dich denn noch an die Namen all der Krieger erinnern, mit denen du dich heute Abend gepaart hast?«

Einen Moment lang verbiss sich Edas Gesicht in wütender Verärgerung, dann zwang sie sich zu einem Lächeln. »Eifersüchtig, Catrina? Ich glaube, in deinen Adern fließt Eis, kein Blut. Aber wenigstens wirst du nie erfahren, was du vermisst.«

Sie brach ab, denn die Finger des Druiden krallten sich in ihren dichten kupferroten Haaren. »Mach deine Arbeit, Eda. Ah, ja ...«

Lächelnd senkte Eda wieder den Kopf und wischte mit der Zunge über die glatte, samtene Eichel. Der Druide schüttelte sich, und sein Penis wurde noch größer. Eda öffnete weit den Mund und zog den Schaft zwischen ihre feuchten heißen Lippen.

Catrina wartete nicht länger, um zu sehen, was noch geschehen würde. Sie zwang sich umzudrehen, rannte von der Lichtung und in den Wald hinein, dem klaren Bach entgegen. Sie warf sich auf den Boden und tauchte ihr Gesicht in das kalte Wasser. Das Blut brodelte in ihren Adern, und die kleinen Brüste prickelten heiß.

Eda hatte Recht. Sie, Catrina, war die Außenseiterin. Mit ihren hellen Haaren und dem schlanken Körperbau sah sie nicht einmal aus wie die anderen des Stammes. Wenn sie doch nur mehr über ihre Vergangenheit wüsste! Vielleicht könnte sie dann das Gefühl haben, irgendwohin zu gehören. Aber an ihre Kindheit konnte sie sich nicht erinnern; an nichts aus der Zeit, bevor Luad sie aufgegriffen hatte – mit nichts außer ihrem kleinen silbernen Amulett.

Es war ein kalter Frühlingstag gewesen, als Luad sie versteckt hinter einem Felsen bemerkt hatte. Das war der Augenblick, in dem ihre Erinnerung einsetzte. Jede Einzelheit, jedes Wort dieser schicksalhaften Begegnung hatte sich ihr eingebrannt.

Der junge Druide hatte sein zotteliges Pferd angehalten. »Kind, was suchst du hier so ganz allein?«

Sie hatte zitternd geflüstert: »Der Fluss hat mein Zuhause weggerissen und mich auch. Jetzt weiß ich nicht wohin.«

Luad hatte sie stirnrunzelnd betrachtet. Es hatte seit Wochen geregnet, und er hatte davon gehört, dass der große Fluss, der sich durch die Stadt Eboracum wälzte, seine Ufer gesprengt und die Behausungen in den Niederungen mitgerissen hatte. Behutsam hatte er sich erkundigt: »Und deine Leute? Sind sie alle weg?«

Mit einem Seufzer hatte sie geantwortet: »Ja, es gibt niemanden mehr.«

Luad hatte sie aus dem Sattel angestarrt, verblüfft von ihrer zierlichen Gestalt und den langen hellen Haaren. Selbst ihre Kleider waren von erstaunlich guter Qualität, obwohl sie zerrissen und verdreckt waren. Sie unterschied sich gewaltig von den anderen Kindern des Stammes.

»Wie konntest du denn entkommen, Kind«, hatte er gefragt, »wenn alle anderen Opfer des Flusses geworden sind?«

Sie hatte ihn mit ihren großen grünen Augen angesehen. »Ich weiß es nicht. Aber ich wusste, dass es geschehen würde. Ich wusste, das Wasser würde kommen, denn ich habe es im Traum gesehen. Ich habe es ihnen gesagt, aber sie wollten mir nicht zuhören. Dann kam das Wasser und riss alles mit sich, mich auch. Es hat mich gegen einen Felsen geschleudert.«

Ihre Stimme war gebrochen, und ihr Körper war von heftigen Schluchzern geschüttelt worden. Erst jetzt hatte Luad den tiefen Schnitt auf ihrer Stirn bemerkt. Das Blut war längst verkrustet. »Du sagst, du hast das Unglück in deinem Traum gesehen?«

»Ja. Ich sehe in meinem Schlaf oft, was später passiert. Aber niemand will mir glauben.«

»Ich werde dir glauben«, hatte Luad gesagt, die Augen leuchtend hell. »Wer sind deine Leute?«

Sie hatte ihr Schluchzen unterdrückt. »Ich weiß es nicht. Ich erinnere mich nicht mehr, an gar nichts mehr.«

Ja, ihr Kopf war leer gewesen, die Gedanken und die Erinnerung weggeschwemmt von der Flut. Nur ihren Namen wusste sie noch. Catrina. Und alles, was sie bei sich gehabt hatte – von den Kleidern mal abgesehen – war das silberne Amulett gewesen.

Luad hatte sich das Amulett neugierig angesehen. Es war wunderschön, und auf einer Seite war ein Frauenkopf eingraviert. Die dicken Locken ihrer Haare leuchteten wie die Strahlen der Sonne. Eine Göttin, hatte Luad gedacht.

Es war in diesem Augenblick gewesen, dass er sich entschlossen hatte, das auffällige Kind mit den silberblonden Haaren und den grünen Augen unter seinen Schutz zu stellen.

Catrina hatte sich rasch von ihrem Schicksalsschlag erholt, an den auch noch heute eine kleine weiße Narbe in Pfeilform auf der Stirn erinnerte. Bald wurde Catrina die ständige Begleiterin des Druiden, wenn er durch die nördlichen Hügel ritt. Er wies sie behutsam an, ihre ungewöhnlichen Fähigkeiten zu nutzen.

Luad selbst hatte auch eigene Talente. Er kannte wirksame Mittel gegen das Sumpffieber, und er konnte die schlimmsten schwärenden Wunden mit seinen Salben heilen. Catrina, die auf ihrem Pony stets an seiner Seite ritt, hatte viel gesehen und gelernt.

Aus der Deckung der hohen Gräser heraus hatten sie die entschlossenen Kavalleriepatrouillen der Römer gesehen, die den nördlichen Wall absicherten. Luad hatte Catrina die Sprache der Römer beigebracht, und einmal waren sie in Sichtweite der großen Stadt Eboracum gewesen, der weitläufigen Festung der Legionäre.

Catrina hatte nur staunen können, als sie die breiten Straßen, gefüllt mit Soldaten und Ochsenfuhrwerken, gesehen hatte, die vielen Gassen und Geschäfte, die großen Häuser aus Stein, in denen die Reichen wohnten, und die reetgedeckten Hütten der Armen. Voller Entzücken hatte sie die Barkassen und Galeeren auf dem Fluss gesehen, die ihre wertvolle Ladung vor den Lagerhäusern am Ufer löschten.

Es war eine andere Welt. Zuerst hatte Catrina nicht glauben wollen, dass normale Menschen in solcher Enge leben konnten, aber Luad hatte ihr erklärt: »Glaube mir, sie sind normale Sterbliche, Catrina. Sie bluten wie wir, wenn sie vom Schwert gebissen werden. Bald, wenn uns die Götter hold sind, werden sie alle sterben.«

In letzter Zeit hatte Catrina gehört, wenn die Krieger am Lagerfeuer saßen, dass der römische Hauptmann mit seinen besten Männern übers Meer gefahren war, in einen anderen Krieg. Die verbliebenen Legionäre waren also deutlich geschwächt. Das war der Grund, warum die nördlichen Stämme sich sammelten und auf ihre Chance warteten. Catrina sah der bevorstehenden Auseinandersetzung mit gemischten Gefühlen entgegen. Dies war nicht ihr Stamm, aber sie musste ihm gegenüber loyal sein, denn die blau bemalten Krieger und ihre Frauen hatten sie aufgenommen und ihr und Luad Schutz und Nahrung gegeben.

Und doch – während Catrina sich ins Moos des Flussufers sinken ließ, die grünen Augen dunkel verhangen, musste sie an den Römer denken, von dem sie geträumt hatte. Ihr ganzer Körper pulsierte vor unbekannten Emotionen, die sie nicht begriff. Sie stellte sich vor, wie er sie in die Arme nahm und seinen Mund auf ihren presste. Er war ein schöner Mann, ihr Römer.

Luad, Druide, Heiler und ihr Beschützer, war zu

einer Figur der Furcht geworden, denn er wollte den Tod aller Römer. Sie vermutete schon seit einiger Zeit, dass seine magischen Kräfte nicht so gewaltig waren, wie er glauben machen wollte, und dass er sich mehr auf sie verließ, um den Einfluss auf den Stamm zu erhalten.

Sie starrte hinaus in die Dunkelheit des Waldes und spürte ihr Amulett schwer auf ihrer Brust. Ihr Körper vibrierte vor Verzweiflung und Auflehnung.

Die Soldaten ritten durch die Nacht. Der Zenturio fluchte leise vor sich hin, als sein Pferd auf dem schlammigen Grund ins Stolpern geriet. Schon lange hatten sie den Weg verlassen, den seine eigene Legion gepflastert hatte. Jetzt ritten sie in die Dunkelheit, dem unbekannten Gebiet entgegen, das von den britannischen Stämmen durchseucht war.

Alexius, der Zenturio, redete leise und beruhigend auf sein Pferd ein. Neben ihm ritt Brant, der bärtige Britannier mit seiner schmierigen Lederkappe und dem grob gesponnenen Mantel. Es war Brant gewesen, der Alexius von beabsichtigten Überfällen der wilden Stämme auf einen römischen Treck von Frauen und Kindern berichtet hatte, als er vor einer Stunde vor den Toren von Eboracum aufgetaucht war.

Alexius hatte keine andere Wahl, als sofort aufzubrechen, um den Treck zu schützen. Der Zeitpunkt war denkbar ungünstig; gute Leute waren nach Gallien abgezogen worden, und seine Männer waren fremd in diesem Hügelland. Er hörte einen Legionär laut über den Unsinn des nächtlichen Unterfangens murren. Alexius ritt zu ihm und stauchte ihn zusammen.

Der Missetäter senkte den Kopf. Alexius war bekannt dafür, dass mit ihm nicht zu spaßen war.

Sie begannen den Abstieg in ein schmales Tal. Irgendwo kreischte ein Vogel in der Stille der Nacht. Alexius starrte den britannischen Barbaren kritisch an. »Bist du sicher, dass dies der richtige Weg ist?«

Der Mann verneigte sich. »Ja, Herr! Ich führe Euch auf den schnellsten Weg – ich schwöre es bei allen Göttern!«

Alexius sah das verschlagene Blitzen in den Augen des Britanniers, und dann warf der Mann einen nervösen Seitenblick in die Schatten. Plötzlich wusste Alexius Bescheid. Die Zeichen gaben nicht viel her – das leise Knacken eines Asts, der fremde Geruch, das nervöse Schielen des Britanniers. Aber für Alexius waren die Beweise klar genug.

Er zog so heftig an den Zügeln, dass sein Pferd auf die Hinterbeine stieg. »Bei Mithras!«, fluchte Alexius. »Alarm! Stellung einnehmen! An die Waffen!«

Noch während er die Befehle erteilte, wusste Alexius, dass es zu spät war. Er konnte schon das erschreckend vertraute Brummen hören, das dem Schlachtgesang der Britannier vorauseilte. Im nächsten Moment war der Feind schon mitten unter ihnen. Mit den bärtigen Gesichtern und den nackten, grell bemalten Oberkörpern rannten sie den Hügel hinunter und schwenkten ihre mit Reiherfedern geschmückten Lanzen durch die Luft. Ihre Hörner schmetterten, und ihr Furcht erregendes Kriegsgebrüll ging den Römern durch Mark und Bein.

Der Britannier war in der Dunkelheit verschwunden. Alexius, der laut fluchte, hob sein Schwert und ritt dem Feind entgegen. In der schmalen Schlucht war nicht einmal genug Platz für eine ordnungsgemäße Formation, und außerdem waren sie zahlenmäßig heillos unterlegen. Er konnte nur hoffen, einen schnellen Tod zu finden.

Mitten in der Nacht wachte Catrina aus einem schrecklichen Traum auf. Der Schweiß rann von der Stirn in die Brauen. Es war ein böser Traum gewesen, und einen Moment lang konnte sie kaum atmen. Die anderen Frauen um sie herum schliefen auf ihren Strohmatten in der engen Hütte. Plötzlich zuckte Catrina zusammen, denn sie sah, dass Luad sich über sie beugte, die Augen voller Triumph.

Sie wischte sich die Haare aus dem Gesicht, kämpfte gegen ihre Müdigkeit an und flüsterte: »Luad, du hast mich erschreckt. Was ist denn?«

Er legte den Finger über die Lippen. »Steh auf und sieh selbst.«

Ein Zittern der Angst durchlief sie, als sie sich von der Matte erhob. Sie schlang den Umhang eng um den Körper und schritt an Luads Seite zum Eichenhain.

Die Asche der abendlichen Feuer glomm noch. Der beißende Geruch von verkohltem Holz und pikanten Kräutern lag schwer in der Luft. Einige Stammesmitglieder hatten sich im Hain versammelt. Einer von ihnen trat vor und flüsterte mit Luad.

»Lebt er noch?«, fragte Luad.

Der Mann nickte. »Er ist verwundet, aber er lebt. Er weigert sich zu sprechen, aber mit Eurer Erlaubnis, Herr, werden wir seine Gesinnung ändern.« Er wies mit dem Daumen in die Schatten. Catrina spürte, wie sich ihr Magen drehte.

Ein Mann stand da, gebunden an einen Eichenstamm. Ein Soldat. Sie hatten ihm seine Rüstung schon ausgezogen. Die Tunika war verdreckt und blutbeschmiert, und ein schmutziger Verband um den Kopf bedeckte auch seine Augen.

Catrina wusste, dass er blaue Augen hatte.

Luad warf einen Blick auf den Gefangenen und fragte den Mann: »Ist er blind?«

»So sieht es aus, Herr. Er hat einen Schwerthieb abbekommen, quer über die Stirn, dicht über den Augen. Kann aber sein, dass er wieder heil wird.« Grinsend fügte er hinzu: »Wäre schade, wenn er nicht sehen könnte, was wir später mit ihm anstellen.«

Luad nickte zufrieden, während Catrina die Fäuste ballte und voller Entsetzen auf den gefesselten Mann starrte. Der Römer war blind, wie sie in ihrer Vision gesehen hatte. Konnte er ihre Sprache verstehen?

Sie schluckte hart und fragte: »Was wird mit ihm geschehen, Luad?«

Ein triumphierendes Grinsen leuchtete in den Augen des Druiden auf. Er zog Catrina zur Seite, damit die anderen ihn nicht hören konnten. »Das ist meine Gelegenheit, Catrina. Jetzt kann ich meinen Stammesangehörigen zeigen, dass die Kraft der Alten in mir steckt. Der Gefangene gehört mir.«

Catrina wich instinktiv vor ihm zurück, und Luad drehte sich zu dem Mann um, der ihn angesprochen hatte. »Natürlich wird er sterben. In der Nacht des vollen Mondes. Nachdem die Frauen mit ihm fertig sind.«

Zweites Kapitel

Julia lag auf dem weichen Badetuch, die Augen geschlossen, die Ekstase im Leib. Die kundigen Hände rieben und massierten ihre eingeölte Haut. Sie wandte den Kopf mit den langen geringelten Locken.

»Ein bisschen tiefer, Nerissa.«

Die Hände der Sklavin wanderten gehorsam über Julias Rücken und hinunter zu den gespannten Pobacken. Julia seufzte lüstern und fühlte, wie sich die Wärme in ihr ausbreitete. Schließlich erhob sie sich von der Marmorbank und griff nach dem Pokal mit süßem Wein.

Ihr war noch nicht danach, sich anzuziehen, denn im Zimmer war es angenehm warm, dank der wunderbaren Hitze, die von den Gräben im Fußboden aufstieg, und zusätzlich gab es eine gusseiserne Kohlenpfanne, in der es leuchtend glomm. Obwohl es Sommer war, kannte Julia das britannische Wetter gut genug, um kein Risiko einzugehen. In einer Ecke stand eine Palmenöllampe, die das Zimmer in ein gelbes Licht tauchte und die niedrigen Sofas mit den bequemen Kissen aus dem Schatten rissen.

Als Flavius, ihr wohlhabender älterer Geliebter, zum Statthalter von Eboracum ernannt worden war und er sie gebeten hatte, ihn in diese kalte Barbarenstadt im Norden zu begleiten, war das große Zittern über sie gekommen. Aber inzwischen fand sie den Ort als ganz angenehm. Besonders jetzt, da Flavius weit weg war, irgendwo in Gallien, um die dortigen Unruhen zu ersticken.

»Du kannst jetzt gehen, Nerissa«, sagte Julia. »Nein, warte, noch einen Augenblick. Hast du etwas von Alexius gehört?«

Nerissa drückte den Korken zurück in die Flasche mit dem duftenden Öl. »Es gibt keine neuen Nachrichten, Herrin. Aber in der Stadt kursieren viele Gerüchte. Es heißt, die Römer seien verraten worden. Der Konvoi mit den Frauen und Kindern kam durch, aber Alexius und seine Männer sind in eine Falle gelockt worden.«

»Oh, weh«, sagte die nackte Julia lächelnd, nippte an ihrem Wein und betrachtete ihre goldenen Armringe. »Wie schade.« Sie stellte das Weinglas ab und fuhr streichelnd über ihre Haut, die von den Ölen sanft duftete. Ihre Brüste waren schwer und reif, die Nippel korallenrot. Julia strich sinnlich über die Warzen und bestaunte die harten Spitzen. Wenn sie an Alexius dachte, verspürte sie das vertraute Ziehen in den Lenden. Wie von selbst öffneten sich ihre Schenkel, und ihre beringten Finger huschten über die geheime Stelle zwischen den Beinen und streichelten die glatte, unbehaarte Haut. Nerissa hatte sie, wie immer nach dem Bad, depiliert.

Der harte süße Knopf der Lust sprang ihr entgegen, als sie mit den Fingerkuppen darüber strich. Es kostete sie Mühe, die Hand wegzuziehen. Sie kämpfte gegen ihr Verlangen an. Es war noch viel Zeit für solches Vergnügen. Der ganze Abend lag noch vor ihr.

Ihr Vergnügen stieg noch weiter an, als sie die Nachricht hörte, dass Alexius vermisst wurde. Alexius, der bestaussehendste Legionär der Festung, derjenige, den sie am meisten hasste, weil er es gewagt hatte, sie zurückzuweisen. Sie, Julia, die sich ihm angeboten hatte.

Nerissa wartete noch nervös an der Tür. Julia erinnerte sich an sie, riss sich abrupt aus der Trance und zischte scharf: »Bring mir meinen Umhang, bevor du gehst, du faule Schlampe. Den blassgrünen und die passenden Sandalen dazu.«

Während Nerissa sich sputete, den Auftrag zu erfüllen, wurde Julia das konstante Anschwellen vertrauter Geräusche vor dem hohen Fenster gewahr; das Klirren der Rüstungen, das Schmettern des Schmiedehammers auf dem Amboss, die klackenden Absätze der Wachen, die entlang der Mauer patrouillierten, die das Haus des Statthalters umgab, in dem sie jetzt wohnte. Sie hörte die gleichmäßigen Schritte der Soldaten und den leisen, knappen Wortwechsel bei der Ablösung. Julia hörte den Geräuschen gern zu, denn es erinnerte sie an Zuhause, an die sonnendurchflutete römische Villa, die Flavius ihr gegeben hatte.

Manchmal rief sie einen der Soldaten in ihre Privatgemächer. Flavius, der verliebte Narr, der er war, schaute weg, wenn sie ihre privaten Partys feierte. Als er vor drei Monaten nach Gallien aufgebrochen war, hatte sie ihn gebeten, in Eboracum bleiben zu können, weil ihr die Reise zu beschwerlich sei, und zu ihrer Überraschung hatte er eingewilligt.

»Hier bist du sicherer«, hatte er ernst gesagt.

Sie musste lachen, wenn sie daran dachte. Die einzige Gefahr, die ihr hier drohte, bestand darin, die Lust zu übermäßig zu genießen.

Manchmal wünschte sie sich, Flavius heiraten zu können. Aber sie hatte sich in der Gesellschaft als

Schauspielerin hochgearbeitet, und Männer im Senatorenrang durften Schauspielerinnen nicht heiraten. Als Flavius' Ehefrau hätte sie mehr Einfluss. Ihren Trost fand sie darin, dass sie als Ehefrau nicht so viel Spaß haben würde.

Nerissa hielt ihr geduldig den Umhang hin. Julia schlüpfte hinein und verzichtete auf ein Unterhemd. Sie genoss es, die feine Seide auf ihrer empfindlichen Haut zu tragen. Sie band den Gürtel um die Taille, wodurch Brüste und Hüften stärker betont wurden.

Im nächsten Moment fauchte sie die Sklavin an: »Worauf wartest du noch? Geh schon, Mädchen. Richte dem Wachhabenden aus, dass er sich umgehend bei mir melden soll. Ich habe einige Fragen, auf die ich umgehend eine Antwort haben will!«

Nerissa hastete hinaus. Julia schlüpfte in ihre Ledersandalen, die von einem etwas tieferen Grün waren als der Umhang. Sie betrachtete sich in einem silbernen Spiegel und runzelte die Stirn, als sie die Falten um die Augen sah.

Bei Juno, sie musste noch eine Tube dieser wunderbaren Salbe des Ägypters kaufen. Es war eine Mixtur aus Fenchel, getrockneten Rosenblättern und Myrrhe, und wenn sie dem Ägypter glauben wollte, würde ihre Haut so glatt und frisch sein wie die eines jungen Mädchens.

Sie wandte sich vom Spiegel ab und drapierte sich auf eine geschwungene Liege. Ihr Stirnrunzeln schwand erst, als ein junger, heißblütiger Legionär aus Gallien an ihre Tür klopfte. Zögernd trat er ein.

Julia fuhr mit einer Hand über ihre schwarzen Locken, während sie den jungen blonden Mann blinzelnd anschaute.

»Herrin?«, sagte er in das Schweigen hinein.

»Nun, Soldat«, murmelte Julia, »ich habe Euch rufen lassen, weil ich mehr Neuigkeiten über Euren Kommandanten Alexius erfahren möchte.«

»Es gibt keine neuen Nachrichten, Herrin. Zuletzt haben wir gestern Abend von ihm gehört.« Er zögerte, weil er nicht wusste, was er ihr noch sagen und was er ihr besser vorenthalten sollte. Er und die anderen Soldaten in Eboracum waren sowohl fasziniert wie verängstigt von dieser schönen Frau. Als Mätresse des Flavius übte sie großen Einfluss aus, zwar nicht offiziell, aber doch spürbar.

Flavius, der alte Narr, war weg und hatte viele kampferprobte Soldaten mit auf den Feldzug nach Gallien genommen, wodurch die Sechste Division stark geschwächt war. Wenn die Barbaren sich einig waren, würden sie nach Süden stürmen und den aufwendig gebauten Hadrianswall bald überrannt haben.

Es hatte kaum Sinn, mit dem Schicksal zu hadern. Jeden Augenblick konnte Flavius zurück sein, dann war es ein Leichtes, die möglichen Angriffe der Barbaren zurückzuschlagen. Und Julia, von der die Legionäre wussten, dass sie überall ihre Spitzel hatte, würde ihrem alternden Geliebten wieder nächtens, wenn sie ihm das Bett wärmte, alles berichten, was sie in Erfahrung gebracht hatte.

Nur Alexius hatte den Nerv, ihr Widerstand zu bieten. Der junge gallische Legionär bewunderte seinen *primus pilus* Alexius, der sich auf die harte Tour die militärischen Ränge hochgearbeitet hatte. Jetzt war er der Kommandant der ganzen Legion.

Und ausgerechnet Alexius wurde vermisst.

Der junge Krieger räusperte sich nervös. »Unter den Leuten ist die Meinung verbreitet, wir sollten eine Patrouille schicken, um Alexius' Spur aufzunehmen.«

Julia fragte wütend: »Seid Ihr verrückt? Ist die Stadt nicht jetzt schon fast verteidigungsunfähig? Soll Eboracum den Barbaren in die Hände fallen?«

Er zuckte unter ihrem scharfen Tadel zusammen. Sanfter fragte Julia: »Hat Alexius seinen Stellvertretern bestimmte Anordnungen gegeben?«

»Wir sollen wie gewöhnlich das Haupttor sichern, Herrin. Und auf ihn warten, entweder auf seine Rückkehr oder auf seine Nachricht.«

»Na, bitte.« Sie stand langsam auf, und der große blonde Krieger spürte, wie rote Farbe in sein Gesicht schoss. Bei Jupiter, sie ist eine liebliche Frau, dachte er. Als sie über den Steinboden auf ihn zu schwebte, die vollen Lippen ein wenig geöffnet, glaubte er, dass sie so süß duftete wie die Sommerrosen, die er einmal im Süden Galliens gesehen hatte.

Sie blieb einen Schritt vor ihm stehen und sah ihn amüsiert an, während sie mit einem Finger über das derbe Leder seiner Tunika strich. Sie war so süß, diese Frau, so unerwartet zierlich und zerbrechlich. Schwachgoldene Haut und runde, dunkle Mandelaugen. Am liebsten würde er sie an sich drücken, mit den Fingern in die Locken ihrer Haare greifen und sie küssen, bis sie außer Atem war.

Er stand aufrecht da und starrte über ihren Kopf hinweg, und verzweifelt bemühte er sich, das Anschwellen seiner Lenden zu ignorieren.

»Ich gehe davon aus, Soldat, dass Ihr Eure Pflichten kennt«, sagte sie mit verführerischer Stimme.

»Natürlich, Herrin.«

Sie ließ eine Hand fallen und glitt mit den Fingern über die eisernen Muskeln seiner Schenkel. Sie schob die Finger unter den kurzen Lendenschurz und berührte mit der kühlen Hand seinen Hodensack.

»Eine Eurer Pflichten«, hauchte sie, »besteht darin, die Frau des Flavius bei Laune zu halten. Was auch immer dazu erforderlich ist.« Dabei strichen die Fingerspitzen verlockend über die Länge seiner heißen Erektion.

Er stöhnte auf, zog die Frau an sich heran und bedeckte ihr Gesicht mit gierigen Küssen. Julia ließ ihn eine Weile gewähren, aber eigentlich fand sie Küsse langweilig. Es gab nur eins, was sie haben wollte, und das, was ihre Finger ertastet hatten, sollte mehr als ausreichen, ihre Wünsche zu erfüllen. Vorsichtig nahm sie seine großen schwieligen Hände von ihren Schultern, führte ihn zu der niedrigen Liege und legte sich hin, die weichen Seidenkissen im Rücken.

Sie ließ ihn nicht aus den Augen, während sie die goldenen Spangen öffnete, die ihren Umhang auf den Schultern hielten. Der hauchdünne Seidenstoff glitt hinab und entblößte ihre vollen Brüste. Dann zog sie die Beine an und spreizte sie ein wenig. Ihr glattes, enthaartes Geschlecht glitzerte von der Feuchtigkeit ihrer Erregung. Der junge Legionär stieß einen lustvollen Laut aus und stürzte sich auf sie.

»Ja, komm, falle über mich her, Soldat«, spornte sie ihn gierig an und wühlte mit den Fingern in seinen dichten blonden Haaren, während er sich zwischen ihre Beine kniete und die strotzenden Nippel in den Mund nahm. »Nimm mich, stoße in mich hinein und zeige mir, was für ein Barbar du in Wirklichkeit bist.«

Seine Lippen zupften an ihren Brüsten und Zunge und Zähne nagten an den stolzen Spitzen. Sie spürte, wie sein prachtvoller Phallus gegen ihren glitschigen Eingang pochte.

Keuchend vor Erregung strich sie mit den Fingern über seine Schultern und genoss das harsche Gefühl des rauen Leders. Blindlings stieß er zu, ein Gefangener seiner Wollust. Sie ruckte ihm ihre Hüften entgegen und spürte, wie die samtene Eichel zwischen die geschwollenen Labien quoll und dann tiefer in sie eindrang. Im nächsten Augenblick war er tief in ihr, und sie schrie auf.

Er verharrte einen Moment, als hätte er Angst, ihr weh getan zu haben. Ihre dunklen Augen verengten sich in ungeduldiger Lust, sie klammerte sich rüttelnd an seine Hüften und zischte knirschend: »Reite mich, Soldat! Fülle mich mit deiner prächtigen Waffe! Ah, jaaa …«

Er knirschte mit den Zähnen und pumpte tief in sie hinein, zog sich zurück, pumpte den langen harten Schaft erneut in die enge Passage des bebenden Fleisches, bis Julia nur noch den massiven, lebhaften Penis wahrnahm, der Wellen ungeahnter Lust in ihr freisetzte. Schreiend verkündete sie ihren Orgasmus, der ihren Körper in heftiger Ekstase auf und ab schleuderte.

Der junge Soldat keuchte und grunzte und kam nur wenige Sekunden danach. Schweiß tropfte von seinem Gesicht. Julia streichelte ihn liebevoll und hielt ihn fest umschlungen. Ganz allmählich erstarben die letzten Zuckungen. So wollte Julia es haben. Jung, namenlos, bewundernd. Harte, trainierte Körper, ungeduldiger Penis voller Gier.

In ein paar Minuten würde sie ihn fortschicken und ihm sagen, dass er sie nie wieder belästigen sollte. Aber noch streichelte sie im Nachbeben des Orgasmus durch seine blonden Haare.

Noch ein junger Krieger, den sie auf die Liste ihrer Eroberungen setzen konnte. Sie würde in Flavius' Büro einen Haken hinter seinem Namen anbringen.

Flavius, der alte Narr, der nie richtig gekämpft hatte, war stolz gewesen, als er zum Statthalter ernannt worden war. Er hatte alle seine Männer auf einem langen Stück Pergament aufgelistet, und wenn Julia einen von ihnen etwas näher kennen gelernt hatte, trug sie ein unscheinbares ›J‹ hinter dem Namen ein.

Es gab noch eine Menge Namen, denen dieses ›J‹ fehlte. Männer, die sie noch nicht ausprobiert hatte. Nur von einem hatte sie sich eine Abfuhr eingeholt, und das war Alexius gewesen, dem sie das nie verzeihen würde. Niemals.

Vielleicht war er schon tot, von den Barbaren in den Hügeln des Nordens erschlagen. Schade, dachte sie, dann würde sie nie die Chance haben, ihr Initial hinter seinen Namen zu setzen.

Drittes Kapitel

Es war Abend. Die Sonne begann hinter den Hügeln im Westen unterzugehen und hinterließ einen mit orangefarbenen und scharlachroten Streifen überzogenen Himmel. Lange Schatten krochen wie gigantische Finger über das Moorland. In der sanften Brise wogte das leuchtende Heidekraut.

Im schwachen Dämmerschein kniete Catrina neben Alexius. Er lag in einer winzigen Torfhütte reglos auf einer mit Fell bedeckten Strohpritsche. Auf Luads Anordnung hin waren Beine und Arme an zwei Pfosten gebunden, die neben der Pritsche in den Boden gerammt worden waren. Der Römer hätte sowieso nicht fliehen können, dachte Catrina verzweifelt, denn das Fieber hatte ihn in eine tiefe Bewusstlosigkeit geholt. Der rußige Talgdocht, den sie ans Kopfende der Pritsche gestellt hatte, zischte und flackerte. Das Licht warf unruhige Schatten gegen die Wände der leeren Hütte.

Catrina fasste mit beiden Händen an ihr Amulett und beugte den Kopf. »Große Göttin«, flüsterte sie, »wo immer du sein magst, lass das Licht bei diesem Mann. Lass seine Augen wieder sehen.«

Sie hatte Luad angefleht – zu inständig vielleicht –, den Römer betreuen zu dürfen. Der Druide hatte sie mit argwöhnischen Augen angesehen, und Catrina hatte, um eine feste Stimme bemüht, gefragt: »Du willst doch auch, dass er wieder gesund wird, oder? Für die Nacht des vollen Mondes.«

Er hatte genickt und gemurmelt: »Ich will, dass er seine Sinne beisammen hat.« Aber wie er dabei gelächelt hatte, war wie ein Grinsen aus einem Alptraum gewesen. Catrina war übel geworden.

Der Römer hatten die beiden letzten Tage im Fieber gelegen, abwechselnd zwischen Bewusstlosigkeit und tiefem Schlaf. Catrina hatte ihm Luads kostbaren Mohnsaft eingeträufelt, um seine Schmerzen zu lindern, dann hatte sie behutsam seine blutdurchtränkte Kleidung abgestreift, den Staub und das Blut von seinem Körper gewaschen und seine Wunde versorgt.

Als Magd des Priesters hatte Catrina oft die Männer des Stammes betreut, wenn sie krank oder verwundet waren. Aber dieser Mann war anders, und der Atem stockte ihr in der Kehle, wenn sie den feuchten Waschlappen über die harten Muskeln seines Körpers rieb und dabei sah, wie seine bronzefarbene Haut mit Narben gesäumt war. Obwohl er nur wenige Jahre älter war als sie, nahm sie an, dass er schon lange ein Krieger war. Sie nahm das Bild seiner kraftvollen Schultern in sich auf, den harten Brustkorb und den flachen Bauch. Er war so stark und doch so hilflos.

Vom Bauch lief eine deutlich sichtbare Linie seidiger Härchen hinunter zu seinem Schoß, und als sie der Linie mit den Blicken folgte, begann ihr Herz beim Anblick des schlaffen Penis zu pochen, denn er sah so vollkommen, so schön und unschuldig aus, wie er reglos auf dem Oberschenkel lag.

Mit zögernden Fingern griff sie danach. Ihre Handfläche strich wie aus Versehen gegen den Beutel mit den Hoden. Der Römer regte sich und murmelte etwas Unverständliches, und Catrina wäre fast vor Schreck gestorben.

Ihre Hand zuckte zurück, als hätte sie sich verbrannt. Sie wechselte den Verband seiner Augen und bestrich die geschlossenen Lider mit einer Salbe. Selbst in seinem elenden Zustand war sein Gesicht wunderschön, dachte sie voller Sehnsucht. Sie wartete darauf, dass er die Augen aufschlug, damit sie sich in ihrer Tiefe verlieren konnte.

»Wird er zur Zeit des vollen Mondes wieder gesund sein?«, fragte Luad an diesem Abend.

Es war ein milder Abend, der bisher wärmste des Sommers, und die Angehörigen des Stammes feierten draußen und labten sich am frisch gerösteten Wild. Catrina zögerte mit ihrer Antwort, aber dann spürte sie Edas fragenden Blick und sagte langsam: »Wenn er rechtzeitig gesund wird, Luad, was geschieht dann mit ihm?«

Der Druide biss gerade in eine Wildschweinrippe, und die Säfte rannen über sein Kinn. Eda beugte sich vor und sagte verächtlich: »Luad hat uns den Römer versprochen. Wir können mit ihm anstellen, was wir wollen. Was hast du denn erwartet, Catrina? Die Soldaten des Adlers haben uns die besten Krieger genommen, die jetzt irgendwo überm Meer als Sklaven gehalten werden. Die Römer haben viel zu verantworten. Wir setzen den Körper des gefangenen Römers ein, unsere Lust zu stillen, und danach übergeben wir ihn der Göttin.«

Der Göttin ohne Namen. Königin der Alpträume.

Edas Augen funkelten gierig. Catrina fauchte zurück: »Ich habe gar nicht bemerkt, dass du in Sachen Männer in letzter Zeit zu kurz gekommen bist, Eda. Ist was nicht in Ordnung mit dir, dass du so viele Männer brauchst, ehe du befriedigt bist?«

Mit einem wütenden Aufschrei stürzte die rothaarige Frau sich mit erhobenen Fäusten auf die zierliche Catrina. Luad warf den schnappenden Hunden den Knochen zu, ehe er Eda scharf zurechtwies. Eda gab klein bei, schmollte aber.

Sie griff nach einem Stück Fleisch, und dabei zischte sie in Catrinas Ohr: »Du bist keine wahre Priesterin. Du gehörst nicht zu unserem Stamm. Eines Tages werden wir dich verstoßen.«

Kurz darauf verschwand Eda, und Catrina wollte ein letztes Mal an diesem Abend nach dem Römer sehen. Langsam und mit schwerem Herzen sammelte sie Kräuter ein, die sie in den kleinen Lederbeutel steckte, dann füllte sie einen Weinschlauch mit klarem Wasser aus dem Bach.

Still ging sie hinüber zur Hütte am Dorfrand, wo sie den Römer wie ein wildes Tier festgebunden hatten. Wenn sie dem hilflosen Gefangenen wirklich genug Mitgefühl entgegengebracht hätte, würde sie ihm die ganze Flasche mit Luads Mohnsaft einträufeln, damit er für immer schlafen würde.

Der Sommerabend war dunkel und samten. Der Mond stand als silberne Sichel über den Bäumen. Catrina atmete den Frieden des Waldes ein und versuchte, Edas Bosheiten zu vergessen. Dann hob sie den Blick und sah voller Furcht, dass in der Hütte ein schwaches Licht brannte.

Hatten die Krieger ihn schon mitgenommen? Bangen Herzens beschleunigte Catrina ihre Schritte und zog das Fell zur Seite.

Der Schrei gefror ihr auf den Lippen. Der Mann lag

hilflos auf dem Boden, seine Kleidung neben ihm auf einem Haufen, und die nackte Eda saß rittlings auf ihm, warf den Kopf mit der roten Mähne in den Nacken und rieb sich gierig an seinem harten Phallus. Voller Entsetzen sah Catrina den Schweiß auf der Stirn des Römers, direkt über den verbundenen Augen.

Wütend rief sie: »Eda, hör sofort auf! Er ist krank! Er liegt im Fieber!«

Eda hüpfte auf dem erigierten Penis und rief hechelnd: »Er gehört mir! Ich habe meinen Mann vor drei Jahren durch die Rotkappen verloren, also nehme ich ihn. Er ist kräftig genug – schau dir nur seine Waffe an!« Gierig leckte sie sich die Lippen. Sie stöhnte laut, als sie den harten Schaft gegen sich rieb, ohne ihn in sich aufzunehmen. Er glitt zwischen die Labien und stieß sanft gegen den kleinen Lustknopf.

Catrina sah, wie die Brüste der Frau hin und her schwangen, wie sie sich weit über ihn beugte und mit den steifen dunklen Warzen über den Torso des Römers strich und dabei vor Entzücken stöhnte.

Wütend rief Catrina: »Lass ihn in Ruhe, du Schlampe. Wenn du nicht aufhörst, sage ich Luad, dass du die Opfergabe für die Göttin besudelst.«

Eda spuckte giftig zurück: »Du willst ihn für dich haben, was? Warum gibst du das nicht zu? Ah. . .« Während sie sprach, begann ihr Körper zu beben, sie half mit den Fingern nach und gab sich dem Orgasmus hin, der sie erschütterte.

Die Gliedmaßen des Römers, festgebunden mit den Lederriemen, zuckten und zerrten, während Eda sich über ihn warf und wartete, bis die Erschütterungen ihres Körpers abgeklungen waren. Nach einer Weile richtete sie sich auf und blickte auf den erigierten

Penis, der von ihren Säften glänzte. Eda fuhr mit ihren langen Finger über den gespannten Schaft und grinste kalt, als ein tiefes Stöhnen über die Lippen des Mannes kam.

Catrina hatte noch nie einen solchen Zorn gefühlt. »Genug, Eda«, zischte sie.

»Ach, du! Such dir selbst einen Mann. Geh und mach deinen Priester glücklich. Der hier gehört mir.«

Catrinas grüne Augen blitzten. »Genug, habe ich gesagt.«

Eda, erschrocken von der scharfen Stimme der zierlichen Person, schwang herum. Catrina hielt das kleine Messer in der Hand, das sie im Medizinbeutel immer bei sich trug, und drückte die Klinge in Edas Nacken.

»Das würdest du dich nicht trauen«, stieß Eda hervor, aber man hörte, dass sie sich ihrer Sache nicht sicher war.

»Du wirst es nie erfahren«, sagte Catrina. Die grünen Augen leuchteten im blassen Gesicht.

Achselzuckend erhob Eda sich vom Römer und streifte die Tunika über. Ihre Augen blitzten hasserfüllt. »Ich hatte Recht. Du willst ihn für dich selbst haben. Haha. Unsere kleine Priesterin ist also doch eine Frau aus Fleisch und Blut.«

Catrina warf die blonde Mähne zurück und zischte: »Verschwinde.«

Eda zögerte noch, dann spuckte sie wütend auf den Boden und stolzierte hinaus.

Catrina verharrte, bis die Schritte draußen nicht mehr zu hören waren, dann ging sie neben dem Mann auf die Knie. Er lag reglos da. Himmel, war er wieder bewusstlos geworden? Wenn er sterben sollte ...

Eda hatte ihn völlig entkleidet. Sein splitternackter Körper war nass vom Schweiß.

Catrinas Blick fiel auf seinen erigierten Phallus, der hilflos zuckte. Ihr stockte der Atem. Sie spürte die entflammte Tiefe ihrer Vagina. Sie stellte sich vor, von diesem roten Schaft gepfählt zu sein, und je länger sie sich das vorstellte, desto großzügiger flossen ihre Säfte. Ihre kleinen Brüste waren seltsam heiß und schwer.

Sie streckte zögerlich eine Hand aus und legte sie behutsam auf seine Stirn. Der Verband lag noch über seinen Augen. Atmete er? Er konnte nicht tot sein, sonst ...

Seine Stimme ließ sie zusammenzucken. »Bei Mithras«, stöhnte er, »was denn jetzt noch?«

Er sprach ihre eigene Sprache, obwohl er so leise sprach, dass sie sich anstrengen musste, ihn zu verstehen. Catrina legte rasch ein Fell über seinen nackten Körper. »Du musst schlafen, Römer. Ich trage noch ein wenig Salbe auf deine Wunden auf.«

Sie zog das Fell hoch und versuchte, nicht auf den strotzenden Penis zu starren, aber dann hörte sie ihn deutlich sagen: »Du erwartest, dass ich mit diesem Knochen schlafen kann?«

Catrina bemerkte entsetzt, dass sein Mund sich amüsiert verzog, während sein Penis ungeduldig gegen das Fell stieß.

Sie konnte sich nicht länger beherrschen, schob das Fell beiseite und berührte den Penis mit zitternden Fingern. Der Mann stieß zischend den Atem aus. Catrina führte die Hand auf und ab, und der Mann ächzte: »Ah, das ist viel besser.«

Er war ein Opfer für die Göttin, redete Catrina sich ein. Wie in Trance nahm sie den fleischigen Schaft in die Hand und rieb über die samtene Haut. Das Blut schoss ihr in die Wangen, als hätte sich die Hitze des harten Schafts in ihren Kopf übertragen. Sie sah, wie sein Körper sich innerhalb der Fesseln spannte, wie die Hüften sich hilflos hoben und senkten und wie die Testikel im Hodensack auf und ab hüpften.

Er gehörte ihr, und weil sie es oft genug bei den Stammesfesten gesehen hatte, wusste sie genau, was sie zu tun hatte, obwohl es ihr nie jemand gezeigt oder erklärt hatte. Sie rieb ein wenig härter und starrte fasziniert auf die weiche Haut, die den harten Schaft umschloss. Die ersten Tropfen drängten sich durch die kleine Öffnung in der geschwollenen Eichel. Catrina schüttelte sich. In ihrem Schoß spürte sie die seltsamsten Gefühle, die in ein schmerzendes Verlangen mündeten.

Er keuchte laut, und im nächsten Augenblick schoss es aus ihm heraus. Catrina streichelte ihn sanft weiter, bis sie die letzten Tropfen herausgeholt hatte. Sie hielt ihn umschlossen und spürte, wie er weich wurde. Ihr Herz pochte noch wild, als sie das Fell über seinen Körper zog.

»Ihr Britannier habt seltsame Methoden, mit euren Gefangenen umzugehen«, sagte er seufzend.

»Das gehört alles zur Heilung«, behauptete Catrina und lächelte, weil sie sich so glücklich fühlte. Sie hörte sein Lachen und beugte sich über ihn. Sie berührte seine Wange und küsste ihn sanft. Dann wechselte sie die Verbände und badete seine blinden Augen. Catrina trug die Salbe auf, die sie selbst hergestellt hatte, dann verband sie ihm wieder die Augen, ehe sie ihm den Mohnsaft zu trinken gab, der ihn gut schlafen ließ.

Catrina besuchte ihn regelmäßig, aber sie achtete darauf, ihn nie wieder so intim zu berühren. Er erwähnte auch nie das Geschehen in jener Nacht, in der sie Eda vertrieben hatte. Das Fieber ging, und die Kraft des Römers kehrte allmählich zurück. Wenn sie seine Handgelenke befreite, konnte er sich schon aufrichten. Er brauchte noch ein wenig Hilfe, denn sehen konnte er noch nicht.

Er sagte ihr, sein Name sei Alexius. Sie hatte einige Mühe, den Namen auszusprechen. Er belächelte ihre Versuche und neckte sie. Er fragte sie nicht nach ihrem Namen.

Sie behandelte ihn mit zurückhaltender Kühle, wie es für die Magd des Priesters schicklich war, und Catrina glaubte, sich wieder völlig im Griff zu haben. Aber dann kam der Abend vor dem vollen Mond.

Catrina stellte die Schüssel ab, in der sie ihm die Suppe gebracht hatte, als er sie fragte: »Was wird mit mir geschehen?«

Einen Moment lang konnte Catrina nicht antworten. Was sollte sie ihm auch sagen? Dass Eda und die anderen Frauen sich an ihm bedienen würden? Dass sie ihn danach umbringen würden?

Der Römer brach das Schweigen und fragte gefasst: »Ich werde sterben, nicht wahr?«

Catrina spürte einen Kloß im Hals. Trotzdem gelang ihr eine feste Stimme: »Ist der Tod nicht das ultimative Ereignis im Leben eines Kriegers? Das gilt für deine Leute ebenso wie für meine.«

»Stimmt.« Sie sah, wie er das Gesicht verzog. »Ich wäre lieber im Kampf gefallen.« Er begann die Suppe zu essen. Catrina hatte ihm den Augenverband noch nicht erneuert. Die Wunde auf der Stirn verheilte gut. Trotzdem konnte er noch nicht sehen.

Catrinas Augen wurden feucht vom Mitgefühl. Heiße Tränen liefen über ihre Wangen, und eine tropfte auf seinen Unterarm. Er sah hin, aber natürlich sah er nichts. Er hörte Catrinas Schluchzen. Er stellte die Suppenschüssel ab und legte rasch einen Arm um sie.

»Weine nicht, Kleines«, sagte er sanft.

Catrina rieb die Augen, aber die Tränen rannen weiter. »Ich … lasse … dich … frei«, schluchzte sie. »Ich öffne nachher die Knoten, dann kannst du dich im Schutz der Dunkelheit aus dem Dorf schleichen.«

»Mach keine Dummheiten«, warnte er. Sie wusste, dass er einige Jahre älter war als sie, aber er hatte schon viel von der Welt gesehen und war auch viel erfahrener als sie. »Sie werden gleich wissen, dass du es warst, die mich freigelassen hat. Der Priester wird dich dafür töten.«

Sie schüttelte sich und schmiegte sich an seine Brust. Sie spürte seinen Herzschlag. Morgen um diese Zeit würde er tot sein – wenn ihm die Göttin gnädig war. Er streichelte über ihre Haare.

»Ich habe gewusst, dass sie dich gefangen nehmen würden, Alexius. Ich habe versucht, dich zu warnen, aber du bist weitergeritten.«

Erst nach einigen Wimpernschlägen wurde ihm bewusst, was sie gesagt hatte. »Willst du sagen, du hast mich gesehen, obwohl ich noch Meilen entfernt war? Hast du das zweite Gesicht?«

Sie schaute in seine blinden blauen Augen mit den dunklen Wimpern und sagte leise: »Manchmal kann ich Dinge ganz klar sehen. Schon bevor sie dich hergebracht haben, wusste ich, dass deine Augen blau wie das Meer sind.«

»Kannst du denn auch dein eigenes Schicksal sehen?«

»Nein.« Sie zögerte, ehe sie fortfuhr: »Selbst wenn ich es könnte, würde es mir nicht helfen. Es ist das Schicksal meines Stammes, dem eigenen Untergang nicht entgehen zu können, auch wenn wir es vorher wissen.«

Alexius schwieg einen Moment und dachte wieder über das nach, was sie gesagt hatte, dann hob er die Hände und strich sanft über ihr Gesicht. Als er die Narbe auf ihrer Stirn berührte, zögerte er kurz, ehe er mit den Händen durch ihre Haare fuhr. »Ich glaube, du musst wunderschön sein. Welche Farbe hat dein Haar?«

Sie lächelte. »Meine Feinde sagen, dass es gar keine Farbe hat. Wer mir schmeicheln will, vergleicht es mit dem Mondlicht.«

»Ah.« Er ließ die Haare durch seine Finger fließen und atmete den Duft ein. »Deine Feinde – gehört auch die Frau dazu, die mich neulich nachts besucht hat?« Seine Hand ruhte einen kurzen Moment auf dem silbernen Amulett.

Catrina lachte unsicher. »Ja, ganz sicher. Sie heißt Eda und hasst mich.«

»Bist du eine Priesterin, wie sie gesagt hat?«

»Ich bin Luads Magd. So lange er mich ausbildet, lebe ich abseits von den anderen.«

»Heißt das, er belegt dich mit Beschlag?«

»Nein.« Sie senkte den Kopf.

Er schwieg eine Zeit lang. Dann sagte er plötzlich zornig: »Er ist ein Scharlatan, dein Priester. Die echten Druiden sind schon lange ausgestorben. Er weiß das. Er benutzt seinen falschen Zauber, um von den Stämmen leben zu können. Ich wette, er lässt sich vom Stamm aushalten, ohne etwas zu seinem Unterhalt beizutragen, wie es die anderen Männer tun.«

»Nein, das stimmt nicht!«, rief Catrina. »Luad erhält viele Geschenke. Er ist ein großer Heiler und ein weiser Mann. Er ist ein Priester.«

Der Römer schürzte die Lippen. »Und er treibt's mit dir, dein Priester, was?«

Catrina zischte wütend und holte mit der Hand aus, um ihn zu schlagen. »Du lügst, Römer!«

Mühelos wehrte er ihre Hand ab, dann hörte sie sich keuchen, als er sie an den Schultern packte und die Hände in die losen Falten ihres wollenen Umhangs schob.

Catrina hielt den Atem an und empfand eine unglaubliche Lust, als sie seine warmen Hände auf den kleinen Brüsten spürte. Er nahm sie in die Hand und liebkoste sie.

Catrina fühlte ein Flattern in der Magengrube, das sie ganz benommen machte. Ihr Körper wurde durchgeschüttelt, als er sich vorbeugte und sie auf den Mund küsste. Sie stöhnte und ließ es bereitwillig geschehen, dass seine Zunge das samtene Innere ihres Mundes erforschte.

»A ... Alexius«, stieß sie wimmernd heraus, »ich will nicht, dass du stirbst.«

»Dann binde mich los, *mea mellita*«, sagte er.

Mit zitternden Fingern gehorchte sie.

Plötzlich war er frei, und sie lag in seinen Armen und stöhnte ihre Not, ihr Verlangen hinaus. Seine Lippen hauchten einen Kuss auf ihre Stirn, und ihre Hände flogen fieberhaft über seinen Körper.

»Geduld, meine kleine Wilde«, flüsterte er in ihr Ohr. »Wir haben Zeit genug.«

Er zog ihr Gewand auseinander und leckte über die entblößten Brüste. Er saugte an ihren zarten rosigen Nippeln und biss sie mit seinen kräftigen Zähnen. Catrina spürte den kurzen harten Schmerz, der in ihrem Schoß zuckte. Hilflos zappelte sie in seinen Armen. Er hob den Kopf und fragte: »Willst du?«

»Oh, ja«, flüsterte sie und starrte in seine blauen Augen, die nicht sehen konnten. »Ich will es mehr als alles andere.«

Er legte sie behutsam auf den Boden und langte nach den Tierfellen, um sie unter ihren zitternden Körper zu schieben. Er beugte sich über sie und küsste sie wieder. Catrina wand sich unter ihm, erregt und verängstigt. Sie wusste, dass sein Penis heiß und hart und hungrig sein würde, und so sehr sie sich danach sehnte, von ihm aufgespießt zu werden, so sehr fürchtete sie sich auch davor.

Plötzlich kniete er zwischen ihren Schenkeln und spreizte sie behutsam. Noch bevor sie ahnen konnte, was er vorhatte, spürte sie seine Zunge zwischen den Labien. Er badete sie in Hitze und Entzücken, als er die Zungenspitze gegen die winzige Knospe ihrer Klitoris rieb.

Sie spreizte die Schenkel und legte sie über seine Schultern, um sein Gesicht tiefer in ihr lechzendes Geschlecht aufzunehmen. Der Römer nagte und saugte, und Catrina glaubte, sie würde jeden Augenblick vor Lust sterben.

Er richtete sich auf und legte die Faust um seinen

Penis. Massiv lugte die pralle Eichel aus der Hand, purpurn vor Verlangen. Catrina wimmerte. Alexius rieb die feuchte Eichel gegen ihre steifen rosigen Nippel. Die samtene Härte brachte ihre empfindlichen Warzen zum Schwingen.

Abwechselnd nahm er die prickelnden Nippel in den Mund, er leckte und saugte, bis Catrina glaubte, es nicht länger ertragen zu können. Eine exquisite Folter. Im nächsten Moment drückte er den Penis zwischen ihre Labien, presste den Schaft tiefer hinein und verharrte nach jedem weiteren Stück des Penetrierens.

Er verhielt sich still, das Gesicht hart wie gemeißelt.

Gefährlich. Sie sah die fast brutale Linie seines Mundes, und plötzlich rief sie sich in Erinnerung, dass dieser Mann ihr Feind war. Ein Soldat der Adler.

Ihr Denken setzte aus, als er in sie hineinzustoßen begann. Es gab nichts anderes mehr in ihren Gedanken, nur noch dieser harte Schaft in ihrem Leib. Sie fühlte sich gefüllt, gedehnt, geweitet. Verzückt begann ihr Schoß zu schwingen.

Plötzlich zog er sich aus ihr zurück. Sie schrie entsetzt auf, sie fühlte sich leer, spürte den Verlust dessen, was sie eben noch so sehr genossen hatte.

Er lächelte. »Schon gut, *mea mellita*. Es ist noch lange nicht vorbei.«

Sie keuchte vor fast unerträglicher Sehnsucht, und dann hielt sie die Luft an, als er den harten Phallus wieder in sie hinein stieß. Er streichelte ihr zartes, glitschiges Gewebe mit langsamen, schier endlosen Bewegungen, unter denen sie sich hemmungslos wand. Seine warme Hand glitt über ihren Bauch, dann glitten seine Finger tiefer und strichen über die seidigen blonden

Härchen, nass von ihren Säften. Der schwielige Daumen koste den aufgeregt vibrierenden Lustknopf, während er den massiven Schaft weiter ein und aus fuhr.

Keuchend warf Catrina den Kopf in den Nacken. Ihre Füße trommelten ekstatisch auf den Boden, und ihre Hüften ruckten hoch, um den Stößen ihres römischen Liebhabers zu begegnen. Der Schaft schien sie immer mehr auszufüllen; in ihr wurde es unglaublich eng. Sie rieb ihre Brüste gegen sein Gesicht und begann laut zu wimmern, als er die Nippel in den Mund nahm und an ihnen saugte.

Sie hörte ihre eigenen animalischen Laute und ergab sich diesem wunderbaren Fleischstab. Sie bemerkte, dass seine Stöße wilder und unkontrollierter kamen, und wenig später spürte sie, wie er in ihr explodierte.

Es dauerte lange, bis sie wieder gleichmäßig atmen konnte. Ihre Hände streichelten seine Schultern, während ihr Geschlecht noch um seinen allmählich schlaff werdenden Penis pulsierte. Auch Alexius atmete wieder entspannt.

Dann geschah alles sehr schnell. Der Römer atmete tief ein, und noch bevor Catrina bewusst wurde, was mit ihr passierte, hatte er in der Dunkelheit nach den Lederriemen gegriffen, von denen sie ihn befreit hatte, und fesselte sie.

Völlig verdutzt spürte Catrina, wie sich die Riemen um ihre Hand- und Fußgelenke schlossen. Heiser fragte sie: »Alexius, was machst du da?«

Er beugte sich über sie und bedeckte sie mit Tierfellen, damit ihr nicht kalt wurde. Dann tastete er mit den Händen nach seinen Kleidern.

»Ich fliehe«, sagte er.

Das Entsetzen ging ihr durch und durch. Es war, als hätte jemand die Luft aus ihren Lungen gepresst. Hatte er alles geplant, auch ihre Verführung?

Er sagte gelassen: »Du wolltest das doch, oder?«

»Ja, aber nicht so. Das wäre nicht nötig gewesen.« Ihre Stimme brach ab. Vor lauter Entsetzen brachte sie kein Wort mehr über die Lippen.

»Ich habe es dir gesagt«, murmelte er beinahe zärtlich. In der Dunkelheit konnte sie nur seinen Schemen wahrnehmen. »Ich habe dir gesagt, dass es zu gefährlich für dich sei, wenn du mich befreist. Deine Leute würden dir die Schuld geben und dich bestrafen. Jetzt kannst du ihnen sagen, ich hätte dich überwältigt und gefesselt.«

Ihre Schmach sammelte sich in ihrer Brust und lastete wie ein schwerer Sack auf ihr. »Du hast mich ja auch überwältigt«, keuchte sie.

Es entstand eine längere Pause, ehe Alexius sagte: »Wenn du das wirklich glaubst, mein Kleines, dann machst du dir etwas vor. Du glaubst doch nicht, dass die kulturlosen barbarischen Frauen nach meinem Geschmack sind?«

Sie stöhnte vor aufkommender Übelkeit, aber er fuhr ungerührt fort: »Abgesehen davon, ich habe dir genau das gegeben, was du haben wolltest. Die Begegnung mit mir war nichts Neues für dich, schließlich bist du die Hure des Priesters. Verschone mich also mit deinen Klagen. Ich hatte den Eindruck, dass es dir gut gefallen hat.«

Sie zerrte an ihren Fesseln. »Bastard!«, zischte sie. »Römischer Bastard!«

Er zog seine Schuhe an und schnürte sie, und dabei

sagte er gelassen: »Denk daran, *mea mellita*, dass sexuelle Begierden immer eine Schwäche sind. Du solltest mir dankbar sein, dass ich dich gefesselt habe. Jetzt kannst du deinen Leuten eine überzeugende Geschichte über meine Gewaltbereitschaft und meine Flucht erzählen.«

Während seine Worte sie peinigten, spürte Catrina den seelischen Schmerz, der ihr Übelkeit verursachte. Er hatte sie Luads Hure genannt. Natürlich! Er hatte Edas Bemerkung gehört. *Geh und mach deinen Priester glücklich.* Daraus hatte er seine Schlüsse gezogen. Während der ganzen Zeit, in der sie ihn gepflegt und versorgt hatte, hatte er über sie gelacht und seine Flucht geplant.

»Du wirst mit deinen nicht sehenden Augen nicht weit kommen, Römer«, fauchte sie ihn an. »Du wirst die ganze Nacht im Kreis durch den Wald laufen, und wenn unsere Krieger dich nicht fangen, werden es die wilden Tiere tun.«

»Meine Augen sehen schon wieder ganz gut«, behauptete er. »Ich kann dein Gesicht nicht sehen, wohl aber die Konturen. Und ich kann Hell und Dunkel unterscheiden. Ich werde den Weg finden, der zur Legion führt, und von dort geht eine gepflasterte Straße nach Eboracum.«

»Ich schreie!«, rief sie. »Ich werde sie wissen lassen, dass du geflohen bist.« Aus Catrina sprach ihr gebrochenes Herz.

»Nein, das wirst du nicht. Aber danke, dass du mir deine Absicht mitgeteilt hast.« Er bückte sich und fand eine Decke. Er riss einen Streifen ab und steckte ihn als Knebel in ihren Mund, wobei er sich bemühte, ihr nicht weh zu tun. Catrina versuchte, nach ihm zu schlagen und zu treten, aber ihre Fesseln waren zu starr und gruben sich in ihr Fleisch.

Schließlich richtete er sich auf und blickte mit seinen fast blinden Augen auf sie hinab. Catrina bemerkte, dass er etwas in seiner geschlossenen Faust hielt.

»Es tut mir Leid, dass es so enden muss«, sagte er. »Aber wenn du die Fähigkeit hast, Dinge vorauszusehen, dann hättest du auch sehen müssen, dass ich gefährlich bin.«

Seine Schritte entfernten sich, und Catrina lag da, hilflos gefesselt. Wie ein Messer traf sie sein Vorwurf. *»Schließlich bist du die Hure des Priesters.«*

Erst jetzt erkannte sie, was der Römer in seiner Faust versteckt gehalten hatte. Er hatte ihr Amulett gestohlen.

Viertes Kapitel

Die flackernden Öllampen warfen einen anheimelnden Schimmer über die Wohnquartiere. Sanfte Schatten tänzelten über die warmen Rot- und Blautöne der dekorativen Zierleisten auf den gekalkten Wänden. In einer Ecke des Zimmers brannten Apfelbaumscheite in der Feuerstelle und erfüllten die Luft mit süßem aromatischem Duft. Am anderen Ende befand sich eine breite Türöffnung, durch die Julias Gäste hinter den Marmorsäulen einen Blick auf den samtenen Sternenhimmel der Sommernacht werfen konnten.

Ein Flötenspieler saß im Schneidersitz in einer dunklen Ecke und füllte den Raum mit melodischen Kadenzen, während zwei syrische Sklavinnen, völlig gefangen in der Musik, sinnlich tanzten. Ihre kleinen braunen Brüste waren nackt, die Nippel rot bemalt, und die Lider der dunklen Augen schwarz belegt. Um den Hals trugen sie schwere Anhänger aus Elfenbein; sie zeigten Schlangenköpfe, die zwischen den festen Brüsten pendelten.

Etwa in der Mitte der Zimmers warf eine große bronzene Laterne einen goldenen Schein auf die Gäste, die es sich im Halbkreis auf Liegen gemütlich gemacht hatten und sich an Wein und Konfekt labten. Die Hauptgänge, saftiges Wildschwein und Wildbret in einer pikanten Sauce, waren auf Julias Befehl längst abgeräumt worden. Die Haussklaven bewegten sich unauffällig, wenn sie die Gläser mit zypriotischem Wein auffüllten.

Der Gesprächsstoff ging ihnen aus, nachdem sie alle Gerüchte durchgehechelt hatten. Julia fühlte sich gelangweilt und ruhelos. Aus irgendeinem Grund kehrten ihre Gedanken immer wieder zu Alexius zurück. An diesem Abend war Vollmond, und sie fragte sich, ob der Kommandant der Sechsten Legion noch draußen war, irgendwo in den nördlichen Hügeln, die selbst im Hochsommer so trostlos wirkten.

Sie hätte gern gewusst, ob er tot war. Sie streckte eine Hand nach den saftigen purpurnen Trauben aus, die sie sehr mochte, und während sie die Hand ausstreckte, legte Drusus der Tribun, der neben ihr auf der Liege ruhte, eine Hand auf ihre Schulter. Er tat es auf eine Besitz ergreifende Art, die Julia irritierte. Sie sah ihn aus zusammengezogenen Augen an.

»Ein feines Fest, Julia«, sagte er leise. »Man kann sich fast wie in Rom fühlen.«

»Kaum«, murrte sie. »Mit diesem unerträglichen Klima und den wilden Barbaren, die täglich aus den Hügeln stürmen können, um über uns herzufallen, hat Eboracum einige unübersehbare Nachteile gegenüber Rom. Gibt es Neuigkeiten über den Kommandanten Alexius?«

»Leider nein.« Drusus schenkte sich Wein ein und lächelte den tanzenden Mädchen zu, als interessierte ihn das Schicksal des *primus pilus* überhaupt nicht.

Julia knabberte an den Trauben. Der süße Saft spritzte zwischen die perfekten weißen Zähne. Natürlich wusste sie, dass Tribune in einem höheren Rang standen als Zenturien, aber trotzdem sonnte sich Drusus in dem Wissen, dass er während Alexius' Abwesenheit der Alleinherrscher in der Stadt war.

Drusus' Vater war ein mächtiger, wohlhabender Senator in Rom; er entstammte einer uralten Familie. Dass sein Sohn eine Aufgabe in der Provinz Britannien erfüllte, war für seine Karriere förderlich. Aber viele Sprossen würde er auf der Leiter nicht mehr erklimmen, dachte Julia verächtlich, denn trotz der noblen Abstammung war er falsch, dumm und hohl.

Seine Hand strich wieder über ihre Schulter und rieb über die feine Wolle ihrer Tunika. Irritiert schob Julia seine Hand weg.

»Ist etwas nicht in Ordnung?«, fragte Drusus.

»Ich langweile mich.«

In seinen Augen blitzte es gierig. »Sollen wir uns zurückziehen, Julia?«

»Damit ich mich noch mehr langweile?«, gab sie prompt zurück, aber im nächsten Moment bereute sie ihre schroffe Replik, denn sie sah, wie sich Drusus' kalte Augen hässlich verengten. Sie musste vorsichtiger sein, sonst würde Drusus seine einflussreichen Freunde in Rom in Bewegung setzen.

Sie fuhr mit den Fingern über die gespannten Muskeln seines Unterarms und bemerkte, dass seine Haut noch Nardenöl und Myrrhe duftete. Sie zwang sich zu einem verführerischen Lächeln. »Ich hoffe auf was Neues, bevor wir uns zurückziehen. Ein kleines Appetithäppchen vor der Hauptspeise, habe ich mir gedacht.«

Drusus entspannte sich und lächelte. »Ah, du willst Unterhaltung. Was für ein Zufall! Ich habe einen neuen Sklaven. Du und deine illustren Gäste werden sich etwa eine Stunde lang blendend unterhalten fühlen.«

»Macht er Zauberstücke?«

»Nein, eigentlich nicht. Aber er ist sehr, sehr schön.« Drusus legte eine Pause ein, dann fügte er hinzu: »Er war Gladiator in Rom.«

Julias dunkle mandelförmige Augen leuchteten auf. Oh, wie sie das römische Amphitheater vermisste! Gelegentlich gab es auch in Eboracum in der großen Arena gleich hinter der Stadtmauer die eine oder andere Schau, aber sie hielten den Vergleich mit den großartigen Vorführungen in Rom nicht stand.

»Gladiatoren sind sehr teuer«, sagte sie und musterte Drusus neugierig. »Deshalb will Flavius keine Schaukämpfe – er sagt, die Verschwendung sei zu groß, wenn einer getötet wird. Wie kannst du dir einen Gladiator leisten?«

»Meiner war preiswert«, erklärte Drusus und freute sich, Julias Aufmerksamkeit erregt zu haben. »Er weigert sich zu kämpfen.«

Julia rümpfte die Nase. »Wie langweilig! Also gut, bring ihn her, vielleicht können wir wenigstens über ihn lachen.«

Gehorsam verließ Drusus den Raum, und Julia wandte sich den anderen Gästen zu. Aber als Drusus zehn Minuten später mit seinem neuen Sklaven zurückkehrte, legte sich ein Schweigen über die Gäste, und Julia spürte ihren schnellen Puls.

Sie hatte einen alten, vom harten Leben eines Gladiators gebrochenen Mann erwartet, aber er war jung, dieser Sklave, jünger als Drusus und jünger als sie selbst. Er senkte den Kopf, wie es sich für einen Sklaven gehörte, und doch meinte Julia so etwas wie Trotz in seiner Haltung zu erkennen.

Er hatte die sonnengebleichten Haare streng nach hinten gekämmt, was sein knochiges Gesicht noch betonte. Er hatte einen sehnigen, geschmeidigen Körper mit unglaublich breiten Schultern. Bis auf den Lendenschurz war er nackt. Seine Beine waren lang und muskulös, und seine glatte goldbraune Haut glänzte, als wäre sie mit Öl eingerieben.

Julia setzte sich auf. »Wie heißt er denn, Drusus, dein stolzer Gladiator, der sich zu kämpfen weigert?«

»Er heißt Falco.«

»Er muss etwa so nützlich sein wie ein Löwe, der nicht brüllt«, sagte Julia spöttisch, und ihre Gäste lachten pflichtschuldigst. Julia erhob sich von der Liege, ein leichtes Ziehen im Bauch, und näherte sich dem Sklaven.

Sie wusste, dass sie gut aussah, sie trug ihr bestes Kleid, eine wunderschöne cremefarbene Tunika mit einem juwelenbesetzten goldenen Gürtel. Ihre langen Locken fielen federnd auf die schmalen Schultern. Das Murmeln der Gäste erstarb, als sie vor dem Sklaven stehen blieb. Alle warteten gespannt, was sie tun würde.

Sie fuhr mit den Fingern leicht über die harte Wand seiner Brust, dann kreiste die Handfläche über seinen flachen Bauch. Sie konnte den Verlauf der blonden Haarlinie sehen, die unter dem Lendenschurz verschwand. Sie folgte der Linie mit den Fingern, tauchte unter den Schurz, fuhr durch die krausen Haare und hörte, wie der Sklave die Luft scharf einsog.

Bei Juno, er schien mehr als gut bestückt zu sein. Sein Körper zuckte leicht, als Julia ihre sinnlichen Berührungen fortsetzte. Sie sah in sein Gesicht. Sein wunderschön geschwungener Mund war nur noch eine dünne Linie, und ein Muskel zuckte in seinem glatt rasierten Kinn. Die grauen Augen hielten ihrem Blick stand.

»So«, sagte sie belustigt, »hier haben wir den jungen Falco, jenen Gladiator, der sich zu kämpfen weigert. Wirst du mir den Grund sagen, Sklave, oder weigerst du dich auch, mit mir zu sprechen?«

Ihre Gäste kicherten über Julias Bemerkung, aber Falco sagte ungerührt: »Kämpfen verstößt gegen meinen Glauben, Herrin.«

Julia lachte höhnisch. »Tatsächlich? Es verstößt gegen deinen Glauben? Ich werde dir was sagen, Falco. Ich glaube, du bist gar kein Gladiator. Vielmehr bist du ein Feigling.«

Drusus stand neben ihr und sagte hastig: »Er hat fast zwanzig Kämpfe in der römischen Arena überlebt, Julia. Offenbar war er ein *retiarius*, besonders geschickt mit dem Dreizack und mit dem Netz.«

Julias dunkle Augen leuchteten. Zwanzig Kämpfe. Zwanzig Duelle auf Leben und Tod. Das bedeutete auch, dass er mindestens zwanzig Männer in der Arena getötet haben musste, niedergerungen im Staub und der Hitze, begleitet vom Johlen der aufgeheizten Zuschauer. Als Netzmann hatte er ohne Rüstung gekämpft, nur den Dreizack und das Netz zur Verteidigung gegen den schwer bewaffneten Gegner, den Schwertmann. Er hatte sich nur auf seine Schnelligkeit, sein Glück und seinen Mut verlassen können.

Julia spürte, wie die Wärme in ihr Gesicht stieg, wie ihre Erregung wuchs. In Flavius' Privatloge in Rom hatte sie sich oft bis zum Orgasmus erregt, wenn sie den Gladiatoren zugesehen hatte. Sie hatte sich angewöhnt, den eingeölten Elfenbeinphallus mit in die Arena zu nehmen, versteckt in dem weichen Lederbeutel, und nachdem sie Platz genommen hatte, schob sie sich den Phallus heimlich zwischen die Schenkel, noch bevor die Spiele begonnen hatten. Als Begleiter hatte sie oft einen Lieblingssklaven mitgenommen, einen stämmigen stummen Eunuchen, der gehorsam ihre Nippel zwickte, während die Hitze in ihrem Körper anschwoll und sie die inneren Muskeln am Elfenbeinphallus rieb und ihre Lustschreie im ekstatischen Brüllen des Publikums untergingen.

Das große Finale der Schau waren gewöhnlich die wilden Tiere gewesen oder auch die Gladiatoren, aber manchmal, wohl um die Lust des Publikums auf Abwechslung zu befriedigen, planten die Spieldirektoren erotische Paarungen – Zwerge mit Riesen, Schwarze mit Weißen.

Dieser junge, schöne Sklave brachte all diese Erinnerungen wieder hoch in ihr. Julias Nippel prickelten und rieben sich am Stoff der cremefarbenen Tunika. Hungrig presste sie die Schenkel zusammen. Sie spürte, wie ihr Fleisch zuckte. »Dreizack und Netz«, murmelte sie.

»Falco, ich möchte dich gern in Aktion sehen. Bald wird es das Fest des Gottkaisers Augustus mit Spielen in der Arena geben. Ich möchte dich ein letztes Mal kämpfen sehen. Gegen einen Gegner deiner Wahl. Wenn du gewinnst, bist du frei und erhältst einen Beutel voll Geld.«

Drusus stieß alarmiert hervor: »Julia, das ist eine Menge Geld! Und wenn Falco den Wettkampf verliert, wird er getötet, und dann habe ich den Kaufpreis in den Sand gesetzt.«

Wenn man bedachte, wie reich Drusus war, verhielt er sich geizig. »Ich zahle ihm die Belohnung gern«, sagte Julia. »Dieser Mann wird nicht verlieren, wenn er zwanzig Kämpfe in Rom überlebt hat. He, Sklave, was sagst du dazu? Ist deine Freiheit einen letzten Kampf wert?«

Falco sah sie lächelnd an. »Leider kann ich darauf nicht eingehen, Herrin. Es verstößt gegen meinen Glauben.«

»Er gehört irgendeiner obskuren jüdischen Sekte an«, erklärte Drusus hastig. »Diese Sekte hat unter den Sklaven und Frauen einen hohen Stellenwert, obwohl er nicht viel darüber erzählt. Sie halten auch ihre Rituale geheim.«

Julia sagte ungeduldig: »Rom hat viele Götter, wie es sich für das mächtigste Volk der Erde auch geziemt. Was sagt denn dein Gott, Falco, dass er dir verbietet, zu Ehren des Gottkaisers Augustus in der Arena deine Pflicht zu tun?«

Falco schwieg. Julias Gesicht wurde rot vor Unmut. Langsam sagte sie: »Ich nehme doch an, dass du die Gottheit des Kaisers von Rom anerkennst?«

Falco sah sie ernst an. Er hielt den Kopf oben, als er sagte: »Ich erkenne ihn als Kaiser an, Herrin, aber nicht als Gott.«

Drusus zischte einen wütenden Protest, und die Zuhörer fielen in entsetztes Schweigen. Rom tolerierte viele Religionen in seinem Reich, doch stets unter der Voraussetzung, dass auch die römischen Gottheiten anerkannt wurden.

Julia sagte scharf: »Dir ist doch klar, dass es ein schweres Verbrechen ist, wenn man sich nicht vor unseren Gottheiten verbeugt?«

Im stummen Verstehen senkte Falco den Kopf. Julia, deren Blut ob der Schönheit dieses Mannes und seines stillen Trotzes wegen heiß in ihren Adern rauschte, schlug ihm ins Gesicht.

»Ich werde dich dazu bringen! Bei Juno, du wirst in Verehrung auf die Knie fallen und um Gnade winseln, Sklave!«

Das Lampenlicht flackerte, als ein Windstoß vom Hof ins Innere drang. Der Flötist hatte schon länger aufgehört zu spielen, und die beiden Tanzmädchen hatten sich in eine Ecke gekauert. Die Gäste saßen reglos da, sie griffen nicht einmal mehr zu ihren Getränken. Sie alle standen im Bann des aufregenden Geschehens, das zwangsläufig folgen würde.

Julia wandte sich dem großen Haussklaven zu, der leidenschaftslos an der Tür stand, die Arme vor der breiten Brust gekreuzt. »Bring mir die Ketten, Phidias«, befahl sie.

»Ja, Herrin.«

In einer schattigen Nische am hinteren Ende des luxuriösen Zimmers brannte ständig ein Licht unter den gemalten Abbildern der Hausgötter. Der schöne blonde Sklave gab keinen Laut von sich, als Julias Sklaven ihn vor dem Altar auf die Knie zwangen. Drusus selbst überwachte den Vorgang, wie die Arme seines Sklaven auf den Rücken gedreht, so weit wie möglich hoch gedrückt und dann in Ketten gelegt wurden.

Julia betrachtete alles ganz genau, besonders das Spiel der bis zum Äußersten gespannten Muskeln in Armen und Schultern. Niemand sagte ein Wort, auch die Haussklaven erledigten ihre Arbeit geräuschlos. Das lastende Schweigen legte sich wie eine nasse Decke über den Raum.

Julia befeuchtete ihre Lippen, ehe sie sagte: »Jetzt

verneige dich vor der Göttin Roma, die in unserem ganzen Weltreich verehrt wird, Sklave.«

Falco sagte mit fester Stimme: »Das kann ich nicht, Herrin. Tut mir Leid.«

Julias Hände ballten sich zu Fäusten. »Es wird dir noch viel mehr Leid tun, das verspreche ich«, zischte sie. »Wenn du auch nicht in der Arena für unsere Unterhaltung sorgen willst – hier wirst du es tun.«

Mit einem Schnipsen der Finger befahl sie die syrischen Mädchen zu sich, denen sie knappe Befehle ins Ohr flüsterte. Dann ließ sie sich mit vor Zorn sprühenden Augen zurück auf die Liege sinken, Drusus an ihrer Seite. Sie trank einen Schluck Wein und spürte, wie er ihr zu Kopf stieg und wie ihr Blut träge wurde vom sexuellen Verlangen. Auch ihre Gäste waren entflammt; Julia sah es in deren Augen. Dies versprach fast so gut zu werden wie in einer römischen Arena.

Sie beugte sich vor und stützte die Arme auf die Lehne der Liege.

Sie protestierte nicht, als Drusus ihre vollen Brüste streichelte und mit der Hand unter ihr Gewand schlüpfte. Ihre steifen Nippel reckten sich seinen Fingern entgegen. Drusus zwickte sie, und Julia spürte einen plötzlichen Schmerz, der direkt zu ihrem heißen Schoß zuckte. Sie lächelte. Der Abend erwies sich als viel aufregender, als sie erwartet hatte.

Ihre Sklaven brauchten keine Anweisungen. Der große Numidier hatte Falcos Lendenschurz vom Körper gerissen, und als der blonde Sklave hilflos auf dem Boden kniete, konnten die Zuschauer die unglaubliche Schönheit seines geschmeidigen, muskulösen Körpers ungehindert betrachten.

Der Numidier zog die in Ketten gelegten Beine des Gladiators auseinander, und Julia zuckte zusammen, als sie seine Männlichkeit erblickte, den dunklen, schweren Hodensack und die Länge seines Penis, der ihr selbst im schlaffen Zustand das Wasser im Mund zusammenlaufen ließ.

Wie sie geahnt hatte, war er fantastisch bestückt. Sie wollte unbedingt wissen, welche Ausmaße er in der Erregung haben würde. Bei diesem köstlichen Gedanken spürte sie ihre eigenen Säfte rinnen. Als Drusus seine Hand unter dem Gewand zwischen ihre Schenkel wandern ließ, rieb sie sich leidenschaftlich gegen die forschenden Finger.

Die beiden syrischen Tanzmädchen hatten damit begonnen, nach Moschus duftendes Öl in Brust und Schultern des Gladiators zu massieren, wobei ihre Anhänger aus Elfenbein zwischen den festen Brüsten baumelten. Der Penis wurde zusehends dicker. Eines der Mädchen griff mit aufgeregten Fingern danach und leckte sich sehnsüchtig die Lippen.

Julia rief scharf: »Nein, nicht!«

Überrascht schauten sie zur Herrin. Bei früheren Spielen dieser Art hatte Julia sie nach Belieben verfahren lassen. Aber diesmal hielt Julia sie auf. »Ich möchte gern sehen«, erklärte sie, »ob er zu seiner vollen Härte kommt, ohne dass ihr ihn anfasst. Vielleicht ist sein Gott ja wirklich so mächtig.«

Der Sklave hatte den Kopf gesenkt, entweder aus Verzweiflung oder aus Resignation, das erkannte Julia nicht. Ah, wie sie sich nach seinem Phallus sehnte! Ihr Geschlecht schnappte schon nach ihm.

Die Mädchen fuhren fort, ihn zu kneten und zu streicheln, sie rieben die Hände über sein Gesäß und über die kräftigen Schenkel, wobei sie die wippende Erektion widerwillig ignorierten.

Julia hielt den Atem an, als sie diese großartige Länge sah, die hilflos zuckte. Auch die Mädchen konnten kaum den Blick vom dicken, seidigen Stamm wenden, und eines von ihnen sank vor ihm auf die Knie, wodurch das dünne Röckchen sich in der Mitte teilte und den Blick auf die Scham unter dem kleinen schwarzen Haardreieck freigab. Kaum eine Handbreit von seinem Gesicht entfernt spreizte sie frech die Schenkel, und während sie dem Gladiator in ihrer eigenen Sprache ermunternde, lockende Worte zuraunte, begann sie langsam, sich selbst zu streicheln.

Julia sah, dass der Gladiator sich sehr still verhielt, aber die Sehnen in den bronzenen Schultern traten deutlich hervor, und der massive Penis zitterte vor Verlangen. Sämige Nässe sammelte sich auf der gespannten Kuppe. Dann bemerkte sie, dass er die Augen geschlossen hatte, um das syrische Mädchen nicht ansehen zu müssen, das sich dicht vor ihm am Rand des Orgasmus befand.

Wütend rief Julia: »Wenn er sich weigert hinzusehen, dann musst du ihn bestrafen! Hart bestrafen!«

Unter ihrem Gewand stießen Drusus' Finger in ihren sich schmerzlich zusammenziehenden Lustkanal. Beharrlich rieb er über die nassen, geschwollenen Labien, während sie gebannt und mit hungrigen Blicken auf den imposanten Phallus des Sklaven starrte. Er war lang und dick. Oh, wie gern sie ihn in die Hand genommen hätte, wie sie danach dürstete, sein pochendes Gewicht zu spüren.

Die syrischen Mädchen liefen hinaus, um eine Rute zu holen, die aus dünnen Birkenzweigen bestand. Sie stellten sich hinter den knienden Sklaven und traktierten dessen Rücken und die beiden prallen Gesäßbacken mit leichten Schlägen und wechselten sich dabei ab.

Julias Gäste starrten nicht weniger gebannt auf die erotische Szene. Auf einen Wink von Julia begann der numidische Haussklave, die Öllampen zu löschen. Nur die eine Lampe über dem Gladiator ließ er brennen, damit dessen bronzene Gestalt deutlich sichtbar blieb.

Die Gäste nutzten das schummrige Licht. Man hörte das gedämpfte Stöhnen einer Frau, die von ihrem Nachbarn auf der Liege zu einem langgezogenen Orgasmus gerieben wurde, und in der dunkelsten Ecke massierte sich ein Mann unter seiner Tunika, bis er sich in stummer Ekstase ergoss.

Julia spürte, wie ihre Gier sich im Bauch sammelte und unerträglich wurde, während sie den Rutenschlägen der beiden Mädchen zusah. Die Backen hatten eine rosige Farbe angenommen, und der strotzende Phallus zuckte ungezügelt. Oh, wie Julia sich danach sehnte, sich vor ihn zu knien und …

»Falco!«, rief sie plötzlich. »Versprich mir jetzt, dass du am Tage des Augustus für mich in der Arena kämpfst, dann kannst du dich die ganze Nacht lang mit meinen Dienerinnen vergnügen!«

Die Mädchen warteten gespannt auf seine Antwort. Sie konnten ihre Lust auf den schönen blonden Sklaven kaum verhehlen.

Falco wandte den Kopf und sah Julia an. »Eure Frauen interessieren mich nicht, Herrin.«

Julia spürte, wie Drusus sich an sie drängte. Sein harter Penis presste sich durch die Tunika gegen ihren Leib.

»Ach, was du nicht sagst!«, rief Julia spöttisch. Ihre Geduld mit dem Gladiator war zu Ende. »Du hättest mir gleich sagen sollen, dass du Männer bevorzugst.« Sie winkte dem stummen Numidier zu. »Nimm ihn dir vor, Phidias. An diesem Abend gehört er dir.«

Es wurde mit einem Schlag still im Raum. Selbst die syrischen Mädchen wichen zurück in die Schatten, während der dunkelhäutige Numidier vortrat und seinen Lendenschurz ablegte. Er war schon erigiert und lächelte still vor sich hin. Er griff nach einer schmalen Flasche und ließ Öl in seine Handfläche träufeln. Langsam rieb er das Öl über die Länge seines pulsierenden Phallus. Dann kniete er sich dicht hinter den Gladiator.

Die Stille im Zimmer, die nur ab und zu von einem tiefen Luftholen unterbrochen wurde, geriet plötzlich aus den Fugen. Draußen auf dem marmornen Säulenweg waren die klackenden Geräusche von genagelten Schuhen zu hören, gefolgt von einem kurzen Disput, der damit endete, dass jemand das Losungswort zischte.

Es dauerte lange, bis Julia begriff, dass ihr abendliches Fest ein jähes Ende finden sollte. Noch bevor sie sich aus Drusus' Umarmung befreit und sich von der Liege erhoben hatte, wurde die Außentür gewaltsam aufgestoßen, und eine gleißende Fackel beleuchtete das erotische Tableau im Zimmer.

Begleitet von vier *optios*, die ebenfalls brennende Fackeln trugen, trat ein großer, dunkelhaariger Zenturion ins Zimmer, das Gesicht seltsam ausdruckslos.

Julia sprang auf und stieß einen Schrei aus.

Alexius war zurück.

Fünftes Kapitel

Es war Markttag in Eboracum. Die kleine zivile Siedlung, die sich am Rand der großen Festung entwickelt und ausgebreitet hatte, brummte vom geschäftigen Treiben der vielen Menschen – mehr Menschen, als das verwunderte hellhaarige Mädchen in dem abgetragenen grauen Mantel je in seinem Leben gesehen hatte.

Catrina war mit einer wahren Flut von Leuten in die Stadt gespült worden: Kaufleute, Stammesmitglieder aus den Hügeln und Händler mit breiten Ochsenfuhrwerken, die mit ihren Waren hoch beladen waren. Catrina war wie benommen von der fremden Umgebung, von den Holzhäusern um sie herum, vom Lärm der Straßenhändler, die lautstark ihre Waren anboten, und vom Gestank des beunruhigten Viehs.

Es war sieben Nächte und sieben Tage, seit der Römer Alexius sie verraten und ihr Amulett gestohlen hatte.

»He, du! Aus dem Weg, verdammte kleine Barbarin!«

Ein Händler mit seinem Fuhrwerk brüllte und fluchte, als Catrina nicht gleich zur Seite sprang. Sie war tatsächlich mitten über die Straße gegangen. Ihre Wangen brannten. Sie fand Zuflucht im Türeingang eines Weingeschäfts, wo sie ihren Mantel enger um sich schlang. Sie war keine Barbarin! Die Stämme des Waldes und der Hügel hatten ihre eigenen alten Traditionen, ihre eigenen Weisheiten, stärker und urwüchsiger als die oberflächliche, glitzernde Präsentation des militärischen Roms.

Aus ihrem sicheren Standort verfolgte sie das Treiben auf der Straße. Fluchen und Schimpfen in allen Sprachen des Weltreichs drang an ihre Ohren. Der Strom der Leute schien nicht abreißen zu wollen. Bettler und Medizinmänner, Jongleure und Zauberer, sogar ein Bärenführer schlenderte mitten über die Straße, sein blindes Tier im Schlepptau. Catrina hatte Mitleid mit dem wilden Tier, die Mittagssonne brannte unerbittlich auf den dicken Pelz. Sie empfand ein starkes Heimweh nach ihren kargen Hügeln, die ihr wahres Zuhause waren.

Plötzlich schien sich die Straße von einem Moment zum anderen zu leeren. Man hörte das Getrappel von Pferdehufen auf der mit Steinen gepflasterten verstaubten Straße, und Catrina presste sich noch tiefer in den Schutz des Hauseingangs hinein, als ein kleiner Trupp römischer Kavallerie vorbei ritt. In der Sonne blinkten ihre Rüstungen. Die Menge wich voller Angst vor den Soldaten zurück.

Catrina zwang sich, in die grimmigen Gesichter zu sehen und hoffte – gleichzeitig fürchtete sie es auch – denjenigen zu finden, wegen dem sie in die Stadt gekommen war.

Er war nicht dabei. Aber sie wusste, dass er hier war, irgendwo in dieser fremden Stadt. Als die Pferde verschwunden waren, blickte sie über den Fluss ans gegenüberliegende Ufer, wo die aus blassen Kalksteinen errichtete Festung in der Sonne glänzte, Heimat der Sechsten Legion und unübersehbarer Beweis für die römische Macht. Irgendwie musste Catrina Zugang zur Festung finden, mitten hinein ins Zentrum des Feindes.

Luad, der Priester, war außer sich vor Wut gewesen, als er von der Flucht des Römers erfahren hatte, aber in der Wut schwang auch Furcht mit. Er fürchtete mit dem Verlust des Amuletts auch den Verlust an Respekt. Deshalb hatte er ihr aus ganzem Herzen zugestimmt, als Catrina vorgeschlagen hatte, dem Römer in die Stadt zu folgen. Am Abend vor ihrer Abreise in den Süden hatte er ihr ein schlankes, gefährlich aussehendes Messer mit einer seltsamen Inschrift auf dem Griff gegeben.

»Der Name des Römers ist im Griff eingeritzt«, hatte Luad ihr gesagt, als er ihren besorgten Blick gesehen hatte. »Du kennst deine Aufgabe, Catrina. Du musst den Römer Alexius zurück zum Stamm bringen, damit wir uns an ihm rächen können. Aber wenn dir das nicht gelingen sollte ...« Er rieb bedeutungsvoll über die scharfe Klinge, ehe er ihr das Messer reichte.

Catrina hatte stumm genickt und das Messer in den kleinen Lederbeutel mit den Salben und Kräutern gesteckt. Sie trug ihn an ihrem Gürtel immer bei sich.

Sie hatte Glück gehabt, dass Luad nicht geahnt hatte, was wirklich in der Nacht vor der Flucht des Römers geschehen war. Catrina bewahrte den Verrat tief in ihrer Seele, auch wenn ihr klar geworden war, wie dumm und naiv sie sich verhalten hatte. Die Worte des Römers verfolgten sie immer noch. *»Du glaubst doch nicht, dass Barbarinnen nach meinem Geschmack sind? Schließlich bist du nur die Hure des Priesters ...«*

Sie würde alles tun, wirklich alles, damit der Römer für seine Beleidigungen zahlen musste.

Mit Mühe riss sie sich aus ihren Träumereien und verfolgte wieder das Geschehen auf dem Markt. Voller

Neid betrachtete sie zwei elegant gekleidete Römerinnen, in schicklichem Abstand ihre Dienerinnen. Der verhasste Alexius würde es nicht wagen, diese Frauen so geringschätzig zu behandeln, wie er es mit ihr getan hatte.

Eine der Frauen sah Catrinas Blicke und starrte verächtlich zurück. Sie sah die selbst gesponnenen Kleider und das ungeflochtene Haar des Mädchens und wandte sich verärgert an ihre Begleiterin.

»Wirklich«, sagte sie laut, »jeden Tag sehen wir mehr und mehr von diesem wilden Stammesvolk hier – man kann sie gegen den Wind riechen. Sie sind nichts als Bettler und Diebe. Man müsste was gegen diese Plage unternehmen.«

Sie gingen plaudernd und lachend weiter, ehe sie im Geschäft eines Goldschmieds verschwanden. Catrina sah ihnen mit heißen Blicken nach, das Herz voller Aufruhr. Wie können sie so verächtlich über andere Menschen reden?, dachte sie. Catrina badete sich jeden Morgen im kleinen Fluss, der durch den Wald plätscherte, und die anderen Stammesfrauen taten das auch. Auch ihre Kleider, so verschlissen und abgetragen sie auch sein mochten, waren frisch gewaschen. Sie waren es, die feinen Römerinnen, die sich mit ihren Parfüms einsprühten, was Catrinas feinen Geruchsinn beleidigte. So sahen also die Frauen aus, an die Alexius gewöhnt war.

Sie atmete tief ein, und dann begriff sie plötzlich. Sie würde auch so aussehen müssen. Schön auf die römische Art. Gepflegt, elegant, frisiert, duftend. Nicht mehr die kleine Wilde aus den Hügeln, sondern eine Frau, vor denen Männer begierig auf die Knie fielen. Selbst Alexius, ihr Feind. Ihre Augen glühten bei diesem Gedanken. Ja, sie sehnte sich danach, ihn zu demütigen, genauso, wie er sie gedemütigt hatte.

In diesem Moment rumpelte ein Ochsenkarren, der Fässer mit geräuchertem Rindfleisch geladen hatte, über die überfüllte Straße und zerstreute die Fußgänger nach beiden Seiten. Catrina, die wie in Gedanken zum Fuhrwerk sah, spürte plötzlich eine starke Ahnung von Gefahr. Ihr Herz setzte einige Schläge lang aus. In diesem Moment sah sie direkt hinter dem Karren einen kleinen Jungen, der sich von der Hand der Mutter gerissen hatte.

Catrina, fast blind vor Angst, warf sich dem Jungen entgegen und stieß ihn zur Seite. Keinen Wimpernschlag später brach der Karren zusammen, und die Fässer krachten auf die Straße, sprangen hoch und rollten polternd weiter. Die meisten fielen genau auf die Stelle, wo eben noch der kleine Junge gegangen war.

Plötzlich war Catrina von einer aufgeregten Menschentraube umgeben. »Woher hast du wissen können, dass das passieren würde, Mädchen?«, rief eine Frau. »Was hat dich auf die Gefahr aufmerksam gemacht?«

Der Besitzer war aschfahl, als er sein zusammengebrochenes Fuhrwerk schräg auf der Straße liegen sah. »Ein Rad ist gebrochen. Das muss ganz plötzlich geschehen sein. Wie hast du es sehen können?«

Die Leute drängten sich immer dichter um sie. Catrina war bewusst, dass sie sich auffällig verhalten hatte. Am liebsten hätte sie sich in ein Mauseloch verkrochen. Aber es war schon zu spät, die Leute ließen sie nicht in Ruhe.

»Sie hat das zweite Gesicht!«, murmelte eine Frau, und dann machte dieses Wissen die Runde von Mund zu Mund. Einige Stimmen wurden feindselig. »Dieses Barbarenmädchen hat das zweite Gesicht! Sie ist geschickt worden, uns auszuspionieren! Oder sie soll uns mit einem Fluch belegen! Nehmt sie fest, sonst vernichtet sie uns alle!«

Catrina, das Gesicht bleich vor Angst, wollte weglaufen, aber auch dafür war es zu spät. Zwei untersetzte Männer packten sie, und so sehr sie sich auch zur Wehr setzte, so sehr sie biss und kratzte und trat, so wenig Erfolgsaussichten hatte sie gegen die kräftigen Kerle.

»Lasst mich los! «, schrie sie.

»Eine kleine Wilde aus den Hügeln, die unsere Sprache spricht?« Die beiden Männer schüttelten verwundert den Kopf. »Sieh dir nur ihre verschlissenen Kleider an! He, mit der werden wir unseren Spaß haben, was? Wenn wir mit ihr fertig sind, geben wir sie an die Behörden weiter.«

»Lasst mich los!«, zischte Catrina wieder, aber ihre Befreiungsversuche wurden schwächer. Alexius. Der Name des Römers hatte sich in ihrem Kopf eingebrannt wie ein giftiger Dorn. Oh, Alexius, das würde dir gefallen, wenn du wüsstest, wie rasch mein Racheauftrag sein Ende gefunden hat.

An diesem Tag befand sich auch Julia in der Stadt. Sie hatte einiges beim teuren griechischen Juwelier am Südwestufer des Flusses eingekauft und ließ sich nun von der Sänfte zurück zur Festung tragen. Dann hörte sie den unverkennbaren Lärm des Pöbels.

»Halt!«, rief sie den Trägern zu. Sie stand auf und trat aus der Sänfte, um besser sehen zu können.

Der Abschaum des *vicus* hatte eine neue Unterhaltung gefunden. Julia, die beiden bulligen Träger an ihrer Seite, schob sich durch die Gaffer. Dann sah sie das Mädchen und hielt den Atem an.

Das Mädchen, eine Eingeborene, wie Julia nach einem flüchtigen Blick auf die Kleider sah, war von unglaublicher Schönheit. Ein kleines, delikates Gesicht und lange, seidige blonde Haare. Und Kampfgeist hatte sie auch; wie eine Irrsinnige setzte sie sich gegen die Männer zur Wehr, die sie gepackt hielten, und schleuderte ihnen Flüche mit einer solchen Inbrunst entgegen, dass Julia belustigt und bewundernd die Augenbrauen hob. Sie trat einen Schritt zurück und schaute zu.

Julia litt noch an der arroganten Zurechtweisung des Zenturion Alexius, nachdem der vor ein paar Nächten so unerwartet zurückgekehrt und ihr kleines köstliches Fest ruiniert hatte. Er hatte sie auf seine herablassende, bestimmende Art streng getadelt und ihr vorgeworfen, das Ansehen Roms in Verruf zu bringen.

Julia, die vor Ärger brannte und gleichzeitig ein tiefes Verlangen nach diesem unerreichbaren Kommandanten empfand, hatte eisig geantwortet: »Ach, du bedauerst wohl, das Beste verpasst zu haben, was, mein lieber Alexius? Schade, dass du den Barbaren ein wenig zu spät entkommen bist. Aber du brauchst nur ein Wort zu sagen, dann arrangiere ich eine Wiederholung nur für dich.«

Kalt hatte er sie von oben bis unten gemustert. Sie hatte die frische Narbe auf seiner Stirn bemerkt, aber sein starrer Blick aus den blauen Augen war so hart und unerbittlich wie eh und je. Noch jetzt lief es ihr heiß über den Rücken, wenn sie sich in Erinnerung rief, wie verächtlich er auf ihren zerknautschten hauchdünnen Umhang geschaut hatte.

»Bemühe dich nicht«, hatte er gesagt. »Ich kann mir nicht vorstellen, jemals so verzweifelt zu sein. Als Kommandant der Festung untersage ich dir, solche Unterhaltungen zu inszenieren. Ich werde es nicht dulden, dass das Ansehen der Sechsten Legion auf diese Weise in den Schmutz gezogen wird.«

Zu Julias Ärger hatte Drusus sich schweigend verhalten, obwohl er eigentlich höher gestellt war als Alexius. Wahrscheinlich war er wütend und verlegen, in einer so peinlichen Situation erwischt worden zu sein, dachte Julia. Alexius hatte ihn auf diese kalte Weise angeschaut, ehe er sich umgedreht und mit seinen Begleitern hinausgegangen war.

Julia stieß einen unhörbaren Fluch aus. Sie hatte sich von der Schmach noch nicht erholt. Aber sie würde es ihm irgendwann heimzahlen.

In der Zwischenzeit hatte sie den schönen jungen Gladiator von Drusus gekauft. Ihre Gedanken beschäftigten sich schon mit den köstlichen Quälereien, die sie ihm angedeihen lassen wollte. Und nun, da sie dieses schöne blonde Barbarenmädchen sah, eröffneten sich ihr eine Menge neuer Möglichkeiten.

Entschlossen trat sie wieder vor. »Macht Platz, ich will sie mir ansehen«, befahl sie. Die beiden Männer, die Catrina gepackt hielten, erkannten in der Frau die Geliebte des abwesenden Tribuns Flavius. Sie verneigten sich vor ihr und ließen das Mädchen los.

»Sie ist eine Hexe, Herrin«, murmelte der eine Mann. »Sie ist bestimmt gekommen, der Stadt zu schaden.«

Julia ignorierte ihn und betrachtete das keuchende

Mädchen mit den hellen Haaren und den trotzig sprühenden grünen Augen. Eine auffallend schöne Barbarin.

Sie streckte eine Hand aus und fasste das Mädchen an. »Ich glaube, es ist besser, wenn du mit mir kommst«, sagte Julia ruhig. »Ich lebe auf der anderen Flussseite.«

Das Mädchen ruckte den Kopf hoch, und ihre Blicke trafen sich. Trotz des Dilemmas, in dem sie steckte, behielt sie Trotz und Stolz bei. An dem Mädchen war etwas Besonderes, erkannte Julia, sie war mehr als nur eine wilde Schönheit. Ob sie wirklich das zweite Gesicht hatte, wie sie durch die Rufe aus dem Pöbel vernommen hatte?

Das Mädchen fragte in ihrem gebrochenem Latein: »Ihr wohnt in der Festung?«

»Ja, dort lebe ich«, sagte Julia und hob leicht die fein gezupften Augenbrauen. »Und ich glaube, dass wir uns gegenseitig helfen können. Natürlich nur, wenn du mit mir kommen willst.«

Das Mädchen atmete zitternd durch. Der Pöbel stand noch um sie herum. Leise sagte sie: »Wollt Ihr das wirklich tun? Mich mitnehmen?«

»Ja, natürlich.« Rasch, bevor jemand etwas einwenden konnte, fasste sie das Mädchen am Arm und zog sie von der misstrauischen Meute weg. Dabei flüsterte sie Catrina ins Ohr: »Du wirst deine Fähigkeiten in Zukunft besser vorsichtiger einsetzen, nicht wahr? Sage mir – was bringt dich in unsere Stadt?«

Das Mädchen blickte Julia so intensiv an, als wollte es sich jede Einzelheit des Gesichts einprägen. Wieder empfand Julia ein gewisses Unbehagen. Es schien, als könnte das Mädchen in Julias Gedanken schauen.

Catrina sagte leise, aber entschieden: »Ich will lernen, so schön zu sein wie Ihr.«

Julia musste über die Inbrunst lächeln, mit der das Mädchen diesen Satz aussprach. »Mit deinem Aussehen wird das kein Problem sein«, sagte sie. Dann fiel ihr etwas Anderes ein. »Du bist doch nicht in die Stadt gekommen, um eine Kurtisane zu werden?«

Catrina sah sie verständnislos an, und Julia sagte: »Das ist eine Frau, die sich an Männer verkauft.«

Das Mädchen sah Julia aus großen Augen an. »Ich habe nicht die Absicht, mich zu verkaufen. Aber ich möchte jedes Geschick erlernen. Ich möchte, dass Männer vor mir knien. Ich habe es satt, eine Barbarin genannt zu werden.«

»Und du willst, dass ich dir diese Dinge beibringe?«, vergewisserte sich Julia.

»Wenn Ihr glaubt, dass das möglich ist.« Die Stimme des Mädchens klang fest, aber Julia konnte sehen, dass sich die kleinen Brüste unter dem fadenscheinigen Mantel immer noch hoben und senkten. Wie ein schönes wildes Tier, das von der Jagd erschöpft ist, dachte Julia.

Sie lächelte. »Ich glaube schon, dass es möglich ist. Wirklich, du hast genau zur richtigen Stelle gefunden.«

»Ich weiß«, antwortete das hellhaarige Mädchen ruhig. »Das wusste ich vom ersten Moment an, als ich Euch gesehen habe.«

Erneut empfand Julia das gewisse Unbehagen. Sie nickte kühl, aber ihr Herz raste. Ein unschuldiges Barbarenmädchen von außergewöhnlicher Schönheit und offenbar einigen besonderen Fähigkeiten. Ein Glücksgriff.

Plötzlich schien das Leben überhaupt nicht mehr so langweilig zu sein.

Catrina lag auf der mit Seidenstoff überzogenen Liege und fühlte sich seltsam erregt. Ihr war bewusst, dass sie verwöhnt wurde wie nie zuvor in ihrem Leben, als sie sich den ersten Tag im Haus der Herrin Julia in Erinnerung rief.

Zuerst hatte sie ihre Furcht bekämpfen müssen, als sie an Julias Seite den Fluss überquert hatte, und dann gab es einen weiteren kritischen Moment, als sie durch den Eingang der Festung traten. Der Anblick der strengen Wachen, der Lärm der Schmiede und die barschen Befehle, die vom Exerzierplatz herüber schallten, verwirrten ihre Sinne.

Julia hatte sie nur freundlich angelächelt und ihren Arm untergehakt, als sie die Straße mit den Unterkünften entlang gingen. Sie erreichten Julias Haus ohne Zwischenfall. Es war ein wunderschönes Haus, und das einzige Geräusch, das man hörte, war das Plätschern des Brunnens im Hof.

Irgendwo in der Nähe spielte ein Flötist seine melancholischen Weisen. Catrina atmete tief ein, während sie den Luxus des Hauses in sich aufnahm, die wunderbare Einrichtung und die bezaubernde Atmosphäre. War das die römische Lebensart? Dann wollte sie mehr davon ...

Jetzt war früher Abend. Draußen schimmerte der Himmel so sanft wie der Schlag eines Taubenflügels. Erfrischt und gebadet, in einen blassblauen Seidenumhang gehüllt, ließ Catrina sich auf einer Liege nieder, neben sich auf dem Tisch einen Becher Wein und eine

Schüssel mit Obst. Außer ihr war niemand im Zimmer. Catrina spürte, wie der ungewohnte Alkohol in ihren Adern zu rauschen begann. Sie hatte eine bestimmte Ahnung, dass bald etwas Entscheidendes geschehen würde.

Sie war auf dem richtigen Weg, fand Catrina. Ihre Göttin war noch bei ihr, obwohl sie das Amulett verloren hatte. Sie würde bald lernen, wie sie den Krieger Alexius mit seinen eigenen Waffen schlagen konnte. Er befand sich in der Nähe, irgendwo in der Festung.

Nachdem Nerissa sie gebadet und eingeölt hatte, war Julia, begleitet von einer schweren Parfümwolke, ins Badezimmer gekommen, hatte sich neben Catrina gesetzt und gefragt, ob sie mit allem zufrieden war.

Catrina hielt die Herrin für die schönste Frau der Welt; ihre Haut schimmerte wie blasses Gold, wobei sie mit verschiedenen kosmetischen Mitteln nachgeholfen hatte. Die Lippen waren voll und rot, und die Augen leuchteten.

Ihre Haare waren eine Mähne aus glänzenden schwarzen Locken, die bei jeder Bewegung um den Kopf tanzten. Julia beugte sich vor und streichelte versonnen über Catrinas Hand. Catrina fühlte sich eigenartig und spürte sinnliche Schauer, als sie gewahrte, dass Julia ihren nackten Körper mit funkelnden Augen betrachtete, besonders die rosigen Spitzen ihrer Brüste.

Nerissa hatte den Raum verlassen, um mehr Badetücher zu holen. Julia beugte sich noch ein Stück weiter vor, und Catrina schämte sich, weil ihre Brustwarzen anschwollen und unter Julias starrenden Blicken zu prickeln begannen. Julia lächelte und nahm sie in die Hand, sie drückte die Nippel und freute sich über Catrinas spontane Reaktion.

»Hast du das ernst gemeint, was du gesagt hast, Catrina? Ich meine, dass du alles lernen willst, was dazu gehört?«

Catrina hielt den Atem an und sah in Julias dunkle Augen. »Oh, ja, das habe ich ernst gemeint. Ich möchte es mehr als alles andere in der Welt.«

»Und du willst alles tun?«

Catrina sagte spontan: »Ja, alles.«

Alles, um mich an Alexius rächen zu können.

Julia atmete zufrieden seufzend aus. »Meine Liebe, wenn wir alle Lektionen hinter uns haben, wird es keinen Mann in dieser Festung geben, der dir widerstehen kann. Deine Lektionen werden so früh wie möglich beginnen. Aber jetzt sollst du dich ausruhen. Ich verspreche dir, du könntest in keinen besseren Händen sein.«

Sie wandte sich zu gehen, und Catrina blickte ihr lange nach. Sie spürte die Erregung durch ihre Adern pochen, und sie wusste, dass es nicht nur am Wein lag.

Jetzt war es Abend geworden, und sie befand sich ganz allein im geräumigen warmen Zimmer, in das Nerissa, das Dienstmädchen, sie geführt hatte. Alles war so fremd, so luxuriös im Vergleich zu den Torfhütten ihres Stammes, in denen sie bisher gelebt hatte, und doch kam ihr diese Umgebung irgendwie vertraut vor, als ob sie hierhin gehörte.

Ihre Haut prickelte und duftete von den Ölen, die Nerissa einmassiert hatte, und die blassblaue Seide war kühl und sinnlich, wo sie ihre Haut berührte. Dies war ein Ort der wunderbaren Geheimnisse, angefangen von den Bodenplatten, unter denen es warm war, bis zum klaren kalten Wasser, das aus dem Schlangenkopf des Brunnens im Zentrum des mit Steinen ausgelegten Hofes sprudelte. Und sie hatte noch so viel zu lernen …

Allmählich versanken die letzten Sonnenstrahlen, und Catrina lag in einer weichen, sinnlichen Dämmerung. Sie hörte das Wasser des Brunnens plätschern. Ein wenig benommen vom schweren, süßen Wein streckte sie ihre Glieder auf der geschwungenen Liege und fragte sich, was sie als Nächstes tun sollte. Sollte sie jemanden rufen oder in Ruhe abwarten? Der Gedanke, sich wieder mit der Herrin Julia zu unterhalten, erregte sie auf seltsame Weise.

Sie fragte sich, ob sie sich ihr anvertrauen und fragen sollte, ob sie etwas über einen großen dunkelhaarigen Krieger namens Alexius wüsste. Aber es gab über tausend Legionäre in dieser Festung.

Die Erinnerung an Alexius, ihren Feind, beunruhigte sie, deshalb verdrängte sie ihn mit aller Kraft aus ihren Gedanken. Sie legte sich zurück auf die Kissen und schloss die Augen. Sie spürte, wie der Wein durch ihre Adern rauschte. Doch dann hörte sie ganz in der Nähe einen leisen Laut, und ihr Körper versteifte sich.

Am anderen Ende des Zimmers befand sich ein niedriges Fenster, dessen Läden geschlossen waren. Catrina nahm an, dass es zum Hof führte. Aber während sie hinsah, bemerkte sie, wie die Läden von der anderen Seite langsam von unsichtbarer Hand geöffnet wurden, und jetzt erkannte Catrina, dass sich dahinter nicht der Hof erstreckte, sondern ein anderes Zimmer, ähnlich wie das, in dem sie lag. Das Zimmer war schummrig beleuchtet, während ihr eigenes im Dunkel lag, deshalb konnte Catrina die beiden tanzenden Mädchen sehen, gefangen in der Flötenmusik, die leise und wehmütig erklang.

Staunend richtete Catrina sich auf, um die Mädchen beobachten zu können. Sie schienen nichts von dem Gast im Nachbarzimmer zu wissen und tanzten mit einer sinnlichen Anmut, die Catrina atemlos machte. Sie wurden im sanften Lampenlicht gebadet, sodass Catrina sehen konnte, dass sie eine dunkle Haut hatten und bis auf ein kurzes Röckchen und die goldenen Armringe nackt waren.

Die seidigen schwarzen Haare fielen locker auf ihre kecken Brüste. Die schönen Gesichter wurden von großen dunklen Augen beherrscht. Die Mädchen trugen beide einen Anhänger aus Elfenbein, der an einer goldenen Kette zwischen den Brüsten baumelte. Staunend sah Catrina, dass sie ihre Nippel rot bemalt hatten. Die Mädchen lächelten sich verschwörerisch zu, die Arme ausgestreckt, sich wie zufällig berührend. Man sah ihnen an, dass sie Lust an der Schönheit der anderen fanden.

Im nächsten Augenblick stockte Catrina der Atem, als sie sah, was im Nachbarzimmer geschah.

Ein Mädchen berührte die feste braune Brust des anderen, ohne den Tanzrhythmus zu unterbrechen, dann sah Catrina, wie das Mädchen die Hand um die Brust der Partnerin schloss und zart am roten Nippel zupfte, bis er hart hervorstand. Das andere tanzende Mädchen vergalt lächelnd Gleiches mit Gleichem, und als alle Nippel erigiert standen, bewegten die Tänzerinnen sich aufeinander zu. Es schien, als wollten sich die roten Spitzen küssen.

Fasziniert schaute Catrina zu und spürte ein heftiges Begehren im Schoß, während ihre eigenen Nippel sich härteten und zu kribbeln begannen. Sanft stießen sie gegen den dünnen Stoff des Gewands.

Wie fühlte es sich an, die warmen Zitzen einer anderen Frau zu berühren? Bei diesem Gedanken spürte sie, wie die geheime Stelle ihres Körpers, die der Römer in Besitz genommen hatte, in köstlicher Erregung zu pochen begann. Ihr Blick ließ nicht von den Mädchen im Nachbarzimmer ab, denn jetzt umarmten sie sich, und ihre goldenen Armreife schwangen zusammen wie Musik. Nun küssten sie sich.

Verwundert sah Catrina zu, wie die kleinen rosigen Zungen miteinander wetteiferten, wie die Lider sich über die dunklen Augen legten und die Brüste noch heftiger aneinander rieben.

Catrina bemerkte, dass ihr Atem stoßweise und fast schmerzhaft kam. Sie war an das Paaren von Mann und Frau unter freiem Himmel und vor anderen gewohnt, denn das geschah in ihrem Stamm bei jedem Ritual. Aber nichts hatte sie auf diese sinnliche Szene vorbereitet, und hechelnd stellte sie fest, dass diese dekadente Abart sie ungeheuer erregte und das Blut in ihren Adern verdickte.

Das war ein Beispiel für die Verderbtheit der Römer, vor der Luad sie immer gewarnt hatte. Aber sie wollte viel mehr sehen, viel mehr erleben!

Während die Mädchen sich küssten, gewahrte Catrina, dass ihr seidener Umhang plötzlich auseinander fiel. Ihre zitternden Finger griffen an ihr erregten Nippel und zwickten sie. Die Funken sprangen hinunter zu ihrem verkrampften Schoß. Ihr Dreieck fühlte sich feucht an, feucht und geschwollen. Instinktiv presste sie die Schenkel zusammen, als wollte sie ihr Verlangen zurückdrängen, aber gleichzeitig spürte sie die Nässe, die sich in ihrem Schoß sammelte.

Eines der Mädchen brach den Kuss ab und ließ sich anmutig auf eine Liege in der hinteren Ecke des Zimmers fallen. Die Partnerin lächelte glücklich und kniete sich zwischen die Schenkel des liegenden Mädchens. Sie schob die Beine weit auseinander und begann die Freundin mit geschickten Fingern leicht zu reizen.

Das Tanzmädchen auf der Liege war nackt unter dem kurzen Röckchen. Catrinas Wangen brannten vor Erregung, als sie die geöffneten Labien sehen konnte, glitzernd vor Feuchtigkeit unter dem flaumbeckten Venusberg. Catrina schluckte schwer und starrte gebannt auf die Szene, wie das eine Mädchen den Kopf senkte und mit der rosigen Zungenspitze in die Spalte stieß.

Das Mädchen auf der Liege wimmerte laut, fasste die eigenen Brüste an und zog und zupfte an den roten Spitzen.

Catrina, deren Brüste sich unter dem kurzen Atmen heftig hoben und senkten, musste plötzlich wieder an den verhassten Alexius denken und an jene Nacht im Wald, als er sie verzaubert hatte und mit seinem kräftigen Phallus in sie eingedrungen war. Sie schüttelte sich und konnte das hungrige Pochen in ihrem Leib kaum noch ertragen.

Mit einer Hand langte sie nach unten. Es war wie ein Schock, als ihre vorsichtig tastenden Finger die Nässe zwischen den Labien spürten. Behutsam ließ sie die Finger kreisen und forschen.

Luad der Priester hatte sie gemahnt, sich nie selbst an dieser geheimen Stelle zu berühren, sonst würde sie ihre Gabe verlieren. Aber es mochte durchaus sein, dass Luad ihr ein Märchen aufgetischt hatte, dachte Catrina rebellisch. Warum hatte er ihr solche köstliche Lust vorenthalten wollen? Sie stöhnte vor Entzücken auf, als die Fingerkuppe gegen die heiße kleine Knospe stieß. Wie ein Blitz schoss die Lust durch ihren Körper. Sie drückte ihre zitternde Hand gegen die pochende Vulva, als wollte sie den süßen Schmerz des Verlangens, der ihren Leib erfasst hatte, damit lindern.

Alexius. Oh, Alexius. Mein Römer – mein Feind.

Dann wurde ihr Blick wieder vom erotischen Spektakel der beiden Mädchen angezogen, die sich gegenseitig Lust bescherten. Catrina keuchte laut. »Nein«, flüsterte sie, »Himmel, nein! Ich glaube, ich träume.«

Die beiden Mädchen hatten ihre Positionen verändert und sich in eine eigenwillige Lage begeben. Sie lagen jetzt aufeinander, aber das obere Mädchen lag falsch herum und mit dem Kopf zwischen den Schenkeln des unten liegenden Mädchens, das wiederum seinen Kopf gegen das Dreieck der Freundin drückte.

Catrina traute sich kaum zu atmen, so sehr schlug der Anblick sie in den Bann. Die Mädchen leckten sich gegenseitig an der Stelle, die Catrina gerade mit dem Finger entdeckt hatte. Ah, was für ein Gefühl das sein musste!

Sie glaubte, vor Verlangen sterben zu müssen; ihr Blut pochte schwer durch ihre Adern.

Plötzlich wurden die Fensterläden krachend zugeworfen. Catrina blieb in ihrem erregten Zustand allein in der Dunkelheit ihres Zimmers zurück.

Sie konnte es nicht glauben. Die Stille war fast greifbar; sie hörte nur ihr Herz laut schlagen. Ihr Körper war heiß und klamm vom Schweiß, und überall kribbelte es auf ihrer Haut. Sie brauchte irgendeine Erleichterung von dieser schrecklichen Spannung, die sie erfasst hatte.

Dann hörte sie ein Geräusch, und sie wirbelte herum. Ein Mann stand in der offenen Tür. Das schwache Licht ließ die Konturen seines kräftigen Körpers erkennen. Er trug nichts außer einem Lendenschurz aus dünnem Leinen sowie eine glitzernde, etwas unheimlich aussehende Goldmaske, die den oberen Teil des Gesichts bedeckte. Sein schwarzes Haar lag dicht am Kopf an, und die glatte eingeölte Haut glänzte in den dunklen Schatten wie Ebenholz.

Catrina erschauerte vor Furcht, als sie den muskulösen Körper betrachtete, aber in die Furcht schlich sich auch eine klammheimliche Erregung und Vorfreude, denn der Mann trat jetzt näher. Er hatte die strotzenden Arme vor dem gewaltigen Brustkorb verschränkt, und sie konnte sehen, dass seine Mundwinkel sich leicht zu einem Lächeln hoben.

Wer war er? Was wollte er hier? Von der goldenen Maske ging eine unbestimmte Bedrohung aus, dachte Catrina, aber dann konzentrierte ihr Blick sich wieder auf den nackten Torso und auf die spärlich bekleideten Lenden. Sie sah die Schwellung seiner Genitalien und erkannte das Leuchten sexueller Erregung in den dunklen Augen hinter der Maske.

Hatte er den schönen jungen Tänzerinnen auch zugesehen? Oder – und jetzt röteten sich ihre Wangen vor Scham – hatte er ihr zugesehen, wie sie ihren erhitzten Körper gestreichelt hatte? Vielleicht, dachte sie verzweifelt, war er irgendein dunkler, vorzeitlicher Gott, der ihr Flehen nach Erleichterung gehört hatte. In diesem seltsamen, dekadenten Haus war vielleicht alles möglich.

Der Mann lächelte und sagte mit tiefer Stimme: »Ihr braucht etwas, Herrin Catrina?« Er langte hinter sich und holte die Lampe aus dem Eingangsbereich und stellte sie vorsichtig auf den kleinen bronzenen Tisch im Zimmer. Dann schloss er die Tür.

»Oh, ja, ja«, hauchte Catrina. Ihre Worte kamen wie ein Flüstern heraus, denn ihr Mund war trocken vor Erregung, ihr ganzer Körper prickelte vor lustvoller Erwartung.

Der Mann lächelte wieder und zog leicht am Knoten des Lendenschurzes, der sich lockerte und zu Boden fiel.

»Möchtet Ihr das vielleicht haben?«, murmelte er und trat einen Schritt näher heran.

Catrina stieß einen gedämpften Laut der Überraschung aus. Er musste irgendein fremder Dämon sein. Die alten Stammesmitglieder erzählten sich von solchen Geschöpfen in früherer Zeit.

Sein massiger Penis war schon steif, er ragte steil aus den Lenden auf, und darunter hing ein schwerer Sack mit seinen Hoden. Catrina musste einige Male schlucken, als sich ihr Blick auf den langen, dicken Schaft fixierte, durch den sich pochende Adern schlangen. Die straff gespannte Eichel reckte sich ihr hoffnungsvoll entgegen. Langsam nahm der Mann den Schaft in die Hand und rieb ihn genüsslich. Dabei leckte er sich die Lippen. Er ließ den Phallus wieder los, und Catrina sah, wie er voller Vitalität auf und ab schwang.

Catrina spürte in sich einen schweren, pulsierenden Schmerz, als sie stumm zu dem Mann aufsah, ihre grünen Augen dunkel und hitzig, voller Hingabe. Sie wollte nichts anderes, als diesen köstlichen harten Stab tief in sich zu spüren, er würde sie mit seiner maskulinen Kraft ausfüllen, sie dehnen und strecken und laben.

Wie in einem Traum sank sie atemlos zurück in die seidigen Kissen der Liege, die zitternden Lippen leicht geöffnet. Der durchsichtige blaue Umhang glitt von ihren Schultern und entblößte die zarten Brüste in ihrer rosigen Erregung. »Ja, oh, ja«, flüsterte sie und streckte die zierlichen Arme aus. »Ich will dich. Jetzt, sofort.«

Im blassgelben Licht der Lampe bewegte der nackte Mann sich auf sie zu, und bei jeder Bewegung schwang der einsatzwillige Penis mit. Catrina griff mit ihrer Hand danach und berührte ihn unsicher mit den Fingerspitzen, als der Mann sich neben sie kniete, dann legte sie die Hand um den Schaft. Er fühlte sich heiß und seidig an und bebte, als hätte er ein eigenes Leben. Mit einem sehnsüchtigen Seufzen legte Catrina sich hin, und wie von selbst glitten ihre Schenkel auseinander, als wollte sie dem dunklen, fremden Besucher ihre Weiblichkeit zeigen.

»Seid Ihr sicher, Herrin, dass Ihr für mich bereit seid?«

Entweder war er ein Gott aus der Welt der Geister oder sie befand sich in einem tiefen Traum. Beides war Catrina recht. »Mehr als bereit«, murmelte sie und lächelte hoch in das maskierte Gesicht.

Seine Augen glänzten hinter der Maske. Er beugte den Kopf und leckte mit langen, langsamen Strichen über ihre Brüste. Sie genoss seine kräftige, entschlossene Zunge. Er zog die steifen Nippel in seinen heißen, feuchten Mund und stieß mit Zunge und Zähnen dagegen, bis sie die Arme um seine breiten Schultern legte und bewundernd über seine glatte, gespannte Haut rieb.

Der Mann murmelte Worte in einer Sprache, die Catrina nicht verstand, als er ihre Hüften ganz nach vorn zur Liege zog. Er spreizte die Schenkel so weit es ging und streichelte die empfindlichen Innenseiten mit seinen großen starken Händen. Dann senkte er den Kopf zwischen ihre Schenkel und fuhr mit der Zunge über die geschwollenen Labien. Catrina keuchte immer lauter. Er stieß jetzt mit der steifen Zungenspitze gegen ihre Klitoris, und Catrina ruckte die Hüften vor, ließ den Schoß rotieren und presste sich der forschenden Zunge entgegen. Oh, wie sie sich nach Erleichterung sehnte!

Lächelnd hob ihr Götterdämon den maskierten Kopf, damit sie seine von ihren Säften glänzenden Lippen sehen konnte. Er nahm den Schaft in die Faust, ging zwischen ihren Schenkeln auf die Knie, rieb die Eichel zwischen den Labien auf und ab und stieß dann vorsichtig in sie hinein. Dabei ließ er ihr verzücktes Gesicht nicht aus den Augen.

Sechstes Kapitel

Julia beobachtete den Fortschritt von Catrina und Phidias durch ein listig angebrachtes Guckloch, das die beiden Zimmer miteinander verband. Julia hatte dem Seufzen und Stöhnen des Barbarenmädchens beim Betrachten der syrischen Sklavinnen schon mit Lust zugesehen. Julia, erfahren in solchen Dingen, hatte den genau richtigen Zeitpunkt abgepasst, ehe sie den willfährigen Phidias ins dunkle Zimmer schickte. Er hatte sich schon die goldene Maske umgelegt, eine der viele Schätze, die sie aus ihren Tagen am römischen Theater mitgebracht hatte.

»Ich bin bereit, Herrin«, sagte er grinsend.

Julia sah ihn an und nickte bestätigend. Ja, er war bereit. Und wie. Auch er hatte die syrischen Mädchen beobachtet, und sie sah die Wirkung an seinem Lendenschurz, der von der Schwellung darunter ausgebeult wurde. Julia selbst spürte ein kaum kontrollierbares Verlangen und war versucht, ihre Pläne zu ändern und sich selbst vom Sklaven bedienen zu lassen.

Aber nein. Kontrolle gehörte zum Spiel. Das würde das Barbarenmädchen auch bald erfahren.

Was den armen Falco anging, so empfand sie fast Mitleid mit ihm, aber schließlich hatte er sich sein Schicksal selbst zuzuschreiben. Er war jetzt bei ihr, halb nackt und in Ketten, damit er nicht weglaufen konnte. Seit jener ersten Nacht, als er sich ihr widersetzt hatte, musste er ihr auf Schritt und Tritt folgen, denn sie war entschlossen, ihn zum Nachgeben zu zwingen. Dabei ging es ihr nur zum Teil darum, dass er ihre Hausgötter anerkannte. Sie wollte ihn brechen, wollte ihn um Gnade winseln hören, wollte ihn und seinen schönen Körper erniedrigt sehen.

Sie verlangte nach ihm mit einer dunklen, hungrigen Gier, fast so intensiv, wie sie nach Alexius verlangte. Die Gedanken an die beiden begehrenswertesten Männer der Festung ließen sie ganz schwach werden. Die beiden zusammen und sie ... Es war ihre Lieblingsfantasie.

Falco kniete hinter ihr auf dem Boden, den Kopf gebeugt, als der Numidier das Zimmer betrat, in dem Catrina lag. »Schau zu«, zischte sie Falco zu. »Schau ihnen zu, sonst wirst du es bereuen.«

Sie konnte ihre Erregung nicht verhehlen, als sie durch das Guckloch ins Nebenzimmer schaute und alles beobachtete. Wie sie Phidias aufgetragen hatte, näherte er sich der staunenden Catrina nur zögernd. Julia hielt den Atem an, als ihr Haussklave den Lendenschurz ablegte und Catrina mit zitternden Fingern den harten Schaft anfasste.

Sie war perfekt, dieses britannische Mädchen, wild, lüstern, schön, eifrig und doch voller Unschuld.

Julia selbst befand sich in einer verzweifelten Lage. Gierig beäugte sie den vom Öl glänzenden Körper des Gladiators. Auch er verfolgte das Geschehen im Nebenzimmer, und Julia sah an der Beule des Lendenschurzes, dass der Anblick nicht ohne Wirkung blieb.

Noch wollte sie ihn nicht. Sie wollte warten, bis er sie anflehte.

Sie zog an der Glocke, um die beiden syrischen Mädchen zu sich zu rufen. Julia mochte die Tanzmädchen, sie waren Zwillinge. Vor vier Jahren hatte sie sie von einem ruinierten Senator in Rom gekauft. Julia hatte ihnen neue Namen gegeben, Lerche und Nachtigall, weil sie so schöne helle Stimmen hatten. Es hatte ihr großes Vergnügen bereitet, den beiden Mädchen die Lebensweise im Haus eines Tribuns beizubringen.

Als die Mädchen eintraten, raunte sie ihnen zu, was genau sie zu tun hatten. Lerche und Nachtigall nickten eifrig und flankierten die Herrin kniend, als Julia sich seufzend in die Kissen sinken ließ. Die Mädchen kosten ihre Brüste mit Lippen und Zungen, ehe sie sich der pulsierenden Vagina annahmen.

Julia stöhnte ekstatisch, sie wand sich auf der breiten Liege und wusste, dass es nicht lange dauern würde, bis sie die ersehnte Erleichterung spüren würde. Ah, sie war fast da!

Dann hörte sie Falco keuchen. Sie schlug die Augen auf und sah den Schweiß auf seiner Stirn und den zuckenden Penis unter dem Lendenschurz.

Sie versagte sich die eigene Erfüllung, löste sich von den jungen Sklavinnen und setzte sich auf.

»Bindet den Gladiator los«, befahl sie den Mädchen.

»Aber Herrin ...«

»Tut, was ich sage!«

Sie wusste, dass sie ein Risiko einging. Aber dieses hier wollte sie eingehen, denn kein Mann würde vor dieser Szene davonlaufen. Sie richtete sich weiter auf, um den knienden Sklaven besser sehen zu können, und sah zu, wie die Mädchen ihm die Ketten abnahmen und den Lendenschurz aufknoteten. Darunter zuckte der heiße, harte Penis.

Julia lächelte. Was für ein Schaft! Seiden, kräftig,

stolz und starr. Die Eichel so reif, dass sie zu platzen schien. Eines nicht so fernen Tages würde sie ihn besitzen. Wenn er genug gelitten und gebüßt hatte.

Sie gab den Mädchen zu verstehen, dort fortzusetzen, wo sie aufgehört hatten, legte sich wieder hin und spreizte einladend die Schenkel. Gleichzeitig sah sie wieder durchs Guckloch.

Sie war froh, dass Phidias daran gedacht hatte, eine Lampe mit ins Zimmer zu nehmen. Im sanften goldenen Licht konnte sie alles genau sehen. Der Numidier schob seinen stolzen Schaft in Catrina hinein und knetete die kleinen Brüste. Catrina verzog in unbändiger Lust das Gesicht, die grünen Augen weit aufgerissen. Sie krümmte den Rücken und begegnete den Stößen des Sklaven auf halbem Weg.

Julia wandte sich an den Gladiator. »Sieh mich an, Falco«, flüsterte sie heiser, erregt vom Streicheln und Massieren der beiden Mädchen. »Bist du nicht scharf auf mich? Würdest du deinen harten Penis nicht gern in meine saftige Tiefe stoßen? Immer wieder zustoßen, bis du dich nicht mehr zurückhalten kannst und dich wild pumpend in mich ergießt?«

Es war zu viel für Falco. Sein Penis zuckte, und die gespannte Eichel pochte vor Verlangen. Ächzend packte Falco den Schaft mit der Faust und bewegte sie fieberhaft auf und ab. Der ganze Körper geriet in Zuckungen, und der schaumige Samen sprühte über die Bodenfliesen. Beinahe gleichzeitig stieß Julia gegen die sanft mahlenden Finger von Lerche und zog Nachtigalls Gesicht an ihre Brust. Sie hielt das Mädchen fest umschlungen, während der Orgasmus sie durchrüttelte.

Als sie sich erholt hatte, kniete der Gladiator weiter schweigend da, obwohl sein Körper noch von der

Intensität des Erlebnisses geschüttelt wurde. Er hatte den Kopf schamvoll gesenkt. Julia rief leise seinen Namen, und er schaute auf, die grauen Augen trübe.

»Das war aber sehr dekadent von dir«, sagte sie belustigt. »Das war ja eine klassische Selbstbefleckung. Ich dachte, du hättest mehr Kontrolle über dich, Falco.« Sie wandte sich an Lerche und Nachtigall. »Meine Vögelchen«, sagte sie, »kettet ihn wieder an. Ich glaube, im Augenblick hat er nicht die Kraft, sich euch zu widersetzen.«

Die Mädchen taten wie geheißen. Julia sah, wie sich das kalte Metall um die goldene Haut des Gladiators schloss. Sein Penis hatte sich beruhigt, eine träge fette Schlange zwischen den kräftigen Schenkeln. Sie würde ihn nur zu gern in die Hand nehmen um zu sehen, wie er sich wieder streckte und mit neuem Leben füllte.

Plötzlich stand Lerche neben ihr. »*Patrona*«, flüsterte sie aufgeregt. »Im Nebenzimmer – schnell!«

Catrina presste sich gegen den schweren Körper des Numidiers, ihr Gesicht gerötet von der Lust, die er ihr verschaffte. Bei jedem Stoß in ihren entflammten Leib klammerte ihre Vagina sich um die herrliche Länge seines Schafts, und jedes Zurückziehen begleitete sie mit einem leisen Seufzer der Enttäuschung. Sie grub die zierlichen Finger in seine muskulösen Schultern. In ihrem Leib schien sich alles zusammen zu ziehen, und wenn der Mann mit der Goldmaske sanft über ihre Nippel strich oder mit dem Daumen über die klopfende Klitoris rieb, dann spürte sie ein Aufwallen in sich, das fast schmerzhaft war, so groß war ihre Erregung.

Dann, endlich, als sie nur noch eine bebende Masse gierigen Verlangens war, lächelte der Mann und stützte sich mit beiden großen Händen auf der Liege auf. Sein gewaltiger Körper spannte sich wie ein Bogen, als er den Penis bis zum Rand ihrer pulsierenden Vagina herauszog.

Er schaute in ihr gerötetes Gesicht und begann mit kräftigen, pumpenden Stößen, die ihren Kopf von allem befreiten, was nichts mit diesem großartigen Erleben zu tun hatte, sodass sie nur noch von diesem knochenharten Schaft beherrscht wurde, der sie ins süße Reich von Lust und Leidenschaft beförderte. Catrina sammelte ihre verbliebene Kraft und stemmte sich ihm entgegen, sie mahlte ihren Schoß gegen seine Stöße, und wenn sie sich ein wenig anhob, massierte der Schaft bei jeder Bewegung den pochenden Kitzler, bis sie in einem lang anhaltenden Orgasmus explodierte. Das Zimmer wurde erfüllt von ihren hellen Schreien des nie erlebten Entzückens.

Der große Numidier kam rasch danach und stöhnte laut und ächzend seinen Höhepunkt hinaus. Catrina, deren Atem noch rasselte, schaute glückstrunken auf zu ihm, während der Schaft noch in ihr steckte und noch ein wenig zuckte. Der geheimnisvolle Maskenmann beugte sich zu ihren Brüsten und nahm sie abwechselnd in den Mund.

Wenn dies die römische Lebensart war, dachte Catrina, dann war sie hier genau richtig.

Die Tür öffnete sich und ließ einen Schwall kühle Luft herein. Julia schlüpfte ins Zimmer.

»Gut gemacht, meine Liebe«, sagte sie. »Deine erste Lektion hast du mit Glanz und Gloria bestanden. Findest du nicht auch, Phidias?«

Catrina sprang auf die Füße und schlang den dünnen Umhang fester um sich, während der Mann liegen blieb und befriedigt lächelte.

»Sie hat sich außergewöhnlich gut eingeführt, *patrona*«, sagte der Mann und nahm vorsichtig die Goldmaske vom Gesicht. Er verbeugte sich vor seiner Herrin.

Sprachlos schaute Catrina von Julia zu ihrem Liebhaber und wieder zurück. Der Mann mit der Maske war also kein Gott oder Dämon, er war ein Haussklave und hatte ihr auf Julias Geheiß hin dieses Vergnügen bereitet.

»Lektion?«, platzte es aus ihr heraus. Ihre Wangen brannten noch, während der Rest ihres Körpers sich plötzlich kalt anfühlte. »Ich glaube, ich verstehe nicht ganz. Habt Ihr die ganze Zeit zugesehen?«

»Natürlich, meine Liebe. Schließlich habe ich das alles für dich arrangiert, wobei mir die wunderschönen Tänzerinnen geholfen haben. Und auch Phidias.« Sie blickte in Catrinas Gesicht und fragte: »Es hat dir doch Spaß gemacht, oder?«

Sie schien so besorgt zu sein, dass Catrina lachen musste. Spaß war wirklich maßlos untertrieben für den sinnlichen Genuss, der ihr widerfahren war. Trotzdem fand sie es beunruhigend, dass alle ihr zugeschaut hatten, sie empfand plötzlich Scham.

Hatte Julia sie auch wegen ihrer Naivität ausgelacht, genau wie der verhasste Alexius gelacht haben musste, als er in die Nacht hinausgegangen war? Seine schneidenden Worte klangen ihr immer noch im Ohr. *»Du glaubst doch nicht, dass Barbaren nach meinem Geschmack sind?«*

Catrina bemühte sich um Haltung. Sie sammelte

sich, schob die blonden Haare aus dem Gesicht und sagte: »Natürlich habe ich es genossen. Aber – verzeiht – ich habe nicht gewusst, dass ich zur Unterhaltung aller beigetragen habe.«

Julia lächelte. Das britannische Mädchen war nicht nur schön mit seinen grünen Augen und blonden Haaren, sie hatte auch Geist und Temperament. Sie trat auf Catrina zu und strich besänftigend über ihre Hand.

»Liebe Catrina, sei nicht verletzt. Natürlich habe ich zugeschaut. Ich musste doch sehen, wie es dir gefällt. Du hast dich in meine Obhut begeben, da ist es meine Pflicht, mich von deinem Fortschritt zu überzeugen.«

Sie bemerkte das Zögern des Mädchens, deshalb setzte Julia nach. »Denk doch einmal darüber nach, Catrina. Es steht dir natürlich frei, mein Haus wieder zu verlassen. Aber du solltest dich an deine Situation erinnern, die dich zu mir geführt hat. Denkst du noch an die Szene in der Straße?«

Julia sah, wie ein Schatten der Angst auf das kleine, fein geschnittene Gesicht des Mädchens fiel. Gut. Catrina erinnerte sich noch sehr gut an den Pöbel, an die derben Bauern, die dicht davor gewesen waren, sie als Hexe in Stücke zu reißen.

»Diese Kerle haben dich auch noch nicht vergessen, Catrina. Ich bitte dich, bleibe bei mir. Hier bist du in Sicherheit, denn niemand traut sich, die Hand gegen mich zu erheben. Und du willst doch etwas über die römische Lebensweise lernen, nicht wahr? Glaube mir, wir werden gemeinsam noch viel Vergnügen haben.«

Das Mädchen hob den Kopf und hielt Julias Blick stand. »Ich möchte gern bleiben«, sagte Catrina. »Ich möchte alles über die römische Lebensweise erfahren.« Dann atmete sie tief durch, als wollte sie zu einem

Entschluss finden. »Ich suche einen Mann«, sagte sie leise.

Julia verstand sie falsch und legte ihre Hände auf die Schultern des Mädchens. »Ah, du willst einen wohlhabenden, einflussreichen Beschützer suchen. Ja, natürlich, das kann ich gut verstehen. Du bist von einer berauschenden Schönheit, und ich bin sicher, du könntest jeden Mann der Festung zu deinen Füßen haben. Wir bringen dir noch einige Sachen bei, wie eine feine Dame sich schminkt, wie sie sich kleidet. Lerche und Nachtigall werden mir helfen. Und gemeinsam können wir dir auch beibringen, auf wie vielfältige Weise die römischen Frauen ihre Männer verwöhnen.«

Sie nahm Catrinas Hand und zog sie hinaus in den schwach beleuchteten Hauseingang. Catrina war sich bewusst, dass Julia sie falsch verstanden hatte und versuchte, die richtigen Worte zu finden. »Nein! Ich suche nicht irgendeinen Mann, sondern . . .«

Wieder unterbrach Julia sie. »Natürlich nicht. Du möchtest einen besonderen Mann haben, und sehr reich soll er sein. Oh, du wirst deinen Entschluss, bei mir zu bleiben, nicht bereuen, das verspreche ich dir.« Dann sah sie sich um und sagte in einer völlig veränderten Tonlage: »Falco, was hast du denn hier zu suchen?«

Ein junger blonder Sklave stand in den Schatten des Türeingangs. Seine Arme waren auf dem Rücken aneinander gekettet. Catrina, ganz in ihren Gedanken verhaftet, starrte ihn staunend an. Er sah so schön und zugleich so traurig, aus. Warum war er gefesselt? Unbehagen überfiel sie. Was ging sonst noch in diesem seltsamen Haus vor?

Julia schien ihre starrenden Blicke bemerkt zu haben

und fragte: »Oh, Catrina, dir gefällt mein ungehorsamer Gladiator?«

Catrina spürte, wie die Blicke aus den grauen Augen ihr durch Mark und Bein gingen. »Warum ist er gefesselt?«

»Weil Falco sehr aufsässig war. Er hält sich für besser als alle anderen. Aber das ist er gar nicht, stimmt's, Falco? Du bist wie wir alle.« Sie leckte über eine Fingerspitze und fuhr damit über das Gesicht das Sklaven. Catrina schüttelte sich, als sie sah, wie er die Augen schloss.

Seufzend wandte sich Julia wieder an Catrina. »Eines Tages wirst du Falco richtig kennen lernen. Aber jetzt musst du müde sein. Ich zeige dir dein Schlafzimmer, und morgen schmieden wir Pläne.«

Irgendeine böse Vorahnung schlich sich in Catrinas Gedanken ein, aber dann rief Julia die Sklavin Nerissa, die Catrina auf ihr Zimmer brachte.

Julia war müde. Angenehm müde, aber ihr Körper sagte ihr, dass sie nach den Auswüchsen des Abends Ruhe brauchte. Falco war für die Nacht am sichersten in den Sklavenquartieren des großen Hauses aufgehoben, aber als sie gerade Phidias rufen wollte, um den Gladiator fortzubringen, sagte er mit seiner ruhigen, festen Stimme: »Ihr solltet das Mädchen gehen lassen. Sie ist schön und unschuldig, sie ist kein Spielzeug.«

Julia wirbelte zu ihm herum, verärgert über seine Einmischung. »Was bildest du dir ein? Ich kann dich noch härter bestrafen, wenn du das willst.«

Gelassen antwortete er: »Natürlich könnt Ihr das. Mir macht das nichts aus.«

»Aber es macht dir was aus, wenn ich auch die anderen Mitglieder deiner Sekte jage. Es gibt auch viele von ihnen hier in Eboracum, nicht wahr? Frauen und Sklaven und andere Habenichtse, die von sich behaupten, Christus zu huldigen. Soll ich sie bestrafen, wie einst Nero sie in der römischen Arena bestraft hat?«

Falco wurde bleich.

»Ah«, sagte Julia, »ich sehe, dass du weißt, wovon ich spreche. Also verhalte dich brav, Gladiator, und nimm dir keine weiteren Frechheiten heraus.«

Er schwieg, und Julia wusste, dass sie wieder die Oberhand hatte. Sie lächelte. »Ich glaube, ich sollte dich und deine Fähigkeiten in Zukunft besser einsetzen. Du sprichst Griechisch so gut wie Latein, nicht wahr? Kannst du in beiden Sprachen auch schreiben?«

»Ja, Herrin.«

»Nun«, sagte sie mit blitzenden Augen, »dann habe ich eine höchst interessante Beschäftigung für dich.«

Nachdem Nerissa gegangen war, lag Catrina wach in der Dunkelheit ihres großen Schlafzimmers und lauschte den fernen, unvertrauten Geräuschen der Festung. Ihr breites Holzbett mit der weichen, mit Wolle gefüllten Matratze und den schweren Decken wirkten fremd und erdrückend auf sie, die bisher gewohnt war, auf fellbedeckten Farnen zu schlafen. Ihre Gedanken ließen sie nicht zur Ruhe kommen; der erste Tag in dieser seltsamen, faszinierenden Stadt mit all den sensationellen Gefühlen hatte sie überwältigt.

Ihr Körper prickelte noch von den Liebkosungen des maskierten Mannes. Sie errötete, als ihr einfiel, dass sie ihn für eine übernatürliche Macht gehalten hatte. Julias Haussklave hatte ihr köstliches Vergnügen bereitet und sie von den sexuellen Spannungen befreit, die sich die ganze Zeit in ihr aufgebaut hatten. Aber er war nicht wie Alexius gewesen.

Als die Erinnerungen sie umfingen, spürte sie wieder den Zorn über Alexius' kalten Verrat, sie spürte ihn wie einen körperlichen Schmerz. Sie drückte eine Hand gegen die Stirn, wie um sich zu beruhigen, und versuchte an nichts zu denken als an die Stille, die sie umgab. Draußen auf dem Innenhof, dem Zentrum von Julias Haus, konnte sie den Brunnen plätschern hören, und irgendwo in der Ferne sang eine Nachtigall, wodurch sie an die Nähe der Wälder erinnert wurde, wo ihr wirkliches Zuhause lag.

Catrina griff unter ihr Kissen, wo sie den kleinen Lederbeutel versteckt hatte. Sie berührte die Klinge des Messers, auf dessen Griff der Name Alexius eingeritzt war. Der Name ihres Feindes.

Dichter Dampf hob sich aus dem erhitzten Wasser des Kaldariums, und von der hohen Decke mit seinen schönen Fresken wurde das Planschen und Lachen der militärischen und zivilen Elite von Eboracum zurückgeworfen, die sich bevorzugt im luxuriösen Badehaus aufhielt. Es war gebaut worden, um in den Menschen an den Grenzen des Weltreichs die Erinnerung an das bequeme Leben in Rom wach zu halten.

Es war früher Abend, und es waren viele Leute da, die Alexius kannte. Falls er um diese Zeit nichts Dringendes zu erledigen hatte, kehrte er ins Badehaus ein, um sich im warmen Wasser zu entspannen, mit Freunden guten Wein zu trinken und sich eine Massage zu gönnen, bei der er gewöhnlich die letzten Neuigkeiten erfuhr.

Viele Leute kamen, um an den Geräten zu üben, sie unterwarfen sich dem Gewichtstraining und übten Ringergriffe. Aber die körperliche Fitness war kein Problem für Alexius. Das harte militärische Exerzieren und das ausgiebige Training hatten seinen Körper gestählt.

Angenehm entspannt zog er sich aus dem warmen Wasser und schlang ein Tuch locker um seine schlanken Hüften. Gemächlich begab er sich zu dem kleinen Trepidarium, wo er sich immer von seinem eigenen Masseur einölen und durchkneten ließ. Es war ein gutes Gefühl, nach der schweren körperlichen Arbeit und dem konstanten Druck, dem er sich als Kommandant der Festung ausgesetzt sah, völlig entspannt zu sein, wenn der Schweiß und die Anstrengungen des Tages von harten, kundigen Händen wegmassiert wurden.

Weil es im kleinen Raum ziemlich düster war, glaubte er sich allein, als er sich auf die Marmorbank sinken ließ, aber dann wurde ihm klar, dass schon jemand da war. Er hörte seinen Namen; die Stimme kam aus einem schattigen Alkoven. Alexius drehte sich um und erkannte den bürgerlichen Magistrat Elenius, der sich mit zwei anderen ernannten Magistraten die Verantwortung für die Stadt teilte.

»Nun, Freund Alexius, wie geht es Euch?«, grunzte der übergewichtige schwitzende Mann, dessen schlaffes Fleisch unter den knetenden Fingern seines Masseurs hin und her schwappte. »Ich habe Euch noch nicht gesehen, seit Ihr den angemalten Barbaren in den Hügeln entkommen seid. Wart Ihr schon da, um das

Dorf dem Erdboden gleich zu machen? Bei Jupiter, ich würde das tun, wenn ich an Eurer Stelle wäre.«

Alexius lächelte höflich und legte sich bäuchlings auf das weiche Tuch, das sein Masseur auf die Marmorbank gelegt hatte. »Sie sind nicht so leicht zu stellen, diese britannischen Stämme. Selbst wenn wir die halbe Legion in die Hügel schickten, würden sie sich noch in den Wäldern und Höhlen verstecken können.«

Elenius schnaufte. »Aber Ihr seid der Kommandant der Sechsten. Ihr werdet die Barbaren doch nicht so einfach davonkommen lassen? Ihr solltet gegen sie ausziehen und sie alle massakrieren, mein junger Freund. Ich schwöre bei den Göttern, ich würde das tun!«

Alexius nickte höflich. Elenius war dick und kahl, er war ein Mann mittleren Alters, und es war kaum vorstellbar, ihn Lanzen schwingend auf einem Pferd zu sehen. Alexius legte den Kopf auf die Arme, während der Masseur sich um seinen muskulösen Körper kümmerte.

Er hörte nur mit halbem Ohr hin, als Elenius weiter schwafelte, wie er mit den britannischen Stämmen umgehen würde. Alexius ließ sich treiben und genoss das luxuriöse Gefühl des absoluten Wohlbehagens. Es war ein langer Tag gewesen; viele Vorräte waren angeliefert und am Flussufer gelöscht worden. Er hatte den Bestand überprüfen und die neuen Mengen feststellen müssen, er hatte die Lieferanten zu bezahlen und musste sich auch noch um den täglichen Kleinkram kümmern, der in einer isolierten Festung anfiel.

Hinzu kam, dass seine Männer einen Erdwall um die Stadt errichteten. Die Festung selbst konnte gut verteidigt werden, aber wenn die Barbarenkrieger aus dem Norden einfielen, würden sie zuerst die Stadt überfallen, und dabei würden viele Zivilisten geschlachtet werden. Dass es einen solchen Angriff geben würde, davon war Alexius überzeugt, denn es verdichteten sich die Gerüchte über Roms derzeitige Schwäche.

Leute wie Elenius, die zu Hause auf bequemen Stühlen saßen, hielten Rom und jede Garnison im Weltreich für unbesiegbar. Alexius, der in Gallien gegen die wilden teutonischen Stämme gekämpft hatte, die nicht aufhörten, die Nordgrenze des Imperiums zu bedrohen, wusste es besser.

»... sollte sie alle massakrieren«, murmelte Elenius wieder. »Nehmt eine Schwadron mit in die Hügel und räuchert sie aus, die Wilden.«

Alexius rollte sich auf die leise Aufforderung des Masseurs hin auf den Rücken und seufzte wohlig, als der Mann die dicken Muskelpakete der Oberschenkel zu walken begann. Vielleicht hatte Elenius Recht. Vielleicht sollte er sie ausräuchern. Alexius schloss die Augen. Es war nur natürlich, an den Eingeborenen Rache zu nehmen, denn sie hatten seiner Einheit eine gemeine Falle gestellt, in der viele seiner Männer ihr Leben gelassen und andere Verwundungen erlitten hatten. Alexius hatte das Trachten nach Vergeltung auch schon von anderen in der Stadt und in der Festung gehört.

Aber immer, wenn Alexius an die wilden Barbaren in ihren Höhlen dachte, sah er das Mädchen vor sich, das ihn geheilt hatte. Und das war der Grund für seine Zurückhaltung.

Verdammt, dachte er, er kannte nicht einmal ihren Namen, und er wusste auch nicht, wie sie aussah.

Doch er würde nie die Berührung ihrer sanften Hände vergessen, wenn sie ihre beinahe wunderheilende Salbe aufgetragen hatte. Oder ihre leise, fröhliche Stimme, als sie versucht hatte, seinen Namen auszusprechen. Instinktiv wusste er, dass sie schön war. Ihr Körper war sanft und schmiegsam gewesen, als er sie genommen hatte. Sie hatte sich ihm geöffnet wie eine junge Frühlingsblume der Sonne, sie war scheu, aber leidenschaftlich, und als er in ihren weichen Leib eingedrungen war, hatte ihr Körper köstlich reagiert. Ihre süßen Explosionen hatten ihn das Atmen vergessen lassen.

In seinem Leben hatte Alexius viele Frauen gekannt. In der strikten Hierarchie der römischen Gesellschaft standen dem mächtigen, gut aussehenden *primus pilus* der Sechsten Legion alle schönen Frauen zur Verfügung, ob verheiratet oder nicht. Ihm ging ein gewisser Ruf als Liebhaber voraus, den seine Kameraden, halb neidisch, halb bewundernd, verbreitet hatten. Seine offenkundige Entschlossenheit, sich nie zu lange mit einer Frau einzulassen, schien für alle eine Herausforderung zu sein. Seit er sich der Legion angeschlossen hatte, kannte er nur eine Regelung, was Frauen betraf: Er nahm sein Vergnügen und bereitete ihr Vergnügen – und damit waren sie quitt.

Aber das Barbarenmädchen in den Hügeln, das in seinen Tagen der Blindheit wie ein Traum über ihn gekommen war, hatte ihn seltsam berührt. Ihre leisen Schreie der Lust und Verwunderung, als er ihre kleinen, festen Brüste gestreichelt hatte, hatten ihn mit einer Zärtlichkeit erfüllt, die er nie zuvor empfunden hatte. Die Wildheit ihres Höhepunkts hatte ihn völlig überrascht; er erschauerte heute noch, wenn er daran dachte. Vielleicht war sie wirklich noch Jungfrau gewesen, wie sie behauptet hatte; eine Jungfrau mit einer ungeheuren Ausstrahlung, und er war der Erste gewesen …

Er hatte sie grausam behandelt. Hatte ihr gesagt, dass sie alles bekommen hatte, was sie hatte haben wollen. Dass Barbarenfrauen nicht nach seinem Geschmack waren – was überhaupt nicht stimmte. Er hatte ihren verletzten Stolz gespürt, obwohl er sie nicht hatte sehen können, als er ihr gesagt hatte, dass er gehen wollte.

Er hatte keine andere Möglichkeit gehabt. Ihr Stamm hätte sie getötet, wenn der Verdacht aufgekommen wäre, sie hätte die Schuld an seiner Flucht gehabt. Deshalb hatte er sie gefesselt zurückgelassen, auch wenn sie ihn deshalb abgrundtief hassen musste, aber seither war sie ihm nicht mehr aus dem Kopf gegangen.

Er spürte, wie sein Phallus sich hob, als er an die lüsterne Unschuld ihrer Berührungen dachte. Sein Masseur, der seine Arbeit beendet hatte und das Öl seiner Finger an einem Handtuch abwischte, ignorierte taktvoll die Erregung des Kommandanten. Alexius seufzte und versuchte, das Mädchen aus seinen Gedanken zu verdrängen.

Er wünschte, er wüsste, wie sie aussah. Er wünschte, er könnte sie noch einmal treffen. Auch wenn er zu wissen glaubte, dass sie ihn hasste.

Dann wurde er in die Wirklichkeit zurückgeholt, als er unverwechselbare Geräusche aus der anderen Ecke des schwach beleuchteten Raums hörte. Sein Masseur war gegangen und hatte ihm einen Krug gekühlten Weins und eine Schüssel mit Feigen auf dem niedrigen Tisch neben der Bank zurückgelassen, und während Alexius ein wenig eingedöst war, die Gedanken meilenweit weg, hatte Elenius eine Sonderbehandlung verlangt. Er hatte eine Lieblingsmasseuse im Badehaus, die sich jetzt in ihrer kurzen Tunika über ihn beugte und mit der ihr eigenen Behandlung fortfuhr.

Elenius' Penis befand sich noch im Ruhezustand, bemerkte Alexius mit einem Auge. Ganz offensichtlich benötigte der korpulente Magistrat mit seiner rosigen Wampe einige Zeit, um das schätzen zu können, was die Frau mit ihm anstellte.

Alexius konnte sehen, dass sie sich alle Mühe gab. Die dunkelhaarige Frau lockerte die Tunika und ließ die vollen Brüste heraus, mit denen sie über Elenius' behaarten Brustkorb strich. Sie fuhr mit der Zunge über die Innenseiten seiner Schenkel, während sie den schlaffen, bleichen Penis leicht mit der Hand rieb, ehe sie ihn in den Mund nahm und sanft und beherzt saugte – ohne Ergebnis.

Alexius lag ausgestreckt da, hob den Kopf an und stützte ihn mit einer Hand ab. Er griff nach dem Badetuch und zog es über seine Lenden, denn er hatte gesehen, wie die Frau verstohlen zu ihm geschaut hatte, die Augen glänzend ob seines viel versprechenden Spielgeräts.

Aus den Augenwinkeln musste Elenius gesehen haben, dass Alexius sich mit dem Tuch bedeckt hatte. Er richtete den Oberkörper auf, keuchte von der Anstrengung und rief: »Wollt Ihr auch ein Mädchen, mein Freund Alexius? Ihr braucht es nur zu sagen.«

Alexius lächelte. »Nein, aber danke für das feine Angebot. Eines Tages komme ich vielleicht darauf zurück, aber jetzt muss ich mich auf den Weg machen.«

»Ich weiß, ich weiß. Militärische Pflichten und so … ahhh …« Seine Stimme ging in ein Jammern über.

»Mädchen, ich habe dir doch schon immer gesagt, du sollst mit den Fingern ... ja, das ist die richtige Stelle ...«

Alexius hatte die Beine schon von der Bank geschwungen. Er wollte die neue Tunika über den Kopf werfen, die ihm der Masseur hingelegt hatte, aber dann sah er, wie die schwarzhaarige Frau Öl auf ihre Finger träufelte und mit einem Finger zwischen die schwappenden Backen glitt. Elenius ächzte vergnügt, und endlich erwachte auch sein Penis zu neuem Leben.

»Ja, Mädchen, gut so. Jetzt nimm ihn tief in den Mund und wackle ein bisschen mit dem Finger ... ah, ja, genau richtig.«

Das Mädchen ging mit dem Kopf weiter nach unten und wischte mit der Zunge über den heißen kleinen Stamm. Nach ein paar Minuten legte sie eine Pause zum Luftholen ein, und als Elenius protestierte, murmelte sie mit verführerischer Stimme: »Gönnt mir einen Moment Erholung, Herr! Bei einer so stattlichen Waffe bleibt mir kaum Luft zum Atmen. Er ist fast zu groß für eine Frau allein.«

»Eh, ich kann stolz auf ihn sein, was?«, murmelte Elenius und griff an die rosigen Brustspitzen der Frau. »Schnell, Mädchen, mach weiter!«

Alexius musste ein Grinsen unterdrücken. Er bückte sich, um seine Schuhe zu schließen, und hörte weiter das Schnaufen des dicken Mannes und die lutschenden Bemühungen der Frau. Es kostete Alexius einige Überwindung, sich umzudrehen und zu gehen.

Aber Elenius rief: »Alexius, mein Freund! Geht noch nicht. Das Mädchen wird sich Euch auch vornehmen!«

Die Frau, die neben Elenius kniete, sah Alexius bewundernd an. »Für Euch, Kommandant, kostet es nichts«, raunte sie und fuhr mit der Zungenspitze über die reifen Lippen.

Alexius lächelte sie an. »Nein, danke, Elenius, ich muss wirklich gehen.«

»Seid Ihr denn noch im Dienst?«

»Offiziell nicht, aber heute gibt es eine kleine Feier zum Jahrestag der Ankunft unserer Legion in Britannien, deshalb muss ich da sein.«

Elenius nickte verstehend. »Ah, ein Fest!«

Alexius grinste. »So ungefähr.«

»Das kann ich gut verstehen. Aber bevor Ihr geht, Alexius – habt Ihr von dem wilden Barbarenmädchen gehört, das diesen Wirbel veranstaltet hat?«

Alexius spürte, dass sein Herz plötzlich schneller schlug, aber seine Stimme blieb kontrolliert, als er fragte: »Was für ein Barbarenmädchen?«

»Eh, es hat fast einen Aufstand wegen ihr in der Stadt gegeben. Heute am Nachmittag. Es heißt, sie hätte das zweite Gesicht. Und alle sagen, sie sei eine Schönheit – lange blonde Haare, ganz helle Haut, hinreißende Figur. Also, wie eine Barbarin sieht sie ganz und gar nicht aus.«

Alexius blieb stehen, die Hand schon an der Tür. »Wie kommen die Leute darauf, dass sie das zweite Gesicht haben soll?«

»Weil sie ein Kind vor dem sicheren Tod bewahrt hat. Es hat einen Unfall mit einem überladenen Fuhrwerk gegeben. Ihr wisst ja, was an Markttagen in der Stadt los ist. Offenbar hat das Mädchen vorausgesehen, dass das Rad des Fuhrwerks brechen würde, deshalb hat sie den Jungen im letzten Moment weggezogen. Einen Wimpernschlag später, und der Junge wäre zu Tode gequetscht worden.«

Alexius schluckte. Er versuchte, seine Gedanken zu ordnen. »Und wo ist das Mädchen jetzt?«

»Bei Julia.« Elenius gluckste anzüglich, während er mit den Händen über die Brüste der Frau strich. »Die arme Julia. Sie hat wahrscheinlich geplant, das Mädchen in ihre dekadenten Spiele einzuführen. Wie enttäuscht sie sein wird, wenn wir das Mädchen abholen.«

»Abholen?«

»Ja, natürlich. Wir müssen sie doch festnehmen. Das Mädchen ist eine Hexe, vielleicht eine Spionin. Wenn sie so schön ist, wie sie alle sagen, werden wir uns noch ein bisschen mit ihr amüsieren, ehe wir sie dem Mob vorwerfen.«

Alexius nickte nachdenklich. »Und wann wollt ihr sie festnehmen?«

»An diesem Abend noch, bevor Julia von unseren Plänen erfährt. Ah, meine Liebe, das machst du hervorragend! Ja, weiter, weiter. Du bist ja ein ganz verruchtes Biest ... bei Jupiter, hör bloß nicht auf! Alexius, Alexius, du willst doch nicht schon gehen?«

Aber Alexius hatte sich endgültig vom Geschehen im Alkoven abgewandt und schritt die Treppe hinunter auf die Straße, tief in Gedanken versunken.

Siebtes Kapitel

Am nächsten Tag hatte Julia alle Hände voll zu tun. Am Morgen überzeugte sie sich zunächst davon, dass ihre faszinierende Besucherin noch tief schlief, dann ging sie, mit einigen Dienern im Gefolge, zum Einkaufen. Sie wählte die frischesten der importierten Köstlichkeiten aus und bestellte mehrere Amphoren des neu eingetroffenen Falerners. Sie suchte auch einen griechischen Kaufmann auf, den sie seit längerem kannte und der in einer dunklen Gasse seinem Geschäft nachging. Nach einer halben Stunde trat sie mit einem dick in Seide verpackten Gegenstand wieder auf die Straße.

Den Nachmittag nutzte sie, einige Freunde im vornehmen Südostteil der Stadt zu besuchen. In diesem Viertel wohnten die wohlhabendsten Bürger, die Beamten, die ehemaligen Militärs und die ehrbaren Kaufleute; sie alle waren *honestiores*, Menschen von Adel und Ansehen.

Gestank und Lärm der übrigen Stadt drangen nicht bis hierhin; die Bürger bewohnten große, offene Steinhäuser mit weitläufigen Gartenanlagen und einem wunderschönen Blick über den Fluss und über das Waldland, das die Stadt im Halbkreis umschloss.

Julia liebte es, Freunde zu besuchen. Einige der Menschen in ihrem Umfeld blickten auf sie hinab, obwohl sie Flavius' Gefährtin war, aber sie wussten auch, dass sie Schauspielerin gewesen war und Flavius sie deshalb nie würde heiraten können. Julia interessierte sich nicht für diese hochnäsigen Leute, meistens für sie sowieso sterbenslangweilig, steife Matronen, die ihre Ehemänner auf den Außenposten begleitet hatten und die Tage zählten, bis sie wieder nach Rom gehen konnten. Julia dagegen genoss ihr Leben in Britannien; es bot ihr eine Menge großartiger Möglichkeiten.

Nacheinander besuchte sie ihre Freundinnen und erklärte ihren Plan für diesen Abend. Lächelnd sah sie, wie ihre Augen immer mehr strahlten.

Als Julia ihre Mission beendet hatte, war es früher Abend. Auf dem Rückweg, dicht vor der Brücke, die zur Festung führte, mussten die Sänftenträger absetzen und warten, bis berittene Soldaten die Brücke überquert hatten. Ungeduldig trommelte Julia mit den Fingern. Sie zuckte zusammen, als eine vertraute Stimme durchs Fenster klang.

»Oh, Herrin Julia! Ich wüsste gern, welches Unheil du heute noch anrichten willst.«

Sie musste den Blick heben, um Alexius hoch auf seinem wunderschönen Rappen ansehen zu können. Sie errötete leicht. »Ich habe gerade einige gute Freundinnen besucht, Hauptmann. Oder willst du mir auch dieses kleine Vergnügen verbieten?«

»Oh, ich möchte dir überhaupt kein Vergnügen vorenthalten, meine liebe Julia«, sagte Alexius, während seine blauen Augen sie nachdenklich musterten. »Jedenfalls nicht, wenn du meine Männer nicht in deine verderbten Spiele einbeziehst.«

Julia brannte vor Wut. »Es ist dir gestattet, deinen Männern jederzeit Gesellschaft zu leisten, Hauptmann. Man kann nie wissen – vielleicht gefällt es dir sogar. Es muss sehr frustrierend sein, so ein untadeliges Leben zu führen.«

Alexius lachte und nahm das unruhige Pferd kürzer an die Zügel. Julias Blicke fielen auf seine kräftigen muskulösen Schenkel, die sich unter der Tunika deutlich abzeichneten. Durch seine Kraft gelang es ihm auch fast mühelos, das Tier zu besänftigen. Sie würde sich nur zu gern von ihm zügeln lassen, wenn sie diese Schenkel um ihren Leib spüren würde. Ihr wurde ganz heiß bei dem Gedanken.

»Ich führe kein untadeliges Leben«, sagte er ernst, »aber ein diskretes. Das solltest du bei Gelegenheit auch mal versuchen. Dies ist der ideale Zeitpunkt, damit zu beginnen – du weißt doch, dass heute das Fest der Bona Dea gefeiert wird. Ich nehme an, du und die anderen Frauen in Eboracum wisst, dass in dieser Nacht männliche Gesellschaft verboten ist?«

Julia lachte wütend. »Aber natürlich, Hauptmann. Ich werde mich bemühen, den Abend in frommer Besinnung zu verbringen, wie es sich für eine schickliche römische Frau gehört.«

»Das freut mich zu hören«, sagte Alexius und lächelte milde, »obwohl es mir schwer fällt zu glauben.« Er strich über den seidigen Hals des Pferdes und sagte dann: »Ich habe gehört, du hast einen neuen Gast?«

»Ist das auch ein Verbrechen?«, fauchte sie. »Muss ich dir denn alles auf die Nase binden?«

»Wenn es sich um die Ordnung der Festung dreht, dann ja«, erwiderte er. »Welche Pläne hast du mit dem Mädchen?«

»Sie möchte die römische Lebensart kennen lernen«, sagte Julia.

Alexius' Augenbrauen hoben sich ungläubig. »Die

römische Lebensart? Das hört sich faszinierend an. Könntest du ein wenig mehr ins Detail gehen?«

Schnaufend ergänzte Julia: »Sie möchte einen Mann haben, Hauptmann. Ein reicher, mächtiger Beschützer. Hast du was dagegen?«

»Überhaupt keine Einwände«, antwortete Alexius. »Aber du solltest vorsichtig mit dem sein, was du dem Mädchen beibringst.«

»Wieso dieses Interesse?«, mokierte sich Julia. »Hast du selbst ein Auge auf sie geworfen, Hauptmann?«

Es entstand ein kurzes Schweigen, und Julia blieb fast die Luft weg, als Alexius sagte: »Vielleicht. Wer weiß?«

Mit einem spöttischen Salut ritt er sein Pferd der Festung entgegen. Die untergehende Sonne legte einen leuchtenden Schein über seine vollen schwarzen Haare.

Julia sah ihm nach. Sie bemerkte erst jetzt, dass ihre Knöchel weiß hervorstanden. Verdammt seien der Mann und seine Arroganz. Wenn sie ihn nur nicht so heiß begehrte.

Sie sank zurück in die Kissen, schloss die Augen und stellte sich vor, wie er sie mit seinem harten sinnlichen Mund küsste, wie sein noch härterer Penis ungeduldig zwischen ihre Schenkel drang ...

Sie klopfte gegen die Seite der Sänfte, damit die Träger sie endlich nach Hause brachten.

Wie Alexius schon gesagt hatte, war heute Abend das Fest der Guten Göttin. Alle Frauen sollten im Haus bleiben und männlicher Gesellschaft entsagen, um den Kopf frei zu haben für reine Gedanken über eheliche Pflichten und um den Ruhm Roms zu verinnerlichen. Was Alexius nicht wusste – Julia hatte den Abend schon bis ins kleinste Detail geplant. Es sollte ein ungewöhnlicher Abend werden, und das Mädchen würde dabei sein.

Catrina war spät wach geworden. Die Sonne fiel durch die Schlitze in den Fensterläden, und noch schläfrig richtete Catrina sich auf. Es dauerte eine Weile, bis sie wusste, wo sie sich befand. Sie hatte verschlafen! Rasch schob sie die langen, zerzausten Haare aus ihrem Gesicht und wusch sich mit dem Wasser aus dem Krug, den sie auf dem Boden sah. Sie wünschte, jetzt in ihrem klaren Bachwasser baden zu können.

Jemand, wahrscheinlich die freundliche Nerissa, hatte ihr saubere Kleider und das Frühstück ins Zimmer gebracht. Auf einem Teller lagen kleine, frisch gebackene Weizenscheiben, mit Honig bestrichen, und daneben stand ein Becher mit Schafsmilch.

Catrina warf sich die lange cremefarbene Tunika über und fuhr mit einem silbernen Kamm immer wieder durch ihre Haare, bis sie glänzten. Dann knabberte sie an den kleinen Weizenscheiben, obwohl sie nicht wirklich hungrig war.

Das Zimmer wurde von der Morgensonne durchflutet. Sie lauschte, aber sie hörte niemanden im ganzen Haus. Plötzlich lief ein Schauer über ihren Rücken, als ihr bewusst wurde, dass sie hier im Herzen der Festung ganz auf sich allein gestellt war. In einem Anfall von Panik, weil sie sich wie eine Gefangene fühlte, rannte sie zur Tür, doch sie war nicht verschlossen, wie sie befürchtet hatte. Also konnte sie sich frei bewegen. Sie trat auf den Flur und zog die Tür hinter sich zu.

Türen überall. Das Haus war so groß, so leer, so einschüchternd. Catrina atmete tief durch und begab sich auf Entdeckungstour. Sie sah sich ein Zimmer nach dem anderen an und blieb wie angewurzelt stehen, als sie den Raum wiedererkannte, in dem sie gestern Abend die herrlichen Gelüste erlebt hatte. Ihr Körper begann wieder zu prickeln, als sie an Phidias dachte.

Langsam ging sie weiter, verwundert über die Weitläufigkeit des Hauses. Alle Zimmer waren groß und wunderbar eingerichtet, aber ohne Anzeichen von Leben. Dann hörte sie jemanden hinter einer geschlossenen Tür husten, und spontan zog sie die Tür auf.

Sie sah einen großen Raum mit Regalen vor sich, in denen unzählige Schriftrollen lagen – eine römische Bibliothek. Sie wusste es sofort – Luad hatte ihr davon erzählt. Als sie noch jünger war, hatte Luad ihr zu erklären versucht, was man unter ›Schreiben‹ verstand.

»Hat es was mit magischen Inschriften zu tun?«, hatte sie verblüfft gefragt.

»Nein, es hat nichts mit Magie zu tun. Es ist eine kluge Erfindung, Worte auf Pergament zu verewigen.«

Catrina hatte ihn stirnrunzelnd angesehen. Die Stammesangehörigen verließen sich allein auf die Erinnerung der Alten. Die Priester verstanden sich auf kurze Inschriften, für die sie meist ungelenke Zeichnungen verwandten, aber sonst wurden Geschichten aus der Vergangenheit von Generation zu Generation mündlich überliefert. Worte auf Pergament erkennen zu können hörte sich für Catrina wie Hexerei an.

Sie trat tiefer hinein in den seltsamen Raum, und erst dann bemerkte sie, dass jemand dort saß. Ein junger Mann saß an einem Schreibtisch vor dem Fenster. Die Morgensonne strahlte seine hellen Haare an. Der

Mann schrieb mit Federkiel und schwarzer Tinte, und Catrina sah, dass die breiten Brauen sich voller Konzentration zusammenzogen.

Er schaute auf, als er die zögernden Schritte hörte, dann lächelte er sie an. Es war ein warmes Lächeln, das ihr ans Herz ging. Catrina erkannte in ihm den schweigenden Mann, der Julia gestern Abend begleitet hatte. Ja, natürlich. Er war angekettet gewesen.

Aber jetzt war er nicht angekettet. Er lehnte sich auf seinem Stuhl zurück, und Catrina sah, dass er eine weite Tunika aus feinem Stoff trug, und im Halsausschnitt befand sich ein Schlitz, durch den sie seinen mächtigen Brustkorb sah. Er war ein sehr schöner Mann, dachte Catrina. Sie betrachtete ihn lange, nahm die Konturen seines glatt rasierten Gesichts in sich auf, die langen blonden Haare, die sich in seinem Nacken kräuselten. Seine Schultern waren breit und muskulös, und auf den Unterarmen sah sie glitzernde blonde Härchen. Die Augen lagen weit auseinander, sie waren grau und blickten freundlich.

»Ich grüße Euch, Herrin«, sagte er in ihre Betrachtungen hinein. »Sucht Ihr jemanden?«

Catrina riss sich zusammen. »Nein, eigentlich nicht.« Sie lächelte verlegen. »Obwohl ich wahrscheinlich jemanden fragen müsste, was ich an diesem Morgen tun soll. Ich bin nämlich ein Gast in diesem Haus. Ein Gast der Herrin Julia.«

Bildete sie es sich ein oder fiel ein Schatten über sein schönes Gesicht wie eine Wolke über das Moorland?

»Julia ist ausgegangen, glaube ich.« Dann legte er den Federkiel hin. »Wie lange bleibt Ihr?«

Sie durchquerte das Zimmer, bis sie bei ihm stand, dann blickte sie auf die Pergamentseiten auf seinem

Schreibtisch. »Ich weiß es noch nicht. Was macht Ihr da?« Sie berührte eines der vergilbten Dokumente und sah, dass in einer Ecke ganz unten eine Illustration zu sein schien.

Rasch bedeckte der junge Mann die Seite mit einem unbeschriebenen Pergament. Er errötete und antwortete rasch: »Nichts Wichtiges.«

Catrina fühlte sich zurückgewiesen. »Ich nehme an, das ist römische Schrift. Ihr müsst sehr klug sein, dass Ihr das lesen und schreiben könnt. Ich wünschte, ich könnte das auch.«

Der Mann schien fast erleichtert aufzuatmen. »Wie, Ihr könnt nicht lesen?«

»Nein.« Sie sah ihn trotzig an, weil sie glaubte, dass er sich über sie lustig machte. »Ihr haltet mich wahrscheinlich für eine Närrin, aber bei meinen Leuten ist es nicht erforderlich, Worte festzuhalten. Wir bewahren unser Wissen in unseren Köpfen und Herzen auf.«

»Ich halte Euch natürlich nicht für eine Närrin. Jetzt fällt es mir wieder ein. Man hat gesagt, Ihr wärt eine Britannierin, aber Ihr seht fast wie eine Römerin aus.« Dann rezitierte er beinahe verträumt:

Obwohl von himmelsblauen Britanniern groß gezogen
hat sie das Temperament der römischen Rasse …

Er sah ihre Verwirrung und fuhr fort: »Das ist aus einem Gedicht des großen römischen Dichters Martial. Setzt Euch, dann können wir eine Weile reden, wenn Ihr Zeit habt. Wie heißt Ihr?«

Catrina setzte sich auf die andere Seite des Schreibtischs und sah ihn argwöhnisch an. Er war von so großer Schönheit, dass ihr ganz warm wurde. Und ein wenig atemlos. Er war nicht gefährlich oder bedrohlich wie der verhasste Alexius, sondern freundlich. Seine Haut schimmerte golden, und wenn er lachte, wölbten sich seine Lippen so sehr, dass sie sie am liebsten geküsst hätte. Bei diesem Gedanken errötete sie. Sie schlug die Augen nieder und war entsetzt über ihre Lüsternheit.

Auf dem Tisch stand ein Krug mit Wasser; er schenkte ihr einen Becher ein. Sie war froh, dass sie ihren Lippen befeuchten konnte. Sie hatte auch eine trockene Kehle. »Ich heiße Catrina.«

Er betrachtete sie eine Weile mit seinen grauen Augen, dann sagte er schließlich: »Seltsam. Das ist ein römischer Name. Was bringt Euch hierhin, Catrina? Dies ist kein Ort für jemanden wie Ihr.«

Sie war verdutzt. Was meinte er damit? Vielleicht wollte er ihr damit zu verstehen geben, dass sie eine unkultivierte, ungehobelte Barbarin war! Sie blickte ihn trotzig an und fragte: »Warum sollte ich nicht hier sein?«

»Ich wollte Euch nicht zu nahe treten«, sagte er ruhig. »Niemals würde ich das wollen.«

Die Art, wie er sie anschaute, beunruhigte sie auf seltsame Weise. Sie verschränkte die Hände in ihrem Schoß und sagte rasch: »Aber warum seid Ihr hier, Falco?« Sie sah ihn wieder in seinen Ketten vor sich, der Blick der Demütigung in seinen Augen. »Ihr kennt Euch mit Lyrik aus und könnt lesen und schreiben. Warum seid Ihr ein Sklave?«

»Ich habe eine gute Bildung genossen«, sagte er. »Aber das trifft auf viele Sklaven zu. Mein Vater war ein wohlhabender griechischer Kaufmann, aber er stand vor dem Bankrott, als einige seiner Schiffe untergingen. Er musste mich verkaufen, sonst wäre die ganze Familie ins Gefängnis geworfen worden.«

»Er hat Euch verkaufen müssen?« Catrina war entsetzt. »Als Sklave?«

Er schüttelte den Kopf. »Nein, er hat mich an die Gladiatorenschule in Rom verkauft.« Sein Mund wurde dünn, als er sich daran erinnerte. »Ich habe gut gelernt und wurde ein erfolgreicher Gladiator. Aber dann geschah etwas mit mir, und ich wollte nicht mehr kämpfen. Nicht für das Vergnügen der sadistischen Zuschauer.«

Catrina lehnte sich impulsiv vor. »Aber das ist schrecklich, dass Eure eigene Familie Euch verkaufen musste!«

»In Rom geschieht das oft. Alle möglichen Dinge geschehen in Rom.« Seine Stimme klang traurig, aber nicht verbittert. »Und was ist mit Eurer Familie, Catrina? Weiß man, dass Ihr hier seid?«

»Ich habe keine Familie. Der Stamm, bei dem ich lebe, hat mich aufgenommen und für mich gesorgt.« Ihr Blick fiel auf den Federkiel, und sie fragte spontan: »Falco, glaubt Ihr, dass ich das Lesen und Schreiben erlernen kann? Oder muss man dazu sehr klug sein, so klug wie Ihr?«

Er lachte. »In Rom können einige der dümmsten Menschen lesen und schreiben, und einige von ihnen nennen sich Dichter. Natürlich könnt Ihr es lernen, Catrina. Wenn Ihr möchtet, bringe ich Euch bei, wie man Buchstaben schreibt.«

Er hob den Federkiel auf, tauchte ihn in die Tinte und drückte ihn ihr in die Hand. Sie fühlte sich glücklich, als er ihr die Hand führte, dass schwungvolle Buchstaben entstanden. Seltsam war, dass sie das Gefühl hatte, nicht etwas wirklich Neues zu lernen, als hätte sie diese Fertigkeit schon einmal besessen. Die Zeit verflog.

»Ihr seid gut«, sagte er ernst. »Ihr lernt sehr schnell.«

Dann öffnete sich die Tür, und Lerche und Nachtigall platzten herein.

»Hier seid Ihr, Herrin Catrina«, rief Lerche fröhlich. »Wir haben den Auftrag unserer Herrin, uns um Euch zu kümmern, während sie außer Haus ist. Aber zuerst müssen wir uns den Gladiator vornehmen.«

Catrina bemerkte, dass Falco blass geworden war, seit die halb nackten Dienerinnen eingetreten waren. Er flüsterte ihr leise zu: »Geht jetzt, bitte.«

Aber Nachtigall war rasch an seiner Seite und drückte die nackten festen Brüste gegen seinen Arm. »Aber Ihr müsst bleiben, Herrin Catrina. Unsere Herrin hat gesagt, wir sollten jede Gelegenheit nutzen, Euch was beizubringen.«

Im nächsten Moment setzte sie sich auf Falcos Knie und fuhr mit den Fingern durch seine blonden Haare. Lerche sah sich inzwischen die vielen Pergamente auf Falcos Schreibtisch an, genau jene, die der Sklave eben so rasch zugedeckt hatte, als Catrina sich dafür zu interessieren begonnen hatte.

»Wie weit bist du mit deiner Arbeit, mein liebster Falco?«, fragte Lerche mit süßer Stimme. »Hast du unserem Gast diese Gedichte gezeigt?«

Falco versuchte, sich aus Nachtigalls Umarmung zu lösen. »Das Mädchen kann nicht lesen.«

Lerche lachte. »Wie schade. Aber sie kann sich doch an den Illustrationen erfreuen, oder nicht? Seht mal, Catrina, damit beschäftigt sich unser gut aussehender Gladiator! Er übersetzt für unsere Herrin Gedichte aus dem Griechischen ins Lateinische. Ist er nicht ein kluger Kopf? Und was für Gedichte das sind!«

»Nein!«, stöhnte Falco und versuchte, die Pergamente mit seinen Armen zu schützen.

Lässig beugte sich Nachtigall vor und schob Catrina ein Pergament zu. Catrina, verwirrt und verwundert über Falcos sichtbare Pein, schaute sich die Seite aufmerksam an – und errötete voller Scham.

Es war eine primitive Zeichnung in Tinte. Eine Frau auf allen Vieren, die eine grotesk überzeichnete Männlichkeit leckte. Hinter der Frau stand ein anderer Mann, der breit grinste und seinen Penis in beiden Händen hielt, offenbar bereit, von hinten in die Frau einzudringen.

»Die Worte sind noch besser«, sagte Lerche und lachte melodisch. »Deshalb müssen wir uns regelmäßig davon überzeugen, dass Falco auch wirklich arbeitet und sich nicht dem heimlichen Laster hingibt. Es bedarf schon Willenskraft, dass ein so gesunder, vitaler junger Mann wie er sich auf diese frivolen Gedichte konzentriert und sich von ihnen nicht ablenken lässt.«

Sie stieß ein anzügliches Lachen aus und griff mit einer Hand unter Falcos Tunika. Sie schob sie bis zu den Hüften hoch. Catrina stieß einen keuchenden Laut aus und hielt sich an der Tischkante fest.

Denn jetzt konnte sie Falcos entblößten Penis sehen, ein dicker Schaft des Verlangens, der sich in Lerches Hand hungrig reckte. Catrina spürte, wie Flüssigkeit sich in ihrer eigenen geheimen Stelle zusammenzog.

Falco murmelte mit leiser, verzweifelter Stimmung: »Nein, nicht, bitte. Nicht so.«

Nachtigall grinste und zeigte ihre ebenmäßigen weißen Zähne, die einen schönen Kontrast zu ihrer braunen Haut bildeten. »Alle zwei Stunden, hat die Herrin gesagt. Wir müssen überprüfen, lieber Falco, dass du deiner Arbeit in voller Konzentration nachgehen kannst.«

»Und wir müssen auch sicher sein, dass du uns nicht betrügst, indem du dir selbst Freude bereitest«, fügte Lerche kichernd hinzu. »Oh, schau mal, liebste Nachtigall, das musst du dir unbedingt anhören –

Herrin, ich würde so gern deine seidigen Schenkel spreizen, um deine glänzende Schatztruhe zu finden.

– ah, Falco, hat es dir gefallen, diese Stelle zu übersetzen?«

Plötzlich griff sie seinen dicken Schaft und rieb ihn auf und ab. Catrina starrte gebannt auf das Leiden des jungen Mannes, er hatte sein Gesicht verzogen, die Augen geschlossen und knirschte mit den Zähnen. Dann senkte Lerche den Kopf und streckte ihre kleine rosige Zunge heraus, mit der sie geschickt über die pralle Eichel glitt.

»Ah, Gladiator«, flüsterte Nachtigall, küsste sein Gesicht und rieb ihre nackten Brüste gegen seinen Oberkörper, »was für eine feine Erektion du doch hast! Ich wette, in der römischen Arena warst du der Liebling der Frauen. Hast du ihnen nachher zu Willen sein müssen? Haben sie dich mit Gold bezahlt, damit du ihnen im Bett Gesellschaft leistest?«

Er war zu dick für Lerches Mund, aber sie versuchte es immer wieder und rieb dabei mit der Hand. Catrina, angewidert von der Erniedrigung des jungen Mannes, konnte trotzdem ihre Blicke nicht abwenden. Falco hatte den Kopf in den Nacken geworfen und stieß gepresste Laute aus, und dann sah Catrina, wie es aus ihm herausschoss. Die Mädchen fingen seinen Erguss mit ihren Brüsten auf.

»Ah, das ist gut, Gladiator«, murmelte Lerche. »Du hast so viel Milch für uns.« Sie leckten ihn sauber und zogen die Tunika wieder nach unten.

Catrina schaute hilflos zu. Sie spürte ihre eigenen Nippel vor Verlangen schmerzen. Sie wollte zu Falco gehen und ihn umarmen und trösten.

Warum ließ er das mit sich geschehen? Warum wehrte er sich nicht? Er war stark und mutig, und er hasste, was sie mit ihm anstellten, selbst wenn es ihm ein ungebetenes Vergnügen bescherte. Auch sie hasste es, ihn so erniedrigt zu sehen, aber zugleich wäre sie auch gern bei Lerche und Nachtigall dabei gewesen …

Sie schlug die Augen auf. »Hat Euch das gefallen, Herrin Catrina?«, fragte Nachtigall grinsend. »Das nächste Mal seid Ihr dran.«

Catrina sprang von ihrem Stuhl auf. »Womit?«

»Mit Eurem Bad«, antwortete Lerche kichernd. »Unsere Herrin hat uns aufgetragen, uns den ganzen Tag um Euch zu kümmern. Wir sollen Euch noch schöner machen, als Ihr schon seid.«

Sie geleiteten sie aus dem Zimmer. An der Tür drehte Catrina sich noch einmal um und sah, dass Falco ihr mit tiefer Verzweiflung im Blick nachschaute. Aber dann zog Lerche sie weiter und sagte leise: »Es gefällt ihm wirklich sehr. Glaubt mir, er hat noch nie so viel Spaß in seinem Leben gehabt.«

Der Nachmittag verging ohne jede Langeweile für Catrina. Die beiden syrischen Mädchen hielten sich an das, was die Herrin ihnen aufgetragen hatten. Nach einem leichten Essen – Obst und süßer Honigkuchen, den sie mit Wein hinunter spülten – führten Lerche und Nachtigall sie ins Bad. Beim Einölen spürte sie die zierlichen Hände auf ihrer nackten, kribbelnden Haut. Catrina bemühte sich, das Bild des zuckenden Phallus aus der Bibliothek zu verdrängen, den die beiden Zungen so kunstvoll verwöhnt hatten.

Sehr erfolgreich war ihr Bemühen nicht. Es war wahnsinnig schwierig, kühl und gelassen zu bleiben, wenn die vollen Brüste mit den roten Spitzen so dicht vor ihrem Gesicht pendelten, während die Hände leicht und reizend über ihre Haut strichen. Catrina fühlte sich benommen vor sexuellem Verlangen, als sie von vier kundigen Händen massiert wurde.

Wieder musste sie an Falco denken. Warum arbeitete er an den Gedichten? Er hatte sie vor ihr verstecken wollen, also war er nicht stolz auf seine Arbeit. Warum hatte er sich überhaupt darauf eingelassen? Gut, er war ein Sklave, aber selbst Sklaven konnte man nicht alles zumuten.

Catrina fragte sich, wie lange Falco diese Behandlung noch hinnehmen würde. Und wie weit sie diesen erotischen, dekadenten Lebensstil annehmen würde oder wollte. Sie musste einräumen, dass bisher die Fleischeslust ihr Verhalten gesteuert hatte.

Plötzlich fiel ihr ein, was der verhasste Römer Alexius ihr in jener Nacht seiner Flucht an den Kopf geworfen hatte. ›*Wenn du wirklich glaubst, ich hätte dich dazu gezwungen, dann machst du dir selbst etwas vor. Ich habe dir genau das gegeben, um was du mich gebeten hast.*‹

Sie schloss die Augen und erschauerte. Sie hasste ihn aus ganzem Herzen für das, was er ihr angetan hatte. Sie musste ihr Amulett zurückholen, um ihre verlorene Kraft wiederzugewinnen. Und wenn sie den Römer gefunden hatte, würde sie ihn so erniedrigen, wie er sie erniedrigt hatte. Sie wollte ihn auf den Knien sehen, wollte ihn um Gnade betteln hören.

Erst dann würde sie ihm sagen, wer sie war. Und sie würde Furcht in seinen Augen sehen ...

Der Gedanke an den schönen, gefährlichen Römer hatte sie wieder erregt. Ihr Geschlecht war ganz feucht geworden, und sie spürte ein leichtes Klopfen in ihrem Schoß.

Die syrischen Mädchen kicherten und redeten in ihrer eigenen Sprache miteinander, während sie die Fläschchen mit den kostbaren Ölen verschlossen und wegstellten. Sie wiesen Catrina an, sich auf den Rücken zu legen, und während sie eine bequeme Lage suchte, strichen Lerches Brustspitzen über ihre eigenen. Catrina spürte, wie ihre Nippel sich versteiften und wurde ob des Beweises ihrer Erregung ganz verlegen. Die Mädchen wiederholten, sie müsste ganz still liegen bleiben.

Dann begriff Catrina, warum.

Eines der Mädchen hatte einen kleinen Tontopf in der Hand. Als sie den schmalen Ziegenhaarpinsel aus dem Topf zog, glänzte er knallrot. Plötzlich wusste Catrina, was die Zwillinge beabsichtigten. Sie wollten ihre Nippel ebenso schamrot anmalen wie ihre eigenen. Catrina stieß einen entsetzten Laut aus und hob sich auf einen Ellenbogen.

»Oh, nein, das könnt ihr nicht machen ...«

Nachtigall stand gebückt über ihr, den kleinen Pinsel in der Hand. »Aber es ist der Befehl unserer Herrin«, sagte sie, senkte die Stimme und fügte verschwörerisch hinzu: »Sie hat uns gesagt, Ihr wünscht Euch sehnlichst, dass Männer Euch begehren. Stimmt das denn nicht?«

Catrinas Gedanken überschlugen sich. Oh, ja, das stimmte. Sie wollte von Männern begehrt werden, besonders von ihrem Feind Alexius, wenn sie ihn endlich gefunden hatte.

Das Schweigen zog sich hin, aber schließlich sagte sie kaum hörbar: »Gut, macht es …«

Der Pinsel kitzelte ihre Nippel und ließ das Gewebe steif und hart werden. Sie war sich ihrer völligen Nacktheit und des heißen Pochens zwischen ihren Schenkel nur zu bewusst. Catrinas Blick fixierte sich auf den Anhänger, der zwischen Nachtigalls hoch angesetzten Brüsten pendelte. Der Schlangenkopf war schlank und lang, und die geschlitzten Augen schienen sie listig anzusehen.

Die Mädchen lächelten fröhlich, während sie gemeinsam an Catrina arbeiteten – Nachtigall malte die Brustwarzen an, und Lerche spielte verträumt mit Catrinas Bauchnabel. Die Farbe ließ ihre Haut prickeln, und Catrina spürte einen scharfen Stich, der lustvoll durch ihren Körper zuckte. Nachdem Nachtigall fertig war, beugte sie sich über sie und küsste sie auf den Mund.

Die Lippen des Mädchens schmeckten süß und waren wunderbar feucht. Catrina zitterte und spürte die eindringende Zunge in ihrem Mund.

»Du bist so lieb und so süß«, murmelte Nachtigall und strich mit der Zunge über Catrinas Ohrläppchen. »Und so schön. Ich möchte dich glücklich machen.«

Achtes Kapitel

Nach der Begegnung mit Alexius war Julia aufgewühlt, und sobald sie zurück im Haus war, befahl sie Phidias zu sich. Er sollte sie so intensiv verwöhnen, dass in ihren Gedanken kein Platz mehr blieb für den arroganten Römer.

Auf Phidias war Verlass. Sie lag auf dem Rücken, und er hielt ihre Beine auf seinen kräftigen Schultern, drang tief in sie ein und begann mit kühlen, berechnenden Stößen, nur auf ihre Lust bedacht. Es dauerte nicht lange, und Julia explodierte, während Phidias ungerührt weiter zustieß, bis die letzten Zuckungen in Julias Leib erstarben.

Jetzt lag sie im fast dunklen Raum neben ihrem willfährigen Sklaven auf den seidenen Kissen und beschäftigte sich verspielt mit dem schlaffen, aber noch immer langen Penis des Numidiers, und schmiedete Pläne.

Catrina.

Lerche und Nachtigall hatten sich den Tag über um sie gekümmert. Später wollte Julia zu ihr gehen, um herauszuhören, wie es ihr in der Obhut der syrischen Mädchen gefallen hatte. Über welche andere magische Fähigkeiten verfügte Catrina sonst noch? Konnte sie einen Zaubertrank brauen? Konnte sie Julia helfen, Alexius zu demütigen?

»Das britannische Mädchen hat dir gefallen, was?«, fragte sie Phidias, während sie über die harten Muskeln seiner Oberschenkel streichelte. »Möchtest du sie noch einmal haben?«

Er leckte sich die Lippen. »Oh, ja, meine Herrin. Sie war eine dankbare Aufgabe.«

»Ist sie vielleicht besser als ich?«, fragte sie halb im Scherz, aber doch mit gerunzelter Stirn.

»Oh, nein«, beeilte sich Phidias zu antworten. Er schüttelte den Kopf. »Niemand könnte besser sein als Ihr, süße *patrona*.«

Julia lächelte zufrieden.

Im nächsten Moment hörten sie den Lärm auf der sonst ruhigen Straße. Das Trampeln schwerer Stiefel, knapp und laut erteilte Befehle, dann das bestimmende Klopfen gegen die Tür.

Julias Stirn legte sich in Falten. »Wer kann das sein, um diese Zeit? Phidias, sieh mal nach.«

Aber noch bevor er an der Tür war, flog Nerissa außer Atem und aufgeregt herein.

»Oh, Herrin, es ist der *optio* des Kommandanten! Offenbar hat der Kommandant von der Aufruhr gestern in der Stadt erfahren, in den Catrina verwickelt war. Es scheint, es hat sich herumgesprochen, Catrina hätte magische Kräfte, deshalb will der Kommandant sie sofort sehen.«

Julia sprang auf die Füße, ihr Körper steif vor Wut. »Verdammt sei er«, murmelte sie »Mischt er sich denn in alles ein, was ich tue?« Sie lief durchs Zimmer, stieß die Fensterläden auf und starrte hinaus auf die Straße.

Sie hörte das vertraute Scheppern der Rüstungen und das ungeduldige Murmeln der wartenden Soldaten, auf deren Harnischen sich der Schein der Fackeln, die sie trugen, widerspiegelten. Julia wandte sich wieder an Nerissa.

»Wenn sie wegen Catrina gekommen sind, müssen sie sich gedulden. Geh zu ihnen und sage, das Mädchen sei noch nicht bereit. Der *optio* des Kommandanten wird sich gedulden müssen.«

Nerissa biss sich auf die Unterlippe. »Das wird ihn nicht erfreuen, Herrin. Er ist eifrig bemüht, den Auftrag rasch auszuführen. Ich glaube, er ist neu in der Festung.«

Julias Augen glitzerten. »Wirklich?« Sie schaute wieder hinaus und erkannte den *optio* an seinem Helmbusch. Plötzlich fiel ihr ein, dass ihre Informanten schon vor ein paar Tagen davon gesprochen hatten, Alexius hätte einen neuen jungen Assistenten, der aus Londonium in den Norden beordert worden war. Plötzlich lächelte sie.

»Warte mal«, sagte sie zu Nerissa. »Ich glaube, ich werde selbst mit dem *optio* sprechen.«

Catrina versuchte, ganz ruhig zu bleiben, als Nerissa zu ihr kam und sagte, der Kommandant der Festung wollte sie sehen, aber innerlich zitterte sie. Nerissa erzählte ihr nichts über den Kommandanten, sie erwähnte nicht einmal seinen Namen, aber Catrina hatte ein klares Bild von ihm. Ein starrköpfiger, Furcht einflößender alter Mann mit weißen Haaren.

»Was ist, wenn ich mich weigere, zu ihm zu gehen?«, fragte sie Nerissa.

Die junge Sklavin runzelte die Stirn. »Ihr habt keine Wahl. Die Herrin ist auch empört, aber sie muss die Befehle des Kommandanten befolgen. Jeder in der Festung muss das. Die Herrin sagt, Ihr könnt Euch erst ausruhen und dann essen, aber danach müsst Ihr mit den Soldaten zum Haus des Kommandanten gehen.«

»Darf ich selbst mit der Herrin sprechen?«, fragte Catrina voller Verzweiflung.

»Im ... Im Moment ist sie beschäftigt«, sagte Nerissa zögerlich.

»Dann musst du es mir sagen, Nerissa! Bitte! Dieser Kommandant – wie sieht er aus? Warum, glaubst du, will er mich sehen?«

Nerissa spürte Catrinas unausgesprochene Angst und sagte: »Er ist ein strenger Mann, aber er ist auch gerecht, heißt es. Julia behauptet, dass er völlig enthaltsam lebt, aber ich glaube, sie übertreibt. Ich glaube nicht, dass Ihr Euch fürchten müsst, Catrina. Aber er wartet nicht gern.«

Catrina begriff, dass sie keine Fluchtmöglichkeit hatte und senkte resigniert den Kopf. Himmel, warum wollte der Kommandant mit ihr reden? Wollte er sie bestrafen? Sie hatte den Abend nutzen wollen, um Julia über Alexius zu befragen, aber diese Chance war nun auch vertan. Wenn sie doch nur ihr Amulett wieder hätte. Das würde ihr Mut geben.

Julia hatte inzwischen den *optio* ins Haus geholt und war tatsächlich intensiv beschäftigt.

»Ja, ja, so ist es gut«, stöhnte sie lustvoll ins Ohr des robusten jungen Mannes, der Alexius' Assistent war. Felix hatte sie über einen niedrigen Marmortisch gebeugt, ihre Röcke gehoben und die Schenkel gespreizt. Mit harten rhythmischen Stößen kam er seiner Aufgabe nach.

Zuerst war Felix besorgt gewesen, als die schöne

Herrin ihm gesagt hatte, dass Catrina noch nicht fertig war und er warten müsste. Julia war wirklich eine wunderschöne Frau mit den kleinen schwarzen Locken und der glatten Haut. Sein Kommandant hatte ihn gewarnt. Der Mätresse des Flavius sei nicht zu trauen.

Deshalb hatte Felix sich zunächst auch zurückgehalten. »Ich sollte draußen bei meinen Männern sein, Herrin«, hatte er geantwortet, als Julia ihn ins Haus eingeladen hatte.

Sie hatte den Kopf geneigt und ihn abschätzend gemustert. Ihre Brüste drückten sich gegen den Stoff ihres teuren Kleids, und er glaubte, ihre Nippel sehen zu können. Sein Mund wurde trocken, und er starrte hilflos in ihre dunklen, faszinierenden Augen.

»Ihr seid neu in Eboracum, nicht wahr?«, fragte Julia.

Er schluckte. »Ja, Herrin. Ich bin vor zehn Tagen aus Londonium gekommen.«

»Dann müsst Ihr hereinkommen. Es gibt einige Dinge in Eboracum, die Ihr wissen solltet – Dinge, die nur ich Euch sagen kann.«

Er warf einen letzten Blick auf seine Eskorte versteinerter Legionäre, die es geflissentlich vermieden, zu den beiden zu schauen. Er folgte ihr ins Haus.

Nach den Barackenunterkünften kam ihm das Haus wie ein Paradies vor. Die Luft war mit exotischen arabischen Gewürzen geschwängert. Felix hatte das Gefühl, wieder in Rom zu sein. Er spürte, wie seine Lenden entflammten, und als die Herrin ihn in ein großes, kühles Zimmer führte und dicht vor ihm stehen blieb, da kam er sich wie ein unerfahrener Knabe vor, nicht wie ein erprobter Legionär. Sie strich mit einem

Finger über die sonnengebräunte Haut seines Gesichts und flüsterte sanft: »Jetzt will ich, dass du es mir richtig besorgst, Soldat.«

Er konnte es kaum glauben. Das waren die erregendsten Worte, die er in seinem Leben gehört hatte. Sein Penis streckte sich zu voller Länge, und das Blut schoss hinein und härtete ihn in wenigen Augenblicken. Felix packte sie an den Schultern und versuchte, ihren Mund zu küssen. Einen Moment lang ließ sie das geschehen, dann löste sie sich von ihm, beugte sich über den Tisch, schaute ihn über die Schulter an und grinste lüstern. »So sollst du es mir besorgen.«

Er ließ sich auf die Knie fallen und schob ihre Röcke mit zitternden Händen hoch, ehe er ihre Backen spreizte und seinen pochenden Phallus zwischen die samtenen Labien schob. Sie war nass und bereit, sie wackelte ungeduldig mit dem Po und sog scharf die Luft ein, als er tief in sie hinein stieß.

Felix war zu aufgeregt, um lange durchzuhalten. Er atmete schwer und attackierte ihren heißen, brodelnden Leib.

Wie aus weiter Ferne nahm er wahr, dass sie mit einer Hand über ihre Klitoris rieb, während er immer härter zustieß. Sie schrie laut, als sich ihr Orgasmus ankündigte.

»Mach weiter, Soldat«, stöhnte sie. »Fülle mich mit deiner Kraft. Ja, gut, oh, bist du stark!«

Dann explodierte sie und ließ ihren Unterleib um seinen Schaft kreisen, wobei sie voller Entzücken ein lang gezogenes Wimmern ausstieß.

Felix wurde nur wenig später von seinem eigenen Orgasmus geschüttelt. Seine Lenden zuckten und ruckten von der Gewalt seines Ergusses. Durchnässt vom Schweiß zog er sich langsam aus ihr zurück.

»Wann kann ich dich wiedersehen?«, flüsterte er, noch im Bann ihrer Lust und seiner Leidenschaft.

Sie drehte sich zu ihm um, die Wangen noch gerötet, die Augen leuchtend.

»Ich habe frei, sobald ich diesen Auftrag erfüllt habe. Dann kann ich mich verdrücken.«

Ihre Augen wurden hart wie Stein. »Oh, Felix, ich fürchte, du verstehst nicht.« Sie richtete sich auf, strich über ihre Haare und ging zum Fenster. »Was bringt dich auf die Idee, dass ich dich wiedersehen will?«

Er wich einen Schritt zurück, als hätte sie ihm ins Gesicht geschlagen. Sein schönes, junges Gesicht zeigte Unverständnis und den Anflug von Verärgerung. »Aber Herrin ...«

Sie drehte sich wieder zu ihm um und legte einen Finger über ihre Lippen, damit er schwieg. Er sah sie lechzend an, denn ihn verlangte schon wieder nach ihr. Sie war die schönste Frau, die er je gesehen hatte.

»Sei vorsichtig, Soldat«, sagte sie leise. »Was würde dein Kommandant sagen, wenn er wüsste, was du getrieben hast? Ich meine, du hättest doch sittsam bei deinen Männern bleiben müssen, nicht wahr?«

Er schlug mit der flachen Hand gegen seine Stirn. »Ihr ... Ihr werdet es ihm doch nicht sagen, Herrin?«

»Nicht, wenn du mir keinen Grund dafür gibst.« Sie lächelte ihn an. »Wie heißt du?«

»Felix. *Optio* des *primus pilus*, Sechste Legion«, antwortete er wie von selbst. Seine Stimme klang leise und beschämt.

Julia nickte zufrieden. »Du kannst jetzt gehen. Vielleicht kann ich dich später noch mal gebrauchen, Felix …«

Seine Augen schöpften wieder Hoffnung, und er schritt auf sie zu. Aber sie wandte sich ab.

»Das Mädchen müsste jetzt bereit sein«, sagte sie kühl.

Nachdem er gegangen war, begab Julia sich in Flavius' Arbeitszimmer und schrieb den Namen des neuen Soldaten in die Liste ein, dann versah sie den Namen mit einem kleinen ›J‹ und kreiste es ein. Ja, er hatte sie gründlich befriedigt. Es verstieß gegen ihre eigenen Regeln, einen Soldaten mehr als einmal zu rufen, aber bei ihm würde sie vielleicht eine Ausnahme machen, besonders, weil er Alexius' Mann war.

Der *primus pilus* entwickelte sich zu einer Nervensäge, zu einem steten Ärgernis. Dass er jetzt Catrina sehen wollte, durchkreuzte ihre Pläne für den Abend. Trotzdem … vielleicht konnte sie das Barbarenmädchen als Waffe gegen den Kommandanten Alexius ein setzen …

Catrina schritt blindlings durch die Nacht. Ihre Haare leuchteten im Schein der Fackeln wie eine blassgoldene Münze. Sie hielt den Kopf hoch und war darauf bedacht, dass die Soldaten ihre Furcht nicht bemerkten.

Nerissa hatte ihr einen schönen cremefarbenen Mantel gegeben, und Catrina war dankbar dafür, denn er beschützte sie vor der kühlen Abendluft. Die nagelbeschlagenen Stiefel der Soldaten stampften mit grimmiger Präzision über die Straßen der Festungsanlage. Catrina schüttelte sich und zog den Mantel enger um sich. Sie musste schneller gehen, um den Soldaten folgen zu können. Sie passierten die großen Gebäude der Zitadelle und der Kornkammern, dann folgten die weitläufigen Baracken und die verschiedenen Werkstätten.

Catrina wurde bewusst, dass sie sich im Herzstück des Feindes befand, und sie kam sich klein und verletzlich vor. Wenn sie doch nur wieder ihr Amulett hätte, das würde sie bestimmt beschützen.

Sie hielten schließlich vor einem eingeschossigen Steinhaus an, dessen Eingang von Fackeln beleuchtet wurde, die in Eisenhaltern in der Hauswand steckten. Zwei Wächter flankierten die Tür, sie nahmen Haltung an, als sich der kleine Fußtrupp näherte. Der junge *optio* nahm Catrinas Arm und führte sie zur Tür.

»Das britannische Mädchen, das der Kommandant sehen will«, verkündete der *optio*. Die Wächter salutierten und sahen Catrina gleichgültig an. Sie starrte trotzig zurück, ließ den Mantel von den Schultern gleiten und freute sich darüber, dass die Gleichgültigkeit aus den Augen der Wächter wich.

Offenbar hatten sie ein verwildertes Barbarenmädchen in zerrissenen, verdreckten Lumpen erwartet und keine Schönheit, die es mit jeder Römerin aufnehmen konnte.

Catrina atmete tief durch, hob das Kinn und sagte in ihrem harten Akzent: »Nun, die Herren, lasst Ihr mich ein oder wollt Ihr mich die ganze Nacht hier warten lassen?«

Hastig drehten sie sich um und standen sich gegenseitig im weg, beflissen, ihr die Tür zu öffnen. Einer von ihnen ging voraus und bedeutete, ihm zu folgen. Ihr rasch schlagendes Herz strafte ihr gelassenes Äußere Lügen.

Auf den ersten Blick erkannte sie, dass dieses Haus

ganz anders eingerichtet war als Julias Haus, obwohl auch diese Räume groß und elegant möbliert waren.

Aber damit endeten auch die Vergleiche. Dies war das Haus eines Mannes, kein Schnickschnack, nur das Notwendigste. Im breiten Flur keine bunten Farben, alles in Schwarzweiß gehalten, abgesehen von dem einen oder anderen Bronzeschmuck. Selbst die Luft roch anders; überall lag ein würziger Duft, der Catrina seltsam vertraut vorkam.

Dies war der Augenblick, in dem sie die ersten Alarmzeichen empfing. Es war, als legte sich ein metallener Ring um ihre Magengrube. Der erhöhte Herzschlag verursachte ihr Übelkeit, während sie Mühe hatte, dem Wächter durch das Labyrinth der Räume zu folgen. Das Gefühl der Bedrohung wuchs mit jedem weiteren Schritt.

Schließlich blieb der Soldat vor einer offenen Tür stehen und gab ihr zu verstehen, allein einzutreten. Catrina, geblendet durch das helle Licht, fand sich in einem großen, weiß gekalkten Zimmer wieder. An den Wänden hingen bronzene Lampen, und in einer Ecke brannte Holzkohle in einer Feuerstelle.

Mitten im Zimmer stand ein großer, mit Schnitzereien versehener Tisch, bedeckt von vielen Pergamentrollen. Ein Mann saß am Tisch, er hatte ihr den Rücken zugewandt und saß über die Papiere gebeugt, ein Mann mit breiten Schultern und kurz geschnittenen schwarzen Haaren. Er hielt einen Federkiel in der Hand und schrieb, und für den Augenblick ignorierte er seine Besucherin, obwohl er ihre Schritte gehört haben musste. Dann, nach einer Zeit, die Catrina endlos schien, stand er langsam auf, schob den Stuhl zurück und drehte sich zu ihr um.

Catrinas Herz raste so schmerzhaft, dass sie beinahe geschrien hätte.

Alexius.

Ihr Römer. So überwältigend wie zuvor, nein, schlimmer noch und imposanter, berichtigte sie sich selbst, denn jetzt lauerte in seinen blauen Augen eine wache Intelligenz. Er musterte sie lange von Kopf bis Fuß. Ihr Alexius war also der Kommandant der Festung, er war der Herr der Sechsten Legion. Oh, verdammt.

Irgendwie gelang es Catrina, seinem Blick trotzig stand zu halten, während ihr Herz immer noch raste und hämmerte. Sie war sicher, dass er es laut pochen hörte. Er weiß nicht, wer du bist, redete sie sich zu. Er konnte sie unmöglich erkennen, denn in der Hütte war er blind gewesen. Er wusste nicht einmal, dass sie seine Sprache kannte.

Als er langsam auf sie zuschritt, stieg ihre Angst. Er war groß, und in seiner ledernen Hauptmannstunika wirkte er Furcht erregend mächtig. Der dunkelgrüne Umhang hing lässig über die breiten Schultern. An seinen nackten Unterarmen prangten kunstvoll gehämmerte Bronzereife, die mit seiner glatten gebräunten Haut kontrastierten.

Ihre Augen blieben auf den seidigen Härchen auf seiner Haut haften. Ihr Mund fühlte sich ausgetrocknet an. Liebe Göttin, wieso hatte sie glauben können, gegen diesen Mann anzutreten, Kommandant einer ganzen Legion?

Er sprach kurz mit dem Soldaten, der in der Tür stehen geblieben war. »Ich gebe dir den neuen Dienstplan später. Du kannst jetzt gehen.«

»Mein Herr.« Der Mann salutierte respektvoll und zog sich zurück, nachdem er die Tür zugezogen hatte.

Catrina atmete tief ein und betrachtete ihren Feind. Schmerzlich erinnerte sie sich an seine symmetrischen Gesichtszüge, an das harte Kinn, an die hervorstehenden Wangenknochen, an die scharf geschnittene Nase und an die Narbe auf der Stirn. Genau diese Wunde hatte sie gepflegt. Sie sah auf seinen dünnen, fast grausamen Mund, den sie so berauscht geküsst hatte. Und dann die blauen Augen, die sie jetzt verächtlich ansahen.

»Nun«, sagte er, »Ihr habt Euch Zeit gelassen, meinem Ruf zu gehorchen.«

Catrina richtete sich zu ihrer vollen Länge auf, was neben ihm kaum bemerkbar war, und gab trotzig zurück: »Warum sollte ich überhaupt Eurem Ruf folgen? Im möchte wissen, mit welchem Recht Ihr mich hierhin befohlen habt. Ich habe nichts Schlimmes getan.«

Seine dunklen Brauen hoben sich, als er sie anschaute, überrascht und amüsiert von ihrer trotzigen Haltung. »Ihr scheint ein wenig verwirrt zu sein. Habe ich zufällig irgendeine Aktivität im Haus der Herrin Julia gestört?«

»Das geht Euch nichts an.«

»Oh, das sehe ich anders. Ich bin der Kommandant dieser Festung und aller, die darin wohnen.« Er beobachtete sie genau. »Julia ist von Sex besessen, wie Ihr wahrscheinlich schon bemerkt habt. Ich kann ihre Eskapaden nicht verhindern, aber ich werde versuchen, den Umfang ihrer Aktivitäten einzuschränken. Seid Ihr die neue Komplizin?«

Catrina gab patzig zurück: »Ich habe sie gestern erst kennen gelernt.«

»Meist genügt ihr diese Zeit«, gab er kühl zurück. Er betrachtete ihre kunstvoll geflochtenen Haare, die schwarz bemalten Lider, ihre eleganten Kleider mit einem solchen Zorn, dass Catrina sich voller Angst fragte, ob er Bescheid wusste. Die syrischen Zwillinge, der Sklave mit der Goldmaske …

Er fuhr fort: »Man sagt, Ihr hättet gestern Nachmittag in der Stadt ein Kind vor dem sicheren Tod gerettet. Man sagt auch, Ihr hättet das zweite Gesicht und dass Ihr Zaubertränke brauen könnt. Hat Julia Euch deshalb bei sich aufgenommen? Damit Ihr der feinen Dame bei ihren verderbten Spielchen behilflich sein könnt?«

Catrina versuchte verzweifelt, ihm die Stirn zu bieten, aber innerlich zitterte sie. Wenn sie doch nur auf ihn vorbereitet gewesen wäre. Oder wenn sie ihr Amulett hätte. Trotzdem klang es herausfordernd, als sie sagte: »Die Herrin Julia hat mich gestern gerettet, weil der Pöbel mich umzingelt hatte. Ja, ich habe ein Kind gerettet, es wäre sonst unter die Räder des Fahrwerks gekommen und zermalmt worden. Deshalb wollte mich der Pöbel in Stücke reißen. Sagt, Kommandant, versteht man das bei den Römern unter Dankbarkeit?«

Seine blauen Augen tasteten sie ab, und Catrina spürte, wie ihr die Röte ins Gesicht stieg. Schließlich sagte er: »Ich nehme an, dass Julia Euch ihre eigene Art von Belohnung hat zukommen lassen. Was hat sie aufgeboten? Die syrischen Tanzmädchen? Den numidischen Haussklaven? Oder vielleicht einen meiner Legionäre? Ich weiß, dass sie eine Schwäche für sie hat.«

Woher wusste er das alles? Sie war sich bewusst, dass ihr das Schuldgefühl im Gesicht geschrieben stand, deshalb nahm sie Zuflucht in der Attacke. »Ihr scheint Euch im Haushalt der Herrin Julia gut auszukennen. Wen von ihren Sklaven bevorzugt Ihr denn? Männlich oder weiblich?«

Einige Muskeln zuckten in seinem Gesicht, aber dann entspannte er sich wieder, und seine schmalen Lippen verzogen sich zu einem Lächeln. »Hört, hört! Julia scheint in Euch ihren Widerpart gefunden zu haben«, sagte er. »Wie ist Euer Name?«

»Catrina.«

Er nickte bedächtig. »Eigenartig, dass Ihr einen römischen Namen tragt.« Er ging zurück an seinen Tisch und schenkte sich ein Glas Rotwein ein. Catrina blieb stehen, ihr Blick immer noch auf den schlanken Kommandanten fixiert. Er trank einen Schluck und ließ den Tropfen auf der Zunge zergehen, ehe er sich wieder ihr zuwandte. »Sagt, Catrina«, begann er leise, »wisst Ihr, dass Hexerei nach römischem Gesetz ein Verbrechen ist?«

Sie riss den Mund weit auf. »Warum sollte mich das interessieren, Römer, wenn ich keine Hexe bin?«

»Woher habt Ihr dann gewusst, dass das Karrenrad brechen würde? In der Stadt erzählt man sich, Ihr hättet den Unfall verursacht, weil Ihr ihn mit Euren magischen Fähigkeiten ausgelöst hättet. Stimmt das?«

Catrina starrte ihn wütend an. »Eure Spione entwickeln zwar viel Fantasie, aber sie irren sich.«

»Antwortet auf meine Frage. Seid Ihr eine Hexe?«

Catrina dachte an all das wunderbare Wissen ihres Volks, an die Jahrtausende alten Weisheiten. Wie hätte sie diesem Mann davon erzählen sollen? Er würde es nie begreifen. Sie atmete tief durch. »Es hat keinen Sinn, Eure Frage zu beantworten, Kommandant, denn Ihr habt sie doch schon selbst beantwortet. Warum werft Ihr mich nicht gleich in den Kerker? Deshalb bin ich doch hier, nicht wahr?«

Er verschränkte die Arme vor der Brust und sagte

geduldig: »Ich weiß es nicht, Catrina. Warum seid Ihr in die Stadt gekommen? Das würde ich gern herausfinden.«

Sie schluckte hart. Ihr Herz hatte sich noch nicht beruhigt. Wenn er jemals erfuhr, warum sie wirklich hier war, dann würde der Tod ein zu leichtes Schicksal für sie sein. »Warum sollte ich Euch das sagen?«

Er nahm wieder einen Schluck Wein. »Vielleicht aus gar keinem Grund. Ich fand nur spannend, was Julia mir über Euch erzählt hat. Ihr wärt nach Eboracum gekommen, um die römische Lebensart zu lernen.«

Was hatte Julia ihm sonst noch erzählt? Ihre Stimme klang nicht mehr ganz fest, als sie erwiderte: »Ist das auch ein Verbrechen, Kommandant?«

Er ging langsam auf sie zu, und sie kämpfte gegen den Drang an, vor ihm zurückzuweichen. »Ich habe gehört, Ihr hofft, einen reichen älteren Römer zu finden, der sich zum Narren macht. In der Stadt wimmelt es nur so von einheimischen Frauen, die sich offen als Ware anbieten. Obwohl ich sagen muss, dass Ihr verlockender ausseht als die meisten von ihnen, und in Julia habt Ihr eine geeignete Lehrmeisterin gefunden. Ich frage mich, wie viel Ihr schon gelernt habt.«

Bevor sie aufschreien konnte, hatte er ihre Zöpfe angefasst und geöffnet, sodass ihre silberblonden Haare über ihre Schultern fielen. Im nächsten Moment hat te er die Hand auf ihre Brust gelegt und koste sie durch den dünnen Stoff der Tunika. Der Nippel versteifte sich und stieß gegen den Stoff und seine Handfläche. Catrina spürte, wie ihre Knie zitterten, und wilde Wogen verbotener Gelüste pochten durch ihre Adern.

Mit der anderen Hand fasste er ihr unters Kinn, und dann beugte er sich hinunter und küsste sie ungestüm.

Seine Zunge nahm mit kalter Sinnlichkeit von ihrem Mund Besitz. Dann richtete er sich wieder auf, und Catrina kämpfte gegen die Tränen an, die sich in ihren Augen sammelten.

»Mir scheint«, sagte er leise, »Ihr habt noch viel zu lernen, kleines Barbarenmädchen.«

»Und Ihr wollt es mir beibringen? Was wisst Ihr denn von solchen Dingen?«, fauchte sie ihn an. Sie glättete ihre zerzausten Haare und strich sich über die verrutschte Tunika. Ihre Brüste sehnten sich wieder nach seinen Berührungen. »Ihr, der strenge, arrogante Kommandant der Legion? Ich dachte, Ihr betrachtet das Nachgeben der niedrigen Instinkte als Schwäche. Nach dem, was Julia über Euch erzählt, lebt Ihr ja fast enthaltsam.«

»Im Vergleich zu Julia lebt fast jeder praktisch in Enthaltsamkeit«, murmelte er, und in seinen Augen blitzte es schelmisch. »Aber vielleicht ist Eure Idee gar nicht so dumm. Vielleicht werde ich Euch unterrichten. Und wir fangen gleich damit an. Legt Euch wieder den Mantel um. Ich muss ausgehen, und Ihr kommt mit.«

Völlig verblüfft stammelte sie: »Ihr geht aus?«

»Warum nicht? Ihr wollt mehr über das Leben in Eboracum erfahren, oder nicht?« Seine Mundwinkel zuckten leicht. »Ich mache es mir zur Aufgabe, Euch die Stadt und ihre Sehenswürdigkeiten zu zeigen. Oder glaubt Ihr, dass Ihr das Eurer zarten Seele nicht zumuten könnt?«

Sie rebellierte gegen den Spott in seiner Stimme, warf den Kopf in den Nacken und sagte: »Oh, ich bin bereit, Kommandant! Wohin gehen wir?«

Er legte die Dokumente auf dem Tisch in eine bestimmte Ordnung und blies die Kerze aus.

»Heute Abend findet eine Feier der Legionäre statt. Ich bin spät dran, aber ich musste ja auf Euch warten. Meine Männer sind bestimmt voller Ungeduld. Da ich keine Zeit mehr habe, Euch sonstwo unterzubringen, kommt Ihr einfach mit.« Er legte sich einen Umhang über die Schultern und schloss ihn mit einer bronzenen Fibel, dann hielt er ihr die Tür auf und ließ sie hinausgehen.

»Übrigens«, sagte er, als sie an ihm vorbeiging, »was bringt Euch auf den Gedanken, dass ich dem Nachgeben niedriger Instinkte als Schwäche betrachte?«

Er hatte sie erwischt, denn Catrina fiel plötzlich ein, dass er diese Bemerkung in der Torfhütte gesagt hatte. Kurz vor seiner Flucht. »Ich ... ich habe gehört, wie Julia das gesagt hat«, stammelte sie.

Seine Lippen wurden schmal. »Wirklich? Ihr müsst ein interessantes Gesprächsthema gehabt haben.« Er verfolgte das Thema nicht weiter, aber ob er ihre Ausrede akzeptierte, konnte Catrina nicht erkennen. Sie folgte ihm durch die langen Flure seines Quartiers.

›*Vielleicht werde ich Euch unterrichten*‹, hatte er gesagt. Diese Worte hallten wie ein dunkler Zauberspruch in ihr nach, ebenso mächtig wie die Zaubersprüche ihres Stammes.

Dieser Mann war ihr verhasster Feind. Sie hatte geschworen, ihn erbarmungslos zu verfolgen, ihm das Amulett zu entreißen und ihn dann der Rache ihres Stammes auszusetzen.

Aber während sie ihm in die dunkle Nacht folgte, raste ihr Herz wie verrückt. Was würde er ihr denn beibringen wollen?

Neuntes Kapitel

Julia befand sich an diesem Abend im Haus einer Freundin. Die Gesellschaft war ausschließlich weiblich, was Alexius erfreut hätte, dachte Julia mit einem gequälten Grinsen. Der Gedanke an den Kommandanten löste ein Stirnrunzeln bei ihr aus, was sie ärgerte. Aus Runzeln wurden Falten. Sie seufzte und griff zu ihrem Weinglas.

»Ich wollte heute Abend das britannische Mädchen mitbringen«, sagte sie ihren Freundinnen, »ich wollte sie euch vorführen. Aber wie üblich hat Alexius mir diesen Spaß verdorben und sie zum Verhör abholen lassen. Ihr hättet eure Freude an ihr gehabt, so ungezähmt und unschuldig, wie sie ist. Mit ihren großen grünen Augen und den langen hellen Haaren sieht sie überhaupt nicht wie eine Barbarin aus. Ihre Figur ist einfach entzückend. Ich sage euch, mein Sklave Phidias fand sie unwiderstehlich.«

Julias Stimme wurde leise, und zuletzt klang sie rauchig vor Lust. Sie lehnte sich auf der Liege zurück und strich die Tunika glatt, eine Schöpfung aus zarter weißer Seide, mit Goldfäden durchwirkt und mit Perlen verziert.

»Wie? Du hast ihnen zugeschaut?«, fragte ihre Freundin Melina. Sie befanden sich in ihrer Villa, Julia und die anderen sorgfältig ausgewählten Gäste, die sich in einem Kreis von seidenüberzogenen Liegen niedergelassen hatten, nachdem sie ein köstliches Mahl –

saftiges Geflügel, Salate und süße Nachspeise – genossen hatten.

Melina war die füllige, verwöhnte Ehefrau eines reichen Kaufmanns, der sein Vermögen mit dem Import roter Töpferware in die nördlichen Provinzen gewonnen hatte. Ihre Villa am südlichen Stadtrand war vollgestopft mit Luxus und Kostbarkeiten, Möbelstücke mit Intarsienarbeiten und überall wertvolle Stoffe, die ihr Mann aus den entlegensten Ecken des Weltreichs mitgebracht hatte.

Melina – wie auch ihre Freundinnen – waren trunken vom süßen Falerner Wein.

»Ja, natürlich habe ich ihnen zugesehen«, seufzte Julia und griff wieder nach ihrem Glas.

Die anderen Frauen rutschten unruhig und voller Neid auf ihren Sitzen herum. Sie alle kannten den außergewöhnlich gut bestückten Phidias und hatten den kräftigen Haussklaven schon bei verschiedenen Gelegenheiten gekostet – ohne Wissen der Ehemänner natürlich.

»Erzähle uns davon«, flüsterte eine und rutschte ein bisschen näher an Julia heran.

Julia lächelte, fuhr sich mit einer Hand über die dunklen Locken, die mit winzigen Perlen geschmückt waren. Dabei klingelten die goldenen Bänder an ihren schlanken Armen. »Es war eine unspektakuläre Paarung. Das Mädchen war mehr als bereit für ihn.« Sie langte nach einer mit Honig getränkten Dattel und wusste, dass die Freundinnen an ihren Lippen hingen. »Oh, ihr hättet euren Spaß gehabt, wenn ihr es gesehen hättet.«

»Wenn wir was gesehen hätten?«

»Das kannst du dir doch denken. Es war ein Genuss

zu sehen, wie er das Barbarenmädchen gestoßen hat.«

Es gab ein entzücktes Aufheulen der Zuhörerinnen, und alle rutschten ein wenig näher an Julia heran. »Es war großartig. Wenn Phidias den dicken Rüssel zurückzog, konnte ich sehen, wie glitschig er war, rundum geölt von ihren Säften. Wenn er dann wieder in sie hinein stieß und unter ihre Backen griff, ruckte das Mädchen ihm entgegen. Es war, als wollte sie sich auf seinem Schaft pfählen. Das Barbarenmädchen ist ein Naturtalent, obwohl ich glaube, dass sie ihre großen Talente noch gar nicht begreift. Oh, wir hätten heute Abend ihren Spaß mit ihr haben können.«

»Aber jetzt hat Alexius sie ganz für sich«, seufzte Melina bedauernd.

»Oh, die Glückliche«, murmelte eine andere Frau und sprach wieder dem süßen Wein zu.

Julia versteifte sich, erfasst von einer plötzlichen Eifersucht. Konnte es sein, dass Alexius auf diese Weise an dem Mädchen interessiert war? »Er will nur mit ihr reden«, sagte Julia mit verhaltenem Zorn. »Ihr glaubt doch nicht, dass er sie verführen will, oder? Unser keuscher Alexius?«

»So keusch ist er nicht«, warf die dralle Melina ein und ließ sich in die Kissen sinken. »Mein Mann sagt, in Rom hätte es um Alexius und eine schöne Senatorenfrau einen Riesenskandal gegeben ...«

»Ich würde auf die Hälfte meines Schmucks verzichten, wenn ich Alexius nur eine Nacht im Bett haben könnte. Es hat sich herumgesprochen, das er ein wunderbarer Liebhaber ist«, raunte eine andere Frau voller Sehnsucht.

Die Lampen flackerten. Julia schnaufte durch, ehe

sie scharf entgegnete: »Dann hält er seine Talente verborgen, was? Ich finde ihn gar nicht so attraktiv. Er ist ein arroganter Miesling. Seine persönliche Lust scheint daraus zu beziehen, anderen Menschen die Laune zu verderben.«

Ihre Freundinnen sahen sich gegenseitig an, denn sie spürten Julias Verärgerung. Eine Frau wechselte das Thema. »Wie geht es eigentlich deinem gut aussehenden Gladiator?«

Julias Gesicht strahlte, als sie an Falco dachte, aber dann erinnerte sie sich an seine starrsinnige Verweigerung, für die sie kein Verständnis hatte. »Er ist ein sturer Bock«, sagte sie. »Aber ich glaube, ich habe einen Weg gefunden, ihn zu zähmen.«

»Welchen Weg? Komm, erzähle.«

Mit glänzenden Augen berichtete sie, wie sie Falco beauftragt hatte, ihre kostbare Sammlung erotischer Literatur zu übersetzen. Sie hatte die Pergamentrollen aus Rom mitgebracht, erklärte sie den Freundinnen. Sie hatte nämlich festgestellt, dass der gute alte Flavius erst dann ganz Mann wurde, wenn er sich an den Geschichten und den dazu gehörigen Illustrationen ergötzen konnte.

»Es ist unvermeidlich, dass der gute Falco hilflos erregt wird, wenn er die sexuellen Abenteuer aus dem Griechische ins Lateinische übersetzt. Deshalb schicke ich Lerche und Nachtigall in regelmäßigen Abständen zu ihm. Wie ihr euch vorstellen könnt, widersteht er ihnen nicht lange. Die Mädchen genießen ihre Aufgabe sehr, und ich glaube, inzwischen wartet der Gladiator schon auf sie. Er ist längst nicht mehr so aufsässig wie früher.«

Atemlose Stille herrschte im Zimmer. Dann sagte

eine der Frauen voller Sehnsucht: »Oh, Julia, diese Erzählungen über all die kräftigen Männer machen mich ganz heiß.«

»Aber ihr wisst, dass man heute Abend solchem Vergnügen nicht nachgehen darf«, sagte eine etwas ältere Freundin aufseufzend. »Heute ist das Fest der Guten Göttin, da müssen wir unsere Lust unterdrücken.«

Julia und Melina sahen sich verschwörerisch an, dann erhob Julia sich und ging über den Mosaikboden in eine Wandnische, wo sich der Hausaltar befand. Sie zündete die Wachskerzen rund um den Altar an und schenkte ein paar Tropfen Wein in eine bereitstehende Schüssel.

»So«, sagte Julia, »mit dieser Opfergabe haben wir unsere Pflicht der Göttin gegenüber erfüllt. Jetzt können wir uns amüsieren.«

»Aber wie?«, riefen ihre Freundinnen wie im Chor. »Wir haben doch keine Männer.«

Julia stand noch und schaute auf die anderen hinab. Im flackernden Kerzenschein leuchtete ihr Gesicht. Sie ging zu einem kleinen Tisch in der Ecke und hob ein schweres Paket auf. »Ich muss euch was zeigen. Ich habe es am Nachmittag bei meinem griechischen Kaufmann erstanden. Er hat es extra für mich zurückgehalten.«

»Was ist es? Spann uns nicht länger auf die Folter!« Aufgeregt richteten sich die Freundinnen auf. Julias Überraschungen hatten es immer in sich.

Langsam, die Unterlippe zwischen den Zähnen, sonnte Julia sich an der hohen Erwartungshaltung der Frauen, während sie den schweren Gegenstand auswickelte. Dann stellte sie ihn auf den niedrigen Tisch aus Ebenholz, um den die Liegen gestellt waren, auf denen die Freundinnen ruhten. Ihre überraschten Ausrufe und die lüsternen Blicke bewiesen Julia, dass die Überraschung gelungen war.

Sie bestand in einer kleinen Bronzestatue einer knienden Figur mit Flügeln, etwa ein Fuß groß. Sie war nackt, abgesehen von einem Gürtel, der in Form einer Schlange um die Taille geschlungen war. Zwischen den Schenkeln der Gestalt ragte ein dicker Bronzepenis hoch, der schräg nach oben zeigte und fast bis zu seinem Kopf reichte. Er war leicht gebogen und kräftig, und die Ähnlichkeit mit einem echten Penis war verblüffend, einschließlich der prallen Eichel.

Das Gesicht der Statue zeigte ein gieriges Grinsen, als wüsste der Träger um die grotesken Ausmaße seiner Männlichkeit. Julia fuhr mit einem Finger über den glatten Bronzephallus, spielte und rieb daran, während die Freundinnen vor Lust aufkeuchten und näher rückten.

»Ich will ihn sehen, ich will ihn sehen!«, riefen sie durcheinander.

Eine Frau war besonders ungeduldig und steckte die Hand aus, um den Bronzeschaft zu streicheln, wie Julia es eben getan hatte. »Er ist wunderschön. Wo kommt er her?«

Julia schnurrte vor Freunde, dass ihre Freundinnen so begeistert waren wie sie selbst. »Mein griechischer Kaufmann hat mir gesagt, er wäre früher bei geheimen Ritualen in Persien eingesetzt worden«, raunte sie und ließ die Finger wieder über den unbiegsamen Schaft gleiten. »Er stellt Ahriman den Mächtigen dar, und jede von euch soll ihn mal kosten.«

»Ich zuerst ... oh, ja, ich ...«. Alle riefen durcheinander und wetzten auf den Liegen hin und her.

»Unter einer Bedingung«, sagte Julia grinsend. »Ihr müsst euren Lieblingstraum erzählen. Wenn uns die Fantasie gefällt, ist der Einsatz der kleinen Statue eure Belohnung.«

Schweigen lastete über der Runde. Dann sagte jemand: »Ich glaube, Julia sollte beginnen.«

»Ja, der Meinung bin ich auch«, rief Melina. »Julia, du sollst uns in die richtige Stimmung versetzen.«

»Mit Vergnügen«, sagte Julia. »Aber zuerst, Melina, musst du noch etwas Wein nachfüllen, viel Wein ...«

Sie trank ihr Glas leer, und die Röte stieg in ihre Wangen. Es war ihr bewusst, dass die Freundinnen mit angehaltenem Atem auf den Beginn ihres Traums warteten, während sie aufstand und die Kerzen ausblies, ausgenommen die eine vor dem Hausaltar. Man konnte die Erregung, die alle erfasst hatte, beinahe schmecken.

»Damit du weißt, wie sehr ich mich um das schere, was du sagst, Alexius«, murmelte sie leise. »Niemand kann mir vorschreiben, mich nicht zu amüsieren.«

Sie ließ sich wieder auf ihrer Liege nieder und kuschelte sich in die Kissen. »Ihr wollt also meinen Traum hören?«

»Ja, oh, ja«, hauchten sie, und im flackernden Lichtschein glitzerten ihre Augen.

»Nun«, begann Julia leise, »neulich nachts träumte ich, zwei wunderschöne Männer beim Wettkampf in meinem Hof zu beobachten. Sie waren nackt, und ihre Körper glänzten vom leichten Ölschimmer. Ich konnte das Spiel ihrer Muskeln unter der straffen Haut sehen. Einer war blond und hatte eine goldgelbe Haut, der andere war ein paar Jahre älter, sah irgendwie bedrohlicher aus, er hatte kurze dunkle Haare und einen sonnengebräunten Körper, der überall mit Narben verziert war. Ich starrte ihn an und sah, dass er die schönsten blauen Augen hatte.«

»Falco der Gladiator und Alexius!«, stieß Melina verzückt hervor.

»Ja, ja ...« Julia streckte beide Arme zum Tisch aus und griff die Statue, hob sie auf und stellte sie auf ihren Schoß.

»In meinem Traum wussten sie nicht, dass ich zuschaute. Sie kämpften nicht um irgendeinen Preis, sondern aus jungenhaftem Spaß am körperlichen Wettkampf. Ich sah ihren Gesichtern an, wie sehr sie ihre animalische Kraft genossen. Sie waren beide erregt; sie waren beide gut bestückt. Ich stand im Schatten der Kolonnade und sah ihre langen, dicken Glieder, die jeweils die Schenkel und Hüften des anderen berührten, während sie miteinander rangen.«

Jemand stieß einen lüsternen Seufzer aus. Julia atmete tief ein, ehe sie fortfuhr.

»Beide Männer waren außergewöhnlich stark, aber Alexius war der geschicktere und listenreichere Kämpfer. Plötzlich schlug er eine Finte, mit der er Falco überraschte, und der Gladiator fand sich auf dem Boden wieder.

Alexius ging neben ihm auf die Knie, um nachzusehen, ob sein Gegner sich verletzt hatte. Aus den Schatten sah ich, wie sein Blick auf Falcos Penis ruhte, der sich aus dem Nest blonder Haare reckte. Stumm fuhr Alexius mit dem Finger darüber und streichelte den prallen dunklen Sack mit den Testikeln. In dem Moment riss Falco die Augen weit auf. Er starrte den mächtigen nackten Zenturion an, und selbst aus der Entfernung konnte ich sehen, wie seine

Augen vor Gier brannten. Und dann küssten sie sich.«

Die Stille im Raum war so intensiv, dass sie die Flügelschläge einer Motte hören konnten. Jemand schluckte schwer und fragte: »Haben sie dich gesehen?«

Julia sah die Frau an und fuhr mit tiefer, heiserer Stimme fort: »Ja, denn in diesem Augenblick trat ich aus den Schatten. In meinem Traum war ich auch nackt, abgesehen von meinen dünnen Ledersandalen, die bis über die Waden geschnürt waren. Ich trug die Haare offen, sie glänzten wie die Schwingen eines Raben, wie es über die Schultern bis auf meine Brüste fiel. Meine Nippel und meinen unbehaarten Berg der Venus waren mit einem sanften Rot gefärbt. Ich war schon durch das erregt, was ich gesehen hatte, und ich wusste, dass meine dunkelroten Labien nass und geschwollen hervorlugten. In einer Hand hielt ich eine Peitsche …«

Julia nahm einen weiteren Schluck Wein.

»Die Männer in meinem Traum hörten auf, sich zu küssen, drehten sich zu mir um und sahen auf. Ich sagte streng: ›Ihr habt euch beide sehr unschicklich verhalten, dass ihr euch gegenseitig mit euren Körpern beschäftigt. Dafür werde ich euch bestrafen. Seht nur, wie ihr euch aneinander erregt habt, eure Glieder recken sich steif empor.‹ Während ich mit ihnen sprach, rieb ich den Knauf der Peitsche zwischen die nassen Labien und koste mein dürstendes Fleisch bis das Leder nass von meinen Säften war.«

»Erzähle weiter«, drängte Melina.

»Die beiden Männer stöhnten: ›Ja, schöne Herrin Julia, bestraft uns, wir sind deine untertänigen Sklaven.‹

Ich fing an, sie auszupeitschen. Sie mussten sich auf alle Viere legen, und dort im mondbeschienenen Hof, in dem es nach Rosen duftete, stand ich in der Mitte hinter ihnen und ließ meine Peitsche über ihre Hintern knallen. Bei jedem Schlag zuckten ihre Glieder heftig, stolz und drängend. Sie hatten sich gegenseitig nehmen wollen, aber jetzt begehrten sie mich, und sie sollten mich bekommen – beide.«

Ihre Freundinnen atmeten geräuschvoll, und Julia, die kleine Bronzestatue noch auf ihrem Schoß, hatte fast vergessen, dass sie Zuhörer hatte. Ihre Augen waren halb geschlossen, und ihre Finger strichen neckend und zupfend über ihre Nippel unter der weißen Tunika.

»Es war eine Wonne, die ich nicht beschreiben kann«, murmelte sie. Ungeduldig ruckte sie ein wenig höher auf der Liege, und dabei rutschte die Statue zwischen ihre Schenkel. »Sie waren beide in mir«, stieß Julia hervor, »Falco von vorn und Alexius von hinten ... oh, ich halte es nicht mehr aus, ich muss ihn haben ... «

Sie kniete sich auf die Liege und ließ sich langsam auf den harten, glatten Schaft der Statue hinab. Die Augen geschlossen, den Mund geöffnet, ruckte sie immer ein wenig tiefer.

»Falco nahm abwechselnd meine schmerzenden Brüste in den Mund, und während sie sich in mir ergossen, kam es mir so heftig, dass ich ... oh, Götter ...«

Die kalte Bronze füllte sie aus und streckte sie unnachgiebig. Ihre inneren Muskeln spannten sich um den harten Schaft. Julia wippte vorsichtig auf und ab und presste den Daumen gegen den pochenden Kitzler, und sie schrie laut, als die Wellen des lang erwarteten Orgasmus sie überfluteten.

Es dauerte einige Zeit, ehe sie die Augen wieder aufschlug. Mit einem leichten Seufzer hob sie sich leicht an, und es schien, als wäre das Grinsen im Gesicht der Bronzestatue noch ein bisschen unverschämter geworden.

Die Blicke der Freundinnen, heiß und neidisch, verfolgten jede ihrer Bewegungen.

»Und Alexius hat mir verboten, mich heute Abend zu vergnügen«, sagte Julia triumphierend.

Melina fragte: »Hast du das wirklich alles geträumt?«

»Nein, natürlich nicht.« Julia griff lächelnd zum Weinglas. »Wer ist jetzt dran?«

Zehntes Kapitel

Wenn Catrina geglaubt hatte, die Stadt wäre tagsüber schon ein Hexenkessel gewesen, dann nahm ihr die Stadt bei Nacht den Atem. Sie musste sich beeilen, um mit Alexius' langen Schritten mitzuhalten, und die vielen Häuser entlang beider Seiten der Straßen schienen sie erdrücken zu wollen, so hoch und düster wirkten sie, während die hell beleuchteten Weinstuben und Lasterhöhlen überfüllt waren.

Männer aller Rassen und Sprachen standen davor, um diese Zeit schon trunken vom billigen Schnaps. Wo tagsüber die Marktstände aufgebaut worden waren, fand jetzt ein lärmender Hahnenkampf statt.

Catrina drückte sich eng an Alexius, um Schutz zu suchen vor den torkelnden Zechern. Schutz bei diesem verhassten Mann? Sie schüttelte den Kopf über ihre verwirrten Gedanken. Eine Ratte huschte vor ihren Füßen vorbei, und voller Angst klammerte sie sich an Alexius, während sie sich verzweifelt in den Frieden des Waldes zurückwünschte.

Alexius trug einen schlichten, tristen Umhang statt des grünen, der zu seiner Hauptmannsuniform gehörte, aber trotzdem erkannten ihn die Männer der Festung, sie wichen vor ihm zurück und salutierten respektvoll ihren Kommandanten. Auch Frauen standen vor den öffentlichen Lokalen herum, schäbig gekleidete Frauen mit grell bemalten Gesichtern; einige lungerten in den Schatten von Hauseingängen herum, andere schlenderten Hand in Hand mit einem dienstfreien Soldaten oder einem einheimischen Händler über die schmale Straße. Die Frauen beäugten Alexius herausfordernd und bedachten Catrina mit giftigen Blicken.

Abrupt bog Alexius von der Hauptstraße in eine enge und schlecht beleuchtete Gasse ein. Es roch nach den Gerbereien, die ganz in der Nähe lagen. Ein räudiger Hund sprang aus dem Schatten, und Catrina zuckte ängstlich zusammen, aber Alexius zog sie mit sich.

Unter dem Schild eines primitiv gemalten Keilerkopfs blieb Alexius stehen. Daneben baumelte eine schwach brennende Laterne. Nicht gerade ein vornehmes Haus, dachte Catrina, aber es schien wohl, als hätten sie ihr Ziel des Abends erreicht, denn Alexius drückte die schmale Tür auf und bedeutete ihr, ihm zu folgen.

Catrinas Sinne wurden vom Lärm und vom Gestank angegriffen, beides verursacht durch dicht zusammengedrängte Menschen. Es stank nach Schweiß und nach verschiedenen starken Schnäpsen. Zuerst musste sie die Augen schließen, um sie dann zu öffnen und sich an die schwache Beleuchtung zu gewöhnen, die aus rußenden Fackeln ganz hoch an der Decke gewonnen wurde.

Die Männer saßen oder standen an verdreckten Holztischen, tranken, lachten, würfelten oder aßen von dicken Holztellern. Der Lärm und die Fast-Dunkelheit verwirrten Catrina. Sie bemerkte, dass Alexius sie mit seinen kalten Augen spöttisch betrachtete.

»Willkommen zum Goldenen Keiler«, sagte er, »dem bevorzugten Lokal der dienstfreien Soldaten der Sechsten Legion.«

Sie blickte zu ihm auf, die grünen Augen voller Verwunderung. »Warum habt Ihr mich hergebracht?«

Er hob die Schultern. »Ihr wolltet was über die römische Lebensart lernen«, sagte er. »Doch sagt mir – ist das zu viel für Euch?«

»Natürlich nicht! Glaubt Ihr, ich wäre noch nie in solchen Lokalen gewesen?«

Er hob die Brauen und sah sie wieder spöttisch an.

Ohne ein weiteres Wort führte er sie zu einem kleinen Tisch an einer Wand. Der Wirt hatte kurz vorher in aller Hast ein paar betrunkene Fellhändler vom Tisch verscheucht. Alexius orderte einen Krug mit Wein.

»Hier habt Ihr eine Gelegenheit, Eure Kenntnisse zu vertiefen«, sagte Alexius. »Für die Legionäre ist dies ein besonderer Abend, es ist der Jahrestag ihrer Ankunft in Britannien. Ihr werdet erleben, wie meine Männer einen solchen Tag feiern.«

Catrina starrte ihn an und setzte sich auf die Bank, die Arme abweisend vor der Brust verschränkt. Sie sah sich in dem verräucherten Saal um und musterte die einzelnen Gäste. Zunächst hatte sie geglaubt, dass keine anderen Frauen da waren; hauptsächlich sah sie römische Soldaten, die sie an den kantigen, glatt rasierten Gesichtern und an den kurz geschorenen Haaren erkannte. Aber dann sah sie mehrere Frauen, die den Wein servierten.

Sie hatten sich die Lippen rot geschminkt und die Augen kohlschwarz angemalt; sie trugen einfache Kleider, die viel Haut sehen ließen. Die Männer griffen nach ihnen, wenn sie vorbeigingen, um den Wein zu bringen, und mancher flüsterte der Kellnerin irgendwas ins Ohr.

Am Tisch neben ihnen saß ein Mädchen auf dem

Knie eines Soldaten, und Catrina sah, dass sie provozierend über seine Hüfte strich, die Finger unter seiner Tunika. Catrina errötete angesichts des schamlosen Verhaltens in der Öffentlichkeit und wandte sich rasch ab. Alexius schien sich um das Spektakel nicht zu kümmern. Warum hatte er sie hergebracht? Um sich über sie lustig zu machen? Um sie zu bestrafen? Oder glaubte der arrogante Römer, dass sie in eine solche Spelunke gehörte?

Eine Kellnerin mit safrangelb gefärbten Haaren brachte einen bis zum Rand mit Rotwein gefüllten Krug an ihren Tisch und lächelte Alexius verführerisch an, während sie den Krug mit zwei Tonbechern mitten auf den Tisch stellte. Dann sah sie voller Verachtung auf die stille Catrina.

»Lasst mich wissen, Kommandant, wenn Ihr richtige Unterhaltung haben wollt«, sagte sie und entfernte sich hüftschwenkend.

Catrina sprang auf die Füße und hielt sich mühsam beherrscht am Tischrand fest. »Ich gehe«, sagte sie wütend. »Ich sehe, was für ein Lokal das ist. Ihr habt Euch jetzt genug auf meine Kosten amüsiert. Bringt mich zu Julia zurück.«

Alexius blieb sitzen und packte ihr Handgelenk. »Ihr geht nirgendwo hin«, sagte er, und seine Augen glitzerten gefährlich. »Und erst recht nicht zu Julia. Glaubt mir, sie hat den Abend schon längst verplant.« Der Griff um ihr Handgelenk lockerte sich ein wenig. »Setzt Euch und wartet.«

»Das werde ich nicht!« Aber ihr sinnloser Trotz ging im schrillen Blasen einer Trompete unter. Catrina hatte die *bucina* schon einige Male in der Festung gehört, sie gab das Zeichen zum Wachwechsel. Aber hier, in der dunklen Lasterhöhle, war sie völlig unerwartet. Die Soldaten zuckten zwar kurz, aber dann lachten sie. Als drei junge Frauen einmarschierten, klatschten sie übermütig Beifall. Alexius zerrte so heftig an Catrinas Arm, dass sie sich wieder setzen musste.

Die drei Frauen trugen glänzende Helme mit roten Büschen sowie robuste Sandalen. Ihre Körper wurden von kurzen Ledertuniken bedeckt, eine frivole Karikatur der Uniformen der Legionäre. Die Röcke bestanden aus kurzen Fellstreifen, während die Oberteile aus mehreren Bändern gefertigt waren, die an Schultern und Hüftgürteln befestigt waren. Zwischen den Bändern war viel von den hohen, vollen Brüsten zu sehen, die verführerisch hüpften, als die Mädchen marschierten und an einer Stelle Halt machten, die hastig geräumt worden war.

»*Signa inferte!*«, rief die Anführerin mit lauter Stimme. »*Legio – expedito!*« Die Soldaten in der überfüllten Taverne lachten und johlten, als sie die vertrauten Befehle hörten.

Catrina sah ängstlich zu Alexius, um zu sehen, wie er den Spott aufs Heer hinnahm, aber offenbar genoss er den Auftritt der Frauen nicht weniger als alle anderen. Er bemerkte Catrinas verdutzten Blick und sagte: »Sie sind die Maskottchen der Legion. Schaut genau hin. Ihr wollt doch was lernen.«

Catrina schaute genau hin. Die Lampen wurden gelöscht, ausgenommen die Laterne, die oben an der Wand hing, vor der die Soldatenmädchen paradierten. Mit der Dunkelheit war es still geworden, aber es war eine heiße, gierige Stille, die Catrinas Haut prickeln ließ.

Es begann unschuldig genug. Zwei der Mädchen

tanzten ein paar Schritte und schlugen Salti. Es gab stürmischen Beifall, als die Tuniken noch mehr Bein freigaben. Die Sittsamkeit der Mädchen wurde durch ein dünnes Lederband gewahrt, das die Scham bedeckte. Die Brüste hüpften verlockend, während das dritte Mädchen mit ihren kurzen Haaren lachend herumlief, den Helm umstülpte und die Münzen auffing, die von den begeisterten Zuschauern geworfen wurden.

Dann blies die Trompete wieder, und eine eigenartige Spannung machte sich breit und erfasste auch Catrina. Das Mädchen, das die Münzen eingesammelt hatte, legte den Helm in eine Ecke und zog einen kleinen Dolch mit glänzender Klinge aus dem Gürtel ihrer Tunika. Sie kniete sich auf den Boden, teilte die Fellstreifen und zupfte an dem weichen Lederband, das ihre Scham bedeckte.

Die Menge johlte. Catrina spürte, wie das Blut in ihre Wangen stieg. Das Mädchen spreizte langsam die Schenkel und enthüllte den schwarzen Flaum ihrer Scham. Sie hob den Blick und schaute die umstehenden Männer herausfordernd an. Sie nahm den Dolch, hielt ihn an der Klinge fest und begann sich mit dem Griff zu reizen. Behutsam rieb sie ihn zwischen den Schenkeln.

Das Schweigen war absolut, als das Mädchen die Waffe immer tiefer stieß. Sie leckte sich die Lippen und schaute lüstern in die starren Männergesichter.

Die johlende Begeisterung nahm zu und äußerte sich in gellenden Pfiffen, während das Mädchen sich weiter mit dem Dolchgriff befriedigte.

Catrina schämte sich, aber gleichzeitig spürte sie eine wilde Erregung in sich. In einer Ecke des Raums sah sie, wie ein Mann unter seine Tunika griff, während er auf die Manipulation des Mädchens starrte, das sich dem Orgasmus näherte. Die Schenkel gingen noch weiter auseinander.

Ihre Begleiterinnen knieten sich neben sie und zupften an den Nippeln der Kameradin. Plötzlich warf das Mädchen den Kopf in den Nacken und begann zu stöhnen und zu ächzen, während sie den Unterleib gegen den Griff des Messers trieb.

Catrina spürte, wie ihr eigenes Geschlecht anschwoll, wie die Feuchtigkeit in ihre geheimen Falten rann, wie ihre bemalten Nippel sich gegen den weichen Stoff ihres Gewands rieben. Zu gern hätte sie ihre Brüste gestreichelt.

Sie warf einen Blick auf Alexius, der zu dem sich windenden Mädchen mit dem Dolch sah und an seinem Wein nippte, unerschüttert wie immer. Catrina erschauerte vor Lust, als sie sein römisches Profil betrachtete und die Narbe auf der Stirn sah, die sie so lange gepflegt hatte. Sie sah die starke, gebräunte Hand, die auf dem Tisch lag, und sie sehnte sich danach, sie in ihre Hand zu nehmen und gegen ihre Brüste zu drücken.

Sie wollte, dass er das tat, was er in der Torfhütte getan hatte, als er sie mit seinem harten Penis genommen und zu einem unbeschreiblichen Glücksgefühl gebracht hatte. Was für ein süßer Orgasmus in seinen Armen! Ihr Blick fiel auf seine kräftigen Schenkel unter der Tunika. Sie fuhr mit der Zungenspitze über die Lippen, als sie sich vorstellte, mit den Händen darüber zu streicheln, seine harten Muskeln zu fühlen und dann höher zu gleiten, bis sie die Schwellung seiner Genitalien erreichte …

Verdammt, er musste doch von der Darbietung der Mädchen sexuell erregt worden sein, oder? Wenn, dachte sie verbittert, als sie in sein gleichgültiges Gesicht schaute, dann konnte er es gut verbergen.

Sexuelles Verlangen ist eine fatale Schwäche, mea mellita …

Plötzlich drehte er sich um, und ihre Blicke trafen sich. Seine blauen Augen waren wie Eis in der kontrollierten Mimik seines Gesichts. Er wusste es. Er wusste, wie sehr sie ihn begehrte, aber er empfand nichts für sie. Er setzte sie dieser geilen Darbietung aus, um sie zu demütigen, um ihr zu zeigen, dass sie ihm absolut nichts bedeutete. Oh, wie sie ihn hasste! Sie warf den Kopf in den Nacken, brach den Blickkontakt mit ihm und wandte sich wieder dem Geschehen im Saal zu.

Das Mädchen, das sich so erotisch dargeboten hatte, hatte sich inzwischen wieder erholt und schlenderte von einem Tisch zum anderen, begleitet von einem dicken Rebstecken, dem offiziellen Symbol eines Hauptmanns. Sie klopfte damit auf jeden Tisch, den sie besuchte.

»Gibt's neue Rekruten diese Woche?«, rief sie mit ihrer klaren Stimme. »Irgendein neuer Soldat für die Sechste Legion?«

Es gab in ihrem Umfeld heftiges Geschubse und Geschiebe, bis schließlich ein hoch aufgeschossener, braunhaariger junger Mann von seinen Kameraden nach vorn gedrückt wurde. Das Mädchen trat arrogant auf ihn zu.

»Name?«, blaffte sie und klatschte den Rebstecken in ihre Handfläche.

»G … Galba«, stammelte der junge Mann.

»Letzte Garnison?«

»Trier, Gallien.«

»Kommandant heißt das!«, zischte das Mädchen. »Du hast mich als Kommandant anzusprechen!«

Die Menge grölte, als der junge Mann antwortete: »Ja, natürlich – Kommandant.«

Catrina blickte zur Seite und sah ein dünnes Lächeln um Alexius' sinnlichen Mund. Wenigstens hatte er einen Anflug von Humor.

Das Soldatenmädchen schlug sich immer noch den Rebstecken in die Hand, während sie den jungen Legionär herausfordernd anschaute. »Und welche ist die beste Legion des römischen Heeres, Soldat?«

»Die Sechste Legion ... Kommandant!«

Galba wusste, was das Mädchen und die Meute hören wollten. Es gab zustimmendes Geheul rundum, begleitet vom Klopfen der Weinkrüge auf den Holztischen. Aber die ›Soldatin‹ brachte sie mit einer leichten Bewegung des Steckens sofort wieder zum Schweigen. Dann stemmte sie eine Hand in die Hüfte und rief: »Nun, Galba, hast du dir schon die eine oder andere Missetat zu Schulden kommen lassen?«

Der Soldat zögerte, aber seine Kameraden blökten vor Lachen. »Bei Mithras, er hält uns durch sein Schnarchen vom Schlaf ab! Ist das kein strafwürdiges Vergehen?« Und ein anderer rief: »Fragt Galba, ob er schon seinen Anteil am Wein gezahlt hat! Gesoffen hat er genug davon!«

Das Mädchen sah Galba streng an. »Und? Hast du schon gezahlt?«

Er senkte verlegen den Kopf. »Nein, noch nicht. Ich meine, nein, Kommandant.«

»Und schnarchst du?«

»Nun, die Kameraden sagen es.«

Das Mädchen hob die Augenbrauen und blickte stirnrunzelnd in die Menge. »Strafe?«

»Schläge!«, kam es aus hundert Kehlen. »Setzt ihm mit dem Rebstecken zu!«

Die beiden anderen Mädchen hatten Galba schon flankiert. Sie zwangen den stämmigen Soldaten auf seine Knie, zogen ihm seine Ausgeh-Tunika aus, so dass er nur noch mit einem Lendenschurz bekleidet war. Die kräftigen Muskeln auf Schultern und Rücken schimmerten im flackernden Licht der rußenden Lampe. Das Mädchen mit den kurz geschorenen Haaren hob den Rebstecken, als wollte sie ihm einen Schlag auf den Hintern geben, die Bestrafung in den Legionen. Die Zuschauer hielten den Atem an.

Mit einem listigen Lächeln schob das Mädchen blitzschnell den Rebstecken unter den kurzen weißen Lendenschurz und zog mit einem Ruck daran. Er löste sich sofort, fiel auf den Boden und enthüllte die Nacktheit des gespannten, muskulösen Gesäßes. Das Soldatenmädchen fuhr mit dem Stecken zwischen die Backen und fummelte dort geschickt herum.

Die Meute johlte, nachdem sich die Spannung aufgelöst hatte, während Soldat Galba verzweifelt und verlegen da stand. Die beiden Mädchen knieten sich neben ihn und spielten gemeinsam an seinem rasch wachsenden Phallus. Sie streckten sich vor ihm aus, damit die Wirkung ihrer halb nackten Körper sich auf das Wachstum übertrug.

Es dauerte nur noch ein paar Augenblicke, bis der Penis des jungen Mannes hart und dick hervorstand.

»Strafe?«, rief die Anführerin wieder in den Saal. Auch diesmal machte sie Anstalten, als wollte sie den Rebstecken über den Hintern des Soldaten ziehen.

»Gebt ihm den Stock!«, riefen die Kameraden wieder, heiser vor Erregung.

Catrina sah, wie Galba beschämt den Kopf senkte und wie sein Penis unkontrolliert zuckte. Sie spürte ein stechendes Ziehen im Schoß und stellte sich vor, den stoßbereiten Penis tief in ihrer lechzenden Vagina zu spüren.

Sie schloss die Augen, aber gleich darauf packte Alexius' kräftige Hand sie an der Schulter. »Ihr seid zum Zuschauen hier, Catrina«, erinnerte er sie.

Sie starrte ihn wütend an. »Muss ich mir denn jede Einzelheit zu Gemüte führen? Ich finde, was man in Eurer Legion unter Unterhaltung versteht, ist ziemlich kindisch.«

Er hob die dunklen Brauen und sah sie spöttisch an. »Wirklich?« Einen Moment lang fiel sein Blick auf ihre steifen Nippel, die verräterisch gegen ihren Stoff drückten. Catrina brannte vor hilfloser Rage, als er in seiner sanften, überlegenen Art fortfuhr: »Ich hatte eher den Eindruck, dass Ihr die Vorführung genießt.«

Sie wollte gerade heftig leugnen, da ging ein Jubelschrei durch den Saal, als die beiden Mädchen sich mit Händen, Lippen und Zungen über den Phallus hermachten, und wenig später hatte der neue Soldat der Sechsten Legion seine Feuertaufe bestanden – unter den enthusiastischen Anfeuerungen seiner Kameraden besprühte er die drei Soldatenmädchen mit seinem Samen.

Catrina fuhr unter dem Tisch verstohlen zu ihrer prickelnden geheimen Stelle. Sie rieb die Hand über den Schamberg und drang mit einer Fingerspitze zwischen die geschwollenen Labien, die sich bereitwillig öffneten. Sie rieb über den Kitzler und spürte sofort, wie es wild durch ihren Körper schoss. Kleine Schauer liefen über ihren Rücken, und um das Zittern des Orgasmus zu verbergen, hielt sie sich mit der freien Hand an der Tischkante fest.

Als sie endlich wieder die Augen aufschlug, noch benommen von der Gewalt ihrer geheimen Explosion, stolperte der erschöpfte, aber glückliche Galba zu seinen Kameraden zurück. Die Soldatenmädchen richteten ihre Kleider wieder, lachten und salutierten mit übertriebener militärischer Exaktheit, während die begeisterten Männer johlten und klatschten und mit den Füßen scharrten.

Sie marschierten ab, schwangen die Arme und ließen die Brüste hüpfen. Bald hatte die Aufregung sich gelegt, jemand zündete die restlichen Lampen wieder an, und die Kellnerinnen servierten frischen Wein. Catrina lehnte sich gegen die Wand zurück und stieß einen langen Seufzer aus.

Sie fühlte plötzlich Alexius' Hand auf der Schulter. Er wollte offenbar, dass sie sich ihm zuwandte. Hatte er bemerkt, was sie eben getan hatte? Ihre Wangen brannten.

»Habt Ihr die Unterhaltung genossen?«

Catrina wischte sich die Haarsträhnen aus dem Gesicht und hielt seinem Blick stand. »Das nennt Ihr Unterhaltung, Römer? Dann tut Ihr mir Leid.«

Bevor sie erkennen konnte, was er beabsichtigte, glitt seine Hand von der Schulter hinunter und umschloss eine Brust. Er drückte sie leicht und zupfte an ihrem steifen Nippel, was neue Wogen der Lust durch ihren Körper jagte. Bevor sie noch Kraft gesammelt hatte, um sich gegen ihn zu wehren, hatte er sie schon losgelassen.

»Vielleicht solltet Ihr wieder zurück in die Hügel gehen, Barbarenmädchen«, sagte er leise. »Das hier ist nicht Euer Revier. Ihr sagt, Ihr wolltet die römische Lebensart kennen lernen, aber das glaube ich nicht. Was habt Ihr hier in Eboracum zu suchen, Catrina?«

Sie atmete schwer. »Mir scheint, mir wurde eine Demonstration geboten, wie tief ihr Römer sinken könnt.«

»Das hört sich sehr selbstgerecht an, kleines wildes Barbarenmädchen. Könnt Ihr Euch mit uns nicht messen?« Seine Lippen wölbten sich zu einem kalten Lächeln.

Sie hätte gern darauf geantwortet, aber da stand schon eines der Soldatenmädchen, die ›Kommandantin‹ mit dem schönen Gesicht und den kurz geschorenen Haaren, neben ihm. Sie hatte einen Umhang über ihre Schultern geworfen, um die Blößen ihres Körpers zu bedecken.

»*Salutatio*, Kommandant«, raunte sie leise. Ihre dunkelbraunen Haaren leuchteten. »Es ist schon einige Zeit her, dass wir uns zuletzt begegnet sind. Hat Euch unsere kleine Unterhaltung gefallen?«

Sie stützte sich mit dem Po am Tischrand ab, und Catrina sah, wie der Umhang sich vorn geöffnet hatte und den Blick auf ihre langen Beine freigab. Am Blick des Soldatenmädchens meinte Catrina herauslesen zu können, dass sie und Alexius sich sehr gut kannten ...

Alexius lächelte und antwortete: »Sehr gut hat es mir gefallen, Claudia. Ich glaube, ich muss dich ganz offiziell in meine Legion aufnehmen.«

Das Mädchen grinste und zögerte ein wenig, bevor

sie sagte: »Wir sind fertig, die Mädchen und ich. Habt Ihr später noch Zeit für uns?«

»Leider nein.«

Claudia zog einen Schmollmund. »Ihr habt doch nicht die Nacht in Calleva vergessen? Mit uns dreien?«

»Wie könnte ich das je vergessen?«, fragte er schmunzelnd. »Aber ich fürchte, die Pflicht ruft.«

Claudia warf einen Blick auf Catrina, und ihre Augen wurden hart. »Pflicht«, sagte sie. »So nennt Ihr das also. Ich kann mir nicht vorstellen, dass Euer Geschmack sich derart geändert hat, Kommandant.« Sie glitt mit der Backe vom Tisch und ging beleidigt davon.

Catrina starrte ihr hinterher, wütend über die verächtliche Bemerkung der Frau. Das waren also die Frauen, die Alexius bevorzugte? Aber sie konnte nicht schnell genug darauf reagieren, denn wieder stand jemand am Tisch, diesmal kein Mädchen, sondern ein Soldat, der rasch salutierte und sich dann hinunter beugte, um nicht laut sprechen zu müssen.

»Tut mir Leid, Euch zu stören, Kommandant«, raunte der Soldat. »Draußen läuft eine Schlägerei ab, in die einige Soldaten verwickelt sind. Es könnte hilfreich sein, wenn Ihr den Streit schlichtet, Hauptmann.«

Sofort war Alexius auf den Füßen. »Ihr bleibt hier«, wies er Catrina an. »Ich bin gleich wieder da.«

»Wohin sollte ich auch gehen?«, gab Catrina zornig zurück. Aber trotz ihrer Verärgerung vermisste sie ihn schon, als er gerade aufgestanden war.

Es schien, dass die Unterhaltung beendet war. Die Männer in der Taverne sprachen wieder mehr dem Wein und den Würfeln zu. Alexius blieb lange, und

Catrinas Ungemach wuchs. Vielleicht kam er gar nicht mehr zurück. Vielleicht hatte er sich neben ihr so gelangweilt, dass er sie einfach sitzen ließ. Als Art Bestrafung für ihr trotziges Verhalten.

Sie bemühte sich, ihren Ängsten zu widerstehen, aber die Panik stieg in ihr an wie die Flut im Frühjahr. In der verräucherten Kaschemme fühlte sie sich immer isolierter, abseits vom Gejohle, fern vom lustigen, trunkenen Treiben. Sie überlegte gerade, ob sie aufstehen und sich zur Tür durchschlagen sollte, als zwei stämmige Legionäre neben ihr auftauchten und sie in die Zange nahmen.

Einer von ihnen rempelte sie an, fuhr ihr mit einer schwieligen Hand über den Kopf und lallte: »Ganz allein, Süße?«

Catrina schlug wütend seine Hand weg. »Lass mich in Ruhe.«

Das derbe Gesicht des Soldaten verdunkelte sich. »Ah, du zierst dich, was? So bist du also drauf?« Seine Hand packte ihre Brust. »Komm mir nicht so. Du bist doch auch hier, um deinen Spaß zu haben – wie wir alle. Ich habe einen Teil meines Solds bei mir – wie viel willst du haben? Du siehst neu aus in diesem Gewerbe, aber hübsch bist du ... komm, ich zahle dir zehn Sesterzen, wenn du mit uns hinausgehst. Aber beide von uns gleichzeitig, verstehst du?«

Der andere Soldat beugte sich vor und nickte eifrig. Sein Atem stank nach saurem Wein. Catrina, bleich vor Angst, wollte aufstehen, aber sie packten ihre Handgelenke und drückten sie zurück auf ihren Platz.

»Lasst mich gehen!«

»Du bist wohl verrückt«, rief der erste Mann. »Wir sollen uns so ein hübsches, knackiges Mädchen entgehen lassen? Oder gehört das zu deinen Spielchen?«

Beide Männer waren sehr kräftig, und Catrina hatte keine Chance gegen sie. Sie packten sie an den Armen und schleppten sie zum Ausgang. Die betrunkenen Umstehenden kümmerten sich nicht um sie.

Aber bevor sie die Tür erreichten, wurde sie von außen aufgestoßen. Ein kühler Schwall Luft wehte herein, und dann stand Alexius da. Er begriff die Situation sofort und stellte sich ihnen in den Weg.

»Lasst sie frei«, befahl er mit seiner leisen, gebietenden Stimme.

Der erste Soldat verharrte auf der Stelle. »Tut mir Leid, Kommandant«, stammelte er. »Ich wusste nicht . . «

Der zweite Soldat, betrunkener als sein Kamerad, gab sich renitenter. »Verdammt, warum ist sie hier, wenn sie nicht richtig durchgenommen werden will? Wir sind bereit, sie ordentlich zu bezahlen . . .«

Weiter kam er nicht. Alexius versetzte ihm einen knallharten Kinnhaken, dass er wie ein gefällter Baum zurück in die Taverne fiel.

Im Saal war es ruhig geworden. Alexius nahm Catrina am Arm und führte sie rasch hinaus. Sie versuchte sich gut zu halten, aber sie schlotterte am ganzen Körper.

Alexius packte sie an den Schultern und hielt sie auf Armeslänge Abstand. Er zwang ihr seinen Blick auf, als er sagte: »Ich glaube, es ist besser, ich schicke Euch zurück in die Festung, bevor Ihr in noch größere Schwierigkeiten geratet.«

Catrina zitterte noch von dem schrecklichen Erlebnis, dem sie in letzter Minute entronnen war. Sie sah Alexius mit großen Augen an.

»Warum gebt Ihr Euch überhaupt mit mir ab?«, fragte sie. »Lasst mich gehen, denn ich sehe doch, dass ich Euch nur Ungemach bereite.«

Seine Lippen verdünnten sich zu einem Strich, als er ihre trotzige Gestalt betrachtete. »Erst will ich von Euch hören, was Ihr hier in Eboracum sucht. Ihr seid kein käufliches Weib, das haben mir Eure Reaktionen an diesem Abend mehr als deutlich gemacht. Ihr seid eine Unschuld, Catrina.«

Er wartete, bis sie seine Worte begriffen hatte, ehe er fortfuhr. »Dann halte ich Euch auch bei mir, weil der Magistrat Euch sehen will, denn er ist für Euch zuständig und will sicher sein, dass Ihr keine Gefahr für die Stadt seid. Man wollte Euch heute Abend in Julias Haus verhaften, aber zum Glück habe ich davon gehört und die Priorität des Militärs sprechen lassen.«

»Zum Glück für wen?«, fauchte Catrina. »Welches Schicksal erwartet mich bei Euch, Al ... Alexius.« Wieder stotterte sie bei seinem Namen. Seine blauen Augen glitzerten plötzlich.

»Ich bin mir nicht sicher«, sagte er und griff wieder an ihre Schultern, aber dieses Mal war die Berührung fast eine Liebkosung.

Catrina spürte die neu entfachte Lust, als er sie anfasste, und wollte sich von ihm befreien.

»Wenn diese liederlichen halb nackten Mädchen, die sich vor der halben Legion entblößen, nach Eurem Geschmack sind«, schleuderte sie ihm entgegen, »werdet Ihr von mir sehr enttäuscht sein.«

Er lächelte sie an. »Ich bin mir nicht sicher, ob ich enttäuscht sein werde, meine kleine Wilde«, sagte er spöttisch, und seine blauen Augen sahen sie so intensiv an, dass sie ganz schwach wurde.

Es hatte keinen Sinn. Ohne ihr Amulett konnte sie ihm nicht widerstehen. Sie blickte ihm sehnsüchtig nach, als er hinaus in die Nacht ging, im Kopf nur Gedanken an das, was seine Pflicht als Kommandant der Legion war.

Alexius' *optio* Felix begleitete sie schweigend zurück zur Festung. An der Tür des Hauptquartiers redete er kurz mit den beiden Wachen, dann übergab er Catrina den wachhabenden Kameraden.

Nachdem der Streit geschlichtet war, ging Alexius den letzten Pflichten in dieser Nacht nach, begleitet von einem älteren Soldaten. Sie überprüften die Bereitschaft der Wachen auf den Türmen.

Von hier oben sah die Stadt kleiner und unbedeutender aus, ein Haufen von Holzbuden, die sich nur im Schatten der Festung sicher fühlen konnten. Weit hinter der Stadt erhoben sich die Hügel und Wälder, wo die wilden Britannier darauf warteten, eine Chance zum Angriff zu erhalten. Sie würden jede Schwäche Roms ausnutzen.

Alexius rieb sich über die Stirn. Warum schmerzte die Narbe an diesem Abend mehr als sonst? Sie bescherte ihm immer noch frische Erinnerungen an die Torfhütte, als das Mädchen mit der sanften Stimme ihn versorgt hatte. Auf jede erdenkliche Weise. Sie hatte Catrina geheißen, erinnerte er sich, und sie hatte Schwierigkeiten gehabt, seinen Namen auszusprechen.

Er schüttelte den Kopf, schalt sich einen Narren und ging zum nächsten Wachtturm. Ihm war bewusst, dass er überreagierte. Das Mädchen war eine Schönheit, bei

Mithras, war sie schön. Ihr seidiges Haar glänzte wie Mondschein, und die grünen Augen blitzten rebellisch oder verdunkelten sich im heimlichen Schmerz, wenn er streng mit ihr sprach.

Meine Feinde sagen, meine Haare hätten gar keine Farbe. Wer mir schmeicheln will, vergleicht sie mit dem Mondlicht.

Die Worte drehten sich in seinem Kopf. Er blieb stehen und hielt sich benommen am Geländer fest. Diese Stimme! Himmel, diese Stimme!

»Hauptmann, ist alles in Ordnung?« Der Soldat, der ihn begleitete, sah ihn besorgt an. Vielleicht hatte der Kommandant seine Verwundung doch nicht so gut überwunden, wie er glauben machen wollte.

Alexius drückte ihn beiseite. »Es geht mir gut. Hast du die Liste aller Wachablösungen? Ich will sie mir ansehen.«

Gemeinsam schritten sie weiter. Im Schutz der Dunkelheit griff Alexius an das silberne Amulett, das er um den Hals trug, versteckt unter seiner Tunika.

Spielten ihm seine Sinne einen Streich? Das Mädchen Catrina, von dem es hieß, es hätte das zweite Gesicht und wollte in Eboracum die Lebensweise der Römer kennen lernen – konnte sie das Mädchen Catrina sein, das ihn in der Torfhütte gesund gepflegt hatte? Die er geliebt hatte?

Er musste sich Gewissheit verschaffen.

Elftes Kapitel

Im weitläufigen Haus des Alexius fühlte Catrina sich einsam und verlassen. Ob er Diener hatte?, fragte sie sich, als sie durch die spärlich möblierten Zimmer schlenderte. In seiner Position und für dieses große Haus musste er Hilfen haben. Aber vielleicht arbeiteten sie nur tagsüber. Jedenfalls fand sie zu dieser nachtschlafenen Zeit niemanden im Haus, abgesehen von den Wachen vor der Tür, die sie daran erinnerten, dass sie eine Gefangene war.

Es gab ein Zentrum, das weniger karg eingerichtet war als die anderen Räume. Dicke Gobelins durchbrachen die harsche Eintönigkeit der Wände, und in einer Feuerstelle glomm die Holzkohle. Catrina setzte sich mit überkreuzten Beinen auf ein vor der Feuerstelle ausgebreitetes Wolfsfell, sie zog die Beine an und stützte ihr Kinn auf die Knie. Gedankenverloren schaute sie ins Feuer.

Das Wiedersehen mit Alexius hatte ihr einen scharfen Stich versetzt. Als ob jemand ein Messer in ihrem Herzen umdrehte. Seither hatte sie keinen klaren Gedanken mehr fassen können. Er war ihr Feind. Der einzige Grund, in die Stadt der Adler zu gehen, war der, sich an dem Mann zu rächen, der sie so sehr gedemütigt hatte.

Aber es schien sehr schwierig, ihren Plan umzusetzen, wenn sie in seiner Gegenwart so schwach wurde. Es war, als würde sie von ihrem Körper verraten. Verdammt, wenn sie doch nur ihr kostbares silbernes Amulett hätte, es würde ihr helfen, sich vor ihm zu schützen.

Schwer atmend sprang sie auf die Füße. Natürlich! Ihr Amulett! Warum hatte sie nicht schon früher daran gedacht? Hier war sie allein in Alexius' Haus. Wenn er das Amulett irgendwo versteckt hatte, dann hier. Sie vergeudete wertvolle Zeit mit dem Gejammer über ihr Schicksal, statt ihr Eigentum zu suchen. In Alexius' Abwesenheit konnte sie jeden Raum gründlich durchsuchen. Ihr Herz pochte vor Aufregung. Sie griff nach einer Bronzelampe, die auf dem Tisch stand und begann mit der Suche.

Sie hielt die Lampe hoch, damit sie einen goldenen Lichtschein warf, und sah sich Zimmer auf Zimmer an und dort nach einem möglichen Versteck ihres Amuletts. In dem großen Zimmer, das sein Arbeitsraum zu sein schien, gab es Truhen und Kommoden, aber in den Schubladen befanden sich nichts als beschriebene verstaubte Pergamentrollen.

Catrina stellte die Lampe ab und fuhr sich mit beiden Händen durch die zerzausten Haare. Bald würde der Römer zurück sein, und sie hatte immer noch nichts gefunden.

Ohne große Hoffnung probierte sie die letzte Tür, die sich in einer dunklen Ecke des Atriums befand. Sie war nicht abgeschlossen. Catrina hielt die Lampe in die Dunkelheit und sah, dass hinter der Tür eine schmale Steintreppe nach unten in absolute Finsternis führte. Irgendein Lagerraum? Vielleicht befand sich dort das ideale Versteck ihres Amuletts.

Flink lief sie die Treppenstufen hinunter und fand sich in einem großen gewölbten Raum wieder. Sie hob die Lampe, deren schwachgoldener Schein versuchte, die auf Pfeilern stehenden Alkoven zu durchdringen. In den Schatten sah sie etwas glänzen. Ihre Schritte hörten sich wegen des Gewölbes ungewöhnlich laut an, als sie über die Bodenplatten ging. Das Lampenlicht fiel auf einen geheimnisvollen Gegenstand. Überrascht riss Catrina den Mund weit auf.

In den Schatten des Alkoven leuchtete in unerwarteter Helligkeit die bronzene Skulptur eines Adlers, der auf einer kunstvoll geschnitzten Säule stand und die Flügel ausbreitete. Die Säule war mit Abzeichen, Medaillen und Auszeichnungen bestückt. Die Krallen des Adlers griffen um eine Querstange, und die blinden Augen schienen Catrina anzustarren, stolz und grausam und stark wie ein Gott, ein grausamer Gottadler. Kalte Schauer liefen ihr über den Rücken, und gleichzeitig hörte sie irgendwo eine Tür zuschlagen.

Zu spät, viel zu spät, gewahrte sie die schweren Schritte auf den Steinstufen. Sie wirbelte herum und wurde im nächsten Augenblick vom Schein der Fackeln geblendet. Sie hielt sich die Hände vors Gesicht und hörte eine tiefe Stimme keifen.

»Da ist sie, Kommandant! Ich bin ihr gefolgt, wie Ihr befohlen habt, als sie anfing, durchs Haus zu schleichen. Seht sie an! Wie ich mir schon gedacht habe, ist sie hinter dem Schatz der Legion her. Wir sollten sie sofort dem Magistrat überstellen, damit sie eingesperrt werden kann.«

Es waren noch weitere Soldaten hinter ihm, die Rüstungen rasselten. Sie hatten ihre Schwerter gehoben. Aber Catrina sah nur das kalte, grimmige Gesicht von Alexius.

In panischer Angst suchte sie einen Fluchtweg, aber

natürlich gab es keinen. Zwei der Soldaten packten sie an den Armen. Catrina rang nach Luft, warf mit einer heftigen Kopfbewegung die Haare aus dem Gesicht und starrte voller Trotz in das Gesicht des Kommandanten. Aber sein Blick war voller Verachtung und traf sie ins Mark.

»Ich war nicht hinter Eurem Schatz her«, fauchte sie. »Ich wusste nicht einmal, dass es einen Schatz gibt.«

»Und was habt Ihr gesucht?«, entgegnete Alexius ruhig.

Sie starrte ihn schweigend an. Das war die eine Frage, die sie nicht beantworten konnte.

»Überstellt sie dem Magistrat, Kommandant«, schlug einer der Soldaten vor. »Sie ist offensichtlich eine Spionin der Barbaren. Der Magistrat wird sie schon zum Reden bringen.«

»Das kann ich auch«, sagte Alexius., »Stellt sie an die Wand. Es ist besser, wenn ich sie hier unten verhöre, hier sind wir unter uns. Sie ist verdammt trickreich. Ich will ihr keine Gelegenheit zur Flucht geben.«

Catrina wehrte sich mit aller Gewalt, als die beiden Soldaten sie beinahe mühelos zum nächsten Pfeiler schleppten, an den Catrina mit Lederriemen gefesselt wurde, die Arme weit gespreizt und über den Kopf gehoben. Sie zerrte an den Schlaufen, aber sie wusste, dass es sinnlos war. »Oh, Göttin«, murmelte sie, »hilf mir, bitte.«

Alexius hatte seine Soldaten weggeschickt und kam jetzt langsam auf sie zu. Sie waren allein in diesem seltsamen Heiligtum des Gottadlers. Catrina kämpfte ihre Angst nieder, zerrte an den Lederriemen und fauchte: »Lasst mich frei, Römer! Ihr habt kein Recht, mich hier festzuhalten.«

»Ach?« Er betrachtete sie kühl. »Ich glaube, Ihr habt noch nicht begriffen, Catrina, dass ich innerhalb der Festung tun kann, was ich für richtig halte. Ich frage Euch ein letztes Mal, was Ihr hier sucht.«

Catrina atmete tief ein. Ihr zierliches Gesicht blieb voller Trotz.

Er hob die Schultern. »Vielleicht sollte ich Euch hier unten allein lassen, bis Ihr Euch zu einer Antwort durchgerungen habt.« Er drehte sich zur Treppe um und nahm die Öllampe mit, die einzige Lichtquelle.

Catrina war starr vor Angst. Er wollte sie hier unten allein lassen, allein mit dem grausamen Gottadler. In völliger Dunkelheit. »Ihr wollt mich doch nicht wirklich allein lassen?«, fragte sie mit dünner Stimme.

Er blieb stehen und drehte sich zu ihr um. »Wollt Ihr lieber zum Magistrat gebracht werden?«

»Vielleicht«, rief sie wütend, »würde mir da Gerechtigkeit widerfahren.«

Er verschränkte die Arme und sah sie kalt an. »Wenn Ihr das glaubt, seid Ihr eine noch größere Närrin, als ich geglaubt habe. Wenn der Magistrat Euch in die Hände bekommt, wird er Euch dem Mob ausliefern. Ihr wisst, was das bedeutet?«

Sie konnte es sich vorstellen. Das Blut wich aus ihrem Gesicht, aber sie hielt seinem Blick stand und fragte, scheinbar unbeeindruckt: »Und warum übergebt Ihr mich nicht dem Magistrat?«

»Weil«, antwortete er, »ich wissen möchte, warum Ihr nach Eboracum gekommen seid. Deshalb habe ich Euch allein im Haus gelassen, denn ich wusste, dass mein Soldat ein Auge auf Euch behalten würde. Ihr seid auf der Suche nach etwas, Catrina. Was sucht Ihr?«

Sie atmete geräuschvoll ein. »Ihr habt mich beobachten lassen? Die ganze Zeit?«

Er verzog die Lippen. »Ihr glaubt, ich ließe den Adler der Legion auch nur einen Moment unbewacht?«

»Ist er wirklich ein Gott?«, fragte sie atemlos und blickte ängstlich zur Bronzefigur.

»Für jeden Soldaten ist er der mächtigste Gott überhaupt. Wenn wir den Adler verlieren, ist die ganze Legion verloren. Ja, Ihr seid genau beobachtet worden, Catrina.« Er trat näher an sie heran. »Ich frage Euch noch einmal – warum seid Ihr nach Eboracum gekommen?«

Sie hob wütend die Schultern. »Ich habe es Euch schon gesagt. Um mich zu vergnügen. Verstößt das gegen Euer römischer Gesetz?«

»Das kommt darauf an«, sagte er, »wie weit Euer Vergnügen geht. Und mit wem Ihr es auskosten wollt.« Plötzlich griff er in den Ausschnitt ihrer Tunika und zerriss sie vom Hals bis zur Hüfte. Catrina schüttelte sich, ängstlich und erregt zugleich, und schloss die Augen.

»He«, rief Alexius verächtlich, »ich sehe, dass Julia Euch schon zurechtgemacht hat.«

Catrina war übel, sie hielt die Augen geschlossen, aber sie wusste ganz genau, worauf der Römer starrte. Er hatte ihre Brüste entblößt und sah die bemalten Nippel – sie waren nicht anders als die von den grell geschminkten Prostituierten, sie sich ihm an diesem Abend angeboten hatten.

Dann spürte sie seine Hand da, warm und kräftig, und sein Daumen streichelte über die steife Warze, zunächst über die eine, dann über die andere. Catrina schlug die Augen auf und starrte in sein Gesicht, verwirrt und benommen, denn wieder spürte sie das stechende Verlangen in ihrem Schoß.

Er musste ihr Gesicht richtig gelesen haben, denn er öffnete ihren Gürtel, und die Tunika glitt zu Boden. Gierig betrachtete er ihren nackten Körper, die schmale Taille, die er mit seinen Händen umfassen konnte, ihre Hüften und den Flaum zwischen ihren Schenkeln.

Catrina spürte das Pochen in ihrem Schoß, im Zentrum ihrer Weiblichkeit. Sie war warm und feucht für ihn. Wenn er wüsste, wie verzweifelt sie ihn begehrte, hätte er keine Gnade gezeigt.

»Ihr hättet Euch Euer Vergnügen kaufen können, Hauptmann. Seid Ihr so geizig, dass Ihr Euch lieber an einer hilflosen Gefangenen vergreift?«

Er lächelte. »Oh, so etwas Feines hätte ich mir nicht kaufen können.«

Catrina stohnte laut auf, als sie seine Hände zwischen ihren Schenkeln spürte. Die Lust, die sie durchlief, versengte sie wie eine Flammenzunge. Er sah sie mit seinen blauen Augen an, als wollte er sie hypnotisieren. Sie zitterte vor Gier, als seine braunen Finger ihre geschwollenen Labien teilten und in die Säfte tunkten, die sich dort gesammelt hatten.

Die Finger stießen gegen die entzündete Klitoris. Catrina stöhnte noch lauter und biss sich auf die Unterlippe, sonst hätte sie ihre Not hinaus geschrien. Seine Berührungen waren diabolisch.

»Lasst mich in Ruhe, verdammt! Bezahlt für Euren Spaß und nehmt Euch eine Frau, die davon leben muss!«

Seine Hand verharrte einen Augenblick, dann begann sie wieder zu streicheln und zu massieren, bis die Lust sich in ihrem ganzen Körper ausgebreitet hatte. Sie spürte ihre Säfte rinnen. Sein Finger stieß tiefer in sie hinein. Ihre Muskeln hielten ihn umklammert.

»Schau mich an.« Seine Stimme klang gebieterisch. »Sieh mich an, Catrina, und sage mir, was du willst.«

Hilflos blickte sie zu ihm auf. Die Lederriemen schnitten in ihre Haut. Sie wusste, dass dieser erfahrene Mann die Lust in ihren Augen sehen konnte. Sie atmete tief ein und antwortete trotzig: »Ich will, dass Ihr mich gehen lasst.«

Er lächelte, und dieses gefährliche Lächeln schickte neue Lustwellen durch ihren Körper. »Das sagst du die ganze Zeit schon, Catrina. Aber was willst du wirklich?«

Der Daumen kreiste langsam um ihren Kitzler, ohne die empfindliche Spitze zu berühren, die vor Gier zu explodieren drohte.

»Euch will ich jedenfalls nicht, Römer, das steht fest.«

Mit der freien Hand rieb er über die scharlachroten Brustwarzen. Sie reckten sich ihm entgegen. Er leckte seine Finger und spielte quälend langsam mit den pochenden Nippeln.

»Bist du sicher?«, fragte er. »Ich habe dir in der Taverne zugeschaut. Du hast dich heimlich mit dir selbst beschäftigt, nicht wahr? Du bist ein lüsternes Mädchen, Catrina, meine kleine Barbarin. Hat dir die einsam genossene Lust gefallen? Oder hättest du lieber den großen Orgasmus mit mir erlebt?«

Die Scham färbte ihre Wangen rot. Leicht schüttelte sie den Kopf. Zu einer deutlicheren Reaktion war sie nicht mehr fähig, denn während seine Finger der einen

Hand ihre Brustwarzen zwirbelten und lang zogen, rieben die Finger der anderen Hand immer tiefer in ihre Vagina.

»Sag mir, was du haben willst«, raunte er in ihr Ohr, während er an ihren Nippeln zupfte. »Mehr davon oder lieber das hier?« Dabei intensivierte er die Intimmassage.

Sie stieß ihm den Schoß entgegen, wollte die Finger tiefer in sich spüren, wollte unbedingt die große Erleichterung erleben, die er ihr verschaffen konnte. Ihr Körper war nur noch ein willenloses Knäuel sexueller Gier. Verzweifelt reckte sie ihm ihre Brüste entgegen. Sie lechzte nach seinem Mund, der den ziehenden Lustschmerz lindern würde.

Im nächsten Moment zog er seine Hand aus ihrer Vagina, trat einen Schritt zurück und sagte: »Sexuelles Verlangen ist eine fatale Schwäche, *mea mellita*.«

Er war grausam, oh, so grausam. Sie ließ den Kopf sinken, und die langen seidigen Haare hingen wie ein Vorhang vor ihrem entflammten Gesicht und verdeckten die Verzweiflung in ihren Augen. Ihr schlanker, zierlicher Körper sackte hilflos zusammen, nur noch von der Lederriemen an ihren Handgelenken gehalten.

Plötzlich spürte sie, wie eine Hand zärtlich über ihre Wange streichelte. Sie konnte es nicht glauben. Er hob ihr Gesicht an und sagte leise: »Und es kann zweifellos eines der schönsten Vergnügen sein.«

Dann küsste er sie.

Sein Mund war warm und wunderbar. Seine Zunge strich über ihre Lippen wie ein verlockendes Versprechen, während seine Hände ihre prickelnden Brüste umfingen und an den köstlich schmerzenden Nippeln zupften. Sie schmolz unter seinen Berührungen und zitterte vor Wonne über seine unglaubliche Zärtlichkeit. Er presste seinen harten maskulinen Körper gegen ihre Nacktheit.

Dann, während er sie noch küsste, spürte sie seinen entblößten Phallus. Hart und heiß und stolz pochte er gegen ihre Schenkel. Ein unbewusstes Stöhnen entwich ihr, als er leicht in die Knie ging, um sich ihrer geringeren Größe anzupassen. Die pralle Eichel stieß zwischen ihre vorstehenden Labien. Catrina keuchte, als sein steifer Penis langsam zwischen die geschwollenen Falten ihres Geschlechts drang.

Er war in ihr, er füllte sie aus, er streckte sie auf höchst exquisite Weise. Ihre Augen öffneten sich weit, als wollte sie sich vergewissern, dass sie nicht träumte. Ihre Blicke trafen sich, und er lächelte sie an.

Mit wunderbarer Kraft stützte er sie, indem er die Hände unter ihren nackten Po schob und langsam anhob.

Er wusste alles, was sie brauchte und wollte. Ihre tiefsten, dunkelsten und schamlosesten Sehnsüchte schienen sich ihm zu offenbaren. Er hob den Kopf von ihren geschwollenen Brüsten und strich über die harte Knospe ihrer Klitoris. Catrina spürte die verzehrende Hitze, die sich in ihrem Bauch sammelte, als Alexius tiefer in sie hineinstieß. Seine blauen Augen versengten sie mit seiner Leidenschaft.

Betört vor Lust blickte sie nach unten und war begeistert von der Schönheit des Bildes, das sich ihr bot. Sie hielt den Atem an, als sie sah, wie seine kräftigen, aber schlanken Hüften den harten Schaft tief ins Zentrum ihrer Weiblichkeit versenkten. Dann zog er sich quälend langsam zurück, und sie war trunken vor

Verlangen, als sie den dunklen dicken Schaft sah, der von ihren Säften glänzte.

Sie schaute wieder zu ihm auf, so verrückt auf ihn, dass sie ihre gefesselten Arme fast vergessen hatte. Ihr Feind lächelte sie wieder an, es war ein Lächeln, das ihr schmutzige Freuden versprach. Sie hörte sich lange, glückliche Seufzer ausstoßen, als er den Schaft mit immer mehr Kraft und Schnelligkeit in sie hineinpumpte.

Mit wilder Leidenschaft fuhr er fort, sie in Ekstase zu versetzen. Er saugte die Lust aus ihrem zitternden Körper, küsste ihre Brüste und knetete ihre Backen. Er war unermüdlich. Dann, zum Schluss, ließ er seiner Lust freien Lauf und stieß wilder, ungestümer zu, und Catrinas Beben verstärkte sich noch, als sie seinen zuckenden, sprühenden Schaft in sich spürte.

Catrina empfand ein wahnsinniges Glücksgefühl; es war, als könnte sie Macht über ihn ausüben, als sie sah, dass er die Augen fest geschlossen hatte, während er kam. Sein Gesicht verzerrte sich in Wollust.

Einen Moment lang hielt er sie bewegungslos, während sein dicker Schaft immer noch tief in ihr pulsierte. Mit unendlicher Zärtlichkeit zog er sich dann aus ihr zurück und löste ihre Fesseln.

Catrina wäre zu Boden geglitten, wenn er sie nicht in seinen kräftigen Armen aufgefangen hätte. Er legte seinen Umhang um ihren zitternden Körper. Einen verrückten Moment lang fühlte sie sich sicher und geliebt. Stumm schaute sie zu ihm hoch, die grünen Augen voller Emotionen, und wartete auf ein zärtliches Wort.

Sie hätte es besser wissen sollen. Seine blauen Augen waren wie Eis. Der Schock schoss ihr durch die

Glieder. Wieder rief sie sich in Erinnerung, dass er ihr Feind war.

Er beobachtete sie genau, als wollte er sie abschätzen, dann sagte er: »Du zeigst gute Ansätze, meine kleine Wilde. Du erinnerst mich an ein Mädchen, das ich mal kannte. Der Klang deiner Stimme, deine seidigen Haare ...«

Catrina wich vor ihm zurück. Das Herz pochte gegen ihre Rippen. Er spielte mit ihr. Oh, Göttin! Wenn er wusste, wer sie war, hatte sie keine Chance mehr, ihre Mission zu erfüllen. Sie zwang sich zur Selbstbeherrschung.

»Ach? Es muss viele Frauen geben, die meine Stimme und meine Haare haben.«

»Nein«, sagte er ruhig. »Es gibt keine wie dich, *mea mellita*.«

Das Kosewort, mit dem er sie schon in der Torfhütte angesprochen hatte, ließ ihr Blut gefrieren. Aber dann wandte er sich abrupt ab. »Es ist spät«, sagte er. »Morgen muss ich früh raus. Ich zeige dir dein Zimmer.«

Sie schlang den Umhang enger um den zitternden Leib. »Was ist eigentlich, wenn ich gehen möchte, Römer? Bin ich Eure Gefangene?«

Er sah sie nachdenklich an, als er sich vor der ersten Treppenstufe noch einmal nach ihr umdrehte. »Es ist eher eine Frage deiner Sicherheit, Catrina. Der Magistrat will dich verhaften. Ich bin wahrscheinlich der einzige Mensch mit der Macht, dich vor dem Magistrat zu beschützen.«

Aufgebracht fuhr sie ihn an. »Ihr wollt mir also sagen, dass Ihr mich als Gefangene haltet, damit ich in Sicherheit bin?«

»Teilweise richtig.« Er lächelte kalt. »Aber es gibt noch einen Grund.«

»Welchen?«

»Nun, es geht um Lust. Um meine und deine.«

»Lust?«, fragte sie wütend und errötete. »Ich dachte, Römer, dass Barbarenmädchen nicht nach Eurem Geschmack sind.«

Er betrachtete sie kopfschüttelnd und grinste breit. »Wer hat dir denn diesen Unsinn erzählt? Meiner Erfahrung nach haben die Frauen der nördlichen Stämme einen gewissen primitiven, unkultivierten Charme.«

Wütend sprang sie ihn an, aber Alexius grinste nur und hob lässig einen Arm, um sie abzuwehren. Er wies zur Treppe. »Zeit fürs Bett, meine kleine Wilde. Ich enttäusche dich nicht gern, aber du wirst in dieser Nacht allein schlafen müssen.«

»Wie kommt Ihr auf die Idee, dass ich darüber enttäuscht sein könnte?«

Er lachte nur und wandte sich um.

Vor der ersten Treppenstufe, bemerkte Catrina, zögerte Alexius. Als er den Fuß anhob, stieß er gegen die Stufe und geriet ins Stolpern. Er fing sich, aber vor der nächsten Stufe zögerte er erneut. Catrina wusste genau, was los war.

Es lag an seinen Augen. Die Folgen der Verletzung. Wahrscheinlich hatte er einen Moment lang überhaupt nichts sehen können.

Ohne nachzudenken lief sie zu ihm und rief: »Alexius!«

Er stützte sich mit einer Hand gegen die Mauer ab. Der Zwischenfall dauerte nur wenige Momente, aber es war ein Schwächeanfall, der Catrina beunruhigte.

Wenn Alexius so hilflos war, kam er ihr viel jünger vor. Ihr Herz öffnete sich für ihn, als sie sah, wie er um seine Selbstbeherrschung rang.

Noch bevor sie ihre Hilfe anbieten konnte, hatte Alexius sich wieder gefangen. Er fuhr mit einer Hand flüchtig über die Narbe auf der Stirn. Er erkannte die Sorge in Catrinas Gesicht und grinste.

»Mitleid mit mir, kleines Barbarenmädchen?«, spöttelte er leise.

»Sicher nicht.«

Ohne weiteres Zögern ging er die Treppe hoch.

Er zeigte ihr das Zimmer, in dem nur ein schmales Bett stand. Durch ein geöffnetes Fenster fiel blasser Mondschein.

Nachdem Alexius gegangen war, legte Catrina sich aufs Bett, aber sie lag noch lange wach. Zu viel war an diesem Tag geschehen. Sie hörte die Trompete, die die Wachablösung ankündigte, sowie das ferne Klacken der Stiefel.

Alexius.

Ihr fiel jedes Wort ein, jede Geste von ihm. Ihr Körper war noch warm von seiner Liebe.

Sie schloss die Augen und versuchte verzweifelt, ihre Gedanken zu ordnen. Sie wünschte, sie hätte ihren Medizinbeutel bei sich, dann würde sie sich einen Tee zur Beruhigung brauen. Aber den Beutel mit ihren Salben und Kräutern hatte sie in Julias Haus zurückgelassen.

In dem Beutel befand sich auch das Messer, das Luad der Priester ihr gegeben hatte.

Das Messer, auf dessen Griff der Name Alexius eingeritzt war.

Zwölftes Kapitel

Luad der Priester hatte Kräuter gesammelt. Um die zuschauenden Stammesangehörigen zu beeindrucken, hatte er die notwendigen Beschwörungsformeln gemurmelt, alte Worte der Weisheit, von den Alten überliefert, ehe er allein in den finsteren Wald gegangen war, um die Kräuter der Druiden zu suchen. Als er zurück auf die Lichtung kam, trug er – wie sein Stamm es von ihm erwartete – den weißen Umhang mit der großen Kapuze, mit der er unheimlicher aussah, wie er fand. Heute Abend würde die rituelle Weihe stattfinden, wobei dieses Ritual seiner eigenen Fantasie entsprungen war, aber das wusste keiner der Stammesangehörigen.

Der Mond glitzerte durch die Wolken, wie es sich für einen solchen Abend gehörte. Der silberne Schein durchbrach den Baldachin der Äste und strahlte hell auf die Lichtung. Luads Gestalt strahlte Mystisches aus, sein Gesicht blickte angestrengt. Die schönsten und willfährigsten Frauen des Stammes waren auf der Lichtung versammelt und knieten im Halbkreis um ihn herum.

Die Frauen warteten auf die Weihe, von der Luad ihnen erzählt hatte. Hungrig und erwartungsvoll blickten sie zu ihm auf. In der Mitte kniete Eda, die Hungrigste von allen.

Die sommerliche Abendbrise wehte angenehm durch die Eichen, deren Blätter sich sanft bewegten und gespenstische Schatten warfen. Sie bewegten sich wie seltsame Wesen aus einer anderen Welt.

Es war Zeit. Luad zündete das Feuer in der Mitte der Lichtung an und legte die Schüsseln mit den frisch geernteten Kräutern um die leckenden Flammen herum. Er hatte Eisenhut, Schafgarbe, Schwarzwurz, Belladonna und das heiligste Kraut der Druiden, Eisenkraut, gesammelt.

Die Frauen waren bereit für ihn und warteten. Eda, in ein dünnes blasses Gewand gehüllt, trat vor und überreichte ihm stolz den bronzenen Becher mit dem Metheglin, dem scharfen selbstgebrauten Schnaps, der die Sinne eines Mannes trübte und das Blut zum Kochen brachte.

»Mein Herr, wir sind bereit für Euch«, sagte sie leise und feierlich, ihre Augen eine eindeutige Einladung. Luad nahm einen kräftigen Schluck und spürte, wie der Schnaps seinen Bauch wärmte. Sein Blick ging hinüber zu den alten Bäumen. Unter ihnen hatte Catrina früher immer gestanden. Er konnte sie nicht vergessen.

Sie war viele Meilen weit entfernt im Süden, in der Stadt der Adler, Eboracum. Drohend erhoben sich deren Häuser und Wachttürme in der Ebene. Luad hoffte inbrünstig, dass Catrina ihn nicht verriet.

Bevor sie aufgebrochen war, hatte Catrina ihm geschworen, dass sie den Römer hasste, der ihr Amulett gestohlen hatte. Aber Luad erinnerte sich auch, mit welcher Hingabe sie den Gefangenen gepflegt hatte. Dem Priester war bewusst, dass er sich auf ein gefährliches Spiel eingelassen hatte. Ohne Catrina und ihr Amulett war er praktisch ohne Macht, und es würde nicht lange dauern, bis der Stamm das begriffen hatte.

Catrina musste bald zurückkommen.

Was war, wenn sie nicht mehr zurückkehrte? Wie lange würde es dauern, bis die natürlichen Triebe sie zu einem anderen Mann führten?

Heißer Zorn umfing ihn. Im nächsten Moment dachte er an ihren süßen Körper, und er spürte die Lust in sich aufsteigen wie der Frühlingssaft in einem jungen Baum. Sie war sein, das Mädchen mit den unglaublich hellen Haaren und den unschuldigen grünen Augen, das Mädchen mit der zierlichen Gestalt einer Elfe. Kein anderer durfte sie besitzen.

Während er noch einen Schluck aus dem Bronzebecher nahm und stirnrunzelnd in die Flammen des Feuers starrte, erinnerte er sich an einen bestimmten Tag im vergangenen Sommer, als er ihr gefolgt war und heimlich beim Baden im Quellbach zugesehen hatte.

Er hatte sich in den Schatten gehalten, hinter einem Dickicht aus Heckenrosen und Erlenholz, und während sie sich ausgezogen hatte, war ihm heiß geworden. Das kühle glasklare Wasser war über die hoch angesetzten kleinen Brüste mit den reifen, rosigen Spitzen geperlt. Sein Puls hatte sich beschleunigt, und er war geil geworden, als er zuschaute, wie sie ihre zarten Nippel koste, die trotz ihrer Reife noch von keinem Mann berührt worden waren.

Die Hand unter den Umhang geschoben, hatte er zögernd an den harten Schaft gefasst, der ungeduldig pochte. Er hatte sich vorgestellt, mit der samtenen Spitze über ihre Brüste zu reiben, er hatte ihren verdutzten Blick in den grünen Augen gesehen, der aber rasch einem seligen Schmachten gewichen war, als sie gelernt hatte, ihre weibliche Wonne an der Berührung des formidablen Schafts zu gewinnen.

Er hatte weiter gerieben, auch als sie aus dem Bach gestiegen war und die Hände durch das lange helle Haar gleiten ließ. Luads Gesicht war dunkel vor Gier geworden, als er den sanften Flaum ihres Dreiecks gesehen hatte. Winzige krause goldene Härchen. Anmutig war sie ans moosige Ufer gestiegen, und aus der Ferne hatte er einen kurzen Blick auf die rosigen Falten erhaschen können, die Pforte zu ihrer Weiblichkeit.

Atemlos hatte er sie weiter beobachtet, und dabei hatte er härter und schneller gerieben, bis er den Samen in seinen pulsierenden Testikeln steigen spürte.

Keuchend hatte er sich entladen, und sein ganzer Körper hatte sich in Ekstase geschüttelt.

Als er sich erholt hatte, war Catrina ahnungslos zurück ins Dorf gegangen.

Irgendwie war es ihr gelungen, von den wollüstigen Ritualen völlig unberührt zu bleiben, obwohl sie bei allen dabei gewesen war. Manchmal fragte sich Luad, ob es das Amulett war, das sie vor Versuchungen schützte, oder ob magische Kräfte über sie wachten. Als ob die Göttin sie für etwas anderes ausersehen hätte als wie die normalen Sterblichen zu kopulieren. Ja, sie war für etwas Besonderes ausersehen – für ihn, Luad, Priester der nördlichen Stämme.

Aber jetzt war sie weg, und er fürchtete, einen schweren Fehler begangen zu haben, als er ihr genehmigte, in die Stadt der Adler aufzubrechen.

»Mein Herr.« Eda lag vor ihm auf den Knien. Ihr Kopf war demütig mit der Kapuze bedeckt, aber ihre Augen glitzerten hungrig, als sie zu ihm aufblickten. »Wir sind bereit für das Ritual.«

Er war auch bereit, mehr als bereit. Sein Penis zuckte schon, allerdings war diese Tatsache auf seine Erinnerungen an Catrinas Bad im Quellbach zurückzuführen.

»Dann ist die Zeit gekommen«, verkündete er grimmig. Er streckte die Hände über dem Feuer aus und sah versonnen in die Glut. Fünf Frauen knieten im Halbkreis um das Feuer herum; Luad selbst hatte sie ausgesucht. Sie beugten jetzt alle den Kopf, ihre Gesichter eine Mischung aus Furcht und Gier. Luad murmelte die rituellen Worte, die zur Weihe der neuen Kräuter gehörten.

Luad verkürzte das Ritual; den Text hatte er sich ausgedacht, die einzelnen Worte waren ein Mischmasch aus Latein und Gälisch. Ihm war bewusst, dass es nicht die Zauberformeln der Druiden waren, aber die Leute seines Stammes wussten das nicht, und die Worte erfüllten ihren Zweck – sie würden Luad fleischlichen Genuss im Überfluss bescheren.

Natürlich lebte er mit der Angst, dass einer der wenigen Druiden, die höher im Norden noch lebten, von seinen Schandtaten erfuhr. Er wusste besser als jeder andere, dass er seine Macht missbrauchte, deshalb schwand auch seine Gabe, Menschen zu helfen und zu heilen. Aber noch reichte seine Macht.

Er nahm jede einzelne Schüssel mit den Kräutern in die Hand und murmelte die magischen Worte. Der Mond beschien das Ritual, als hätte Luad ihn bestellt. In der Ferne rief eine Eule. Der Priester spürte, wie die Furcht, die Spannung und die sexuelle Erwartung in den Frauen anstieg. Nein, er würde diese Rituale nicht aufgeben können, dachte er, als er den letzten Spruch murmelte.

Und nun, Göttin des Lebens,
halte deine schützende Hand über uns,
während wir dich ehren.

Er breitete die Arme weit aus und hob das kantige Gesicht zum kalten Mond. Die Stille nahm sie alle gefangen; er konnte sogar die Insekten hören, die über den Boden krochen. Leise huschte eine Brise durch das Laubwerk. Der Rauch des Feuers blähte sich auf, und eine der Frauen, die dem Feuer am nächsten war, stieß einen gedämpften Angstschrei aus.

Luad richtete seine blassen Augen auf sie, und sie zuckte zusammen.

»Bereitet euch vor«, sagte er streng mit seiner leisen, hypnotischen Stimme. »Bereitet euch auf das letzte Ritual der Weihe vor.«

Der Mond schimmerte auf ihren weißen Brüsten, als die Frauen ihren Umhang zurückzogen, damit der Priester sich an ihren Körpern delektieren konnte. Die kühle Abendbrise strich kosend über die nackte Haut und versteifte die dunklen Warzen. Als die Frauen zu ihm aufschauten, sah er den unverhohlenen Hunger in ihren Augen.

Früher am Abend hatten sie großzügig dem Met zugesprochen, den Luad heimlich mit seinem gelbgrünen Pulver versetzt hatte, eine Mischung aus getrocknetem Gänsefingerkraut und anderen Kräutern. Er hatte die Rezeptur vor vielen Jahren von einer alten Frau aus den Bergen erhalten, und Luad wusste, dass die Wirkung noch nie versagt hatte.

Das Pulver war wie eine magische Infusion. Der heutige Abend würde den Frauen wie ein Traum in

Trance vorkommen. Sie waren mehr als bereit; sie durften nicht sprechen, aber es war auch nicht erforderlich, dass sie es aussprachen – ihre Gesichter verrieten sie.

Luad stand vor ihnen, teilte seinen Umhang und entblößte seinen Penis, der auf und ab hüpfte. Wie ein Raubtier auf dem Sprung zur Beute. Die Frauen stöhnten leise und wimmerten vor Lust, als sie freie Sicht auf den perfekten männlichen Körper hatten. Luad sonnte sich in seinem Triumph, denn er wusste, dass seine Fähigkeiten ihn noch nicht ganz verlassen hatten. Jede von ihnen war feucht zwischen den Beinen und sehnte sich in Erwartung der Freuden nach seinem Phallus.

Eine der Frauen, eine dralle kleine Brünette, die mehr als genug Met gebechert und ihren Umhang ganz vom Körper genommen hatte, streichelte sich verträumt zwischen den gespreizten Schenkeln. Luad konnte sehen, dass sie mit einem Finger die Klitoris reizte.

Ihre Blicke waren auf Luads starren Penis gerichtet, während sie sich streichelte. »Nehmt mich, mein Herr«, murmelte sie und rutschte auf den Knien näher zu ihm. Ihre schweren Brüste, mit Sommersprossen übersät, schaukelten hin und her.

Eda stieß sie mit dem Ellenbogen an. »Du hast zu viel Met getrunken, Silda! Du hast vergessen, dass wir zu schweigen haben!«, zischte sie. »Der Priester wird dich vom Ritual ausschließen, wenn du auch nur noch ein Wort sagst!«

Die brünette Frau warf Eda einen wütenden, aufsässigen Blick zu und presste die Lippen aufeinander. Luad dachte nach. Er war Edas Besitzansprüche leid. Sie war immer eifersüchtig auf Catrina gewesen, und seit das blonde Mädchen nicht mehr da war, hatte Eda gehofft, jede Nacht an der Seite des Priesters zu liegen.

Es war Zeit, Eda eine Lektion zu erteilen. Er streckte eine Hand aus und winkte Silda zu sich. Sie lächelte froh, warf Eda einen höhnischen Blick zu, stand auf und ging stolz und nackt auf Luad zu, die lange Mähne in den Nacken geworfen.

Luad sah ihr aufmerksam entgegen. Der Lichtschein des Feuers glänzte auf ihrer blassen Sommersprossenhaut. Ihre Brüste waren schwer, die Hüften ausladend. Krauses schwarzes Haar zwischen den Schenkeln zog seinen Blick an, es war schon feucht von den ersten Tropfen ihrer Erregung. Zwischen dem dunklen Busch schimmerten die geschwollenen Labien. Luads Penis zuckte in Vorfreude. Die Frau bemerkte es, bekam glänzende Augen und leckte sich über die Lippen.

Luad sagte: »Du hast eben gesprochen, obwohl du weißt, dass ihr erst sprechen dürft, wenn ich es gestatte. Jetzt kannst du reden. Was möchtest du?«

Stolz hob sie den Kopf und sagte mit ihrer rauen, fröhlichen Stimme: »Ich möchte dem Herrn die größte Lust verschaffen, die er bisher erlebt hat. Ich möchte ihn mit der Zunge schmecken, möchte ihn mit meinen Lippen umschließen, möchte ihn mit meinem Körper beglücken, möchte ihn reiten, bis er glaubt, dass die Göttin wahrhaftig bei ihm ist an diesem Abend.«

Luad lächelte. »Dann beginne.«

Eda stöhnte auf und sprang protestierend hoch, aber Luad scheuchte sie zurück zu den anderen enttäuschten Frauen, das Gesicht rot vor Ärger.

Silda ging hüftschwenkend zu ihm, die Zunge neckend zwischen den vollen Lippen. Vor ihm fiel sie auf die Knie, direkt vor seinem erigierten Penis, und begann ihn langsam zu lecken. Die feuchte Spitze ihrer Zunge strich federleicht über den dick geäderten Schaft.

Luad stöhnte entzückt und stemmte sich gegen den Angriff auf alle seine Sinne. Sein Penis klopfte und brannte und wurde von ihrer verwegenen Zunge wohlig gekühlt und gleichzeitig weiter gereizt. Es kostete ihn Mühe, die Augen zu öffnen, denn er sah den Kreis der fast nackten Frauen, die Sildas Künste am strammen Glied mit heißen, eifersüchtigen Blicken verfolgten. Einige von ihnen streichelten sich ungeniert, weil sie ihre Nöte nicht länger kontrollieren konnten, sie zwirbelten ihre Brustwarzen und rieben ihre Spalte, während sie heißhungrig beobachteten, wie der große dicke Schaft in Sildas lüsternen Mund glitt.

Sie nahm ihn jetzt ganz tief, und Luad spürte, wie er gegen ihren Gaumen stieß. Er stöhnte, wuselte mit beiden Händen in ihren Haaren und stieß rhythmisch zwischen die köstlich feuchten Lippen, die den Schaft sanft umschlossen. Als ihre Hände an seine Testikel griffen und die scharfen Fingernägel den Hodensack schabten, schüttelte er sich voller Lust. Er wollte sie haben. Bald.

Luad hatte mehr Kraft und mehr Ausdauer als jeder andere Mann des Stammes, das war ein zusätzlicher Grund, warum die Frauen so begierig auf ihn waren. Das Geheimnis seiner Ausdauer war eine Salbe, die er ebenfalls von einer Frau auf seinen Reisen durch die Stämme erhalten hatte. Wenn er die Salbe auf den Penis auftrug, bewirkte sie eine angenehm prickelnde Taubheit, die den Moment des Höhepunkts hinauszögerte – unglaublich lange hinauszögerte.

Inzwischen hatte Luad gelernt, die Salbe selbst herzustellen. Hauptbestandteil war das Eisenkraut, das er schon als lindernd bei Prellungen und Verstauchungen erprobt hatte.

Vorsichtig packte er Sildas Schultern und zog sich aus der Saugkraft ihres geschickten Mundes zurück. Der lange Schaft glänzte heiß und rot.

Silda schaute fragend zu ihm auf, um seinen nächsten Befehl zu hören. Er gab ihr durch knappe Zeichen zu verstehen, dass sie sich auf Hände und Knie niederlassen sollte. Die anderen Frauen schauten gebannt zu. Luad spürte, dass die alte Kraft zurückgekehrt war. Heute Abend würde er sie alle nehmen können.

Während er stöhnend in sie hineintrieb, stellte er sich vor, dass es Catrina war, die sich ihm auf diese Weise hingab. Oh, wie würde sie juchzen, wenn sie seinen harten Schaft spürte. Mit knirschenden Zähnen zog er den pochenden Penis aus Sildas Körper und ergoss sich über ihrem prallen Hintern. Er war ausgelaugt. Lächelnd sah er, wie die anderen Frauen zu Silda liefen, sie herzten und küssten.

Luad richtete sich auf und legte den Umhang über seine Schultern. Ja, es war ein gutes Erlebnis gewesen, aber trotzdem war es Catrina, an die er dachte. Sie gehörte immer noch zu ihm. Sie war eine Waise der Flut; er hatte sie seit Jahren vor den gierigen Augen der Männer beschützt und sie auf den Weg zur Göttin geführt. Er hatte all die Jahre sein eigenes Verlangen unterdrückt, aber jetzt wollte er sie haben.

Glänzender Schweiß stand ihm auf der Stirn. Noch tobte der Schnaps in seinen Eingeweiden. Das Feuer erstarb, und wieder huschte eine frische Brise über die kleine Lichtung. Es wurde plötzlich kalt. Die Frauen blickten ihn erwartungsvoll an und hofften, dass er noch eine zu sich rief. Aber er sagte ihnen kurz angebunden, sie sollten sich anziehen und zurück in ihre Hütten gehen. Enttäuscht wandten sie sich langsam ab und verschmolzen bald mit der Dunkelheit.

Luad, allein auf der mondbeschienenen Lichtung, fühlte sich zunehmend ratlos. Catrina musste zurückkehren. Ohne sie und ohne die Kraft des Amuletts lief er Gefahr, die Autorität über den Stamm zu verlieren. Natürlich hatte er den Unmut einiger Krieger bemerkt, als er am frühen Abend die schönsten Frauen für das Ritual ausgewählt hatte. Er musste etwas unternehmen, bevor der Neid auf seine Stellung zum Aufruhr führte.

Er ging zum Rand der Lichtung und rief Brant, von dem er wusste, dass er das Ritual aus der Ferne mit gierigen Augen verfolgt hatte. Luad trug dem kleinen Krieger mit der roten Kappe genau auf, was er in dieser Nacht zu tun hatte.

Brant nickte eifrig, lief zu seinem zotteligen Pony und ritt nach Süden, der Stadt der Adler entgegen.

Luad schlenderte zurück zum sterbenden Feuer und warf eine Prise des Eisenkrauts in die Glut.

»Ich verfluche dich, Römer«, sagte er leise. Die Flammen stieben hoch.

Der Mond, der die Lichtung in ein gespenstisches Licht tauchte, warf seinen kalten Schein auch gegen die hohen Mauern der Festung von Eboracum.

Catrina lag allein in dem schmalen Holzbett in der weiß gekalkten Kammer und wälzte sich unruhig im Schlaf herum. Kurz vor dem Morgengrauen träumte sie wieder einmal von den tiefen Wäldern in ihrer nördlichen Heimat. Zwischen den breiten, dicht belaubten Eichen sah sie die hoch aufgeschossene Gestalt Luads auf der Lichtung stehen, die Arme weit übers Feuer ausgebreitet, das hagere Gesicht zum Mond gehoben.

Catrina konnte die Hitze der Flammen fühlen, die jetzt höher loderten, weil Luad frische Kräuter in die Glut geworfen hatte, und mit der Hitze gewahrte sie die Anwesenheit von Bösem. Sie konnte den Rauch riechen, die Flammen schlugen höher und bedrohten die Bäume.

Ein Waldbrand! Obwohl ihr bewusst war, dass sie sich in einem Traum befand, schien der Rauch in ihre Lungen zu dringen und sie zu ersticken. Sie begann zu husten und setzte sich abrupt in ihrem Bett auf, mit einem Schlag hellwach.

Nichts als Schweigen in der kalten, leeren, feindlichen *principa*. Sie hörte nur ihren eigenen Herzschlag. Fetzen des Mondscheins drangen durch eine Ritze des Fensterladens und fielen auf ihr Bett. Ganz still saß sie da und presste die Wolldecken gegen ihren Körper. Sie spürte die Nähe des Bösen, der Gefahr. War es wirklich nur ein Traum gewesen? Sie fuhr sich mit einer Hand über die Stirn.

Sie roch wieder den stechenden Qualm, und dann wurde ihr schlagartig klar, dass sie nicht aus einem Traum aufgewacht war, denn jetzt sah sie blaugraue Rauchspiralen, die sich unter der Tür in ihr Zimmer kringelten. Der beißende Rauch waberte immer näher.

Sie sprang aus dem Bett, rannte zur Tür und riss sie auf. Ihre nackten Füße flogen über den kalten Steinboden, dann blieb sie keuchend stehen. Weiter unten im Flur sah sie ein grelles Leuchten, das Licht des mächtigen Feuergotts. Die Flammen schlugen hoch und vertrieben die Dunkelheit mit ihrem höhnisch roten Licht. Sie leckten schon an der Tür zu Alexius' Schlafzimmer.

Ihr Herz pochte vor Angst, ihre Augen brannten vom schwarzen stechenden Rauch, der ihr entgegen quoll. Hektisch sah Catrina sich nach Hilfe um. Ihr Blick fiel auf die kostbaren Wandteppiche. Ohne lange zu überlegen riss sie einen von der Wand und warf den dicken Teppich über die lodernden Flammen, dann noch einen, um das Feuer zu ersticken. Dann rief sie durch den dichten Qualm: »Alexius! Oh, Alexius! Ihr müsst aufwachen!«

Die Haustür wurde aufgerissen, und vier bullige Soldaten stürmten herein. Voller Entsetzen starrten sie auf das Feuer, und während zwei Soldaten die restlichen Flammen austraten, griffen die beiden anderen Catrina und drehten ihr die Arme schmerzvoll auf den Rücken.

»Die kleine Hexe!«, rief einer. »Du hast's gewagt, im Haus des Kommandanten Feuer zu legen?«

Catrina hustete und würgte den schwarzen Rauch heraus, der ihr in die Lungen drang. »Lasst mich los, ihr brutalen Kerle!«, rief sie keuchend und wehrte sich verzweifelt. »Ich habe das Feuer nicht gelegt.«

Einer der Soldaten, der immer noch die Flammen austrat, rief seinen Kameraden zu: »Es ist Öl, Lampenöl. Es ist über den ganzen Boden verschüttet. Bis zur Tür, hinter der unser Kommandant schläft. Was für ein Glück, dass wir rechtzeitig gekommen sind.«

Catrina folgte dem Finger, den der Soldat ausstreckte, mit den Blicken. Ja, da gab es eine Ölspur, und wahrscheinlich würde man sie noch besser sehen können, wenn man unter den Teppichen nachsah. Die Spur begann gleich unter dem vergitterten Fenster und war von dort an der Wand entlang gelegt worden. Jemand musste das Öl durchs Fenster geschüttet und dann entzündet haben. Der Unbekannte hatte das ganze Haus in Brand stecken wollen. Bei dieser Erkenntnis wurde Catrina schwarz vor Augen.

Die Soldaten schüttelten sie, bis Catrinas Zähne klapperten. »Kleine Hexe! Wir haben gerade noch verhindern können, dass du unseren Adler stiehlst, und nun das hier!«

»Nein!«, keuchte sie, »das stimmt nicht! Verdammt, lasst mich los!«

Sie kämpfte immer noch wütend gegen die Soldaten, als Alexius, mit Stiefeln und Tunika bekleidet, die Tür seines Schlafzimmers öffnete und sagte: »Bei Mithras, ihr macht genug Krach, um Tote aufzuwecken. Was ist denn los?«

Er nahm die Situation mit seinen kühlen blauen Augen wahr: Die wild um sich schlagende Catrina in ihrer dünnen Tunika, die fliegenden Haare, das geschwärzte Gesicht, die weit aufgerissenen Augen. Dann die grimmig dreinblickenden Wachsoldaten, die ihr die Arme auf den Rücken gedreht hatten. Er sah auch die versengten Wandteppiche und schloss rasch die Tür zu seinem Zimmer, damit der beißende Qualm nicht eindringen konnte.

»Lasst das Mädchen los«, sagte er. »Ihr tut ihr weh.«

»Aber Herr! Sie hat das Feuer gelegt! Es gibt eine Ölspur bis zu Eurer Tür! Sie ist eine Spionin, eine Druidenhexe. Bestimmt hat man sie geschickt, Euch zu töten.«

»Nein!«, rief Catrina, die Lippen dünn und blutleer. »Ich habe das Feuer nicht gelegt! Ihr sagt nicht die Wahrheit!«

Es entstand ein längeres Schweigen, bis Alexius vortrat und seine Soldaten anschaute. »Wie kann sie das Feuer gelegt haben«, sagte er gelassen, »wenn sie die ganze Nacht in meinem Bett gelegen hat?« Er griff nach Catrinas Arm. Die Soldaten wichen verdutzt zurück. Alexius fügte noch hinzu: »Ihr könnt euren Dienst draußen wieder antreten.«

»Aber Hauptmann ...«

»Später schickt ihr ein Kommando, um den Schaden zu beheben«, unterbrach Alexius ihn. »Geht jetzt.«

Die vier Männer salutierten steif und zogen sich zurück. Catrina sah ihnen nicht nach, sie hörte nur am Schlagen der Haustür, dass die Soldaten gegangen waren. Sie starrte Alexius an, die Wangen rußgeschwärzt, die Augen wund vom beißenden Rauch.

»Warum habt Ihr ihnen das gesagt, Römer?«, fragte sie hitzig. »Ich meine, dass ich die ganze Nacht bei Euch war?«

Er war schon damit beschäftigt, das schwere Schwert zu gurten. »Liegt das nicht auf der Hand? Wenn ich das nicht gesagt hätte, wärst du jetzt schon draußen, und sie würden dich als Hexe lynchen. Du hast ein Gespür für gefährliche Situationen, Catrina. Zuerst erwischen wir dich vor dem Adler der Legion, dann wirst du bei einem Feuer entdeckt, das den Kommandanten und sein Haus vernichten konnte.«

Sie spürte, wie die Farbe aus ihrem Gesicht wich.

»Ich wünschte, ich hätte es brennen lassen!«, stieß sie hervor.

Alexius sah sie aus verengten Augen an. »Wieso hast du das Feuer vor jedem anderen bemerkt?«

Sie schaute hilflos zu ihm hoch. »Manchmal träume ich. Dann sehe ich Dinge, die sich als wahr erweisen.«

Er sah sie mit seinen stählernen blauen Augen an. Sein Blick ließ ihre Knie schwach werden. »Wenn du das Feuer nicht gelegt hast, wer war es dann?«

Sie spürte, wie die Angst sich um ihr Herz schloss, denn sie glaubte, die Antwort zu kennen. Aber sie sagte: »Woher soll ich das wissen, Römer? Es muss ein Unglück gewesen sein.«

Er wies auf die Ölspur vom vergitterten Fenster über die Wand zum Boden. »Es war kein Unglück, und ich glaube, du weißt das. Nimm einen Umhang, meine kleine Wilde. Es ist fast hell – Zeit für den ersten Appell. Von nun an bleibst du immer in meiner Nähe. Vielleicht schaffen wir es dann, dich aus den Schwierigkeiten herauszuhalten.«

»Ihr haltet mich immer noch wie eine Gefangene?«, fragte sie wütend.

»Sagen wir eher, du bist eine Geisel, keine Gefangene.«

Catrina zitterte vor Furcht, Erschöpfung und Wut.

Sie warf die Haare aus dem Gesicht und spürte die Tränen der Ohnmacht rinnen.

Warum hatte sie das Leben dieses Mannes gerettet, der ihr Feind war? Sie erinnerte sich, wie übel ihr gewesen war, als ihr bewusst geworden war, dass jemand versucht hatte, ihn zu töten.

Dreizehntes Kapitel

Catrina fühlte sich benommen von der Hitze, als sie an Alexius' Seite stand und hinunter auf den riesigen sandigen Exerzierplatz der Legion schaute. Die Sonne schien gleißend hell auf die Reihen der Soldaten mit ihren Fahnen, Rüstungen und gehobenen Schwertern. Kavallerieflügel flankierten die Infanterie, und die Pferde stampften unruhig. Ihre Nüstern waren schaumbefleckt. Sie scheuerten sich am Zaumzeug. Immer wieder bliesen die Trompeten, und die gebellten Kommandos hallten im weiten Rund des Platzes wider. Bei jedem Befehl ging ein Ruck durch die makellos ausgerichteten Legionäre.

Eine Kohorte gallischer Ersatztruppen bereitete sich vor, die Festung zu verlassen, um den Dienst in einer der trostlosen Garnisonen am nördlichen Wall anzutreten. Sie wurde mit dem feierlichen Pomp verabschiedet, den man in Rom so sehr liebte.

Alexius beobachtete die Szene vom Turm aus, der neben der *principia* errichtet worden war. Vor vielen Jahren war eine Aussichtsplattform auf halber Höhe des Turms gebaut worden, damit der Kommandant aus idealem Blickwinkel die Parade abnehmen konnte.

Neben ihm auf der hohen Plattform stand Catrina, seine Geisel. Sie hatte sich so sehr gesträubt, mit ihm zu gehen, dass er eine Kette um ihr Handgelenk gelegt hatte, das andere Ende der Kette war mit seinem Schwertgürtel verbunden.

Unter den Soldaten hatte der Anblick ihres Kommandanten, der in voller Rüstung, einschließlich des Helms, die Parade abnahm, begleitet von seiner blonden Gefangenen, für einige Unruhe gesorgt. Catrina spürte die neugierigen Blick auf sich gerichtet und schlug voller Scham die Augen nieder.

Sie und Alexius standen isoliert auf dieser Plattform. Hinter ihnen führte eine geschlossene Tür zum Turm hinauf, während sie von drei Seiten von einer hüfthohen Steinmauer umgeben waren. Catrina blickte hinunter auf den Exerzierplatz, fasziniert und entsetzt zugleich über die marschierenden Reihen der Legionäre, die vor dem Adler und vor dem Kommandanten salutierten.

Kein Wunder, dass ihre Leute überrannt worden waren, dachte Catrina. Der Staub, den die paradierenden Pferde aufwirbelten, scheuerte in ihrer Kehle. Die Sonne, die sich auf den glänzenden Rüstungen brach, blendete sie. Sie suchte Schatten und ließ sich hinter der Mauer auf die Knie nieder. Sie presste eine Wange gegen die kühlen Steine. Wegen der Kette konnte sie sich nicht weit weg von Alexius bewegen.

Alexius, der gehasste, arrogante Alexius. Sie hatte sein Leben gerettet – aber warum, wo sie doch gekommen war, ihn zu töten? Sie sah sich auf der kleinen Plattform um, die im Augenblick ihr Gefängnis war, und wusste, dass es töricht war, überhaupt an Flucht zu denken.

Alexius zog kurz an der Kette, die sie mit ihm verband. Leise sagte er: »Vorsichtig, Catrina. Schlag dir alle Gedanken an irgendeinen Unsinn aus dem Kopf.«

Sie warf die Haare aus dem Gesicht und blickte zu

ihm hoch, aber seine Augen waren unentwegt auf den Exerzierplatz gerichtet. Er hatte die rechte Hand erhoben, um das Salutieren seiner Soldaten zu erwidern.

Plötzlich begann es in Catrina zu kochen. Wie konnte er es wagen, sie anzuketten wie eine Verbrecherin? Und sie in aller Öffentlichkeit als seine Barbarengeisel bloßzustellen?

Rebellion blitzte in ihren grünen Augen auf, während sie den groß aufgerichteten mächtigen Mann von unten betrachtete. Schlag dir jeden Unsinn aus dem Kopf, hatte er gesagt. Nun, es gab die eine oder andere Möglichkeit, dem hochnäsigen Kommandanten Alexius ein wenig Ungemach zu bereiten.

Sehr schnell, noch bevor er ahnen konnte, was sie vorhatte, fuhr sie an seinen bronzenen Beinschienen hoch, die seine Unterschenkel umhüllten, und fuhr mit beiden Händen über die behaarten, muskulösen Oberschenkel hoch. Unter den dicken Lederstreifen, die den Rock der Tunika bildeten, trug er ein weiches Leinenhemd. Sie hörte, wie er zischend die Luft anhielt, als sie ihre Hand höher schob und fand, was sie suchte, das lange fleischige Glied seiner nackten Männlichkeit, das wie seidige Haut an der Innenseite des Schenkels lag.

Sie spürte, wie sein ganzer Körper sich versteifte, während ein sinnlicher Ruck durch Catrina ging. Es hieß nicht umsonst, dass der größte Reiz von Verbotenem ausging.

»Bist du verrückt geworden, Catrina?«, zischte er. Er hatte den Arm noch immer zum Gruß erhoben. »Was, um Hades willen, tust du da?«

Ihre Hand hatte begonnen, den Penis sanft zu streicheln. Ihre Augen funkelten. »Kümmert Euch nicht um mich, mein Herr Alexius«, raunte sie, »das ist nur meine Barbarenart. Ich meine, wenn ich Euch schon überall begleiten muss, dann will ich auch ein wenig Abwechslung erleben.«

»Bei Mithras ...«

Sie blickte flüchtig zu ihm hoch und sah, dass sein Gesicht rot vor Ärger war. Aber er konnte nichts, aber auch gar nichts dagegen unternehmen, denn obwohl die kniende Catrina den Blicken vom Exerzierplatz hinter der hüfthohen Mauer verborgen blieb, war Alexius der Fokus der Parade und von Kopf bis Bauchnabel sichtbar.

»Catrina«, sagte er durch aufeinander gebissene Zähne, »benimm dich, sonst ...«

»Sonst was, Alexius?« Demütig schaute sie zu ihm auf. Plötzlich gefiel ihr dieses Spiel. »Werdet Ihr mich züchtigen? Das würde Euch Spaß bereiten, was? Eure Männer da unten würden das auch genießen. Oh, es würde ihnen bestimmt großen Spaß bereiten, wenn sie wüssten, was hier oben gerade geschieht.«

Sie streichelte wieder mit beiden Händen über die Innenseiten seiner Schenkel. Sie spürte, wie er die Muskeln zusammenzog. Oh, ja, das war das reinste Vergnügen für sie. Sie liebte die harten Muskeln unter der behaarten Haut, liebte das Gefühl seiner Ohnmacht.

Zaghaft und doch verwundert über ihre Keckheit schob sie das Gesicht zwischen die Lederstreifen seiner Tunika und drückte die warmen, feuchten Lippen auf seine gespannten Schenkel. Sie hörte ihn leise stöhnen. Eine Hand tastete sich wieder zu seinem Phallus vor.

Er hatte sich prächtig entwickelt. Während sie ihn mit den Fingern streichelte, konnte sie fast spüren, wie das Blut in die harte Länge rauschte. Sie erinnerte sich daran, wie wunderbar diese Waffe sie in der vergangenen Nacht verwöhnt hatte, und plötzlich wurde sie vor Sehnsucht fast überwältigt.

Ihr Körper prickelte und pochte vor Lust. Die Legion auf dem staubigen Exerzierplatz schien eine Welt weit weg zu sein, das Geräusch der stampfenden Stiefel und der paradierenden Pferde nicht mehr als eine Täuschung der Sinne. Sie hielt seinen Penis umfasst und rieb ihre kleinen Brüste gegen seine harten Oberschenkel.

Ihre Warzen versteiften sich unter dem dünnen Leinen ihrer Tunika. In ihrem Bauch wurde das Pochen der Lust immer stärker, es breitete sich aus und konzentrierte sich in ihrem Schoß, im Dreieck ihrer Schenkel, wo die Labien anschwollen und feucht wurden und ihre eigene Geilheit verrieten.

Konzentriere dich, Catrina, redete sie sich selbst zu.

Konzentriere dich darauf, deinen Feind zu demütigen! Alexius' Schaft hatte sich bis zum Äußersten gespannt, während ihre zierlichen Finger streichelten, kosten und leicht massierten. Sie fuhr mit der Hand über die ganze Länge und spürte verwundert die Kraft, die von dem zuckenden Phallus ausging. Sie legte eine Hand unter die warmen Hoden und wiegte sie leicht.

Sie hörte ihn wieder laut die Luft einsaugen. Sein Körper verkrampfte sich. Er hatte den Kampf gegen seine Erregung längst verloren.

Catrina verstärkte den Druck ihrer Hand auf dem knochenharten Penis und rieb die Hand auf und ab. Sie fühlte die leicht gewölbten Adern, in denen das Blut pulsierte, und die samtene Glätte der geschwollenen Spitze. Der Schaft ruckte und zuckte wie ein gefangener Vogel in ihrer Hand. Sie schloss die Augen und atmete seinen männlichen Geruch ein. Sie rieb noch ein wenig härter.

Er fuhr mit seiner freien Hand durch ihre zerzausten Haare. »Catrina, bei Jupiter ...«

Sie zog sich ein wenig mit dem Oberkörper zurück, damit sie ihn ansehen konnte, während ihre Finger weiter den starren Schaft rieben, der ungeduldig gegen ihre Hand zuckte. Sie erinnerte sich an die Manipulationen der Stammesfrauen, wenn sie ihre Männer bei den Ritualen verwöhnten, und fuhr mit den Fingern von den Testikeln durch die Kerbe bis zu der geheimnisvollen Stelle zwischen den Backen.

Unschuldig fragte sie: »Ja, Alexius? Willst du immer noch, dass ich aufhöre?«

»Catrina, du Hexe! Die ganze Legion kann uns sehen!«

»Uns nicht, Alexius«, gab sie mit süßer Stimme zurück und streichelte über die geheime Stelle. »Dich sehen sie, mich nicht. Ich dachte, weil ich nur eine unkultivierte gefangene Barbarin bin, hättest du überhaupt kein Problem damit, mir zu widerstehen.« Sie lehnte sich wieder vor, drückte das Gesicht zwischen seine Schenkel und flüsterte: »Sexuelles Verlangen ist eine fatale Schwäche, erinnerst du dich?« Behutsam umkreiste sie die pralle Eichel des dicken Penis mit der Zunge.

Der Schaft zuckte zwischen ihren vollen Lippen. Catrina hob den Kopf und schaute verwegen hoch. »Soll ich immer noch aufhören, Römer?«

Sie sah, wie sein Gesicht ganz dunkel wurde. Am

Klang der trappelnden Hufe und der rasselnden Rüstungen hörte Catrina, dass die Kavallerie vorbeizog. Die Trompeten schmetterten, und wieder musste Alexius salutieren.

»Kleines wildes Mädchen«, raunte er zwischen knirschenden Zähnen. »Wenn du jetzt aufhörst, werde ich selbst deine Bestrafung übernehmen.«

Catrina spürte, wie das fiebrige Blut durch ihre Adern pulsierte. Sie formte ihren Mund zu einem Kreis, was sie oft genug bei den Frauen ihres Stammes gesehen hatte, wenn sie ihren Männern Vergnügen bereiten wollten. Ihr Herz schlug wie rasend, als sie ihre feuchten Lippen langsam über den pochenden Schaft schob.

Er schmeckte warm, männlich, gut. Ihr Körper wurde von Schauern erfasst, als sie den kräftigen Schaft tief einsog. Ihre Brüste schwollen an, ihre Nippel drückten gegen den dünnen Stoff der Tunika. Sie sehnten sich nach seinen kühlen Händen. Die feuchten Labien zogen sich schmerzlich zusammen. Sie wünschte, es wäre ihre lechzende Vagina, die seinen stolzen Penis aufnähme.

Sie saugte und zupfte mit der Zunge und begriff, dass der mächtige Mann, Kommandant der Legion, ihr ausgeliefert war. Diese Erkenntnis erfüllte sie mit Entzücken. Sie ging mit dem Kopf vor und zurück und füllte ihren Mund mit seiner Härte. Die Eichel stieß gegen ihren Gaumen, und immer noch gab es ein ganzes Stück des Schafts, das sie nicht aufnehmen konnte. Sie legte eine Hand um das letzte Stück des Penis und rieb die Hand auf und ab, während sie mit der anderen Hand seinen Hodensack drückte.

Alexius stieß die Lenden vor. Mit rhythmischem

Rucken versuchte er, sich tiefer in den Mund zu treiben. Er erschauerte, als Catrina die Zunge um seine Eichel wischte.

Sie spürte sein Erschauern. Mit der freien Hand griff er an die Brüstung der Plattform, als es in ihm zu brodeln begann. Unkontrolliert stieß er zu, bis er sich in ihrem Mund ergoss, heftig, heiß und viel mehr, als Catrina geglaubt hatte. Sie schluckte hungrig und rieb ihre Brüste wieder gegen seine Schenkel, während sie leckte und saugte, was er hergab.

Endlich war er leer. Benommen von der eigenen Dreistigkeit wich Catrina zurück und wusste, dass er sie nun beschimpfen würde.

Er fuhr mit einer Hand durch ihre Haare. Sie schaute zu ihm hoch. Ihre Blicke trafen sich.

»Dafür, meine Liebe, wirst du büßen«, sagte er gepresst. Er zog an der Kette, als wollte er ihr in Erinnerung rufen, dass sie seine Gefangene war.

Catrina schluckte schwer, und wieder liefen Schauer der Erregung durch ihren Körper, ausgelöst von seinem dunklen Versprechen.

Den ganzen Tag lang war Catrina der schweigende Schatten von Alexius, unerbittlich durch die Kette an ihn gefesselt. Vieles aus seiner Welt war ihr fremd. Sie hatte auch nicht geahnt, dass eine so hohe Verantwortung auf den Schultern des Kommandanten der Adler lag; sie war davon ausgegangen, dass er ein leichtes Leben führte, wenn er nicht gerade im Krieg war.

Aber auch der Alltag war schwierig genug, denn es galt, fünftausend Legionäre und die dazu gehörigen Helfer, Diener und Sklaven in Zucht und Ordnung zu halten. Die meiste Zeit des Tages verbrachte Alexius in Besprechungen mit streng blickenden Beamten, wenn es um Vorräte, neue Lieferungen und eventuelle Truppenbewegungen ging. Sekretäre hielten alle Entscheidungen fest und fuhren mit ihren kratzenden Federn über trockenes Pergament.

Zum Mittag gab es ein paar kalte Speisen, danach ritt Alexius hinunter zum Fluss, wo das Ufer befestigt wurde, um die Stadt vor Überschwemmungen zu bewahren. Catrina ritt auf einem Pony neben ihm. Er hatte ihr die Kette abgenommen, aber sie blieb an seiner Seite, eingeschüchtert durch die langen Hallen entlang des Ufers und vom geschäftigen Treiben. Unzählige Schiffe legten im Hafen an und löschten ihre Ladung. Öl, Wein und Luxusgüter aus dem Süden.

Auch wenn jemand es seltsam fand, dass Alexius von einer stummen blonden Frau eines britannischen Stammes begleitet wurde, so traute sich doch niemand, die Verwunderung laut zu äußern. Nur ein Beamter mit hagerem Gesicht und verschlagenen Augen, begleitet von drei schweren Wolfshunden und einigen Soldaten, die Jagdwaffen trugen, ritt zu Alexius, als er den Schutzwall besichtigte.

»Eh, Hauptmann. Seid Ihr so verknallt in Eure derzeitige Konkubine, dass Ihr sie mit Euch schleppt?«

Alexius verzog keine Miene. Seine Stimme klang wie Eis, als er antwortete: »Sie ist keine Konkubine, sondern eine Geisel.«

»Habt Ihr Angst um Eure Sicherheit, Alexius?«, höhnte der hohe Beamte. »Ihr wähnt schon ein britannisches Messer zwischen Euren Rippen, was?«

»Es ist die Sicherheit des Mädchens, an die ich

denke, nicht an meine eigene«, entgegnete Alexius ruhig. »Viel Spaß beim Jagen, Tribun Drusus.«

Drusus schnaufte verächtlich und ritt weiter auf dem gepflasterten Weg in den Wald, wo es genug Wild zu jagen gab. Catrina hatte der kurzen Unterhaltung mit sonderbarem Unbehagen zugehört. Wieso hatte Alexius behauptet, er sei um ihre Sicherheit besorgt? Wer stellte denn eine mögliche Bedrohung dar – abgesehen von ihrem Feind, Alexius selbst?

Verwundert war sie auch darüber, dass der Beamte offenbar einen höheren Rang bekleidete als Alexius, obwohl der nicht zum Heer zu gehören schien. Das verächtliche Schnaufen des Tribuns jagte ihr Angst ein, und unwillkürlich lenkte sie ihr Pony näher an Alexius' Pferd heran.

Sie zuckte zusammen, als er sie anschaute und fragte: »He, meine kleine Wilde, fühlst du dich bei mir sicherer?«

Ihre Augen funkelten. »Ihr macht Euch was vor, Römer!« Rasch zog sie an den Zügeln und lenkte das Pony weg von ihm. Aber der befremdende Eindruck, dass Alexius sie beschützte, blieb bei ihr.

Schließlich, als die Schatten des späten Nachmittags übergingen in die Dämmerung, ritten sie zurück durch die hohen bewachten Tore der Festung und weiter zur *principia*. Nach dem langen Tag, den sie ihm auf dem Pony gefolgt war, fühlte Catrina sich erschöpft, und alle ihre Glieder schmerzten. Sie wäre lieber gestorben, als Alexius ihren Zustand zu offenbaren, aber er musste etwas bemerkt haben, denn als sie vom Pony glitt, fing er sie in seinen Armen auf, sah sie nachdenklich an und sagte: »Kleine, du siehst bleich vor Erschöpfung aus. Ich glaube, ich weiß, was du brauchst.«

Sie wehrte sich gegen ihn, dabei konnte sie sich nichts Schöneres vorstellen, als in seine Arme zu sinken. »Ich brauche meine Freiheit, Römer. Lasst Ihr mich gehen?«

Er lachte leise. »Oh, nein. Noch nicht. Wir haben noch einige Rechnungen offen, glaube ich. Aber zuerst möchte ich dir etwas aus Rom zeigen, das dir bestimmt gefallen wird.«

Neugierig folgte sie ihm durch den Säulengang der *principia,* dann zu einer schmalen Treppe, die zu einem länglichen, ebenerdigen Steinhaus führte. Alexius öffnete die Tür und winkte sie hinein.

Zuerst bemerkte sie, dass hier ein anderes Licht herrschte. Die Abendsonne ergoss sich durch die hohen Fenster, aber es sah aus, als tanzten die einzelnen Strahlen wie ein Irrlicht. Erst danach begriff sie die Ursache. In der Mitte des großen Raums mit dem hohen Gewölbe befand sich ein Bad, ein dunkelblaues Becken mit reinem Wasser. Leichte Wellen glitzerten und tänzelten, als ob eine Meeresbrise sie streichelte.

Ängstlich drehte sie sich nach Alexius um, denn beim Anblick des seltsamen Hauses spukten ihr sofort die dunklen Geschichten herum, die von den Alten ihres Stammes erzählt wurden. Da war von rituellem Ertränken die Rede, von Opfern, die man dem Wassergott darbrachte. Man hielt das Opfer so lange unter Wasser, bis der Wassergott den strampelnden Menschen angenommen hatte. Sie erinnerte sich auch wieder an das dunkle Rauschen der Flut, als der wild gewordene Fluss ihr Zuhause und ihre Familie fortgeschwemmt und ihr Gedächtnis ausgelöscht hatte.

Alexius fragte besorgt: »Was ist los, Catrina? Was bedrückt dich?«

Sie fuhr sich mit einer Hand über die Augen und spürte die Pein des Verlusts, der in ihr wieder lebendig wurde. Leise antwortete sie: »Ich habe mal eine Flut erlebt. Sie hat meine Familie und mein Zuhause zerstört.«

Seine Hände griffen fester um ihre Arme. »Wo ist das geschehen? Und wann?«

Sie schüttelte den Kopf, überwältigt von den schmerzlichen Erinnerungen. »Es ist schon lange her. Ich war noch ein Kind. Die Flut hat mich auch mitgerissen und mich gegen einen Felsen geschleudert. Ich muss mit dem Kopf gegen den Fels geschlagen sein, und dabei ist mein Gedächtnis ausgelöscht worden.« Wie abwesend fuhr sie mit einer Fingerkuppe über die kleine pfeilartige Narbe an ihrer Schläfe.

Alexius sah die Narbe und wurde plötzlich ganz ergriffen. Nach langem Schweigen murmelte er leise: »Und du erinnerst dich nicht an dein früheres Leben, Catrina?«

»Nein, an nichts mehr. Aber es gibt Dinge, die mich an das Unglück erinnern.« Sie wies mit dem Kopf zum Wasser. »Es sieht so tief aus, so gefährlich.«

Alexius erklärte: »Das Becken ist zum Baden gebaut worden. An der tiefsten Stelle wird dir das Wasser höchstens bis zur Schulter reichen.«

Sie versuchte ein schwaches Lächeln. »Es ist nicht die Heimat eines Wassergeistes? Bei uns sind alle Gewässer, ob Bäche oder Teiche, von einem Geist bewohnt.«

»Nein, hier gibt es keinen Geist«, versicherte Alexius ihr. »Und das Wasser ist klar und sauber. Du hast wirklich nichts zu befürchten.«

»Dann … dann ist es nicht meine Bestrafung?«

Seine Lippen zuckten. »Bestrafung? Warum sollte ich dich bestrafen, Catrina?«

Sie errötete, aber dann hob sie trotzig den Blick. »Wegen dem, was ich heute Morgen getan habe.«

»Ah, ja. Nun, Bestrafung ist dafür das falsche Wort. Vielleicht werde ich dafür sorgen, dass du Buße tust.« Seine Augen schienen einen Moment lang zu tanzen. Sie waren so blau wie das Wasser im Becken. »Ich muss meine Rüstung ablegen und in Sicherheit bringen. In der Zwischenzeit kannst du dich ausziehen und ins Becken steigen. Niemand wird dich stören.«

Er drehte sich um und ging. Catrina war immer noch verstört, aber er hatte lieb und verständnisvoll mit ihr gesprochen, und das hatte ihr Herz geöffnet. Vergiss nicht, dass er dein Feind ist, rief sie sich in Erinnerung. Das wird er ewig bleiben, dachte sie und empfand eine große Traurigkeit.

Sie sah zum Becken. Sie zögerte noch voller Scheu, obwohl sie allein war. Dann nahm sie einen tiefen Atemzug, hob die Tunika über den Kopf, öffnete die Schuhe und ging mit den nackten Füßen über den kühlen Marmor, bis sie den Beckenrand erreicht hatte. Bevor sie Zeit hatte, über ihre Ängste nachzudenken, stieg sie die breiten Stufen hinunter ins Becken.

Verblüfft stellte sie fest, dass das Wasser warm war. Sanft und zärtlich umfing sie das klare Nass, das ihren Körper zu kosen schien. An einer Seite des Beckens gab es eine breite Bank, auf der sie sitzen konnte, während das Wasser bis an ihr Kinn schwappte. Sie lehnte sich seufzend zurück, schloss die Augen und tauchte ihre Haare unter Wasser.

Ihre Beine glitten langsam auseinander; ihr Gewicht wurde vom Wasser getragen. Sie stieß einen leisen Überraschungsschrei aus, als sie spürte, wie das Wasser zwischen die Labien drang und ihre geheime Stelle koste. Sie fuhr mit gespreizten Fingern über ihre Brüste und seufzte leise.

Das Wasser erinnerte sie daran, dass sie sich immer noch nach Alexius' verbotenen Berührungen sehnte, nach seinen Händen, seinem Mund. Sie erinnerte sich an seinen kräftigen Phallus, den sie am Morgen zwischen ihren Lippen gespürt hatte, und in ihrem Schoß pulsierte es vor hungrigem Verlangen. Mit einer Hand strich sie über ihren Venusberg, um den Schmerz der Sehnsucht zu stillen.

Alexius, ihr Feind ...

Plötzlich wurde die Stille unterbrochen von einem lauten Platschen, das rasche Wellen auf sie zutrieb. Wasser spritzte ihr ins Gesicht. Sie sprang von der Bank auf und sah Alexius, der mit kräftigen Zügen zu ihr schwamm.

Instinktiv wollte sie ausweichen, aber irgendwo geriet sie ins Strudeln, was am ungewohnten Sog und am gefliesten Boden lag. Das Wasser schlug über ihr zusammen, aber im nächsten Moment hatte Alexius sie schon in den Armen und lachte. »Und jetzt, *mea mellita*, folgt meine Bestrafung, wie du es genannt hast.«

Er zog sie an sich und küsste sie. In diesem Moment wurden Catrina zwei Dinge bewusst.

Erstens, dass er nackt war. Als sein fester warmer Mund sich verführerisch auf ihren drückte, spürte sie seinen harten Körper, der sich an sie schmiegte.

Und zweitens sah sie, dass er ihr silbernes Amulett an einem Lederband um den Hals trug.

Ihre Sinne wirbelten durcheinander. Aber es blieb ihr keine Zeit, etwas zu sagen oder auch nur einen klaren Gedanken zu fassen, denn seine warmen Lippen hatten ihren schwachen Widerstand schon gebrochen. Seine kräftige, bewegliche Zunge nahm Besitz von ihr und erforschte ihre feuchte Mundhöhle, und dabei presste er sie hart an sich, sodass ihre schmerzenden Brüste sich an seinem harten Brustkorb rieben. Sie keuchte, als sie das kalte Metall des Amuletts auf ihrer Haut spürte. Ihre Nippel versteiften sich. Seine Hände glitten streichelnd über ihren Rücken und den Po und drückten sie fest an sich. Sie spürte, wie sein Penis gegen ihren Bauch drängte.

Sie schnappte nach Luft und versuchte zurückzuweichen. Aber er lachte nur, legte eine Hand auf ihre Brust und zwickte behutsam die Warze.

Sie hörte, wie das Stöhnen über ihre Lippen kam. Gleichzeitig glitten ihre Hände über die nassen, bronzefarbenen Muskeln seiner Schultern, denn schlang sie die Arme um seinen Nacken und zog sein Gesicht zu sich herunter. Die Leidenschaft ihres Küssens intensivierte sich noch, und ihre Zungen rangen in köstlicher Intimität miteinander.

Schließlich löste er sich von ihren geschwollenen Lippen.

»Geduld, *mea mellita*«, sagte er heiser. »Wir haben genug Zeit.«

Zärtlich hob er ihren nackten Körper in seine Arme und stieg aus dem Becken. Er trug sie in einen kleinen Raum, der von einer Öllampe beleuchtet wurde.

Nur am Rande ihres Bewusstseins nahm sie die exotischen Mosaike an den Wänden und an der Decke des Raums wahr. In einer Ecke befand sich eine Feuerstelle, in der die Holzkohle glomm, die eine wohlige Wärme abgab. An einer Wand waren frische Leintücher gestapelt. Alexius breitete eines davon auf dem Boden aus und legte Catrina liebevoll darauf. Dann nahm er ein anders Tuch und rieb sie damit trocken.

Hilflos blickte sie zu ihm hoch, während er arbeitete. Auf seinem vollkommenen Körper, einem Abbild von Männlichkeit, glitzerten noch Wassertropfen. Die dunklen seidigen Härchen lagen dicht auf der Haut und verliehen ihr einen schwarzen Schimmer. Die alten Kampfnarben unterstrichen nur noch die Männlichkeit seines Körpers.

Während er sie mit dem weichen Linnen trocken rubbelte, sah sie voller Verlangen, dass sein Penis immer noch aufrecht stand. Ohne Scham erhob er sich aus dem Nest dunkler Haare. Catrina wurde ganz schwach vor Gier.

Sie zwang sich, den Blick von seinem Schaft zu wenden und betrachtete die Gemälde an den Wänden. Sie stellten lüsterne Szenen dar. Gleich über ihr stieß ein farbenprächtiger Ziegengott in eine fleischige Römerin, deren draller Körper nur mit einigen durchsichtigen Schleiern verhüllt war. Catrina spürte, wie die Röte in ihre Wangen schoss, als sie den dunklen, dünnen Penis betrachtete, der aus den behaarten Lenden des Mannes ragte und in den Schoß der willfährigen reifen Frau fuhr.

Der Künstler hatte besonderen Wert auf den Ausdruck der Gesichter gelegt. Es war ihm gelungen, das triumphierende Grinsen des Ziegenmannes bei der Arbeit ebenso einzufangen wie die Mischung aus

Schock und Entzücken in den Zügen der Frau. Hinter dem Paar hatte der Künstler eine ebenfalls fast nackte Frau gemalt, die mit dem erigierten Penis eines anderen Ziegengotts spielte; sie rieb daran und hatte die stämmigen Schenkel gespreizt, offenbar zur Einverleibung des strammen Glieds bereit.

Alexius' Stimme drang in Catrinas Betrachtungen. »Die Bilder wurden von meinem Vorgänger in Auftrag gegeben, ich bin dafür nicht verantwortlich.«

Catrinas Röte vertiefte sich noch, weil er ihren Blicken gefolgt war. Sie räusperte sich und fragte: »Ist dieses Bad nur für Euch, A ... Alexius?« Sie hatte immer noch Mühe, seinen Namen auszusprechen.

Er lächelte. »Das ist das Badehaus des Kommandanten. Ein hoher militärischer Rang bringt auch seine Vorteile, Catrina.« Er erhob sich, nahm noch ein Leintuch und trocknete seinen eigenen Körper ab. Catrina setzte sich langsam auf, zog die Knie an und schlang ihre Arme um sie. Sie schaute zu ihm hoch, ihr Herz bewegt und gerührt. Ein hoher militärischer Rang brachte auch Gefahren mit sich.

»Alexius«, sagte sie leise, und wieder blieb ihr Blick auf dem silbernen Amulett haften, das auf seinem Brustkorb glänzte, »ich war es nicht, der das Feuer heute Morgen gelegt hat.«

Er hörte auf, durch seine kurzen Haare zu rubbeln. »Das freut mich zu hören, meine kleine Wilde. Aber vielleicht sollten wir das später besprechen.« Er blickte an sich hinunter auf seine zuckende Erektion. »Ich glaube, es gibt dringlichere Dinge, denen wir uns zuwenden sollten.«

Sie sah ihn fragend an, und mit weicher Stimme sagte er: »Ich begehre dich, meine kleine silberhaarige

Barbarin, und ich glaube, dass du mich auch begehrst. Vergessen wir mal die Lügen und das Versteckspielen.«

»Unsere beiden Welten treffen sich«, murmelte sie leise.

Er nickte. »Unsere beiden Welten treffen sich.«

Dann ließ er sich neben sie auf dem Leintuch nieder. Sie blickte ihn ernst und mit großen Augen an, streckte die Arme aus und verlangte so sehr nach ihm, dass es schmerzte.

Zuerst küsste er ihre Brüste, er umkreiste die Nippel mit der Zunge und zupfte sie ganz zart mit den Zähnen, bis Catrina vor Entzücken leise wimmernde Laute von sich gab und mit den Händen über seine kurz geschorenen Haare strich.

Seine Hände glitten über ihre Hüften. Sie keuchte, als er behutsam ihre Schenkel spreizte. Die süßen Gefühle nahmen ihr den Atem, denn seine raue Zunge wischte über die geschwollenen Labien, teilte sie sanft und leckte langsam auf und ab, ehe sie leicht über die pochende Knospe ihrer Klitoris streichelte.

Ihre Säfte rannen heiß und üppig. Sie schlang ihre Beine um seinen Rücken und stieß ihm ihre glänzende Vulva entgegen. Seine Zunge drang tief in sie ein.

»Oh, Alexius«, keuchte sie, »bitte ... Ich brauche dich jetzt.«

Er hob den Kopf und koste ihren gespannten Bauch mit der Zungenspitze, er leckte die winzige Delle ihres Nabels mit langsamen Streichen seiner Zunge. Wohlige Schauer der Lust durchliefen sie.

»Geduld, meine kleine Wilde. Je länger man darauf wartet, desto größer wird der Genuss.«

Seine Hände umfassten ihre Brüste wieder, und sie

ruckte unruhig unter ihm herum. Sie spürte seinen wunderbaren Schaft, der gegen ihre Schenkel drückte.

Als ob er wüsste, wie sehr sie litt, schob Alexius seine Finger träge durch die feuchte Furche, wobei er darauf achtete, ihren Kitzler nicht zu berühren, auch wenn der nach seiner Berührung schrie und brannte.

Sie schlang die Beine fester um seinen Rücken und lechzte nach seiner harten Männlichkeit, die sich tief in ihr versenken sollte. Heiße Wellen gierigen Verlangens wälzten sich durch ihren Körper, während sie hilflos ihre Brüste drückte und rieb. Sie brauchte mehr als sein liebevolles Kosen.

Seine blauen Augen funkelten, als er sie anschaute und fragte: »Dir gefällt unsere römische Art?«

Mit ihrer vor Lust heiseren Stimme gab sie zurück: »Ist es die römische Art, mich so zu quälen, Römer?«

»Oh, nein.«

Lächelnd hob er sich ein wenig hoch. Er streckte eine Hand aus und griff nach einem kleinen Glas mit duftendem Körperöl. Er zog den Stöpsel und ließ den Inhalt in seine Hand tröpfeln.

Catrina sog den exotischen Duft des Öls ein, es duftete nach süßen Blüten, die sie bestimmt noch nicht gesehen hatte.

Zärtlich rieb er das Öl in ihre Brüste ein, und dabei massierte er das glitschige Fleisch, bis Catrina spürte, wie die Hitze ihre Haut kribbeln ließ. Alexius drückte kräftig ihre Nippel, bis sie glaubte, explodieren zu müssen.

Er legte sich zwischen ihre geöffneten Schenkel. Ihr Gesicht brannte vor Sehnsucht, als sie zusah, wie er seinen heiß pulsierenden Schaft mit dem Öl einrieb, bis er zu glühen schien. Sie erschauerte in Erwartung seines dicken Phallus und konnte es nicht länger ertragen, ihn zu vermissen.

Er setzte den zuckenden Penis zwischen die glitschigen Lippen, rieb lustvoll von unten nach oben, bis sich die geschwollenen Blütenblätter geöffnet hatten und die Eichel sanft umschlossen. Im nächsten Moment glitt er in sie hinein, und sie fühlte sich wunderbar ausgefüllt.

Catrina stieß einen lauten Freudenschrei aus. Ihre Vulva wurde herrlich gestreckt. Instinktiv stemmte sie sich dem Schaft entgegen. Sie hob den Kopf, damit sie sehen konnte, wie der dicke Stamm des glänzenden Schafts immer tiefer in sie hinein stieß. Dieses Gefühl würde sie gern ihr ganzes Leben lang genießen. Es war großartig, wie sanft der harte Stab sie massierte, wie geschmeidig er sich anfühlte, wenn ihre inneren Muskeln ihn umarmten.

Er senkte sein Gesicht auf ihre Brüste, zog mit den Zähnen an den steifen Nippeln, während ein kräftiger Finger ihre Klitoris rieb. Catrina keuchte laut auf, sie verharrte und glaubte, sie würde bersten vor Lust. Im nächsten Moment begann sie die Hüften vor und zurück zu rucken.

Sein Phallus drang tiefer und härter in sie ein. Der anfängliche Schmerz verwandelte sich zu einem Quell unerschöpflicher Wonnen. Sie hielt seinen pumpenden Penis mit den inneren Muskeln umfangen, als hinge ihr Leben davon ab, und dann wurde sie von der puren Ekstase überrollt.

Sie grub ihre Finger in seine Schultern und zog tief gerötete Furchen in seinen Rücken. Sie schluchzte laut und spürte seinen Orgasmus, der ihn kräftig durchrüttelte, während der Schaft in ihr bebte. Er stieß noch einmal tief in sie hinein, und sie hielt ihn umfangen, als wollte sie ihn nie wieder loslassen.

Sie schmiegte sich an ihn und atmete seinen Geruch ein. Alexius, ihr Feind. Sie spürte das gestohlene Amulett kalt auf ihrer Brust.

Schläfrig streichelte er über ihre Wangen. Dann war er plötzlich wieder hellwach. »Catrina, du hast eben über das Feuer gesprochen.«

Sie versteifte sich und spürte ihr Herz rasen. Er fuhr fort: »Du bist sicher, dass du es nicht gelegt hast?«

Ihr wurde kalt. Kaum hörbar flüsterte sie: »Wie kannst du glauben, ich könnte es gelegt haben?«

Er wickelte eine Strähne ihrer blonden Haare um seinen Finger, aber sie wollte sich von seinem lässigen Verhalten nicht ablenken lassen. »Weil«, sagte er, »ich zuerst angenommen habe, dass du nach Eboracum gekommen wärst, um mich zu töten.« Er lächelte. »Albern, nicht wahr?«

Catrina war plötzlich übel. Wusste er Bescheid? Hatte er es von Anfang an gewusst?

»Hast du mich deshalb angekettet?«

Ein Finger streichelte über die Narbe auf ihrer Stirn. Er schien in die Ferne zu schauen, als er sagte: »Vielleicht. Weißt du, ich bin der Spiele zwischen uns überdrüssig. Ich glaube, ich will dich nicht mehr aus den Augen verlieren.« Er fuhr mit einer Hand über das Amulett an seinem Hals. »Ich habe gesehen, dass du es immer wieder anschaust. Gefällt es dir?«

Catrina schluckte hart. »Ich habe ein solches Amulett schon mal gesehen, das ist alles.«

»Das ist kaum verwunderlich«, gab er zurück, »denn es ist ein Abbild der Göttin Minerva. Solche

Amulette werden von vielen wohlhabenden Römern als Glücksbringer getragen.«

Catrina sah ihn verdutzt an. »Aber nein«, rief sie dann, »es ist das Bild der Göttin meines Stammes. Das Bild zeigt unsere Göttin Brigantia.«

»Ich fürchte, du irrst dich«, sagte Alexius höflich und streichelte über die silberne Gravur. »Aber ich sehe, dass es dir gefällt, deshalb möchte ich es dir geben.« Er hob das Lederband über den Kopf und legte es ihr um.

Das kalte Silber brannte auf ihrer Haut. »Es passt zu dir, Catrina«, sagte er mit leuchtenden Augen. Er sah ihr in die Augen und fügte hinzu: »Aber du scheinst mein Geschenk nicht zu mögen. Warum magst du es nicht?«

Alexius hatte sie völlig übertölpelt. Sie wusste nicht, was sie sagen sollte. Spielte er wieder mit ihr?

»Kannst du das Amulett denn einfach weggeben?«, stammelte sie.

Er erhob sich und langte nach seiner frischen Kleidung, die er mitgebracht hatte. »Es ist eine Art Kriegsbeute«, sagte er leichthin. »Aber du kannst es behalten. Von nun an gehört es dir.«

Catrina empfand plötzlich große Angst um ihn und wusste nicht weshalb. Das Blut pochte heiß in ihren Adern. Ihre Nervenenden drohten zu zerreißen.

»Nein!«, rief sie, sprang auf, zog das Amulett über den Kopf und drückte es ihm wieder in die Hand. »Nein, ich will das nicht! Du musst es behalten!«

Er sah sie verdutzt an. Sie wandte ihm den Rücken zu und warf die Tunika über. Alexius legte sich das Amulett wieder um den Hals und wartete, bis Catrina sich angezogen hatte, dann folgte sie ihm hinaus.

Es war fast dunkel, trotz des flackernden Lichts der Fackeln, die in eisernen Wandhaltern steckten. Der Himmel blinkte wie ein dunkelblaues Zelt, von hellen Sternen durchdrungen. Die leichte Brise wehte kalt, und Catrina empfand den Kontrast besonders stark nach der Wärme im Badehaus.

Ein mit Körben beladener Zug, der von Mauleseln gezogen wurde, hielt auf die Lagerhäuser zu. Catrina und Alexius mussten warten, bis die Fuhrwerke vorüber gezogen waren. Wieder spürte Catrina die unerklärliche Angst.

Dann sah sie in das Gesicht eines Maultiertreibers unter der schmierigen roten Kapuze. Für einen Moment trafen sich ihre Blicke.

»Alexius!«, rief sie, »oh, Alexius!« Sie warf sich vor ihn, genau in dem Augenblick, als der Mann mit der roten Kapuze aufsprang. Er hatte ein Messer gezogen, mit dem er offenbar Alexius' Herz treffen wollte. Die kalte Klinge ritzte aber nur Catrinas Arm.

Alexius hatte schon sein Schwert gezogen, warf Catrina beiseite und stürmte mit der Erfahrung eines Soldaten auf den Feind zu. Dieser war bleich geworden, als ob alles Blut aus seinem Kopf gewichen wäre. Das Messer schepperte über den Boden. Die anderen Treiber, verdutzt von der Schnelligkeit des Geschehens, riefen aufgeregt durcheinander.

Alexius packte Catrinas Arm. Er wusste nicht, dass sie verletzt worden war. Er rüttelte sie. »Wie hast du das gewusst?« Er schüttelte ungläubig den Kopf. »Wie hast du gewusst, was er tun würde, noch bevor er es getan hatte?«

Catrina zitterte vor Angst und Schmerzen. Sie spürte die tiefe Röte in ihrem Gesicht. Das warme Blut rann den Arm hinunter, und ihre Zähne klapperten aufeinander, als sie mühsam herauspresste: »Das geschieht manchmal. Ich weiß einfach, dass eine Gefahr da ist. So war es auch mit dem Jungen und dem Fuhrwerk.«

»Ich glaube«, sagte er leise, »dass du mir nicht die ganze Wahrheit sagst.«

Sie war den Tränen nahe. Sie zog sich von ihm los, achtete nicht auf den verletzten Arm und zischte: »Was willst du, Römer? Hätte ich besser nichts sagen sollen? Hätte ich zulassen sollen, dass der Mann dich mit seinem Messer tötet?«

»Es wäre mir lieber«, gab er zwischen knirschenden Zähnen zurück, »wenn du mir alles erzählst.«

Trotzig hielt sie seinem Blick stand. »Warum sollte ich dir alles sagen, wenn du mein Feind bist?« Dann begann sie zu schwanken und wäre beinahe zu Boden gestürzt, aber Alexius fing sie rechtzeitig auf. Er glaubte, dass der Schock sie geschwächt hätte, und nahm sie auf seine Arme.

Sie sah ihn an und flüsterte: »Es war das Amulett, das uns gerettet hat. Mein Amulett.«

Die Soldaten hatten inzwischen vom Attentat gehört und stießen zu ihnen. Alexius berichtete dem Ranghöchsten kurz, was geschehen war, dann trug er Catrina in die *principia*.

Sie lag benommen in seinen Armen und fühlte sich erschöpft und schwach. In diesen wenigen Augenblicken war ihr klar geworden, dass sie Alexius alles sagen musste. Falls er nicht schon längst alles wusste.

Ihr war schon vorher bewusst geworden, dass sie es nicht fertig bringen würde, ihm Leid anzutun. Aber ein anderer war offenbar wild entschlossen dazu. Das

Feuer am Morgen und die Messerattacke vorhin ließen daran keinen Zweifel.

Sie würde es Alexius nie sagen können, aber sie hatte den Mann mit dem Messer erkannt. Es war Brant, einer aus Luads Gefolgschaft. Alexius hatte ihn offenbar nicht wiedererkannt, obwohl Brant ihn schon einmal in eine Falle gelockt hatte …

Catrina nahm an, dass Brant wahrscheinlich nicht allein in die Stadt gekommen war. Wer war sonst noch in die Festung eingedrungen, um Alexius und sie zu verfolgen? Wer hatte sonst noch gesehen, wie sie Alexius gerettet hatte, statt ihn selbst mit dem Messer zu töten?

Sie sah wieder in das Gesicht des Römers, während er sie in die *principia* trug. Sie konnte seinen regelmäßigen Herzschlag spüren, als er sie gegen seinen Brustkorb drückte. Wenn sie nicht dagewesen wäre, hätte Alexius sterben müssen.

Ihr wurde übel. Die Wunde an ihrem Arm klopfte und brannte. Ihr fiel ein, dass die Krieger des Stammes ihre Messerspitzen mit einem Gift bestrichen, bevor sie in den Kampf zogen.

»Alexius …«, hauchte sie, ihr Mund so trocken, dass sie kaum noch sprechen konnte. »Alexius …«

Aber die Schatten kamen näher. Sie schloss die Augen und fiel in seinen Armen in Ohnmacht.

Alexius, der immer noch nicht wusste, dass sie verletzt worden war, sah in ihr zierliches Gesicht, sah die geschlossenen Lider, die von winzigen blauen Adern durchzogen wurden. Natürlich hatte er mit seiner Vermutung Recht behalten. Catrina war das Mädchen aus dem Wald. Die kleine Narbe an der Schläfe war der erste Hinweis gewesen.

Aber warum war sie hier? Seine Brauen hoben sich.

Plötzlich bemerkte er das helle Blut, das ihren Ärmel färbte, und er rief laut nach Hilfe.

Vierzehntes Kapitel

Zwei Nächte später hatte Julia für eine besondere Unterhaltung gesorgt. Wie sie gehofft hatte, war der Abend warm und der Himmel sternenübersät. Ihr großer Innenhof duftete nach den Blumen des Sommers. Von irgendwo hinter den marmornen Kolonnaden war ganz schwach die sinnliche Musik von Leier und Zimbel zu hören. Lerche und Nachtigall streuten dunkelrote Rosenblätter auf den Hof, und Julia hatte sich auf der beleuchteten Terrasse auf die samtüberzogene Liege niedergelassen.

Drusus räkelte sich neben ihr auf der Liege. Er trank einen Schluck Wein und beobachtete die beiden syrischen Mädchen mit den nackten Brüsten. Seine Augen waren schmal vor Gier.

»Diese beiden«, sagte er zu Julia, »sind wirklich gut. Wirst du sie mir verkaufen? In Rom könnte ich mit den beiden ein Vermögen verdienen.«

»Meine beiden Vögelchen? Sie stehen nicht zum Verkauf an«, sagte Julia lächelnd. »Sie sind meine Freundinnen. Still jetzt, Drusus. Die Schau beginnt.«

Lerche und Nachtigall verdrückten sich rasch. Das harte Schlagen der Zimbeln war zu hören, und im nächsten Moment huschten mehrere spärlich bekleidete Frauen durch den Hof und hoben die frisch gestreuten Rosenblätter auf, als wenn sie in Trance wären.

»Wer sind diese Frauen?«, murmelte Drusus und schaute gebannt in den Hof.

Julia flüsterte zurück: »Siehst du die eine in der smaragdenen Seide? Sie spielt die Persephone. Sie ist die Ehefrau eines Magistrats. Er hat natürlich keine Ahnung, dass sie hier ist. Und ihre Freundin, die Dunkelhaarige neben ihr, ist die Frau eines *decurion*. Alle Frauen haben ein wenig zu tief ins Glas geschaut, wie du schon bemerkt haben wirst.«

Drusus lachte. »Deine Erfahrungen auf der Bühne in Rom kommen dir hier zugute, Julia.«

»Deshalb haben mich die Frauen gebeten, dieses kleine Theaterstück zu inszenieren.« Sie grinste Drusus an. »Natürlich unter der strikten Auflage, dass ihre Identität nicht bekannt wird. Ich kann mich doch darauf verlassen, dass du Stillschweigen bewahrst?«

»Natürlich.«

Julia nickte und fuhr fort: »Wie du weißt, hat Alexius meine Feste verboten. Aber von Theatervorführungen hat er nichts gesagt.« Die Zimbeln wurden wieder geschlagen. Julia senkte die Stimme und sagte im Verschwörerton: »Pass genau auf. Der Gott der Unterwelt wird bald seinen Auftritt haben. Er wird sich die arme Persephone greifen und sie mit sich in sein dunkles Reich zerren. Dann fängt der Spaß erst richtig an.«

Drusus machte es sich auf der Liege gemütlich. Die unsichtbaren Musiker ließen ihre Klänge explodieren. In gespieltem Entsetzen liefen die Frauen kreuz und quer über den Hof, sie schlugen die Hände vors Gesicht und warfen ihre eingesammelten Blütenblätter weg, als dunkle, bedrohliche Schemen sich rasch im Mondlicht bewegten.

Die Schemen erwiesen sich als Männer, die ihre Positionen hinter den Säulen immer wieder veränderten; Männer mit Masken und Lendenschurzen und auf nackten Füßen. Einer von ihnen trug ein großartiges Löwenfell. Der Kopf der Bestie verdeckte fast das ganze Gesicht. Drusus hielt die Luft an.

»Das ist die Verkleidung des Adlerträgers! Bei Jupiter, wie hast du das denn geschafft? Ich dachte, Alexius hütet alles, was zum Adler gehört, wie seinen Augapfel.«

Julia lachte kurz auf. »Ich habe Felix bestochen, Alexius' neuen *optio*. Ich meine, Alexius wird das Löwenfell diesen einen Abend bestimmt entbehren können, findest du nicht auch? Oder glaubst du, dass er sich jede Nacht damit kleidet?«

»Vielleicht ist es das einzige Vergnügen, das er sich gönnt«, kicherte Drusus, aber dann korrigierte er sich. »Nein, das stimmt nicht. Er hält sich doch das kleine Barbarenmädchen.«

Es folgten ein paar Momente eisigen Schweigens. Dann fragte Julia heiser: »Was hast du gerade gesagt?«

»Oh, hast du noch nichts davon gehört? Die Gerüchte treffen zu, kann ich dir sagen. Unser Alexius hat keine Zeit vergeudet. Die beiden schlafen zusammen, seit er sie zu sich geholt hat. Ich weiß das von den Wachen. Offenbar ist sie bei einem kleinen Zwischenfall verletzt worden. Alexius hat sich ihrer angenommen. Es heißt, er sei ganz vernarrt in sie.«

Im schwachen Licht der flackernden Lampen war Julia blass geworden. Alexius und das Barbarenmädchen. Wie konnte er es wagen? Wie konnte er sich ihr verweigern und dann diese kleine Schlampe in sein Bett holen?

Ihre Hand griff um den Rücken der Liege, bis die Knöchel weiß hervortraten. Sie bemühte sich um

Gelassenheit und wandte sich wieder dem Spektakel auf dem mondhellen Innenhof zu. Für den Augenblick verdrängte sie Alexius aus ihren Gedanken. Er sollte ihr diesen Abend nicht verderben.

Die stummen Männer huschten und wirbelten in primitiven Tanzbewegungen herum, während die Trommelschläge immer schneller und lauter erschollen. Die Frauen quietschten und kreischten und taten so, als wollten sie entkommen, aber in Wirklichkeit liefen sie den Männern in die Arme.

Julia lächelte. *Die Entführung der Persephone*, sehr populär in Rom, war eines ihrer Lieblingstücke. Die kräftigen schweigenden Männer fingen die Frauen mühelos ein und begannen mit der eigentlichen Unterhaltung des Abends. Julia seufzte lustvoll, als sie zusah, wie die maskierten Schauspieler die hauchdünnen Schleier von den Körpern der Frauen rissen und gierig die strotzenden Brüste kneteten. Julia presste ihre Schenkel zusammen und spürte den Nektar rinnen.

Drusus streckte einen Arm aus und zwickte ihre steifen Nippel, das Gesicht dunkelrot vor Gier. Bald hatten die Männer alle Frauen eingefangen. Die Männer trugen noch ihre Masken, hatten aber den Lendenschurz abgelegt und führten ruckende, stoßende Bewegungen aus, während die Opfer sich in ihren Umarmungen schmiegten.

Direkt vor Julia produzierte sich der Mann mit dem Löwenfell. Auch er hatte den Lendenschurz weggeworfen. Julia hatte ihm einen Extralohn dafür versprochen, dass er die Position direkt vor ihr einnahm, denn sie wollte die Szene genau verfolgen können.

Er hatte seine Frau gut gewählt; es war Medina, die

Frau des Kaufmanns. Sie war atemlos von Wein und Erregung und fuhr mit den Fingern über die prallen Muskeln seiner Glieder, als könnte sie ihr Glück nicht glauben. Einmal im Jahr erlaubte sie sich diesen Ausflug von der Ehe. Ihr Mann, ein naiver Tölpel, wähnte sie bei einem harmlosen Essen unter Freundinnen.

Wenn er seine Frau jetzt sehen könnte, dachte Julia glucksend. Für den Kaufmann wäre es der Schock seines Lebens. Medina keuchte und kreischte erregt, als der Mann mit der Löwenmähne die dünnen Schleier von ihrem Leib riss und sie ungestüm griff. Wie von selbst drängte der erigierte Penis zwischen ihre willigen Schenkel.

Er wirbelte Medina vom Boden hoch, hielt sie an den Hüften fest, und sie schlang eifrig die Schenkel um seinen Rücken, während er sein massives Gerät tief in ihr versenkte. Sie kreischte lüstern über die erfolgreiche Pfählung und rieb ihre prallen Brüste gegen ihn, und dann wurde sie auch schon vom Orgasmus geschüttelt. Schamlos schrie sie ihre Erregung heraus.

Julia selbst bebte vor Verlangen, während sie die wollüstige Szene aus nächster Nähe beobachtete. Drusus ahnte ihre Gier und presste eine Hand zwischen ihre Schenkel. Die Finger rieben über ihr geschwollenes Geschlecht, aber sie wollte mehr, viel mehr. Mit glänzenden Augen starrte sie auf die anderen Szenen, die sich im Innenhof abspielten.

Die zimperliche Frau des Steuereintreibers kniete vor dem Mann, der Pluto darstellte, und delektierte sich an dessen stolzem Glied. Der Kopf der Frau ging vor und zurück, während ein anderer Mann hinter ihr kniete und ihre drallen Hüften packte. Er stieß einen triumphierenden Schrei aus, als er sie von hinten aufspießte. Es dauerte eine Weile, bis Pluto seinen Rhythmus wieder gefunden hatte, und dann dauerte es nur noch wenige Stöße, ehe er seinen Höhepunkt in den gierigen Mund der Frau pumpte.

Julia führte spontan einige Schluckbewegungen aus und wünschte, sie wäre an der Stelle der Frau. Bei Juno – sie war selbst ganz nah dran. Der dunkle süße Schmerz sammelte sich in ihrem Bauch. Sie rieb den Schoß gegen Drusus' forschende Hand und spürte das Prickeln in ihren Brüsten.

Die Musik spielte immer feuriger. Die Melodien klangen jetzt orientalisch. In den Schatten des Innenhofs gab es ein wildes Panorama schamlos kopulierender Frauen und Männer, und mittendrin musste Julia an Alexius denken. An Alexius und Catrina. Verdammt.

Drusus hatte seinen Penis freigelegt und lag jetzt hinter Julia. Sie keuchte schwer, als die pralle Eichel an ihre Pforte klopfte und behutsam in ihre Höhlung hineinstieß.

»Gut?«, flüsterte Drusus und knabberte an ihrem Hals.

»Gut, ja, oh, so gut«, hechelte sie. »Aber ich brauche mehr ... ja, du füllst mich so schön aus ...«

Sie spielte mit ihren Brüsten, zupfte an den steifen Nippeln und keuchte und ächzte, als der erfahrene Drusus sie mit langen Stößen bediente. Sie stemmte sich ihm entgegen, und dann war es um sie geschehen, sie schrie ihre Lust hinaus, während die Wogen des Orgasmus ihren Körper erfassten und schüttelten.

Nach einer längeren Erholungsphase verfolgte sie wieder das Geschehen im Hof. Pluto hatte sich bereits die zweite Frau genommen.

»Die Schau ist fast vorbei«, sagte Julia zu Drusus. »Pluto hat sich zwar schadlos gehalten, aber er wird Persephone trotzdem mit in sein Reich nehmen. Ich schätze, von den beiden werden wir danach nicht mehr viel sehen. Warte mal einen Moment, ich muss zu meinen Gästen gehen und sie fragen, welche Unterhaltung sie sich als nächste wünschen.«

Sie rauschte lächelnd von der geschützten Terrasse hinunter in den Hof. Unter den erschöpften Frauen entstand ein erwartungsvolles Schweigen. Die Männer waren verschwunden, sie waren Pluto und Persephone ins Dunkel gefolgt.

Julia klatschte in die Hände, und eine Schar stummer Diener schwebte in den Hof. Sie zündeten die Lampen wieder an und brachten neuen Wein und frische Happen von Honigkuchen. Die Abendluft im geschützten Innenhof war würzig und samten, der Mond schien hell, und eine Motte flatterte hilflos um eine bronzene Laterne. Die Frauen machten es sich auf niedrigen Liegen bequem, die auf der Terrasse um weinbeladene Tische standen, und sahen die Gastgeberin mit leuchtenden Augen erwartungsvoll an.

»Was kommt jetzt, Julia?«, fragte des Steuereintreibers Frau. Ihr rundes Gesicht war von den sexuellen Anstrengungen noch gerötet.

»Eine gute Frage«, murmelte Julia. »Ja, was sollen wir jetzt machen?«

»Wo ist dein Gladiator?«, rief jemand, und dieses Thema wurde willig aufgegriffen.

»Ja, der schöne Gladiator!«

»Er soll kämpfen! Wir wollen seinem Kampf zuschauen!«

Sie begannen Falcos Namen zu rufen, wie sie es in

der römischen Arena gewohnt waren. Warum nicht, dachte Julia.

Sie ging zu Phidias und sprach kurz mit ihm. Er nickte lächelnd, und Julia trat wieder auf den Hof und gemahnte die Freundinnen: »Habt etwas Geduld.«

Als die beiden Männer schließlich auf den Hof traten, hörte man die Seufzer der Frauen. Julia konnte das gut verstehen, denn sie selbst erregte sich auch am Anblick der beiden. Abgesehen von den offenen Sandalen und den engen ledernen Beuteln, die ihre Genitalien bedeckten, trugen sie nichts. Ihre schönen Körper waren sehr unterschiedlich. Phidias war stämmig und dunkel, und Falco war jung und zum Niederknien schön, ein goldener Halbgott. Ein Sklave, der den Mut hatte, ihr immer noch zu trotzen.

Beide Männer trugen Schwert und Schild, wie sie es ihnen befohlen hatte. Es handelte sich um stumpfe Holzschwerter, wie die Legionäre sie beim Exerzieren benutzten. Phidias trug seines voller Stolz und Einsatzbereitschaft. Grinsend salutierte er vor Julia. Aber Falco stand teilnahmslos da, das Schwert locker in der Hand, die grauen Augen dunkel.

Julia schritt langsam über den Hof und auf Falco zu. Verlangen nach diesem Körper stieg in ihr hoch. Sie wehrte sich gegen diese Gefühle, denn sie wollte die Kontrolle behalten. Kalt sagte sie: »Du wirst zu unserer Unterhaltung kämpfen, Sklave.«

»Herrin«, sagte er, »ich habe es Euch schon gesagt. Ich kämpfe nicht zur Unterhaltung.«

Julia ballte die Fäuste. »Ich glaube, du verstehst mich nicht, Sklave. Das war keine Bitte, das ist ein Befehl!«

Seine grauen Augen sahen sie leidenschaftslos an.

Sie hasste es, dass er so lüsterne Gefühle in ihr auslösen konnte.

Ruhig gab er zurück: »Es tut mir wirklich Leid, dass Ihr Euch keine bessere Unterhaltung einfallen lasst, Herrin.«

Julias Augen blitzten wütend. Verdammt, sie würde es nicht zulassen, dass jemand sie belehren wollte. Mit hochrotem Kopf wandte sie sich an ihren Haussklaven.

»Phidias«, sagte sie scharf, »bringe ihn dazu, mit dir zu kämpfen.«

Phidias richtete sich in Drohgebärde vor Falco auf, aber der harrte gelassen auf seiner Stelle und wich keinen Deut zurück. Stolz und Sanftmut zugleich lagen in seinem Blick.

»Es tut mir Leid«, sagte er wieder, »aber ich kämpfe nicht.« Es hörte sich beinahe bedauernd an.

Julia zischte: »In der Arena setzen die Meister Stöcke und Peitschen ein, damit feige Gladiatoren zu kämpfen beginnen. Er gehört dir, Phidias!«

Die Frauen riefen und johlten von ihren Liegen aus, wie sie es in Rom gewohnt waren. Phidias spürte die Erregung der Zuschauerinnen, er stellte sich breitbeinig vor Falco hin, die dicken Fäuste in die Hüften gestemmt.

»Du bist ein mieser Feigling, nicht wahr, Gladiator? Hast du Angst, vor all diesen schönen Frauen eine Niederlage einzustecken?« Er fuhr mit einem Finger über Falcos glatt rasierte Wange und griff dann in die lange blonde Mähne. »Vielleicht sollten wir fortsetzen, wobei wir neulich unterbrochen worden sind. Wäre dir das lieber?« Seine schwieligen Hände fuhren langsam über Falcos Gesäßbacken. Er zupfte an dem schmalen Lederband, das die Backen teilte, dann ruckte er die Hüften vor und stieß mit seinem prallen Lederbeutel gegen die Genitalien des Sklaven.

Die Farbe wich aus Falcos Gesicht. Sein Kinn spannte sich. Phidias lachte und schürzte die Lippen, als wollte er ihn küssen. Er griff flink zum Lederbeutel, der Falcos Scham bedeckte.

Plötzlich zuckten Falcos Muskeln mit Furcht erregender Kraft, und dann schoss seine Faust hinaus und erwischte Phidias' Kinn. Mit einem überraschten Knurrlaut schwankte Phidias und ging zu Boden.

Falco schüttelte sich. Julia, die wie die anderen Frauen die Szene beobachtet hatte, bemerkte, wie Falco die Augen schloss. Sein Gesicht verzog sich wie bei einem heimlichen Schmerz, den man nicht zeigen will, während die Frauen vor Begeisterung mit den Füßen trampelten und johlten. Die Weingläser auf den niedrigen Tischen klirrten. Julia spürte Wellen der Erregung durch ihren Körper rasen.

Dieser Gladiator, der nicht kämpfen wollte, hatte also doch menschliche Züge. Es war das erste Mal, dass Falco sich bei einer Demütigung zur Wehr gesetzt hatte.

Sie trat vor. »Nun, mein süßer Gladiator«, sagte sie, »das war ziemlich ungezogen von dir. Ich fürchte, dafür muss ich dich bestrafen.« Sie drehte sich zu ihren Gästen um. »Es ist an der Zeit für ein neues Spiel, findet ihr nicht auch, meine Freundinnen? Wie wäre es mit *Achilles und die Töchter des Lycomades*? Das haben wir lange nicht mehr gespielt.«

Die Ehefrau des Steuereintreibers sprang ungeduldig auf. »Du meinst das Spiel, bei dem Lycomades' frivole Töchter den Achilles hindern, in den trojanischen

Krieg zu ziehen? Oh, ja, und der Gladiator muss den Achilles spielen.«

Phidias kam vom Boden hoch und rieb sich das schmerzende Kinn. »Herrin«, sagte er verärgert, »ich spiele gewöhnlich den Achilles.«

Julia sah ihn verächtlich an. Phidias war zu sehr von sich eingenommen. Es wurde Zeit, ihm eine Lektion zu erteilen. »Nun, um so dringender brauchen wir mal einen Wechsel, findest du nicht auch?«

Er verbeugte sich kalt und verzog sich in die Schatten, aber vorher warf er dem reglos dastehenden Gladiator noch einen wütenden Blick zu.

»Heute Abend«, verkündete Julia, »wird Falco die Rolle des Achilles spielen.«

Sie sah, wie der Gladiator ruckartig den Kopf hob. Er starrte sie an, und sie sah den stummen Widerstand in seinem Blick. Er kennt die Geschichte, dachte sie verzückt, er wusste, was kam, aber er traute sich nicht zu protestieren, weil er wusste, dass es sinnlos war.

Ein Held, der sich selbst opfert, dachte Julia und als sie auf seinen fast nackten Körper schaute, besonders auf den ledernen Beutel, pulsierte das Blut schneller durch ihre Adern.

Nachdem sie das Zeichen für den Beginn des Spiels gegeben hatte, sah sie gefasst zu, wie die lüsternen, weinseligen Frauen ihn umschwärmten, ihn überwältigten und zu Boden rissen. Sie rieben ihn mit Öl ein, betasteten und massierten ihn, streiften den Lederbeutel ab, beugten sich über ihn und nahmen jeden Fingerbreit seines Körpers in Besitz – alles, nur nicht die Länge seines wunderbaren Schafts, der sich unter den geschickten Manipulationen der Frauen zur vollen Größe entwickelt hatte. Man sah dem Gladiator seine

Unentschlossenheit an – er wollte sich wehren, aber er fürchtete sich davor, den Frauen Harm zuzufügen.

Seine Rücksicht wurde nicht belohnt. Die Frauen lachten und johlten, feuerten sich gegenseitig an. Je dicker der Schaft wurde, je ungezügelter er zuckte und je hungriger er nach ihnen zu schnappen schien, desto lauter und geiler wurden die Frauen.

Julia, die aus nächster Nähe alles verfolgte, wurde nass vom Verlangen. Sie leckte sich hungrig über die Lippen, als sie zusah, wie die Frauen ihr Opfer auf dem Boden hielten, Arme und Beine gespreizt, der zuckende Penis steil aufgerichtet. Es war, als suchte der lechzende Fleischesstab eine Öffnung, die er füllen und beglücken konnte.

Seine Waffe war wunderbar dick und lang, und die pralle Spitze sehnte sich nach samtenen Lippen. Julia zitterte vor Wollust und trat noch ein wenig näher an den Ort des Geschehens heran.

»Haltet ihn fest, dass er sich nicht bewegen kann, Töchter des Lycomades«, befahl sie mit heiserer Stimme. Dann ertrug sie es nicht mehr länger, sie hob die Röcke, trat breitbeinig über ihn und ließ sich langsam sinken.

Sie teilte die feuchten Labien, damit er das rosige Fleisch sah, das ihn gleich verschlucken würde, und nahm den unruhig zuckenden Schaft in die Hand. Behutsam ließ sie sich sinken, die Unterlippe in voller Konzentration zwischen den Zähnen. Ganz langsam ließ sie den Schaft eindringen.

Seufzend schloss sie die Augen. Es war die reinste Ekstase, diesen herrlichen Schaft in sich zu spüren. Wie er sie ausfüllte! Dunkle Wellen der Lust jagten durch ihren Körper. Sie konnte sich nur sanft auf ihm bewegen, damit sie die Berührungen voll auskosten konnte.

Plötzlich spürte sie ein versengendes Gefühl der Zärtlichkeit, das sie gründlich verwirrte. Mitten in der Glut ihrer Leidenschaft erkannte sie, dass Falco der Gladiator schön und stark und zuverlässig war – und nie und nimmer ein Feigling.

Sie schlug die Augen auf und wurde erneut von einer verwirrenden Gefühlswelle erfasst, als sie seinen hilflos verzweifelten Ausdruck sah, während die anderen Frauen seinen perfekten Körper streichelten, rieben und kosten. Sie raunten liederliche Dinge in seine Ohren.

Julia schüttelte über sich selbst den Kopf. Er war ein Nichts, ein gescheiterter Gladiator, der einer obskuren Sekte angehörte. Und doch wagte er, sich ihr zu widersetzen. Zähneknirschend erhöhte sie das Tempo ihrer Bewegungen. Sie spürte ihn zittern und flüsterte ihm zu: »Darauf hast du gewartet, nicht wahr, mein schöner Gladiator? Gefällt es dir, wie ich mich auf deinem Schaft bewege? Du glaubst, du kannst dich mir widersetzen, aber jetzt reite ich so lange auf dir, bis dein kräftiger Phallus es nicht länger aushält. Bald wirst du mich anflehen, dich von dieser exquisiten Pein zu erlösen.«

Wie von Sinnen hüpfte sie auf und ab, sie zerrte an ihren Kleidern, bis sie die Brüste entblößt hatte und an ihren Nippeln ziehen und zupfen konnte, und dann spürte sie, wie der massive Stab in ihr zu zucken begann. Sie bebte und genoss die hitzige Lust, von der ihr Körper überflutet wurde. Laut schrie sie auf, als sie unkontrolliert zu zittern begann. Ihre inneren Muskeln verkrampften sich um seinen zuckenden Schaft.

Er hatte lange ausgehalten, aber das Klammern und Zucken in ihrer glitschigen Tiefe war auch für ihn zu viel. Verzweifelt stieß er von unten gegen sie, und sein verzerrtes Gesicht verkündete die bevorstehende Niederlage. Geschickt hob Julia sich an, als sie seine Agonie nahe wusste, und der berstende Penis flutschte aus ihr heraus. Im nächsten Augenblick waren die Frauen da, sie seufzten und stöhnten und flüsterten und griffen nach dem nassen, klebrigen Schaft.

Julia sah zu, wie die Frauen rieben und vor Wonne jubelten, und Momente später sprühte seine Lust heraus, auf Hände und Brüste und Leiber der Frauen, die nicht genug bekommen konnten.

Befriedigt legte Julia sich zurück. Ihre Gefühle der Zärtlichkeit waren eine verrückte Abart gewesen, sonst nichts. Ausgelöst von seiner Jugend und Schönheit. Sie, Julia, benutzte Männer. Sie setzte sie ein, wenn sie nützlich waren und ihrem Vergnügen dienten. In Rom war das der einzige Weg, wie Frauen ohne Stand und Geld überleben konnten. Versonnen streichelte sie über den Schenkel des Gladiators. Er atmete flach. Der Penis lag schlaff auf dem Oberschenkel, das Gesicht war schweißnass.

Plötzlich fand Julia, dass sie genug hatte. Sie schickte die Frauen weg. Falco legte sich auf die Seite und barg sein Gesicht in die Beuge des Ellenbogens.

Phidias zürnte in einer dunklen Ecke des Innenhofs, immer noch wütend darüber, dass er den Achilles nicht hatte spielen dürfen. Julia trat zu ihm und wies ihn mit knappen Worten an, den Gladiator in die Sicherheit der Sklavenquartiere zu bringen.

Kurz darauf brachen ihre Gäste auf. Die Frauen unterhielten sich noch immer aufgeregt über das vielseitige Geschehen an diesem Abend. Sie wurden hinaus zu ihren Sänften geführt, neben denen die Diener warteten.

Drusus war noch da. Er half Julia, den Rest des Weines zu verzehren. Er hatte das Spektakel mit dem Gladiator von seinem Platz in den Schatten verfolgt, und Julia sah am gierigen Blick im hageren Gesicht, dass er es über alle Maßen genossen hatte. Wahrscheinlich hatte er die Zeit genutzt, sich selbst ein wenig Vergnügen zu verschaffen, dachte Julia. Nun, es war für alle ein gelungener Abend gewesen.

Plötzlich fielen ihr wieder Alexius und Catrina ein. Verdammt sei dieser Alexius! Wie konnte er es wagen, das kleine Barbarenmädchen für sich zu behalten? Drusus hatte wieder ihren Becher gefüllt und reichte in ihr. Sie standen im Hof. Die Nacht war noch warm, aber Julia schüttelte sich nach einem Windhauch

Sie nippte am Wein und sagte so beiläufig wie möglich: »Stimmt es, was du eben erzählt hast? Die Geschichte über Alexius und das britannische Mädchen? Er hält sie zu seiner eigenen Verfügung und schläft mit ihr in der *principia*?«

»So erzählt man sich.« Drusus hob die Schultern. »Was soll's schon? Er muss doch auch sein Vergnügen haben. Die Soldaten haben ihre Bordelle, und die Offiziere halten sich ein paar Sklavenmädchen in ihren Quartieren. Oder Knaben«, fügte er grinsend hinzu.

Julia zischte: »Es gehört sich trotzdem nicht. Außerdem habe ich einen Anspruch auf das Mädchen.«

»Jetzt nicht mehr, meine Liebe. Offenbar lässt er sie kaum noch aus den Augen. Die kleine Barbarin muss genau nach seinem Geschmack sein. Daran sieht man wieder, dass er eben doch nur ein einfacher Soldat ist, der sich hochgedient hat.« Er legte eine Hand auf ihre Schulter. »Es wird kalt, Julia. Drinnen ist es bestimmt gemütlicher.«

Aber ihr Herz pumpte noch voller Zorn und Neid. Sie entzog sich Drusus' Hand und sagte: »Ich bin müde. Es war ein langer Abend.«

»Wie du möchtest.« Er presste enttäuscht die Lippen zusammen, aber er hatte seine Gefühle im Griff und begleitete Julia noch ins Haus. Er verabschiedete sich, blieb unschlüssig im Hof stehen und sah sich um. Die Sklavenquartiere befanden sich am anderen Ende von Julias Haus.

Phidias war wütend auf Falco. Nicht nur hatte der junge Gladiator ihn fast bewusstlos geschlagen, er hatte ihm auch die Rolle des Achilles gestohlen und ihn so um eine Menge Spaß gebracht. Phidias bot sich rasch eine Gelegenheit zur Vergeltung. Kaum hatte er mit Falco den Innenhof verlassen und den Korridor zu den Sklavenquartieren betreten, da schlug er Falco eine Faust in den Magen. Der Gladiator krümmte sich, er klappte zusammen und fiel auf die Knie.

»Das war für deine Arroganz«, sagte Phidias zufrieden und starrte auf den würgenden Mann auf den Knien. »Jetzt komm in deine Zelle, bevor du noch mehr Unheil anrichtest.«

Aber Falco kam aus eigener Kraft nicht mehr auf die Beine. Rot vor Wut zog ihn der schwere Numidier hoch, schlang einen Arm um Falcos Schultern und schleppte ihn durch den endlos scheinenden, schwach beleuchteten Korridor. »Diese Frauen waren zu viel für dich, was?«, murmelte er. »Geschieht dir recht. Ich hätte es ihnen allen besorgen und dann noch einmal von vorn beginnen können.«

Schließlich standen sie an der Tür zu Falcos Zelle. Phidias öffnete sie mit einer Hand, und mit der anderen stieß er den Gladiator auf die Pritsche. Dann drehte Phidias sich um, denn er hatte ein Geräusch in seinem Rücken gehört. Da stand jemand im dunklen Korridor, direkt vor der offenen Zellentür.

Drusus.

Er stand da, befingerte nervös den Gürtel seiner Tunika und starrte auf den reglos ausgestreckten nackten Falco. Langsam sagte Drusus: »Phidias, es hat mir sehr gefallen, was vor ein paar Abenden fast geschehen wäre.«

Phidias hob die Augenbrauen. »Herr, Ihr meint – er und ich? An dem Abend, an dem Ihr den Gladiator ins Haus der Herrin Julia gebracht habt?«

»Genau. Ich bin in der richtigen Stimmung, um so ein Spektakel zu genießen. Glaubst du, du schaffst das? Sechs Goldmünzen für dich, wenn du den Gladiator nimmst. Jetzt und hier. Allzu schwierig dürfte es nicht sein – er scheint kaum in der Lage, sich zur Wehr zu setzen.«

Phidias blickte stolz auf die Schwellung unter seinem Lederbeutel. »Herr, ich bin immer bereit. Und der feige Gladiator wird es auch genießen, das verspreche ich Euch.« Er leckte sich die Lippen. »Sechs Goldstücke, sagt Ihr?«

»Sechs. Und vielleicht noch eins extra, wenn deine Vorführung besonders gut ist.«

Grinsend zog Phidias den Lederbeutel auf, hinter dem sich seine Genitalien versteckten. Dick und schwer hing der Penis nach unten. Er starrte Drusus an, während er sein Glied rieb, das sofort zu wachsen begann. Der Römer sah geifernd und offenen Mundes zu.

Phidias kannte diese Sorte. Da war noch mehr Geld für ihn drin, wenn er dem arroganten Drusus alles bot, was er haben wollte. Aber vorher würde er es dem Gladiator besorgen. Mit der ganzen Wut in seinem Bauch, denn der feige Hund hatte ihn vor der Herrin und ihren Gästen geschlagen.

Der Penis sprang jetzt bebend aus seinen Lenden. Phidias wandte sich Falco zu, der bäuchlings auf dem Bett lag. Er schien zu schlafen oder bewusstlos zu sein. Jedenfalls würde er keinen Widerstand leisten.

Der Numidier setzte sich neben ihn aufs Bett und stieß Falcos Beine auseinander. Hinter sich hörte er das Rascheln von Stoff. Ohne sich umzudrehen, wusste er, dass der lüsterne Römer sich entblößt hatte.

Im nächsten Moment wandten sich beide Männer um, denn sie nahmen den Duft eines teuren arabischen Parfums wahr. Dann stand auch schon Julia da, ihr Gesicht weiß vor Zorn.

»Was ist denn hier los?«, fauchte sie. »Raus hier, Phidias! Und du auch, Drusus! Wer hat dir gestattet, die Unterkünfte meiner Sklaven zu betreten? Verschwinde! Sofort!«

Drusus sah erhitzt und geil aus. »Schau, Julia, wir setzen doch nur die Unterhaltung des Abends fort, was soll also die Aufregung?«

»Dies ist mein Haus, und ich sorge hier für die Unterhaltung«, sagte sie scharf. »Geh jetzt, Drusus.«

Das Gesicht des Römers war dunkelrot vor Enttäuschung und nur mühsam unterdrücktem Zorn. Er drehte sich auf dem Absatz um und stakste den langen

Korridor hinunter. Julia sah ihm nach und wandte sich dann an Phidias, dessen Erektion rasch geschwunden war. »Du auch. Verschwinde. Ich werde morgen mit dir reden.«

Phidias verbeugte sich tief und zog sich rückwärts gehend zurück.

Julia spürte, dass sie zitterte, als sie sich zu Falco aufs Bett setzte. Leicht berührte sie seine Schulter. Sie verstand nicht, warum sie diese Gefühle für Falco hegte. Normal wäre für sie gewesen, den beiden schönen Männern zuzusehen und dann mitzumachen.

Aber plötzlich und für sie unerklärlich wollte sie nicht, dass der Gladiator weiter verletzt und erniedrigt wurde.

Sein athletischer Körper war einfach vollkommen. Er lag auf dem Bauch, und sie betrachtete die breiten Schultern, die schlanke Taille, die kleinen runden Backen mit den aufregenden goldenen Härchen. Sie beugte sich über ihn und küsste ihn sanft auf die Backen. Ihre Zungenspitze strich liebevoll in die schattige Kerbe. Er schlief, erschöpft vom Geschehen des Abends. Sie genoss es, ihn nur zu betrachten und sanft zu streicheln, ohne ihn aufzuwecken.

Dann drehte er sich langsam um und richtete sich auf. Er hatte gar nicht geschlafen. Julia sah, dass die grauen Augen hellwach blickten. Sie lächelten sie auf wunderbare Weise an. Der seidige Penis erigierte wieder und reckte sich ihr entgegen. »Herrin«, sagte er, zog sie hinunter, dass sie die Balance verlor und in seine Arme fiel.

Julia lag auf der schmalen Pritsche, verwirrt, hilflos und mit rasendem Herzen. Warum war er so behutsam mit ihr, so feinfühlig? Schließlich war sie es, die ihm all die Erniedrigungen zugemutet hatte. Dann schwanden alle Gedanken, denn er hatte geschickt ihre Tunika ausgezogen und den Kopf zwischen ihre Schenkel gesenkt. Er ließ die Zunge spielen und küsste ihre geteilten Schenkel. Verlangend griff sie nach ihm, der Körper voller Sehnsucht.

Seine lange Zunge streichelte die feuchten Falten ihres Schoßes, und vor lauter Wonne glaubte Julia sterben zu müssen. Sie griff in seine Haare, packte seine Schultern, hob sich an und mahlte die Vulva hart gegen seine Nase, die wohlig gegen ihre Klitoris rieb. Verdammt, verdammt, solche Lust hatte sie noch nie empfunden.

Langsam hob er sich an und spannte seinen Rücken wie einen Bogen, während er den bebenden Penis zwischen die Labien schob und tief in sie hinein stieß. Julia schrie vor Lust auf, sie hob die Beine und verschränkte sie um seinen muskulösen Rücken.

Falco lächelte sie an. Der Phallus war so wunderbar dick, dass Julia sich ihm stöhnend entgegenwarf. Die pochende Klitoris rieb sich an seiner Schaftwurzel.

Ihr Orgasmus setzte mit ungeheuren Zuckungen ein, die sich mit seinen Stößen trafen. Wenn sein Schaft bei ihr auf Grund stieß, sah sie vor den geschlossenen Lidern eine Explosion der Sterne. Falco stieß schneller zu und trieb dem eigenen Orgasmus entgegen.

Sie lag erstaunt und befriedigt auf dem Rücken, und er hielt sie mit seinen kräftigen Armen umschlungen. Mit den Fingern malte er Fantasiemuster auf ihre Brüste. In das Schweigen hinein sagte sie: »Falco, ich bin vielleicht zu streng mit dir gewesen. Wenn du möchtest, kannst du deine Freiheit haben.«

Er hob den Kopf und schaute sie lange an. »Was lässt

Euch glauben, dass ich meine Freiheit haben möchte?«

Julia spürte ihre Unsicherheit. Sie versuchte ein Lächeln. »Du kannst mir doch nicht erzählen, dass dir das Leben eines Sklaven gefällt. All die Demütigungen ...«

»Sie waren es wert«, sagte er. »Ich meine, dass ich Euch haben durfte.«

Sie war sprachlos. Bestimmt hatte sie alles missverstanden. Wieso sollte er etwas für sie empfinden? Niemand empfand etwas für Julia. Sie suchte sich Männer für ihre Lust, das war ihr genug. Abrupt stand sie von der Pritsche auf, hob die Tunika und warf sie über.

»Du irrst dich, Gladiator. Wenn du schlau bist, streichst du das Geschehen in dieser Nacht aus deinem Kopf.«

»Tut Ihr das auch?«, fragte er leise.

Sie zog zischend die Luft ein, hastete aus der Zelle und knallte die Tür hinter sich zu. Sie schloss ab. Er war ein Sklave. Ein schöner, nützlicher Sklave, sonst nichts. Sie konnte sich gar nicht erlauben, dass er ihr mehr bedeutete.

Außerdem lag noch eine Aufgabe vor ihr – Rache an Alexius und Catrina. Catrina, das scheinbar scheue unschuldige Barbarenmädchen, hatte sich als intrigante Frau erwiesen – kaum weniger intrigant als sie selbst, dachte Julia wütend. Ihr war es sogar gelungen, sich ins Bett des Kommandanten zu drängeln, woran Julia bisher gescheitert war.

Plötzlich fiel ihr wieder der kleine Lederbeutel ein, den Nerissa unter Catrinas Kopfkissen gefunden hatte. Zuerst hatte Julia gedacht, der Beutel könnte nur unbedeutendes Zeug enthalten, ein paar getrocknete Kräuter und gestampfte Pulver. Primitive barbarische Medizin, sonst nichts.

Aber dann hatte sie auf dem Boden des Beutels, eingewickelt in Hirschleder, ein kleines scharfes Messer entdeckt, auf dem der Name ›Alexius‹ in kruden Buchstaben eingeritzt war. Zunächst war Julia mehr als verdutzt gewesen, dann hatte sie beschlossen, den Fund zuerst einmal für sich zu behalten. Irgendwann konnte er sich als nützlich erweisen.

Es schien, dass dieser Zeitpunkt jetzt gekommen war. Sie würde Alexius davon erzählen und in aller Ruhe abwarten, was geschah.

Besser noch, sie würde dafür sorgen, dass Alexius selbst das Messer finden würde ...

Fünfzehntes Kapitel

Catrina erwachte aus einem langen Schlaf und fand sich zwischen kühlen Linnen allein in dem kleinen Zimmer in Alexius' Haus. Jemand hatte sie ausgezogen und sie in ein dünnes Baumwollgewand gesteckt, und jemand hatte ihr auch einen Verband um den Arm gelegt.

Beim Anblick des Verbands wurde ihr wieder alles bewusst. Sie setzte sich auf und fuhr mit gespreizten Fingern durch die langen Haare. Drei Tage und Nächte waren seit Brants Anschlag auf Alexius vergangen, bei dem sie den Messerstich abbekommen hatte. Der Stich war nicht sehr tief gewesen, aber wie Catrina befürchtet hatte, war die Messerspitze mit Eisenhut bestrichen gewesen. Sie hatte im Fieber gelegen, während das Gift in ihr Blut gedrungen war.

Die Tage hatte sie in einer seltsamen Trance erlebt. Die Einsamkeit war nur von den Besuchen der stummen älteren Frau unterbrochen worden, die ihr Umschläge auf die Stirn gelegt und Saft zu trinken gegeben hatte. In den Nächten hatte Catrina tief und traumlos geschlafen.

Von Alexius hatte Catrina in diesen Tagen nichts gesehen, obwohl sie manchmal seine Stimme gehört hatte, wenn er mit der Frau sprach, die Catrina pflegte.

Jetzt fühlte sie sich schon wieder viel besser. Ihr Arm war noch verbunden, aber die Wunde schien gut verheilt zu sein. Die Sonne strahlte durch ihr kleines Fenster, dessen Läden geöffnet waren. Draußen zog ein Fuhrwerk rumpelnd über die Straße, und in der Ferne schallte der Hammer des Schmieds.

Catrina rieb sich mit einer Hand über die Stirn, als die restlichen Erinnerungen in ihr Bewusstsein drangen. Ihr war übel geworden, als sie Brant erkannt hatte. Kein Zweifel, dass Luad ihn geschickt hatte. Brant war tot; Alexius hatte ihn mit dem Schwert getötet. Wer vom Stamm war noch in der Stadt? Wer spionierte ihr jetzt nach? Luad würde längst wissen, dass Catrina den Stamm verraten hatte.

Das bedeutete auch, dass Alexius immer noch in Gefahr schwebte. Ihr blieb keine Wahl mehr – sie musste ihm alles erzählen, bevor es zu spät war.

Die Tür öffnete sich leise, und Alexius trat ins Zimmer. Die harten Kanten seines Gesichts waren weicher geworden, und in seinen Augen stand fast so etwas wie Zärtlichkeit, als er sie anschaute. Catrinas Herz schlug laut und pochend.

Er blieb im Türrahmen stehen. Catrina sah, dass er seine Uniform trug, einschließlich Schwert. Den Helm hielt er unter den Arm geklemmt. »Hast du gut geschlafen?«, fragte er leise.

»Ja, sehr gut. Ich glaube, ich habe tagelang geschlafen. Alexius, hast du einen Moment Zeit? Ich muss mit dir reden.«

Als ob sie nicht gesprochen hätte, fragte er: »Wie geht es deinem Arm?«

»Das ist nur ein Kratzer. Ich glaube, ich brauche den Verband nicht mehr.« Sie atmete tief ein und versuchte es wieder. »Alexius, ich muss dir etwas sagen.«

Er sah sie mit einem nicht zu deutenden Blick seiner

blauen Augen an. »Das wird noch ein paar Stunden Zeit haben«, sagte er. »Ich muss jetzt gehen, Catrina. In meiner Abwesenheit wird man sich gut um dich kümmern. Wir reden später.«

Aber dann war es vielleicht schon zu spät, schrie es in ihr. Luad hatte seine Männer bestimmt schon in die Festung geschleust, sie würden Alexius beobachten und auf ihre Chance warten. Der Druide hatte raffinierte Waffen zur Verfügung, Pfeile mit Giften, die auf der Stelle betäubten oder töteten.

»Bitte«, bettelte sie und richtete sich ganz auf. »Du musst mich anhören, Alexius! Du bist in schrecklicher Gefahr!«

»Glaubst du, daran wäre ich nicht gewohnt?«

Sie hielt das Bettlaken umklammert und spürte, wie alle Kraft aus ihr wich. Er wollte ihr einfach nicht zuhören. »Wann wirst du zurück sein?«

»Bei Sonnenuntergang«, antwortete er. »Dann werden wir reden.« Er wandte sich zum Gehen, dann fiel ihm noch etwas ein. »Catrina«, sagte er, »du darfst die *principia* nicht verlassen. Du musst hier bleiben, verstehst du? Du wirst hier gut beschützt.«

»Dann bin ich immer noch deine Gefangene?« Ihre grünen Augen glitzerten im blassen Gesicht. »Nun, ich bin es schon gewohnt, Alexius.«

»Es ist nur zu deiner eigenen Sicherheit«, gab er zurück. »Glaube mir.«

Plötzlich musste sie an Brants Gesicht unter der Kapuze denken. Hasserfüllt hatte er sie angesehen, als er sie erkannt hatte. »Alexius«, sagte sie, »trägst du noch das silberne Amulett?«

Er sah sie verdutzt an. »Ja, natürlich.«

Sie seufzte erleichtert. Es würde ihn beschützen, das

wusste sie. Im nächsten Moment schloss sich die Tür hinter ihm.

Kurz darauf trat die ältere Frau mit dem gütigen Gesicht ins Zimmer und brachte ein Tablett mit kleinen Weizenkuchen und einem Becher Schafsmilch herein.

Die Frau hatte auch wieder Medizin mitgebracht, sie befand sich in einer Schüssel mit honigsüßer Flüssigkeit.

Während Catrina daran nippte, fiel ihr der Lederbeutel mit ihrer eigenen Medizin ein, den sie in ihrem Zimmer in Julias Haus zurückgelassen hatte. Ihr Blut gefror, als sie daran dachte, dass auch das kleine Messer in dem Beutel versteckt war, das Luad ihr gegeben hatte. Das Messer mit dem eingeritzten Namen des Alexius.

Langsam schlürfte sie die Medizin, danach fiel sie in einen unruhigen Schlaf. Sie träumte von Alexius, er hatte einen Arm um sie gelegt und lächelte in ihre Augen. Sie fühlte sich geschützt und geliebt. Als sie aufwachte und die Wirklichkeit erkannte, empfand sie das Gefühl eines großen Verlustes. Sie wusste, dass sich ihr Traum nicht erfüllen würde.

Sie musste eine lange Zeit geschlafen haben, denn die Sonne stand jetzt hinter dem Haus, und lange Schatten fielen in ihr Zimmer. Später Nachmittag, dachte Catrina. Plötzlich hörte sie leise, fast schleichende Schritte vor ihrer Tür. Ihr Herz klopfte vor Angst. Im nächsten Moment schalt sie sich wegen ihrer dummen Ängstlichkeit; vielleicht waren es die Schritte der älteren Frau, die nach ihr gesehen hatte. Aber die Schritte klangen kräftiger, männlicher. Alexius? Warum sollte er in seinem eigenen Haus schleichen?

Sie erhob sich aus dem Bett, schlüpfte in ihre Sandalen und warf einen Umhang um die Schultern. Sie schlang den Gürtel fest und öffnete leise die Zimmertür. Sie lief durch den Flur, der durchs ganze Haus führte.

Ein Mann hastete auf den Haupteingang zu. Er drehte sich um, als wollte er sich vergewissern, dass er unbemerkt geblieben war, und Catrina sah verdutzt, dass es Felix war, Alexius' *optio*, der sie von Julias Haus in die *principia* gebracht hatte.

Er zuckte zusammen, als er sie sah, und er schien alles andere als erfreut zu sein, dass er entdeckt worden war. Noch schneller hastete er zum Ausgang und schlug die Tür hinter sich zu.

Catrina war völlig verwirrt. Natürlich war es ganz normal, dass Felix sich im Hauptquartier aufhielt, schließlich war er Alexius' Stellvertreter, und Alexius hatte ihr gesagt, sie würde gut bewacht. Aber es war Felix peinlich gewesen, von ihr bemerkt worden zu sein, und das war nicht normal.

Sie konnte keine Ruhe mehr finden und wanderte aufgeregt durchs Haus. Es wurde schon dunkel. Im Atrium war eine Lampe angezündet worden. Trompeten verkündeten den ersten Wachwechsel.

Wenig später wurde die Haustür hastig aufgerissen, und schwere Schritte näherten sich dem Atrium. Wieder Felix?

Sie hatte sich auf eine niedrige Liege vor einem Tisch mit wunderschön geschnitzten Figuren gesetzt, die auf schwarzen und weißen Karos standen. Catrina hielt gerade eine Figur in der Hand, als eine Gestalt den Eingang verdunkelte.

Sie blickte auf und sah Alexius.

Ihr erster törichter Impuls war, zu ihm zu laufen, aber irgendwas an seiner Haltung hielt sie zurück. Er hatte die Rüstung schon abgelegt. Seine Tunika und die Stiefel waren dick mit Staub belegt. In seinem Gesicht stand die Erschöpfung nach einem langen Tag.

»Alexius!«, rief sie freudig und stand von der Liege auf. »Ich dachte schon, du kommst heute nicht mehr zurück. Ich …« Sie brach ab, denn sie sah seinen Gesichtsausdruck. Kalt, zynisch, abweisend. Catrina stockte der Atem.

»Nun«, begann er, und seine Stimme klang wie Eis, »meine kleine Wilde, ich muss dir sagen, dein Spiel ist äußerst gefährlich.«

Catrina befeuchtete die trockenen Lippen. »Ich … ich weiß nicht, wovon du redest.«

Er ging langsam auf sie zu. »Eine Zeit lang«, sagte er, »als du mich vor dem Feuer gewarnt hast, war ich überzeugt, dich falsch eingeschätzt zu haben. Aber dann begriff ich die Wahrheit. Du hast mich beschützt, weil du mich selbst töten willst. Stimmt das?«

Sie wich vor ihm zurück, die Augen groß und rund im bleichen Gesicht. »Nein! Du lügst!«

»Wirklich?« Sein Lippen waren nur noch ein dünner Strich. »Und was ist das hier?« Er streckte seine Hand aus, und darin hielt er ihren kleinen wertvollen Lederbeutel.

»Meine Medizin!«, rief sie.

»Oh, du gibst also zu, dass dieser Beutel dir gehört?«

»Ja, natürlich. Er enthält meine Salben und Kräuter. Ich hatte ihn verloren. Bitte, Alexius, gib ihn mir zurück. Für mich sind die Sachen sehr wichtig.«

»Davon bin ich überzeugt.« Er lächelte kalt, und sie begriff zu spät. »Ich nehme an, das hier gehört auch dir?« Er zog die Schnur auf, die den Beutel geschlossen hielt, und kippte den Inhalt auf den Boden. Zwischen Kräutern und Pulvern schepperte ein kleines Messer über den Steinboden. Das Messer, in dessen Griff Alexius' Name eingeritzt war. Er hob die Waffe auf und fuhr mit der Daumenkuppe nachdenklich über die Klinge.

Catrina war so übel, dass sie sich am liebsten übergeben hätte. Es war, als hätte sich alle Kälte dieser Welt in ihrem Bauch gebündelt.

»Nun«, sagte er forschend, »hast du eine Erklärung dafür?«

Sie flüsterte: »Wie hast du den Beutel gefunden? Ich hatte ihn in Julias Haus zurückgelassen.«

Alexius lächelte dünn. »Wirklich? Dein Gedächtnis lässt dich im Stich, Catrina. Mein *optio*, dessen Aufgabe es ist, mein Leben zu schützen, hat den Beutel am Nachmittag hinter einer losen Kachel in der Küche gefunden.«

Felix! An diesem Nachmittag! Ihr Blut gefror. »Nein!«, rief sie. »Das ist nicht wahr! Ich habe ihn dort nicht versteckt!«

»Ich dachte, du würdest wenigstens ehrlich sein«, sagte er leise. »Leugnest du auch, hergekommen zu sein, um mich zu töten, Catrina? Leugnest du, deinem Scharlatan von Priester geschworen zu haben, mir in die Stadt zu folgen und Rache zu nehmen?«

Catrina starrte ihn voller Entsetzen an. »Dann ... dann weißt du, wer ich bin?«

Er fuhr immer noch mit der Daumenkuppe über die Messerklinge. »Natürlich. Ich glaube, ich habe es die ganze Zeit gewusst.«

Sie wich zurück, und er fuhr fort: »Ich muss zugeben, dass du mich verunsichert hast. Ich habe tatsächlich für deine Sicherheit gesorgt. Ich dachte, dein Priester hätte *dich* töten wollen. Zuerst das Feuer, dann der Anschlag mit dem Messer. Ich hatte sogar geglaubt, du hättest mir das Amulett gegeben, damit es mich beschützt. Aber es ist eher mit einem Fluch behaftet, oder nicht? Was hattest du geplant, *mea mellita*? Wolltest du mich in der Dunkelheit erstechen, während ich in deinen Armen lag?«

»Nein«, flüsterte sie hilflos, »nein . . .!«

Alexius sah wütend, erschöpft und enttäuscht aus. »Wirklich, Catrina, du überstrapazierst meine Geduld. Erspare mir deine Ausreden. Ich glaube, du bist eine Spionin und eine Hexe. Ich hätte dich gleich in der ersten Nacht dem Magistrat übergeben sollen. Jetzt will ich die Wahrheit von dir hören – die ganze Wahrheit.«

Langsam und drohend ging er auf sie zu.

Catrina ballte die Fäuste. In ihr brodelten Rage und Verzweiflung. Oh, wie sie ihn hasste!

Plötzlich sah sie ein wenig Pulver aus dem Lederbeutel auf dem Boden liegen, genau zwischen ihr und Alexius. Obenauf lag gestampftes Mutterkraut. Catrina bückte sich, hob es auf und schleuderte das Pulver in Alexius' Gesicht.

Er schrie überrascht und vor Schmerz auf und presste die Hände vor die Augen, geblendet vom beißenden Pulver. Ohne nachzudenken stürmte sie an ihm vorbei und durch die offene Tür.

»Catrina!«, hörte sie ihn brüllen. »Catrina, verdammt, komm her! Begreifst du denn nicht? Du kannst nirgendwohin laufen!«

Sie rannte weiter den Korridor entlang, durch den Haupteingang und hinaus in die dunklen Straßen.

Die Dunkelheit hatte sich über die Festung gelegt. Die rauchenden Fackeln, die an den Straßenecken in eisernen Haltern steckten, schufen ein diffuses Licht, das Catrina mehr verwirrte, als dass es ihr half, den Weg zu finden.

Ihr erster Gedanke war zu laufen, weit weg von Alexius und der *principia*, aber im nächsten Augenblick wurde ihre Flucht jäh von einer hohen Mauer gestoppt. Verzweifelt blieb sie stehen und rang keuchend nach Luft.

Sie musste auf die andere Seite des Flusses – in die relative Sicherheit der Stadt. Aber um dorthin zu gelangen musste sie durch das schwer bewachte Tor. Das würde sie nie schaffen. Alexius würde sich inzwischen erholt und längst Alarm ausgelöst haben. Die ganze Garnison würde hinter ihr her sein.

Blindlings schaute sie sich um. Jede Straße sah gleich aus, jedes Steinhaus gleich grimmig und verboten, alles rechteckig in kalter römischer Präzision. Ihre einzige Hoffnung bestand darin, irgendwo einen Unterschlupf zu finden, bis die Jagd auf sie abgeblasen war.

Sie atmete tief durch, um ihr rasendes Herz zu besänftigen, und schaute sich schon etwas gefasster um. Sie musste herausfinden, wo sie war.

Dann wurde sie starr vor Schreck, denn in einiger Entfernung konnte sie eine hoch aufgeschossene Gestalt sehen, flankiert von zwei anderen. Das Trio hielt genau auf sie zu, verdeckt von den Schatten der

Gebäude. Ein Mann in einem derben dunklen Umhang. Unter der Kapuze sah Catrina das hagere Gesicht mit den stechenden Augen. Wie ein Jäger, der die Beute gesichtet hatte.

Luad, der Priester. Es blieb ihr keine Zeit zu überlegen, wie er ihre Fährte aufgenommen hatte. Oder wie er davon erfahren hatte, dass sie versagt und den Römer nicht getötet hatte. Instinktiv wusste sie, dass Luad gekommen war, sie zu bestrafen, weil sie das Vertrauen des Stammes missbraucht hatte.

Catrina schluckte verzweifelt, rannte zurück in die schmale Gasse, aus der sie gekommen war, aber sie hörte die schweren Schritte der Männer hinter sich näher kommen. Dann stand Luad vor ihr und stellte sich ihr in den Weg.

Mit seiner sanften, kalten Stimme sagte er: »Nun, Catrina, wenn du den Römer nicht zu uns bringst, werden wir ihn zwingen, dir zu folgen. Raus aus der Sicherheit seiner Festung.«

Catrina rief verzweifelt: »Nein! Du verschwendest deine Zeit! Alexius wird mir niemals folgen! Er hasst mich.«

Sie versuchte, sich an Luad und den beiden anderen vorbei zu zwängen, aber dann fiel etwas Schwarzes über ihren Kopf, und sie spürte einen schrillen Schmerz im Nacken. Sie rief Alexius' Namen, ehe die Dunkelheit sie umfing.

Die Soldaten der Sechsten Legion bemerkten, dass ihr Kommandant Alexius ungewöhnlich barsch und streng vorging, als er die letzte Tagesinspektion durchführte, bevor die Nachtwache übernahm. Zweifellos hatte seine schlechte Laune etwas mit dem Verschwinden des blonden Barbarenmädchens zu tun, an dem er einen Narren gefressen hatte. Die Festung war gründlich durchsucht worden, aber von dem Mädchen hatte man keine Spur gefunden. Nach ein paar Stunden war die Suche ergebnislos eingestellt worden. Allgemeine Ansicht war, dass die Legionäre in den einsamen nördlichen Festungen ernstere Feinde hatten als ein einzelnes Barbarenmädchen.

Gerüchteweise verlautete, das Mädchen befinde sich in irgendwelcher Gefahr, aber von wem diese Gefahr drohte, wusste niemand so genau. Es gab natürlich das übliche Geschwätz unter den Soldaten. Das Mädchen sei eine Priesterin oder eine Hexe des britannischen Stammes und habe den Kommandanten mit einem Fluch belegt, aber niemand traute sich, den Kommandanten selbst zu fragen.

Diejenigen, die sie aus nächster Nähe gesehen hatten, schwärmten von ihrer Schönheit, und wer in ihre verhexten grünen Augen geblickt hatte, so hieß es, wäre verloren. Die Soldaten schauderten und riefen ihre Götter an, damit sie gegen das Böse gewappnet waren. Wer so eine mit auf sein Zimmer nahm, hatte seine Seele verkauft. Wie zum Beispiel der Kommandant.

Während Alexius seinen abendlichen Verpflichtungen nachging, folgte sein *optio* Felix ihm gedrückt und beschämt. Felix bewunderte den *primus pilus*, und ihm war fast übel vor Scham geworden, als er das gequälte Gesicht Alexius' gesehen hatte, nachdem er, Felix – auf Julias Geheiß – den Lederbeutel des Mädchens aus dem geheimen Versteck in der Küche hervorgezaubert hatte. Felix hatte genau gewusst, dass auch das kleine

Messer in dem Beutel versteckt gewesen war, eine Ausrede für seine intrigante Tat hatte er also nicht. Er wünschte, er hätte die Kraft gehabt, sich Julias Wunsch zu widersetzen, aber sie hatte es ihm befohlen, und er war der freiwillige Sklave der schönen und freigiebigen Frau.

Gestern Abend hatte Julia ihn in der Vertrautheit ihrer Privatgemächer gefesselt und auf eine einmalige Art verwöhnt, wobei sie auch die beiden syrischen Tanzmädchen eingesetzt hatte. Als er vor Gier nur noch hatte lallen können, war Julia ernst geworden.

»Du wirst die Erfüllung deiner Lust erst erleben«, hatte sie gesagt, »wenn du versprichst, deinen Kommandanten auszuspionieren.«

»Nein!«, hatte Felix gestöhnt. »Niemals!«

Julia hatte Lerche und Nachtigall ein kaum wahrnehmbares Zeichen gegeben. »Meine kleinen Vögelchen, ihr wisst, was ihr zu tun habt.«

Sie hatten die Fesseln ein wenig strammer gezogen und seine Genitalien mit den Fingernägeln gereizt. Felix' Blut kochte. »Ja, alles«, hatte er gestöhnt, »ich verspreche alles ...«

Julia hatte sich über ihn gebeugt und über seine heiße Stirn gestreichelt. »Sehr gut, Felix.« Dann hatte sie ihm den Lederbeutel des Mädchens gezeigt und erklärt, was sie damit bezwecken wollte.

Felix hatte gezögert. Eines der Mädchen hatte sich über ihn gebeugt, den Mund nur eine Handbreit von seinem purpurnen Schaft entfernt. »Ja«, hatte er dann gestöhnt, »alles ...«

Julia hatte genickt, und Lerche hatte die Lippen auf exquisite Weise über seinen prallen Schaft gestülpt. Die feuchte Zunge hatte sich flink auf und ab bewegt, bis der junge Felix nicht mehr hatte an sich halten können und im saugenden Mund des Mädchens seine Erfüllung gefunden hatte.

Jetzt war es zu spät. Er hatte gewusst, dass es Ärger geben würde, als er dem Kommandanten das angebliche Versteck von Catrinas gefährlichem Messer gezeigt hatte. Und jetzt gab es zusätzlichen Ärger, weil das Mädchen hinaus in die Nacht gelaufen war.

Schließlich hatte Alexius seine Eskorte entlassen, nachdem die ganze Festung ergebnislos abgesucht worden war. Felix atmete erleichtert auf. In letzter Zeit geriet er bei körperlicher Betätigung rasch aus der Puste. Vielleicht schwächten ihn die Abenteuer bei der Herrin Julia doch mehr, als er wahrhaben wollte.

Einige der älteren Offiziere redeten davon, ihr Vergnügen an diesem Abend in der Stadt zu suchen. Felix überlegte noch, ob er mitgehen sollte, als er hörte, dass der Kommandant sich ihnen anschließen wollte. Das war bisher höchst selten der Fall gewesen.

Felix brachte irgendeinen Vorwand vor, um sich am Gemeinschaftsspaß nicht beteiligen zu müssen, und hastete zu Julia. Sie würde darauf brennen zu erfahren, wie sich die Dinge entwickelt hatten.

Alexius folgte seinen Offizieren durch die gewundenen Straßen der Stadt hinunter in die enge Gasse, in der das windschiefe Schild des Goldenen Keilers über dem Eingang des Weinladens hing. Drinnen herrschte schon viel Betrieb, denn es hatte sich herumgesprochen, dass die Soldatenmädchen wieder auftreten wollten.

Alle Tische waren mit dienstfreien Legionären

besetzt, sie tranken und würfelten und labten sich am derben Eintopf, der heute besonders preiswert war. Die Lampen warfen ein trübes Licht in die Räume, in denen der Qualm der Holzkohle hing.

Der Wirt räumte schnell ein paar Plätze für die Offiziere und wies die bisherigen Platzhalter an, sich zu ihren Kameraden auf die Bänke zu quetschen. Dann schickte er die hübschesten Serviererinnen an den Tisch, sie brachten den besten gallischen Wein und ein wenig Wasser, um ihn zu verdünnen.

Alexius gesellte sich zu seinen Offizieren am zerkratzten Holztisch. Er trank von dem schweren roten Wein, und gemeinsam schwelgten sie in Erinnerungen an frühere Schlachten. Aber seine Gedanken waren die ganze Zeit bei Catrina.

Er hatte sie böse unterschätzt. Verdammt, in den wenigen Tagen war sie ihm unter die Haut gegangen. Als Felix ihm das Messer gezeigt hatte, auf dem sein Name stand, war ihm klar geworden, dass sie ihn die ganze Zeit hatte töten wollen. Und er, Narr, der er war, hatte geglaubt, sie wäre in Gefahr gewesen. Er hatte die Gefahr für sie in dem Scharlatan ihres Stammes gesehen.

Einer der Offiziere, der ein wenig zu tief in den Becher geschaut hatte, um noch zu wissen, wann man den Mund halten sollte, lehnte sich zu Alexius und sagte: »Habe gehört, Ihr habt Euer saftiges Barbarenmädchen verloren, das Ihr Julia vor der Nase weggeschnappt habt. Nun, ist nicht so tragisch – wo sie herkommt, gibt es noch genug andere, stimmt's?«

Alexius schüttelte kaum merklich den Kopf. Nein, nein. Es gab keine andere, die so war wie Catrina. Wie sie sich an ihn klammerte, wenn sie ihre Lust hinausschrie. Wie sie sich in seine Arme kuschelte. Er lächelte kalt, forderte mehr Wein und fuhr mit den Fingern über das silberne Amulett, das noch unter der Tunika am Lederband hing.

»Mehr als genug«, bestätigte er.

Die Soldatenmädchen trafen wie versprochen ein und quälten und entzückten den ganzen Saal voller Soldaten mit ihren frivolen Aufführungen, dann liefen die drei Mädchen von Tisch zu Tisch, um Münzen in ihren umgestülpten Helmen einzusammeln.

Alexius, dem die Erinnerung an Catrina noch wie ein dunkler Schmerz auf der Brust lag, nahm kaum Notiz von ihnen, bis eines der Soldatenmädchen direkt vor ihm stand, die Hände in die Hüften gestemmt.

»Mein Herr Alexius?«, sagte sie fast scheu. »Es ist schon lange her, seit wir zuletzt ein wenig Zeit zusammen verbracht haben. Ihr seht so aus, als könntet Ihr heute Abend ein wenig Zerstreuung brauchen.«

Claudia. Ihre Stimme mochte schüchtern klingen, aber ihr lebhaftes Gesicht, das durch den kurz geschorenen Männerhaarschnitt und die blitzenden braunen Augen noch verstärkt wurde, war eine einzige Herausforderung.

Neben Claudia stand ihre Freundin, ebenso in die Parodie der Soldatenuniform gekleidet. Die hoch angesetzten Brüste drängten sich lüstern durch das Mieder, sodass die rosigen Spitzen entblößt waren. Die Haare der Freundin waren unter dem Helm versteckt, das Gesicht hinter einer eng anliegenden Ledermaske. Die Augen hinter den Schlitzen glänzten seltsam.

Auch sie beobachtete ihn und wartete gespannt auf seine Entscheidung. Alexius spürte einen plötzlichen

Erregungsschub, den er nicht für möglich gehalten hatte. Ihm war bewusst, dass die Offiziere ihn voller Neid beobachteten.

Er erhob sich und legte die Münzen für den Wein auf den Tisch. Mit einem kalten Lächeln sagte er zu Claudia: »Du hast Recht, ich könnte ein bisschen Gesellschaft gebrauchen.«

Die Frauen lächelten sich heimlich an und führten ihn aus dem lärmenden Saal.

Draußen vor dem Goldenen Keiler führte eine schmale Treppe hinauf zu einem kleinen Privatgemach. Es war ruhig und sauber und wurde vom Wirt oft an römische Prominenz vermietet, die es nach Eboracum verschlagen hatte. In einer Ecke brannte eine verzierte Bronzelampe. Das breite Bett war mit frischen Leintüchern bezogen, und auf dem Tisch stand ein guter Wein, daneben sah Alexius einen Wasserkrug und eine Schüssel mit Wasser.

»Nun, Kommandant«, hauchte Claudia verführerisch und sah seine große Gestalt mit hungrigen Augen an, »es ist schon so lange her. Erinnert Ihr Euch noch an Calleva? Wir haben schon befürchtet, Ihr hättet uns vergessen.«

»Aber wir haben Euch nicht vergessen«, fügte die andere hinzu, die Frau mit der Ledermaske, die ihr aufs Gesicht modelliert zu sein schien. Wer war sie? Sie hatte den Helm abgenommen und schüttelte den Kopf, sodass die langen dunklen Haare kaskadenförmig auf die Schultern fielen. Die Maske behielt sie auf. Alexius sah sie stirnrunzelnd an und wünschte, er hätte dem Wein nicht so üppig zugesprochen. Irgendwie kam ihm die melodische Stimme bekannt vor.

Aber dann begannen die beiden Frauen, ihn zu bearbeiten, und sein Denken setzte aus. Nur der Wein und die Berührungen der Frauen füllten seine Gedanken.

Geschickt entkleideten sie ihn, sie lösten die Rüstung, zogen die Tunika und seine Stiefel aus. Als er nackt war, wiesen sie ihn zum Bett und streichelten ihn sanft mit den Fingerkuppen, die sie in Zitronenwasser getaucht hatten. Sie fuhren seinen alten Wunden nach, die ein silbernes Muster über seinen Bronzekörper zogen. Sein Glied versteifte sich schon, obwohl beide Frauen darauf achteten, es nicht zu berühren. Sie arbeiteten flott miteinander, manchmal knieten sie neben ihm, manchmal schwang sich eine über ihn. Dabei drückten ihre Brüste gegen die dünnen Streifen der Soldatentuniken.

Alexius schloss die Augen und ließ sich von der körperlichen Lust überwältigen, während sein Penis immer steifer und härter wurde.

Die maskierte Frau starrte auf den pochenden Phallus und leckte sich die Lippen. Ihre Augen glitzerten durch die Schlitze in der schwarzen Ledermaske, dann legte sie sich neben Alexius auf das breite Bett.

»Nehmt mich jetzt, mein schöner Kommandant«, flüsterte sie heiser. »Ich bin bereit für Euch. Seht Ihr, wie bereit ich für Euch bin?« Ihre Zunge stieß durch die schmale Mundöffnung der Maske, während sie die Lederstreifen der Tunika beiseite schob und die Schenkel öffnete.

Alexius sah, dass sie zwischen den Schenkeln völlig nackt war. Die Haut in dunklem Pink war fein enthaart. Als die Frau die Labien spreizte, konnte Alexius die Feuchtigkeit schimmern sehen, und der kleine Kopf der Klitoris schien vor Erwartung zu beben. Ihr Finger bewegte sich langsam auf und ab und rieb genüsslich über den winzigen Hügel.

Heißes Verlangen schoss durch seinen Körper. Ihre hungrigen Blicke hafteten die ganze Zeit auf seinem Penis. Alexius richtete sich auf, ließ sich zwischen ihren Schenkeln nieder und begrub die Frau unter sich. Sie schlang juchzend die Beine um seine Hüften. »Oh, ja, Kommandant, ich bin bereit.«

Alexius zielte mit der Eichel auf ihre Öffnung, und sie spürte den dicken pochenden Schaft zwischen den geschwollenen Labien. Sie keuchte und stöhnte und ruckte ihm den Schoß entgegen, und Alexius stieß in sie hinein. Er verlagerte das Gewicht auf seine Ellenbogen und begann mit langen, gleichmäßigen Stößen.

In den Schatten stand Claudia und schaute neidvoll zu. Die maskierte Frau war zu den Soldatenmädchen gekommen, als die sich auf ihren Auftritt vorbereitet hatten. Sie hatte ihnen viel Geld dafür geboten, bei ihrer Schau dabei sein zu dürfen. Claudia hatte nicht begriffen, was die Frau bezweckte – aber das hier war gewiss nicht vorgesehen gewesen.

Claudia kannte Alexius schon lange und wusste, wie sehr er eine Frau beglücken konnte. Jetzt war sie eifersüchtig, denn eigentlich hatte sie ihn haben wollen. Sie starrte mit lüsternen Blicken auf das Spiel der Muskeln seiner kräftigen Backen, wenn er rhythmisch einfuhr.

Wie abwesend ließ sie die Finger über ihre Brüste gleiten. Ihre prickelnden Nippel sehnten sich nach Berührung. Ungeduldig zurrte sie an der Tunika und fuhr mit der Hand zum heißen Dreieck und strich langsam über die entblößte Vulva. Sie war saftig und geschwollen, und kleine Stöhnlaute drangen aus ihrer Kehle, während ihr Finger in die Furche glitt und leicht und wie unbeabsichtigt gegen den Kitzler tupfte.

Dumpfe Wellen der Lust strömten durch ihren Körper, als sie sah, wie Alexius' Stöße wilder wurden. Oh, wäre sie doch an der Stelle der maskierten Frau gewesen!

Alexius begann laut zu keuchen und intensivierte seine Stöße noch. Die Frau ließ ihre Lust hinaus. »Oh, ja, füllt mich mit Eurem wunderbaren Schaft, Soldat! Reitet mich wild und ohne Zügel!«

Alexius spürte an den krampfartigen Zuckungen ihrer inneren Muskeln, dass sie ihren Höhepunkt erlebte. Er zog sich aus der Frau zurück und versprühte seine Lust über ihre Brüste, die sich heftig senkten und hoben.

Sie lagen schwer atmend nebeneinander. Claudia warf sich zwischen die Körper, streichelte über Alexius' bebenden Brustkorb und fuhr mit einer Hand hinunter zu dem glitschigen Penis, der noch halb steif war.

Alexius war erschöpft, aber Claudia war sehr geschickt – wenn die andere Frau ihn nicht dadurch abgelenkt hätte, dass sie sich vom Bett erhob, über ihn beugte und ihn küsste.

»Großartig, mein lieber Alexius«, sagte sie. »Ich wette, es fällt dir schwer zu leugnen, dass es dir nicht auch gut gefallen hat.«

Im nächsten Moment zog sie die Maske vom Gesicht, und ihre mandelförmigen Augen starrten ihn triumphierend an.

Alexius richtete sich auf und schien plötzlich nüchtern.

Julia.

Sie hatte es ihm doch bewiesen. Sie hatte ihn überlistet.

Ernüchtert griff er nach dem Laken, um sich zu bedecken. »Endlich hast du deine Rolle im Leben gefunden, Julia«, sagte er sarkastisch. »Wie viel soll ich dir zahlen?«

Julias Augen wurden dunkel vor Wut. »Sei vorsichtig, Alexius«, warnte sie.

»Nun hört auf zu drohen, Julia, das steht dir nicht an. Wir wissen beide, dass wir das bekommen haben, was wir verdient haben.«

Julia schlang einen langen Umhang um sich und rannte hinaus. Hinter sich knallte sie die Tür zu.

Claudia begriff nicht, was die Nacht plötzlich verdorben hatte. Kopfschüttelnd nahm sie wahr, dass Alexius sich anzog, sie gefühllos auf die Wange küsste und auch hinausging.

Siebzehntes Kapitel

Die Sonne ging hinter den westlichen Hügeln unter und schickte lange Schatten in das nördliche Tal. Es war noch warm, aber trotzdem schüttelte sich Catrina. Sie schlang den schäbigen Umhang enger. Wieder war ein Tag vergangen. Ein Tag ohne Alexius.

Sie setzte sich auf einen Felsbrocken, stützte die Ellenbogen auf die Knie und das Kinn auf die Hände und schaute in die Ferne, nach Süden, wo die Stadt Eboracum lag.

Es gelang ihr nicht, Seufzer der Schwermut zu unterdrücken.

Vier Nächte waren vergangen, seit Luad und seine Männer sie aufgegriffen und in diese karge Hügellandschaft verschleppt hatten. Nach einem Schlag auf den Hinterkopf war sie bewusstlos geworden, dann hatte man sie wie ein Stück Wild verschnürt und auf das Holzfuhrwerk gepackt, mit dem sie unter dem Vorwand, Getreide zu bringen, in die Festung eingedrungen waren. Mit den leeren Säcken war Catrina zugedeckt worden. Am Tor hatten sie keine Probleme mit den römischen Wachen gehabt. Hinter der Stadt hatten die Männer das Fuhrwerk stehen gelassen und waren in der Nacht auf ihren Ponys nach Norden gezogen.

Catrina hatte sich schlecht und benommen gefühlt. Man hatte sie auf ihrem Pony festgebunden, weil sie anfangs noch bewusstlos gewesen war. Das Pony war mit Luads Leittier verbunden gewesen, wahrscheinlich eine Vorsichtsmaßnahme, damit Catrina nicht unversehens hätte fliehen können. Luad hatte immer wieder in die Dunkelheit gestarrt, als ob er sich vor Verfolgern fürchtete.

»Du brauchst keine Sorge zu haben«, hatte Catrina ihm gesagt, »Alexius wird uns nicht nachsetzen. Ihm liegt absolut nichts an mir.«

Luad hatte nur böse gegrinst. »Ich glaube, du irrst dich. Er wird kommen, und wenn er kommt, sind wir auf ihn vorbereitet, das kannst du mir glauben.«

Catrina spürte, wie kalte Angst nach ihrem Herzen griff. Wieder eine Falle für Alexius, und diesmal sollte sie der Köder sein. »Er hasst mich, Luad«, sagte sie so ruhig sie konnte.

Er sah sie lauernd an. »Wirklich? Und warum hast du dich von ihm verführen lassen? Warum hast du ihn nicht getötet, Catrina?«

Catrina hob den Blick und sah dem Priester in die blassen Augen. Sie versuchte, ihre Angst zu unterdrücken. Was würde geschehen, wenn Luad alles wusste? »Vielleicht hatte ich keine Gelegenheit dazu«, sagte sie trotzig.

Luads Augen verengten sich zu Schlitzen. »Meine Informanten haben mir berichtet, dass du eine Menge Gelegenheiten hattest. Im Bett des Römers zum Beispiel. Wenn du in seinen Armen gelegen hast. Ist dir eigentlich klar, dass du nicht mehr zu uns gehörst? Du hast das Recht verwirkt, eine von unserem Stamm zu sein.«

Aus dem Stamm verstoßen zu werden bedeutete, vom Leben ausgeschlossen zu sein. Catrina erschrak. Das konnte nur heißen, dass Luad genau Bescheid wusste. Seine Spione hatten ganze Arbeit geleistet.

»Wenn ich nicht mehr zum Stamm gehöre, kannst du mich gehen lassen, Luad.«

Er lachte verächtlich. »Wohin würdest du denn gehen? Du kannst dich nirgendwo verstecken. Du hast dein Amulett verloren und damit auch deine von der Göttin verliehene Gabe. Der Stamm will dich nicht mehr haben, du hast keinen Wert mehr für ihn. Aber jetzt brauchen wir dich noch, um unseren Römer anzulocken und Rache an ihm zu nehmen.«

Nach dem anstrengenden Aufstieg auf den Hügel, auf dem nichts wuchs außer Heide und Gras, hatten sie endlich angehalten. Das fahle Licht des Tages kämpfte gegen die Dunkelheit. Catrina sah sich in diesem Versteck zwischen den Felsen um und fragte sich, warum Luad und seine Anhänger gerade hier in dieser Einöde ihr Lager aufschlugen, weit entfernt von den anderen des Stammes. Und warum waren nur wenige Krieger bei ihm?

Einige Gesichter waren ihr vertraut. Deta und Cernwi bei den Männern, Eda – sie hatte nur böse Blicke für Catrina übrig – bei den Frauen.

Es war nur ein knappes Dutzend, das Luad um sich geschart hatte.

Plötzlich begriff Catrina. Spontan wandte sie sich an Luad. »Du hast auch deine Position im Stamm verloren, nicht wahr?«

Er nahm den Sattel von seinem erschöpften Pony und sah sie wütend an. Catrina wusste sofort, dass sie ins Schwarze getroffen hatte.

»Ich war es, der beschlossen hat, den Stamm zu verlassen. Die anderen weigerten sich, dem Rat der Alten zu folgen. Sie hörten mir nicht mehr zu. Aber auch dafür mache ich dich verantwortlich, Catrina, weil du dein Amulett verloren hast. Aber ich habe noch meine besonderen Fähigkeiten und noch viele, die an mich glauben.« Er lachte trocken auf. »Was dich angeht, kleine Priesterin, wartet vielleicht doch noch eine Aufgabe auf dich, nachdem du den Römer angelockt hast. Du bist immer noch eine Schönheit, Catrina.«

Ein kalter Schauer durchlief sie. Aber sie ließ sich nichts anmerken. Sie bedachte Eda, die triumphierend zugehört hatte, mit einem zornigen Blick, dann wandte sie sich wieder an Luad. »Ich dachte, du hättest schon genug Huren.«

Eda stieß einen zischenden Laut der Wut aus und wollte Catrina anspringen, die Finger wie Krallen gekrümmt, aber Luad hielt sie zurück. »Geduld, Eda, du hast noch genug Zeit für deine Rache.«

Eda wich zurück. »Du hast nur noch eine Chance«, sagte Luad zu Catrina. »Geh zurück nach Eboracum und bringe den Römer irgendwie hierhin, damit wir ihn töten können.«

Catrina hielt den Atem an, dann sagte sie: »Wie sollte mir das gelingen? Ich habe dir gesagt, dass er mich verabscheut. Er folgt mir nicht, am wenigsten in eine Falle, die du ihm stellen willst, Luad.«

»Dann hast du keine Chance mehr«, sagte er leise und drohend, während seine blassen Augen gierig ihren zierlichen Leib abtasteten.

Als er gegangen war, drückte Catrina beide Hände gegen ihre Schläfen. Ihr war ganz schlecht.

Es stimmte, was Luad gesagt hatte – sie konnte nicht fliehen, denn sie hätte nicht gewusst wohin.

Alexius hatte das auch gesagt – es waren seine letzten Worte gewesen, die sie noch gehört hatte, als sie davongerannt war. Oh, Alexius. Sie kämpfte gegen die

Flut der köstlichen Erinnerungen an, aber sie lag wie ein dunkler Schmerz in ihrem Inneren.

Während der folgenden Tage fürchtete Catrina, dass Luad den Verstand an die Mondgöttin verlor. Was er sagte und tat, kam ihr wirr und grausam vor. Er schien hauptsächlich an seiner sexuellen Befriedigung interessiert zu sein. Catrina war schon aufgefallen, dass er die liederlichsten Mitglieder des Stammes um sich geschart hatte.

Jeden Abend ließ er eine Schüssel des feurigen Metheglin kreisen, und danach gaben sie sich ihre Gelüsten hin. Catrina wandte sich von ihnen ab, angewidert von der ungezügelten Wollust der Männer und Frauen.

Sie hatte oft genug den Ritualen auf der Lichtung beigewohnt, aber dann war sie davon ausgegangen, dass die Rituale den Göttern gefallen sollten. Dies hier war anders, es waren keine Rituale, es war nur die Befriedigung der Fleischeslust.

Catrina fiel auf, dass Luad nicht einmal mehr vorgab, als wäre er noch ein Druide. Er zog auch sein langes Gewand nicht mehr an, sondern eine Tunika wie die anderen auch. Er ließ sich von Eda verwöhnen und war so lüstern wie ein gemeiner Krieger.

Wenn es Abend wurde, versuchte Catrina sich zu verstecken, aber Luad hatte seine Männer angewiesen, sie nicht aus den Augen zu lassen, wenn er mit den Frauen beschäftigt war. Catrina schaute den Abenden und den sexuellen Exzessen mit Schaudern entgegen, auch weil sie wusste, dass der falsche Priester sich bald nicht mehr zurückhalten und sie notfalls mit Gewalt nehmen würde.

Die Nacht des vollen Mondes näherte sich, und das

Wetter wurde noch heißer, noch drückender. Das spärliche Gras auf den Hügeln vertrocknete, und die Vögel sangen nicht mehr.

Eines Nachmittags hatte sie von Luad die Erlaubnis erhalten, ein wenig bergab zu gehen, weil sie sich erleichtern und im Bergbach ein Bad nehmen wollte, um den Staub von ihrem heißen, verschwitzten Körper zu waschen. Während sie im Wasser stand, tauchte plötzlich Cernwi zwischen den Felsen auf und lächelte sie an.

Catrina sprang entsetzt aus dem Bach und wollte zu ihren Kleidern. Cernwi musste sie schon länger beobachtet haben, denn sein purpurner Phallus pochte ungeduldig, als er sich entblößte.

Catrina wollte weglaufen, aber der schwere Mann fing sie rasch ein und presste sie an seinen Körper. Sein Mund schnappte nach ihren Brüsten, und sie spürte seinen harten Schaft an ihrem nackten Leib. Sie schrie und wehrte sich, aber er hielt sie in seinen Armen gefangen und legte sie behutsam auf den Boden. Er stammelte Worte der Begierde, grätschte über sie und begann zu masturbieren, wobei er die feucht glänzende Eichel gegen ihre Nippel rieb.

»Meine kleine Priesterin«, murmelte er, »hab keine Angst. Ich sehne mich doch schon so lange nach dir.«

Catrina biss in seine Hand und schrie wieder.

Luad musste schon ihren ersten Schrei gehört haben, denn er stand plötzlich neben ihnen und zerrte Cernwi von ihr, als der gerade seinen Höhepunkt erlebte. Der schwere Mann fiel zur Seite und stöhnte seine Enttäuschung heraus. Catrina sprang auf. Sie zitterte wie Espenlaub, bückte sich nach ihrem Gewand und bedeckte ihren Körper.

»Er wollte dir nichts Böses tun«, sagte Luad und wies mit dem Kopf auf den noch am Boden liegenden Cernwi. »Er versteht nicht, warum du ihn abweist. Die anderen Frauen sträuben sich nicht gegen ihn.«

Catrina schüttelte den Kopf. Leise sagte sie: »Ich will mich an deinen Spielen nicht beteiligen, Luad.«

Er grinste verächtlich. »Du hältst dich immer noch für was Besseres, was? Aber du bist nicht mehr die Magd des Priesters.«

»Und du bist schon lange kein Priester mehr. Lass mich gehen, Luad. Warum hältst du mich hier fest?«

»Es ist deine Schuld, dass ich den Einfluss auf den Stamm verloren habe«, sagte er zähneknirschend. »Er schwand an dem Tag, an dem du das Amulett verloren hast. Aber du gehörst immer noch zu mir, Catrina. Alles wird gut, wenn der Römer kommt.«

Catrina rief: »Aber ich habe dir doch gesagt, dass er nicht kommen wird! Er hasst mich!«

»Das behauptest du.« Luad lachte. »Aber ich glaube, er wird bald hier sein. Und danach – nun, danach wirst du lernen, mit mir glücklich zu sein.«

»Nein!«

Luad hatte sich schon abgewandt, packte den verängstigten Cernwi an der Schulter und stieß ihn den Hügel hoch.

Catrina sank verzweifelt auf die Knie. Sie hatte versucht, nicht an Alexius zu denken, aber jetzt ließen sich die Erinnerungen nicht länger abschütteln. Sie verzehrte sich nach ihm. Ob er überhaupt noch an sie dachte?

Sie schluckte schwer an dem Kloß, der in ihrer Kehle stak. Sie wusste die Antwort. Er hasste sie. Er hielt sie für eine hinterhältige Spionin, die es nicht geschafft hatte, ihn zu töten und deshalb zurück in die Berge geflohen war.

Manchmal träumte sie davon, dass er auf der Suche nach ihr war, und wenn sie dann aufwachte, spürte sie einen unerträglichen Schmerz. Eigentlich müsste sie froh sein, dass er sie nicht suchte, denn wenn er kam, würde das sein Tod sein, dafür würde Luad schon sorgen.

In der Hitze des Nachmittags wanderte Julia rastlos durch das *praetorium* und bewegte die stehende Luft mit einem winzigen Fächer aus geschnitztem Elfenbein. Nichts entwickelte sich nach ihren Wünschen. Sie trug nur einen Hauch von Gewand, aber trotzdem schien die drückende Schwüle alle Energie aus ihrem Körper zu saugen. Sie hatte es mit einem Bad versucht, aber das hatte nur für kurze Zeit Erleichterung gebracht. Auch die Stille der überdachten Terrasse bot keine Zuflucht.

Draußen hatte man das Gefühl, dass die stinkende Luft aus der Stadt hochstieg und über die Mauern der Festung waberte, um sie heimzusuchen. Selbst die Lavendelbüsche entlang des Innenhofs hatten ihren Duft verloren.

An diesem Morgen hatte sie eine versiegelte Botschaft von Flavius erhalten. Er hatte dem siegreichen neuen Kaiser Serverus seine Ergebenheit versichert und würde bald gen Norden aufbrechen, hatte Flavius ihr mitgeteilt. Wenn die Götter gnädig waren, würde er schon in einigen Tagen in Eboracum sein.

Die Nachricht von Flavius' bevorstehender Rückkehr hatte Julia deprimiert. Sie bedeutete das Ende von allem, was schön und ihr wichtig war – ihre Freiheit, ihre Unabhängigkeit, ihr Vergnügen.

All das ging ihr durch den Kopf, als sie durch die leeren Räume zu Flavius' Arbeitszimmer ging. Ihr Blick fiel auf die Namensliste an der Wand. Ganz oben hatte sie endlich auch ihr ›J‹ hinter den Namen des Mannes schreiben können, den sie schon so lange begehrt hatte – Alexius. Es hätte ein Moment des Triumphs sein müssen, doch das war es beileibe nicht.

Es war so eine schöne Idee gewesen – eine ihrer besten überhaupt –, sich als Soldatenmädchen einzuschleichen. Alexius hatte als Liebhaber gehalten, was sie sich von ihm versprochen hatte. Die Erinnerung ließ heiße und kalte Schauer über ihren Rücken laufen. Was für eine Lust, seinen harten Stab in sich zu spüren. Aber dann bekam sie eine Gänsehaut, wenn sie an das Entsetzen und den Abscheu in seinen tiefen blauen Augen dachte, als sie sich ihm zu erkennen gegeben hatte.

Sie tupfte Tränen der Demütigung aus den Augenwinkeln. Sie hasste ihn!

Und nun würde Flavius bald zurück sein. Konnte sie die Berührungen des alten Protektors überhaupt noch ertragen? Aber was blieb ihr sonst übrig? Niemand von Stand konnte sie heiraten, und jung war sie auch nicht mehr. Erst an diesem Morgen hatte sie wieder neue kleine Fältchen entdeckt, die sich um die Augen gegraben hatten. Die Vorstellung, ihre Haare mit Ruß zu schwärzen, wie es einige Kolleginnen vom Theater hatten tun müssen, und sich mehr und mehr Schminke ins Gesicht zu schmieren, um das schwindende jugendliche Aussehen auszugleichen, erfüllte sie mit Widerwillen. Lieber würde sie sterben.

Leise war die Tür hinter ihr aufgegangen, aber in ihrer Verzweiflung hörte sie nichts, auch nicht die leisen Schritte. Sie zuckte erst zusammen, als warme maskuline Hände ihre Brüste umfingen. Ihr stockte der Atem, und zugleich nahm sie den würzigen männlichen Duft vom Öl des Sandelholzes wahr. Sie fuhr herum und starrte den lächelnden Mann mit aufgerissenen Augen an.

»Falco! Wie kannst du es wagen, dich so anzuschleichen! Wer hat dir erlaubt, die Sklavenquartiere zu verlassen?«

Er lächelte immer noch und blickte mit seinen schönen grauen Augen auf sie hinab. Er hob die breiten Schultern und sagte: »Wie kann ich aufhören, Euch überall folgen zu wollen, wo Ihr so schön seid, Herrin?«

Sie warf stolz den Kopf in den Nacken, und die dunklen Löckchen flogen ihr ums Gesicht. Sie hoffte sehr, dass er die Spuren ihrer albernen Tränen nicht sehen konnte. »Für wen hältst du dich, dass du dich traust, so mit mir zu reden?«

»Ich glaube«, sagte er ruhig, »dass ich der Mann bin, der Euch glücklich machen kann.« Bevor sie reagieren konnte, hatte er sie in die Arme genommen. Er presste seinen Mund auf ihre weichen Lippen.

Julia keuchte protestierend. Sie mochte es nicht, geküsst zu werden. Aber dann spürte sie erschauernd, dass dies anders war. Falcos Mund war so fest, so warm. Er verwöhnte ihre vollen zitternden Lippen, als wären sie eine delikate Köstlichkeit. Die kräftige Zunge streichelte die innere Seide ihres Mundes, er leckte und koste, stieß mit männlicher Zärtlichkeit in ihre Mundhöhle, bis ihre Sinne nach seiner süßen jungen Schönheit lechzten.

Langsam krochen ihre Hände seinen Rücken hoch, und als hätten sie einen eigenen Willen, schlangen sie sich um seinen Nacken und strichen über die kräftigen Muskeln unter der Tunika. Sie kraulte lustvoll in den blonden Haaren und rieb ihre Brüste gegen ihn. Julia schloss die Augen und empfand ein plötzliches Glücksgefühl, das ihr unheimlich war.

Ihr Gladiator.

Falco löste sich widerwillig von ihr, aber er hielt sie immer noch in den Armen und schaute in ihr verwirrtes, so verletzlich wirkendes Gesicht. »Wir gehören zusammen, Ihr und ich«, raunte er.

Julia schüttelte den Kopf, halb lachend, halb betrübt. »Du musst verrückt sein! Ich bin viel älter als du! Und gerade heute habe ich erfahren, dass Flavius in wenigen Tagen nach Eboracum zurückkehrt.«

»Wollt Ihr ihn denn zurück haben?«

»Nein! Aber was bleibt mir anders übrig?«

»Wir gehen weg«, sagte er fest entschlossen. »Wir leben irgendwo am Meer, wo es immer warm ist. Ich werde genug für uns beide verdienen.«

Julia lachte spöttisch, aber ihre Wangen hatten sich gerötet. »Du bist mein Sklave! Selbst wenn ich dir die Freiheit gäbe, könnten wir nicht heiraten.«

»Dann leben wir eben so zusammen.«

»Du … du kennst mich nicht, Falco. Ich brauche Menschen, Unterhaltung, Abwechslung, Luxus …«

Er ließ sie langsam los, griff an ihr vorbei an die Wand und riss das Pergament hinunter, auf dem die Namen der Soldaten standen. »Ich glaube«, sagte er, »dass Ihr für eine Zeit lang genug davon gehabt habt.« Er sah sie schelmisch an, während er das Pergament in kleine Stücke riss und die Fetzen auf den Boden fallen ließ.

Julia ließ sich in Flavius' breiten Ledersessel sinken und starrte zu Falco hoch. »Du bist verrückt, Gladiator«, sagte sie atemlos. »Wirklich verrückt. Flavius wird wütend sein.« Aber ihre Augen tanzten, als sie zu ihm aufblickte, und plötzlich fühlte sie sich sehr glücklich.

Er warf die letzten Schnipsel in die Luft und kniete sich vor Julia auf den Boden, wobei er eine Hand auf ihre Schenkel legte – nur dünne Seide zwischen seiner Hand und ihrer Haut. Sie spürte die Wärme, die er ausstrahlte, und sah in seine strahlenden Augen, während er sagte: »Mir ist nie etwas so ernst gewesen.«

Sie errötete wie ein junges Mädchen. Noch nie hatte jemand sie so verliebt angesehen. Gewöhnlich starrten Männer sie gierig und berechnend an. Sie tat seinen Antrag immer noch als Witz ab. »Und wann, meinst du, sollen wir aus Eboracum verschwinden?«

»So schnell wie möglich«, gab er ruhig zurück. »Wir nehmen eine Galeere nach Rutupiae, und von dort segeln wir in meine Heimat nach Griechenland. Da gibt es wunderschöne Inseln, sie liegen wie Juwelen in einer blauen See... Aber zuerst haben wir noch eine Aufgabe zu erledigen.«

Julia sah ihn verwundert an. »Was denn?«

»Das Mädchen Catrina befindet sich in Schwierigkeiten. Ihr müsst es Alexius sagen.«

Bitterkeit quoll in Julia auf. Sie stand auf und ging unruhig auf und ab. »Alexius? Catrina? Was gehen sie mich an? Sie bedeuten mir nichts.«

»Das weiß ich.« Falco hatte die Arme vor der Brust verschränkt. »Und um das überzeugend zu beweisen, müsst Ihr ihnen helfen, wenn sie in Schwierigkeiten sind. Catrina ist in die Hände ihrer Feinde gefallen. Sie braucht dringend Hilfe.«

»Woher weißt du das? Alle sagen, sie sei abgehauen, weil Alexius sie als hinterhältige Spionin entlarvt hat.«

Falco schüttelte den Kopf. »Die Sklaven hören viel. Jemand hat gesehen, wie Catrina an einem Abend von Fremden entführt worden ist. Sie muss die Entführer gekannt haben, denn einen nannte sie beim Namen – Luad. Catrina muss sich verzweifelt gewehrt haben, aber sie hatte keine Chance. Werdet Ihr Alexius Bescheid sagen?«

Sie sollte zu Alexius gehen? Obwohl sie ihn hasste?

Falco stand neben ihr und streichelte über ihre Schulter, und plötzlich schien Alexius nicht mehr die Macht zu haben, sie zu demütigen.

»Ich werde es mir überlegen«, sagte sie schließlich.

Falco sagte: »Ihr wisst, dass ein kleines Messer mit Alexius' Namen im Griff im Hauptquartier gefunden wurde, nicht wahr? Alexius musste glauben, dass Catrina es dort verborgen hatte.«

Julia zögerte. Ihre Wangen färbten sich schamrot. Falco küsste sie auf die Stirn.

»Wir sollten jetzt zu Alexius gehen, nicht wahr?«

Siebzehntes Kapitel

Es war die Nacht des vollen Mondes, aber es gab keinen Mond, denn der Himmel war schwarz von den Sturmwolken, die sich den Tag über jenseits der Hügel zusammen geschoben hatten. In der schroffen Felsenlandschaft herrschte eine unnatürliche Stille. Das einzige Licht auf dem Hügel kam von einem glimmenden Torffeuer, das mitten im Lager schwelte.

Es störte Luad nicht, dass die Wolken den Blick auf den vollen Mond verhinderten. Der Genuss des Metheglin hatte ihn leicht beschwipst. Ihm fiel auch nicht auf, dass sein Gewand beschmutzt und zerrissen war. Er stellte sich vors Feuer, breitete die Arme aus und hob sie zum Nachthimmel. Ja, er war ein echter Priester. Er hatte die Macht. An diesem Abend spürte er ganz besonders, wie die Macht durch seine Adern rauschte. Die anderen spürten es auch. Er sah, dass sie ihn erwartungsvoll anschauten und auf seine Worte warteten.

Er blickte über den Platz zu Catrina. Das Mädchen, das er selbst zur Magd des Priesters erkoren hatte. Er fuhr sich mit der Zunge über die trockenen Lippen. Catrina war nackt an einen hohen Felsen gefesselt worden. Uralte magische Inschriften waren in den Felsen geritzt, woraus Luad schloss, dass es sich bei diesem Platz um eine alte Opferstätte handelte.

Catrina hob den Kopf hoch, aber trotzdem konnte Luad die Angst in ihren grünen Augen sehen.

Vorher an diesem Abend, als die brennende Sonne von aufziehenden purpurfarbenen Sturmwolken erstickt wurde und sogar die Vögel aufhörten zu singen, weil sie sich vor dem drohenden Unwetter in Sicherheit brachten, hatten Eda und die anderen Frauen die Magd des Priesters gewaltsam ausgezogen und sie mit der blauen Farbe des Stammes angemalt. Große Kreise um die Brüste, Spiralen auf dem Bauch und um den Schoß. Die Frauen mussten Catrina während der Prozedur festhalten, so sehr sträubte sie sich dagegen. Sehr rücksichtsvoll sprangen sie nicht mit Catrina um.

Luad sah aus der Nähe zu. Es musste sein, sagte er sich. Bald würde Catrina Eboracum und den Römer vergessen haben. Dann würde sie erkennen, dass sie trotz allem zu ihm gehörte. Sie würde lernen, Spaß an der Lust zu empfinden, die er und die anderen ihr verschaffen würden.

Er betrachtete ihre bemalen Brüste, den flachen Bauch und das kleine Dreieck mit der blauen Farbe. Luad spürte, wie er hart wurde, wenn er daran dachte, wie er sie bald erforschen würde. Noch in dieser Nacht würde dieser Moment kommen. Aber vorher musste sie bestraft werden, weil sie zugelassen hatte, dass der Römer ihre Jungfräulichkeit besudelt hatte. Deshalb konnte jeder sie in dieser Nacht besitzen. Cernwi, der massive Simpel, lechzte schon nach ihr.

Sie würde ein Opfer für die kalte Göttin des Mondes sein, denn sie hatte ihr Amulett verloren.

Er winkte Eda zu sich. »Ja, Herr?«

Luad wies mit dem Kopf zu Catrina. »Bereitet sie vor«, sagte er. »Die Zeremonie wird bald beginnen.«

Catrina bemerkte die kurze Begegnung von Eda und

Luad auf der anderen Seite des Platzes. Zitternd schloss sie die Augen. Es wurde ernst. »Oh, Göttin«, murmelte sie, »hilf mir.«

Die hoch aufragenden Felsen, die so aussahen, als hätte ein urweltlicher Riese sie aufeinander getürmt, schüchterten sie ebenso ein wie der bedrohlich schwarze Himmel. Ihre Haut kribbelte vor Hitze und Furcht vor dem Ungewissen. Der Schweiß sammelte sich an den Rändern der blauen Farbe auf ihrem Körper.

Irgendwo unterhalb der Felsen glaubte sie ein Scharren zu hören, dann war da ein Geräusch, als ob ein Kieselstein den Hang hinunter kullerte. Sie lauschte angespannt, aber da war nichts mehr. Vielleicht irgendein Tier im Unterholz, dachte Catrina.

Luad schritt auf sie zu. Ihm folgten die Frauen, und als er stehenblieb, duckten sie sich, als wollten sie sich an ihre Beute heranpirschen und dann zuschlagen.

Tatsächlich sagte Luad zu den Frauen: »Sie gehört euch.«

Alle fielen über sie her, und Catrina war ihnen wehrlos ausgeliefert. Hände rieben über ihren Körper, Brüste strichen über ihre Haut, Finger zwickten sie in Brüste, Bauch und Schenkel. Natürlich war Eda die Anführerin. Bosheit glitzerte in ihren Augen, als sie sich über Catrina beugte.

»Doch nicht zu gut für uns, kleine Priesterin, was?«, zischte sie in Catrinas Ohr. »Aber du kannst sicher sein, wir sorgen dafür, dass du deinen Römer bald vergessen hast.«

Catrina schüttelte sich angewidert. Sie sammelte ihre letzte Kraft und rief: »Luad, du musst mich freilassen! Ich gehöre zu deinem Stamm, und die Göttin hat mir besondere Fähigkeiten verliehen. Wenn du dich an mir versündigst, versündigst du dich auch an der Göttin.«

Luad trat näher heran, und die Frauen wichen voller Ehrfurcht zurück.

»Du irrst dich, Catrina«, sagte er gelassen. Der Feuerschein tanzte auf seinem hageren Gesicht. »Du bist keine von uns. Du hast nie zu uns gehört. Du bist eine Feindin, eine Römerin.«

»Das kann nicht sein«, murmelte sie kopfschüttelnd. »Ich verstehe nicht ...«

»Nun, nachdem ich dich vor all den Jahren gefunden habe«, erzählte Luad, das Gesicht verkniffen, »habe ich mich natürlich umgehört, und dabei habe ich erfahren, dass es eine römische Ansiedlung war, die damals überflutet wurde. Nur römische Familien sind weggeschwemmt worden. In der ganzen Umgebung gab es keine einheimische Bevölkerung. Deshalb bist du so anders als wir, Catrina. Du bist römischen Bluts. Und deshalb wird niemand von uns einen Finger krümmen, um dir zu helfen – ganz egal, was mit dir geschieht.«

Es war Catrina, als hätte sie aufgehört zu atmen. Sie erinnerte sich an Eda, die ihr schon vor Jahren hasserfüllt ins Ohr gezischt hatte: »Du bist keine von uns.« Und Falco hatte gesagt: »Catrina ... seltsam, das ist ein römischer Name.« Und dann Alexius, der behauptet hatte, ihr Amulett sei römisch, nicht britannisch. »Viele wohlhabende Römer tragen solche Amulette als Glücksbringer.«

In der Ferne hörte sie Donnergrollen. Das Gewitter kam näher. Catrina schloss wieder die Augen. Oh, Göttin, hilf mir ...

Plötzlich hörte sie das Schrammen von Metall gegen Felsgestein, und dann sprangen hohe, schlanke Gestalten aus den Schatten. Jemand – Catrina glaubte, es könnte Eda gewesen sein – stöhnte vor Angst. Die halb nackten Frauen kauerten zusammen ums Feuer. Catrina schaute in die entgegengesetzte Richtung und riss Augen und Mund auf.

Soldaten. Soldaten in Rüstungen, die im Feuerschein glänzten, als sie Luad und seine Anhänger einkreisten, die Schwerter zum Kampf erhoben. Ihr Anführer stand vor einem schwarzen Felsen, seine Gestalt eine stolze Silhouette im flackernden Licht des Feuers.

Alexius.

Catrina verharrte reglos, während ihr Herz schmerzhaft gegen die Rippen schlug. Das musste das Ende sein. Er war ihr gefolgt, um sie zu töten.

Im nächsten Moment spürte sie eine Messerspitze an der Kehle. Luad stand neben ihr. Er keuchte schwer, und Catrina roch den scharfen Metheglingestank seines Atems.

»Komm näher, Römer«, zischte Luad. »Noch einen Schritt näher, dann steche ich sie ab.«

»Wenn du sie anrührst, Priester«, sagte Alexius gefährlich leise, »wirst du sterben – mit deinem Stamm.«

»Ich nicht, Römer.« Luad zerschnitt Catrinas Fesseln, und im nächsten Augenblick war sie befreit – aber Luad hielt sie von hinten gepackt. Ihr nackter Körper war wie ein menschlicher Schild für ihn. Die Messerspitze ritzte immer noch ihre Kehle. »Wenn du mich haben willst, werde ich vorher das Mädchen töten.«

Er rieb mit der freien Hand über ihre nackten Brüste.

»Sie ist eine Schönheit, was? Du hast sie ja schon gehabt. Wie ist sie denn? Nun, bald werde ich es selbst herausfinden. Jetzt gehört sie mir.«

Alexius hob eine Hand, und seine Männer schwärmten aus. Luads Hand mit dem Messer zitterte.

Catrina mochte es nicht länger mit ansehen und presste die Lider fest zu. Fast tat Luad ihr ein wenig Leid. Er hatte immer noch nicht begriffen, dass es Alexius egal war, ob sie überlebte oder getötet wurde. Sie betete stumm zu ihrer Göttin.

In der lastenden Stille der heißen Nacht zuckte ein Blitz, der für einen Moment alles taghell erleuchtete, auch die verängstigten Gesichter von Luads Leuten und die grimmig entschlossenen Züge der Soldaten, die sie umringten.

Dem Blitz folgte ein gewaltiger Donnerschlag, dessen Echos von den hohen Felswänden immer wieder zurückgeworfen wurde.

Lähmendes Entsetzen breitete sich unter Luads Anhängern aus, sie schlugen die Hände vors Gesicht und riefen jammernd: »Taranis ist uns böse! Taranis, der Gott des Donners, schleudert uns seinen Zorn entgegen, weil wir es gewagt haben, der Priesterin Gewalt anzutun!«

In diesem Moment trat Alexius mit hoch erhobener Hand vor. Im gleißenden Licht des nächsten Blitzes, der ganz nahe explodierte, sahen Luads Leute, dass er einen kleinen silbernen Gegenstand in der Hand hielt.

Catrinas Amulett.

Luad stieß einen Laut des Entsetzens aus, als er das Amulett sah, und die Hand mit dem Messer fiel kraftlos nach unten.

Alexius, schon so lange in Britannien, dass er mit der

Sprache der Einheimischen vertraut war, trat weiter vor. »Ja, Taranis ist böse auf euch, und ihr kennt auch den Grund! Kraft dieses silbernen Amuletts befehle ich euch, das Mädchen Catrina unverletzt freizulassen. Seht doch, wie die Götter über euren Frevel zürnen!«

Wieder grollte der Donner, und Alexius' letzte Silben gingen in dem Knall unter. Aber die Britannier hatten verstanden. Luad schrie ängstlich auf, als der Boden unter seinen Füßen zu beben schien, er warf sich wie die anderen zu Boden und bedeckte das Gesicht mit den Händen.

Dann, als der Regen aus den überladenen Wolken strömte, schritt Alexius auf Catrina zu und sagte so leise, dass nur sie es hören konnte: »Ich glaube, es ist besser, wenn du jetzt mit mir kommst. Bevor sie begreifen, dass Blitz und Donner nur ein glücklicher Zufall waren.«

Sie hob ihr bleiches Gesicht, während der Regen über ihren zierlichen nackten Körper prasselte. »Alexius, du hättest mir nicht folgen sollen. Es war eine Falle, in die er dich locken wollte. Du solltest mir folgen, damit er dich töten konnte. Geh, so lange du es noch kannst, bitte.«

Er starrte sie an, ein amüsiertes Lächeln in seinen blauen Augen. »Bei Mithras«, stöhnte er, »du meinst, ich habe meine Männer für nichts in diese Berge gehetzt? Du willst gar nicht mit mir kommen?«

»Doch, doch! Aber ich habe dir doch nichts als Verdruss gebracht, und du musst mich hassen, weil ich …«

»Nun, das kannst du mir überlassen.« Er betrachtete sie liebevoll. »Ich werde von nun an einfach besser auf dich aufpassen müssen, meine kleine Wilde.« Er legte das silberne Amulett um ihren Hals, legte ihr seinen Soldatenmantel um die Schultern und trug sie hinüber zu seinem Pferd.

Luad und seine Leute kauerten noch zusammen und flehten verzweifelt zum Gott des Donners, der immer noch zürnte, aber schon etwas leiser.

Eine Schwarzdrossel sang im dichten Laub einer Birke. Es war ein schöner Sommermorgen mit einem blassblauen Himmel. Das Gras, noch feucht vom heftigen Regen der Nacht, glitzerte in den Strahlen der Sonne.

Nachdem sie in der Nacht ihr Lager am Fuß der Hügel aufgeschlagen hatten und Catrina sofort fest eingeschlafen war, hatte Alexius sie am Morgen zum plätschernden Bach geschickt: »Sie lassen dich nicht durch das Tor zur Festung, wenn sie deine blaue Stammesbemalung sehen.«

Jetzt stand sie bis zu den Knien im fließenden Wasser und sah, wie die blaue Farbe im Bach aufgelöst wurde. Die letzte Spur meiner Vergangenheit, dachte sie, denn ich bin nicht britannisch, sondern römisch. Ein wenig traurig rieb sie über das Amulett zwischen ihren Brüsten. Selbst der von ihr so verehrte Talisman hatte sie betrogen.

Die Schwarzdrossel war auf einen unteren Ast der Birke gehüpft und sang fröhlich drauflos, als wollte der Vogel sie auf andere Gedanken bringen. Sie schaute zu ihm hoch, spürte, wie die Sonne ihr Gesicht küsste und wünschte sich …

»Eine Wassernymphe«, sagte eine vertraute Stimme. »Keine Priesterin, sondern eine Nymphe.«

Catrina fuhrt herum und hielt instinktiv die Hände

vor ihre Brüste, aber Alexius lachte nur. Er zog sich die Lederstiefel aus, legte Rüstung und die knielange Tunika ab und trat zu ihr in den Bach. Die Schwarzdrossel flog aufgeschreckt davon.

»Ich sehe, dass du Hilfe brauchst«, sagte er mit weicher Stimme. »Komm, lass dir helfen.«

Er bückte sich, schöpfte Wasser mit beiden Händen und rieb damit über ihre Schultern. Catrina spürte ein hilfloses Verlangen nach ihm.

»Ich bin keine Priesterin und keine Nymphe«, sagte sie. »A ... Alexius ...« – immer noch stolperte sie über seinen Namen – »ich bin nicht einmal eine meines Stammes.«

»Ich weiß«, sagte er sanft. Seine Hände streichelten über ihre Brüste und drückten die harten Warzen.

»Du weißt es?«, fragte sie gequält. »Du hast gewusst, dass ich eine Römerin bin?«

»Ich hatte es vermutet«, sagte er ernst. »Ich habe dein Amulett ganz spontan mitgenommen, ich war nämlich neugierig. Obwohl ich es nicht sehen konnte, war mir die Form irgendwie vertraut. Ich habe mich dann erkundigt – es stellte sich heraus, dass es das Emblem einer sehr bekannten Patrizierfamilie ist, umgekommen bei der schrecklichen Flutkatastrophe, die vor vielen Jahren in der Ebene von Eboracum enorme Schäden angerichtet hat.«

Catrina sah ihn mit bangen Augen an. »Und es hat außer mir keine Überlebenden gegeben?«

»Es sind keine bekannt«, sagte Alexius und streichelte über ihren Kopf. »Aber jetzt weißt du wenigstens, woher du stammst, Catrina. Du hast eine Identität. Ich habe weitere Erkundigungen über dich eingezogen. In Rom erwartet dich ein beträchtlicher Besitz.

Wir werden Anwälte nehmen, die dir zu diesem Besitz verhelfen werden. Das Amulett wird ein unschätzbarer Beweis für deinen Anspruch sein.«

Sie schüttelte langsam den Kopf, die grünen Augen dunkel und gehetzt in ihrem zierlichen Gesicht. Rom lag am anderen Ende der Welt; es bedeutete ihr nichts. Sie versuchte, sich ihre Zukunft vorzustellen, aber sie sah nichts.

»Aber ich bin deine Gefangene«, flüsterte sie. »Wie sollte ich überhaupt nach Rom gelangen, selbst wenn ich es wollte? Was hast du mit mir vor, Alexius?«

Das Wasser trieb um sie herum, und er drückte sie fester an sich. »Wie meinst du das, *mea mellita*?«

Catrina stöhnte leise. War es ihre Einbildung oder sah sie es in seinen Augen schelmisch blitzen? Und – Himmel – sie spürte, was sich mitten im kalten Wasser hart und heiß gegen ihren nackten Leib presste.

Sie fuhr mit der Zunge über ihre trockenen Lippen und spürte den schnellen Schlag ihres Herzens. »Ich meine ... oh, Alexius, du hast doch geglaubt, dass ich dich töten wollte. Du hast das Messer gefunden ... du musst mich hassen.«

Er sah sie ernst an. »Ich habe dich nie gehasst. Aber als ich das versteckte Messer gefunden habe, war ich schon recht verstört, denn es passte nicht in mein Bild.«

Sie blickte zu ihm hoch. »Das Messer mit deinem Namen. Es gehörte mir, aber ich hatte es verloren, und ich hatte nicht die Absicht, es zu suchen. Ich bin nach Eboracum gegangen, um mich an dir zu rächen, aber als ich da war, wusste ich, dass ich keine Rache mehr wollte. Luad hatte seine Spione geschickt, die ihm berichteten, ich hätte versagt. Deshalb hat er Brant geschickt, der das Feuer gelegt und dich mit dem Messer angegriffen hat. Aber ich habe keine Ahnung, wie das Messer in dein Haus gekommen ist.«

Er fuhr zärtlich über ihre Wange. »Julia könnte es dir erklären, wenn sie noch da wäre. Aber sie befindet sich inzwischen auf hoher See – unterwegs zu wärmeren Gefilden. Und weißt du, wer bei ihr ist? Falco, der Gladiator.«

»Nein!«, rief Catrina. »Aber wie …?«

»Meine Kleine«, unterbrach Alexius sie, »meine Männer bereiten die Pferde vor, wir müssen aufbrechen. Du musst noch viel über die Lebensweise der Römer lernen, bevor ich dich zu meiner Frau mache.«

Sie stieß einen verdutzten Laut aus, aber er brachte sie mit einem Kuss zum Schweigen. Ihr Blut strömte heiß durch ihre Adern, als sie seinen festen und zugleich weichen Mund auf ihren Lippen spürte. Mit einer sanften fließenden Bewegung hob er sie aus dem Wasser und setzte sie behutsam am moosigen Ufer ab. Zärtlich öffnete er ihre Schenkel.

»Ich habe da noch ein wenig Farbe entdeckt – hier«, sagte er und zeigte auf ihren Schoß. Sie beugte sich vor, um besser sehen zu können, aber dann verwehrten seine Schulter ihr die Sicht, und im nächsten Moment fuhr er mit der Zunge über die Falten ihrer Labien.

Die Wärme seiner Zunge nach dem kalten Wasser war eine solche Wohltat, dass Catrina zu stöhnen begann und beide Hände durch seine kurz geschorenen Haare strich. »Mehr«, stieß sie hervor, »viel mehr, mein Römer …«

ENDE